우리에게는 비밀이 없다

우리에게는 비밀이 없다

我們沒有秘密

우샤오리 장편소설

강초아 옮김

한스미디어

차례

1장

판옌중范衍重은 앞을 바라보며 서 있었다. 길었던 정지 신호가 끝나자 급히 걸음을 옮겼다.

일은 그렇게 벌어졌다.

교복을 입은 마른 체형의 남학생이 달려오다가 어린아이 손을 잡은 한 여자에게 부딪혔다. 판옌중도 몸과 몸이 충돌할 때 나는 둔탁한 소리를 들었다. 여자는 비명을 지르며 그대로 멈춰 섰다. 그 뒤에서 건널목을 건너던 판옌중도 자리에 멈춰 서야 했다. 남학생은 여자와 판옌중을 냉담한 눈으로 훑더니 판옌중 뒤쪽 어딘가로 시선을 던졌다. 그러고는 여자가 뭐라고 외치든 말든 빠르게 길을 건넜다.

빨간불이 켜졌다.

어린아이와 여자 그리고 판옌중은 건널목 중간에 갇혔다.

여자는 정장을 차려입은 판옌중이 믿을 만해 보였는지 다짜고짜 하소연을 시작했다. *아까 보셨죠? 그 학생.* 판옌중은 코를 문지르며 작은 목소리로 대답했다. 여자는 쉬지도 않고 계속 말했다. *요즘 애들은 대체 뭘 하는 건지 고개 처박고 휴대폰만 들여다*

보고 다닌다니까요. 다른 사람과 부딪혀도 사과 한마디 없이 휙 가버리고 말이죠. 자긴 아무것도 잘못한 게 없다는 식이잖아요. 도대체 왜 그런데요?

판옌중은 고개를 끄덕거렸다. 그때 여자의 관심이 아이에게 쏠렸다. 여자는 허리를 숙이며 아이더러 괜찮으냐고 물었다.

판옌중은 겨우 약속 장소에 도착했다. 추전샹鄒振翔이 보였다. 팔짱을 끼고 앉은 폼이 머릿속에 생각이라곤 없어 보였다. 판옌중이 헛기침을 하자 녀석이 민망하다는 듯 미소를 떠올렸다.

"안녕하세요, 삼촌."

추전샹의 목소리는 모기 소리처럼 작았다.

"아버지는 오지 않으셨니?"

판옌중은 잠시 말을 멈췄다가 한마디 덧붙였다.

"오늘 같이 나오신다고 했는데."

"아빠는요……."

추전샹이 시선을 떨구며 한참 머뭇거렸다.

"원래는 같이 오기로 했어요. 그런데 집을 나서기 전에 다시 여쭸더니 오고 싶지 않다고 하셔서요."

판옌중은 가볍게 "그래" 하고 대답했다. 이런 상황을 처음 겪는 것이 아니었다. 약속 장소에 나오고 싶지 않은 부모의 마음을 이해할 수 있었다. 솔직히 그는 이 자리에 나오는 부모들이 존경스러웠다. 주변에서 어떤 시선으로 쳐다볼지 다 알면서도 자식 옆에서 난감한 상황을 마주하기로 마음먹은 것이니 말이다. 같은 상황에 처한다면 자신도 나오지 못했을 것이다. 이런 자식이 있다는 사실이 알려진다면 직업상 평판에 큰 문젯거리가 될 게 뻔했다. 자신 역시 상황을 직접 처리하지 못했을 거라고 판옌중은 생각했다.

그는 어젯밤 11시쯤 추궈성鄒國聲의 전화를 받았다. 목소리가 거칠었고, 끊어졌다 이어졌다 했다. 마치 신호가 좋지 않은 곳에서 통화하는 것 같았다. 속사정을 확인한 후 판옌중은 두말없이 의뢰를 받아들였다. *그럴 수도 있지. 아직 어린 애들이라 충동적이고 앞뒤 재지 않고 행동하는 거지. 길을 한번 잘못 들면 되돌리기 힘들다는 걸 몰라서 그래.*

옌중, 이 일은 꼭 비밀에 부쳐줘. 솔직히 위험하다는 생각이 들어. 언론에서 알면 어떻게 물어뜯을지 모르겠다. 추궈성이 떨리는 목소리로 말했다. *시장 선거가 코앞이잖아. 연임을 준비 중인 시장 측근이라 감시의 눈길이 많아. 절대 쉽게 놔주지 않을 거야.*

우린 스물 몇 해를 친구로 지냈잖아. 내가 언제 무슨 부탁 한 적 있었나? 이번 한 번이야, 딱 한 번.

전화를 끊고도 추궈성의 목소리가 귓가에 맴돌았다. 판옌중은 눈을 감았다. 선명하게 떠오르는 장면이 있었다.

두 사람은 고등학교 동창으로 '여덟 마리 늑대'라는 동아리 소속이었다. 하지만 딱히 친한 사이는 아니었다. 우정이 두터워진 것은 같은 대학에 진학한 뒤였다. 판옌중은 법학과, 추궈성은 정치학과였다. 대학 캠퍼스에서 오다가다 마주치며 잡담을 나누다 보니 차츰 친해졌다. 고등학교 시절 판옌중은 추궈성에게 감정이 좋지 않았다. '여덟 마리 늑대' 동아리에서 판옌중은 '계략 제조기'로 불린 반면, 추궈성은 그의 위험한 행동을 우회적이고 간접적인 방식으로 말리는 입장이었다. 그래서 판옌중은 추궈성이 자신을 싫어한다고 생각했다. 그런데 대학생이 되어 시사와 정치를 주제로 토론하고 미래의 청사진을 그려보면서 이 친구가 자신보다 넓고 멀리 바라볼 줄 안다는 것을 느끼게 되었다. 추궈성은 무슨 일

우리에게는 비밀이 없다

이든 실행에 옮기기 전에 매일 조금씩 계획하고 차근차근 원하는 대로 진행하는 성격이었다. 판옌중은 친구의 이런 점을 높이 샀다. 그에게 대놓고 말하기도 했다. "같은 길을 걷는 친구는 아니지만 문제가 생겼을 때 의지할 수 있는 친구가 있다"고 말이다.

실제로 추귀성은 판옌중의 판단이 옳았음을 증명했다.

대학을 졸업한 판옌중은 변호사가 되어 중간 규모의 로펌에 입사했고, 추귀성은 국회의원 보좌관으로 정계에 입문했다. '여덟 마리 늑대' 동아리는 일 년에 한 차례씩 모임을 했다. 판옌중이 알기로 추귀성은 정계에서 한 발짝 한 발짝 위로 올라가는 중이었다. 어느 날 아침에는 신문에서 이 오랜 친구의 이름을 발견하기도 했다. 시의회의 높은 자리를 맡게 되었다는 소식이었다. 신문에서 친구의 소식을 읽다니 기분이 묘했다. 기자가 만들어낸 이미지와 기억 속 친구의 모습은 놀라울 정도로 달랐다.

5년 전 문제가 터졌을 때 판옌중은 막막한 심정으로 휴대폰에 저장된 전화번호 목록만 이리저리 뒤졌다. 그러다 추귀성의 이름을 발견했다. 그의 이름을 보자 마음이 안정되었다. 이 친구의 도움이 필요한 순간이었다. 판옌중은 간절하게, 조금은 비굴한 태도로 도와줄 수 있느냐고 물었다. 추귀성은 전화번호 하나를 알려주었다. 그 번호가 구명줄이 되어주었다. 덕분에 파파라치 같은 삼류 언론의 추적에서 잠시 벗어났고, 옌顔씨 집안과 담판을 지을 만한 정신적 여유를 되찾을 수 있었다.

이제 자신이 추귀성에게 은혜를 갚을 차례였다.

그는 추귀성이 이런 중요한 고비에서도 5년 전 베푼 은혜에 대해 들먹이지 않는다는 데 감동했다.

이제 곧 만 18세가 될 추전샹은 눈 한 번 깜빡이지 않고 휴대폰 게임을 하고 있었다. 판옌중은 목을 쭉 뻗어 고개를 기울였다. 스트레칭을 하는 척했지만 사실은 녀석의 얼굴을 좀 더 자세히 보려는 것이었다.

이 아이가 생후 한 달이 되었을 때 동아리의 일곱 마리 늑대가 다 같이 추궈성의 집에 모였다. 갓난아이가 있는 추궈성이 멀리 나오기 힘들 것을 배려한 것이었다. 친구들은 번갈아서 아기를 안아보며 생명의 무게를 느꼈다. 판옌중도 손바닥 절반만 한 아기의 얼굴을 들여다보았다. 양볼에 붉고 가느다란 선이 가득했다. *아기들은 원래 이런가요?* 그의 물음에 추궈성의 아내가 대답했다. *영아의 피부는 아주 얇고 연약해요. 외부 세계의 조그만 먼지 한 톨에도 몹시 민감하죠.* 판옌중은 품속의 아기를 보며 생각했다. **인간에게 이토록 깨끗한 시절도 있군.** 그런 흥분된 감정이 옌아이써顔艾瑟가 판쑹뤼范頌律를 안겨줬을 때는 일어나지 않았다. 그때는 나이가 이미 서른여섯이었고 변호사로 일한 지도 10년이 넘은 만큼 감수성이 많이 무뎌졌던 것이리라. 혹은 그때 이미 옌아이써가 정신적으로 무너지고 있다는 것을 알아차렸었는지도 모른다.

"삼촌, 그 사람들이 올까요?"

추전샹의 목소리가 판옌중을 과거의 기억에서 끄집어냈다. 그는 손목시계를 들여다보았다. 약속 시각에서 십오 분이 지나 있었다. 전화를 해볼까? 우릴 바람맞히려는 건가? 아니면 전화로 이야기한 금액이 만족스럽지 못했나? 의심이 묵직한 바위가 되어 가슴을 짓눌렀다. 설마 추전샹이 추궈성의 아들이라는 걸 알았나? '추鄒'라는 성이 흔하지는 않으니까. 정말 그런 거라면 20만 타이완달러로는 끝나지 않겠는데.

재빨리 생각을 굴려봤다. 추궈성에게 미리 전화해서 임기응변으

　　　　　　　　　　　우리에게는 비밀이 없다

로 어디까지 올려도 될지 논의해봐야 했다. 정말 문제인 상황은 그쪽에서 지속적으로 돈을 요구하며 물고 늘어질 경우였다. 원래의 합의서에는 "더 이상 이 사건으로 고소할 수 없다"고 되어 있었는데 판옌중이 거기다 비밀 보장 조항을 추가했다. 언론에 사건을 알리면 이쪽에서 합의금의 세 배를 청구할 수 있다는 것이었다. 세 배로 충분할까? 언론이나 다른 후보 진영에서 그 돈을 내주겠다고 한다면? 가능성이 높지는 않다. 추궈성의 위치가 그 정도로 중요하지는 않다. 휴대폰 화면에는 여전히 상대의 전화번호가 떠 있었다. 그때 전화가 울렸다.

추전샹 쪽을 흘낏하자 녀석이 고개를 들며 물었다. *삼촌, 그 사람들이에요?* 판옌중이 고개를 끄덕이며 전화를 받았다.

"판 변호사님이세요? 나나娜娜 엄마예요. 길을 헤매고 있어서요."

"아, 여기 길이 좀 복잡한 편이죠. 어디 계신지 말씀해주시면 제가 나가겠습니다."

그는 추전샹에게 잠깐 갔다 오겠다는 의미로 눈짓을 했고, 여드름 가득한 앳된 얼굴은 별 표정 없이 알겠다고 대답했다.

"황黃 여사님, 안녕하세요? 여기 제 명함입니다."

판옌중이 명함을 내밀었지만 여자는 받지도 않고 추전샹만 빤히 쳐다보았다.

"너지? 나나가 너희 집에서 얼마나 있었니?"

추전샹이 불안한 눈빛으로 판옌중을 바라보았다. 뭐라고 대답하면 좋으냐고 묻는 것 같았다.

"말씀드리렴."

판옌중이 명함을 도로 집어넣으며 말했다.

그때 추궈성이 메시지를 보내왔다.

—그 사람들 왔나? _13:17 p.m.

판옌중은 곧바로 답장했다.

—응, 엄마만 왔는데 다행이지. _13:17 p.m.

—그러면 됐어. 집사람이 너무 긴장해서 구토를 했어. 괴롭군. _13:18 p.m.

—제수씨 잘 돌봐줘. 여긴 내가 처리할 테니. _13:18 p.m.

추전샹은 목을 움츠리며 머뭇머뭇 대답했다. "열흘쯤……." 말
꼬리를 길게 빼더니 "저도 정확히 모르겠어요. 그때 시험 기간이어
서"라고 덧붙였다.

"나나가 만 열여섯 살이 안 된 거 알았지?"[*]

"몰랐어요. 말한 적이 없는데요. 걔가 갈 곳이 없다고 그래서, 저
한테 어떡하냐고 해서. 전 걔가 불쌍하다고 생각해서 친구랑 같이
방을 빌려서 준 거예요. 나나가 심심하다면서, 저한테 와서 놀아달
라고 그래서 간 거예요."

"그럼 너희들 몇 번이나 잤어?"

추전샹이 또 판옌중 쪽을 흘낏거렸다. 이번 질문에 대해선 전에
시연을 한 적이 있었다. 판옌중이 대답하라는 사인을 보냈다.

"전에 보신 것처럼 두세 번요."

"거짓말하지 마. 나나는 너희들이 만날 때마다 잤다고 그러던
데? 어떨 때는 하루에 몇 번도 했다고. 역겨워. 걔가 그렇게 어린데!
빼빼 마른 여자애랑 그러고 싶었어? 변호사님, 자식이 있으세요?"

판옌중은 자신이 끼어들어야 하는 상황에 익숙했지만 이번만큼

---

[*] 타이완 법률에서 만 16세 미만인 자와 성관계를 하는 것은 합의에 따른 행위라 해도 법에
저촉된다.

우리에게는 비밀이 없다

은 살짝 긴장되었다. 그는 마음을 가다듬고 입을 열었다.

"황 여사님, 저도 딸이 있습니다. 여사님 마음을 이해할 수 있어요. 지금 상황은 전샹도 자기 잘못을 알고 있고 전샹 부모님도 배상을 하려는 성의가 있습니다. 오늘 이 일을 잘 처리하고 싶습니다."

"근데 재 부모는요? 어디 있죠? 배상할 성의가 있다면서 왜 나오지 않았어요? 내 얼굴을 볼 용기가 없어서?"

"황 여사님, 그런 게 아닙니다."

상대는 추전샹과 추귀성을 연결 짓지 못한 게 분명했다. 판엔중은 한숨을 돌렸다. 이제 사건을 말끔하게 끝낼 자신이 생겼다.

"전샹 부모님도 오늘 자리에 나오고 싶어 했습니다. 그런데 전샹 어머니가 몸이 안 좋아서 몇 달째 입원해 있는 상태라서요. 전샹 아버지도 오늘 와서 직접 여사님께 사과하려고 했습니다만, 전샹 어머니한테 갑자기 문제가 생겨 급히 병원에 가야 했습니다."

여자는 코웃음을 쳤다.

"20만은 너무 적어요. 딸이라고는 나나 하나인데 저희가 받은 상처에 비하면 터무니없는 금액이에요. 30만은 돼야죠."

빙고! 판엔중은 추전샹과 눈을 마주쳤다.

그는 겉으로 표 내지 않으면서 말을 받았다.

"이 일로 여사님과 나나가 많이 힘드셨지요? 전샹 부모님도 20만은 너무 적다고, 나나 어머님 마음 충분히 이해한다고 했습니다. 여기 합의서입니다. 내용을 살펴보시죠. 전샹 부모님은 정말로 죄송하게 생각하고 있습니다."

합의서에 적힌 금액은 50만 타이완달러였다.

여자의 눈에서 빛이 번쩍거렸다.

황 여사를 배웅한 후 판옌중은 무거운 짐을 벗어버린 기분에 의자에 등을 기댔다.

추전샹이 우물우물 말을 꺼냈다.

"저희 엄마는 입원하지 않았는데요."

"때로는 말이다, 목표를 위해 거짓말이 꼭 필요할 때도 있단다."

판옌중이 추전샹을 빤히 쳐다보며 말을 이었다.

"그리고 완전히 거짓말도 아니야. 네 엄마는 정말로 몸이 안 좋으셔."

"꼭 이렇게 해야 해요? 이건 저한테 불공평한 것 같아요."

판옌중은 추궈성에게 상황 보고를 마친 뒤 전샹 옆으로 돌아왔다.

"어떤 점이 불공평하다는 거지?"

"제가 뭘 잘못했는지도 모르겠어요. 나나가 먼저 만나자고 그런 건데."

"그렇다고 걔와 자도 되는 건 아니야. 걔가 나이를 더 먹을 때까지 기다렸어야지."

"하지만 걘 다른 놈들이랑도 많이 잤단 말이에요."

추전샹이 분한 표정으로 말했다.

"나나가 그랬어요. 걔 엄마 남자친구가 엉덩이를 만졌다고요. 집에 있기 싫어서 인터넷으로 만난 친구 집에서 잔 거라고요. 그 인터넷 친구들이랑 다 잤는데 왜 나만 안 된다는 거예요? 나나도 그런 거 좋아했어요. 나더러 좋은 사람이랬다고요. 내가 용돈을 제일 많이 준다고. 삼촌, 전 나나를 강간한 게 아니에요. 다들 저

우리에게는 비밀이 없다

한테 왜 그러시는 거예요? 아빠랑 엄마도 그래요. 이런 일에 50만 이나 쓰다니."

"전샹, 잘 들어라. 절대로, 절대로 나나와 네가 돈 이야기를 했다는 걸 어느 누구에게도 말하면 안 된다. 그리고 너, 방금 삼촌 앞에서 한 말 취소해. 누가 너한테 그런 생각을 심어줬는지 모르겠구나. 하지만 삼촌은 네 부모님의 교육을 믿는다. 넌 그런 말을 하면 안 돼."

판엔중은 이마 위로 흘러내린 머리카락을 쓸어넘겼다.

"마지막으로, 이것 하나는 확실히 말해두마. 이번 일은 우리가 운이 나빴다. 법률 규정은 나나 쪽에 유리하게 돼 있어. 예를 들어줄게. 휴대폰 게임처럼 저쪽이 가진 카드가 네 카드보다 좋으니까 네가 이길 확률이 낮은 거야. 그럴 땐 최대한 적게 손해 보면서 패배하는 방법을 찾아야 해. 우리 상황이 딱 그렇단다."

"그래도 50만은 너무 큰돈이라고요."

추전샹이 한 번 더 저항했다.

판엔중은 저도 모르게 목소리를 높였다.

"너, 상황을 제대로 이해하고 있긴 하니? 아니면 너희 아버지가 너무 겸손해서 아버지 위치가 어떤지를 모르는 거야? 보통 사람이 아침부터 저녁까지 시장님과 식사를 할 수 있겠니? 다른 사람이 의뢰한 일이었으면 나도 20만으로 해결했을 거다. 네 사건이 왜 50만인 줄 알아? 추가된 30만은 너희 아버지를 보호하기 위한 거야. 네 행동 하나가 아버지한테 나쁜 영향을 미칠 수 있어. 심지어 시장님한테도. 아니, 왜 울고 그래?"

추전샹이 눈물을 뚝뚝 흘리고 있었다.

녀석의 기분을 이해하지 못하는 것은 아니었다. 판엔중도 나나라는 여자애를 조사해봤다. '나나'는 그 애가 게임에서 사용한 이름이었다. 나나가 어릴 때 부모님이 이혼했고, 엄마는 여러 남자를 거쳤다. 열네 살에 처음 가출한 나나는 그때부터 2년간 적어도 열 명이 넘는 인터넷 친구의 집에 머물렀다. 나나는 그런 인터넷 친구를 '의붓오빠'라고 불렀다. 나나와 의붓오빠가 성관계를 하면 의붓오빠가 나나의 생활비를 부담해줬다. 그러다 나나가 더 좋은 오빠를 만나 떠나면 둘의 공생관계가 끝났다. 나나의 엄마는 나나를 찾아다니며 의붓오빠들을 고소했고, 이들은 각기 10만에서 30만까지 합의금을 냈다. 개중에는 감옥에 간 사람도 있었다. 판옌중이 계산한 바에 따르면 추전샹의 50만을 더해 나나의 엄마가 지난 몇 년간 받아낸 금액은 최소 200만이 넘었다.

나나가 떠난 후 추전샹은 메시지를 받았다. 상대 측에서는 추전샹이 만 16세 미만의 여성과 성관계를 한 행위는 형법에 저촉된다면서 합의하지 않으면 경찰의 소환장을 받게 될 것이라고 했다. 추전샹은 게임에 접속해서 나나를 찾아냈고, 나나는 이렇게 말했다. *나를 믿어줘. 나도 피해자야. 그 돈은 나한테 한 푼도 안 와. 엄마는 그걸로 술을 마시거나 남자친구랑 가라오케에 가거나 해.* 난감해진 추전샹은 받은 메시지를 부모에게 보여줬다. 며칠을 고민한 부모는 판옌중에게 도움을 청했다.

"전 나나를 찾을 거예요. 복수할 거라고요."

판옌중이 믿을 수 없다는 시선으로 녀석을 바라봤다. 피가 머리로 몰려서 그런지 바늘로 찌르는 것 같은 통증이 느껴졌다.

"무슨 자격으로 복수 운운이야? 미쳤니?"

"전 이용당한 거예요. 걔가 저한테 이러면 안 되죠. 걘 분명 벌써 새로운 의붓오빠를 만들었을걸요……."

순간 추전샹의 얼굴로 물이 뿌려져 사방으로 흩어졌다.

녀석은 녹아가는 얼음처럼 물방울을 뚝뚝 떨어뜨리며 꼼짝하지 않았다. 눈 주위가 발갛게 된 모습이 무고하고 억울해 보였다.

"네 아버지만 아니었으면 널 한 대 때렸을 거다. 넌 내 말을 전혀 듣지 않았구나. 네 부모님이 정말로 오냐오냐 키웠어. 한 번만 더 말하겠다. 이번엔 똑똑히 들어. 머리하고 귀를 써서 듣고 생각을 좀 해, 네 행동이 누구한테 문제가 되는지. 네가 나나에게 복수하면 그땐 누가 널 도와줄 것 같아? 50만이라는 큰돈을 널 위해 쓰는 것보단 시궁창에 처박는 게 더 가치 있겠다. 너, 나나를 찾아가서 복수한다는 생각, 지금 당장 지워버려! 그러지 않으면 네가 아무리 추궈성의 아들이라 해도 삼촌이 널 혼낼 방법은 있으니까. 알아들었어?"

"알아요."

추전샹의 눈에 기묘한 빛이 감돌았다.

"삼촌 이름으로 구글링해봤는데, 부인을 때렸다면서요?"

"그건 가짜 뉴스다!"

판옌중이 길게 숨을 들이쉬었다.

"난 전처 집안사람들에게 이용당한 거야."

판옌중은 숨 쉬기가 불편해졌다. 그는 허리를 짚으며 몸을 돌렸고, 그렇게 추전샹을 등진 채 말했다.

"택시 타고 집에 가라. 지하철을 타든지 알아서 해. 널 데려다줄 기분이 아니다. 가봐."

추전샹이 사라진 후 판옌중은 우신핑吳辛屛에게 전화했다. 아내의 따뜻한 목소리에 위안을 받고 싶었다. 한 번, 두 번, 신호음이 이어졌지만 받지 않았다. 그는 아내가 바쁜가 보다 하고 별생각

없이 전화를 끊었다. 아내는 학원 강사라 이 시간대가 바빴다.

　판옌중은 숨을 거칠게 내쉬며 이 사건을 맡은 것을 후회했다. 추전샹은 수치심을 모르는 녀석이었다. 오랜 친구가 자식을 제대로 가르치지 못한 것이 유감스러웠다.

　추전샹의 말이 오후 내내 판옌중의 귓가를 맴돌았다. 독수리라도 된 듯 선회비행을 하며 그에게서 떨어지지 않았다. 그는 휴식을 취하려고 책상에 엎드렸지만, 겨우 잠들었을 무렵 추궈성의 전화 벨 소리에 깨고 말았다.

　"전샹 이야기를 들으니까 너와 좋게 헤어지지 않았다더군. 미안하다. 그 애가 좀 직설적이야. 나도 아내도 어떻게든 걔 성격을 고쳐보려고 했는데 그럴수록 더 반항하더라고."

　판옌중은 몇 분을 허비하여 추전샹과 나눈 대화를 설명했다.

　"그랬군."

　추궈성의 목소리가 부드러워졌다.

　"이번 일이 좋은 교훈이 되었다. 나도 아내도 반성 많이 했어. 우리가 너무 오냐오냐했던 것 같아."

　자책하는 친구의 말을 듣자 판옌중도 더는 불만을 토로할 수 없었다. 그는 의뢰인이 왔다는 핑계로 전화를 끊었다.

　사무실 밖으로 나가자 변호사인 직원 둘이 얼른 고개를 들었다. 판옌중은 아까보다 더 기분이 나빠져서 아내에게 메시지를 보냈다. 삼십 분쯤 지나고 나서도 아내는 메시지를 확인하지 않았다. 벽시계를 확인한 그는 어머니에게 전화를 걸었다. 리펑팅李鳳庭

　　　　　　　　　　　우리에게는 비밀이 없다

은 바로 전화를 받았다. *아빠, 빨리 나 데리러 와!* 수화기 너머로 판쑹뤼가 외치는 소리가 들렸다. *들었니? 네 딸은 이 할미가 늙어서 재미없나 보다.* 어머니가 섭섭한 듯 말했다. 쑹뤼는 영리하게도 자기변호를 시작했다. *할머니가 싫은 게 아니라 인터넷 하고 싶어서 그래요! 아빠가 할머니 댁에도 인터넷 놔주면 할머니랑 살래요. 할머니는 내가 아무리 휴대폰 갖고 놀아도 혼내지 않으니까.*

판옌중은 미소를 지었다. 딸 쑹뤼는 어떤 마력 같은 게 있었다. 마음속 어둠을 밝혀주는 힘 말이다. 하지만 좋은 기분은 오래가지 않았다. 어머니의 다음 말 때문이었다. *샤오핑小屛*이 보약이라도 먹고 있니? 진짜 효험 좋은 약 지어주는 델 내가 소개받는데……* 판옌중은 미간을 찌푸리며 차갑게 대꾸했다. *어머니, 저흰 아이 가질 계획이 없어요. 쑹뤼만 있으면 됩니다.* 어머니는 쉽게 물러서지 않았다. *그게 네 생각이니, 어미 생각이니? 어미가 대놓고 말을 못 해서 그렇지, 속으론 애를 갖고 싶어 하지 않을까?* 쏘아붙이는 어머니의 말에 조금 사라졌던 피로감이 도로 밀려들었다. 그는 못 들은 척 대답을 피하고 아이를 데리러 갈 테니 잠시 후 건물 앞에서 뵙자고 말했다. *건물 앞? 집에 올라오지 않고? 너 오면 사과 주려고 챙겨놨는데. 네가 좋아하는 일본 품종 사과야.* 판옌중은 변명했다. *사과는 쑹뤼한테 들려서 내려 보내세요. 제가 감기 기운이 있어서 어머니한테 옮길까 봐 그래요. 주말에 같이 외출이라도 하시죠.* 그 말에 리펑팅은 만족스러운 듯 전화를 끊었다.

8시군. 이 시간이면 학원에 아이들이 별로 없겠지? 판옌중은 다

---

* 판옌중의 아내 우신핑을 가리킨다. 이름이나 성 앞에 '샤오(小)'를 붙이면 친근하게 부르는 말투가 된다.

시 전화를 걸었다. 신호음만 한참이나 이어졌다. 다시 메시지를 남겼다. 요즘 시험 기간이야? 전화도 못 받을 만큼 바쁜가 봐? 메시지 보면 전화해.

판옌중은 담배 한 대를 꺼냈다. 곧 흰 연기가 입에서 흘러나왔다. 그는 눈앞에서 오가는 사람들과 차들을 훑어보았다. 그러다 얼굴을 문지르며 주차장으로 향했다.

쑹뤼는 차에 타자마자 불평을 쏟아냈다. *사과 무거워. 손이 아파.* 판옌중은 조심스럽게 운전대를 돌리며 딸을 달랬다.

잠시 후 차창 스위치를 만지작거리던 딸이 갑자기 입을 열었다.

"작문 숙제 있는데 아빠가 도와주면 안 돼?"

판옌중의 눈썹이 쓱 올라갔다. 딸아이는 이런 말을 꺼낸 적이 거의 없었다.

"마미한테 도와달라고 해."

"이번에는 마미가 못 해."

"왜? 작문 숙제가 그렇게 어려워?"

"선생님이 '나의 성장 과정'에 대해 써 오래."

판옌중은 무의식적으로 운전대를 꽉 쥐었다.

"작문 주제가 별로다. 다른 주제로 바꿔달라고 하면 안 될까?"

"왜 바꿔?"

뒷자리의 쑹뤼가 운전석 등받이를 걷어찼다.

"뭐가 별로야?"

"그런 주제로는 어휘 능력을 평가하기가 어렵거든. 다들 시간

우리에게는 비밀이 없다

낭비만 하는 꼴이야."

"아무도 그런 말 안 해. 아빠만 그러지."

"다른 사람들은 아빠처럼 똑똑하지 않거든."

"아무튼 내일까지 내야 해. 늦게 내면 점수 깎여."

"아까 할머니 댁에서 쓰지 그랬어."

"반쯤 쓰다가 그만뒀어."

"왜?"

"아빠랑 엄마 이야기를 써도 되는지 몰라서."

흰 그림자 같은 것이 차 앞을 휙 스치고 지나갔다. 급히 브레이크를 밟았다. 쑹뤼의 몸이 의자 등받이에 부딪히는 소리, "악" 하는 아이의 비명소리가 들렸다. 백미러에 걸어두었던 비휴貔貅* 장식이 떨어져 조수석 위를 굴렀다.

"제길! 빌어먹을 길고양이."

판옌중이 뒷자리를 돌아봤다. 머리를 문지르는 쑹뤼의 표정이 잔뜩 일그러져 있었다.

"괜찮니? 머리 부딪혔어? 어디 좀 보자."

"괜찮아."

쑹뤼는 곧 울음을 터뜨릴 것 같았다.

"그런데 아빠가 화난 것 같아. 아빠는 절대로 나랑 마미 앞에선 욕하지 않을 거랬으면서."

판옌중은 한숨을 쉬며 신호등을 바라보았다. 자신이 끈끈이가 달린 쥐덫에 걸린 새처럼 느껴졌다. 벗어나려고 노력할수록 점점 더 끈끈이가 몸에 달라붙는 듯했다. 8시 37분. 우신핑에게서는 아

＊ 범 또는 곰과 비슷하다고 알려진 설화 속 맹수.

직도 전화가 없다. 메시지도 읽지 않았다. 파란불이 켜졌을 때 그는 마음을 바꿔 먹었다. 노란색 두 줄 차선을 넘어 크게 유턴을 했다.

학원 간판은 불이 꺼진 상태였다. 2층은 완전히 어두웠고, 1층의 전등도 일부만 켜져 있었다. 쑹뤼 또래의 남자아이가 안내 데스크에 엎드려 있고, 20대 초반으로 보이는 통통한 여자가 바닥을 닦고 있었다.

"아빠, 마미 데리러 온 거야?"

쑹뤼가 창틀에 두 손을 올리고 안을 들여다보며 말을 이었다.

"안내 데스크 언니가 바뀌었어. 전에 봤던 언니가 아니야."

판옌중이 들어가자 두 사람이 동시에 고개를 들었다. 부모님이 아닌 걸 확인한 남자아이는 다시 엎드려서 손에 쥔 지우개를 굴려댔다. 20대 여자는 의혹의 눈빛을 보내며 대걸레 손잡이를 꽉 움켜쥐었다.

판옌중은 얼른 방문 목적을 말했다.

"실례합니다. 저는 우신핑 씨 남편입니다. 아내를 데리러 왔습니다."

여자가 그제야 미소를 지었다. 하지만 이내 또 다른 종류의 의혹이 그녀의 눈에 떠올랐다.

"우 선생님은 오늘 휴가 내셨어요."

판옌중은 거짓말을 했다. 마미가 오랫동안 만나지 못한 친구를 보러 타이중에 갔다고 쑹뤼에게 말했다.

우리에게는 비밀이 없다

그럼 언제 오는데? 쑹뤼는 단지 이렇게만 물었다. *내일. 마미는 내일 돌아올 거야.* 둘은 골치 아픈 작문 숙제를 같이 마무리했다. *엄마 이야기는 쓰지 마. 마미에 대해서만 쓰면 돼.* 아이는 연필을 쥐고 원고지 위를 죽 그었다. 연필심이 종이 바깥으로 나갔다. 이건 아이가 '저항'을 할 때 하는 기본 동작이었다. 아이의 생모에게서 배운 것이었다. 옌아이써의 흉곽 안에는 천칭이라도 자리 잡고 있는 것 같았다. 이를테면 '원칙'이라고 부르는 것 말이다. 그녀는 충분히 납득하지 못하면 절대로 양보하지 않았다. 단 한 걸음조차도. 그러면서도 진심을 속시원히 털어놓지 않았다. 대신 이런저런 사소한 행동을 하며 시간을 끌었고, 가끔은 커다란 눈을 깜빡이며 상대가 좀 더 애를 써서 자신을 납득시켜주기를 기다렸다. 아니, 사실은 상대가 애걸복걸하기를 기다렸다.

많은 부분에서 쑹뤼는 아빠를 닮았다. 그러나 그의 말에 동의하지 못할 때만큼은 놀라울 만치 생모와 비슷했다. 판옌중은 스스로 위안하듯 생각했다. *적어도 지금은 아이 감정에만 신경 쓰면 돼.* 그는 말하는 속도를 늦췄다. 상의하는 태도를 보이며 부드럽게 말했다. *마미가 쑹뤼의 작문을 읽을 텐데 엄마 이야기를 쓰면 서운해하지 않을까?* 그는 자신이 거짓말하고 있다는 것을 알았다. 우신핑은 생모를 그리워하는 쑹뤼의 마음을 늘 존중해주었다. 어쨌든 쑹뤼는 고집을 꺾고 아빠의 제안을 받아들였다. 숙제를 마친 아이는 오늘은 목욕하지 않고 자면 안 되느냐고 물었다. 판옌중은 고개를 끄덕였다. 어느 정도는 거래를 한 셈이었다.

아이가 방에 들어간 뒤 휴대폰 발신 기록을 세어보았다. 35통. 아이 옆에서 숙제를 도와주는 동안 몇 번이나 재발신 버튼을 눌렀다. 그는 지금 벼랑 끝에 서 있다는 걸 알았다. 발치에서 바닥이 갈라지며 흔들거렸다. 예전에도 이런 감각을 느꼈던 적이 있었다. 한밤중에 옌아이쎠와 담판을 지으려고 시도했던 때였다. 판옌중은 고개를 흔들었다. 꼬리뼈를 타고 오르는 오싹한 기운을 떨치고 싶었다. 다시 한 번 재발신 버튼을 눌렀지만 역시 받지 않았다. 숫자는 36이 되었다. 옌아이쎠의 덜덜 떨리는 고음역 목소리가 귓가에 쟁쟁했다. *당신 이러는 거 진짜 변태 같아. 알아?*

판옌중은 소파에 늘어졌다. 학원 인턴 사원이라는 시시西西는 아까 이런 말을 했다. 반년에서 일 년쯤 전부터 우 선생님은 한 달에 한 번 고정적으로 휴가를 냈다. 사유는 병원 진료였다. 무슨 질병인지는 시시도 모른다고 했다. 그건 질문할 수 있는 범위를 벗어난 것이니까. 휴가 날이면 우 선생님이 맡은 학생들을 학원 분관으로 보내 같은 학년의 다른 반에서 공부하도록 조치하는데, 그 역할을 시시가 맡고 있었다. 휴가 다음 날이면 우 선생님이 커피와 케이크를 시시에게 선물로 준다고 했다.

판옌중은 시시에게 학원 책임자의 휴대폰 번호를 알려달라고 해서 전화를 걸었다. 세 번이나 걸었지만 받지 않았다. 학원 주임은 한 달 전 태어난 아기를 돌봐야 해서 9시 이후로는 집전화만 받는데, 그 번호는 학원에서 오래 일한 선생님들만 알고 있다고 했다.

아내가 숨기는 일이 있다! 판옌중은 아내에게 지속적으로 경과를 살펴야 하는 질병이 있다는 것을 모르고 있었다. 그런 병이 있었다면 왜 말하지 않았을까? 청혼을 했을 때 우신핑은 이렇게 말했다. *아주 중요한 질문이니 꼭 사실대로 대답해줘. 내가 아이를 낳고 싶지 않다고 하면 이해해줄 수 있어? 전에도 말했지만 내 가족, 어린 시절 친구, 가깝게 지냈던 사람들은 다 일찍 죽거나 사고*

　　　　　　　　우리에게는 비밀이 없다

를 당했어. 나와 가까운 사이가 되면 불행한 일이 생기는 건가 생각하게 됐지. 그걸 알면서도 나와 결혼하고 싶다면 정말 감동적이야. 하지만 나는 아이를 낳지 않겠다는 결심을 바꾸지 않을 거야. 내 아이에게도 무슨 일이 생긴다면 나는 심하게 자책할 것 같아. 내 생각을 존중해줬으면 좋겠어. 나를 바꾸려고도 하지 말아줘. 판옌중은 그 요구를 받아들였다. 홀가분한 심정으로, 조금쯤은 다행이라는 마음으로. 솔직히 그는 우신핑이 아이를 낳지 않겠다고 하는 것이 의아했다. 그가 먼저 사망한다면 그의 부동산이며 주식, 증권 등을 전부 쑹뤼와 그녀가 공동으로 상속받는다.

판옌중은 우신핑에게 절대로 아이 이야기를 꺼내지 않기로 약속했다. 그 역시 자신이 쑹뤼 외의 다른 아이를 원하리라 생각하지 않았다. 자식은 한 명이면 된다.

설마 신핑이 사실대로 말한 게 아니었을까? 유전되는 질병을 앓고 있나? 판옌중은 그런 생각을 지워버렸다. 우신핑은 판옌중이 깨어 있는 사람이라는 것을 잘 알고 있었다. 병이 있다고 해서 사실대로 말하지 못할 것은 없었다.

판옌중은 종이와 펜을 꺼냈다. 이건 그의 습관이었다. 어려운 사건을 만나면 꼭 동그라미를 그리곤 했다. 그러지 않으면 생각이 뻗어나가지 않았다. 지인 중에도 비슷한 습성이 있는 사람이 있는데, 우스운 대목은 그 지인은 종이와 펜 같은 도구가 필요하지 않다는 것이었다. 지인은 손가락 끝을 두피에 대고 쉼 없이 원을 그렸다. 그래서 그 부분만 머리카락이 휑했다.

다른 사람은 이럴 때 누구에게 연락할까? 아내의 가족? 아니, 신핑은 가족이 없다. 연애 시절 그녀는 부모님은 다 돌아가셨고 유일한 오빠는 몇 년 전에 연락이 끊겼다고 분명히 말했다. 오빠에게 빚 문제가 있었다고 우회적으로 덧붙여서, 판엔중은 오빠가 빚을 갚아달라고 한 것은 아니니 그나마 다행이라고 위로했다. 가족이 아니면 아내의 가까운 지인들은? 아내가 항상 연락하며 지내는 사람은 많지 않았다. 그중 한 사람은 학원 동료 강사였다. 그 사람을 별명처럼 뭐라고 불렀더라? 만만萬萬? 그래, 만만이었다. 근데 만만에게는 어떻게 연락하지? 생각이 벌써 장애물을 맞닥뜨렸다. 우신펑의 성격 때문이었다. 아내는 친구가 거의 없었다. 사용하는 메신저 앱도 오로지 라인Line뿐이었다. 아내가 말했듯 그녀처럼 친구를 잘 못 사귀는 사람은 메신저 대화를 하는 것에도 부담감을 느꼈다. 또 인터넷에 삶을 털어놓는 것도 꺼렸으며, 어쩌다 글을 올려도 별 반응을 얻지 못했다. 이런 이야기를 들었을 때 판엔중은 속으로 기뻐했다. 그는 눈에 띄게 시끌벅적한 인생을 사는 배우자를 견딜 자신이 없었다. 그런 그에게 우신펑이란 여자는 정말 딱 맞는 아내였다.

판엔중은 서재로 들어갔다. 우신펑의 랩톱 컴퓨터가 책상 위에 놓여 있었다. 그는 오아시스를 찾는 사막 여행자처럼 안도의 한숨을 내쉬었다. 컴퓨터 덮개를 열고 비밀번호를 입력했다. 바탕화면의 라인 로고를 클릭했다.

로그아웃한 지 오래되어 비밀번호를 다시 입력하라는 메시지가 떴다. 그는 몇 가지 번호를 입력해봤다. 시스템 경고 문구가 나올 때까지. 젠장! 우신펑, 도대체 무슨 짓을 하고 있는 거야? 왜 전화를 안 받아? 왜 내가 짐작할 수 있는 번호로 비밀번호를 설정하지 않은 거지? 그는 책상 위로 쓰러지듯 엎드렸다. 부들거리며 신경질적으로 내쏘던 엔아이써의 목소리가 귓가를 때렸다. 그 목소리는 이렇게 말했다. *당신이랑 같이 있는 여자는 결국 당신 때문에*

미쳐버릴 거야!

✦

젠만팅簡曼婷이 이력서를 들고 학원을 찾았을 때 양楊 주임이 면접관으로 그녀를 맞았다. 그는 마흔 살이 안 되어 보였고 금색 체인이 반짝거리는 작은 가방을 갖고 있었다. 진짜 가죽 가방 같았다. 가방에 정신이 팔려 있는데 양 주임이 헛기침을 했다. 그제야 젠만팅은 민망한 듯 머리카락을 귓등으로 넘기며 물었다. *무슨 질문을 하셨죠?*

학생들이 숙제하다가 다 마치지 못하면 선생님이 남아서 끝까지 봐주셔야 합니다. 괜찮으세요? 선생님 댁에도 아이가 셋 있는데 어떻게 하실 건가요? 양 주임이 미소를 짓자 젠만팅도 미소를 지어 보였다. 그녀는 오래전부터 준비해온 답변을 내놓았다. *아이를 봐줄 사람이 있습니다.*

수습 기간이 끝난 후 양 주임은 젠만팅의 월급을 2천 타이완달러 올려주었다. 젠만팅이 안내 데스크 담당자와 수다를 떨다가 이 사실이 알려졌는데, 선생님 하나가 양 주임을 찾아가 따졌다. 똑같이 고학년 담당인데 왜 새로 온 젠만팅만 월급이 더 높으냐고 말이다. 자신이 직원들 입에 오르내리게 된 것을 안 젠만팅은 얼굴을 싸쥐며 견딜 수 없어 했다. 어릴 때부터 그녀는 사람들에게 평가를 듣는 것이 두려웠다. 가끔은 다른 사람 눈에 비친 자신이 또 다른 젠만팅인 것처럼 느껴졌다. 대체 어느 쪽이 잘못된 것일까? 저 사람들의 눈이 비뚤어진 것인지, 아니면 저들은 자기 마음을 감추며 사는 것인지.

열일곱 살 때 같은 반 남학생을 좋아하게 되었다. 남학생의 바로 뒷자리에 앉았던 젠만팅은 그 친구가 시험 답안을 바로잡을 수 있게 슬쩍 힌트를 주었다. 그녀는 남학생이 그 사실을 의식했으리라고 여겼다. 두 사람만의 비밀이 생겼다고 믿었다. 비밀을 나눠 가진 이후 둘 사이가 전과 달라졌다고 생각했다. 사춘기 여자애들은 대개 이렇게 비밀을 간직하는 걸 좋아하게 마련이었다. 남학생이 가끔 마시지 않은 우유를 그녀에게 줄 때 젠만팅은 이 감정이 혼자만의 것이 아니라고 믿었다. 어느 날 반 친구 하나가 칠판에 두 사람의 이름을 썼을 때 젠만팅은 일부러 성이 난 척했다. 하지만 마음속은 아이 손에서 풀려난 풍선처럼 하늘 위로 둥둥 떠오르는 기분이었다. 그런데 바로 그때 남학생의 목소리가 들렸다. *내가 왜 젠만팅을 좋아해? 난 뚱보가 싫어.* 젠만팅은 원래 곱슬머리여서 뒤에서 보면 머리가 마치 버섯처럼 보였다.

그녀는 제일 친하다고 여긴 친구를 찾아가 하소연했다. 친구는 작은 소리로 쿡쿡 웃었다. 마치 그 남학생의 행동이 창의적이고 재미있었다는 듯이. *그 애가 심했다고 생각하지 않니?* 젠만팅의 물음에 친구는 눈을 깜빡거리더니 입술을 비뚜름하게 끌어올렸다. '농담'이라고 해석될 만한 각도였다. *그럴 리가. 정말로 걔가 널 좋아한다고 생각했니? 제발 정신 좀 차려. 걘 엄청 인기 많아.* 젠만팅은 더 이상 아무 말도 하지 않았다. 그 후로 오랫동안 삼 분 또는 오 분마다 한 번씩 주머니에서 작은 거울을 꺼내 자신의 모습을 집요하게 들여다보았다. *거울을 꼭 챙겨야 해. 내가 보는 젠만팅과 남이 보는 젠만팅이 같은 사람인지 시시때때로 확인해야 해.*

대학에 진학한 후 첫 번째 남자친구를 사귀었다. 스더구施德顧, 그에게 특별히 호감이 있었던 것은 아니었다. 사귀기로 한 것은 자신도 누군가 좋아해주는 사람이 있다는 것을 증명해 보이고 싶어서였다. 자리에 들 때면 천장을 바라보며 진지하게 고민거리를 생각하는 시간을 가졌다. 예를 들면 '내 남자친구는 어쩜 저렇게 못생겼을까?'와 같은 고민. 스더구가 그녀의 입에 혀를 집어넣으려 시도했을 때 그녀는 충치가 가득한 눈앞의 입을 보며 좀체 흥분할 수 없었다. 그가 옷을 벗길 때는 눈을 감았다. 대학 졸업식이 끝난 이틀째 날 그녀는 임신 테스트기에 뜬 두 줄을 보았고, 구직 사이트를 닫아버렸다. 그리고 결혼 준비를 시작했다. 결혼식에 신랑 신부의 친구들은 매우 적었고, 하객 대부분은 스더구 부모님의 지인들이었다. 젠만팅은 상견례 날에야 스더구의 부모님이 타이베이시에 서너 채의 집을 세놓고 있음을 알았다. 시부모님은 그중 한 채의 아파트를 비워서 신혼집으로 내주었다.

젠만팅은 양 주임에게 다른 학원에서 일한 적이 있다고 했지만 거짓말이었다. 그녀는 취직을 해본 적이 없었다. 스더구의 직업운은 순탄하지 못했다. 지난 10년 동안 두 사람은 몇 번이나 아이들을 데리고 스더구의 부모님을 찾아가 도움을 청했다. 부모님이 '이렇게 하면 다른 자식들에게 불공평하다'는 이유로 그들이 내민 손을 완곡하게 거절할 때까지 그랬다. 그러자 스더구는 아내에게 가계 부담을 나눠 지자고 했다. 젠만팅은 남편을 원망했다. 겨우 아이들을 학교에 보낼 만큼 키웠으니 이제는 기나긴 휴식기를 가지려 했을 때였다. 다행히 학원 일에서 적잖은 즐거움을 얻었다. 학생들이 귀여웠다. 때로는 구슬리고 때로는 을러대며 다양한 방식으로 학생들을 다룰 수 있었다. 아이들이 어찌할 바를 몰라 하면 속으로 흐뭇해하곤 했다. 학부모들이 무리한 요구를 할 때 요령 좋게 거절할 줄도 알았다. 아이 셋을 낳아 키우는 사람이란 사실을 내세우면 학부모들이 더 우기지 못하고 물러섰다.

젠만팅이 학원에서 제일 좋아하는 선생님이 바로 우신핑이었다. 젠만팅은 자기 집 이야기를 하는 걸 좋아하지 않았다. 자기 집에 무슨 일이 있었는지 양말 속을 뒤집듯 다 떠벌리는 동료 선생님들을 이해할 수 없었다. 그녀가 알기로 우신핑은 이 학원에서 일한 지 5년이나 되었지만 이곳의 모든 사람들과 거리를 두고 지냈다. 학생들은 우신핑의 그런 태도를 꽤 좋아했다. 우 선생님의 냉담한 태도가 신선하게 느껴지는 모양이었다. 우 선생님은 수업할 때나 숙제 검사를 할 때 늘 신중하고 꼼꼼했다. 양 주임은 학부모와 만나는 자리가 불편하다면 우 선생님처럼 일하라고 말했다. 실력으로 학부모들 입을 닫게 만들라는 것이었다. 어떤 선생님은 우 선생님이 잘난 척한다고 투덜대기도 했다.

젠만팅은 그런 생각에 동의하지 않았다. 그녀는 우신핑이 맘에 들었다. 동료들의 집안 사정에 대해 이러니저러니 참견하지 않는 것이 좋았다. 우신핑에게는 자기 집 이야기도 묻지 못하게 만드는 어떤 위압감이 느껴졌다. 어쩌다 떠보듯 질문을 던지면 우 선생님은 대놓고 차단하지 않으면서 예의 바르고 우회적인 태도로, 심지어 약간은 양보하는 듯한 수법을 써서 상대방이 지레 물러나도록 만들었다.

우신핑은 딸을 하나 둔 엄마인데, 자녀 보호에 워낙 철저해서 학원 동료들도 아이가 근처 초등학교에 다닌다는 사실 외에는 아무것도 알지 못했다. 우신핑은 학원 학생들이 학교에서 자기 아이를 괴롭힐까 봐 걱정돼서 밝히지 않는다고 했다. 딸만 있다고 시부모가 뭐라 하지 않느냐고 젠만팅이 물어본 적이 있었다. 그때 우신핑은 어깨를 으쓱하고 눈을 내리깔고는 강사 일지를 써나가

우리에게는 비밀이 없다

면서, 대수롭잖다는 듯이 대답했다. 남편이 아이는 하나면 된다고 고집해요. 워낙에 자유를 추구하는 사람이거든요. 우신핑은 언제나 우아하고 여유로웠다. 우 선생님은 왜 학원 강사를 해요? 이렇게나 우아하고 멋있는 분이. 젠만팅의 물음에 그녀는 웃으며 대답했다. 학원 강사가 어때서요? 단순하고 쉽게 익숙해지는 좋은 직업인걸요. 젠만팅은 심술궂게 대꾸했다. 이 일은 오래 해도 남는 게 없잖아요. 일반 회사에선 오래 일하면 승진이라도 하지만, 여기선 10년을 일하든 20년을 일하든 마찬가지잖아요. 학생들도 일 년 내내 가르쳐봐야 학년 바뀌면 그만이고요. 선생님이 보고 싶을 거예요, 선생님 보러 올게요, 그렇게 말하는 애들도 있지만 다 말뿐이잖아요.

우신핑은 눈을 가늘게 뜨면서 조심스럽게, 그리고 느릿느릿 대답했다. 전 직장생활에서 특별한 욕심이 없어요. 승진 같은 것도 바라지 않아요. 게다가 아이들이 절 잊는 것도 나쁜 일이 아니지요. 선생님도 생각해보세요, 우리가 지금 기억하는 선생님들 중에 좋은 선생님이 있나요? 때리고 욕했던 선생님이 기억에 오래 남죠. 안 그런가요?

젠만팅은 '정말 불가사의한 여자야'라는 듯이 우신핑을 멍하니 바라보았다. 다른 선생님이었다면 분명히 그녀의 말에 동조하며 불만을 쏟아냈을 것이다. 젠만팅은 우신핑에게 자기 가족 이야기를 꺼낸 적도 있었는데, 그때마다 반응은 별다르지 않았다. 젠만팅의 말에 쉽사리 동조하지 않고 가벼운 말투로 슬쩍 화제를 돌리곤했다. 젠만팅은 그녀가 물음에 정확히 대답하지 않는다고 느끼면서도 대화를 마치고 나면 이상하게 기분이 좋아지곤 했다.

이러한 괴이한 효과에 대해 젠만팅은 나름대로 결론을 내리게 되었다. 우신핑은 원래의 고통을 기꺼이 감수하며 살아간다. 그런데 왜 그렇게 사는 걸까? 젠만팅은 혼자서 우신핑의 상황을 상상해보기도 했다. 우 선생님은 사실 이혼하고 혼자 산다. 가끔 먼발치에서 아이를 지켜본다. 이런 상상은 우신핑의 여러 가지 행동에 충분한 근거가 되는 듯 보였다. 젠만팅은 마음 한구석이 괜히 뜨끈해졌다. 정말 그런 상황이라면 우 선생님에게 잘해줘야겠다는 생각도 들었다. 이 사회는 이혼한 여자에게 가혹한 면이 있으니까.

그런 젠만팅의 상상은 판옌중의 출현으로 완전히 허물어졌다.

판옌중은 키도 덩치도 커서 왜소한 몸집의 인턴 사원인 샤오양 小楊을 완전히 가리고 서 있었다.

젠만팅은 오후 1시밖에 안 됐으니 학부모가 왔을 리 없다고 생각했다. 불길한 생각이 머릿속에 떠올랐다. 설마 학생한테 사고라도 생긴 걸까? 그런 거라면 얼른 가서 어떤 학생의 아버지가 찾아온 것인지 확인해야 했다.

지금은 셰謝 선생이 저학년을 맡고 있지만 원래는 쉬許 선생이 저학년 담당이었다. 몇 달 전 단오* 날을 전후로 쉬 선생은 학생들이 얌전히 숙제하고 있는 모습을 보고는 교실을 나와 안내 데스크의 인턴과 잠깐 수다를 떨었다. 나중에 CCTV 영상을 확인해보니 쉬 선생이 교실 밖에 머물렀던 시간은 십팔 분이었다. 그런데 그 십팔 분 사이에 학생 둘이 이름표 줄을 옆자리 친구의 목에 걸고 잡아

● 타이완에서 단오 날인 음력 5월 5일은 국정 공휴일로 휴무한다.

우리에게는 비밀이 없다

당기는 일이 벌어졌다. 목에 줄이 걸린 학생이 겁먹고 버둥거리는 바람에 줄이 더 깊이 파고들어 목에 흉터까지 생기게 되었다. 학부모는 못된 장난을 친 학생뿐 아니라 쉬 선생과 양 주임까지 몽땅 책임지고 배상해야 한다고 주장했다. 사건이 일단락된 뒤에 관련 학생 세 명은 앞서거니 뒤서거니 학원을 그만뒀다. 학부모들은 아이들이 아직 스스로 통제하지 못하는 나이인데 쉬 선생이 경솔하게 교실을 비웠다고 수군거렸다.

그 남자에게 가까워질수록 젠만팅은 심장 소리가 점점 커지는 것을 느꼈다. 어제 수업 시간 중 입이 심심해서 근처 슈퍼에 과자를 사러 갔었는데, 설마 그 몇 분 사이에 무슨 일이라도 있었던 걸까? 슈퍼에서 교실로 돌아왔을 때 학생들의 표정에서 뭔가 이상한 점이 있었는지 떠올려봤다. 아니야, 특별히 기억나는 것이 없는데. 그때는 거의 8시가 되었을 때였고, 젠만팅의 머릿속에는 셋째 아이의 손등에 난 알레르기성 피부염 생각뿐이었다. 다시 피부과 진료를 예약할까 고민하던 중이었다. 만약 쉬 선생에게 벌어진 일이 자신의 상황이 된다면 배상금 정도로 끝나면 다행이지만, 남편이 알게 되면 시부모님도 알 테고, 그러면 잔소리를 들을 일이 또 늘어나는 셈이었다. 젠만팅은 손가방을 쥔 손에 힘을 주며 몸을 꼿꼿이 세웠다.

"아, 젠 선생님이 오셨군요."

샤오양이 젠만팅을 불렀다. 남자가 몸을 돌렸다. 그는 몸을 바로 세우더니 습관적으로 손을 내밀었다가 도로 거둬들였다. 약간 거리를 둔 그가 고개를 숙이며 인사했다.

"실례합니다. 저는 우신핑의 남편 판옌중이라고 합니다. 여기 제 명함입니다."

그 순간 젠만팅의 심장은 엇박으로 멈칫거렸다가 다시 빠르게 뛰기 시작했다.

우 선생님의 남편은 변호사였다.

"아, 안녕하세요?"

젠만팅은 목을 움츠렸다. 판옌중을 똑바로 바라보기가 어려웠다.

"무슨 일로 오신 건가요?"

"그게 말입니다……. 잠시 따로 말씀 좀 나눌 수 있을까요?"

젠만팅은 샤오양 쪽을 흘낏하고 마지못해 고개를 끄덕였다.

학원 문을 나오자 판옌중이 조급하게 입을 열었다.

"저기, 아내가 어제 집에 들어오지 않았는데 혹시 선생님께 연락하지 않았나 해서요."

"네?"

젠만팅은 몇 초간 얼어붙었다가 어리둥절하게 되물었다.

"그게 무슨 말씀이세요?"

"아내가 종종 젠 선생님 이야기를 했거든요. 그래서……."

판옌중은 답답한 듯 머리를 긁적였다. 손가락 끄트머리가 두피를 긁으며 나는 날카로운 소리가 들렸다.

"그 사람이 몇 달 전부터 달마다 휴가를 낸 이유를 아십니까? 아신다면 꼭 좀 알려주십시오."

판옌중은 젠만팅을 똑바로 쳐다보았다. 다른 사람에게 도움을 청하는 일이 드문 사람의 눈이었다.

그 눈에 담긴 것은 당부라기보다는 압박에 가까웠다.

"죄송합니다. 병원에 가야 한다는 말밖에 저도 들은 바가 없어서요."

　　　　　　　　　우리에게는 비밀이 없다

"어느 병원이라는 말도 없었나요?"

"네."

"혹시 최근 그 사람이 좀 달라진 점은 없었나요? 젠 선생님께 특별히 무슨 이야기 한 것도 없었습니까?"

"음……."

젠만팅은 볼을 문질렀다. 새로 생긴 뾰루지가 손끝에 걸렸다. 그녀는 판옌중이 자신의 동작 하나하나를 뚫어져라 보고 있다는 것을 의식하고 생각에 잠긴 척 미간을 찌푸렸다. 사실 별로 생각나는 게 없었다.

"곧 딸아이 생일이라면서 선물을 사야 한다고 하더라고요."

판옌중이 멈췄던 숨을 길게 내쉬었다. 눈빛에 실망한 기색이 가득했다.

"우 선생님한테 무슨 일이 있나요?"

"어제 오후부터 전화하고 메시지도 계속 보냈는데 아직까지 아무 답이 없는 상태입니다. 저는 어젯밤에야 아내가 매달 휴가를 냈다는 걸 알게 됐고요. 아내는 저한테 전혀 그런 이야기를 한 적이 없거든요."

이 순간 판옌중이 고개를 들 여유가 있어 잠깐이라도 젠만팅을 쳐다봤다면 흥분이 넘실거리는 그녀의 눈빛을 알아차렸을 것이다. 마치 재미있는 모험 일정을 들은 어린아이처럼 젠만팅의 눈빛이 반짝거렸다.

"우 선생님이 왜 아무 말이 없었을까요? 그냥 병원에 가는 건데 말이에요."

"그러게요. 저도 이유를 모르겠습니다. 병원 가는 걸 왜 굳이 숨겨야 했는지."

"혹시 친정에 간 건 아닐까요? 그쪽 가족들한테는 연락해보셨나요?"

"아내 부모님은 두 분 다 돌아가셨습니다. 친정 오빠를 찾아갔을 것 같지도 않고요."

판옌중은 막막한 목소리로 대답했다.

"돌아가셨다니요? 우 선생님 어머님이 학원에 찾아오신 적이 있는걸요."

젠만팅이 급히 학원 문을 열고 샤오양을 소리쳐 불렀다.

"저번에 우 선생님 어머님이 여기 찾아오셨었지?"

샤오양이 하던 일을 멈추고 대답했다.

"언제요?"

"그러니까…… 우 선생님 어머님이 다녀가시고 며칠 뒤에 쉬 선생님 반에서 사고가 있었을 거야. 그러니까 대충 단오 날 근처였는데 기억 안 나?"

"아, 아마 시시가 출근하는 날이었을 거예요. 시시한테 물어보면 알 텐데요."

"시시는 지금 어디 있습니까?"

판옌중이 끼어들었다.

"내일 출근해요."

샤오양이 대답했다.

"어머님이 찾아오셨을 때의 상황을 젠 선생님은 모르십니까?"

판옌중이 다시 젠만팅에게 눈을 맞췄다.

"저도 그냥 전해 들은 것뿐이라서요. 그때 급히 수업에 들어가야 했거든요. 그분이 안내 데스크 앞에서 그러셨대요. 우 선생님 엄마라며 신핑을 만나러 왔다고요. 우 선생님한테 엄마가 찾아왔었다고 꼭 좀 전해달라고 하셨고요.”

젠만팅이 한마디 한마디 할 때마다 판옌중의 미간 주름이 조금씩 더 깊어졌다.

“그분이 어떻게 생겼는지 기억나는 게 있으세요?”

“펌을 한 머리였어요. 그러니까, 뽀글뽀글하게. 키는 저하고 비슷했으니까 160센티미터 정도였고, 여행가방 같은 짐을 두 개 들고 계셨어요. 음…… 하지만 그게……. 이걸 말씀드려야 하나 말아야 하나 모르겠네요. 말씀드리면 우 선생님이 화내실 것 같은데.”

젠만팅이 일부러 뜸을 들였다. 마음속에서는 온갖 생각이 오락가락했다. 우 선생님이 가출한 걸까? 이 남자는 겉보기에는 착실해 보이는데. 아니, 착실해 보이면 뭐가 어떻단 거야? 가정폭력으로 뉴스에 난 남자들도 밖에선 사장이니 고위 공무원이니 하면서 점잖게 행세하잖아.

또 하나의 생각이 계속 그녀를 쿡쿡 찔렀다. 눈앞의 이 남자를 어디선가 본 것 같았던 것이다.

어디서 본 걸까?

“뭐라도 생각나는 게 있으면 꼭 좀 연락 주십시오. 아내가 사라졌는데 아무런 흔적이 없습니다. 방금 전에도 전화해봤지만 전화가 꺼져 있더군요. 무슨 사고라도 났을까 봐 걱정입니다.”

“잠깐만 기다려주세요. 뭐 좀 확인해볼게요.”

젠만팅은 손가방을 내려놓고 건물 밖으로 나갔다. 학원 옆 가게 기둥 뒤로 슬그머니 이동한 그녀는 판옌중의 눈을 피해 휴대폰을 켜고 우신핑의 번호를 찾았다.

—이번 시즌 화장품 구성은 가격 대비 좋은 것 같아요. 미백 크림, 선파우더, 미니 립글로스 세 개. 찾아보니까 색깔도 출근할 때 바르기 좋겠더라고요.

미백 크림만 해도 1천 타이완달러예요. 파우더하고 립글로스는 거저 주는 거죠. 난 미백 크림이랑 립글로스 두 개만 있으면 되는데. 혹시 선파우더하고 레드 립글로스 필요하시면 450타이완달러만 받을게요. _11:11 a.m.

─좋아요. 돈은 언제 드리면 될까요? _13:26 p.m.

─제가 인터넷으로 주문할게요. 화장품 받고 나서 돈 주세요. _13:28 p.m.

주고받은 메시지는 여기서 멈췄다.

지금은 전원이 꺼져 있습니다. 나중에 다시 걸어주십시오.

남자의 말은 거짓말이 아니었다. 우신펑의 전화는 꺼져 있었다.

젠만팅은 가슴이 마구 뛰었다. 저 남자를 믿어도 될까? 지금 이 상황은 그녀의 경험치를 훨씬 넘어선 것이었다. 젠만팅이 아는 한 남편이 변호사라면 학원 강사보다는 더 나은 선택지가 많을 터였다. 자신이라면 남편 사무실에서 문서 정리를 하든, 우체국에 서류를 부치러 가든, 손님에게 차를 내가는 역할을 하든 남편의 일을 도울 것 같았다. 혹시 우신펑과 남편 사이에 무슨 문제가 있었던 걸까?

젠만팅은 메시지를 보냈다.

─우 선생님, 어디 계세요? 남편분이 학원으로 찾아오셨어요. _13:18 p.m.

손가락이 키패드 위를 두드렸다. 하나, 둘, 셋. 젠만팅은 걸음을 멈추고 마음을 다잡았다. 이윽고 학원 안내 데스크 앞으로 돌아와 말했다.

"죄송해요. 급히 처리해야 할 일이 있었거든요."

판옌중은 그녀의 말을 믿는 듯 별 반응이 없었다.

"어디까지 이야기했죠?"

"어떤 분이 제 아내 어머니라면서 찾아왔었다고 하셨죠."

"아, 그랬죠."

젠만팅은 일부러 막 생각이 난 듯 연기했다.

"어쨌거나 그다음 날 제가 우 선생님과 그 이야기를 했어요. 어머니와 닮았는데 우 선생님이 좀 더 말랐다고 그랬죠. 제가 잘못 말한 건 아니잖아요. 딸이 엄마를 닮는 게 뭐가 문제예요? 그런데 우 선생님은 기분이 안 좋아 보이더라고요. 꽤 오래 알고 지냈는데 그렇게 불쾌해하는 건 처음 봤어요. 아무튼 우 선생님이 말하길, 그분은 어머니가 아니라 외가 쪽 친척분이래요."

"그럼 그분은 왜 자기가 신핑 어머니라고 했답니까?"

"저도 모르죠. 우 선생님은 말하기 싫은 눈치였어요. 저도 더 묻지 못했답니다."

학원 문 앞 가로수에 새들이 앉아서 시끄럽게 지저귀고 있었다.

수수께끼가 풀리기는커녕 새로운 국면으로 접어들었다. 화창한 날이었지만 판옌중은 눈앞이 캄캄해지는 듯했다.

"시시만 그분과 대화를 했다는 거군요."

"아마도요."

"그 직원 연락처를 알려주실 수 있습니까?"

젠만팅과 샤오양이 시선을 주고받았다. 두 사람의 눈빛에서 경계심이 느껴졌다.

"개인정보라 곤란합니다. 내일 다시 오시면 어떨까요?"

"알겠습니다. 내일 다시 오지요."

"저기, 판 선생님……."

샤오양이 판옌중을 부르더니 몇 초간 빤히 바라봤다.

"왜 그러십니까?"

판옌중의 눈에 불꽃이 번쩍였다. 샤오양이 뭔가 새로운 사실을 말해주리라 기대하는 눈빛이었다.

"경찰에 신고해야 할까요?"

판옌중은 난처한 표정으로 샤오양을 바라보았다. 그가 입술을 달싹였지만 뭐라고 말하는지 정확히 들리지 않았다.

우리에게는 비밀이 없다

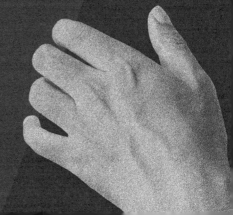

2장

You are the dancing queen

Young and Sweet

Only Seventeen

무슨 이유인지 젠만팅은 자꾸만 노래를 흥얼거리고 싶었다. 요즘 유행하는 노래를 신나게 부르고 싶었다. 하지만 머릿속을 아무리 뒤져봐도 애를 낳기 전 라디오에서 흘러나오던 노래에 맞춰 몸을 흔들던 순간만 떠올랐다.

"오늘 무슨 일 있어? 기분이 왜 그렇게 좋아?"

남편 스더구가 물었다.

"기분이 좋지도 나쁘지도 않아."

젠만팅은 국물을 한 숟가락 떠서 입에 넣었다. 놀라울 만치 맛있었다. 어쩌면 스더구의 말이 맞는지도 모른다. 그녀는 지금 엄청나게 기분이 좋은 것이다.

"우리 학원에 우신핑이라는 선생님이 있는데 기억나? 내가 전에 말한 적 있잖아."

우리에게는 비밀이 없다

"어, 그렇지. 당신이 말했었지."

스더구의 눈빛이 흐릿해졌다. 젠만팅은 그가 거짓말하고 있다는 걸 눈치챘다.

뭐 그냥 그러려니 했다. 그녀 역시 남편의 말을 귀담아듣는 척하지만 돌아서면 잊어버렸다. 그녀는 남편을 힐끔거렸다. 이상한 일이었다. 어떤 비밀을 알게 된 즐거움은 그 비밀을 다른 사람과 공유할 때에야 비로소 확실해진다. 왜 그런 걸까?

젠만팅이 가스레인지 불을 껐다.

"전에 말했던 우 선생님 말이야, 되게 잘나고 똑똑한 사람이거든. 학생들도 그 선생님 말은 참 잘 듣고. 그런데 오늘 무슨 일이 있었는지 알아? 그 선생님 남편분이 학원까지 찾아왔더라니까."

"그게 뭐가 이상해?"

"우 선생님 남편을 처음 봤거든. 그동안 우 선생님은 말이지…… 뭘 물어도 대답해주지 않았거든. 그래서 남편 직업이 남한테 말하기 부끄러운 종류인가 생각했다니까. 세상에! 알고 보니 남편이 변호사인 거 있지. 이상하지 않아? 난 남편이 변호사였으면 학원 선생님들이 다 알 때까지 자랑했을 건데."

"그 선생님은 조용히 지내고 싶었나 보지."

젠만팅은 침을 삼키며 억지로 이야기를 이어갔다.

"뭐하러 조용히 지내? 남편 양복을 보니까 몸에 착 붙는 게 딱 봐도 맞춤 정장이던데. 정장이라면 당신 집안에서도 좀 알잖아. 한 벌 맞추는 데 얼마나 들어? 3만? 4만?"

"대충 그렇지. 원단이나 재단사 임금을 따져봐야겠지만. 그게 중요해?"

오븐에서 땡 하는 소리가 들렸다. 젠만팅은 그쪽으로 정신이 쏠렸다.

"그 일에 왜 신경 쓰냐고는 안 물어봐?"

젠만팅이 스더구를 흘겨보며 조용히 물었다.

"어휴, 나 좀 봐줘. 하루 종일 일하고, 오늘은 어머니가 못 오시는 날이라 내가 애들 알림장까지 다 확인했다고. 지금은 그냥 빨리 밥이나 먹고 싶다."

스더구는 텔레비전 화면에서 눈도 떼지 않고 대꾸했다.

"내가 당신을 피곤하게 한 건 아니잖아."

"그래그래. 남편이 학원으로 아내를 데리러 왔다, 그거 아니야? 그게 뭐가 신기하다고 그래? 전에 나도 당신이 빠뜨린 물건 갖다주러 학원에 갔었잖아."

"우 선생님이 실종됐대."

텔레비전 채널을 돌리던 스더구가 멈칫했다.

"뭐라고?"

당황한 남편의 표정에 젠만팅은 가슴이 점점 부풀어오르고 뜨거워지는 걸 느꼈다.

"말 그대로야. 우 선생님 남편이 그러더라. 어젯밤 집에도 안 들어오고 아직까지 전화도 안 받는다고. 우 선생님이 오늘 아무 말 없이 결근했거든. 학원에서도 계속 연락해봤는데 답이 없었어. 이런 적이 없었는데……"

"그럼 담당 학생들은?"

"어쩔 수 없이 우 선생님 반 애들은 다른 선생님께 맡겼지."

"어제 학원에서 그 선생님을 봤을 거 아니야?"

"어제는 우 선생님이 휴가를 냈거든. 병원 진료가 있다고 매달 하루씩 휴가를 내고 있어."

우리에게는 비밀이 없다

"남편분이 병원에는 가봤대? 혹시 입원했을지도 모르잖아."

"드디어 핵심을 짚었네."

젠만팅이 칭찬하는 투로 말했다.

"우 선생님 남편이 그 일을 모르더라. 내가, 우 선생님은 매달 하루씩 휴가를 냈어요, 말했더니…… 와우! 당신도 그 자리에 있었어야 했는데! 정말 웃겼어. 멍청한 얼굴로 굳어버리더라고!"

카레 요리가 식탁 위에 올라왔다. 향이 진하고 식감이 부드러웠다. 비결은 초콜릿이었다. 카레에 요구르트를 넣어보기도 했지만 아이들이 좋아하지 않아 다시 초콜릿을 넣게 되었다. 일반 초콜릿보다는 다크초콜릿을 넣어야 더 맛있었다.

아이들이 자리에 앉았다. 젠만팅은 김이 풀풀 나는 쌀밥을 뒤적이면서 스더구의 반응에 귀를 쫑긋 세웠다.

"우 선생님이 그동안 휴가 냈던 것을 남편한테 숨겼다는 거군."

"그렇다니까. 의심스럽지 않아?"

"엄마, 무슨 이야기 해요?"

"너희들은 몰라도 돼. 얼른 밥 먹어. 다 먹으면 목욕해야지. 10시까지 셋 다 침대에 누워야 해. 엄마가 나중에 확인하러 가서 안 자는 녀석 있으면 벌 세울 거야."

젠만팅은 저도 모르게 학원 학생들에게 쓰는 말투를 쓰고 있었다.

"여보, 어떻게 생각해?"

"어어, 그렇지."

스더구가 눈을 껌뻑거리며 당황했다. 또 딴생각을 하고 있었던 것이다. 아내가 알아차리기 전에 그는 원래의 대화를 떠올리며 물었다.

"우 선생님은 왜 남편에게 말하지 않았을까?"

"자기가 아프다는 걸 숨기고 싶은 게 아닐까?"

"그럴 필요가 있나?"

"그거야 어떤 병에 걸렸는지에 달렸지. 어쩌면 임신과 관련한 문제일지도 모르고. 우 선생님도 서른한둘은 됐을 텐데 남편이 변호사이기까지 하니까 아들을 낳으라는 압박이 있었을지도. 더 미루면 노산이라고."

"그렇다고 입원할 정도일까? 설령 입원했더라도 전화를 못 받을 이유는 뭔데?"

"다른 경우도 생각해봤는데, 들어볼래?"

"뭐?"

"우 선생님이 남편을 피하는 것 같아."

"왜 그렇게 생각하는데?"

"여기 증거가 있어. 인터넷 검색했더니 재미있는 정보가 나오더라고."

젠만팅이 달콤하게 웃으면서 판옌중의 명함을 남편 앞으로 밀었다.

You can dance,

You can live,

Having the time of your life

Ooh, See that girl

Watch that Scene

Dig in the dancing queen

우리에게는 비밀이 없다

눈을 떴을 때 판옌중의 등은 땀으로 축축했다. 주변을 둘러보던 그는 독일에 처음 갔을 때 사 온 뻐꾸기 시계에 시선을 멈췄다. 온몸의 힘이 쭉 빠지는 기분이었다. 3시 17분. 탁자에 놓아둔 휴대폰을 집어 들었다. 부재중 전화는 없었다. 아내와 주고받은 대화창에도 여전히 수십 통의 미확인 메시지만 보였다. 그는 휴대폰을 바닥에 던져버렸다. 촘촘히 짠 양모 조직 카펫이 충격을 흡수해서 소리는 거의 나지 않았다. 방에서 자고 있는 쑹뢰도 깨지 않았다.

판옌중은 지끈거리는 관자놀이를 꾹꾹 눌렀다.

아내는 오늘도 돌아오지 않았다. 그는 딸에게 마미는 일이 있어서 한동안 집에 오지 못할 거라고 말해두었다.

쑹뢰는 아무것도 묻지 않았다. 다만 데굴데굴 굴러가는 눈동자에 호기심을 드러냈고, 눈썹을 치켜올리며 한숨을 쉬었다. 아빠가 하는 말을 마지못해 믿어준다는 눈치였다. 판옌중은 딸의 침묵이 철이 들어서인지, 아니면 옌아이써와의 다툼을 지켜본 경험 때문인지 의심스러웠다. 당시 쑹뢰는 두세 살이었다. 한창 억지 부리고 떼를 쓸 때였다. 그 몇 년간은 판옌중과 옌아이써 둘 다 행복한 가정을 연기할 마음이 있었고, 쑹뢰는 사랑을 잔뜩 받아서 제멋대로인 꼬마였다. 베이비 디올Baby Dior의 진주색 종이가방이 집 안 여기저기에 널려 있는 것을 처음 보았을 때 판옌중은 눈이 빙빙 도는 것 같았다. 어린아이에게도 디자이너 브랜드의 옷을 입힌다는 건 상상조차 해본 적이 없었다. 그 순간 옌아이써가 연애 기간 중 오기를 부리며 했던 말이 들리는 듯했다. *당신 가치관을 나한테 강요하지 마. 우리는 원래 다른 세계에서 사는 사람이야.*

모질게 마음먹고 옌아이써의 카드 명세서를 뜯어봤다. 13만 타이완달러! 그 금액에서 눈을 뗄 수 없었다. 13만 중에 아이 옷과 기타 용품을 사는 데 들어간 돈이 8만이었다. 격렬한 논쟁 끝에 둘은 의견 합치에 이르렀다. 판옌중은 옌아이써의 신용카드 사용 내역 같은 개인적인 부분을 침범하지 않으며, 옌아이써는 소비 규모를 관리하기로 한 것이었다. 판옌중은 직설적으로 말했다. *난 쏭뤼가 어른이 됐을 때 다른 사람 돈을 자기 것처럼 생각하지 않았으면 좋겠어.* 옌아이써는 반박하지 않았고, 판옌중은 그녀가 이해했다는 뜻으로 받아들였다. 그러나 두 번째로 카드 명세서를 뜯어봤을 때는 결제할 금액이 훨씬 더 커져 있었다. 옌아이써는 이렇게 된 김에 솔직히 말하겠다며 입을 열었다. 그녀는 결혼생활이 이렇게 지치고 힘든 일인 줄 몰랐다며 이전의 삶으로 돌아가고 싶다고 했다. 자신이 제일 좋아하는 인생의 역할이 무엇인지 확실히 알게 되었다고 했다. 재계에서 유명한 기업가의 사랑받는 막내딸 말이다.

두 사람이 이혼하고 아빠와 살게 된 쏭뤼는 처음에 예쁜 목소리로 애교를 부렸다. 엄마가 사준 옷이 좋고, 엄마 손을 잡고 백화점에 가서 먹은 애프터눈 티 세트가 좋다고. 하지만 시간이 지나자 엄마가 먼 곳에 갔다는 사실을 알아차린 것 같았다. 엄마 이야기를 거의 꺼내지 않았고, 마치 '엄마'가 몹시 낯설고 희소한 단어인 것처럼 굴었다. 그즈음 아이 성격도 크게 바뀌었다. 전에 비해 내향적이 되었고, 말할 때는 이런 말을 해도 되는지 재어보는 것처럼 상대방의 얼굴을 더 자주 쳐다봤다. 유일하게, 아빠와 우 선생님이 사귀고 있다고 말했던 날 밤에만 달랐다. 그날 밤 거실에서 범죄 영화를 보고 있는데 딸의 방에서 울음소리가 들렸다. 깜짝 놀라 방문을 열어보니 쏭뤼는 침대에 걸터앉아 조그만 얼굴을 손에 묻고서 울음을 삼키고 있었다. 판옌중은 침대 머리맡에 조심스럽게 앉아 아이 어깨에 손을 얹었다. 어린 시절 꽃잎에 앉은 나비를 만질 때처럼 가벼운 손길이었다. *왜 그러니?* 아이는 고개를 들었다. 두 눈에 눈물을 가득 담고 웅얼웅얼 물었다. *아빠, 정말로 우 선생님 좋아해?* 판옌중은 마음이 무거웠다. 겨우 손에 넣은 기쁨을 곧 빼앗기게 될 것 같았다. 그는 미소를 쥐어짜내면서, 억지로 애써 말했다. *쑹뤄야, 이것만큼은 꼭 알아줬으면 좋겠구나. 아빠에게는 네가 제일 중요하단다. 아빠하고 우 선생님이 만나는 게 싫으면 앞으로는 만나지 않을게.*

그 말이 입 밖으로 나온 순간 그는 놀랍게도 그 약속이 얼마만큼 진실한지 확신하지 못했다. 어쩌면 진심이었는지도 모른다. 그는 자신에게 왜 그 여자가 그토록 필요한지 설명할 수 없었다. 단지 우신펑과 함께 있을 때는 둘이 같은 부류의 사람이라는 것을 느낄 수 있었다. 그랬다. 우신펑이 자기 이야기는 별로 해주지 않았지만 그는 직감적으로, 그리고 경험적으로 비어 있는 퍼즐을 맞출 수 있었다. 우신펑은 그가 그렇듯 과거가 있는 사람이었다. 그는 과거에 무슨 일이 있었느냐고 질문받는 것이 싫었고, 우신펑 역시 그랬다. 두 사람은 굳이 설명하지 않아도 서로 이해할 수 있다는 극도의 편안함을 느꼈다.

옌아이써는 존재감이 강한 여자였다. 우신펑은 전처와 정반대되는 사람이었다. 흔적을 최소한으로만 남기는 사람이었고, 정기적으로 데이트하는 사이가 되고 나서도 선물을 주지도 받지도 않았다. 그녀는 주도권을 과시하려는 생각 자체가 없었으며, 그의 친구들에 대해서도 묻지 않았다. 자신의 존재를 주변 사람들에게 알렸느냐고 확인한 적도 없었다. 우신펑은 그렇게 조용히, 한 발짝

씩 마음 깊숙이 들어왔다.

아이 목소리가 그를 상념에서 깨어나게 했다.

"우 선생님이 우리를 떠날까?"

쑹뤼는 고개를 숙이고 꽉 오므린 발가락을 내려다보며 물었다.

판옌중은 폐가 쪼그라드는 느낌이 들 정도로 길고 길게 숨을 내쉬었다. 아, 다행이다. 딸은 우리 사이를 좋아한다.

몇 초간 망설이던 그는 딸에게 사실대로 말하기로 마음먹었다. *쑹뤼, 기억나니? 작년에 아빠하고 할머니하고 도쿄 디즈니랜드에 갔지? 그때 네가 호텔로 돌아가기 싫다면서 디즈니랜드 안에 숨어 있자고 했잖아. 그때 아빠가 뭐라고 말했는지 기억해? 다들 나가고 싶지 않지만 규칙을 지키지 않는 사람이 없다고 그랬지. 쑹뤼가 정말 디즈니랜드를 좋아한다면 나중에 디즈니랜드를 떠올렸을 때 즐거운 기억이 떠올라야 할 텐데, 이렇게 울면 눈물 흘렸던 기억만 날 거라고 했잖니.*

쑹뤼는 시선을 피하지 않고 아빠를 바라보았다. 아빠가 다음 말을 이어가기를 기다리는 것이었다.

판옌중은 오랫동안 마음속에 숨겨두었던 말을 마칠 수 있는 상황이 된 것이 기뻤다. 그와 옌아이쎠가 헤어진 일에 대해 쑹뤼는 자신의 시각에서 본 대로 이해하고 있을 것이다. 오늘 딸아이가 보여준 두려움을 확인하며 그는 자신에게 미완의 임무가 있다는 것을 절실히 깨달았다. 그는 딸의 머리를 쓰다듬었다. 조그만 머리통과 부드러운 머리카락을 만지고 있으니 이 속에 존재하는 생각이 얼마나 연약한지 느낄 수 있었다. 그는 한숨을 내쉬며 입을 열었다. *아빠하고 엄마, 아빠하고 우 선생님도 디즈니랜드와 똑같단다. 우리는 규칙을 지켜야만 해. 떠나야 할 시간이 되면 각자 자기*

삶으로 돌아가야지.

쑹뤼는 두 눈만 깜빡일 뿐이었다.

아이가 이렇게나 철이 들었다는 사실에 가슴이 아팠다.

마미가 집에 들어오지 않는 상황에 대해서는 어떻게 설명해줘야 할까?

판옌중은 비틀거리며 일어섰다. 그는 오랫동안 보관해둔 맥캘란 30년산을 꺼냈다. 너무 급하게 마셔서인지 사레가 들려 거친 기침이 터졌다. 절망, 흥분, 고통, 갈등······. 복잡한 감정이 머릿속을 수없이 훑고 지나갔다. 심장이 마비된 것 같은데도 느껴지는 감각이 있다니! 누군가 곁에 있어서 지금 제일 하고 싶은 일이 무엇이냐고 묻는다면 그는 이렇게 대답했을 것이다. 우신핑이 안겨준 불안과 고민을 그대로 돌려주고 싶다고.

우신핑과 연락되지 않는 상황이 그를 반쯤 미치게 만들었다.

대체 어디로 갔을까?

어디로 갈 수 있단 말인가?

우신핑을 찾아왔다던 그 여자는 누구일까? 우신핑의 어머니라는 것은 말이 안 된다. 우신핑의 부모님은 몇 년 전에 돌아가셨다. 그의 기억이 맞다면 교통사고와 암 때문이었다. 결혼 준비를 할 때 우신핑은 결혼식을 올릴 필요가 없다고 딱 잘라 말했다. 주변에 친척이나 친구가 없기 때문이라고 했다. 판옌중은 행운에 몰래 환호했다. 그의 어머니 역시 결혼식을 치르는 건 반대했다. 하객들이 재미있는 구경거리 삼아 결혼식을 지켜볼 거라는 것이었다. 우신핑은 아무것도 원하지 않았다. 그게 판옌중의 마음에 꼭 들었다. 혼인 신고를 하러 가던 날에도 그녀는 평소 데이트할 때의 옷차림 그대로였다. 마치 멤버십 카드를 한 장 만들러 가는 사람과 다를 바 없었다.

그분은 왜 자기가 우신핑의 어머니라고 했을까?

또 다른 가능성이 있었다. 거짓말을 한 쪽이 우신핑인지도 모른다.

판옌중은 삼 분의 일쯤 남은 위스키 병을 쳐다보았다. 이대로 한입에 다 마셔버리고 싶은 생각이 가슴속 깊은 곳에서 뭉클거렸다. 간신히 그 충동을 억눌렀다. 힘을 남겨놓아야 했다. 내일을 위해서. 그건 어떤 예감 같은 것이었다.

그는 다시 소파에 널브러졌다. 우신핑이 그에게 물었던 두 번째 질문이 떠올랐다.

솔직하게 말해줘서 고마워. 당신도 둘째 아이를 낳고 싶은 생각이 없다는 거. 그러면 하나만 더 사실대로 말해줘. 쑹뤼 엄마를 때린 적 있어? 첫 번째 질문보다 이번 질문이 더 답하기 어렵다는 거 알아. 난 당신이 솔직하기를 바랄 뿐이야.

리펑팅이 벌떡 일어났다.

꿈을 꾸었다. 꿈속에서 아들 판옌중과 집에서 대화하고 있었다. *엄마한테 솔직하게 말해다오. 네가 뭐라고 대답하든 엄마는 다 받아들일 수 있단다. 그 애를 때렸니? 신문에서 말한 게 진짜야, 아니면 그쪽 사람들이 함정을 판 거야?* 아들은 어머니를 등진 채 묵묵부답이었다. 리펑팅은 침묵하는 아들의 등을 떠밀었다. *대답해, 엄마를 이렇게 힘들게 할 거니?* 판옌중이 몸을 돌렸다. 손을 뻗어 그녀의 주름진 목을 움켜쥐었다.

리펑팅은 숨을 헐떡이며 눈을 떴다. 여름 이불이 둘둘 말려서 가슴과 목 사이 움푹한 곳에 눌려 있었다. 그녀는 이불을 힘껏 밀쳐 냈다. 심호흡을 몇 번 하자 이성과 혈액이 다시 대뇌에 공급되는 느낌이었다.

꿈이었다. 꿈이 아니기도 했다. 일부분은 실제로 있었던 일이다.

오늘 저녁 손녀 쑹뤄가 말을 흘렸다.

"마미가 친구 집에 갔어"라는 한마디에 리펑팅은 음식을 씹던 동작을 딱 멈추고 말았다. 위장에 돌이라도 얹힌 듯 더는 식욕이 돌지 않았다. 판옌중이 딸을 데리러 왔을 때 그녀는 아들의 표정에서 뭐라도 읽어보려 애썼다. 아들의 표정과 행동은 평소와 다를 게 없었다. 리펑팅은 결국 먼저 입을 열었다.

"요즘 집에는 무슨 일 없니?"

판옌중은 손바닥으로 얼굴을 거칠게 쓸어내렸다.

"집사람이 친구 집에 갔습니다."

"친구 집? 왜 지금 갔대? 출근하지 않아도 된다니? 아니, 꼭 거기서 자고 올 정도로 중요한 일이래?"

"어머니, 너무 간섭하지 말아주세요."

"너희 싸웠니?"

"아니에요."

리펑팅은 걱정스러운 눈으로 아들을 빤히 쳐다보았다. 아들이 경계심을 풀고 무슨 일이 있었는지 설명해주기를 바랐다. 그러나 판옌중은 어색하게 고개를 돌리더니 쑹뤄에게 다 챙기고 내려온 건지, 전처럼 문구용품을 빠뜨린 건 아닌지 물을 뿐이었다.

부녀를 떠나보낸 리펑팅은 텔레비전 탁자 옆 서랍을 빼고 그 안에 들어 있던 약들을 쏟아부었다. 재빨리 진통제를 찾아냈다. 언제

부턴가 이런 습관이 생겼다. 아들이 별거니 이혼이니 하며 소란을 피웠을 때부터였을 것이다. 그때 이후로 가슴이 답답해지면 진통제를 찾게 되었다. 단지 정신적 위안인지, 실제 약효가 있는 것인지 모르지만 진통제를 먹으면 좀 나았다. 효과가 없으면 두 알, 세 알도 먹었다. 그런 다음 잠에 들 수 있을지 도박하는 심정으로 자리에 눕곤 했다.

아들은 다 괜찮은데 유독 여자 보는 눈이 부족한 것 같았다.

처음 우신핑을 봤을 때도 왠지 안 좋은 기운이 느껴졌다. 그러나 그때는 아들의 애인이 아니라 단지 학원 강사로서 대했던 것이라 그녀의 기운이 어떻든 신경 쓰지 않았다. 그런데 아들이 애인이라며 다시 그 여자를 소개한 것이었다. 그제야 아들이 섬세하고 연약한 외모의 여자에게 쉽게 빠져든다는 것을 새삼 깨달았고, 마음한켠이 서늘해졌다. 이런 여자가 제일 상대하기 까다로웠다. 옌아이써가 대표적인 사례가 아닌가. 그 여자가 아들을 어떤 꼴로 짓밟아놓았던가!

그날 식사 자리에서 쑹뤼는 천연덕스럽게 우신핑을 잡아당기며 학교에서 있었던 일을 이야기하고 싶어 안달했다. 리펑팅은 속으로 흰눈을 뜬 채 딸이 저렇게 눈치 없게 구는데 아빠라는 녀석도 참 멍청하다고 생각했다.

리펑팅은 젓가락을 내려놓고 물었다.

"어느 지역에서 왔어요? 옌중이 말로는 타이베이 사람이 아니라던데."

판옌중은 어머니의 말 뒤에 숨겨진 좋지 못한 기색이라도 읽은 듯 얼른 끼어들어 대신 대답했다. 들어보니 타이완 중부 지역의 작고 별 볼일 없는 시골 출신이었다. 그 사실을 알고 나자 리펑팅의 미간 주름이 더 깊어졌다.

"부모님은 무슨 일 하시고?"

우신핑도 젓가락을 내려놓고 리펑팅의 시선을 담담히 받으며 대답했다.

"오래전에 돌아가셨습니다."

리펑팅은 판옌중 쪽을 노려보았다. 이렇게 중요한 이야기를 왜 지금까지 하지 않았느냐고 책망하는 눈빛이었다.

"다른 가족은?"

"오빠가 있는데 연락이 끊겼습니다."

"그럼 고아나 다를 게 없다는 거군요?"

우신핑의 얼굴에 걸려 있던 미소가 일 초쯤 위태롭게 흔들렸다.

"아니에요. 부모님이 저를 대학까지 보내주셨는걸요. 제가 고아라고 생각한 적은 없습니다."

리펑팅은 우신핑을 빤히 쳐다보았다. 저도 모르게 짜증이 자글자글 끓어올랐다. 우신핑은 옌아이써와 놀라울 정도로 기질이 비슷했다. 게다가 부모가 없다는 집안 환경이 무엇보다 마음에 걸렸다. 오히려 옌아이써가 눈앞의 이 여자보다 나았다. 적어도 옌아이써는 본색을 드러낸 이후 부모가 와서 도로 데려가기라도 했으니까. 뭣 모르는 듯한 우신핑의 표정을 보고 있자니 더 물어볼 것도 없다는 생각이 들었다. 오빠라는 작자도 십중팔구 제대로 된 인간은 아닐 터였다. 리펑팅은 억지로 음식을 몇 점 더 집어먹고 그대로 그날 저녁식사를 끝냈다.

그날 이후 아들을 앉혀놓고 설득에 들어갔다. 우신핑은 옌아이써보다 조건이 더 나쁘다, 근본도 알 수 없고 직업도 별로다, 그런 여자는 네 신분에 마이너스가 될 뿐이다, 라고. 판옌중은 어머니의 표현을 지적했다. 우신평은 근본을 알 수 없는 게 아니라 부모님이 돌아가신 것뿐이다, 라고.

그럼 직업은?

학원에서 학생들을 가르치는 일이에요. 안정적이고 올바른 일입니다. 그게 뭐 누구한테 해를 끼치는 일인가요? 그리고 제 신분에 플러스니 마이너스니 하는 것도 그래요. 옌아이써와 같이 살 때 다들 절 부러워하고 질투했어요. 저더러 남들 30년 고생할 걸 하지 않아도 된다고 그랬죠. 그런데 결과가 어떻게 됐습니까? 어머니나 저나 잘 알잖아요. 그 이야기는 더 할 것도 없어요. 제 눈에는 우신평이 옌아이써보다 훨씬 낫습니다. 그 사람처럼 저한테 잘하고 제 힘든 점을 이해해주는 사람이 없다고요. 제 눈엔 분명히 보여요. 우신평은 저한테 잘 맞는 사람입니다. 돈은 제가 벌면 됩니다. 전 평온하게 살고 싶어요.

두 사람이 혼인 신고를 하던 날 아침 리펑팅은 진통제 두 알을 삼키고서야 가슴 통증이 가라앉았다.

지난 2년간 리펑팅은 일부러, 그러나 지나가듯 가볍게 쑹뤼에게 물어보곤 했다. 우 선생님이 아빠한테 돈을 달라고 하니?

아뇨.

신용카드는? 우 선생님이 아빠 신용카드를 쓰니? 모른다고? 응, 그렇구나. 매번 확인을 마친 후에는 쑹뤼에게 할머니와 나눈 이야기는 그 누구한테도 하면 안 된다고 다짐을 받았다. 그리고 이렇게 덧붙였다. 할머니가 이런 걸 묻는 건 아빠를 지켜주기 위해서란다. 아빠는 마음이 약한 사람이라서 정을 쉽게 주거든. 그런 사람은 상처받기 쉬워.

결국 이렇게 되었네.

우리에게는 비밀이 없다

아들이 재혼한 후 리펑팅은 우신핑에 대한 걱정을 어렵사리 내려놓았다. 아들과 쑹뤼를 잘 돌봐주는 모습을 보니 돈을 보고 접근한 여자는 아닌 것 같았다. 그런데 경계심을 푼 순간 그녀가 사라진 것이었다.

이걸 뭐라고 해야 하지? 이런 여자들은 정말 모시고 살기 어렵다니까. 항상 뭔가 수작을 부린단 말이야. 남자가 긴장을 풀지 못하도록 해서 간이고 쓸개고 다 빼주게 만들지. 옌아이쎄가 처음 친정으로 훌쩍 가버렸을 때는 리펑팅도 메시지를 보내서 어르고 달랬다. 조심스럽게 설득해서 어떻게든 며느리를 돌아오게 만들려고 애썼다.

자리에서 일어난 리펑팅은 한동안 집 안을 왔다갔다하다가 결국 서랍장에서 강한 수면제 두 알을 꺼내 먹었다. 다시 침대로 돌아와 두 손을 가슴 위에 포개 얹었다. 잠기운이 파도처럼 밀려오기 직전이었다. 우신핑이 도망간 게 좋은 기회일지도 몰라. 쑹뤼를 잘 설득해서 옌아이쎄에게 전화해보라고 해야지. 아빠가 버림받았다고, 아빠랑 나랑 너무 힘들고 외롭다고, 엄마가 같이 있었으면 좋겠다고 말하라고 해야지. 옌아이쎄도 마음이 약해져서 다섯 살 어린 그 외국인 남자와 헤어지고 판옌중에게 돌아올지 모른다. 그렇게 되면 우신핑을 성공적으로 몰아낼 수 있을 것이다.

아파트 경비원 왕허신汪和信은 11월 15일 우신핑이 단지를 나간 것은 오전 11시에 가까운 시각이었다고 했다. 경비원은 경비실을 지나가는 그녀를 불러 세워 댁의 주소로 소포가 왔는데 찾아가라는 메모를 아직 우편함에 붙이지 못했다고 알려주었다.

지금 가져가시겠습니까? 경비원이 물었을 때 우신펑은 바로 대답하지 않았다. 가방에서 종이 쪽지 한 장을 꺼내 들여다보고 손목시계를 확인하고는 쓴웃음을 지으며 말했다. *아마 좀 늦게 가지러 올 것 같습니다. 급한 일이 있어서요.*

그때 우신펑이 들고 있던 종이는 분명 기차표였다고 경비원은 말했다.

극도의 차가움, 극도의 뜨거움이 번갈아 판옌중의 감각기관을 휘감고 지나갔다. 진전이 있었다. 우신펑은 그날 멀리 나갈 계획이 있었다. 지하철 정도로는 갈 수 없는 곳에 말이다. 그렇지 않다면 미리 기차표를 사둘 일이 없었겠지. 대체 어디로 갔을까?

경비원에게 좀 더 캐물었다. 그 표가 고속철도였는지, 타이완철도였는지, 고속버스 표는 아니었는지, 혹시 목적지는 보지 못했는지.

경비원의 작은 눈에 호기심이 깃들었다.

"변호사님, 무슨 일 있으신가요?"

판옌중은 경비원을 빤히 보며 목울대를 꿀렁꿀렁 움직였다. 저 번들거리는 둥근 얼굴이 왜 예전에 어디든지 그를 따라다니던 파파라치처럼 보이는 걸까? 판옌중은 잠시 말을 멈췄다. 속으로는 이 아파트에 온 지 얼마 안 된 이 경비원이 평소에 신문을 읽을 만한 사람인지 가늠했다. 만약 일부라도 진상을 말해준다면 이 사람이 그걸 빌미로 협박하지 않을지 판단해야 했다.

잠깐 고민하던 판옌중은 경비원이 얼마나 위협이 될지 최종 판단을 내렸다. 위험도는 극히 낮았다.

"아내하고 그날 좀 다퉜습니다. 친구 집에 가서 기분을 풀고 올 것 같군요. 근데 이 사람이 휴대폰을 집에 놓고 나갔어요. 워낙 친구가 많은 사람이라 북부, 중부, 남부 어디로 갔는지 짐작도 안 되네요."

왕허신은 고개를 주억거렸다. 판옌중의 말에 공감한다는 표정이었다. 기차표를 자세히 보지는 못했다면서도 경비원은 한 가지 기억해낸 장면이 있었다. 우신핑과 대화하던 중 휴대폰이 울렸는데 그녀의 표정이 어두워지더니 전화를 받으면서 문 쪽으로 이동하더라고 말했다. 경비원의 목소리와 말투는 내용에 어울리지 않게 경쾌했다. *우 선생님이 전화로 싸우시는 것 같더라고요. 그분이 흥분한 건 처음 봤네요. 그런데 단지 입구 센서가 마침 고장이 나서 제가 직접 문을 열어드려야 했어요. 문을 열다가 들었는데 선생님이 그러시더군요. 엄마, 내 입장 좀 생각해주면 안 돼요?*

경비원은 판옌중의 표정을 관찰하며 물었다. *우 선생님이 친정에 가신 건 아닐까요? 저희 형수님도 형님과 싸우면 일단 짐 싸서 친정에 가거든요.*

집에 돌아온 판옌중은 비서에게 전화해 오늘은 사무실에 나가지 않을 테니 급한 일이 있으면 전화로 연락하라고 지시했다. 그는 서재로 들어가 한 바퀴 훑어보았다. 우신핑이 이 집으로 들어올 때 가져온 짐은 많지 않았다. 그녀는 오래된 노트북을 썼고, 옷 몇 벌, 화장품 몇 개, 책 몇 권이 전부였다. 판옌중이 여러 번 물었다. *이게 전부야?* 우신핑은 고개만 끄덕였다.

방이 셋, 거실이 둘, 바닥재가 특별히 훌륭한 엘리베이터가 있는 이 아파트는 전처와 함께 골랐다. 옌아이쎠는 방 네 개짜리 집을 사고 싶어 했는데, 그래야 개인 드레스룸을 만들 수 있다는 것이었다. 그녀가 수집한 구두들의 가격은 차 한 대 값 이상이었다. 판옌중은 저축 금액이 무한정 있는 게 아니라서 방 네 개짜리 집이라면 옌씨 집안에 도움을 청해야 한다고 말했다. 옌아이쎠는 딱딱한 태도로 그 제안을 거절했다. 자기네 집안에서 결혼식 비용 200만여 타이완달러를 지불하는 만큼 나머지 부분은 당신이 성의를 보여야 한다는 것이었다. 판옌중은 콧잔등을 문지르며 속으로만 반박했다. 그 200만 중에서 날 위해 쓴 돈이 얼마나 된다고 그래? 옌아이쎠는 뭐든지 최고로 해야 한다고 주장했다. 최고의 예식장, 최고의 계절, 최고의 피부 관리, 최고의 면사포와 웨딩슈즈. 게다가 친정집과 가까운 지역에 살겠다고 고집을 부렸다. 고르는 지역마다 1평에 100만 타이완달러가 넘는 비싼 곳이었다. 판옌중은 저축 금액 중 일부를 사무실 인테리어에 사용한 터였다. 그런 그에게 거의 1천만 타이완달러나 되는 계약금을 내라고 하는 것은 무리한 요구였다. 옌아이쎠는 그런 그를 위로하며 말했다. 우리 형제가 1남 2녀인데 아버지가 세상을 뜨면 세 자녀가 유산을 받게 된다, 그 유산은 당신이 평생 고생하며 벌어도 절대 꿈도 꿀 수 없는 금액이다, 라고. 그녀는 양팔을 모아 가슴을 강조하며 커다랗고 예쁜 눈을 깜빡거렸다. 판옌중의 마음은 쉽게 흔들렸다. 그녀의 부드러운 입술에서 최면술과 비슷한 속삭임이 흘러나왔다. *날 위해서 그 정도도 못 해줘?*

판옌중은 세상에는 두 사람의 옌아이쎠가 있다고 생각하곤 했다. 일본에는 족제비 요괴 삼 형제 이야기가 있다. 삼 형제 중 하나는 사람을 넘어뜨리고, 다른 하나는 칼로 베고, 나머지 하나는 그

우리에게는 비밀이 없다

상처에 고약을 발라준다고 한다. 옌아이써가 판옌중에게 딱 그랬다. 그를 모욕했다가 위로했고, 애교를 부리며 몇 번이고 그를 무장해제시켰다.

지금은 우신펑을 생각할 때다. 왜 계속 전처를 생각하는 거지?

그는 물을 한 잔 마셨다. 우신펑이 떠난 이유를 도무지 짐작할 수 없다. 그러면서도 마음 한켠에서는 '결국 이렇게 됐군'이라는 모순된 생각이 맴돌았다. 그는 종종 생각했었다. 우신펑과의 모든 것은 너무 당연했다고 말이다. 우신펑이 눈 앞에 나타난 것, 그리고 마음속에 전처가 남겨놓은 빈자리를 차지한 것까지 전부.

이혼한 지 만 일 년 하고도 몇 주가 지났을 때 옌아이써의 사진이 신문에 실렸다. 그녀는 금발머리에 초록색 눈동자의 남자와 공항에서 키스하고 있었다. 남자의 손이 옌아이써의 짧은 바지 안으로 들어가 엉덩이를 움켜쥐고 있었다. 기자들은 판옌중에게 전화해 알고 있었느냐고 물었다. 옌아이써가 이 외국인 남자와 만난 게 이혼 이후인 게 맞느냐고 말이다. 판옌중은 전화를 끊어버렸다. 전처와 마지막으로 만나 담판을 짓던 날, 그녀는 유럽으로 갈 거라고 말했다. 이 결혼을 어떻게 할지 정리할 시간이 필요하다는 것이었다.

판옌중은 생각했다. 우신펑은 나에게 충실할까?

혹시 이 세상에는 우신펑도 두 사람이 존재하는 게 아닐까? 하나는 나를 유혹하고, 또 하나는 어두운 곳에 숨어서 그물을 거둬들일 때를 호시탐탐 노리고…….

3장

다시 시시를 만난 판옌중은 단도직입적으로 물었다.

"그 여자분이 자기를 누구라고 했습니까?"

시시는 고개를 기울이며 표정을 감췄다. 하지만 긴장한 표정이 고스란히 드러났다.

"우 선생님 어머니라고 하셨어요."

시시가 더듬더듬 대답했다.

"그리고요? 왜 우 선생님을 찾는지는 못 들었습니까?"

"그런 말씀은 없었어요……. 근데!"

그때 전화벨이 울렸다. 시시는 엄청나게 중요한 전화라는 듯 달려가서 전화를 받았다.

"여보세요? 네, 네. 저희가 라이스롤 93인분을 주문했어요. 어제 전화를 드렸는데요. 아, 잠시만요. 어제 2인분은 채식으로 해달라고 했죠? 아아, 지금 말씀드려도 되나요? 잘됐네요. 제시간에 보내주실 수 있죠? 고맙습니다."

시시는 전화를 끊고 판옌중을 돌아봤다. 여전히 굳은 얼굴로 뚫어져라 자신을 바라보고 있었다. 그녀는 얼른 미소를 지우고 말

우리에게는 비밀이 없다

했다.

"그분이 우 선생님에 대해 물어보셨어요."

"뭘 물어봤는데요?"

"음……"

시시는 눈을 감고 관자놀이 위를 꾹꾹 누르며 기억을 쥐어짰다.

"우 선생님이 여기서 일한 지 얼마나 됐느냐고 물으셨고요, 전 새로 온 인턴 직원이라 잘 모르겠다고 대답했어요. 우 선생님 월급이 얼마나 되느냐고 하길래 그것도 모르겠다고 했고요. 주임 선생님은 월급 이야기 하는 걸 싫어하시거든요. 제가 아무것도 모른다 싶었는지 그 아주머니가 좀 짜증을 내시더라고요."

"그리고요?"

"우 선생님 전화번호를 물으셔서 그건 주임 선생님께 먼저 허락받아야 한다고 대답했어요. 어쨌든 전화번호는 개인정보니까요. 그 아주머니가 화를 내면서 '내가 우 선생 엄마라고요!' 하시더라고요. 이 정도면 될까요?"

"그래서 전화번호를 알려줬습니까?"

"주임 선생님께 전화했더니 안 받으시길래 우 선생님께 메시지를 보냈는데 답장이 없었어요. 그때 마침 학생들이 몰려왔고, 그 아주머니는 저기 저 자리에……"

시시가 판옌중 옆에 놓인 소파를 가리켰다.

"한참 앉아 있다가 저한테 주임 선생님께 또 전화해보라고 하시더라고요. 주임 선생님은 계속 전화를 안 받으셨고요. 결국 저한테 휴대폰 번호를 알려주면서 우 선생님한테 전해달라고 하셨죠. 그러더니 저더러 돈 좀 빌려줄 수 있느냐는 거예요. 아직 아침을 못 드셨다면서요. 빌린 돈은 우 선생님한테 받으라면서."

"그분 전화번호를 가지고 있습니까?"

"있어요."

선생님에게 칭찬받고 싶어 하는 학생처럼 시시는 고개를 크게 끄덕였다.

드디어 중요한 정보가 나왔다. 판옌중은 눈을 빛냈다.

"잊어버릴까 봐 바로 우 선생님께 그 아주머니 번호를 보내드렸 거든요. 메시지 보낸 기록이 남아 있을 거예요."

시시가 오른쪽에 놓인 컴퓨터를 쳐다보았다.

"제가 메신저 대화창을 좀 봐도 될까요?"

시시가 대답하기도 전에 판옌중이 안내 데스크 안으로 성큼 들어섰다. 시시는 한숨을 쉬며 컴퓨터 앞으로 가서 모니터를 켜고 메신저를 열었다. 최신 기록에는 학원에서 우신핑에게 전화를 여러 번 걸었지만 받지 않은 것으로 나와 있었다. 시시는 침을 꼴깍 삼키며 판옌중의 표정을 훔쳐봤다. 그는 입술을 일자로 꽉 다문 채 모니터에서 눈을 떼지 않았다.

시시는 얼른 대화창을 거슬러 올라가 그날의 기록을 찾아냈다.

—(취소) _3:47 p.m.

—우 선생님, 선생님 어머님이 찾아오셨어요. 전화 주세요. _3:49 p.m.

—(취소) _4:20 p.m.

—선생님, 어머님이 전화해달래요. 전화번호는 ＊＊＊＊＊ _4:22 p.m.

판옌중은 거기 적힌 번호로 전화를 걸었다.

한 번, 두 번, 세 번, 네 번, 신호음이 가더니 상대방이 전화를 받았다. 판옌중은 정신이 번쩍 들었다. 짜증스러워하는 여자 목소리가 들렸다.

"이제 돈 안 빌릴 거라니까! 전화 좀 그만해요!"

우리에게는 비밀이 없다

"실례합니다만, 저는 우신핑 남편입니다. 우신핑과 어떻게 되는 사이십니까?"

잠시 침묵이 흘렀다. 상대가 다시 입을 뗐을 때는 깜짝 놀란 듯한 느낌이 역력했다.

"샤오핑小屏이 결혼을 했다고요? 나한텐 그런 말 없었는데, 걘 정말 양심도 없지."

판엔중은 더 말을 하지 않고 일부러 시간을 끌었다. 수화기 저편의 여자가 다시 입을 열었다.

"저기요, 선생님! 제가 뭐라고 불러드리면 될까요?"

"제 성은 판范입니다. 여쭐 것이 있습……."

여자가 판엔중의 말을 끊었다.

"판 선생님이군요. 무슨 일을 하시죠?"

"저 말입니까? 변호사입니다."

"세상에! 변호사라니. 이러니 애를 낳아봤자 소용없다니까. 이년이 타이베이에서 대단한 사윗감을 물어놓고 우리는 살았는지 죽었는지 신경도 안 썼던 거야."

여자는 판엔중의 대답은 기대하지 않는 듯 자기 말만 계속했다.

"이봐요, 판 선생님. 따지고 보면 당신이 저한테 어머니라고 불러야 하는 거잖아요. 맞죠?"

판엔중의 호흡이 흐트러졌다. 그는 우아하고 조용한 우신핑과 딱딱거리며 쉬지도 않고 말하는 이 여자를 연결 지을 수 없었다. 그것도 모녀관계라는 게 더더욱 상상하기 어려웠다. 한편으로는 이 여자가 정말로 우신핑의 어머니라면 아내의 기만 행위가 그리 당혹스러울 것도 없다는 생각이 들었다.

"여보세요? 왜 말이 없어요? 예의가 없네."

여자가 혀를 끌끌 찼다.

"저기요, 타이베이에서 변호사로 일하면 돈 많이 벌죠? 안 그래요? 일 년에 100만 정도 버나요?"

판옌중은 휴대폰을 귀에서 떼어 눈앞으로 가져왔다. 그는 액정화면을 들여다보며 멍하니 생각했다. 두 가지 생각이 머릿속에서 엎치락뒤치락했다. 이대로 이 여자와는 다시 연락하지 않는다. 아니면 이 여자에게서 아내의 진짜 모습을 알아낸다.

두 가지 선택지 모두 충분히 매력적이었다.

판옌중은 망설이지 않고 판돈을 걸었다.

"제 수입은 중요한 게 아닙니다. 제가 전화한 건……."

"샤오핑이 참 양심도 없지. 우리 집 에어컨이 고장난 걸 뻔히 알면서. 내 오토바이도 바꿀 때가 됐는데. 저번에 사고 났을 때……."

"말을 끊어 죄송하지만, 저도 여쭤보고 싶군요. 제가 뭐라고 불러드리면 됩니까?"

"저를요? 샤오핑의 어머니잖아요! 샤오핑이 부르는 대로 부르세요."

여자는 의기양양했다.

"뵌 적도 없는데 어떻게 당신이 신핑 어머님이라는 걸 믿겠습니까?"

"판 선생님, 변호사 맞으세요? 고객하고도 이렇게 대화하세요? 내가 누군지 말했는데 왜 못 믿죠? 내가 무슨 영화를 보겠다고 거짓말을 하겠어요? 거짓말하면 100만 타이완달러를 준다는 사람도 없는데! 아, 샤오핑 그년이 뭐라고 했어요? 판 선생님, 샤오핑은 옛날부터 입만 열면 거짓말에다가 이기적이었어요. 걔한테 속지 마세요. 걔 좀 바꿔봐요, 직접 야단칠 테니까. 사람 구실을 이렇게 하면 되겠어요?"

"신펑은 저하고 같이 있지 않습니다. 최근에 만나신 적 있습니까?"

판옌중은 여자의 말 속에 담긴 단서를 잡아챘다. 우신펑은 친정에 가지 않았다.

"만났죠. 월요일에 왔다가 얼마 있지도 않고 타이베이로 돌아갔어요."

"제가 지금 찾아봬도 되겠습니까? 확인하고 싶은 일이 있습니다."

"샤오펑이 같이 오나요?"

여자의 목소리에 경계심이 깃들었다.

"샤오펑은 당신과 만난 후에 집에 돌아오지 않았습니다. 제가 묻고 싶은 일도 그겁니다."

"아, 그래요? 정말 걔가 할 법한 행동이네요."

여자는 무례한 태도로 킬킬거렸다.

"전화보다는 직접 뵙는 게 좋겠군요. 지금 시간 괜찮으십니까?"

"좋아요. 그런데……."

여자가 말을 하려다 말았다.

"왜 그러시죠?"

어렵사리 얻은 단서를 놓칠까 봐 조마조마했다.

"2만 타이완달러만 빌려줄래요? 청구서가 또 왔는데, 내가 돈이 없어서."

판옌중은 내비게이션이 예상한 시간보다 한 시간 가까이 더 걸려서 도착했다. 그 과정에서 복잡하고 꼬불꼬불한 시골길과 사투를 벌여야 했다. 얼핏 보기에는 지나갈 수 있을 것 같은 길이 실제로 진입해보면 꽤 좁아서 그가 모는 2미터 폭의 차를 수용하지 못했다. 시간을 허비하고 등이 땀으로 젖고 나서야 여자가 알려준 길을 찾아냈다. 길 양쪽으로 으리으리한 별장이 몇 채 보였고, 그런 집 앞에는 고급 자동차가 세워져 있었다. 같은 길가에 거의 쓰러져가는 낡은 집도 보였다. 이상한 일은 아니었다. 이 지역은 개발이 일찍 시작된 곳이라 많은 주민이 도시로 이주했다. 그런 상황에서 이곳에 남아 있는 사람이라면 아주 부유하거나, 아니면 도시의 소비 수준을 감당하지 못하는 부류일 것이다.

문패를 하나하나 확인한 끝에 간신히 우신핑의 고향집을 찾아냈다.

원래는 옥상이 있는 3층짜리 집이었을 텐데 4층을 나중에 추가로 올린 듯했다. 벽면 색깔이 아래의 세 개 층과 4층이 확연히 달랐다. 꼭대기층을 나중에 올린 것은 옆집도 비슷했다. 옆집은 새로 외벽을 칠했는데 우신핑의 집은 칠을 하지 않아 훨씬 낡아 보였다. 벽면의 벽돌이 떨어져나간 곳도 있었다. 건물 외벽에 낡은 전단지들이 붙어 있었는데, 그중 한 전단지에는 "지방흡입 전문……"이라고 쓰여 있고 그 아래는 찢겨나가서 보이지 않았다. 그 옆에는 "물탱크 청소합니다"라고 적힌 전단지가 붙어 있었다. 문 옆에는 자전거 한 대가 세워져 있었다. 근처에 자동차는 보이지 않았다. 누군가 몰고 나간 건지, 아예 차가 없는 건지 모를 일이었다. 전화를 걸자 곧 통통한 살집의 여자가 문을 열었다. 그녀는 판옌중을 보더니 '이리 오라'는 손짓을 했다. 여자를 따라 들어가며 뒷손질로 문을 닫으려는데 그녀가 말했다.

우리에게는 비밀이 없다

"그냥 닫아만 놔요. 잠그지는 말고. 또 올 사람이 있으니까."

그 사람이 누구냐고 묻고 싶었다. 그러나 뒤이어 나올 수많은 질문 때문에 잠시 망설이다 입을 열 기회를 놓쳤다. 그는 아무 말도 못하고 얼굴만 벅벅 긁었다. 무슨 이유인지 몰라도 온몸이 근질거렸다. 특히 얼굴이 더했다. 집 안은 믿기 힘들 정도로 어두웠다. 여자는 전등도 켜지 않았다. 오후의 약한 햇빛이 겨우 시야를 확보해주었다. 여자는 보푸라기가 잔뜩 일어난 잠옷 같은 옷을 입고 있었다. 그녀의 윤기 없는 피부와 칙칙한 회색 소파는 거의 한몸처럼 보였다. 막 잠에서 깼는지 눈가에 눈곱도 끼여 있었다. 판옌중은 변호사로 일하면서 의학의 힘으로 실제보다 열 몇 살씩 어려 보이는 부잣집 여성들을 많이 만나봤다. 그런 여성들에 비하면 눈앞의 여자는 또 다른 방향으로 극단적이었다. 우신펑의 나이와 당시의 결혼 연령을 생각하면 어머니라는 이 여자는 예순 살도 안 됐을 것이다. 그런데 늘어진 피부며 푸석한 머릿결이며 일흔 살인 자신의 어머니보다 더 늙어 보였다. 그와 별개로 판옌중은 속으로 한 가지 결론을 내릴 수 있었다. 이 여자와 아내는 확실히 혈연관계다. 봉두난발이어도 이 여자의 꽤 깊은 눈매, 깊게 접히는 눈꼬리, 말할 때 아무렇게나 떠돌아다니는 시선 등은 우신펑과 많이 닮았다. 아니, 정확히 말하자면 우신펑이 이 여자를 많이 닮았다.

집 안에는 접어놓은 종이 상자가 잔뜩 쌓여 있었다. 텔레비전 옆에도, 식탁 옆에도, 복도에도. 상자 더미들 사이로 겨우 한 사람 정도 지나갈 너비의 공간이 있었다. 복도 중간쯤 2층으로 올라가는 계단이 있고, 계단 아래는 부엌으로 연결되는 구조였다. 바닥은 먼지가 눈에 보일 정도로 쌓여 있어서 원래 무슨 색이었는지 알아보기 힘들었다. 이 집구석은 아주 오랫동안 대청소를 하지 않은 게 분명했다.

여자가 앉으라고 권하며 자기도 소파에 털썩 주저앉았다.

판옌중은 색이 바랜 소파를 빤히 보다가 그 옆에 있는 등나무 의자를 가리켰다.

"여기 앉아도 되겠습니까?"

여자가 코웃음을 치며 대답했다.

"샤오펑이랑 똑같네요. 걔도 저번에 와서는 소파에 앉지 않고 그 의자에 앉겠다고 그러더니."

"신펑이 이번 월요일에 왔었다고 하셨습니까?"

"그래요."

"혼자 왔었습니까?"

판옌중은 심박수가 올라가는 걸 느꼈다. 부정의 대답이 나올까 봐 조마조마했다.

"그럼 혼자 오지, 누구랑 와요?"

판옌중은 다시 집 안을 둘러보았다. 엉망진창에다 어둡기까지 한 이곳에서 우신펑과 이 공간의 관련성을 찾으려 했다. 사진 한 장이라도 말이다. 신펑이 이런 곳에서 살았다고? 여기를 청소하고 싶은 욕구를 어떻게 참았을까?

우신펑은 사람들이 생각하는 결벽증의 특징을 다 갖췄다. 결혼 하고 함께 살기 전에는 그런 면이 있는지 생각도 못 했다. 아내는 주거 환경을 정돈하고 청소하는 데 일주일에 열 시간 넘게 쏟아부 었다. 세제도 해외의 유명 제품을 직구해서 썼다. 청소하고 난 뒤 에는 레몬과 티트리 향기가 났다. 어쩌다 손님이 왔다 가면 아내 는 새벽 2시에도 그 자리에 떨어뜨린 머리카락이 없는지 확인했다.

이렇게까지 할 필요가 있어? 물었더니 그녀는 바닥에서 눈을 떼지 않고 대답했다. *난 더럽다고 생각해.*

우신핑이 저 소파에 앉지 않은 것도 이상하지 않았다. 소파는 보기만 해도 끔찍했다. 우신핑이 '어머니'와 대화하는 과정을 상상해봤다. 예의 바르게 이 여자의 권유를 에둘러 거절했을까, 아니면 이 여자 앞에서는 또 다른 모습을 보였을까?

여자가 미소를 지으며 여유 있게 그를 바라보았다.

"샤오핑은 날 보러 오지 않을 수가 없었겠죠. 내가 걔 직장을 알고 있으니까. 난 가진 거라곤 없지만 시간이 많거든요. 판 변호사님, 내가 이렇게 불러도 되겠죠?"

"샤오핑이 정식으로 소개해주기 전까지는 저도 황黃 여사님이라고 부르겠습니다."

탁자에 널려 있는 청구서를 보니 수신인이 황칭롄黃清蓮이었다. 아마도 이 여자 이름일 것이다.

황칭롄은 그럴 줄 알았다는 듯 손톱 거스러미를 뜯으며 물었다.

"샤오핑이 우리 집 이야기를 뭐라고 들려줬어요? 당신은 부모도 없는 사람과 어쩌다 결혼했는지 모르겠네요. 부모님이 뭐라고 하지 않던가요?"

"신핑은…… 가족들과 연락이 끊긴 지 오래됐다고 하더군요. 어디 사는지도 모른다고 했고요."

"변호사라더니 거짓말을 표정 하나 안 바꾸고 잘하네요. 샤오핑은 내가 키웠으니 무슨 생각을 하는지, 무슨 말을 했을지, 내가 제일 잘 알아요. 걔가 그렇게 듣기 좋게 말했을 리가 있나? 부모와 연락이 끊겼다니. 그런 말을 사회생활해본 사람이 믿었단 말이에요? 세상 어느 부모가 자기 자식과 연락하지 않고 지낸답니까?"

황칭롄의 눈에서 빛이 번쩍거렸다.

"내가 맞혀볼까요? 나하고 걔 아버지가 이미 죽었다고 했겠죠?"

말문이 막혔다. 이 여자를 너무 쉽게 생각했다. 황칭롄은 거칠어 보여도 눈치가 빨랐다.

"샤오핑은 정말로 부모님과 오랫동안 연락하지 않았다고 말했습니다. 저도 믿었고요."

판옌중은 자기가 한 거짓말을 밀고 나가기로 했다. 대화의 주도권을 이런 식으로 놓치고 싶지 않았다.

"그럼 결혼식은 어떻게 했죠? 신부 측 가족이 아무도 참석하지 않고 결혼식이 되나요? 당신 옷차림을 보니 돈도 잘 벌 것 같은데, 부모님이 그런 결혼식을 이해해주셨어요?"

"결혼식은 생략했습니다. 저도 아버지가 안 계셔서요. 저희 어머니 혼자서 결혼식 준비로 고생하시게 하고 싶지 않았습니다. 어쨌거나 말씀하신 그런 문제는 없었습니다."

이 주제로 황칭롄에게 또 붙들릴까 봐 급히 말을 돌렸다.

"황 여사님, 제가 타이베이에서 여기까지 온 건 중요한 문제를 상의드리기 위해서입니다. 월요일 그날에 신핑이 여기 왔었다고 하셨죠?"

바깥에서 엔진 소리가 들렸다. 판옌중과 황칭롄이 시선을 마주쳤다. 황칭롄이 먼저 시선을 돌리며 창밖을 내다봤다.

"딱 맞춰 왔네요."

한 남자가 헬멧을 벗으며 대문 안으로 들어섰다. 판옌중은 그와 눈이 마주쳤다.

그가 누군지 금방 알아볼 수 있었다. 눈매와 콧대가 우신핑과 흡사했다. 다른 점은 턱과 피부 정도였다. 남자의 얼굴형은 둥글

우리에게는 비밀이 없다

둥글었고, 우신핑은 턱선이 우아하고 뾰족했다. 남자의 얼굴에는 우툴두툴한 여드름 자국이 많았다. 우신핑의 피부는 매끈했다.

이들 모자를 보면 볼수록 우신핑이 멀지 않은 곳에 있다는 느낌이 강해졌다.

남자는 판옌중에게 고개를 가볍게 숙이고 느릿느릿 인사했다.

"안녕하십니까?"

"목소리가 왜 그렇게 작아? 네 매제인데."

황칭렌이 남자의 팔뚝을 세게 때렸다.

역시 우신핑의 오빠였다.

"샤오핑이 오빠 이야기를 했나요?"

"예."

판옌중의 대답은 빨랐다.

기묘한 흥분의 감정이 황칭렌의 얼굴에 떠올랐다. 그녀의 눈이 커졌다.

"내가 뭐라고 했어! 네 동생은 우리를 버리고 멀리서 잘 먹고 잘 산다고 했지? 너만 바보처럼 개가 착한 애라고 생각한다니까."

우치위안吳啟源이 손톱으로 구멍이라도 낼 듯 손등을 헤집었다. 그는 시선을 아래로 떨군 채 말했다.

"동생이 집안 사정을 이야기했습니까?"

"말해준 적이 있기는 한데, 제가 정신없어서 기억이 잘 안 나는군요."

우치위안이 둔한 몸놀림으로 어머니 옆에 가서 앉았다. 그는 잡동사니가 쌓여 있는 탁자를 보고는 어머니 쪽을 돌아보았다.

"어머니, 손님이 왔는데 마실 것도 안 내드리고……."

우치위안이 몸을 일으키다가 엉덩이 사이에 낀 바지를 빼내면서 중얼거렸다.

"냉장고에 음료수라도 있나 보고 올게요. 집에 손님이 온 게 오랜만이라……."

그는 부엌 쪽으로 이동하며 주변에 쌓인 종이 상자에 두세 번 부딪혔고, 습관이 된 듯 익숙하게 상자들을 밀어내며 발을 옮겼다. 그가 다시 나타났을 때는 품에 홍차 팩을 세 개 안고 있었다.

판옌중은 팩을 받아 들고 유효기간부터 확인한 다음 빨대를 꽂았다.

"치위안, 네 매제가 묻더라. 네 동생이 언제 여기 왔었느냐고. 네가 대답해줘."

"샤오핑이요? 월요일에 왔었죠."

"확실합니까?"

"확실히 기억해요. 그날……. 제가 아이를 유치원에 데려다주고 일하러 갔다가 점심때 도시락 사서 여기로 왔어요. 도시락 먹으면서 기다렸죠. 기다리는데 샤오핑이 전화를 걸어왔죠. 곧 도착하는데 바깥 길이 공사 중이라 먼 길로 돌아서 온다고 하길래 제가 천천히 오라고……."

"그런 자잘한 것들을 궁금해하는 게 아니잖아."

어머니 황칭렌이 불퉁하게 끼어들었다.

우치위안은 판옌중을 보며 미안한 표정으로 웃어 보였다.

"죄송합니다. 전 긴장하면 쉬지 않고 말하는 버릇이 있어요."

"괜찮습니다. 그날 신핑이 어떻게…… 보이던가요? 이상한 점이 없었습니까?"

"전 그날 샤오핑을 잠깐만 봤어요."

"어째서요?"

우치위안의 시선이 어머니와 판옌중 사이를 오갔다. 그는 어머니의 허락을 받고서야 조심스럽게 입을 열었다.

"아들이 유치원에서 여러 번 토했다고 집사람한테서 전화가 와서요. 일요일에 장모님 생신이었는데 그날 먹은 고기가 잘못됐는지……."

"그만, 그만."

황칭렌이 또 끼어들었다.

"유치원에서 연락이 와서 급히 갔다고만 말하면 될 거 아니야? 네 집사람은 참 좋겠다. 직장도 없는데 10시, 11시까지 자고 애는 남편이 유치원에 데려다주고."

"어머니, 그 사람 얘기는 그만하세요."

우치위안의 모습이 왠지 애잔해 보였다.

"장인어른이 우리 집에 돈이 없는 걸 뭐라고 하지 않으시잖아요. 대단한 일이죠. 어, 어쨌든 아들 데리고 병원에 갔다가 나중에 다시 와보니까 샤오핑이 문 앞에 서 있더라고요. 타이베이로 돌아가야 할 시간이 됐다고 그러면서요. 다음에는 언제쯤 올 거냐고 물었는데……."

"그때가 몇 시였습니까?"

"아마도…… 3시가 넘었을 거예요."

"또 무슨 이야기를 했나요?"

"아들을 막 집에 데려다놨는데 조카 보고 싶지 않냐고 제가 물었어요. 여기 올 마음을 어렵게 먹었는데 조금 더 있다가 가라고요. 제 자식이 둘인데, 애들도 한번 못 보지 않았냐고 그랬죠. 샤오핑은 나중에 시간 나면 우리 집에 한번 다녀가겠다고 하더군요. 그래서 제가 그 약속은 꼭 지키라고 했죠. 예전처럼 도망가지 말고요."

우치위안의 목소리에 아쉬움의 마음이 가득했다. 그는 자기 손을 내려다보더니 좀 부끄러운 듯한 표정으로 말했다.

"샤오펑이 많이 변했더군요. 지금은 정말 도시 사람 같아요. 옷도 잘 입었고 가방도 진짜 명품인 것 같던데요. 샤오펑도 결혼했을 줄은 몰랐어요. 그것도 변호사하고. 왜 우리한테 알려주지 않았을까요? 우린 분명히 그 애를 축복해줬을 텐데."

"신펑이 여기 와서 오래 머물지 않은 건가요?"

판옌중이 물었다.

"그래요."

"그날 또 어떤 이야기를 나눴는지 여쭤도 될까요?"

"별 얘기 없었어요."

황칭롄은 우신펑과 두 시간을 같이 있었다. 길지도 않지만 짧지도 않은 시간이었다. 두 사람이 무슨 이야기를 했을까? 판옌중은 짐작하기 어려웠다. 지금까지 그가 알아낸 정보는 의심스럽기만 했다. 아내를 전혀 몰랐던 것만 같았다.

아내가 매달 학원에 휴가를 내고, 이미 돌아가셨다고 자기 입으로 말했던 어머니를 만나러 왔다.

게다가 빚 문제가 심각하다고 암시했던 오빠는 그녀를 상당히 그리워하고 있었다.

나는 왜 신펑이 한 말을 의심해보지 않았을까? 왜 아내의 과거를 더 깊이 물어보지 않았을까? 옌아이써 덕분에 여자는 감추는 일에 달인이라는 것을 배우지 않았던가. 그녀들이 말해주는 정보를 곧이곧대로 믿어서는 안 되었다. 변호를 의뢰하는 고객을 대하듯이 그들의 말에 귀 기울이는 동시에 경각심을 잃지 말았어야 했다. 그들이 별것 아니라는 듯이 어벌쩡 넘어가는 부분을 파고들

우리에게는 비밀이 없다

고 추론했어야 했다. 사건의 진상은 종종 그런 부분에 있기 마련이었다.

"몇 번을 말하니? 우신핑 걔는 양심이 없다니까."

황칭롄이 판옌중을 쳐다보는 눈빛에는 감정이라곤 없었다.

"도사님이 그러셨답니다. 내 딸은 전생에 빚쟁이였다고요. 내가 암에 걸린 것도 우신핑의 원한 때문이라고 했어요. 월요일에도 도사님께 같이 가자고 했더니 싫다고 하더라고요. 그걸로 좀 다퉜는데, 내가 참다 못해서 그랬죠. 지금 도사님께 가지 않으면 너 때문에 내가 죽을지도 모른다고요."

황칭롄이 잠시 말을 멈췄다. 뭔가 켕기는 표정을 짓는 것이 너무 많이 말했다고 후회하는 것 같았다.

"그렇게 말한 건 걔를 겁주려고 한 거였어요. 그렇게 나가버릴 줄 알았나."

판옌중은 황칭롄의 표정을 유심히 지켜보았다. 일순간의 변화도 놓치고 싶지 않았다. 혹시 모자가 같이 거짓말을 하고 있는 건 아닐까? 계단 위치를 슬쩍 가늠해봤다. 2층에 사람을 가둬두는 것도 불가능한 일은 아니다. 만약 그런 것이라면 이들은 무엇을 원하는 것일까?

"도사님이라면 누굴 말씀하시는 겁니까?"

"도사님은…… 수행하시는 분이죠."

"전생에 빚쟁이라는 건 무슨……?"

"빚쟁이란…… 전생이나 전전생에서 당신이 어떤 사람에게 죄를 지었다고 해봐요. 그 죗값으로 다음 생에 업이 쌓이는 거예요……. 쉽게 말해 그 사람이 다음 생에 당신한테 보복을 하러 오는 거죠."

우치위안이 대신 대답했다.

"그게 신펑과 무슨 상관이 있단 말입니까?"

"도사님 말씀이, 저희 어머니가 여러 차례의 전생에서 샤오펑에게 나쁜 짓을 했대요. 어느 전생에선 샤오펑이 어머니 때문에 자살해서 환생을 못 하고 저승에서 고통만 받았다고 하더군요. 그래서 샤오펑이 이번 생에선 어머니를 찾아내 복수하려 한다는 거예요. 그래서 그런지 저희 집안에선 샤오펑과 관련된 일이라면 늘 시끄러워요."

판옌중은 순간 머릿속에 안개가 낀 듯 흐릿해지는 느낌을 받았다. 그는 얼른 화제를 원래대로 돌려놓았다.

"황 여사님, 신펑이 이곳을 떠났다고 확신하십니까? 근데 타이베이의 집에 돌아오지도 않았고 직장에도 출근하지 않았습니다. 월요일에 여기 와서 당신을 만났으니, 아직 타이베이로 돌아가지 않고 이곳에 남아 있는 건 아닐까요?"

황칭롄은 귀에 거슬리는 메마른 웃음소리를 터뜨렸다.

"판 선생님, 정말 우스운 분이시군요. 신펑이 아직 이곳에 있다니요. 그날 도사님께 원한을 풀러 가자, 16만 타이완달러면 된다, 그렇게 말했더니 걔가 벌떡 일어나서 나가버렸어요. 조금도 과장하지 않고 말씀드리는 거예요. 걔 나가면서 끝까지 나를 욕했답니다. 뭐랬더라, 내가 돈 때문에 별 핑계를 다 생각해낸다나."

황칭롄이 기분 나쁜 눈빛으로 판옌중을 바라보았다.

"판 선생님, 당신은 많이 배우신 분이잖아요. 머리가 우리 같은 사람하고는 다르죠. 이렇게 물어볼게요. 당신하고 샤오펑은 돈을 어떻게 관리하죠?"

순간 우신펑이 실종된 그날이 떠올랐다. 공교롭게도, 그날 만난 나나의 어머니도 황 여사였다.

지끈거리는 관자놀이 부근을 문질렀다. 그는 대답하지 않았다. 황칭렌이 말을 하다 일부러 중간에 끊는 것으로 보아 아무래도 자신을 쉽게 놓아주지 않을 것 같았다.

"그러고 보니 참, 당신은 변호사죠? 법의 구멍을 누구보다 잘 알 테니까, 부부 재산이 서로 묶이지 않게 하는 것도……. 16만 타이완달러가 과한 금액도 아닌데 샤오핑은 왜 그리 크게 반응했을까? 걔는 돈이 별로 없나 보네요. 하긴 애들 숙제 봐주면서 한 달에 얼마나 벌겠어요?"

황칭렌은 혼자서 주절주절 말을 이어갔다.

"나한테 결혼했다는 말을 안 한 것도 이해가 되네요. 남편이 그렇게 경계하는데……. 멍청한 년, 그러면서 자기가 대단히 고귀한 줄 알고."

"황 여사님, 무슨 뜻입니까?"

"당신이 이해하는 바로 그 뜻이에요. 직접적으로 말하자면, 내가 샤오핑 대신 억울한 걸 설명하고 있는 거죠. 둘이 결혼할 때 알려주지 않은 거야 그렇다 쳐요. 그래도 할 건 해야죠. 내가 딸을 스무 살까지 키워내느라 고생한 것이 있잖아요."

판옌중은 아무 말도 하지 않았다. 이 상황에서 어떻게 대처해야 할지 고민스러웠고, 이 여자의 말이 어느 정도는 맞는 말이기 때문이었다. 그는 우신핑을 경계한 것이 사실이었다. 심지어 핑계도 준비되어 있었다. 딸 쑹뤄를 보호해야 한다는 것 말이다. 아빠의 여자관계 때문에 쑹뤄가 피해를 입어선 안 된다. 가장 간단한 해결책은 각자의 재산을 독립적으로 운용하는 것이었다.

"황 여사님, 화제를 다른 데로 돌리지 마십시오. 제가 여기 온 건 샤오핑이 집에 돌아오지 않기 때문입니다. 무슨 일이 생긴 건 아닌지 걱정이 많습니다. 두 분한테서 어떤 단서를 얻을 수 있을까 해서 찾아온 거예요. 월요일에 신핑이 여기 왔었다는 것까지는 알겠는데, 그럼 그 뒤에는요? 신핑이 어디로 갔을까요? 전화는 꺼져 있고, 아무도 신핑과 연락이 안 된다고 합니다. 제가 도움을 청할 사람은 두 분밖에 없습니다. 그러니 실례를 무릅쓰고 여쭐게요. 아까 두 분이 하신 말씀은 전부 사실입니까? 신핑이 3시쯤 여기를 떠났다, 맞습니까?"

말을 마친 판옌중은 황칭렌을 똑바로 바라보았다. 협상을 위해 상대방을 압박할 때 곧잘 쓰는 방식이었다.

그러나 상대방은 그의 시선을 그대로 맞받았다. 조금도 두려울 게 없어 보였다.

"판 선생님, 샤오핑과 싸운 적이 있죠?"

판옌중은 다시 한 번 역겨움이 솟구치는 걸 느꼈다. 이 여자뿐 아니라 어두침침하고 답답한 집안 환경 때문에 질식할 것 같았다. 아내가 거짓말을 하고 집안 사정을 숨긴 것은 혹시 황칭렌의 지시에 따른 것이 아니었을까?

그의 어머니가 황칭렌을 만나봤다면 분명 온갖 방법을 동원해 우신핑과의 결혼을 말렸을 것이다.

"싸우지 않았습니다."

판옌중은 팩을 꾹 눌렀다. 단맛이 강한 홍차가 입안으로 흘러들어왔다.

"안 속아요. 내가 샤오핑을 잘 아는데, 걘 겉으로는 순해 보여도 기가 세답니다. 전에도 이런 일이 자주 있었죠. 나하고 싸우고 나면 어느 순간 사라져버리곤 했어요. 한참 지나서야 집에 들어왔죠. 키워준 은혜도 모르다니 나도 참 복이 없죠."

우리에게는 비밀이 없다

그때 판엔중의 휴대폰이 울렸다. 발신인을 확인하니 로터리 클럽의 류둥劉董이었다. 양해를 구한 뒤 밖으로 나와 전화를 받았다. 그는 몇 분이나 통화하고 나서야 류둥의 용건을 알아차렸다. 류둥의 치과의사 아들에게 문제가 생겼다. 선배와 동업해 치과 병원을 개업했는데 허위 신고로 건강보험을 수령했다는 혐의를 받고 있었다. 현재 검찰 조사를 받는 중이니 가능한 한 빨리 아들을 만나달라고 했다. 판엔중은 집 쪽을 돌아보았다. 황칭롄이 창으로 자신을 바라보고 있었다. 우치위안은 소파에 가만히 앉아 있었다. 극도의 피로감이 사방팔방에서 덮쳐왔다. 그는 여기 남아서 아내의 행방에 관한 단서를 더 파고들어야 했다. 하지만 그의 직감은 우선 익숙한 세상으로 돌아가라고 말하고 있었다.

판엔중은 집 안으로 돌아와 휴대폰을 보이며 말했다.

"급한 일이 생겨서 이만 가봐야겠습니다."

"벌써 가시게요? 온 지 얼마 되지도 않았는데."

우치위안이 깜짝 놀란 얼굴로 쳐다보았다. 그의 말대로 판엔중은 이 집에 발을 들인 지 한 시간도 채 되지 않았다.

하지만 판엔중 입장에서는 오후 시간을 전부 이 일에 쏟은 셈이었다.

"네, 친구 아들에게 문제가 생겨서요."

"잠깐만요. 돈 가져왔죠?"

우치위안의 얼굴에 곤혹스러운 표정이 떠올랐다. 판엔중은 고개를 끄덕였다.

"얼마?"

"2만. 전화로 2만이라고 하셨죠."

"우리 형편 좀 보세요. 2만으로 되겠어요? 난 몸이 이래서 일도 못 한다고요."

"그럼 얼마나 필요하십니까?"

"적어도 10만. 그 정도는 있겠죠. 입고 있는 양복과 구두만 해도 몇만 타이완달러는 하겠는데."

판옌중은 콧잔등을 찡그렸다. 황칭렌이 또 한 번 핵심을 짚었다. 이 여자는 동물적인 직감과 관찰력에 더해 운까지 있었다. 판옌중은 이곳을 떠나고 싶은 마음이 더 커졌다.

"오늘은 2만 타이완달러만 가지고 나왔습니다."

"근처 편의점에 현금인출기가 있어요. 거기서 인출하면 되지요."

순간 딸이 보던 일본 만화가 떠올랐다. 수영복 입은 소녀가 모래를 밟고 서서 몽둥이를 들고 주변을 더듬더듬 탐색한다. 그러다가 수박을 발견하면 한 번, 두 번, 힘껏 내리친다. 수박 껍질이 깨지고 붉은 과육과 즙이 주변에 마구 튄다. 판옌중은 침을 삼켰다. 꿀꺽. 목젖이 움직이자 마음이 편안해졌다.

"5만까지는 드릴 수 있습니다."

"5만은 순식간에 다 써요. 더 줄 순 없나요?"

"어머니, 처음 만난 사람한테 그러지 마세요……."

우치위안의 목소리는 아주 멀리서 말하는 것처럼 희미했다.

판옌중과 황칭렌의 눈빛이 약속이나 한 듯 우치위안에게 모였다. 그는 긴장한 듯 어물거렸다.

"그, 그렇게 하면 샤오펑이 화낼걸요."

"걔가 화내든 말든 무슨 상관이야?"

황칭렌의 얼굴이 벌겋게 달아오르고 가슴이 격렬하게 오르내렸다.

"돈이 없으면 내가 치료를 어떻게 받아? 넌 무슨 낯짝으로 그런

우리에게는 비밀이 없다

소릴 해? 돈 있는 여자랑 결혼하더니 엄마는 뒷전이지? 네 장인이라는 사람이 최근에도 새 차로 바꿨더구나? 그렇게 돈이 남아돌면 30만이든 50만이든 좀 빌려줄 수 없어? 난 죽기 직전인데!"

"어머니!"

우치위안이 얼굴을 붉히면서 판옌중의 눈치를 살폈다.

"다른 사람도 있는데 그런 이야기를 왜 하세요? 제가 돈 마련하고 있다고 했잖아요. 또 말하고 또 말하고 그러지 좀 마세요!"

"네 동생이 너한테 뭘 그렇게 잘해줬니? 왜 항상 걔를 감싸고 돌아?"

"잘, 잘해주긴 뭘요! 어머니가 이러시니까 샤오핑이 또 도망가는 거라는 생각은 안 드세요? 이번엔 운 좋게 타이베이에서 샤오핑을 본 사람이 있어서 찾았지만 다음에 또 그런 행운이 있겠어요?"

"타이베이에서 신핑을 본 사람이 있었다고요?"

"네……."

우치위안은 말실수를 했나 싶어 어머니 쪽을 힐끔거렸다.

"그게 무슨 말입니까?"

판옌중이 목소리를 높였다.

"됐어요. 당신이 알아도 무슨 상관이겠어요."

황칭롄은 도발하듯 대꾸했다.

"우린 자식 교육에 실패했어요. 고생고생하며 키워놨더니 정작 집에 있는 게 고통스럽다며 달아나 버렸잖아요. 처음엔 타이중에 간다고 하더니, 나중엔 타오위안에 있다고 하더군요. 몇 년 전까진 가끔이라도 집에 다녀갔어요. 걔 아버지 돌아가시고 한동안은 집에 오면 며칠 자고 가기도 했고요. 근데 나중엔 아예 오지 않더군요. 전화도 안 받고. 걔가 산다던 집엘 찾아갔더니 집주인이 한참 전에 이사 갔다고 하더라고요."

판옌중은 황칭롄의 말을 들으며 어디까지가 사실일까 따져보았다. 많은 사건을 담당해온 변호사로서 그는 인간의 방어기제에 대해 잘 알았다. 사람들은 대개 자신이 만들어낸 고통에 대해서는 극단적으로 낮게 평가하는 경향이 있었다.

"하루 종일 개만 찾으러 다닐 수는 없었어요. 타이완이 이렇게 큰데 맘먹고 숨어버리면 어디 가서 찾겠어요? 그래서 그냥, 양심이 있으면 언젠가는 돌아오겠거니 하고 말았어요. 그런데 걔가 그렇게도 양심이 없을 줄이야."

분노인지 원망인지 모를 감정에 황칭롄의 눈가가 붉어졌다.

"타이베이에서 봤다는 건 어떻게 된 겁니까?"

판옌중이 조급한 마음으로 캐물었다. 우치위안이 용기를 내서 입을 열었다.

"5월인가 6월쯤에 이 동네 분이 타이베이로 놀러 갔었거든요. 나중에 돌아와서 저희더러 하는 말이, 타이베이에서 샤오핑이랑 똑같이 생긴 여자를 봤다는 거예요. 근데 그분이 기억하는 샤오핑보다는 얼굴이 훨씬 하얗더라면서."

황칭롄이 아들의 말을 가로챘다.

"지하철역 근처에서 샤오핑을 닮은 여자가 어느 학원으로 들어가는 걸 봤대요. 어느 지하철역이었는지는 모르겠고 자기가 묵은 호텔 근처였다고 하길래, 내가 치위안더러 그 호텔에서 가장 가까운 지하철역을 찾게 했어요. 그리고 그 근처 학원이란 학원은 다 찾아봤죠. 이러고도 샤오핑을 못 만나겠나 하면서요. 하늘이 도우셨는지 그날 딱 두 번째로 들어간 학원에서 찾았죠."

"타이베이에서 신핑을 봤다는 분은 누굽니까?"

　　　　　　　　　　　우리에게는 비밀이 없다

"그걸 말해주면 나한테 무슨 이득이 생기죠?"

황칭렌이 곧바로 대꾸했다.

"2천 타이완달러 더 드리겠습니다. 5만 2천."

판옌중은 황칭렌과 대화하는 방식에 익숙해졌다.

"우리 집 근처에 장張씨 아줌마가 사는데, 그 집 딸이 샤오핑이랑 동창이에요."

"어느 학교 동창입니까?"

"초등학교부터 고등학교까지 전부 같은 학교였어요. 한두 번은 같은 반이기도 했고."

"장씨 아주머니 댁은 어디입니까?"

황칭렌이 판옌중을 빤히 보더니 결심한 듯 입을 열었다.

"돈 찾으러 가야 하지 않아요?"

판옌중은 즉시 편의점을 찾아가 현금인출기에서 돈을 뽑았다. 그는 황칭렌의 눈앞에 지폐 두 다발을 흔들어 보이며 말했다.

"여기 6만 타이완달러입니다. 이제 장씨 아주머니 댁을 알고 싶은데요. 전 그냥 단서만 얻으면 됩니다. 아무 짓도 하지 않을 겁니다."

황칭렌은 흥 하고 콧방귀를 뀌더니 편의점 밖으로 앞서 나갔다.

세 사람은 골목 두 개를 지나 평범한 주택 앞에 도착했다.

초인종을 누르자 얼마 후 한 여자가 나왔다.

누가 왔는지 확인한 여자는 문을 활짝 열고 인사했다.

"아주머니, 안녕하세요? 저희 엄마 찾아오셨어요?"

"응, 엄마 집에 계시니? 뭐 좀 물어보고 싶은 게 있어서."

황칭렌이 몸을 돌리며 판옌중을 가리켰다.

"여기 이분이 샤오핑 남편인데, 우리가 어떻게 샤오핑을 찾았는지 알고 싶다네."

여자가 고개를 빼며 판옌중을 위아래로 훑어보았다. 그 시선은 우호적이기는커녕 약간 음험했다.

판옌중이 앞으로 한 걸음 나서며 여자와 눈을 맞췄다.

"당신 어머니께서 우연히 샤오핑을 만나셨다지요?"

"만났다기보다는 그냥 우연히 본 거죠. 엄마는 그때 우신핑이랑 한마디도 안 하셨어요."

판옌중은 여자가 '우신핑'이라는 세 글자를 언급할 때의 억양이 급작스레 위로 올라간 것이 신경 쓰였다.

조금도 숨기지 않는 경멸.

"엄마 어디 가셨니?"

"네, 외할아버지한테 가셨어요. 병원에 입원하셨거든요."

판옌중이 다시 끼어들어 물었다.

"당신은 신핑하고 학교 동창이라면서요?"

"네, 초등학교 3학년부터 6학년까지 같은 반이었고, 중학교와 고등학교 때는 학교만 같았어요. 고등학교 때는 옆 반이었고요."

판옌중은 눈앞에 서 있는 여자의 외모를 따져보았다. 칙칙한 낯빛과 갈라진 입술, 원래라면 좋은 평을 들었을 큰 눈은 눈두덩이 퉁퉁 부어서 보기 좋지 않았다. 우신핑과 같은 나이라지만 훨씬 나이 들어 보였다. 이곳 사람들은 어째 다들 늙어 보일까? 우신핑에 대한 이 여자의 악의는 어디서 오는 것일까? 상식적으로 생각하면 두 사람은 열 살부터 열여덟 살 때까지 같은 학교를 다녔으니 서로 잘 아는 사이일 것이다.

황칭롄과 우치위안은 간절한 시선으로 판옌중만 쳐다보고 있었다. 판옌중은 잠시 생각을 정리하고 다른 방향을 찾아보기로 했다.

"저는 타이베이로 돌아가야 합니다. 당신 휴대폰 번호나 이메일 주소 좀 알려주실 수 있습니까?"

여자는 대답하지 않았다.

판옌중은 어쩔 수 없이 명함을 건넸다.

"더 생각나는 게 있으면 연락 주십시오. 아주 중요한 내용이 아니어도, 신평과 관련 있는 이야기라면 뭐든 좋습니다. 그리고 어머님이 돌아오셔서 뭔가 생각나는 게 있다고 하시면 그때도 연락 부탁드려요."

여자는 받아 든 명함을 한참 들여다보았다.

"그러니까, 당신은 변호사네요?"

"그렇습니다."

"우신핑은 운도 좋지."

여자가 묘한 미소를 지었다.

"명함도 줬으니 이만 갑시다."

황칭렌은 한시 바삐 발을 돌리고 싶은 모양이었다.

세 사람은 원점으로, 그러니까 황칭렌의 집으로 돌아왔다. 판옌중은 지폐 다발을 황칭렌에게 건넸다. 황칭렌은 세어보지도 않고 지폐를 반으로 접어 주머니에 넣었다. 그 꼴을 본 판옌중은 타이베이로 돌아가고 싶은 마음이 더 간절해졌다.

이곳에 온 지 얼마나 됐다고 타이베이의 생활이 흐릿하게 느껴졌다.

판옌중은 두 사람에게 인사하고 차에 올라탔다. 운전대를 쥐고 내비게이션을 켜면서 긴 한숨을 내쉬었다. 그는 정말로 이런 질서 정연함이 그리웠다.

휴대폰이 울렸다. 그가 계속 기다리는 우신핑이 아니라 학원의 시시였다.

"판 변호사님, 어떤 여자분이 학원에 찾아오셨는데요, 오늘 우 선생님과 약속이 있었는데 우 선생님이 약속 장소에 나타나지도 않고 전화도 안 돼서 찾아왔대요. 뭐라고 말씀드려야 할까요?"

"그 여자분이 누군데요?"

"오드리, 라고만 하시더라고요."

판옌중은 최대한 기억을 뒤져봤지만 떠오르는 것이 없었다. 우 신핑은 그런 이름을 언급한 적이 없었다.

"제 전화번호를 그분에게 알려주십시오. 직접 얘기하겠습니다."

"네, 변호사님께 연락드리라고 할게요."

시시는 위기에서 벗어난 것 같은 말투로 대답했다.

휴대폰 벨소리는 금방 다시 울렸다. 판옌중은 숨 돌릴 겨를도 없이 전화를 받았다.

"여보세요?"

"샤오핑 남편분이신가요? 샤오핑은 지금 어디 있어요?"

"누구시죠?"

여자는 잠깐 침묵했다가 조그만 목소리로 대답했다.

"저는 오드리라고 하고요, 신핑의 친구예요."

"신핑은 저한테 당신 이야기를 한 적이 없습니다."

"판 선생님, 믿어주세요. 제가 신핑의 친구라는 걸 증명할 수 있어요."

"어떻게 증명한다는 겁니까? 당신이 보이스피싱 같은 걸 하고 있는지 어떻게 알겠어요?"

"저는 우신핑에 대해 여러 가지 사실을 알고 있어요. 결혼하기 전 당신이 신핑에게 계약서를 쓰자고 요구했다는 것도 알아요. 재산을 각자 관리한다는 내용이었죠. 제가 이 이야기를 꺼낸 건 저를 믿어달라는 것이지, 다른 뜻이 있어서가 아니에요."

오드리는 숨을 깊게 들이쉬었다.

"이제 신핑이 어디 있는지 말씀해주실 수 있겠죠? 급한 일로 의논할 게 있어요."

오드리의 말이 보이지 않는 손처럼 판옌중의 가슴 안쪽을 파고들어 미약한 심장을 움켜쥐었다. 그의 호흡이 박자를 놓쳤고, 흉곽 안을 흐르는 피가 무언가에 가로막힌 듯 갈비뼈에 눌어붙은 느낌이었다.

"지금 운전 중인데 잠시 후에 제가 전화해도 되겠습니까?"

여자의 반응을 기다리지 않고 전화를 끊어버렸다.

벨소리가 다시 울렸지만 휴대폰을 조수석에 내팽개쳤다가 돌연 화가 치솟아 다시 집어 들고 '통화'를 눌렀다.

"오드리 씨, 말씀드렸지만 지금 운전……."

전화 건너편은 조용했다. 얼마 후 남자 목소리가 흘러나왔다.

"판 변호사님, 우치위안입니다."

자신 없는 목소리였다.

이 사람한테 내가 연락처를 줬던가? 아니다. 유일한 가능성은 장씨 아주머니의 딸 샤오전小貞에게 준 명함을 통해 휴대폰 번호를 알아냈다는 것이다. 우치위안은 달팽이를 연상시키는 남자다. 누군가 그를 쿡쿡 찌른다고 해도 느릿느릿하고 어수룩한 모습으로 달아날 것 같았다. 판옌중은 이 달팽이가 어떤 소식을 가져왔을지 몹시 궁금했다.

"제가 당신과…… 소통……해야 할 것이 있습니다."

우치위안이 입에 올린 '소통'이라는 단어가 몹시 어색하게 들렸다. 이 남자는 평소 그런 단어를 사용할 일이 거의 없지 않을까?

"우리는 샤오펑에게 잘했어요. 걔가 힘들어하지 않게 하려고 최대한 애썼어요. 맹세할 수 있습니다."

우치위안이 목을 가다듬고 다시 입을 열었다.

"판 변호사님, 당신은 제 여동생 남편이니 이런 이야기는 굳이 하지 않는 게 맞겠죠. 하지만 가만히 보고만 있을 수가 없어서요……. 샤오펑이 예전에 저지른 일이 있는데, 구체적으로 밝힐 수는 없지만 여러 사람 마음 아프게 한 건 사실입니다. 그나마 도사님 덕분에 저희 어머니가 많이 나아진 거예요. 안 그랬으면 샤오펑 때문에 미쳐버리셨을 거예요. 여기까지만 말하겠습니다. 믿든 안 믿든 그건 당신한테 달렸어요."

우치위안은 판옌중의 대답을 듣지 않고 뜨거운 감자를 던져버리듯 전화를 끊었다. 판옌중은 운전석 등받이에 몸을 기댔다. 온몸의 피가 어딘지 모를 구멍으로 줄줄 새어 나가는 것 같았다. 그런 환각이 느껴졌다. 이 지방은 역겨운 곳이었다. 이렇게 은근한 방법으로 그를 괴롭히다니! 어디에 숨어 있는지 모를 우신펑이 이 모든 상황을 몰래 지켜보고 있는 건 아닐까? 그의 눈빛에서 슬픔과 분노가 번갈아 흘러나왔다. 황칭롄의 질문이 맞았다. 우신펑이 사라지기 전날 밤, 두 사람 사이에 작은 다툼이 있었다.

원인은 사소했다. 쑹뤼가 다시는 '옌아이써'라는 이름을 언급하지 않도록 잘 설득해달라고 우신펑에게 부탁했다가 시작된 다툼이었다. 우신펑은 그건 안 된다고 했다. 아이에게 무슨 죄가 있느냐고 했다. 옌아이써가 쑹뤼에게 특별한 존재로 자리매김하고 있다는 것을 존중해줘야 한다고 했다. 판옌중은 그녀를 무섭게 노려보았다. 그는 아내가 잘 알고 있으리라 믿었던 것이다. 옌아이써가

우리에게는 비밀이 없다

자신의 존재 전부를 망가뜨렸다는 것을, 그가 망가진 조각들을 힘겹게 붙여서 지금의 자신을 되찾았다는 것을. 미칠 것 같은 격분에 사로잡혀 그는 아내의 어깨를 움켜잡았다. 그 순간 우신펑의 얼굴이 옌아이쎠로 변했다.

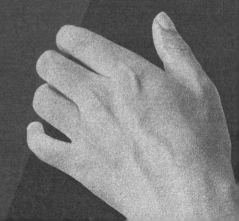

4장

눈을 떴다. 시간이 조금 흐른 후에야 내가 어디에 있는지 기억
났다.

눈앞의 여자는 잠들어 있었다. 조금 더 생각하고 나서야 나 역
시 잠들었다는 것을 깨달았다. 잘된 일이다. 너무 긴장하거나 걱
정하지 않아도 될 일이다. 며칠이나 지났을까? 그러고 보면 이곳
에서는 시간이 멈춘 것 같다. 그래서인지 마음속 깊은 곳에서부터
평온함이 느껴진다. 벌써 몇 년째 이런 감정을 느껴보지 못했다.
지난 몇 년간 나는 늘 같은 일을 생각해왔다. 인간은 일생의 전반
부를 이용해서 시나리오를 쓰고, 후반부를 이용해서는 시나리오
에 따라 영화를 찍는다. 우리들은 완성된 시나리오에서 벗어날 수
없다.

방금 꿈을 꾸었다.

오빠가 자전거를 타고 집 근처 공터로 나를 데리러 왔다. 얼굴
을 스치는 바람이 청량했다. 나는 오빠의 등에 머리를 기댔다. 땀
으로 젖은 등이 뜨끈뜨끈했다. 내 얼굴도 금세 축축해졌다. 하지
만 조금도 싫지 않았다. 오빠가 흘린 땀이나 목욕하고 남은 물기

나 다르지 않게 느껴졌다.

얼마나 지났을까, 오빠가 자전거를 멈췄다. 하늘을 올려다보면서 오빠가 말했다. *집에 가야지. 엄마가 기다리고 계셔.* 막 잠이 들려던 참이었던 나는 그 말을 듣고 불안해하며 울음을 터뜨렸다. *집에 안 갈래. 계속 바깥에 있으면 왜 안 돼?* 오빠의 등을 때리며 떼를 쓰자 오빠가 한숨을 내쉬었다. 나를 어떻게 해야 할지 모르겠다는 듯이. 나는 더 크게 울어댔다. 오빠가 내 어깨를 토닥이며 말했다. *그만 울어. 천식 발작이 오면 어떡하려고 그래? 알았어, 자전거를 조금 더 타자. 조금만 더 타고 집에 가는 거야. 약속했다?* 오빠는 페달을 힘껏 밟았다. 바람이 목덜미를 스쳐 머리카락을 흔들고 지나갔다. 나는 손등으로 눈물이며 콧물을 쓱 닦고 오빠를 꽉 끌어안았다.

오빠보다 더 중요한 사람은 없었다. 결혼하고 나서도 그렇게 믿었다. 나의 세계는 오빠를 중심으로 돌아갔다. 오빠가 없었다면 나는 누구에게 무슨 말을 해야 할지도 몰랐을 것이다. 어릴 때도, 어른이 된 뒤에도 오빠가 내 눈에 보이지 않으면 갑자기 긴장되면서 배가 아프고 피부에 붉은 뾰루지 같은 것이 올라왔다.

나에게는 오직 오빠뿐, 친구도 없었다.

몸이 약해서 어릴 때부터 또래와 잘 어울리지 못했다. 처음에는 다들 내가 보통의 감기를 앓는 줄 알았다. 그런데 의사가 몇 차례 진료해보더니 천식이라고 진단 내렸다. 천식 발작이 시작되면 엄마는 모든 방법을 동원해 나를 병원에 데려갔다. 엄마는 내가 집에 있다가 질식해 죽을 것을 두려워했다. 나중에는 머리가 어지럽다거나 코를 조금만 훌쩍거려도 나를 병원에 데려갔다. 우리 지역에 규모 있는 병원은 딱 한 곳이었다. 아빠와 병원 원장님이 막역

한 사이였다. 원장님은 내가 자라는 모습을 속속들이 지켜보셨다. 병원의 다른 의사와 간호사도 다들 나를 귀여워해서 내 손에 종종 캐러멜을 쥐여주었다. 그래서 병원 가는 게 싫지 않았다. 솔직하게 말해서 그곳의 익숙하고 안전한 느낌을 조금쯤 좋아했다. 그렇다고는 해도 입원비가 저렴하지는 않으니 나는 엄마에게 병원에 너무 의지하지 말고 아빠 돈을 아끼자고 말했다. 그러나 엄마는 냉정하게 나를 닦달했다. *너에게 무슨 일이 생기면 어떡하니? 철없는 소리 마라. 네가 집에 있으면 엄마 걱정이 커질 뿐이야. 엄마는 네가 아플 때 어떻게 돌봐야 하는지도 모른다. 돈 걱정은 마라. 엄마와 아빠가 알아서 하니까.*

나는 아빠의 사업에 대해 잘 알지 못했다. 다만 아빠가 많이 바쁘다는 것, 거래처 접대 같은 일이 많아서 밤 10시나 11시에 귀가한다는 것만 알았다. 술에 취한 아빠는 거실 소파에 누워서 불분명한 발음으로 웅얼거리곤 했다. 엄마는 가끔 귀가가 늦어지는 아빠를 기다렸고, 어떨 때는 먼저 잠들기도 했다. 나와 오빠가 가장 기대하는 시간이 엄마가 아빠를 기다리지 않고 잠들었을 때였다. 오빠는 내 방 침대에 나와 함께 나란히 누워서 잠들면 안 된다, 아빠가 오실 때까지 깨어 있어야 한다고 말해주곤 했다. 잠기운을 이기기 위해 우리는 목소리를 낮추고 서로 이야기를 들려주는 놀이를 했다. 오빠가 들려주는 이야기는 짧아서 금방 결말이 났다. 그러면 마주대고 있던 어깨로 나를 슬쩍 밀면서 "네 차례야"라고 말했다. 나는 긴 이야기를 좋아했다. 병원 로비에는 방문객을 위한 책이 비치돼 있었는데, 거기에 온갖 책들이 있었다. 백과사전 한 질도 있었다. 원장 선생님의 아이들이 크면서 잘 안 보게 된 책을 가져온 것 같았다. 나는 병원에서 내 인생 최초의 SF 소설을 읽었다.

우리에게는 비밀이 없다

그 책이 니쾅倪匡*의『푸른색 피를 가진 사람藍血人』이었다. 셰익스피어의『한여름 밤의 꿈』도 병원에서 읽었다. 나는 서로 다른 책에서 읽은 이야기를 한데 엮어서 나만의 새로운 이야기로 만들어내는 것을 좋아했다.

몇 번인가는 아래층에서 철문이 열리는 소리가 났는데도 오빠가 일어나기 싫다고 했다. 그러면서 나에게 어디까지 이야기를 했는지 잘 기억했다가 다음에 이어서 들려달라고 했다. 아빠가 돌아오면 우리는 살금살금 아래층으로 내려갔다. 2층을 지날 때는 특별히 조심해야 했다. 엄마가 잠에서 깨면 모든 노력이 헛수고가 되기 때문이었다. 두 번 중 한 번 이상은 1층 거실 소파에서 술에 취해 누워 있는 아빠를 발견할 수 있었다. 어떨 때는 2층으로 향하는 계단에 드러누워 있기도 했다. 또 몇 번은 아빠가 멀쩡한 정신으로 텔레비전을 보고 있기도 했는데, 그러면 우리는 시무룩하게 3층으로 돌아가야 했다.

대개는 운이 좋았다. 아빠는 어두침침한 거실에서 소파에 기대앉아 꼼짝도 하지 않을 때가 많았다. 취기가 가실 때를 기다리는 것처럼 보였다. 그럴 때면 오빠가 먼저 말을 걸었다. *아빠, 500타이완달러만 주시면 안 돼요? 미술 교재를 사야 해서요.* 500타이완달러는 사실 꽤 나중에 등장한 금액이다. 처음 몇 차례까지는 50타이완달러, 100타이완달러 정도였다. 그러면 아빠는 흐트러진 눈빛으로 바보처럼 웃어주었다. *미술 교재? 아하, 미술 교재.*

아빠는 주머니에서 돈을 꺼내 눈에 힘을 주며 제대로 보려고 애썼다. 오빠는 아빠 대신 500타이완달러 지폐를 한 장 집어 보이면

---

* 홍콩 출신의 유명한 SF 소설가.

서 속삭였다. *아빠, 이거예요. 이게 500타이완달러예요.* 그러면 아빠는 자연스럽게 그 지폐를 뽑아 들고 내미는 것이다.

나는 이렇게 복잡한 것이 싫었다. 그래서 주로 아빠 팔에 매달려 애교를 부렸다. *아빠아, 선물 받고 싶어요.* 그러면 아빠는 내 머리를 쓰다듬거나 볼을 토닥이면서 주머니에서 지폐 뭉치를 꺼내 내 손에 올려놓곤 했다. 부드러운 말투로 이렇게 덧붙이면서. *마음대로 꺼내 가렴.*

아빠는 나를 정말 귀여워하셨다. 다른 사람들도 그렇게 이야기했다. *아빠들은 딸을 더 예뻐하는 법이지.* 나는 그 말을 믿었다.

이 놀이는 오빠가 발명했다. 어느 날 밤 오빠가 내 방에 오더니 배가 고파서 잠이 오지 않는다고 했다. 같이 가서 부엌 냉장고에 있는 푸딩을 꺼내 먹자는 것이었다. 나는 오빠의 제안을 거절했다. 냉장고는 1층에 있는데, 2층에서 주무시는 엄마를 깨우게 된다면 뒷감당을 할 수 없다는 이유였다. 그러나 애걸복걸 졸라대는 오빠를 이기지 못해 둘이서 손을 잡고 아래층으로 내려갔다. 들키지 않고 냉장고 손잡이를 잡았는데, 그때 열쇠를 꽂는 소리가 들렸다. 아빠가 돌아온 것이었다. 비틀비틀 우리 앞까지 걸어온 아빠가 물었다. *너희들 여기서 뭐 하니?* 오빠가 꾀를 내어 교재를 깜빡 잊고 가방에 넣지 않은 게 생각나서 내려왔다고 대답했다. 아빠는 고개를 끄덕이더니 주머니에서 500타이완달러 지폐를 꺼내 오빠에게 주었다. *필요한 게 있으면 사렴.*

나와 오빠는 얼떨떨하게 서로 마주보았다. 그리고 조금 후에 깨달았다. 술에 취한 아빠는 자신이 뭘 하는지 모르는 채 행동한다는 것을. 그렇게 우리의 놀이는 시작되었다.

우리에게는 비밀이 없다

엄마는 불면증이 심했다. 쉽게 잠들지 못했고 쉽게 깨었다. 불면에 시달릴 때의 엄마는 작은 일에도 폭발했다. 오빠와 나는 일찌감치 엄마에 대해 공통된 인식을 하게 됐다. 우리 엄마는 변덕이 심하다는 것. 엄마가 인자할 때는 세상 무엇도 엄마의 다정한 포옹과 뽀뽀보다 소중하지 않았다. 하지만 엄마가 이성을 잃은 순간 우리는 고아나 다를 바 없었다. 둘이 서로의 체온으로 몸을 덥히면서 이 폭풍이 빨리 멈추기만을 기도했다.

엄마는 외가 친척들과도 잘 지내지 못했다. 외할아버지는 일찍 돌아가셨고 외할머니는 남부 지방에서 혼자 사셨다. 외할머니 댁에 가면 사위인 아빠보다 엄마가 더 남처럼 데면데면하게 굴었다. 수없이 벽시계를 쳐다보는 엄마는 시간이 빨리 흐르길 바라는 듯했다. 엄마가 외할머니한테 어떻게 지내시냐고 묻는 말투는 어색하고 차가웠다. 진심으로 궁금해서 묻는 것인지 의아한 생각이 들 정도였다. 언젠가 엄마와 함께 외할머니를 부축할 일이 있었는데, 그때 외할머니는 머리를 최대한 내 쪽으로 기울였고 움직임이 뻣뻣했다. 마치 엄마를 피해 숨고 싶은 사람 같았다. 그건 좀 이상한 일이었다.

엄마는 여동생과 특히 사이가 어색했다. 회계장부 관리 일을 하는 이모는 수입이 적잖아서 나와 오빠에게 통 크게 돈을 쓰곤 했다. 이모를 만날 때마다 오빠와 나는 이모 발치에 놓여 있는 거대한 종이가방에서 눈을 떼지 못했다. 그러면 엄마는 어린애들한테 사치품을 보여서 나쁜 버릇을 들인다며 이모를 야단쳤다. 이모는 기죽지 않고 사치품이 뭐가 나쁘냐고 대꾸했고, 사치품을 소유하는 것은 그 사람이 좋은 팔자를 타고났다는 걸 상징한다고 받아쳤다.

이모와 엄마의 생김새는 놀라울 정도로 닮았다. 한번은 내가 이모를 엄마라고 잘못 부르기까지 했다. 그때 오빠는 나를 비웃었고, 엄마는 내 귀를 새빨개질 정도로 잡아당겼다. 나는 엄마가 이모를 질투한다고 생각했다. 이모는 겉이든 속이든 엄마보다 멋지고 다정했다. 이모는 나에게 질문하는 것도 좋아했는데, 질문은 대개 짧았지만 내 대답은 길면 길수록 좋다며 격려해주었다. 나는 이모가 내 이야기에 귀 기울이는 모습에서 어른도 어린아이를 존중할 수 있다는 것을 깨닫게 되었다.

엄마의 말에 따르면 이모가 우아하고 다정한 투로 말할 수 있는 것은 아이를 직접 키우지 않아도 되기 때문이라고 했다. 이모와 엄마의 역할을 바꾼다면 히스테리를 부리는 사람은 이모가 될 것이라고 주장했다. 엄마의 그 말은 거의 저주처럼 들렸다. 오빠와 나는 그런 말을 들을 때마다 입을 꾹 닫고 아무 말도 하지 않았다. 침묵은 금이라 했다. 그러니 나와 오빠는 어린 시절 상당한 양의 보물을 모았던 셈이다.

엄마는 오빠를 편애했다. 그건 누가 봐도 분명한 사실이었다. 엄마는 나에게만 엄격했고 오빠에게는 관대했다. 엄마가 화를 이기지 못해서 오빠를 야단친 적도 한두 번 있었지만, 시간이 지나면 오빠를 껴안고 잘해주려 애쓰면서 "엄마가 일부러 그런 건 아니야"라고 말했다. 그런 일이 잦아지자 오빠는 엄마의 어떤 행동에 자신이 결정적 영향을 줄 수 있다는 것을 깨달은 듯했다. 내가 엄마에게 혼나서 엉엉 울 때 오빠는 조심스럽게 구원의 손길을 뻗었다. *엄마, 쟤 저렇게 울면 천식 발작이 올지도 몰라요.* 그 말이 무슨 마법의 주문이라도 된 듯 엄마는 나를 윽박지르던 것을 바로 멈췄고, 발을 질질 끌면서 힘없이 방으로 들어갔다. 엄마의 뒷

모습은 상처받은 짐승이 무슨 수를 써서라도 둥지로 돌아가려는 모습과 비슷했다. 나는 열 살쯤 되었을 때 소원을 빌었다. 언젠가 오빠와 함께 이 집을 떠나서 원장 선생님의 아들딸이 됐으면 좋겠다는 소원이었다. 말하자면 멀리멀리 떠나서 살고, 고향에는 어쩌다 한 번씩 들러서 부모님 얼굴만 보고 가는 삶을 꿈꿨다.

내가 신뢰할 수 있는 사람은 오빠밖에 남지 않았다.

이쯤에서 왕玉 삼촌이 등장해야 한다. 우리 가족의 역사에서 왕 삼촌이 차지하는 비중은 상당히 컸다. 왕 삼촌은 타이베이에 살았는데, 아빠의 중학교 시절 친구였다. 아빠 말에 따르면 삼촌은 엄청나게 똑똑해서 공부하지 않아도 항상 일등이었다. 삼촌은 타이완대학을 졸업한 후 미국에 가서 물리학을 공부했다. 그곳에서 교수 생활을 몇 년 하다가 어머니를 모셔야 해서 타이완에 돌아왔다. 일 년에 적어도 서너 번은 아빠가 모는 차를 타고 우리 식구 전부가 왕 삼촌을 만나러 갔다.

왕 삼촌은 나에게 첩운捷運°이라는 두 글자를 가르쳐준 사람이었다. 삼촌은 지하철 노선도를 대충 그린 다음 나와 오빠에게 도시 가운데를 통과하는 노선이 새로 놓이고 왼쪽과 오른쪽 두 노선과 연결되면 타이베이시가 완전히 달라지게 될 것을 상상해보라고 했다. 우리가 천야晨雅 숙모라고 불렀던 왕 삼촌의 아내는 삼촌과 정부 양쪽이 현실성 없는 꿈을 꾼다고 투덜거렸다. 천야 숙모는 삼

° 타이완에서 지하철을 가리키는 말.

촌과 달리 사람들이 지하철을 타고 이동한다는 생각에 비관적이었다. 아빠와 엄마도 왕 삼촌 부부가 둘이서 토론하는 모습을 좋아했다. 엄마는 천야 숙모를 응원했다. 엄마 말로는 지하철이 아무리 편리해도 자동차나 자전거보다 좋지는 않다는 것이었다. 아빠는 삼촌 말이 무조건 옳다고 했다. 다른 이유는 없었다. 삼촌은 틀린 적이 없다는 게 이유였다. 오빠는 이 주제에 조금도 관심이 없었다. 사실 오빠는 우리가 살고 있는 지역의 일이 아니라면 신경 쓰지 않았다. 나는 어땠냐면, 삼촌의 말을 믿지 않았다. 타이베이는 이미 감탄이 나올 만큼 멋졌기 때문이었다. 이미 일등인 학생이 성적이 단기간에 많이 오른 학생에게 주는 '발전상'을 받을 수 없는 것과 같은 이치였다. 설마 삼촌은 그 사실을 모르는 것일까?

타이베이로 왕 삼촌네를 만나러 가기 전날이면 엄마는 화장대 앞에 앉아서 한참을 고민했다. 아빠에게 원망을 쏟아내는 소리를 들은 적도 있었다. 패션 감각이 좋은 천야 숙모 때문에 엄마가 스트레스를 받는다는 것이었다. 엄마 역시 그런 쪽의 안목이 나쁘지 않았다. 하지만 천야 숙모와 같이 있으면 엄마가 확실히 뒤처졌다.

그런 엄마를 보며 예전에 병원 원장 선생님이 나에게 들려준 덕담이 떠올랐다. 병원 로비에 있는 책을 다 읽으면 원장 선생님 자식들처럼 좋은 대학에 합격하고 도시에서 직장을 구해 세련된 생활을 하게 된다는 것이었다. 나는 그때 원장 선생님을 올려다보았었다. 원장 선생님은 키도 덩치도 커다랗고 얼굴은 온화한 할아버지였다. 그런 원장 선생님의 덕담에 나는 크게 감동받았고, 내가 천야 숙모처럼 되는 모습을 상상했다. 당시에는 전혀 알지 못했던 일이지만 얼마 지나지 않아 그 일이 벌어진 뒤로 나는 다시는 타이베이에 가서 왕 삼촌네를 만나지 못했다.

우리에게는 비밀이 없다

나이가 들면서 내가 알게 된 사실이 있었다. 이 지역 사람들은 아빠와 엄마를 포함해서 모두 비밀을 품고 있다는 것이었다.

원장 선생님은 아내를 때리는 사람이었다. 엄마가 초등학교 교문 맞은편에서 가게를 하는 장씨 아주머니에게서 들은 이야기였다.

어느 날 저녁 장씨 아주머니가 친정집에서 보내온 망고를 원장 선생님 댁에 나눠주러 갔다. 원장 선생님이 다리 통증을 싹 낫게 해줘서 감사 표시를 하려던 것이었다. 어둑어둑한 시간이었고, 가로등은 늘 그랬듯 별로 밝지 않았다. 원장 선생님이 사는 별장에는 넓은 정원이 있었다. 장씨 아주머니는 오토바이를 세우고 열린 대문을 통해 안쪽을 살폈다. 그 순간 너무 놀라운 장면을 목격했다. 얼마나 놀랐는지 오토바이에 달린 벨을 누를 뻔했다. 어떤 장면이었느냐고? 속옷만 입은 여자가 대문 쪽을 바라보고 서 있었다. 고개를 푹 숙이고 벌받는 사람처럼 꼼짝도 않고 서 있었다. 그 여자는 원장 선생님의 아내였다. 이 지역에서 가장 우아하고 품위 있는 원장 사모님이었다! 그때 원장 선생님이 나타났다. 그의 몸집이나 옷차림은 금방 알아볼 수 있었다. 그는 무슨 표정인지 설명하기 모호한 얼굴로 의자에 앉았다. 사모님은 무릎을 꿇었고, 원장 선생님이 신발 상자에서 몽둥이를 꺼냈다.

그 순간 장씨 아주머니는 도망쳤다. 오토바이를 밀고 어느 정도 멀어진 다음에야 시동을 걸었다. 나는 엄마가 이웃 사람들과 이 일을 두고 쑥덕거리는 것을 들은 적이 있다. 장씨 아주머니가 진실을 있는 그대로 말하지 않았을 거라는 내용이었다. *그런 상황에서 누가 더 지켜보지 않고 자리를 뜬단 말이야?* 장씨 아주머니가 분명히 더 놀라운 장면을 보았으면서도 겁이 나서 말을 못 하는 것이라는 이야기였다. 진실에 대한 소문이 원장 선생님 귀에까지 들어가면 그때는 정말 나쁜 결말만 남을 테니까. 하지만 나는 장씨 아주머니가 사실대로 말했을 거라고 생각했다. 내가 그 자리에 있었더라도 다음 장면을 차마 보지 못하고 도망치지 않았을까? 원장 선생님이 폭력을 행사했다고 해도 몰래 훔쳐보고 있는 내가 더 나쁘다고 느끼지 않았을까?

게다가 원장 선생님의 부인이 옷을 제대로 입고 있지 않았다는 생각을 하면 이상한 떨림과 불안이 뱃속 깊은 곳에서부터 치밀어 오르는 기분이었다. 사모님은 자그마한 여자였다. 작은 얼굴, 작은 어깨, 나보다 가느다란 발목과 조그만 발. 그녀는 새를 연상시켰다. 뼈대가 가늘고 무거운 것을 버티지 못할 것 같았다. 그리고 사모님은 인상이 냉정해 보였다. 원장 선생님처럼 1년 365일 햇살 같은 미소를 머금고 사는 사람과는 좀 달랐다. 그녀는 가끔 병원에 오기도 했지만 오가는 사람들을 봐도 이렇다 할 표정이 없었다. 엄마는 내가 어려서 뭘 모르는 거라며 웃었다. 그러면서 원장 사모님은 간호사들이 남편을 유혹하지는 않는지 살피러 오는 거라고 말했다.

원장 사모님은 옷을 살 때 우리가 생각하는 것처럼 운전기사의 차를 타고 시내로 나가는 것이 아니라 비행기를 타고 일본으로 갔다. 엄마가 그녀의 니트 코트에 마음을 빼앗긴 적이 있는데, 그 옷이라면 타이베이의 천야 숙모에게도 보여줄 만하다고 생각했다. 그래서 엄마는 나를 몇 년째 챙겨주는 간호사에게 그 옷을 어디에서 샀는지 대신 물어봐달라고 부탁했다. 간호사가 대답을 받아와서 말해준 곳은 '긴자'였다. 엄마가 아빠에게 물었다. *긴자가 어디죠?* 아빠가 대답했다. *잘 모르는 건 왕 삼촌에게 물어보면 돼.* 왕 삼촌은 친절하게 대답했다. *긴자는 일본 도쿄에 있는 지역 이*

　　　　　　　우리에게는 비밀이 없다

름인데 아시아에서 가장 번화하고 또 아름다운 곳이라고. *오빠가 지기 싫어하는 투로 물었다. 긴자가 타이베이보다 더 번화하다고 요?* 왕 삼촌은 놀란 듯 큰 소리로 웃어버렸다.

우리 가족이 집에 돌아갈 때까지 삼촌은 그 질문에 대답해주지 않았다. 긴자는 타이베이와 비교할 수 없는 곳이라는 것을 알 수 있었다. 다르게 말하자면 긴자에 가서 옷을 살 수 있는 원장 사모 님이나 긴자가 어떤 곳인지 아는 왕 삼촌네와 우리 가족 사이에는 눈에 보이지 않는 선이 그어져 있다는 것도 알 수 있었다. 긴자에 서 사 온 니트 코트를 입는 원장 사모님이 때로는 속옷만 입고 원 장 선생님에게 벌을 받는다. 두 장면을 함께 상상하는 것은 나를 몹시 불편하게 했다. 하지만 엄마는 원장 선생님과 대화할 때면 전과 다름없이 예의 바르고 공손한 태도를 보였다. 나 역시 여전히 원장 선생님을 숭배했고, 그분이 들려준 덕담이 실현될 거라고 믿 었다.

이곳 사람들은 누구나 원장 선생님 자식들처럼 고향을 떠나 화 려한 대도시에서 살아가는 것을 꿈꿀 것이다. 나는 그렇게 생각 했다. 원장 선생님처럼 돈 많고 똑똑하며 이곳에서 존경과 신뢰를 받는 사람이라도 내심 그런 신비한 기대감을 품고 있을 게 분명했 다. 나는 오빠에게 물어보았다. *왕 삼촌이 우리 아빠였으면 좋겠 다는 생각 해본 적 있어? 서로 사랑하고 아껴주는 타이베이의 두 사람, 왕 삼촌과 천야 숙모에게 자식이 없는 걸 보면 하늘이 내려 준 운명은 공평한 걸까, 아니면 불공평한 걸까?* 오빠는 내가 공 상하는 온갖 이야기를 늘 재미있게 들어주었다. 하지만 왕 삼촌이 우리 아빠였으면 좋겠다는 말에는 동의하지 않았다. 오빠가 내 이마를 톡 치며 말했다. *인간은 자기 출신을 부정하면 안 되는 거*

야. 그 말이 내 머릿속에 깊은 흔적을 남겼다.

　나와 오빠 사이에는 비밀이 거의 없었다. '거의'라고 한 것은 내가 오빠에 대해 어떤 의미에서든 판단하지 않고 남겨둔 부분이 있었기 때문이었다.
　어느 날 밤 아빠가 또 술을 마시고 왔다. 아빠는 눈을 감고 있었다. 멀리서 보면 정신을 잃은 것처럼 보였다. 오빠는 놀이를 하지 말자며 내 어깨를 두드렸다. *그냥 올라가자.* 아빠는 그대로 잠이 든 모양이었다. 나는 오빠의 손을 밀어내고 아빠 옆에 앉았다. 아빠 손목을 쥐고 잡아당겨 보았다. 괜히 불안했다. 나는 또래 아이들보다 병원에서 보낸 시간이 많았다. 병원에 실려오는 사람들 중에는 아빠처럼 눈을 감고 있는 경우가 있었다. 그럴 때 몸속에서 나를 터뜨릴 것 같은 날카로운 직감이 외쳐대곤 했다. *그 사람은 죽었어.* 아빠는 그 사람들처럼 거북한 분위기를 풍기진 않았지만 나는 불안감을 떨칠 수 없었다.
　아빠가 천천히 눈을 떴다. 아빠 얼굴에 그때껏 한 번도 본 적 없는, 매력으로 가득찬 미소가 떠올랐다. 아빠는 손을 뻗어 내 뺨을 쓰다듬었다. 그리고 누군가의 이름을 입에 올렸다. 샤오허小河, 여긴 어떻게 왔어? 그러더니 나를 꽉 껴안았다. 끓어오르는 듯한 아빠의 체온이 내 몸으로 한순간에 전해졌다. 나는 놀라서 아빠를 떠밀고 고개를 돌렸다. 등 뒤 멀찍이 서 있던 오빠가 눈빛으로 물었다. *왜 그래?* 나는 오빠에게 방금 있었던 일을 말하고 싶었지만, 왠지 말하면 안 된다는 생각이 들었다. 아빠의 눈빛은 몹시 우울해 보였다. 나는 뭔가 건드리면 안 될 것을 건드린 느낌이었고, 곧 아빠를 동정하게 되었다.

인간은 어째서 이토록 모순적일까? 나와 오빠는 계단을 하나씩 밟으며 3층으로 올라갔다. 그 후 혼자 있을 때면 그날 밤의 기억을 떠올리곤 했다. 샤오허란 사람은 누구일까? 아빠가 엄마에게 그런 애교 섞인 말투로 속삭이는 것을 들어본 적이 없었다. 나는 이런 의문들을 전부 마음속에 담아두고 입은 꿰매버렸다.

비밀이란 그런 것이다. 비밀의 존재를 숨기고 없는 척할수록 그 비밀이 인생에서 차지하는 비중이 커진다. 어디를 가도 그 비밀이 따라온다. 시간이 쌓이면서 그 비밀을 지키고 싶기도 하고 없애버리고 싶기도 한 두 가지 생각이 끊임없이 경쟁을 벌이며 우리를 기진맥진하게 만든다.

우리 가족이 왕 삼촌이 말한 '타이베이를 바꿀 노선'을 처음 탄 것은 아빠와 왕 삼촌이 만나지 않은 지 한참 됐을 때였다. 지하철 안에서 나는 왕 삼촌을 생각했다. 눈을 감은 채, 흔들리는 열차가 향하는 대로 내 생각도 먼 곳을 헤맸다. 지금 생각해보면 그때 눈을 감을 게 아니라 더 크게 떴어야 했다. 아빠, 엄마, 오빠의 표정을 자세히 보았어야 했다. 그 짧은 몇 초의 시간, 누가 나처럼 왕 삼촌이 과거 우리 가족에게 주었던 기쁨을 떠올렸을까?

나는 기억력이 좋은 나를 견디기 힘들었다. 기억력이 좋은 것은 잘 잊어버리는 것보다 훨씬 나쁜 일이었다.

눈앞의 여자가 눈썹을 꿈틀댔다. 호흡도 가빠졌다. 이제 깨어나려나? 나는 눈을 부릅뜨고 놀라운 집중력으로 그녀를 지켜보았다. 왜 그런지 모르겠다. 그녀가 나를 이렇게 대했는데도 기이한 감정이 소리 없이 나를 감쌌다. 그녀의 얼굴을 자세히 들여다보았다. 이건 위험한 일이다. 만약 눈이라도 마주친다면……. 시선을 주고받는 일이 가져올 고통을 생각하며 몸을 떨었다. 그녀에게 정말로 물어보고 싶다. *네가 한 행동, 후회했니?* 나는 눈을 감았다. 지하실에 너무 오래 있었다. 시간이 얼마나 흘렀는지 알 수가 없다. 몸이 느끼는 시간의 흐름도 무뎌졌다. 구부렸던 무릎을 펴서 피가 잘 돌게 했다. 관자놀이 주변으로 통증이 번졌다. 또 다른 층위의 기억이 끌려나온다. 원하든 원하지 않든 머릿속에서 그때의 일이 저절로 펼쳐진다.

나는 거짓말을 했다.

나에게 친구가 없다는 것은 거짓이었다. 나도 친구를 사귄 적이 있었다. 나는 그들에게 무조건 나를 포용하라고 요구했다. 그들은 결국 씩씩대며 눈물범벅이 된 나를 남겨두고 떠나버렸다.

초등학교 5학년과 6학년 때 한 여자아이와 친해졌다. 그 애는 성실했고 이름이 참 예뻤다. 야오전瑤貞. 이름이 예쁘다고 칭찬하자 그 애는 부끄러운 듯 귀를 만지작거렸고, 외삼촌이 지어준 이름이라고 말했다. 외삼촌은 북쪽 지방 대학의 교수라고 했다. 엄마가 야오전을 임신했을 때 외삼촌과 의논해서 좋은 운을 나타내는 이름을 지었단다. 나는 야오전에게 사실대로 말해줘서 고맙다고 했다. 그렇다. 좋은 것들은 다 멀리서 온다. 이 보잘것없는 시골에서

우리에게는 비밀이 없다

는 예쁜 이름이 나올 수 없다.

예쁜 이름이 야오전에게 좋은 운명을 허락해주지는 못했다. 우리가 친해진 이유는 서로 마음이 맞는다거나 좋아해서가 아니라 어쩌다 보니 한 팀으로 묶였기 때문이었다. 초등학교 3학년 때부터 출석번호 31번인 여자아이가 나를 괴롭히기 시작했다. 나와 31번의 악연은 사실 어른들에게 큰 책임이 있었다.

중학교 때 작문 숙제로 '성선설과 성악설'이라는 제목의 글을 쓴 적이 있다. 국어 선생님이 친구들 앞에서 내가 쓴 글을 큰 소리로 낭독했다. 그 작문을 아직도 간직하고 있다. 열네 살의 나는 이렇게 썼다.

어릴 때 나는 천식을 앓아서 자주 결석했다. 학교에 가면 담임선생님이 반 친구들에게 나를 잘 돌봐주라고 당부하셨다. 내 몸이 약하다고 해서 괴롭히면 안 된다고 강조하셨고, 괴롭히는 모습을 들키면 '참 잘했어요' 도장판에서 세 칸을 지울 거라고 하셨다. 만약 맹자가 말한 것처럼 인간의 본성이 선하다면 선생님이 왜 그렇게 말씀하셨겠는가? 친구들이 당연히 나에게 잘해주지 않았을까? 게다가 선생님의 그런 행동은 더 큰 문제를 만들었다. 친구들은 나에게 그냥 쭉 병원에 있지 왜 학교에 나왔느냐고 빈정댔다. 또 우리 집에서 선생님에게 촌지를 줘서 나를 편애한다고 말하기도 했다.

국어 선생님은 나를 크게 야단쳤다. 작문 숙제는 선생님을 비판하라고 있는 게 아니라는 것이었다. 초등학생들은 규칙도 예의도 모르는 어린애들인데 그런 애들을 가르치는 선생님들은 다 선량한 분이라고도 했다. 국어 선생님은 나에게 수업 시간 내내 교실 뒤에 서 있으라고 했다. 또 같은 제목으로 다른 글을 쓰되 반드시 반성하는 마음을 담아 쓰라고 했다. 작문 숙제를 새로 써서 제출했는지는 기억나지 않는다. 다만 처음의 작문을 몇 번이고 다시 읽어보았지만 국어 선생님의 훈계를 제대로 이해할 수 없었던 것만 기억이 난다. 겨우 찾아낸 문제점이라고는 '더 큰 문제를 만들었다'가 아니라 '뜻대로 되지 않았다'라고 표현하는 게 맞다는 것 정도였다.

초등학교 3학년 두 학기 동안 31번은 부반장이었다. 선생님 대신 출석을 부를 때 그 애는 내 차례가 되면 일부러 감동받은 듯한 목소리로 외쳤다. *와아, 너 오늘은 학교에 왔구나! 정말 훌륭해!* 어떤 친구들은 그 애의 행동에 동조했고, 대부분은 모른 척했다.

어느 날 31번이 나에게 상냥한 태도로 먼저 인사를 했고, 내가 그 애 자리 옆을 지나가도 듣기 싫은 소리를 하지 않았다. 나는 드디어 괴롭힘이 끝났다고 생각했다. 그날 31번이 나에게 쪽지를 보냈는데, 반에서 제일 싫어하는 여자아이를 투표하자는 내용이었다. 31번은 쪽지에 내 이름을 적어놓았고 몇몇 친구들이 내 이름 옆에 정正 자로 투표한 숫자를 썼다.

이런 일을 오빠에게 말할 생각도 했다. 하지만 백 퍼센트의 온화함을 품은, 나를 보호하겠다고 맹세한, 그리고 순진하고 용감한 얼굴의 오빠를 보면 한마디도 나오지 않았다. 나는 오빠를 힘들게 하고 싶지 않았다. 그래서 여러 번, 오빠가 옆에 누워서 '잠들 때까지 얼굴 쓰다듬어주기' 놀이를 하자고 청할 때마다 나는 손을 뻗었다. 코부터 입술까지 위에서 아래로 훑고, 오빠 얼굴에 고양이 수염을 그리는 것처럼 선을 긋고, 손바닥 전체로 뺨을 덮고 꾹 누르기도 했다. 그러면서 오빠에게 다 털어놓고 싶다는 마음을 억눌렀다. 영원히 오빠에게 의지할 수는 없었다.

5학년 때 31번과 또 같은 반이 되었다. 새 담임인 팡方 선생님
은 5학년 담임을 억지로 맡았다는 말을 자주 했다. 5학년은 4학
년처럼 순하지도 않고 6학년만큼 철이 들지도 않아서 다루기 힘
들다는 것이었다. 팡 선생님은 반장을 불러다 차를 끓여 오라고
시키곤 했다. 가끔씩 '5학년 학생이 얼마나 짜증나는 존재인가'라
는 주제로 이야기를 시작하면 수업 시간 내내 그 이야기만 떠들기
도 했다. 특히 5학년은 여학생이 남학생보다 더 다루기 어렵다고
강조했다. 5학년 여학생은 감상적이고 이유 없이 난리를 피우면서
자기가 비극적인 드라마의 주인공인 것처럼 군다고 했다. 그러면
서 우리에게 간단한 규칙 세 가지를 제시했다. *억울한 일을 당했다
고 생각하면 알아서 해결하고 선생님에게 일러바치지 마라. 선생
님이 지난 학년에 그랬던 것처럼 끼어들어서 판결해주지 않을 것
이다.* 우리가 점점 조용해지는 것을 보더니 팡 선생님은 이렇게 덧
붙였다. *오랜 시간이 지나면 다들 자신이 어린 시절에 얼마나 잔인
했는지 잊어버린다. 어른이 되고 나면 다르다. 어른은 자신이 철저
히 버림받고 이유 없이 이용당한 모든 순간을 기억한다.*

팡 선생님이 떠드는 동안 나는 떨어뜨린 지우개를 줍는 척하며
31번의 얼굴을 슬쩍 쳐다봤다. 31번이 선생님 말씀을 어떻게 받
아들이는지 궁금했다. 그 애는 딴짓을 하는 중이었다. 지우개똥을
뭉쳐서 야오전의 머리에 던지고 있었다. 야오전은 예쁘게 생겼다.
학교에서 예쁘다고 하는 몇몇 애들보다 훨씬 예뻤다. 그런데 항상
멍청한 표정을 짓고 있었다. 뭔가 물어보면 한참이 지나서야 겨우
고개를 갸웃거렸다. 장애가 있는 것 아니냐는 말을 들을 정도였
다. 하지만 40명이 넘는 우리 반에서 야오전의 성적은 10등과 20

등 사이였으니 머리가 나쁜 것은 분명 아니었다. 31번은 왜 야오전을 찍어놓고 괴롭혔을까? 이유는 알 수 없었다. 누군가 한 사람을 괴롭히는 것은 사랑과 비슷해서 이유가 필요없는 일이다. 수업이 끝난 후 술래잡기를 할 때 귀신이 되어 술래 역할을 하는 것은 보통 나와 야오전 몫이었다. 이 놀이는 나를 숨 쉬기 힘들게 하는 편이었다. 나와 야오전의 어디가 귀신 같다는 걸까? 한번은 31번이 일부러 어색한 상황을 만들려고 이렇게 물었다. 누가 술래 할지 너희들이 정해. 내가 '야오전이 술래'라고 말하기 직전에 야오전이 나섰다. 내가 술래 할게. 늘 그렇듯 느릿느릿, 우유부단한 바보처럼 말했다. 나 술래 하는 거 좋아해. 달리기도 잘하는걸.

야오전의 말투는 평온했다. 놀라서 그 애를 쳐다봤을 때 야오전이 입술만 벙긋거리며 말했다. 괜찮아.

그때부터 나는 매일 초콜릿 쿠키 두 봉지를 학교에 가져가서 하나는 내가 먹고 하나는 야오전에게 주었다. 과학면科學麵* 과자는 한 봉지에 6타이완달러고 초콜릿 쿠키는 한 봉지에 30타이완달러였다. 그건 열한 살인 내가 생각할 수 있는 최선의 보답이었다. 야오전이 '귀신'를 맡아준 덕분에 나는 '사람'일 수 있었다. 나는 예쁜 편지지와 향기 나는 색깔 펜을 사서 야오전에게 편지나 쪽지를 쓰곤 했다. 야오전, 잘 지내? 야오전, 너는 형제자매가 있니? 야오전, 너희 아빠랑 엄마는 싸우지 않니? 야오전, 난 잘 지내지 못해. 난 오빠가 한 명 있어. 오빠는 나한테 잘해주고 나를 보호해주고 나를 돌봐줘. 그런데 야오전, 너 혹시 연애하고 싶은 생각 없니? 야오전, 어른들의 세계는 너무 복잡해. 우리 아빠와 엄마는 자

● 타이완 사람들이 흔하게 먹는 과자로 라면땅처럼 생겼다.

우리에게는 비밀이 없다

주 싸워. 엄마는 방에서 울면서 소리를 지르지. 우리 오빠는 그건 어른들 일이니까 우리는 조용히 기다려야 한대. 어른들이 아무 일도 없었던 것처럼 행동할 때까지. 정말 그럴까? 야오전, 너무 힘들어. 시간 있으면 날 위로해주지 않을래······.

방학이 되면 야오전이 친구에게 부탁해서 나에게 답장을 전해줬다. 우리는 공개적으로는 친하게 지내지 않았다. 31번이 심술을 부릴까 봐 겁이 났다.

나는 공상에 빠져들었다. 나와 야오전은 동화 속 이야기에 나오는 주인공이다. 마녀에게 납치당해 성에 갇혀 있는 공주를 꾀를 써서 구해내야 한다.

야오전은 이런저런 점에서 나와는 다른 점이 있었는데 나는 그런 야오전이 좋았다. 야오전은 속눈썹이 예뻤다. 종아리가 허벅지보다 길었다. 오른쪽 무릎에는 차 사고로 생긴 분홍색 흉터가 꽤 크게 남아 있었다. 초등학교 2학년 때 오토바이 뒷자리에 앉아서 가다가 몇 미터나 튕겨나갔다고 했다. 야오전은 차 사고를 당했다. 나는 그런 적이 없다. 야오전은 또 다른 흉터도 있었다. 오른손바닥 아래쪽이다. 자전거에서 떨어질 때 바닥의 돌에 긁혀서 생긴 것이었다. 야오전이 물었다. *자전거 배울 때 한 번도 넘어진 적 없어?* 나는 고개를 저었다. *오빠가 뒤에서 잡아줬는걸. 일 초도 손을 놓은 적이 없어.* 야오전은 부러운 눈빛으로 나를 바라보았다. *좋은 오빠가 있구나. 내 남동생, 여동생은 다 못됐는데.*

야오전의 아빠는 외지에서 장사를 한다고 했다. 엄마는 집에서 세 아이를 돌본다고 했다. 나는 야오전의 아빠를 본 적이 없지만 엄마와 이모는 만난 적이 있다. 엄마는 나이 들어 보였다. 주름이 강줄기처럼 피부를 침식하고 있었다. 엄마가 아니라 할머니처럼 보였다. 야오전에게 엄마가 너를 늦게 낳으셨냐고 물었더니 야오전은 상냥하게 대답했다. *엄마는 나를 스물여덟 살에 낳으셨어.*

야오전은 내가 사귄 첫 번째 친구였다. 내가 얼마나 흥분했을지 짐작이 되는가? 나는 꿈을 꾸었다. 그것도 여러 번. 꿈에서 내가 야오전을 깨물었다. 가볍게 장난으로 깨문 것이 아니라 살이 떨어질 정도로 세게 물었다. 꿈속의 나는 희열을 느끼며 야오전의 살을 물고 이리저리 뛰어다녔다. 꿈인지 환상인지 모를 장면에서 깨어났을 때 침대 옆에 길쭉한 그림자가 앉아 있었다. 오빠였다. 오빠가 우울한 얼굴로 말했다. *너 정말 시끄럽더라. 무슨 주술에라도 걸린 애처럼.* 순간 웃음이 터져 나왔다. 다음 순간에는 몸을 웅크리고 울어버렸다. *너 괜찮아? 몰래 귀신 영화라도 본 거야?* 나는 상체를 일으켰다. 호흡이 거칠어서 말을 제대로 할 수 없었다. 오빠가 내 몸을 넘어가서 휴지 몇 장을 뽑아다 내 목덜미의 땀을 닦아주었다. 휴지를 쥔 손이 잠옷 안에까지 들어왔다. 오빠는 내 몸이 뻣뻣하게 긴장한 것을 눈치챘고, 답답하다는 듯 말했다. *등까지 다 땀으로 젖었어. 닦지 않고 자면 감기 걸릴 거야.* 일리 있는 말이었다. 나는 저항을 그만두었다.

오빠는 무슨 꿈을 꾸었는지 설명해보라고 했다. 꿈 내용을 정확히 묘사할 수는 없었다. 그래도 오빠는 궁금해했다. 오빠는 착했다. 그러나 착한 사람도 호기심이 많을 수 있고, 호기심이 과하면 문제를 일으킨다는 것을 나는 점차 알게 되었다. "호기심이 고양이를 죽인다"는 말이 괜히 있는 것이 아니었다. 나는 거짓말을 했다. 여학생이 남자친구에게 헤어지자고 했다가 칼로 열 몇 차례나 찔렸다는 뉴스를 봤는데 꿈에 그 여학생이 나왔다고 말이다. 오빠가 나를 품에 안으며 안심시켜주었다. *걱정 마. 넌 그 여학생과 달라.*

우리에게는 비밀이 없다

넌 말을 잘 들으니까 위험에 빠질 일이 없어. 그렇지? 내가 그때 뭐라고 대답했는지는 기억나지 않는다. 아무 말 못 하고 가만히 있었을 것이다. 오빠 말이 맞다는 것처럼.

학교를 일찍 마치는 날이면 야오전에게 너희 집에 같이 가자고 제안했다. 어떻게든 야오전과 가까워지고 싶었다. 그러나 다른 사람과 마주치는 것은 원치 않았다. 우리 둘은 땀 냄새가 희미하게 밴 야오전의 분홍색 침대 시트에 누워 아무 이야기나 떠들었다. 야오전은 편지에 쓰지 못한 고민을 털어놓았다. *너, 거기 만져본 적 있어? 가슴을 펴고 다리를 쭉 뻗고 발꿈치를 위로 당기면 느낌이 오지 않아?* 야오전은 이런 대화를 할 때 나타나는 특유의 반응을 보였다. 얼굴이 빨개졌고 내 얼굴 위로 쏟아지는 숨도 뜨거웠다. 여름날 공기가 막처럼 몸에 달라붙는 느낌이었다. 그런 야오전의 몸에서 독특한 냄새가 났다. 뭐라 설명하기 어려운 특이한 냄새였다. 오래된 과일에서 나는 향기와도 같았다. 야오전이 다른 데 정신이 팔렸을 때 나는 그 향기를 힘껏 들이마셨다.

나중에 학급 내에서 소문이 돌았다. 반장인 중창위鍾昶宇에게 '우리 반에서 제일 예쁜 여자애'를 물었을 때 야오전을 꼽았다는 것이었다. 중창위는 피부가 희고 속눈썹이 촘촘하며 계란형 얼굴에 입술은 붉고 이가 흰, 꼭 혼혈아 같은 남자아이였다. 성적은 일이등을 차지했지만 운동에는 재능이 없었다. 그래도 중창위를 좋아하는 여자애들이 많았다. 나는 그 소문이 새로운 괴롭힘일지도 모른다고 야오전에게 이야기했다. 함정에 빠지면 안 된다고 말이다. 야오전은 입꼬리를 내려뜨리고 울먹거렸다. 야오전이 그 소문을 곧이곧대로 믿었을 줄이야! 놀라웠고 이상할 정도로 분노가 느껴졌다. 야오전에게인지, 소문을 퍼뜨린 사람에게인지 알 수 없는 분

노를 느꼈다. 나는 야오전을 열심히 설득했다. *그런 말을 믿었다*
간 끝장이야. 야오전이 눈물을 뚝뚝 떨궜다. 우리는 야오전의 침
대에 같이 누웠다. 야오전이 중창위의 의심스러운 행동을 하나하
나 꼽아주었다. 우유 한 팩을 야오전의 책상에 올려놓았다. 야오
전의 수학 답안지를 3점 오르게 고쳐주었다. 야오전은 얼굴을 찡
그렸다가 붉혔다가 오락가락했다. 가슴이 뛰는 대목을 이야기할
때는 야오전이 몸을 약간 앞으로 숙여서 봉긋한 가슴이 좀 더 둥
글어 보였다. 내가 최대한 중립적인 말투를 유지하려 애썼던 기억
이 난다. *우유 마시면 설사해. 중창위는 널 괴롭히려고 한 거야. 31*
번이 그렇게 하라고 시켰을지도 몰라. 바보 같지만 귀여운 야오전
의 성격 덕분에 내 말은 생각지 못한 효과를 이끌어냈다. 내가 은
근히 야오전을 깎아내리면서 말했는데 그 애는 금세 활력을 되찾
는 것이었다. 나는 조급한 나머지 '너나 나 같은 애를 중창위가 왜
좋아하겠어?'라고 말할 뻔했다.

야오전의 생일 날 중창위는 친구를 시켜 초콜릿 한 상자를 건넸
다. 나는 정성 들여 만든 카드를 주었다. 야오전은 기분이 좋아 팔
짝거리며 내가 쓴 글을 읽었다. 하지만 마음은 예쁘게 포장된 초
콜릿에 더 기울어 있는 게 분명했다. 야오전이 내게 초콜릿을 나누
어줄 줄 알았는데 학교를 마칠 때까지도 가방에서 초콜릿 상자를
꺼내지 않았다. 야오전은 어떻게 해야 기분을 나쁘게 만드는지 잘
도 알았다.

31번은 어디서 그 사실을 알게 되었는지 야오전과 중창위를 한
묶음으로 여겨 우리를 괴롭히는 횟수가 줄어들었다. 기뻐해야 마
땅했지만 나는 도리어 우울해졌다. 야오전은 더 이상 나에게 '충
성'하지 않았다. 내가 고민을 털어놓아도 야오전은 전과 달리 든

는 둥 마는 둥 했다. 그리고 부쩍 똑똑해진 것 같았다. 내가 꺼낸 화제를 슬쩍 피해서 자기 고민을 이야기하기도 했다. 몇몇 상황을 이야기하고는 중창위가 뭔가를 암시하는 건 아닌지 분석해달라고 했다. 어떤 면에선 야오전이 너무 넘겨짚는 것 같았고, 또 어떤 말은 꽤 근거 있게 들렸다.

체육 수업 시간에 달리기 경주를 할 때였다. 야오전이 넘어지더니 땅바닥에 앉은 채 다친 다리를 부여잡고 울었다. 얼른 다가가 부축해주려는데 나보다 먼저 달려간 사람이 있었다. 중창위였다. 서너 걸음만 더 가면 야오전에게 닿는데 중창위는 거기서 멈췄다. 나도 발을 멈추고 중창위를 쳐다봤다. 중창위가 이를 악물고 작은 소리로 내게 말했다. *너 빨리 가. 뭐 하는 건데?* 너무나 부끄러운 순간이었다. 그때 나는 중창위가 나에게 뭔가 말을 걸기 위해 멈췄다고 순간적으로 생각했던 것이다. 야오전은 다시 멍청하게 변하기라도 한 것인지 자기가 우리들 사이에서 다툼의 중심에 있다는 것을 알지 못했다. 야오전은 까진 무릎에 묻은 흙을 털어내다가 아파서 울음을 터뜨렸다. 중창위와 나는 함께 야오전을 부축해 보건실로 향했다. 이 일이 있고 나서 반 친구들은 다들 반장이 야오전에게 마음이 있다는 것을 대충 믿게 된 것 같았다. 이제 야오전은 안전했다.

나에게는 야오전의 솔직함만 남았다. 야오전은 매일 일어나는 그 어떤 사소한 일도 전부 나에게 말해주었다. 나는 그 이야기를 한마디도 빠뜨리지 않고 일기장에 적었다. 야오전의 풋풋한 연애 감정에 집중하며 성실히 기록해놓았다. 기록하는 것을 멈출 수가 없었다. 시간이 흘러 여름으로 접어들었다. 공기가 끈적끈적해졌다. 선생님들은 우리에게 중학교 생활을 미리 계획하라고 하셨다.

하지만 대부분의 친구들이 바로 옆에 있는 중학교로 진학할 예정이었다. 말하자면 우리는 지금과 다를 게 없는 얼굴들을 마주하며 미래의 3년을 지내게 된다는 것이었다. 계획할 게 뭐가 있는지 나로서는 이해할 수 없었다.

그즈음 일이 벌어졌다. 야오전과 중창위 사이에 오해가 생겼다. 야오전은 편지를 써서 자기 마음을 표현하고 싶다고 했다. 그 애는 내 팔을 잡고 흔들면서 대신 써달라고 졸랐다. 내가 글을 잘 쓰고, 두 사람 사이에 있었던 일을 작은 것까지 다 알고 있었으니까. 나는 하룻밤 만에 편지를 써서 건넸다. 야오전은 내 어깨를 와락 껴안았다. 그 애의 체취가 콧속으로 밀려들었다. 야오전은 울먹거리면서 내 귀에 대고 속삭였다. 역시 네가 나를 제일 잘 알아. 나는 야오전이 시키는 대로 편지를 중창위의 가방 속, 교과서 사이에 끼워두었다.

다음 날부터 중창위는 야오전과 말을 섞지 않았다. 며칠 후 졸업사진을 찍을 때도 야오전과 제일 먼 곳에 섰다. 야오전이 울면서 물었다. 그 편지가 왜 아무 소용이 없었지? 나는 야오전의 떨리는 어깨를 두드려주었다. 너 혼자서 걜 너무 좋아했던 거야. 결국 웃음거리만 됐잖아. 괜찮아, 내가 있으니까. 나는 언제나 네 곁에 있을 거야. 야오전, 우리 같이 이겨내자. 중창위를 찾아가서 다시 잘 설명하겠다는 생각은 버려. 그러면 더 크게 망신당해. 여기까지 하자. 어차피 곧 졸업인데 여름방학 동안 잘 생각해봐. 금방 괜찮아질 거야. 다행히 너도 진짜 사랑한 건 아니잖아. 그렇지?

여름방학이 왔다. 야오전은 중창위를 잃었다는 아픔을 받아들여야 했고, 내 부모님은 상처를 드러내기로 결심했다. 두 사람의 결혼생활에 벌어진 문제를 해결하기로 한 것이다. 나는 아빠와 엄

우리에게는 비밀이 없다

마가 왕 삼촌 부부를 언급하며 싸우는 소리를 들었다. 엄마가 증
오 가득한 목소리로 외쳤다. *당신들이 어떻게 우리한테 이래!* 나는
야오전의 집으로 도망쳤다. 피난이라도 가듯 계단을 달려 올라가
야오전의 침대에 뛰어들었다. 그 애의 베개에 얼굴을 묻었다. 더워
서 땀이 밴 야오전의 몸에서 증기가 피어오르는 듯했다. 야오전의
집에는 에어컨이 없어서 그 냄새가 더 강했다. 나는 비몽사몽 중에
생각했다. 야오전의 집에서 며칠 자고 간다고 해야지. 어른들이 반
대하지는 않으실 거야. 야오전은 침대에 걸터앉아 있었다. 이상할
정도로 조용한 것이 뭔가를 생각하는 듯했다.

그 몇 주 동안 우리에게 초경이 찾아왔다. 그리 놀라거나 당황
하진 않았다. 우리는 담담히 신체의 성숙을 받아들였다. 어느 날
나는 야오전의 표정에 집중했다. 고요한 옆얼굴이 그 애를 몇 살
은 더 어른스럽게 보이도록 했다. 꼭 어른이라도 된 듯했다. 야오
전의 눈에서 눈물이 떨어졌다. *아직도 중창위 때문에 힘들어?* 야오
전은 고개를 저으며 이사를 가게 됐다고 말했다.

나는 벌떡 일어나 앉았다. 정신이 번쩍 들었다. *어디로? 네 동생
들은 아직 졸업도 하지 않았잖아?* 야오전이 한참 망설이다 말했
다. *우리 아빠가 나왔어. 할머니가 그러시는데 우리들은 어쨌든 아
빠 자식이니까 아빠가 새로 시작하는 기회를 소중하게 여겨야 한
대.* 무슨 말인지 이해가 되지 않았다. *나왔다니? 너희 아빠가 어디
계셨는데?* 야오전의 대답은 아주 이성적이고 명확했다. 평소에 보
던 것처럼 굼뜨지 않았다. *감옥. 우리 아빠는 몇 년 전에 친구 돈
을 사기쳤어. 아주 많이. 100만, 200만 정도가 아니야. 돈이 없어서
변호사도 쓸 수 없었어.*

말이 나오지 않았다. 몸이 바위나 나무로 변한 듯 움직일 수 없

었다. 야오전의 고백이 많은 것을 설명해주었다. 야오전의 엄마가 늘어 보이는 것, 이 집에서 야오전의 아빠를 한 번도 만나지 못한 것. 아, 그동안 야오전이 굼뜨고 둔해 보였던 것도 전부…… 보호 색이었다. 야오전은 조심스럽게 내 무릎 옆에 꿇어앉았다. 그동안 야오전에게 써주었던 수많은 글자들이 머릿속을 맴돌았다. 야오 전이 없다, 그 편지지들도 없다, 그 펜들도 없다.

나는 서점 문구 코너에서 펜을 훔친 적이 있었다. 매우 보기 드 문, 벚꽃처럼 옅은 분홍색 펜이었다. 시험 삼아 글씨를 써보면서 이 펜으로 야오전에게 편지 쓰는 상상을 했다. 마침 주인이 단골 손님과 수다를 떨고 있었다. 그 틈을 타서 펜을 가방에 집어넣 고 다시 서가 쪽으로 갔다. 얼른 서점을 떠나야 의심받지 않는다 고 직감이 말했다. 삼 분에서 오 분쯤 지났을까, 나는 출입문 쪽으 로 발을 옮겼다. 그때 주인 아저씨가 나를 불러세웠다. 손으로 계 산대를 짚은 아저씨는 얼굴에 웃음이 가득했다. 내게 뭐라고 말을 걸었지만 내 심장 소리 때문에 혼란스러워 잘 들리지 않았다. 용 기를 내서 다시 말씀해달라고 부탁했다. 두 번째에는 제대로 들을 수 있었다. 주인 아저씨는 내 낯빛이 많이 좋아졌다면서 부모님이 그렇게 많은 돈을 들이셨는데 보람이 있어서 다행이라고 하셨다. 나는 감사하다고 인사한 후 서점을 나섰다. 모퉁이를 돌자 긴장 을 풀며 숨을 헐떡였다. 그 순간 죄책감보다 희열이 더 컸다.

야오전, 내 첫 번째 친구, 내 유일한 친구. 그 애가 나를 떠나려 고 한다. 야오전이 눈물 때문에 눈을 빠르게 깜빡거리며 목 메인 소리로 작별인사를 했다. *중창위 때문도 아니야. 걔는 네가 그만 두라고 해서 그만뒀어. 내가 떠나기 아쉬운 건 너야. 너는 내 평생 최고의 친구야. 새 집에 가게 되면 꼭 편지 쓸게. 전화도 할게. 시간*

정해놓고 맞춰서 할 테니까 그때 전화받아. 야오전의 말이 바위에 부딪힌 파도처럼 빛을 뿌리며 부서졌다.

분노, 고통, 배신감. 여러 감정이 가슴속에서 들끓었다.

나는 눈물을 흘리면서도 야오전을 노려보았다. 그러다 분노에 차서 소리 질렀다. *난 우리가 같이 중학교에 갈 줄 알았어!* 야오전의 눈물이 더 많이, 더 빠르게 흘러내렸다. 그 애는 나에게 빌다시피 했다. *화내지 마. 엄마가 당부해서 어쩔 수 없었어. 집안일을 누구한테도 말하지 말라고 했단 말이야. 아빠 일을 비밀로 해야만 이모가 집을 빌려준다고 했어. 중학교는 같이 못 다녀도 우리 마음은 같이 있잖아.*

나는 혼자 걸어서 집으로 돌아왔다. 그간의 모든 일을 처음부터 끝까지 돌이켜보았다. 야오전의 집은 채광이 매우 나쁜데도 전등을 켜지 않았다. 복도는 항상 어두침침했다. 벽지에는 우둘두둘한 것이 솟아올라 있었다. 방 벽은 이해할 수 없을 정도로 얇았다. 그 집에서 둘이 대화할 때면 야오전은 목소리를 낮추라고 몇 번이나 말했다. 엄마가 들을지도 모른다고 했다. 야오전의 이모와 처음 만난 날도 생각났다. 이모는 초라한 반찬 한두 가지에 죽 한 사발로 식사를 하는 중이었다. 혼탁한 눈으로 나를 빤히 보더니 갑자기 야오전을 향해 친구를 데려오면서 왜 미리 말하지 않았느냐고 혼냈다. 그 목소리가 너무 크고 거칠었다. 나를 환영하지 않는다는 것을 알고 나는 발을 더 떼지도 못했다. 그런데 그때 이모가 냉장고에 잘라둔 수박이 있으니 가져다 먹으라고 했다.

나는 야오전이 가족에 대해서 늘 뭔가 숨기는 것이 마음에 걸렸다. 지난 일들을 생각해보니 전부 퍼즐 조각이었다. 그 조각들을 맞춰보고 또 맞춰보았다. 지금까지 야오전이 '공백'으로 자신의 인생을 설명해왔다는 것을 알아차리지 못했다. 야오전의 엄마는 어떻게 세 아이를 데리고 이런 시골로 내려왔을까? 엄마와 이모는 아이들에게 무엇을 하고 무엇을 하지 말라고 시켰을까? 다른 사람은 믿지 말라고 했을까? 너무 친한 친구는 사귀지 말라고 했을까?

이럴 줄 알았다면 뭐하러 야오전의 편지를 바꿔치기했단 말인가? 다 쓸데없는 짓이었다.

사실 내가 중창위에게 준 편지는 다른 편지였다. 나는 중창위를 잘 알았다. 야오전보다 더 깊이 알았다. 나는 날마다 야오전이 묘사하는 중창위의 일거수일투족을 들었고, 중창위가 야오전에게 토로한 마음속 고민도 들었다. 야오전의 이름을 빌려 중창위에게 상처를 주는 일 따위는 조금도 어렵지 않았다. 나는 성공했다. 내가 이겼다. 백마 탄 왕자는 야오전을 사랑했지만 그보다 더 중요한 것은 자존심이었다. 중창위는 야오전을 찾아가 대화할 엄두도 내지 못했다. 나는 아직도 그 승리의 여운을 맛보고 있는데 야오전이 떠나겠다고 했다. 야오전은 정말로 떠났다. 떠날 거라고 한 지 일주일도 안 돼서 우리 집 초인종을 눌렀다. 그 애는 얼굴이 하얗게 질렸고, 예전처럼 겁 많고 멍청해 보이는 모습으로 돌아가 있었다. 아빠가 예상보다 일찍 데리러 왔다면서 나와 제대로 작별인사할 시간이 없을 것 같아 찾아왔다고 했다. 야오전은 편지 봉투를 내 품에 밀어넣으며 속삭였다. *새 집 주소는 아직 몰라. 나중에 알려줄게. 내 편지를 기다려줘. 새 집에 가자마자 전화할게.* 야오전은 나를 힘껏 껴안았다. 그 애의 체취가 마지막으로 나를 감쌌다.

야오전이 떠난 후 그 애의 편지를 바로 찢어버렸다. 나중에 편지 두 통이 더 왔고, 전화도 여러 번 왔지만 나는 단호했다. 마지막으로 통화할 때 야오전이 물었다. *내가 사실대로 말하지 않아서 화*

가 많이 났니? 내가 말했다. *그래, 속은 기분이야.* 야오전이 뭐라고 해명하려 했지만 나는 그대로 전화를 끊어버렸다. 그 애는 포기하지 않고 전화를 몇 번 더 걸었다. 나는 어쩔 수 없이 오빠에게 일러바쳤다. 어떤 여자애가 나를 스토킹하는데 변태 같다고. 오빠가 야오전에게 뭐라고 했는지는 모르지만, 그 후 야오전은 더 이상 연락하지 않았다. 야오전이 없는 나는 아주 외로운 여름을 보냈다.

31번은 왜 야오전을 미워했을까? 왜 나를 미워했을까? 나와 야오전이 외모든 내면이든 어떤 특이점이라도 있었던 것일까? 야오전과 나는 같이 괴롭힘을 당했다. 나중에 야오전은 사랑을 받았고, 그때부터 우리의 운명은 달라졌다. *야오전은 새로운 지역에 가서 또다시 마음속 비밀을 숨긴 채 새로운 우정을 시작할까?* 나는 야오전이 그리웠고, 또 그 애를 증오했다.

인간은 자신의 출신을 부정해서는 안 된다.

오빠, 벌써 이렇게나 많은 시간이 흘렀어. 하지만 나는 오빠에게 물어보고 싶어. 지금도 그 말을 믿어? 그런 생각을 하는 사람은 결국 살면 살수록 절망에 빠질까 봐 두렵지는 않을까? 우리에게는 조그만 희망도 구원도 허용되지 않는 것일까?

5장

판옌중은 계기판의 속도를 힐끔거렸다. 심각한 과속 운행 중이었다. 우치위안의 말이 머릿속에 들러붙어 떨어지지 않았다. 마치 포스터를 떼어낸 후 벽에 남은 테이프의 잔해물처럼. 어떤 사연이 있는 사람이어야 자기 가족을 이렇게까지 숨길 수 있을까? 두 가지 생각이 머릿속에서 가지를 뻗어나갔다. 첫째, 우신핑의 오빠 우치위안이 거짓말을 하고 있다. 우치위안은 단지 조금 더 우호적인 황칭렌일 뿐, 우신핑에 대한 악의를 순박하고 조금은 억울한 듯한 태도로 표현하고 있다.

판옌중은 변호사로 일하면서 이런 사람에게 속아본 적이 있었다. 이런 사람들은 그를 힘 빠지게 하고 또 한편으로는 놀라게 했다. 그들은 두 손을 신경질적으로 맞잡고 있고, 함축적인 서술로 사건 경위를 진술하며, 한 단어 한 단어 조심스럽게 고른다. 타인을 비판할 때는 진심을 잔뜩 담아 고민과 자책의 표정을 짓는다. 초창기에는 몇 번이고 이런 사람들에게 휘말려 들어갔다. 자신이 여태껏 그들과 같은 고통스러운 경험을 하지 않은 것에 감사하는 한편, 사람과 사람 간의 괴롭힘이 이처럼 빈번하다는 사실에 안타

우리에게는 비밀이 없다

까워했다. 저녁 식탁에서 어머니에게 그들의 고통에 대해 들려주었을 때 어머니는 재미있다는 듯이 이렇게 말했다. *네가 이제야 사회가 얼마나 음험한지 알게 되었구나. 눈 크게 뜨고 자세히 봐두렴. 이런 게 다 좋은 경험이 될 거다.* 그 후 회사 사장인 장궈구이張國貴 변호사와 함께 법정에 섰을 때, 상대 측 변호사가 내놓은 증거를 보고 그가 믿어왔던 사실과 신념이 와르르 무너졌다. 어머니의 말이 폐부를 찔렀다. *네가 이제야 사회가 얼마나 음험한지 알게 되었구나.* 그가 동정하고 믿었던 그들은 전부 다 거짓말쟁이였다.

판옌중은 장궈구이가 한번쯤 시간을 내어 의뢰인의 말에서 진위를 가려내는 방법을 교육해주리라 기대했다. 그러나 담당 사건이 늘어나면서 장궈구이가 아무 말도 해주지 않는 이유를 알게 되었다. 스스로 깨달아야 하는 문제였던 것이다. 사람들은 갖은 방법을 동원해 자신이 피해자라는 것을 보려주려 한다. 그래야만 살아갈 수 있기 때문이었다. 다시 말해 그들이 죄상을 부인하는 것은 단순히 심성이 악해서가 아니었다. 오히려 그들은 자신의 선량하고 정직한 일면에 미련을 버릴 수 없어 뻔뻔스레 사실과 다른 말을 하는 것이었다.

우치위안도 이런 종류의 인간인가? 몇 시간의 경험으로 미루어보아 그는 어머니 황청롄의 '예스맨'이었다. 우치위안이 여동생을 판단하는 기준은 어머니에게 영향을 받은 것이 아닐까? 그런데 우치위안과 통화할 때 그의 말투에서는 정직하고 말주변 없는 사람의 특징이 고스란히 느껴졌다. 그가 긴 사연의 거짓말을 유지할 능력이 있을까? 겉보기에는 그다지 영리해 보이지 않았는데……. 아니면 우신펑이 정말 속물에다 냉혹한 사람인 걸까? 판옌중 앞에서만 순진무구한 모습을 연기했던 것인지도 모른다.

판옌중은 계속해서 생각을 이어갔다. 우신핑은 진심으로 쑹뤄를 아꼈을까? 그녀가 정말 원하는 것은 무엇이란 말인가? 황칭롄과 우치위안의 말이 맞다면 우신핑은 돈과 풍요로운 삶을 원했던 것일까? 하지만 그건 대부분의 사람들이 원하는 삶이다. 판옌중은 자신의 신용카드와 연결된 가족용 카드를 우신핑에게 주었고, 매달 생활비 50만 타이완달러를 그녀를 위해 만든 계좌로 넣어주었다. 하지만 그녀는 가족용 카드를 거의 사용하지 않았고, 계좌에 있는 돈 역시 일반적인 가정의 생활비 정도만 썼다. 우신핑이 정말 돈을 원했다고 할 수 있을까? 도무지 알 수 없었다.

그때 옌아이써의 그림자가 소리 없이 우아하게 복잡한 머릿속 회로를 침범했다. 옌아이써는 많은 질문을 했다. 그중 가장 자주 물어본 것은 "옌중, 당신이 세상에서 가장 사랑하는 사람은 나지?"였다. 판옌중은 생각도 하지 않고 곧바로 고개를 끄덕인 다음 반문했다. *당신은? 당신이 제일 사랑하는 사람은 나야?* 그때 옌아이써는 고개를 갸우뚱하며 완벽하게 아름다운 목선을 드러냈다. 이 초쯤 뜸을 들인 그녀는 찬란하게 웃으며 대답했다. *당연하지.*

이혼 후 첫 몇 달간 쑹뤄를 어머니 리펑팅에게 맡겼다. 예전에 좋아했던 것들이 더 이상 그의 마음을 사로잡지 못했다. 예전에는 코웃음치며 무시했던 예능 프로그램 같은 걸 보기 시작했다. 별것 아닌 연예인들이 별것 아닌 스튜디오에 모여서 별것 아닌 진행자들을 향해 별것 아닌 결혼생활의 고민을 늘어놓았다. 판옌중은 리모컨을 내려놓고 비서에게 부탁해 사 온 도시락을 열었다. 그는 이름조차 모르는 연예인들의 목소리에 둘러싸여 있었다. 그 연예인들이 지금 그의 집 안에 같이 있다고 상상했다. 누군가와 함께 있다는 편안함이 느껴졌다. 특히 좋은 점은 그들의 호기심에 대답

우리에게는 비밀이 없다

할 필요가 없다는 것이었다. 상상 속의 연예인들은 판옌중에게 이런 식으로 말을 걸지 않는다. *이봐, 괜찮아? 만나서 이야기를 하면 좀 낫지 않겠어? 전처하고 도대체 무슨 일이 있었던 거야? 왜 기자들이 자넬 그렇게 무시무시한 말로 표현하는 거지?*

그날 예능 프로그램은 '믿음'이라는 주제로 진행되었다. 주제 아래 작은 파란색 글씨로 "배우자의 휴대폰을 훔쳐본 적이 있나요?"라고 적혀 있었다. 단발머리에 얼굴이 잘 빨개지는 패널이 말했다. "저와 남편 사이에는 비밀이 없어요." 그 패널의 팽팽한 얼굴에는 부끄러움의 홍조 외에도 자신감이 엿보였다. 판옌중은 음식을 씹다 말고 텔레비전에 시선을 고정했다. 진행자가 장난스럽게 질문했다. "확실합니까? 남편에게 아주 작은 비밀이 한두 가지 있는데 당신이 모르고 있는 거 아닌가요?" 패널은 한순간 미소가 흐트러지더니 심호흡을 하고 대답했다. "아뇨. 그럴 리가 없어요. 남편에게 무슨 일이 있는지 저는 다 알고 있습니다. 저도 남편도 '안정감'이 필요한 사람이거든요. 결혼 전에 서로 휴대폰 비밀번호를 알려주고 위치 정보도 공유하기로 약속했어요. 그러지 않으면 결혼할 수 없다고 그랬죠."

판옌중은 텔레비전을 꺼버렸다. *웃기는 소리! 자기가 무슨 소리를 하고 있는지 알긴 하나?* 판옌중은 절대 그렇게 생각하지 않았다. 사람이 평생 거짓말을 가장 많이 하는 대상은 배우자일 거라고 생각했다. 많은 이들이 결혼을 '울타리'에 비유한다. 그 울타리 안에 머물기 위해서는 반드시 어떤 특수한 외형과 생활 태도를 유지해야 한다. 거짓말은 결혼생활에서 윤활제이지 걸림돌이 아니다.

학원 1층에 김밥 냄새가 가득했다. 방과후 간식 시간이었다. 각 교실로 당장 김밥을 보내야 하는 시시는 오드리에게 난처한 얼굴로 말했다. 머리 위에 CCTV가 있어서 당신과 계속 대화하는 모습이 찍히면 주임 선생님한테서 전화가 올 거라고. 오드리는 기다릴 테니 할 일을 먼저 하라고 대답했다.

그때 교실에서 나온 젠만팅은 시시가 바쁘다는 걸 알면서도 책한 권을 데스크에 올려놓으며 15부 복사해서 스테이플러로 묶어달라고 했다. 젠만팅은 오드리 옆에 앉아서 길게 한숨을 내쉬었다. 마치 자신이 얼마나 피곤한지 알아달라는 것처럼 보였다. 그러나 오드리처럼 이 학원에 처음 와보는 사람이 보기에도 젠만팅은 아직 본격적으로 업무를 시작한 것 같지도 않았다.

젠만팅은 팔뚝이 튼실했고 피부는 우윳빛으로 광택이 돌았다. 그래서 옆에 앉은 오드리의 장작처럼 깡마른 외모가 더욱 도드라졌다. 젠만팅이 가볍게 물었다. *누구 엄마 되세요?* 생각지 못한 물음에 오드리는 당황했다. 조금 전 시시에게 한 말을 그대로 반복하면 되는데도 그러지 못했다. 나른하면서도 어딘지 사나워 보이는 젠만팅의 분위기가 그녀를 불안하게 했다.

"젠 선생님, 그분은 학부모가 아니라 우 선생님을 찾아오신 분이에요."

시시가 대신 대답했다.

"응? 우 선생님을 찾아오셨다고요? 친구분이세요?"

젠만팅의 시선이 오드리의 온몸을 훑었다. 오드리는 고개를 끄덕이며 시시 쪽으로 시선을 돌렸다. 시시는 급한 일을 마치고 나서

우리에게는 비밀이 없다

판옌중에게 전화를 걸어주겠다고 약속한 터였다.

"저기, 우 선생님의 예전 친구분이세요?"

"네."

오드리는 옆에 앉은 낯선 사람과 말을 섞고 싶지 않았다. 시시가 어서 자기 일을 도와주기만 바랄 뿐이었다.

"우 선생님은 최근에 갑자기 출근하지 않고 있어요. 무슨 일이라도 생긴 건지 모르겠네요."

오드리는 젠만팅의 말 속에 담긴 걱정스러움에 경계심이 좀 누그러지고 호감이 싹텄다.

"네, 저도 신핑이 걱정돼서요. 어제 만나기로 약속했는데 나오지도 않고 전화 연락도 안 되고 있어요. 이런 적은 처음이거든요."

"우 선생님 남편분께 연락해보셨어요?"

"남편분 연락처를 몰라서 여기까지 찾아온 거예요. 신핑이 이 동네 학원에서 일한다는 것만 알고 근처 학원들 돌아다니다가 여기까지 온 거예요. 처음 갔던 두 군데가 아니어서 실망했는데 포기하지 않길 잘했죠. 결국 여기를 찾았으니까요."

젠만팅의 태도가 훨씬 부드러워졌다. 그녀가 경청하는 눈빛을 보이자 오드리는 왠지 격려라도 받은 듯했다. 그녀의 얼굴을 보고 있자니 문득 한 사람이 떠올랐다. 오드리는 이내 고개를 저으며 기억의 파편을 날려버리려 애썼다. 눈앞의 상황에 집중하자!

그때 젠만팅이 물었다.

"우 선생님이 말한 적 있어요? 남편이 유명한 변호사라는 거요."

"네, 하지만 이야기를 많이 하지는 않았어요."

"어떻게 그러죠? 두 분은 친구 사이잖아요. 너무 예의 차리는 거아니에요?"

"신핑 말이…… 남편이 사생활 보호를 중요하게 생각한다고 하더라고요."

"그렇군요. 그렇다면 뭐……. 하긴 남편이 사실……."

젠만팅은 오드리의 표정 변화를 지켜보면서 슬쩍 안타까운 한숨을 흘렸다.

"에이, 됐어요. 우 선생님이 얘기하지 않았다면 저도 남의 사적인 얘기는 하지 않는 게 좋겠죠."

"제발, 얘기해주세요!"

오드리가 흥분하며 젠만팅의 손을 붙잡았다. 갑작스러운 피부 접촉에 두 사람 모두 화들짝 놀랐다. 오드리의 손은 얼음처럼 찼고, 젠만팅은 뜨끈뜨끈했다.

"알고 있는 내용이 있다면 뭐든 알려주세요."

"혹시 나중에 우 선생님이 화내실지도 모르는데……."

"그럴 리가요. 제가 신핑한테 잘 설명할게요. 제가 부탁해서 얘기해주신 거라고 할게요!"

"그렇다면 좋아요. 우선 한 가지, 제가 이런 이야기 했다는 걸 아무한테도 얘기하시면 안 돼요. 누군가 물어보면 직접 알아낸 거라고 하세요. 저는 일개 학원 강사라서 대단하신 변호사님하고는 싸울 수가 없으니까요."

"그럼요! 약속해요. 도와주셔서 정말 감사해요. 신핑이 선생님 같은 동료를 둔 건 정말 행운이에요."

젠만팅은 잠깐 뜸을 들이더니 웃으며 말했다.

"그렇죠. 우 선생님과 연락이 안 돼서 저도 걱정이 많아요. 어떻게 된 일인지, 참……."

오드리는 어깨 긴장을 풀며 목소리를 낮추어 말했다.

"정말, 감사합니다, 선생님. 실은 아까 안내 데스크에서 신핑 남편분께 연락 좀 해달라고 부탁했더니 직원 표정이 별로 안 좋았거든요. 그래서 혹시 신핑이 여기서 따돌림이라도 당하나 싶었죠. 그런 게 아니라면 사람이 없어졌는데 왜······."

젠만팅이 오드리의 팔을 잡아당겼다.

"밖에서 이야기해요. 여기는 좀 그래요."

문을 나서자 젠만팅이 말도 없이 빠른 걸음으로 앞서 나갔다. 오드리는 의아했지만 급히 그 뒤를 따라갔다. 젠만팅은 편의점에 들어가 초콜릿 두 상자를 사더니, 상자 하나를 열어 초콜릿 몇 개를 꺼내 오드리에게 건넸다.

"다른 상자는 안내 데스크 직원에게 줄 거예요. 제가 마음대로 자리를 비웠다고 고자질하면 안 되니까요."

오드리는 단 음식을 좋아하지 않았지만 초콜릿 하나를 입에 넣었다. 당분이 침샘을 자극했다. 순간 깨달았다. 그녀는 오늘 아무것도 먹지 않은 상태였다.

"판 변호사님, 지금 학원에 오실 수 있을까요? 그 여자분이······."

전화선 너머의 시시가 난처해하는 목소리로 물었다.

"지금은 일이 있습니다. 왜 그러시죠?"

"오드리라는 분이 오늘 안에 변호사님을 뵙지 못하면 계속 학원에서 기다리겠다고 하세요."

"그 사람한테 좀 전해주십시오. 나한테 그런 협박은 통하지 않는다고요. 만날 수는 있지만 그건 내일입니다. 오늘은 안 됩니다."

판옌중의 말을 전달하는 듯한 소리가 전화선 너머로 희미하게 들렸다. 시시에게 항의하는 여자 목소리도 들렸다. *아니, 그 사람은 지금 상황의 심각성을 모르는 거예요. 그 사람한테 확실히 전해주세요. 아니면 제가 통화할 수 있게 해주세요. 직접 이야기할게요.* 시시가 목소리를 낮춰 자신을 난처하게 만들지 말아달라고 부탁하는 소리가 이어졌다. 자신은 정해진 시간에 학원 문을 잠가야 하며, 나중에 주임이 와서 확인을 한다는 것이었다. 두 목소리가 희미하게 오락가락하는 것을 듣다 보니 짜증이 났다.

"판 변호사님, 이분이 데스크에 계속 버티고 있으면 제가 일을 할 수가 없어요."

시시가 재빨리 말했다.

"알겠습니다. 한 시간쯤 후에 도착합니다. 근처 패스트푸드점에서 기다리라고 해주세요."

오드리는 생각보다 꽤 왜소했다. 키가 대충 155센티미터쯤 되었고, 큼지막한 셔츠를 거의 파묻히듯 입고 있었다.

"왜 신고를 하지 않죠?"

판옌중이 미처 앉기도 전에 오드리가 쏘아붙였다. 두 눈에 경계심이 가득했다. 판옌중은 의자를 빼던 손을 멈추고 대꾸했다.

"쉬簕 선생님, 우리는 오늘 처음 봤습니다. 지금 상황에서 제가 마땅히 뭘 해야 하는지 당신에게 들을 이유는 없습니다."

그는 '오드리'가 너무 친근한 이름으로 느껴져서 일부러 성씨를 물어봤다.

　우리에게는 비밀이 없다

"신펑은 어제 저랑 만나기로 했는데 나오지 않았어요. 한 번도 약속을 어긴 적이 없었던 친구예요."

오드리의 목소리는 조금 쉬어 있었다.

판옌중이 한숨을 쉬며 의자를 마저 빼서 앉았다.

"한 가지 묻죠. 당신 누굽니까? 신펑은 저한테 당신 이야기를 한 적이 없습니다."

"판 변호사님, 당혹스러우신 건 알지만…… 그건 설명하기 어려워요."

"지금 저를 난처하게 하고 있는 건 압니까? 입장을 바꿔 생각해 보세요. 오늘 누가 당신에게 달려와서 당신 남편의 친구라고 하는데, 당신은 남편한테서 그 사람 이야기를 들어본 적도 없는 겁니다. 그럴 때 당신은 그 사람 말을 믿을 건가요?"

종일 이리저리 시달리느라 그의 이성은 닳을 대로 닳아 있었다. 목소리를 높이자 옆 탁자의 중년 남자가 슬쩍 바라보는 게 느껴졌다.

판옌중은 이를 악물었다. 신중해야 했다. 사람들의 주의를 끌면 안 된다.

"증거를 보여드릴게요."

오드리가 담담하게 반박했다.

"그래요, 증거 좀 봅시다."

"전 당신 부부 사이의 계약을 알고 있어요."

"혼전 계약서요? 그게 뭐 어떻다는 겁니까? 저와 아내의 수입은 확실히 격차가 납니다. 혼전 계약서 같은 건 사회생활을 해본 사람이라면 대충 추측할 수 있는 부분이죠. 그다지 대단한 증거는 아니군요."

눈물을 닦은 오드리는 이제 차가운 눈빛으로 판옌중을 훑어보았다.

"쉬 선생님, 정중히 말씀드립니다. 당신이 내게서 뭘 얻으려고 이러는지 모르겠지만, 아까 학원에서도 들었으리라 생각하는데, 신핑이 말없이 사라져서 전 무척 불안하고 걱정스럽습니다. 지금은 신핑을 찾는 일에 집중하고 싶습니다. 당신이 뭔가 단서를 줄 수 있는 게 아니라면 이런 악의적인 장난은 그만둬주시기 바랍니다. 안 그러면 제가 어떤 조치를 취할 수 있다는 걸 알려드리죠."

판옌중은 오드리가 이만 물러서리라 생각하고 출입문 쪽으로 시선을 돌렸다. 얼른 자리에서 일어나 나가려는 것이었다. 피로감이 파도처럼 덮쳐왔다. 마치 진흙 늪으로 조금씩 조금씩 빠져드는 기분이었다. 황칭렌, 우치위안, 그리고 우신핑을 몹시 경멸하는 듯했던 이웃 여자, 이제는 어디서 나타났는지도 모를 오드리라는 여자까지. 판옌중은 철학적인 문제를 떠올렸다. 숲속에서 커다란 나무 한 그루가 쓰러졌을 때 아무도 그 소리를 듣지 못했다면 나무는 쓰러질 때 소리를 낸 것이 맞을까? 오늘 만난 이 사람들이 없다면 우신핑의 또 다른 일면이 존재하는 것일까? 혹은 이들에게는 판옌중이야말로 우신핑의 또 다른 일면일까? 저도 모르게 오드리를 한 번 더 바라보았다. 그녀가 입은 셔츠는 재질도 마감 처리도 좋지 않았다. 신발도 요즘은 찾기도 힘든 오래된 브랜드였다. 탁자에 놓인 지갑 역시 노점에서 파는 저렴한 제품으로 보였다. 판옌중은 후회했다. 이 여자를 만나러 올 게 아니라 회사의 다른 변호사를 내보낸 류둥의 사건을 맡았어야 했다. 지금 그는 시간도 기회도 다 낭비한 셈이었다.

"판 변호사님, 평소에 신핑한테도 이런 식으로 말씀하세요? 만약 그렇다면 신핑이 저번에 한 말이 이해가 되는군요. 결혼을 해도 그 생활이 영원히 지속된다는 뜻은 아니라고 그랬죠."

오드리는 어쩐지 비뚜름한 미소를 띠었다. 그녀는 판옌중이 자기 말에 귀 기울인다는 것을 확인한 후 말을 이었다.

"신핑이 결혼한다고 했을 때 정말 기뻤어요. 그 애는 제게 정말 소중한 친구니까요. 근데 결혼식은 따로 치르지 않을 거라고 하길래 제가 비싼 식당을 예약해서 같이 식사하며 진심으로 축하해 줬죠. 제 기억이 맞다면, 두 사람은 9월에 혼인신고를 했죠. 당신이 준 다이아몬드 반지도 신핑이 보여준 적 있어요. 신핑은 그 반지를 무척 좋아했어요. 아까워서 끼지 못한다고 하더군요. 화장대 상자에 고이 넣어뒀다가 자기 전에 꺼내서 한 번씩 만져본다고 했죠. 그걸 보고 당신이 웃으면서 그랬다면서요? 이 반지는 겨우 5, 6만짜리니까, 잃어버려도 아깝지 않으니 매일 끼라고요."

오드리가 뱉어내는 말 한마디 한마디에 판옌중은 숨 쉬기가 버거워지는 걸 느꼈다. 그녀가 말한 날짜라든가 대화는 그와 신핑 외에는 아는 사람이 없었다. 그는 처음으로 오드리를 제대로 응시했다. 이 여자는 절대 예쁘다고는 할 수 없는 외모였다. 눈 사이가 멀고 입술 색이 칙칙한 데다 비쩍 마른 목과 팔다리 등은 환자를 연상케 했다. 그러나 그녀의 눈에서는 상대가 잘못 말하면 그냥 넘어가지 않으리라는 집착이 느껴졌다. 묘한 느낌의 집착이었다. 어쩌면 이 여자는 신핑에게 모종의 애정을 품고 있는 건 아닐까? 왜? 이 여자와 신핑은 또 어떤 관계란 말인가?

"판 변호사님, 바쁘신 건 잘 압니다. 학원에서 그러더군요, 당신은 오늘 다른 약속이 있다고요. 핑계였을지도 모르지만, 일단은 믿기로 하겠습니다. 저에게 딱 하나만 대답해주시면 됩니다. 신핑이 정말로 실종됐다면 당신은 왜 경찰에 신고하지 않는 거죠?"

"저도 나름대로 고민하고 있습니다."

"당신이 전처를 때렸다는 기사를 봤습니다. 게다가 신핑이 며칠 전에 전화로 그러더군요. 당신이 결혼 전에 약속한 것과는 달리 몇 가지 거짓말을 했다고요……. 판 변호사님, 제가 지금 무슨 말을 하고 있는지 아시겠어요?"

오드리는 꼼짝도 하지 않고 판옌중을 뚫어져라 쳐다보았다.

판옌중의 눈에는 오드리가 등나무 덩굴로 변해 그의 가슴을 뱀처럼 칭칭 감아서 조용히 숨통을 조여오는 것처럼 보였다.

"저는 신핑에게든 전처에게든 어떤 짓도 하지 않았습니다. 당신이 제대로 찾아봤다면 그런 기사들이 오로지 전처 말만 인용했다는 걸 알아차렸을 겁니다. 그리고 전처가 누구 딸인지는 누구나 알고 있을 테고요. 그런 기사를 믿을 수 있습니까? 당신이 그 후에 벌어진 일에 대해서도 찾아봤다면 또 다른 기사도 알고 있을 겁니다. 조금만 논리적으로 생각하면 뻔한 결론이 나오죠."

판옌중은 이를 사리물었다.

"제 전처는 새로 생긴 애인과 편하게 사귀고 싶어서 저를 모함한 겁니다."

"당신이 모함을 당했는지는 당신과 당신 전처만 진실을 알겠죠. 제가 묻는 건 당신과 신핑의 관계예요. 둘이 싸웠는지 아닌지 말입니다."

여기까지 말한 오드리의 목소리가 돌연 몹시 냉혹하게 변했다.

"제가 당신을 의심하는 거 이해해주세요. 어쨌든 당신은 전과가 있는 사람이니까요."

만약 인간의 분노를 유형의 물건으로 형상화할 수 있다면, 그렇다면 지금 이 순간 판옌중은 진심으로 자신의 분노가 칼로 변해 오드리의 목을 베어버렸으면 좋겠다고 생각했다. 그의 마음속에서는 오드리가 시장 바닥에서 목이 잘려 피를 빼내고 있는 닭과 다를 게 없는 모습이었지만, 실제로는 눈만 부릅뜨고 아무 말도 하지 못했다.

"다툼이 있었던 건 사실입니다. 하지만 나중에는 화해했어요."

"판 변호사님."

오드리가 어두운 기색으로 웃음을 띠었다. 좋게 말해도 듣지 않는 고집 센 어린아이를 대하는 듯한 태도였다.

"제가 당신을 어떻게 믿죠? 시기가 너무 공교롭지 않아요? 두 사람이 싸운 지 얼마 안 되어서 신평이 사라졌어요. 전 똑똑한 사람은 아니지만, 그렇다고 바보도 아닙니다."

판옌중은 드디어 알아차렸다. 이 가난하고 정신적으로도 불안해 보이는 여자는 악의를 가지고 접근해온 것이다. 판옌중은 과감히 몸을 일으켰다. 그는 콜라를 리필해 와서 기포를 품은 액체를 단번에 입안으로 털어 넣었다. 그제야 얼마나 목이 탔는지 깨달았다. 당분이 들어가자 말라 죽어가던 정신이 짧게나마 반짝 되살아났다. 그는 탁자를 내려다보며 속으로 자신을 다그쳤다. 생각해, 생각하라고! 나에게 제일 두려운 결과가 무엇일까? 따질 것도 없이 오드리가 언론에 말을 흘리는 것이다. 그렇다면 다음 문제! 언론에서는 오드리가 하는 말을 믿을까?

그건 오드리가 결국 어떤 사람인가에 달렸다.

"방금 당신이 한 말은 굉장히 심각한 사안입니다. 저를 범죄자로 지목하신 거예요. 그러니 제가 당신에게 뭔가 증명하라고 요구해도 지나친 일은 아니겠죠?"

"그거야 당신이 어떤 요구를 하느냐에 따라 다르지요."

오드리가 신중하게 대답했다.

"당신은 저에 대해서 잘 알고 있습니다. 그런데 전 당신에 대해 가장 기본적인 이름, 나이, 직업 등을 전혀 모릅니다."

"이렇게만 말씀드리죠. 전 신핑과 비슷한 나이예요. 그리고……."

오드리가 말을 멈췄다. 그녀는 멍하니 시선을 아래로 내렸다가 겨우 말을 이었다.

"전 어느 식당에서 일합니다. 식당 이름은 말씀드릴 수 없어요. 당신이 무슨 짓을 할지 모르니까요."

오드리가 몸을 움츠렸다. 그녀는 판옌중의 얼굴에 미소가 떠오른 것을 보지 못했다.

"쉬 선생님, 저는 이만 가겠습니다. 당신이 믿든 안 믿든 저는 정말로 약속이 있습니다. 저를 의심하신다면 곧장 경찰서로 가시죠. 전 거리낄 게 없습니다. 다만 당신이 하는 일이 신핑에게 해가 되는 일은 아닌지 생각해보시기 바랍니다. 마지막으로, 당신이 신핑의 행방과 관련해서 뭐라도 아는 것이 있다면……."

판옌중이 명함을 내밀었다.

"저에게 연락해주십시오. 할 말은 여기까집니다."

오드리는 명함을 받지 않았다. 그 대신 가방에서 사진 한 장을 꺼내 판옌중 앞으로 내밀었다.

투명하고 딱딱한 비닐 파우치에 담긴 사진에는 세 여자가 평후澎湖*의 콰하이跨海 대교를 배경으로 서 있었다. 가운데 여자가 우신핑임을 바로 알아볼 수 있었다. 그녀는 양쪽에 선 여자들과 팔

• 타이완섬 서쪽에 위치한 평후 열도에서 가장 큰 섬을 가리킨다.

우리에게는 비밀이 없다

짱을 끼고 딱 붙어 서 있었다. 오른쪽은 오드리였다. 사진 속에서는 긴 파마 머리로 지금의 스타일과 크게 달랐다. 왼쪽은 올리브색 단발머리를 한 여자였다. 판엔중은 눈을 가늘게 떴다. 이 여자는 또 누구지? 우신핑은 눈을 초승달처럼 하고 새하얀 치아를 드러내며 활짝 웃고 있었다. 판엔중은 말문이 막혔다. 아내가 이토록 환히 웃는 모습은 처음 보았다. 설마 이때가 황칭롄이 말하던 그때일까? 신핑이 가족과 연락을 끊었다던?

오드리가 사진을 도로 가져가서 비닐 파우치에 찍힌 지문을 손바닥으로 닦아냈다. 그 사진을 몹시 소중히 여기는 것이 분명했다. 판엔중은 그녀의 눈빛에 스치는 슬픔을 기민하게 알아차렸다.

"언제 찍은 사진입니까?"

"7, 8년 됐을 거예요."

"신핑하고는 어떻게 알게 된 거죠?"

"꼭 어떤 대답을 들어야겠다면, 우리를 룸메이트라고 생각하시면 될 거예요. 우리는 아파트를 빌려서 같이 살았어요."

오드리는 마치 무언가 포기한 사람처럼 힘없이 대답했다.

"그럼 다른 여자는 누굽니까? 역시 룸메이트인가요?"

"그 여자를 본 적 있으세요?"

"아뇨. 전혀 본 적 없습니다."

"다행이군요. 만나지 않는 게 좋아요."

그렇게 말하는 오드리의 눈빛이 형형하게 빛났다.

갑자기 판엔중의 머릿속을 스치는 생각이 있었다.

"신핑의 고향집에 가봤습니까?"

"아뇨, 당신은 가봤나요?"

판엔중이 고개를 끄덕였다. 그는 오드리가 어떻게 반응하는지 살폈다.

"신펑 가족들이 뭐라고 하던가요?"

"그 사람 가족들이 제게 뭐라고 해야 하나요?"

오드리가 판옌중을 빤히 보았다. 정보를 캐내기만 하고 절대 주지 않는 그의 수법을 눈치챈 듯했다.

"판 변호사님, 제가 말씀드릴 수 있는 건…… 가족들이 신펑을 나쁘게 말하더라도 절대 믿지 말라는 것뿐입니다."

"놀랍군요. 그 사람 가족들도 비슷한 이야기를 했거든요."

"그래요?"

오드리는 그런 말은 예상하지 못한 듯 숨을 훅 들이마셨다.

"무슨 낯으로 그런 말을 한담."

"제가 상기시켜드리자면, 당신도 거의 똑같이 말했습니다."

"전 실제 무슨 일이 있었는지 아니까 그런 거예요."

"그럼 실제 있었던 그 일을 말씀해주시겠습니까?"

"못 해요. 말할지 말지는 신펑이 결정해야 합니다."

오드리가 단호하게 대답했다.

"당신들 전부 미쳤군."

판옌중이 낮게 뇌까렸다.

"진짜 가겠습니다. 필요하면 연락하시죠."

판옌중은 명함을 탁자에 놔둔 채 오드리가 뭐라 반응하기를 기다리지 않고 곧장 자리를 떴다.

패스트푸드점을 빠져나온 오드리는 급히 길가로 발을 옮겼다.

　　　　　　　　우리에게는 비밀이 없다

하수구를 찾아가 허리를 숙이고 토악질을 했다. 끈적한 점액이 입가를 따라 떨어져 내렸다. 이어서 격렬하게 기침을 하기 시작했다. 입안에서 시큼한 냄새가 났다. 얼굴은 시뻘겋게 됐고 눈에도 실핏줄이 섰다. 행인들이 낮은 목소리로 수군대는 소리가 들렸다. 분명 그녀에 대해 이야기하는 것일 테다. 다른 때였다면 분명 어찌할 바를 몰라 하며 당황했을 것이다. 그러나 지금은 아니었다. 오드리는 자신에게 어떤 의무가 있다는 것을 느꼈다. 다른 무엇이 아니라 우신핑을 위해 눈물을 흘려야 할 때였다. 그렇게 마음을 다잡는데 바람이 얼굴을 훑고 지나갔다. 바람이 닿은 뺨이 차가워서 그제야 깨달았다. 자신이 온 얼굴을 적시며 울고 있었다는 것을.

그럴 만한 가치가 없는 인간이야. 오드리는 생각했다. 신핑, 그 남자에게 넌 과분한 사람인데 그는 널 소중하게 여기지 않는구나.

눈물이 얼굴 윤곽을 따라 흘러내렸다. 우신핑이 벌써 이 세상 사람이 아니면 어떡하지? 순간 귀를 찌르는 비명소리가 들렸다. 눈을 뜨고 소리의 출처를 찾아보았다. 그 소리는 오드리 자신의 몸안에서 쏟아져 나오고 있었다.

당장 집으로 도망치고 싶었다. 욕조에 몸이 익을 만큼 뜨거운 물을 받은 후 그 안으로 뛰어들고 싶었다.

오드리는 지금도 계속해서 화상을 입고 있는 것 같았다. 한 번도 멈춘 적이 없는 것 같았다.

어떤 사람이 아주 희소한 언어를 익혔다면, 그 사람은 남은 삶을 모두 쏟아서라도 그 언어를 사용하는 타인을 찾으러 다닐 것이다. 단 한 사람이라도 좋다. 같은 언어를 쓰는 사람을 찾을 수 있다면 그들은 주변에 아무도 없을 때에도 그 희소한 언어를 이용해 서로 소통할 수 있을 것이다. 그 언어를 배우는 과정이 아무리 힘들어도 그들은 자신의 말을 알아들어줄 사람을 만나서 영혼이 통하는 기쁨을 얻을 것이다.

오드리는 그렇게 우신핑을 찾아냈고, 이어서 즈싱芝行을 만났다.

셋이서 서로 의지하고 도와주며 잘 지낼 수 있을 거라고 오드리는 생각했었다.

어제 오드리는 카페에서 5시까지 신핑을 기다렸다. 시간과 장소가 잘못되었나 하고 둘이 주고받은 대화창도 확인해봤다. 전화를 세 통 걸고 메시지도 두 통 보내봤지만 아무런 답이 없었다. 오드리는 연락하기를 그만두고 커다란 초콜릿 빙수를 천천히 먹어치웠다. 4시 반쯤 종업원이 오더니 5시부터 7시까지 어느 회사에서 카페 전체를 빌려 상품설명회를 연다고 알려주었다. 5시, 오드리는 무거운 발을 끌며 카페를 나섰다. 집에 돌아가서는 즈싱의 새 전화번호를 찾아내 문자를 보냈다. 너 또 신핑 찾아간 건 아니겠지?

두 시간 후 답장을 받았다. 누구시죠? 오드리는 호흡을 가다듬으려 애쓰며 자기 이름을 입력했다. 이번에는 답장이 바로 왔다. 잘못 보내셨어요. 전 이 번호로 바꾼 지 이제 두 달째예요.

오드리는 온몸에 힘이 빠져 그대로 주저앉았다. 다시는 전화번호를 바꾸지 않기로 한 약속을 즈싱이 또 어겼다. 차가운 기운이 온몸을 감쌌다. 머릿속에 환등기가 켜진 듯 그녀와 신핑, 즈싱이 완화萬華 아파트에서 함께 보내던 시절이 지나갔다. 세 사람은 거실에서 텔레비전을 보고 일상적인 수다를 떨었으며, 겨울에는 땅콩

우리에게는 비밀이 없다

을 넣은 탕위안湯圓˚과 귤을 먹고 여름에는 펀위안빙粉圓冰˚˚을 먹었다. 그들의 집은 아파트 4층이라 한번 계단을 올라오면 누구도 다시 내려가지 않으려 했다. 즈싱이 제일 게으름을 부렸다. 배가 고프면 오드리나 신핑이 사 온 음식을 멋대로 꺼내 먹었고, 때로는 그들에게 전화해 집에 올 때 야식을 사 오라고 떼쓰기도 했다.

그런 즈싱과 몇 번 싸운 적도 있었다. 오드리는 신핑이 즈싱을 너무 봐주기 때문에 세 사람 사이의 균형이 깨진다고 불평했다. 신핑도 오드리의 불만을 잘 알았다. 그래서 종종 오드리만 따로 불러내 조그만 것 하나에 200에서 300타이완달러나 하는 프랑스식 디저트를 사주었다. 그걸 먹는 동안은 오드리가 마음껏 즈싱을 원망하도록 내버려두었다. 신핑은 대개 이런 식으로 상황을 수습했다. *나도 알아, 네가 매번 양보해주는 거. 넌 대충 정리가 되었잖아.*

나도 그래. 하지만 즈싱은 상태가 나아지는 게 더디잖니. 걘 함께 있어주는 사람이 없었고, 외로웠고, 또 나쁜 남자들을 그렇게나 많이 만났고……. 즈싱이 힘든 고비를 넘기는 동안 우리마저 곁에 있어주지 않으면, 우리까지 그러면…….* 신핑은 절대로 그 말을 끝마치지 않았다. 그건 정해진 의식 같은 거였다. 오드리는 신핑이 말하는 '외로웠고'를 들으면 최면에라도 걸린 듯 가슴이 꽉 조여들었다. 수축했던 심장에서 다시 혈액을 펌프질해 내보낼 때면 피가 투명해져서 눈물로 흘러나온다는 착각이 들었다.

오드리는 신핑에게 묻고 싶었다. *그럼 너는? 너 역시 그렇잖아. 혼자서 힘들게 벗어났잖아.* 하지만 묻지 않았다. 직감이 알려주었

˚ 찹쌀가루 반죽 안에 소를 넣고 둥글게 빚은 것. 또는 이것을 넣어 끓인 탕을 말한다.
˚˚ 타피오카 펄('카사바'라는 식물의 녹말로 만든 둥글둥글한 식품으로 버블티에 주로 사용한다)을 넣어 달콤하게 먹는 타이완식 빙수.

다, 쉽게 입에 올리면 안 된다고. 신핑은 자신의 고통을 털어놓은 적이 없었다. 신핑이 얼마나 고통스러워하는지 섣불리 상상할 수도 없었다. 그런 상상이 신핑이 나아지는 것을 방해할 수도 있었다. 그 밖의 다른 일도 오드리를 심란하게 했다. 오드리는 즈싱과 '애정'을 놓고 다투는 것이 싫었다.

즈싱은 신핑의 손을 잡고 우울한 목소리로 말하곤 했다. *신핑, 우릴 떠나지 마. 나랑 오드리는 너 없으면 안 된단 말이야. 나중에 결혼하게 되면 그 남자한테 꼭 말해줘. '원 플러스 투'라고 말이야. 나하고 오드리는 무조건 너희 부부랑 같이 살 거야.* 오드리는 이토록 자기중심적인 즈싱의 생각에 진저리를 치면서도 한편으로는 신핑에게 들러붙는 그녀의 행동에 속으로 찬성하고 있었다. 즈싱의 말은 오드리가 하고 싶었지만 차마 하지 못했던 말이었다. *신핑이 우릴 거부하면 어떡하지?* 오드리는 자주 그런 걱정에 휩싸였다. *혹은 즈싱이 먼저 우리를 버리면?*

세 사람 중에서 즈싱이 제일 예뻤다. 즈싱은 야성적인 아름다움을 뽐냈다. 가끔 그녀가 가느다란 어깨끈이 달린 상의와 핫팬츠를 입고 나가면 모든 남자들이 걸음을 멈추고 고개를 돌리곤 했다. 얼굴에 멍청한 표정을 띠고서 말이다. 오드리도 이런 사실을 잘 알고 있었다. 즈싱과 함께 걷다가 종종 뒤를 돌아보며 예상이 맞는지 확인하기도 했다. 반면 신핑은 '고요하다'는 형용사가 잘 어울리는 친구였다. 피부가 희고 팔다리는 가늘었다. 조그만 얼굴에 자리 잡은 이목구비는 특별히 입체적이지 않았지만 모아놓고 보면 눈이 즐거워지는 외모였다. 스물 몇 살인데도 얼굴에 서린 분위기는 꼭 사춘기 소녀처럼 맑았다.

오드리는 운명이 신핑을 잊어버린 게 아닌지 의심한 적이 있었다. 그들 세 사람은 모두 비슷한 경험을 했다. 즈싱은 그 일 이후로 여성스럽게 행동하면서 피부를 쉽게 드러냈다. 나이는 제일 어려도 세상 물정에는 제일 밝았다. 오드리는 본래 사이즈보다 큰 옷으로 몸을 최대한 가리고 다녔으며 화장품을 절대 사지 않았다. 신핑이 보다 못해 자기 미백 크림을 나눠주기도 했다.

신핑은 두 사람 중 어느 쪽도 아니었다. 말투, 태도, 성격 등이 전부 표준 범위에 있었다. 직장에서도 잘 적응했다. 오드리가 신핑에게 그렇게 오래 직장생활을 하며 어떻게 옛날 일로 문제가 생기지 않을 수 있는지 물은 적도 있었다. 신핑은 주로 아이들과 지내다 보니 부정적인 감정을 맞닥뜨릴 일이 별로 없다고 대답했다. 그렇다고 해도 오드리와 즈싱은 진지하게 직업을 찾을 생각을 하지 못했다. 오드리는 부모님에게 도움을 받았고, 즈싱은 만나는 남자들이 용돈을 대주었다.

오드리는 신핑과 즈싱 중 누가 먼저 떠날 것인가 하며 걱정에 휩싸이곤 했다. 하지만 막상 그 순간이 찾아왔을 때는 조금도 걱정되지 않았다. 책의 중간을 건너뛰고 마지막 장을 펼쳐 읽으면서 예상했던 비극적 결말을 확인하고는 더 이상 불안해하지 않는 것과 비슷한 이치였다. 다만 즈싱의 반응이 그처럼 격렬할 줄은 몰랐다. 즈싱은 자해를 불사하며 신핑의 사랑을 망치려고 했다. 오드리는 그날 밤 일을 영원히 잊지 못할 것이다. 즈싱이 칼로 손목을 그었다. 피가 주변으로 튀었다. 오드리는 손으로 귀를 막고 바닥에 웅크렸다. 머리가 어지럽고 눈앞이 빙글빙글 돌았다. 목을 놓아 울면서 생각했다. 우리가 어쩌다 이렇게 되었을까? 물에 빠진 사람들이 서로 의지하기는커녕 상대방을 더 깊은 물속으로 끌어들이려 하다니!

오드리는 옛 기억에서 빠져나왔다. 휴대폰을 보니 새벽 4시였다. 신핑은 연락이 끊겼고 즈싱 역시 어디로 갔는지 알 수 없었다.

누구부터 찾아야 하지? 혹시 한 사람을 찾으면 다른 한 사람이 같이 나타나려나? 즈싱이 또다시 신핑을 노린 것일까?

오드리는 감기에 걸려서 휴가를 내고 싶다고 식당 사장에게 메시지를 보냈다. 거의 3년을 일한 식당이었고, 그녀 평생에 가장 오래 일한 직장이었다. 그만큼 모든 업무에 익숙했고 바쁠 때는 주방에 들어가 머핀과 샌드위치를 만들 수 있을 정도였다. 사장이 답을 주었다. 그래요, 잘 쉬고 물 많이 마셔요. 학원은 12시에 문을 연다. 오드리는 알람을 11시로 맞췄다. 시간이 되자 침대에서 내려와 나갈 준비를 하고 곧바로 학원으로 향했다. 시시의 소극적인 대응이 영 마뜩지 않았다. 그러나 얼마 후 학원을 찾아온 것이 옳은 선택이었음을 알게 됐다. 젠만팅에게서 중요한 정보를 얻었으니까.

편의점에서 젠만팅은 초콜릿을 하나 더 먹겠느냐고 물었다. 오드리는 거절했다.

"우 선생님 남편이 어제 찾아와서 이것저것 물어봤어요. 중요한 건 그 사람 태도인데, 아예 나를 범인처럼 대하더라고요. 이런 말 안 하려고 했는데……."

한참 조용히 있던 젠만팅은 오드리의 얼굴에 다급한 기색이 떠오른 것을 보고는 어깨를 으쓱하며 말을 이었다.

"문득 이런 생각이 들더라고요. 뉴스에서 본 내용이 진짜일 수도 있겠다고요. 요즘 가짜 뉴스가 많다고들 하지만, 아무리 가짜 뉴스라도 적어도 한두 줄 정도는 사실이 포함돼 있으니 기사를 낼 수 있는 거 아니겠어요?"

"뉴스에서 본 내용이라니요?"

우리에게는 비밀이 없다

"모르셨어요? 우 선생님 남편은 가정폭력을 저지른 적이 있대요."

"좀 더 정확히 말씀해주시겠어요?"

"제가 말했다고 하면 안 돼요. 우 선생님이 물어보거든 당신이 인터넷에서 옛날 기사를 보다가 우연히 봤다고 하세요. 제 이름은 말하지 말고. 알았죠?"

젠만팅은 거듭 당부했고, 오드리가 고개를 끄덕인 뒤에도 바로 입을 열지 않았다. 어디서부터 말해야 할지 생각하는 것처럼 몇 초 정도 시간을 끌었다.

"저는 예전부터 답답했어요. 우 선생님은 좀 특이하잖아요. 당신 한테도 그렇게 대하지 않아요? 어쨌든 우 선생님은 자기 이야기를 거의 하지 않죠. 물론 꼭 자기 이야기를 해야 하는 건 아니지만요. 저도 다른 선생님이 저한테 이것저것 지치지도 않고 물어보는 게 싫거든요. 그렇지만 우 선생님은 정말로, 정말로 특이해요. 진짜 아무 얘기도 하지 않거든요. 그래서 다들 우 선생님이 싱글인 줄 알았다니까요. 어떤 학부모가 남자를 소개해주겠다고 나설 정도 였죠. 근데 알고 보니 결혼해서 아이도 있다는 거예요. 그래도 남편과 아이가 어떻게 생겼는지 본 사람은 아무도 없었죠."

젠만팅이 목소리를 한껏 낮춰서 무슨 음모를 알아낸 듯한 분위기를 만들었다.

"어떤 선생님이 사진 정도는 보여줄 수 있지 않느냐고 물어본 적이 있는데 그것도 거절하더라고요. 남편과 아이가 사진 찍는 걸 싫어한대요. 그래서 선생님들 사이에서 우 선생님은 사실 이혼한 상태라서 가족 이야기를 꺼린다는 소문까지 돌았죠. 그러다 어제 드디어 확실히 알게 된 거예요. 우 선생님이 대단한 변호사인 남편과 엄청난 부촌에서 산다는 걸요!"

어제 젠만팅은 명함을 받은 후 검색어를 여러 가지로 바꿔가며 판옌중과 관련한 기사를 뒤져보았고, 몇 분 지나지 않아 '빙고'를 외쳤다.

가정폭력을 의심받았던, 옌정창顏正昌의 전 사위에게 새 애인이 생겼다. 그는 한 여성과 함께 쇼핑한 물건을 들고 있었으며, 두 사람은 이미 동거 중인 것으로 보인다.

기사는 짧았다. 신빙성 있는 근거도 없었다. 같이 올라온 사진은 흐릿했다. 하지만 젠만팅은 매일 얼굴을 보는 동료 선생님의 얼굴을 알아볼 수 있었다. 긴 머리카락, 몸매, 우신핑이 종종 입고 왔던 흰색 망사 치마. 기사에서 사건의 이름을 정확히 언급한 덕분에 젠만팅은 거실 거울 앞에서 넥타이를 바로잡고 있던 스더구를 부를 수 있었다.

"이봐요, 잘생긴 오빠! 하나만 물어봅시다. 당신 생각에는⋯⋯."

"만팅, 지금 꼭 해야 하는 얘기야? 지금 막 나가려던 참인데."

스더구는 난처한 표정을 지었다. 아내와 대화를 시작했다간 영락없이 지각을 할 것이었다. 하지만 아내는 완전히 흥이 난 상태여서 그녀의 기분에 찬물을 뿌렸다간 더 무서운 대가를 치를지도 몰랐다. 요즘 들어 스더구는 결혼한 것을 자주 후회했다. 며칠 전에는 식탁에 앉아 토스트를 먹고 있는데 젠만팅이 원망을 쏟아냈다. 시어머니가 해준 반찬이 너무 기름져서 배가 아프다는 것이었다. *그럼 어머니한테 이제 반찬을 가져오지 말라고 할까?* 스더구의 말에 젠만팅이 냉소를 날렸다. 그녀는 날카로운 눈빛으로 스더구를 훑으며 대답했다. *아니, 그러지 마. 어머님은 그렇게 하는 걸*

좋아하시는 거야. 난 다 보여. 스더구는 뭐라고 더 말하고 싶었지만 젠만팅은 제멋대로 그 화제를 끝내버렸다. 그냥 그렇다는 거야. 당신더러 뭘 어쩌라는 게 아니라 내가 어떻게 느끼는지 알고 있으라는 것뿐이야. 말을 마친 젠만팅은 몸을 일으키더니 소파로 가서 휴대폰을 들여다보았다. 그런 아내를 보며 스더구는 머릿속에 불길이 일어나는 것 같았다. 그는 정말 저 여자를 어떻게 하고 싶었다.

우신펑이 어디로 갔을까? 스더구는 관심이 없었다. 그러나 지금까지 그랬듯 아내가 내미는 휴대폰을 받아 들고, 조금이나마 그 화제에 관심이 있는 것처럼 보이려고 애썼다. 화면을 내리며 기자가 억지로 갖다 붙인 내용의 기사와 사진을 들여다봤다. 번쩍번쩍 빛나는 아내의 눈을 올려다보자 그녀가 말했다.

"우 선생님이 너무 불쌍하지 않아? 어쩌면 신체적 폭력뿐 아니라 정신적으로 학대당했을지도……."

스더구는 폭력이니 학대니 하는 말이 너무 황당하게 들려서 아내의 말에 끼어들고 싶었다. 하지만 아내의 편안한 표정을 보고는 입을 다물어버렸다. 아내가 정말로 우 선생의 처지를 동정하는 것인지 혼란스러웠다.

"여보, 가족이어야만 경찰에 신고할 수 있어?"

"당신이 신고하게?"

스더구의 심장박동이 순간 흐트러졌다.

"그건 좀 아니지. 우 선생님이 그냥 가출한 걸지도 모르잖아."

"우리가 이러고 방관해야 한단 말이야?"

"이건 방관이 아니라 상황을 지켜보는 거야. 지금은 아무것도 벌어진 일이 없고 우 선생님이 출근하지 않은 것과 연락이 안 되는 것뿐이잖아. 뭔가 하려면 적어도 며칠은 기다려봐야지."

"텔레비전에선 범죄 사건을 해결하려면 시간이 관건이랬어. 우 선생님이 무슨 일이라도 당했으면 어떡해?"

"그래도 우리가 나설 일은 아니야. 당신은 그냥 직장 동료잖아."

"전에 이런 뉴스를 봤어. 어떤 여자가 무단결근을 하고 전화도 안 받았는데, 평소 정확하게 출퇴근하던 사람이라 직장 동료들이 걱정돼서 사흘째 날 경찰에 신고했어. 경찰이 그 여자 집으로 갔더 니 전 남자친구에게 감금돼 있었다지 뭐야."

"그래도 며칠 더 기다려봐."

"알았어."

젠만팅이 마음에 들지 않는다는 듯 입술을 삐죽였다.

스더구는 잠시 머뭇거리다 입을 열었다. 대답을 듣지 않으면 하 루 종일 이 생각이 머릿속을 떠나지 않을 것 같았다.

"한 가지 물어봐도 돼? 당신은 우 선생님과 친하지?"

"그럼. 왜 그런 이상한 질문을 해?"

"아니야, 그냥 생각이 나서 물어본 거야."

스더구는 더 이상 대화를 잇지 못했다. 그는 지금 자신을 어지 럽히는 생각이 너무 위험하다는 것을 알았다.

친구의 상황이 자신보다 훨씬 좋다는 사실을 알게 됐을 때 사 람들은 곧잘 질투심에 사로잡혀 불행감을 느낀다. 팔자 좋은 친 구라고 생각했던 친구에게 불운이 닥쳤을 때 사람들은 그 친구도 결국 비슷한 처지라는 사실에 안도감을 느낀다. 친구의 불운을 떠 올리며 은밀한 행복감까지 느낀다. 이럴 때 그들의 우정은 허위라 고 해야 할까? 아니면 더없이 진실한 감정이라고 할 수 있을까?

더 깊이 생각할 겨를이 없었다. 지각하기 직전이었다. 그는 서둘러 거실을 가로질렀다.

열쇠를 내려놓은 판옌중은 소파에 주저앉았다. 친정 엄마와 오빠, 그리고 비밀스러운 친구 오드리까지, 그들 각자가 말하는 우신핑의 모습이 다 달랐다. 오드리와 젠만팅 중에서 누가 신핑이 인정한 '친구'일까? 사진으로 봐서는 아마도 오드리일 것이다. 타이완섬 밖으로 함께 여행을 가는 것은 가까운 친구들이 할 법한 행동이다. 신핑의 그런 자유로운 미소도 절친과 함께하니 지을 수 있었던 것이리라. 그렇지만 그 '증거 사진'을 온전히 믿을 수는 없었다. 아내는 그에게 젠만팅에 대해서만 이야기해줬다. 오드리라는 이름은 들어본 적이 없었다. 아내는 오드리를 친정 엄마와 오빠처럼 숨기고 싶은 쪽으로 분류한 것이다. 판옌중은 신핑이 어떤 국면을 계획적으로 배치했다는 생각이 들었다. 그렇다면 목표는 무엇과 관련이 있을까? 지금은 명확한 것이 없었다. 돈? 이것은 가장 쉽게 떠올릴 수 있는 이유지만, 그와 신핑의 상황에는 들어맞지 않았다. 게다가 왜 자기 가족을 숨긴단 말인가? 아내는 휴가를 내서 몰래 친정에 다녀오는 한이 있어도 그에게는 알려주지 않았다. 끝없이 요구하는 가족이 있다는 것을 아는 게 싫었을까? 아니면 친정 엄마가 문제를 일으키는 것이 두려웠을까? 판옌중은 또 머리를 쥐어뜯었다. 정보가 너무 적어서 전체적인 그림을 볼 수 없었다. 그러나 적어도 한 가지는 확실했다. 우신핑은 생각했던 것처럼 내성적이고 소박한 학원 강사가 아니었다. 판옌중은 고민을 가득 안고 몸을 일으켰다. 쑹뤼의 방문을 열자 딸이 잠들어 있었다. 희고 통통한 뺨이 사랑스럽다. 그는 마음이 좋지 않았지만 어쩔 수 없이 아이를 가볍게 흔들어 깨웠다.

"공주님, 아빠가 물어볼 게 있어."

"응…….."

아이의 눈꺼풀이 내키지 않는다는 듯 살짝 들어올려졌다.

"아빠가 없을 때 마미가 널 괴롭힌 적 있어? 솔직히 말해도 돼."

"아니야. 마미는 나한테 잘해줘."

"그럼 마미한테 말하면 안 되는 걸 이야기한 적이 있니?"

"아니야. 아빠가 말하면 안 된다고 했잖아."

"쑹뢰는 아빠랑 한 약속을 잘 기억하고 있구나. 착하다."

그는 딸의 머리를 쓰다듬었다.

질문의 의미를 생각하느라 쑹뢰는 잠이 깬 모양이었다.

"그럼 아빠도 착해?"

그는 순간 당황하더니 얼른 대답했다.

"아빠도 당연히 착하지."

가슴이 뜨끔했다. 딸아이가 그의 표정을 살피는 모습이 꼭 우수에 찬 옌아이써 같았다.

"그럼…… 아빠, 마미는 언제 집에 와?"

"마미는 꼭 돌아올 거야."

"전에 엄마도 돌아온다고 했잖아. 근데 결국 돌아오지 않았어."

"그거하곤 달라. 그땐 엄마가 다른 사람을 좋아하게 돼서 그런 거야."

"그럼 마미도 다른 사람 좋아하게 되면 어떡해?"

판옌중은 자기 손에 시선을 두었다. 그래야 딸의 눈을 피할 수 있었다.

우리에게는 비밀이 없다

"쏭뤼, 아빠가 약속할게. 무슨 일이 있어도 아빠는 항상 네 곁에 있을 거야."

"그러면 마미는 돌아오는 거지?"

"그럼. 우리 공주님, 얼른 다시 자자. 내일 아침에 일어나면 마미가 집에 와 있을지도 몰라."

그는 몸을 뻗어서 쏭뤼에게 이불을 덮어주었다.

지금의 이 상황이 몹시 힘들었다. 이렇게 중요한 순간, 딸의 어린아이다운 말에도 제대로 대응하지 못하다니.

"잘 자요, 공주님."

"아빠도 잘 자."

딸의 방문을 닫은 그는 소파에 쓰러지듯 누워 얼굴을 쿠션에 파묻었다.

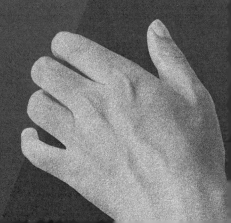

6장

다음 날 이른 아침, 전화 벨소리에 깨어났다. 알람 소리인 줄 알았는데 휴대폰을 당겨 확인했다가 정신이 번쩍 들었다.

"여보세요? 옌쭝, 지금 전화해서 미안해. 자고 있었겠지?"

추귀성의 목소리는 피로하게 들렸다.

"일어날 시간이었어. 무슨 일이야?"

"아들 문제야. 그 녀석 때문에 정말 죽겠군. 전샹이 또 그 여자애를 만나러 간 것 같아."

"뭐라고?"

"아내가 아들 방에 옷을 갖다놓으려고 가봤더니 애가 없어졌대. 휴대폰하고 지갑도 안 보이고. 컴퓨터가 켜져 있어서 아들 페이스북에 접속해봤는데 그 여자애가 계정을 바꿔서 전샹한테 또 연락했다나 봐. 비밀기지에서 만나자고 했다는데 거기가 어딜까? 전화해도 녀석이 받지를 않아. 옌쭝, 혹시 아이들이 또 그런다면 저번의 합의가 계속 유효할까? 왜 그 여자애네 가족은 딸을 제대로 관리하지 않는 거야? 우리를 현금인출기로 보는 건가?"

"잠깐만, 천천히 말해봐."

"미안해. 자네가 방금 일어났다는 걸 잊었군."

그때 가늘게 우는 소리가 들려왔다.

"제수씨가 우는 거야?"

"그래. 그날 저녁 자네하고 통화한 다음에 아내하고 전샹의 태도에 대해 의논해봤어. 근데 내가 특별히 뭐라 하지도 않았는데 아내가 책임을 다 자기한테 전가하는 거냐며 화를 내더라고. 어떻게 해야 할지 모르겠어. 평생 아내가 그렇게 발악하는 건 처음 봤어. 전샹 방으로 달려가서 애 뺨까지 때리더라고. 하필이면 전샹이 그때 친구와 영상통화 중이었는데, 친구 앞에서 그런 꼴을 당했으니 얼마나 열이 올랐겠나. 끼어들기도 전에 전샹이 엄마를 밀쳤는데 아내가 그만 책장에 부딪혔어. 그 뒤의 일은 더 말하지 않겠네. 그날 일만 생각하면 누가 정신과에 가야 하는지도 분간이 안 돼. 전샹일까, 아내일까? 아니면 내가 가야 하나?"

그다음 이어진 친구의 목소리는 목이 메인 듯 먹먹하게 들렸다.

"어쩌다 일이 이렇게 된 거지? 도대체 어디서 잘못된 거냔 말이야!"

"미안하네. 그날 괜한 말을 했나 봐. 자네 집안에 문제만 일으킨 셈이 되었어."

"아니야, 이게 왜 자네 탓이야? 그런 말 하지 마. 옌중, 난 다만 이 시간에 자네에게 연락할 수밖에 없었던 걸 이해해주길 바라네. 지금 상황은 나의 이해 범위를 벗어났어. 정말로 어떤 방법으로도 그 여자애를 제재할 수 없는 건가? 우리가 증거를 수집해서 여자애 쪽에서 전샹한테 들러붙은 거라는 걸 증명하면 안 될까? 그렇게 해도 전부 전샹의 잘못이란 거야?"

"그래, 법률은 그렇게 정해져 있어. 상대가 16세가 되지 않은 이상······."

"정말 다른 방법이 없어? 법에는 예외조항이라는 게 있잖아?"

"현재의 법 조항으로는 상대가 만 16세 미만일 경우 서로 합의하에 관계해도 법에 저촉돼. 지금까지의 일은 그나마 다행인 것이 전샹도 완전히 18세가 되지 않았으니, 미성년자 간의 성관계로 친고죄에 해당돼. 친고죄가 아니게 되면 쌍방이 합의해도 검사가 공소하고 처벌할 수 있단 말이야······. 그러니까 내 말은, 전샹의 생일이 곧 다가오는 거 아닌가?"

"맞아. 바로 내일이야. 아들이 열여덟 살 성년이 되면 성대하게 축하해주자고 몇 주 전에 아내랑 얘기했었지. 식당 예약까지 해뒀는데 상황이 이러니 당장 취소해야 할지도 모르겠네."

"너무 비관적으로 생각하지 마."

"낙관적인 생각이 들지 않는군. 옌중, 나는 지금 이 모든 일이 꿈이 아닐까 싶어. 전샹의 시험 준비 때문에 아내가 먹는 것 하나까지 얼마나 챙기는지 몰라. 두뇌 회전에 도움되라고 밥에 잡곡을 섞은 지도 오래됐어. 탕을 끓일 때도 물리지 말라고 하루는 닭, 하루는 생선, 소갈비 등등 매번 메뉴를 바꾼다고. 우리 부부의 노력이 겨우 이런 결과를 가져왔다니, 믿을 수가 없어. 그 녀석 진학 때문에 얼마나 전전긍긍하고 있는데 녀석은 또 그 여자애를 만나러 갔다니! 이래서야 사람들 앞에서 얼굴을 들 수가 없잖아!"

추궈성은 고충을 토로할 기회가 생기자 끝도 없이 쏟아냈다. 그는 과묵한 편이어서 이렇게 말을 많이 하는 것을 거의 본 적이 없었다. 평소와 다른 친구의 모습 앞에서 판옌중은 옌아이써와 난리를 치르던 당시의 자신도 이런 꼴이었으리라 생각했다. 갑자기 터진 문제에 당황해 그는 당시 얼이 빠진 듯 완전히 다른 모습이었

우리에게는 비밀이 없다

다. 추귀성과의 차이라면 그는 말이 없어졌고, 사람들과 대화하는 걸 꺼렸으며, 친구들의 걱정 어린 말도 피하고 싶었다는 것이다. 그랬던 이유는 첫째, 당시의 상황에 대해 뭐라고 설명해야 할지 알 수 없었기 때문이었다. 그가 보기에도 옌아이쎠의 애상 어린 얼굴은 무슨 말을 하기도 전에 이미 30퍼센트 정도는 사람들의 호감을 받고 시작했다. 그는 그런 편견을 바꿀 능력이 없었다. 두 번째 이유는 주변 사람들 중 누구라도 옌씨 집안에서 보낸 '스파이'일지 모른다는 의심 때문이었다. 그는 옌아이쎠에 대한 믿음이 깨진 이후로 아무도 믿지 못하게 되었다. 믿을 용기가 나지 않았다.

귓가에서 이어지는 소리가 판옌중을 상념에서 깨어나게 했다. 추귀성은 아직 하소연을 마치지 않은 상태였다.

"전샹은 착하고 배려할 줄 아는 아이였어. 전에는 아내에게 뭐든 다 말했었는데 요 몇 년 사이에 애가 달라졌어. 하긴 사내아이고 사춘기라서 엄마하고 거리가 생길 만도 하지. 정말로 우리가 잘못한 게 있다면, 그건 전샹에게 세상이 얼마나 위험하고 악독한지 알려주지 못했다는 거지. 전샹은 여태 그런 식으로 이성과 접촉한 경험이 없었어. 근데 갑자기 어떤 여자애가 나타나서 애교를 부리며 매달리면, 그런 상황에서 그 여자애가 좋은 친구인지 나쁜 친구인지 어떻게 구분하겠어……."

판옌중은 하고 싶은 말이 있었지만 묵묵히 있었다. 사람은 자신의 잘못을 타인에게 전가하려는 특성이 있다는 걸 그는 잘 알고 있었다. 전샹과 나나의 관계를 꼭 그렇게만 해석해야 할까? 나나의 어머니도 분명히 말했듯, 전샹은 확실하게 인지한 상태에서 나나에게 성관계를 요구했다. 묵을 곳을 제공하고 돌봐주는 대가로 말이다. 판옌중은 전샹이 그저 순진무구하게 나나에게 끌려다니기만 했다고 생각하지 않았다. 전샹이 나나와 수요-공급 관계를 확실히 알고 있었다고 믿었다.

하지만 그 생각을 입 밖에 내지 않았다. 그에게는 추궈성과의 우정이 더 중요했다.

그는 편안한 자세를 잡으면서 추궈성의 말을 계속 들었다.

"오로지 나이와 성별에 따라서 잘잘못을 결정한다니, 이런 입법은 문제가 있어. 옌중, 나는 감정적으로 일을 대하는 것도 아니고 전샹이 내 아들이라서 이러는 것도 아니야. 자네나 나나 사회 경험이 오랜 만큼 나이가 중요하지 않다는 걸 잘 알지 않나. 이건 오늘 저녁에 뭘 먹을지 논의하는 것이 아니라 한 사람이 감옥에 가느냐 마느냐가 달린 일이야. 인생 전체에 영향을 주는 일인데 나이만 따진다는 게 말이 되나? 더 극단적인 사례를 말해볼까?"

추궈성이 잠시 조용해졌다. 호흡을 고르는 것인지 아니면 할 말을 정리하는 것인지 모를 일이었다.

"그 여자애는 전샹이 처음이 아니지. 전샹 이전에도 그 아이는 많은 남자들과 관계를 맺었어. 전샹이 나에게 그 여자애 사진을 보여줬는데, 나 같은 어른이 보기에도 그 애는 스무 살은 되어 보이더군. 맞아, 전샹은 나중에 그 여자애가 열여섯 살이 안 됐을 수도 있다는 걸 알았겠지. 하지만 전샹은 아직 사회 경험도 없는 어린애란 말일세."

판옌중은 눈을 감고 전화선 저편의 모습을 그려보았다. 추궈성의 아내가 멀지 않은 곳에 앉아서 남편의 말과 행동을 지켜보고 있으리라. 추궈성의 이런 반응은 어느 정도 아내에게 보여주기 위한 연기이기도 할 터였다.

순간 판옌중은 자기 옆에는 아무도 없다는 것을 깨달았다.

우리에게는 비밀이 없다

우신핑이 실종된 지 사흘째였다.

그는 한순간이나마 그 사실을 잊고 있었다는 것, 그리고 이토록 빨리 다시 떠올렸다는 것 전부 운명의 장난처럼 느껴졌다.

추궈성의 묘사는 판옌중을 옛 기억의 소용돌이로 밀어넣었다. 몇 년 전의 오후, 그는 미행당하는 느낌에 오랫동안 억눌러놓았던 불만이 일시에 터졌다. 그는 거리 한복판에서 그 왜소하고 머리를 빡빡 민 기자의 멱살을 잡고 소리를 질렀다. *내 기사를 왜 그렇게 악의적으로 쓰는 거요? 그게 무슨 기사야? 고정관념에 사로잡혀서 판에 박힌 가정폭력 이야기를 억지로 덮어씌우고 있잖아! 당신들, 옌아이써가 사석에서 나를 어떻게 대하는지 조사해보기는 했어?* 말을 내뱉자마자 후회했다. 왜 또 상대방에게 빌미를 주었을까? 눈이 작은 그 남자를 빤히 쳐다보았다. 주먹으로 저 남자의 눈두덩을 후려치면 어떨까? 주먹을 쥐었을 때 툭 튀어나오는 손가락 관절 부분이 안구에 닿으면, 그대로 꾹 힘을 주면 무엇이 터질까? 투명한 것, 이름이 뭐였지? 수정체? 알 게 뭐람. 그 이름 따위는 의사들이나 알면 되지. 그는 이 남자를 이해시키고 싶었다. 언론 쪽 사람이든, 옌씨 집안에서 보낸 사람이든 상관없으니 사람에게는 한계라는 것이 있다는 것을 알려주고 싶었다. 선을 넘으면 반드시 대가를 치르게 된다는 것도.

판옌중이 호흡을 고르며 남자의 반응을 기다렸다. 도망치려고 하면 당장 손을 써서 손에 들고 있는 촬영기기를 빼앗을 생각이었다. 이 남자 혼자는 아니겠지? 동료가 뒤에서 지켜보고 있지 않을까? 내가 기자에게 폭력을 휘두르는 장면을 찍으려고 대기하고 있지 않을까? 판옌중은 정신없이 돌아가는 두뇌를 잠시 꺼두고 싶었다. 그는 너무 오래 억눌려 있었고, 너무 오래 감추기만 했다. 지금 주먹을 휘두르면 상황은 옌아이쎄에게 유리한 쪽으로 흘러갈 것이다. 하지만 상관없었다. 그는 다시 거칠게 을러댔다. *빌어먹을, 당신 누가 보냈어? 말하지 않으면 내가 어떻게 나올지 몰라!*

남자는 동공이 수축되었고 덜덜 떨면서 말을 뱉었다. *선생님, 선생님! 뭔가 착각하신 것 같은데요, 전 선생님이 누구신지 모릅니다!* 순간 남자의 옷깃을 움켜쥔 판옌중의 손에서 힘이 빠졌다. 남자는 기회를 놓치지 않고 재빨리 물러나서 그대로 달아났다.

판옌중은 그 자리에 멍하니 서 있었다. 머리에 커다란 송곳이라도 박힌 것처럼 아무 생각도 나지 않았다. 몸도 마비된 듯 제대로 움직이지 않았다.

당혹한 마음으로 급히 택시를 탔다. 택시 안으로 숨어든 것과 다를 게 없었다. 집에 도착한 후에는 휴대폰을 꺼놓고 침대에 드러누웠다. 그는 이마를 계속해서 세게 내리쳤다. 생각을 멈추고 싶었다. 그러나 두뇌는 오류가 난 컴퓨터처럼 계속해서 같은 정보만 뱉어내는 중이었다. 다망쳤어다망쳤어다망쳤어다망쳤어.

속수무책이었고 퇴로도 다 끊겼다. 그는 침대 머리맡 탁자에 있던 천사상을 집어 들었다. 옌아이쎄가 몹시 아끼던, 스무 살에 파리로 여행 가서 시골의 작은 가게에서 샀다는 조그만 천사상이었다. 천사상의 바닥은 묵직한 청동 재질이었다. 판옌중은 그걸 자기 이마에 내리쳤다. 살갗이 까지고 속살이 드러날 만큼 우묵한 상처에서 피가 철철 흘렀다. 핏방울이 눈꺼풀 안으로 흘러들어 근질근질한 감각을 남겼다. 그는 감격한 기분으로 눈을 감았다. 통증이 다른 모든 감각을 덮어주었다.

마침내 그는 자기 자신을 '종료'할 수 있었다.

"옌중? 여보세요? 자네 거기 있나? 왜 아무 말이 없어?"

우리에게는 비밀이 없다

"듣고 있어."

판엔중이 이마를 문지르며 대답했다. 몇 년 전의 상처는 지금 머리카락 아래에 숨어 있었다.

"내가 말이 너무 많았지. 미안하군."

추궈성이 또 사과했다.

"우선 중요한 문제부터 해결하자고. 전상을 찾는 게 급해."

"그렇지. 자네 의견을 묻고 싶었던 건, 우린 그 여자애 연락처는 모르지만 그 애 엄마 연락처는 알잖아. 우리가 먼저 그쪽으로 연락하는 게 좋을까? 혹시 빌미를 주는 게 아닐까 걱정이 돼서 말이야. 그렇지만 빨리 막지 않으면 그 애들 둘이 또……."

"그 여자애가 사는 곳은 전상의 친구가 도와줘서 찾을 수 있었던 걸로 기억해. 어떤 친구인지 알고 있나?"

"응, 전상보다 한 학년 아래의 동아리 후배라고 했어. 아내가 그 아이를 다그쳐서 알아냈지. 아내가 학교 측에서 듣기로는 그쪽도 부잣집 아들이라고 하더군. 부모가 해외로 나가서 사업하느라 아들을 제대로 가르치지 못했다나 봐."

"그 친구 연락처는? 그 아이가 분명히 뭔가 알고 있을 거야."

"좋아. 학교 선생님께 전화해서 알아보겠네."

전화를 끊기 직전 추궈성이 한마디 덧붙였다.

"옌중, 고마워. 정말 큰 은혜를 입었어."

그 말에 판엔중은 어물어물 대답하고 전화를 끊었다.

오드리는 경찰서 문 앞에서 한참을 왔다갔다했다.

이곳은 옌아이쎄가 가정폭력을 신고했던 경찰서다. 오드리는 일부러 같은 경찰서를 찾아왔다. 스스로 용기를 북돋우기 위해서였다. 내가 옌아이쎄라고 상상해! 판옌중을 혼내주는 거야. 나도 옌아이쎄처럼 할 수 있어! 오드리는 자신에게 거듭 당부했다.

당직 데스크를 지키고 있던 각진 얼굴의 순경은 호기심 어린 얼굴로 오드리를 지켜보았다. 오드리는 그의 눈앞에서 오락가락한 지 거의 이십 분이나 되었다. 순경은 이런 민원인을 보는 게 처음은 아니었다. 하지만 오드리가 입은 옷과 분위기가 더해져서 뭔가 더 특별한 느낌을 주었다.

"실례합니다. 신고를 하고 싶어서요. 실종된 사람이……."

"누가 실종되었습니까?"

"제 친구 우신핑이요."

오드리는 우신핑의 이름을 정확히 어떻게 쓰는지 설명했다.

"친구분이라고요……. 죄송하지만 법률 규정상 배우자나 특정한 친족관계만 실종신고를 할 수 있습니다. 친구분의 가족이나 배우자가 생존해 있나요? 그렇다면 직접 신고하도록 하십시오."

"가족은 제가 연락처를 모릅니다. 남편은 신고할 생각이 없고요……."

"그렇더라도 남편이나 다른 가족에게 말씀하시는 수밖에 없습니다."

오드리는 순경이 귀찮아하는 걸 느꼈다. 그녀는 어깨를 늘어뜨리고 말했다.

"왜 제가 실종신고를 할 수 없는 거죠? 제 친구가 사라졌어요. 출근도 하지 않고 전화도 안 받습니다. 이런 식으로 사건을 덮으시면 안 되잖아요."

우리에게는 비밀이 없다

오드리는 이성적인 모습을 보이고 싶었지만, 순간적으로 흥분해서 콧물이 다 나왔다.

"위에다 고발할 겁니다. 이 경찰서에서 신고된 사건을 은폐하려고 했다고요!"

"이보세요, 오해를 하시는 것 같은데, 저희가 사건을 맡기 싫어서 그런 게 아닙니다. 법률로 정해진 거라고요."

"규정이라는 것엔 융통성이 전혀 없습니까? 상황이 얼마나 다급한지 모르시겠어요?"

오드리가 목소리를 높였다.

당직 데스크에서 넘어오는 소리에 우자칭吳家慶은 겉옷을 팔에 꿰며 사무실을 나왔다. 그가 각진 얼굴의 순경에게 무슨 일이냐고 물었다. 오드리가 몸을 돌려 우자칭을 노려보면서 말했다.

"당신들은 지금 사건을 은폐하고 있어요!"

"그런 게 아닙니다. 함부로 말씀하지 마세요."

각진 얼굴의 순경은 오드리를 한쪽으로 밀어내고 재빨리 우자칭 쪽으로 다가와 작은 목소리로 보고했다.

"저 여자 좀 이상합니다. 친구가 실종됐다고 신고하고 싶다는데요. 친구가 사라진 지 며칠째이고 출근도 안 하고 전화도 안 받는답니다. 가족이나 남편한테 연락해서 신고하게 하라고 해도 듣지를 않아요. 친구 남편은 경찰에 신고할 마음이 없다면서요. 이걸 어떻게 처리합니까?"

"나한테 넘겨주고 가봐."

우자칭이 오드리를 흘끗 보며 말했다.

"선생님, 친구분 남편이 급하게 신고할 마음이 없는 거라면 친구분이 실제로는 실종된 게 아닐지도 모릅니다."

"왜 그렇게 생각하세요? 그 애 남편이 실종신고를 미룬다면 당연히 남편을 범인으로 보는 게 상식적이지 않습니까?"

오드리는 거의 이를 갈면서 말했다.

"범인이라고요? 뭔가 목격하신 게 있습니까? 아니면 친구분한 테 들은 이야기가 있습니까?"

"남편과 싸웠다는 말을 들었어요."

"부부싸움은 흔히 있는 일입니다."

"하지만 느낌이 정말 이상해요. 친구 남편은 정말 이상하다고요."

우자칭이 한숨을 쉬며 각진 얼굴의 순경을 향해 '네 심정을 알겠다'라는 뜻의 눈빛을 보냈다.

"선생님, 죄송하지만 저희가 다른 일로 많이 바빠서요……."

"내가 옌아이써가 아니라서 이런 식으로 대하는 거예요?"

"갑자기 옌아이써가 왜 나옵니까?"

"나도 판옌중에 대해서 말하고 있는데! 내가 옌아이써가 아니라서 날 무시하는 거잖아요!"

"선생님, 그 두 사람이 누군데요? 그렇게 말씀하시면 아무도……."

각진 얼굴의 순경이 불만스럽게 구시렁댔다. 그때 우자칭이 나서서 순경의 말을 막았다.

"판옌중과 이 사건이 무슨 관계입니까?"

"판옌중이 옌아이써와 이혼한 다음 내 친구랑 결혼했다고요!"

"친구분이 실종된 상황을 처음부터 자세히 설명해주시죠."

우자칭은 오드리를 작은 심문실로 안내했다. 그가 의자를 끌어다주며 앉으라고 손짓했다.

오드리의 눈이 매섭게 빛났다.

우자칭은 우신핑의 이름을 경찰 시스템에서 검색했다. 동명이인

우리에게는 비밀이 없다

이 많지 않아서 금방 황칭렌의 전화번호와 주소를 찾아낼 수 있었다. 곧바로 황칭렌에게 전화를 걸었다. 그러나 별다른 소득은 얻지 못했다. *내가 왜 신고를 해요? 걘 원래 그런 애예요. 툭하면 사라지거든.* 따님이 위험에 처했을 가능성이 있다고 우자칭이 거듭 설명했지만 황칭렌은 고집을 꺾지 않았다. *글쎄, 난 신고하지 않을 거라니까 그러네.*

오드리는 초조한 마음에 우자칭을 재촉했다.

"우신핑의 남편은 위험한 사람이고 전에도 폭력을 휘두른 적이 있다고 얘기하세요."

황칭렌은 그런 말에도 흔들리지 않고 평온한 목소리로 이렇게 내뱉을 뿐이었다.

"난 걔를 위해 뭐든 할 생각이 없어요. 정말 몹쓸 딸년이라니까. 당신들도 헛수고하지 마세요. 걘 나타나고 싶을 때 다시 나타날 거예요."

우자칭이 뭐라고 대꾸하려는 순간 전화가 끊겼다.

"가족분이 신고할 생각이 없다는군요."

"그래도 뭔가 할 수 있는 게 있겠죠? CCTV라든지, 탐문수사라든지……."

"이 사건은 다른 방식을 써야 할 겁니다."

우자칭이 마지못해 대답했다.

"이런 식으로 판옌중의 음모를 두고 봐야 한다고요?"

우자칭은 새빨간 얼굴로 따지는 오드리를 쳐다보며 옌아이쎠가 이 경찰서에 뛰어들었던 날 밤을 떠올렸다.

몇 년 전 그가 막 형사로 발령받은 애송이였을 때였다. 숙직실에 앉아 있던 그의 뒤에는 선배 형사가 꾸벅꾸벅 졸고 있었다. 그때 엔아이쎠가 나타났다. 우자칭은 저도 모르게 숨을 멈췄다. 정말 예쁜 여자였다. 피부는 희고, 몸매는 날씬했으며, 머리카락은 까마귀처럼 검고 길었다. 사슴처럼 촉촉한 눈에서는 공황에 빠진 마음이 다 드러나 보였다. 그녀는 헐렁한 홈웨어를 입고 털이 보송보송 달린 실내 슬리퍼를 신고 있었다. 경찰서의 남성적이고 차가운 인상과는 완전히 대비되는 모습이었다.

몇십 분이나 대화를 나눴지만 여자는 전체적인 사건을 제대로 진술하지 못했다. 몸을 덜덜 떨고 울음을 터뜨리며 말을 거의 잇지 못했다. 왼쪽 얼굴은 벌겋게 부어 있었다. 관자놀이 근처에는 날카로운 물건에 긁힌 상처가 보였고, 그곳에 핏방울이 반쯤 굳어 있었다. 우자칭은 엔아이쎠 곁에서 그녀가 사건 신고를 마칠 때까지 도와주었다. 그 과정에서 몇 번이나 그녀를 안심시켰다. *말할 수 있을 정도로 안정되면 다시 합시다. 저희는 기다릴 수 있습니다.* 그녀가 옌씨 집안의 딸인 것을 알아보고 그런 것은 아니었다. 동정하는 마음이 자연스럽게 우러났을 뿐이었다. 그녀는 섬세하고 연약했다. 신고 절차가 끝난 지 얼마 안 되어 판옌중이 들이닥쳤다. 그는 엔아이쎠를 향해 소리를 질렀고, 그녀를 잡아끌며 당장 집으로 가자고 윽박질렀다. 엔아이쎠는 겁먹은 눈으로 우자칭만 쳐다보았다. 우자칭이 판옌중에게 "그만하십시오"라고 말했지만 그는 들은 척도 하지 않았다. "경찰서에서 나가주십시오"라고 다시 한 번 요구하자 판옌중은 돌연 흥분을 가라앉히고 엔아이쎠를 쳐다봤다. 그가 피식 웃으며 손뼉을 쳤다. *이게 당신의 새로운 시나리오야? 집에서 연기하는 걸로 모자라서 이제는 다른 사람 앞에서도 연기를 보여주는군. 아카데미 여우주연상감이야!* 엔아이쎠는 고개를 숙이고 있어서 표정이 잘 보이지 않았다.

우리에게는 비밀이 없다

판옌중이 의미심장한 눈빛으로 우자칭에게 경고했다. *이 여자 얼굴에 속지 마십시오.* 판옌중은 옌아이쎄를 내버려두고 경찰서를 나갔다. 그가 떠나자 우자칭은 얼른 옌아이쎄에게 다가갔다. 옌아이쎄가 호텔을 잡았다고 하자 우자칭이 나서서 호텔까지 데려다주겠다고 했다. 옌아이쎄는 고개를 저으며 "경관님 시간을 너무 많이 빼앗는 것 같아요"라고 말했다. 택시를 불러서 호텔로 가기 전, 옌아이쎄는 우자칭에게 개인 전화번호를 알려주었다.

며칠 후 우자칭은 뉴스를 통해 옌아이쎄가 대단한 집안의 딸이라는 것을 알게 되었다. 다시는 옌아이쎄를 만나지 못하리라 생각했는데, 그날 저녁 그녀에게서 전화가 왔다. 아버지가 나서주어서 안전은 보장받았다고 했다. 그리고 안절부절못하는 자기 곁에서 마음을 안정시켜주어서 정말 고맙다고 덧붙였다. 그 후 몇 달간 우자칭은 종종 옌아이쎄의 전화를 받았다. 대부분 한밤중에 걸려왔다. 옌아이쎄는 그와 통화하면서 자신의 심경 변화, 언론의 괴롭힘, 판옌중과의 담판은 어떤 진전이 있는지 등을 들려주었다. 어떨 때는 십여 분쯤 통화했고, 길어지면 한두 시간씩 전화를 끊지 않았다. 옌아이쎄의 가는 목소리는 전화를 통해 들으면, 특히 잠들기 전에 들으면 미약한 전류라도 통한 것처럼 귀부터 복부까지 찌르르한 느낌이 관통하곤 했다. 특히 전화를 끊기 직전이 그랬다. 그녀는 매번 잊지 않고 "우 경관님, 당신은 정말 좋은 경찰이에요"라고 말했다. 우자칭은 자신은 단지 경관이 아니라 형사라고 굳이 말해주지는 않았다.

두 사람이 두 번째 만난 날은 옌아이쎄가 판옌중과 합의에 도달한 날이었다. 우자칭은 친구에게 정장을 빌려 입고 정중한 태도로 약속 장소에 나갔다. 식사를 하는 동안 옌아이쎄는 곧 멀리 떠날 예정이라고 말했다. 남자친구가 벨기에서 기다린다는 것이었다. 그녀가 직육면체 모양의 상자를 건넸다. 상자 위에는 영어가 아닌 것으로 보이는 브랜드 이름이 새겨져 있었다. 우자칭은 선물을 받아 들고 멍한 기분으로 집에 돌아왔다. 그는 옷을 벗은 후 셔츠와 바지를 반듯하게 의자 등받이에 걸었다. 그는 다시는 옌아이써의 전화를 받지 못할 것을 알았다.

그런데 지금, 운명이 다시 두 사람을 한데 엮으려는 순간이었다.

우자칭은 오드리에게 약속했다.

"제가 꼭 도와드리겠습니다. 우선 계획부터 세웁시다."

판옌중이 차 문을 열려는 순간, 웬 남자가 튀어나와 그의 손목을 움켜잡았다.

돌아보니 눈에 익기는 한데 누구인지 생각나지 않았다. 그 남자가 자기 이름을 대며 물었다.

"날 잊어버렸나 봐?"

목소리를 듣자 판옌중의 기억도 되살아났다. 그의 미간에 깊게 골이 파였다. 남자가 제복을 입고 있지 않아서 바로 알아보지 못했다. 판옌중이 남자의 손을 떨쳐내면서 속삭였다.

"여긴 왜 온 겁니까?"

"아내를 때려서 한 번 도망가게 한 걸로는 부족했나?"

"뭐라고?"

판옌중의 숨이 거칠어졌다.

"당신 아내가 사라졌다지?"

우리에게는 비밀이 없다

"누가 그래?"

"누가 말했는지는 중요하지 않아. 중요한 건 당신이 또 저질렀다는 거야. 난 처음부터 알았어. 너희들은 그런 종자들이야. 여자를 때리지 않으면 자기가 누구인지 증명을 못 하는 거지, 안 그래? 우신핑은 어디 갔지?"

"형사님, 이런 식으로 개인적으로 찾아와도 되는 겁니까? 이 아파트 단지는 보안이 되어 있는데 어떻게 들어왔죠?"

그 말에 우자칭이 픽 웃었다.

"예전에 알던 친구를 만나러 온 건데 뭐가 문제야? 거리낄 일이 많으니 불안한가? 왜 내 질문을 회피하지? 지금 우신핑은 어디에 있느냐니까! 출근도 안 하고, 경비원도 며칠째 우신핑을 못 봤다고 하던데."

판옌중은 우자칭을 차갑게 노려보았다.

"당신과는 상관없는 일입니다."

"내가 언론에 이 사실을 알리는 게 겁나지 않나?"

"아내는 친정에 갔습니다. 이제 만족합니까?"

"거짓말. 친정 어머니한테 전화하니 우신핑이 친정에 왔던 건 맞지만 다시 타이베이로 돌아갔다고 하더군."

"난 출근해야 하니 비키시죠."

"판 선생님, 질문에 대답해주기 바랍니다. 당신 아내는 지금 어디에 있습니까?"

우자칭이 팔을 뻗어 차에 오르려는 판옌중의 몸을 막았다.

"계속 이러면 강제죄强制罪로 고발하겠습니다. 손, 놓으십시오."

우자칭은 손을 놓았지만 마지막까지 경고했다.

"나중에 다시 오지. 당신을 줄곧 지켜볼 거라고."

"빌어먹을, 당장 꺼져!"

판옌중은 차에 올라타 액셀러레이터를 밟았다. 의미심장한 표정을 짓고 있는 우자칭의 얼굴이 백미러에 비쳤다. 그때 갑자기 이런 생각이 들었다. 우신핑이 옌아이써와 짜고서 나를 망가뜨리려는 거라면? 이런 이야기를 들은 적이 있었다. 여자들은 불가사의한 재능이 있어서 어떠한 형식으로든 연대할 수 있다. 우신핑의 실종은 옌아이써가 드라마의 한 대목처럼 연출한 사건일까? 정말 그런 거라면 옌씨 집안에 연락해봐야 하지 않을까? 또다시 웃음거리만 되는 것은 아닐까?

옌아이써와 연애하던 시절의 대화가 떠올랐다.

"바보야, 내가 너한테 상처 주는 일은 없어. 맹세할게. 내가 너한테 상처를 주면 반드시 천벌받을 거야."

"어떤 천벌?"

"세상에, 천벌의 종류도 정해야 해?"

"법에서 중요한 건 위반했을 때의 처벌이라는 거 알잖아."

"그래, 그러면 패가망신하는 걸로 하자. 변호사는 명성이 중요해. 패가망신하고 나쁜 소문이 붙으면 사건 의뢰도 들어오지 않아."

"그런 천벌은 싫어. 너무 잔인하잖아, 당신은 좋은 변호사인데."

옌아이써가 노랫소리처럼 속삭였다.

"그럼 무슨 천벌을 받아야 만족할 건데?"

"나는……."

옌아이써가 판옌중을 등 뒤에서 껴안으며 말했다.

"당신이 누구하고 같이 있든 영원히 나를 잊지 못하게 하는 벌을 줄래."

우리에게는 비밀이 없다

오드리는 또 휴가를 냈다.

젠만팅의 말이 귓가에서 떠나지 않았다. 오드리는 손으로 귀를 감싸 맴도는 목소리를 안으로 밀어넣었다. 침대에서 뒤척거리다 겨우 잠들었지만 악몽을 꾸었다. 꿈에서 선생님을 만났다. 이렇게 많은 시간이 흘렀는데도 선생님의 얼굴은 눈을 제외하고 전부 선명하게 기억났다. 오드리는 그 사실에 절망했다. 악몽 속에서 선생님의 모습은 실제처럼 생생하게 느껴졌고, 오드리는 또다시 어린 아이의 몸으로 돌아갔다. 그녀는 어른이 된 후 배우고 익힌 모든 것을 잃어버리고 또 그 교실 안으로 끌려 들어갔다. 탁자 위에 앉아서, 선생님을 올려다보며, 다음 지시를 기다리고 있었다. 선생님이 입을 여는 순간 꿈에서 깼다. 목이 뻣뻣했다. 천장을 멍하니 바라보며 호흡을 골랐다. 그렇게 얼마나 있었을까, 간신히 기운을 좀 차렸다. 우선 침대에서 벗어나야 했다. 시트가 흠뻑 젖어 있었다. 두렵거나 놀랐을 때 인간의 몸은 이렇게 많은 땀을 흘린다.

부엌에 가서 왼손에 전기 포트를 들었다. 오른손으로는 뺨을 세게 두들기면서 심호흡을 계속했다. 나지막이 중얼거리기도 했다. *그건 꿈이야.* 오드리는 홍차를 끓였다. 차를 홀짝이는 동안 생각이 사방을 날아다녔다. 인간은 왜 기억이라는 걸 간직할까? 기억의 존재가 인간이 소멸을 향해 단호히 걸어가도록 할 뿐이라면, 그런 심리 메커니즘이 왜 진화 과정에서 도태되어 사라지지 않은 것일까? 인간은 왜 자신을 살아가기 힘들게 하는 기억을 삭제할 수 없을까?

즈싱은 비행기를 한 번도 타보지 못했다며 셋이서 같이 해외여행을 가자고 졸랐다. 세 사람은 여행 비용을 많이 쓸 수 없었다. 태국이 일순위 여행지였다. 즈싱은 코끼리를 꼭 타보고 싶다고 했다. 긴 목으로 유명한 카얀족도 꼭 보고 싶다고 했다. 오드리가 컴퓨터 앞에 앉아 여행사 후기를 진지하게 검색했다. 절반쯤 조사했을 때쯤 어떤 글의 제목이 시선을 끌었다. 코끼리는 기억한다. 막 대학을 졸업한 여자가 쓴 글이었는데, 코끼리를 타거나 코끼리 쇼를 관람하는 행위를 반대하는 글이었다. 새끼 코끼리를 아주 어릴 때 어미에게서 떼어내 조련사가 뾰족한 것으로 수천 번 찔러가며 명령에 만족스럽게 따를 때까지 훈련시킨다고 했다. 오드리는 그 글에서 어떤 문장을 거듭 읽었다. "코끼리는 건조한 환경에 적응하며 살아간다. 그들은 놀라울 만큼 기억력이 좋은데, 어떤 코끼리는 십 몇 년 전에 지나갔던 수원水源을 기억했다가 나중에 갈증에 시달리는 무리를 이끌고 그곳을 찾아가기도 한다. 그러니 코끼리는 자신에게 가해진 폭력을 영원히 잊지 않는다." 이 문장을 마지막으로 읽고 나서 오드리는 휴지를 뽑아 눈물을 닦았다. 닦을수록 눈물이 더 많이 흘렀다. 그녀는 결국 친구들을 설득해서 태국이 아니라 평후로 여행지를 바꿨다.

코끼리와 오드리는 다르지 않았다. 그토록 오래전의 일인데도 선생님의 말투까지 기억났다. 정중하면서도 선물을 받은 것처럼 흥분이 서려 있던 말투였다. 말끝에 마침표가 아니라 느낌표가 붙어 있는 듯했다. 선생님과 오드리는 아이들끼리 놀이를 하는 것과 비슷했다. 오드리, 안에 입은 바지를 조금 내려볼래? 그럴 때 싫다

우리에게는 비밀이 없다

고 말할 수 있을까? 싫다고 하면 놀이의 규칙을 어기는 것이 될 텐데?

✔

오드리는 어릴 때부터 완벽주의 성향 때문에 괴로울 때가 많았다. 엄마인 젠웨이룽簡薇容은 종종 이렇게 물었다. *우리가 너무 압박하는 건 아니지? 그런데 넌 왜 이렇게 힘들어하니?* 오드리도 그런 자신을 이해할 수 없었다. 어떻게 해도 머릿속 망상을 밀어낼 수 없었다. 한번 기억이 났다 하면 누군가 줄곧 자신을 감시하는 것 같았다. 절대로 잘못을 저질러서는 안 된다고 생각했다. 실수를 하면 자신이 '하자 있는 물건'임을 보여주는 꼴이니까. 세 명 이상의 선생님이 학부모 상담 때 오드리가 성적에 부담감을 느끼는 것 같다면서 자식에 대한 기대가 너무 큰 게 아니냐고 걱정했다. 두 번째로 그런 말을 들었을 때 오드리는 차마 엄마의 눈을 마주할 수 없었다. 젠웨이룽은 상처받은 표정으로 주먹을 꽉 쥐었다. 원래도 흰 손이 놀라울 만큼 창백해졌다. 젠웨이룽은 이를 악물며 대답했다. *저희는 아이에게 부담을 주지 않았어요. 저와 원징文靜 아빠가 미국에서 석사까지 마친 것은 사실입니다. 하지만 그렇다고 해서 자식에게도 똑같은 것을 바라지는 않아요. 저흰 원징이 건강하고 즐겁게 자라기만 바랄 뿐입니다.*

선생님이 오드리 쪽으로 시선을 돌렸다. 그게 사실이냐고 묻는 듯했다. 긴장한 오드리는 고개를 숙여 선생님의 시선을 피했다. 그렇게 하는 것이 가장 안전한 표현 방법이라고 여겼다. 엄마와 함께 상담실을 나온 뒤 모퉁이를 돌았을 때였다. 엄마가 발을 멈

추고 잡고 있던 오드리의 손을 놓았다. 몇 초쯤 지나서야 오드리
는 용기를 내 고개를 들었다. 엄마의 얼굴은 눈물범벅이었다. 오
드리는 알아차렸다. 자신이 또 망쳐버렸다는 것을. 선생님에게 말
했어야 했다. 아니에요, 선생님. 저희 부모님은 저한테 참 잘해주
세요. 부담을 주신 적이 없어요. 제가 일을 이렇게 만들었을 뿐이
에요.

그건 전부 사실이었다.

오드리의 부모는 대학 캠퍼스 커플이었다. 졸업 후에는 같이 미
국으로 유학을 떠났다. 한 사람은 건축학을, 다른 사람은 유럽사
를 전공했다. 두 사람은 미국에서 오드리를 낳았다. 오드리가 두
살 때 가족은 타이완으로 돌아왔다. 아버지는 정부 기관에 들어가
일했다. 젠웨이룽은 면역 체계에 문제가 생겨서 직장에 다니지 못
하고 집에서 번역 일을 하며 딸을 돌봤다. 이 부부의 부모님들은
아주 부유했다. 그런데도 그들은 열심히 공부했고, 각자의 실력을
바탕으로 인생의 기회를 쟁취했다. 두 사람은 유일한 사랑의 결실
인 오드리가 건강하고 행복하기만을 바랐다. 젠웨이룽은 자주 이
렇게 말했다. *우리 보물 같은 공주님, 엄마 아빠가 너에게 남겨줄
재산이면 평생 경제적 걱정 없이 살 수 있단다. 너는 좋아하는 일
을 하면서 살도록 해. 우린 네가 평생 걱정 없이 산다면 뭐든지 도
와줄 수 있어.*

나중에 오드리는 그 말이 저주 같았다고 회상했다. 신은 인간을
시험하는 걸 즐긴다. 현실과 이상은 위배될 수밖에 없다. 편안하고
걱정 없는 삶, 그것이 그녀 일생에서 가장 결핍된 부분이었다. 오
드리는 어릴 때부터 실수를 해서 망신당하는 것을 두려워했고, 타
고나기를 즐거움과는 인연이 없는 것처럼 사소한 일 하나까지 다

우리에게는 비밀이 없다

마음에 담아두었다.

주변에는 많은 사람들이 있었지만 그녀가 좀 다르다는 것을 알아본 사람은 초등학교 선생님 한 분뿐이었다. 그 선생님 성함은 잊어버렸다. 성이 린林이었던 것만 기억난다. 린 선생님은 국어 과목을 가르쳤다. 오드리는 엄마의 어깨너머로 보고 들은 것이 있어서 그런지 단어 응용력이나 이해력이 좋았다. 다만 쉽게 긴장하는 편이라 웅변 대회에서는 무대에서 오십 초 정도 말하다가 입이 제대로 움직이지 않아 허둥지둥 인사만 하고 내려왔다. 그래도 작문 부문에서는 수상자 명단에 두 차례 오른 적이 있었다. 국어 경시대회 참가자로 뽑혔을 때는 작문과 낭독 부문 사이에서 갈등했다. 사실 그녀는 많은 사람들 앞에서 무대에 선 자신을 동경했다. 그러나 그런 마음을 밝히는 것이 부끄러웠다.

린 선생님이 점심식사 후 낮잠 시간에 오드리를 교사 휴게실로 불러 설득했다. *원징, 긴장하지 마. 천천히 생각해보자. 선생님이 참가자 명단을 조금 늦게 제출할 테니까.* 오드리는 선생님께 예쁨을 받는다는 사실에 조금 놀랐다. 자신이 린 선생님 앞에서 부끄럽고 어린애 같은 짓을 했는데도 선생님은 싫은 기색을 보이지 않았다. 게다가 린 선생님은 생각을 잘 표현할 수 있도록 이끌어주었다. 선생님들은 낮잠 시간에 고개를 드는 것을 엄격히 금지했다. 고개를 들었다가 걸리면 품행 점수가 깎였다. 오드리만은 예외였다. 종이 울리면 오드리는 의기양양하게 앉아서 낭독 원고를 보며 연습했고, 십 분 후 치마를 정리하고 일어나서 교실을 나섰다. 친구들이 그런 자신의 움직임을 따라 고개를 돌린다는 것을 보지 않아도 느낄 수 있었다. 의심할 여지 없이 오드리는 다른 아이들에게 부러움의 대상이었다.

어릴 땐 왜 그렇게 자지 않으려 했을까? 자야 한다고 하면 벌을 받는 것처럼 싫었다. 정해진 낮잠 시간에 마음대로 돌아다니는 것을 특권이라고 여겼다. 어른이 된 후에는 완전히 반대가 되었다. 사람들은 가능한 한 수면을 취하려고 한다. 눈을 뜨고 있는 것이 힘든 책무가 되었다. 오드리는 어른이 되고 나서 종종 이런 생각을 했다. 어릴 때는 세상이 희망으로 가득하다고 믿었기 때문에 그런 것이 아닐까? 눈을 감았다가 무언가 멋지고 아름다운 것이 소리 없이 지나가 버릴까 봐 겁을 냈던 것이다. 그러나 어른이 되는 과정에서 그 희망이라는 것이 매일 조금씩 수축되다가 끝내는 사라져버린다. 과거의 어린아이는 점차 깨닫는다. 눈을 크게 뜨고 있으면 가끔 보지 말아야 할 것을 본다는 사실을 말이다. 그런 것을 목도하면 뒤돌아갈 수 없다. '어린 시절'에서 강제로 쫓겨난다. 문을 여는 암호를 잃어버린 그들이 문 밖에서 아무리 울부짖어도 다시 돌아갈 수 없다. 그때부터는 어른이다. 오드리는 열 살 때 어른이 되었다.

오드리는 린 선생님을 사랑했다. 그 사랑에 대해 어쩌고저쩌고 토론할 마음은 없다. 그 감정에 다른 요소들, 말하자면 존경이나 숭배, 감사함 같은 것들이 들어 있었다고 해도 그게 뭐 어떻다는 말인가? 그 모든 것을 합치면 결국 사랑이었다. 오드리는 린 선생님을 사랑했다. 그 일이 있고 나서 많은 사람들이 오드리를 붙잡고 그 사랑의 '속성'이 무엇인지 정리해서 알려주려 했다. 오드리는 그런 모든 위로를 통해 오히려 자신이 구원받을 수 없다는 사실만 확인했다. 그 사람들은 이해하지 못한다. 그들은 입을 모아 말했다. 오드리의 사랑은 가짜라고.

그런 말을 들을 때마다 생각했다. 그때의 내가 바보 멍청이라고

우리에게는 비밀이 없다

생각해요?

　오드리는 낭독 원고를 절반쯤 연습하면 자신감을 잃곤 했다. 린 선생님은 그럴 때마다 여러 가지 방법을 동원해서 위로해주었다. *원징, 선생님은 안단다. 전부 안단다. 너희 부모님은 부담을 주지 않는다고 말씀하시지만 너는 확실히 부담을 느끼고 있지 않니? 반 친구들 중에 두 가지 여권을 가진 애가 너 말고 또 있어? 텔레비전에 나오는 아빠가 있는 애는? 넌 잘못하지 않았단다. 부모님도 잘못하지 않으셨지. 원징, 무서워할 것도 긴장할 것도 없다. 선생님은 알고 있어. 네가 누구보다도 부모님을 자랑스럽게 해드리고 싶다는 걸 말이다. 선생님이 네 곁에 있을 거야. 한번 실패했다고 해서 아무것도 아닌 존재가 되진 않아. 둘이서 천천히 연습하면 된단다. 저런! 원징, 울지 마라. 선생님은 정말로 네 곁에 있을 거란다.*

　오드리는 스스로 목을 졸랐다. 눈앞이 새까매졌다가 현실로 돌아왔다. 또 기억 속으로 굴러떨어졌다. 린 선생님의 목소리는 스피커를 타고 나오는 방송처럼 떠올리기만 하면 곧바로 선명하게 머릿속으로 흘러 들어온다. 어릴 때는 린 선생님의 말을 신의 계시처럼 떠받들었다. 경건하게 그 말을 암송했다. *원징, 울지 마라. 선생님은 정말로 네 곁에 있을 거란다.* 그때 교내 낭독 대회에서 오드리는 일등을 했다. 낭독 대회 무대에 올라가니 심사위원 세 분이 앞에 앉아 있었다. 가운데가 린 선생님이었다. 오드리는 몸안에 있던 무엇이 껍데기를 깨고 바깥으로 흘러나오는 것을 느꼈다. 무대 중앙에 서서 눈을 깜빡였다. 자신이 대회에 참가한 것이 아니라 린 선생님과 둘이서 대화하는 기분이었다. 린 선생님도 오드리에게서 시선을 떼지 않았다. 오드리는 린 선생님의 대답을 들은 듯했다. 원징, 선생님은 정말로 네 곁에 있을 거란다. 입상자가 발표되기 전부터 오드리는 자신이 상을 받는다는 걸 알았다. 린 선생님이 그녀에게 물어보았다. 원징, 시 전체에서 열리는 낭독 대회에 나가게 될 텐데 긴장되지 않니?

선생님만 제 곁에 계시면 조금도 긴장되지 않아요. 불현듯 그때의 기억이 떠올랐다. 오드리가 그렇게 말했을 때 린 선생님은 몹시 기뻐했다. 오드리는 그때까지 자신의 일로 누군가가 그렇게까지 자랑스러워했던 경험이 없었다. 린 선생님이 또 말했다. 부모님은 널 사랑해. 그건 네가 그분들의 피를 이은 자식이기 때문이야. 그것도 하나뿐인 자식이지. 네가 평범하다 못해 좀 부족하더라도 부모님은 널 사랑하실 거야. 선생님은 다르단다. 선생님과 넌 피가 섞인 가족이 아니고, 또 선생님은 일 년에 가르치는 학생이 아주 많아. 그런데도 선생님이 널 사랑하는 건 네가 정말 특별하기 때문이란다.

판옌중은 차를 세웠다. 차에서 내려 몇 걸음 걷다가 멈췄다. 주변을 둘러보고 아무도 자신을 눈여겨보고 있지 않다는 걸 확인한 뒤 다시 걸음을 옮겼다. 목적지에 도착한 그는 심호흡을 하고 초인종을 눌렀다.

"누구세요?"

문 안에서 슬리퍼를 끄는 듯한 소리가 났다. 발소리가 느리고 무거운 것을 보면 나이가 좀 있는 사람일 것이다. 현관 안쪽 문이 열리고 한 여자가 나타났다.

　　　　　　　　　우리에게는 비밀이 없다

"장씨 아주머니 되십니까? 안녕하세요? 우신핑에 관해 여쭐 일이 있어서 왔습니다."

여자는 흐릿한 눈으로 판옌중을 의아하게 쳐다보며 물었다.

"우신핑? 댁은 누구신데요?"

장씨 아주머니의 눈이 커다래졌다. 경계하는 기색이 역력했다.

"우신핑 남편입니다."

"며칠 전에 우리 집에 왔었죠? 신핑 엄마하고 같이요."

"네, 그날은 아주머니께서 댁에 계시지 않아 따님하고만 이야기를 나눴습니다."

"내 딸과 이야기했으면 됐지 뭐하러 또 왔어요?"

장씨 아주머니가 문을 닫으려 했다.

"잠깐만요. 정말 중요한 일입니다. 제 아내에게 지금 문제가……."

"걔가 일으킨 문제가 한둘인가?"

또다. 딸 샤오전과 똑같은 시선, 경멸.

판옌중은 오늘 아침 눈을 뜨자마자 어떤 생각에 사로잡혔다. 어쩌다 그런 생각이 들었는지 모르지만, 어쩌면 그것이 바로 '직감'이란 게 아니었을까. 신핑의 어머니 황칭롄과 오드리는 뭔가 숨기고 있었다. 하지만 고향 친구인 샤오전은 달랐다. 샤오전은 우신핑에 대한 경멸의 마음을 적나라하고 무례하게 드러냈다. 지난번 그녀에게 연락처를 주었지만 아무런 연락이 없다. 판옌중은 당장 찾아가서 물어보기로 마음먹고 집을 나선 터였다.

"아주머니, 예전에 신핑한테 어떤 일이 있었는지 좀 얘기해주실 수 있을까요?"

"내가 자네한테 왜? 다른 사람한테 가서 물어봐요. 신핑이 무슨 짓을 했는지 십수 년이 흘렀지만 다들 기억하고 있을 테니까. 남의 말 하기 좋아하는 사람들이 한 명쯤은 있겠죠."

장씨 아주머니가 입꼬리를 삐뚜름히 올리며 조롱하듯 말했다.

"부탁입니다. 저는 정말 정보가 필요합니다."

"미안하지만 딴 데 가서 알아봐요."

장씨 아주머니는 뒤로 한 걸음 물러섰다. 뒤이어 문이 쾅 닫혔다.

판옌중은 다시 초인종을 눌렀다. 다른 손으로는 문을 두드렸다. 그러나 고함을 치지는 못했다. 이웃들의 시선을 끌게 될 것이 신경 쓰였다. 그는 장씨 아주머니가 황칭롄에게 연락하지 않기를 빌었다. 그 집 모자는 일을 망치기만 할 뿐이다. 이대로 물러나야 하나 고민하는 순간, 문이 다시 열렸다.

"아주머니……."

판옌중은 얼른 입을 다물었다. 문을 열고 나온 사람은 샤오전이었다. 그녀는 몸 절반을 문 뒤에 숨기듯 서 있었다. 드러난 절반의 얼굴에 떠오른 표정은 음침했다. 눈동자가 쉼 없이 움직였고, 말라서 갈라진 입술은 열렸다 닫히기를 반복했다.

판옌중이 미소를 띠며 부드럽게 물었다.

"안녕하세요? 지난번에 뵀지요. 저한테 다시 기회를 주실 수 있을까요?"

"신핑한테 무슨 일 있어요?"

여자가 물었다. 눈빛이 아래서부터 위로 판옌중을 훑었다.

황칭롄이 이들에게 신핑이 사라졌다는 말을 하지 않은 모양이었다. 판옌중도 일단은 패를 좀 더 숨기고 상황을 지켜보기로 했다.

"신핑이 며칠 전 친정에 왔다가 가족들과 좀 다툰 모양이에요. 평소와 반응이 많이 다르더라고요. 근데 무슨 일이 있었는지 물어봐도 좀체 대답을 하지 않아요. 할 수 없이 제가 처가를 찾아가

　　　　　우리에게는 비밀이 없다

물어봤지만 영 협조해주지 않는 상황이에요. 지난번에 왔을 때 당신이 신핑에 대해서 뭔가 알고 있는 눈치더라고요. 정직한 분이신 것 같고요. 신핑이 예전에 뭔가 성숙하지 못한 행동으로 피해를 입혔다면 대신 사과하겠습니다. 부탁드리는데, 저에게 뭐든 좀 알려주시면 안 되겠습니까?"

샤오전은 경계하듯 판옌중을 쳐다보았다. 그녀의 숨소리는 보통 사람보다 확연히 큰 편이었다. 이곳에서 멀지 않은 곳에 발전소가 자리해 있었다. 판옌중도 그날 타이베이로 돌아가서 녹차를 큰 컵으로 두 컵이나 마셨다. 그랬더니 목구멍이 갈라지듯 아팠던 것이 좀 가라앉았다. 이런 상황을 생각하자니 판옌중은 훨씬 부드러운 눈빛으로 샤오전을 바라보게 되었다.

지금 판옌중의 시야에 닿는 것은 논밭이 아니라 낮은 집들이었다. 가장 높은 건물이 4층이었다. 건물 외벽은 대부분 칠이 벗겨져 얼룩덜룩했다. 반쯤 철거된 건물이 그대로 방치되어 있었고, 기울어진 대들보와 무너진 벽 앞에 흰 변기만 덩그러니 남아 있기도 했다. 판옌중이 사는 집 베란다에서는 드넓은 다안大安삼림공원°이 내려다보였다. 사람들은 개를 데리고 나와 여유롭게 공원을 산책했다. 판옌중은 특히 노인과 개가 천천히 걸어가는 모습을 좋아했다. 그들이 시야에서 사라질 때까지 지켜보고 있노라면 어느새 오후 시간이 훌쩍 지나가곤 했다.

샤오전의 집에 오면서 본 전봇대에는 집 매매 광고가 붙어 있었다. 이곳의 집 한 채 값은 쑹뤼가 쓰는 방 하나 값보다 못했다. 집값이 싼 것은 좋은 일이지만 그렇다고 해서 이곳이 살기 좋다는

°타이베이에 있는, 축구장 26개 크기에 맞먹는 대규모 녹지공원.

뜻은 아니었다. 우신핑은 이곳과 확실한 선을 긋고 지냈다. 충분히 이해할 만하다고 판옌중은 생각했다.

"성함이 뭔지 다시 말씀해주시겠어요?"

샤오전이 답답한 목소리로 물었다.

"저는 판옌중이라고 합니다. 명함을 다시 드릴까요?"

"아니에요. 그렇게 깊이 엮이고 싶지는 않아요."

샤오전의 목소리는 한층 누그러져 있었다.

그때 집 안에서 장씨 아주머니가 샤오전을 부르며 고함을 질렀다. 판옌중을 얼른 돌려보내고 집으로 들어오라는 뜻이었다.

판옌중은 갑자기 조급해졌다.

"근데 우신핑의 과거에 대해 알고 싶은 이유가 대체 뭐예요? 호기심인가요?"

"단지 호기심만은 아닙니다."

"당신은 부자겠죠?"

"그건 당신이 부자를 어떻게 정의하느냐에 따라 다릅니다. 저는 제가 부자라고 생각하지 않습니다."

판옌중은 순간 떠오르는 생각이 있었다.

"부자는 아니지만 그래도 다른 사람에게 공짜로 부탁을 하지는 않습니다."

"무슨 말씀이세요? 제가 당신한테 돈을 요구할 거라고 생각하시는 거예요?"

샤오전이 차가운 웃음을 흘렸다. 그녀의 몸이 조금 더 문 뒤로 숨어들었다.

판옌중은 몇 분 전에 내놓은 패를 망칠 뻔했다.

"그런 뜻이 아닙니다. 다만 저에게 뭐라도 알려주신다면 능력이

　　　　　　　　　　　우리에게는 비밀이 없다

닿는 한도 내에서……."

"전 아무것도 필요 없어요. 다만 저는 쑹朱씨 집안사람들에게 불공평하다고 생각할 뿐이에요."

"쑹씨 집안이라니요?"

"신핑이 아무 얘기도 안 하던가요? 그렇겠죠! 그런 일을 얘기했다간 어렵게 잡은 사냥감을 놓칠 테니."

"좀 더 자세히 말씀해주시겠습니까? 쑹씨? 어디의 쑹씨죠?"

"판옌중 씨, 당신 아내한테 전혀 들은 바 없으세요? 고등학교 때 강간당했다는 얘기?"

샤오전의 얼굴에 일그러진 미소가 떠올랐다.

"그 상대는 같은 학교를 졸업한 남자 선배였어요. 그 선배의 집은 이 지역에서 가장 부잣집이었고, 아버지가 육성회장님이었죠."

"강간? 잠깐만요."

판옌중은 손에 쥐고 있던 카드가 전부 바닥으로 떨어지는 듯한 느낌을 받았다. 바닥에 펼쳐진 카드는 전과는 완전히 다른 패를 보여주었다. 그는 손으로 턱 아래를 힘주어 눌렀다. 터져 나올지 모를 고함을 억눌러야 했다.

"일단 확실히 하고 갑시다. 우리가 지금 이야기하는 사람이 우신핑이 맞나요?"

판옌중은 휴대폰을 꺼내 아내의 사진을 찾아 보여주었다.

"이 사람이 분명합니까?"

샤오전이 냉랭한 표정으로 휴대폰을 내려다보고 다시 판옌중과 눈을 맞췄다.

"신핑이 분명 당신 주변을 맴돌았겠죠? 걘 예전에도 그랬어요. 남자한테 어떻게 대해야 하는지 잘 알았다고요."

장씨 아주머니가 다시 고함쳤다. 판옌중은 그제야 눈앞에 서 있는 여자의 본명을 알게 되었다. 장전팡張貞芳이었다. 장전팡은 어머니의 재촉에도 아랑곳않고 판옌중의 어깨너머로 시선을 옮겼다. 그의 뒤쪽에 있는 거리를, 어쩌면 더 멀리 있는 산을 보는지도 몰랐다.

"학창시절 신핑은 청순해 보였죠. 친구들한테 다 친절했고요."

판옌중은 숨을 가다듬으려 애썼다. 장전팡은 말하고 싶어 하면서도 동시에 감추고 싶어 했다. 판옌중의 머릿속은 더욱 혼란스러웠다. 왜 이렇게 된 것일까? 그가 멀리서 이곳까지 온 목적은 황청롄과 우치위안에 대한 의심을 확인하기 위해서였다. 그는 우신핑이 속물이라도, 매정한 면이 있더라도 받아들이려 했다. 심지어 우신핑이 이런 곳에서 성장기를 보냈다면 그런 면은 어쩔 수 없이 생겨나는 방어기제일 거라고 생각했다. 그런데 '강간'이라니, 그 단어는 그가 예상한 범위를 너무 많이 벗어났다. 머리 위에서 수십 개의 바늘이 쏟아지는 기분이었다. 바늘들 중 몇 개는 결국 그가 단단히 챙겨 입은 갑옷을 뚫고 들어와 목구멍과 심장을 찔러댔다.

몸이 떨렸다. 우신핑이 성적인 폭행을 당했던 사람처럼 보인 적이 있었던가? 그런데 어떤 모습이어야 그런 사람처럼 보이는 걸까?

툭하면 정신적으로 무너지는 모습이 그 후유증이었을까? 하지만 그런 모습이라면 옌아이써가 더 그렇게 보였다. 판옌중은 우울하게도 새로운 측면의 가능성을 떠올렸다. 우신핑이 잠자리에서 보여주던 포용하는 태도가 그것이었다. 두 사람의 성생활은 처음부터 원만하지 못했다. 그의 신체는 마음처럼 움직여주지 않았고, 우신핑은 괜찮다며 위로해주었다. *우리가 그리 젊은 것도 아닌데*

섹스리스인 건 별문제 아니야. 일상을 잘 살아가는 게 중요하지.

일상을 잘 살아갈 수 있을까? 판옌중은 확신할 수 없었다.

장전팡은 한숨을 내쉬었다.

"휴, 더 얘기하고 싶지 않네요. 그건 우씨네와 쑹씨 집안의 문제이지, 저는 아무 관련도 없는 방관자거든요. 다만 쑹화이쉬안宋懷鴈을 대신해 불평을 좀 하고 싶을 뿐이죠. 화이쉬안에게 문제가 있었다면, 그건 친구를 잘못 사귀었다는 것뿐이에요. 열 몇 살 때 좋은 친구와 나쁜 친구를 어떻게 구분하겠어요? 신핑이 지금 무슨 문제를 일으켰나 본데, 기분 나쁘게 들리실지 모르지만 그건 인과응보라고 말씀드리고 싶네요. 전 이제야 마음이 좀 놓이는군요. 잘못한 사람은 벌을 받는다는 것을 알게 됐으니까요."

"쑹화이쉬안이라는 사람은 누굽니까?"

판옌중은 장전팡이 드러내는 악의를 모른 척하려고 애썼다.

"그 남자 선배 이름이 쑹화이구宋懷谷이고, 쑹화이쉬안은 그 여동생이에요. 당신은 변호사니까 사건 조사하는 데 도가 텄겠죠? 그때 있었던 일을 조사해보세요. 그러면 우리가 신핑에게 반감을 느끼는 이유를 이해하시게 될 거예요."

"죄송합니다만……."

판옌중은 이를 악물고 말을 이었다.

"부탁드리겠습니다. 한 가지만 더 말씀해주십시오. 당신 말대로 신핑이 고등학교 때 선배에게 강…… 강간을 당했다면, 신핑을 조금이나마 안타깝게 여겨야 하지 않습니까? 꽤 오랜 기간 같은 학교를 다닌 친구 사이라면서요."

장전팡은 왠지 기분 나쁜 미소를 지었다. 이유를 알 수 없는 흡족함마저 느껴졌다.

"제가 왜 신핑을 안타까워해야 하죠? 판 변호사님, 이번에는 제가 질문할게요. 강간 같은 사건에서는 왜 여자 쪽 말만 듣는 거죠?"

"무슨 말씀인지 모르겠군요."

장전팡은 호흡이 조금 빨라졌고 눈빛에 붉은 기가 돌았다.

"둘이 좋아서 그렇고 그런 일을 한 뒤에 여자가 당신을 강간범으로 몰면 어떨 것 같으세요? 그건 모함 아닌가요? 말씀해보세요. 쑹씨 집안에서는 50만 타이완달러를 줬다더군요. 전 쑹화이구 선배가 뭘 잘못했는지 모르겠어요. 선배는 정말 착한 사람인데 신핑 때문에 완전히 신세를 망친 거예요."

판옌중은 장전팡이 스스로 밝힌 대로 단순한 '방관자' 입장은 아니라는 걸 알아챘다. 그렇다면 두 번째 문제가 나온다. 장전팡은 이 사건 속 누구에게 반응하는 것일까? 또 어떤 역할을 하는 것일까?

장전팡은 호흡을 고르며 말을 이었다.

"강간당한 여자가 누군지는 제쳐놓고 생각해보자고요. 제 이야기를 듣고 나서 말이 되는 소린지 직접 대답해보세요. 그날은 남학생의 생일이었어요. 집에서 파티를 열었고, 좋아하는 여자애도 왔어요. 두 사람은 웃고 떠들며 정상적으로 시간을 보냈죠. 다음 날 여자애를 목격한 사람이 있었는데 여자애는 평상시와 같이 아무 일도 없어 보였어요. 그런데 며칠 지나서 여자애가 선생님한테 달려가서 말했답니다. 그 남자가 자길 강간했다고요. 이게 말이 되나요?"

"그것만으로 결론을 내릴 순 없습니다. 겉보기에는 아무 일도 없어 보이는 피해자들이 많거든요. 하지만 사실 속으로는……."

장전팡이 말을 끊고 끼어들었다.

　　　　우리에게는 비밀이 없다

"제가 말씀드렸잖아요. 그 여자애를 우신핑이라고 생각하지 말라고요. 지금 당신은 우신핑 입장에서 말하고 있어요. 전 당신의 그런 논리에는 관심이 없습니다. 전 제가 본 것만 믿어요. 여자애가 그런 일을 겪고도 다음 날 쑹화이쉬안과 웃으면서 이야기를 나눈다고요? 그것만이 아닙니다. 쑹화이구 선배는 인기가 정말 많았어요. 그 선배를 좋아하는 여자애들이 정말 많았죠. 그런 남자가 뭐하러 굳이 그런 짓을 저지르겠어요? 우신핑이 쑹화이구 선배한테 없는 죄를 뒤집어씌운 건 돈을 뜯어내려는 수작이었죠. 걔 아버지가 시킨 일인지도 몰라요. 그때 걔 아버지가 외지에서 뭘 어쨌는지 몰라도 큰 빚을 졌거든요."

"신핑의 아버지가 빚을 졌다고요?"

"그것도 모르셨어요?"

장전팡은 차갑게 웃으며 판옌중을 바라보았다.

"신핑네는 원래 그럭저럭 사는 집이었는데 무슨 일이 있었는지 가난해졌어요. 신핑 엄마가 그때쯤 저희 집에서 돈을 꽤 꾸기도 했죠. 나중에 겨우 갚기는 했는데, 아마 쑹씨 집안에서 받아낸 돈으로 갚았을 거예요. 그래도 그 집 오빠는 운이 좋아서 돈 있는 집 딸과 결혼했어요. 거의 데릴사위로 들어간 셈이죠. 애들 교육비며 자동차까지 다 처가에서 해준다고 하니까요."

그래서 우치위안이 자기 어머니 앞에서 기를 펴지 못하는 모양이었다. 판옌중은 황칭롄의 마음을 알 수 있을 것 같았다. 황칭롄은 분명 아들이 자기를 버려두고 혼자만 잘 먹고 잘살고 있다고 원망하는 것이리라.

"잘 생각해보세요. 우신핑이 얼마나 많은 사람을 망쳤는지. 쑹화이구 선배도 불쌍하고, 쑹화이쉬안도 안됐죠. 그 일이 있고 나서 화이쉬안은 엄마한테 거의 맞아 죽을 뻔했어요. 걔가 데려온 친구가 오빠를 그렇게 음해한 셈이니까요."

판옌중은 너무도 혼란스러워 할 말을 찾지 못했다.

"음, 나중에 또 연락드려도 되겠습니까?"

"아니요. 전 더 이상 우신핑과 엮이고 싶지 않아요. 앞으로는 찾아오지 마세요. 제가 오늘 이런 얘기를 한 건 사람 된 도리로 마음이 편치 않아 그런 거예요. 솔직히 제가 오랫동안 궁금한 게 있는데, 신핑한테 좀 물어봐주시겠어요? 그동안 발 뻗고 잘 잤느냐고요. 양심에 찔리지 않았냐고요."

판옌중이 우물쭈물하는 사이 장전팡은 단호한 손길로 문을 닫았다.

7장

또 눈을 감고 말았다. 너무 지쳤다. 나의 피로는 오랫동안 내 감정을 감추며 한순간도 맘 편치 못했던 삶에서 온 것이 아닐까 싶다. 지금 이 순간, 저 여자가 눈을 부릅뜨고 나를 노려보고 있다. 지금 마음속에서는 나를 해칠 방법을 백 가지쯤 생각하고 있지 않을까?

종종 생각한다. 내 비밀은 어떤 의미였을까? 나는 오빠가 나를 데리고 훨훨 날아서 이곳에서 벗어나줄 거라고 생각했다. 하지만 처음부터 지금까지 나는 아무것도 가지지 못했고, 이 자리에 그대로 남겨졌다. 멍청하고 비참하게 목숨을 이어가고 있다. 오빠를 생각하면 몸안이 불로 지져지는 듯하다. 뜨거워서 온몸의 피부가 부풀어오르는 것 같다. 남편이 생긴 뒤로 나는 목이 말라 죽을 지경이 되었다. 남편이 해수海水라면 오빠는 담수淡水다. 소금물인 해수는 갈증만 일으킬 뿐이었다. 나는 마실수록 목이 말랐고, 마실수록 그리워졌다.

이건 잘못되었다. 정말 잘못되었다. 그러나 누가 옳고 그름을 가름하는 것일까? 오래오래 전부터 우리 사이의 일을 설명할 수

　　　　　　　우리에게는 비밀이 없다

있는 단어는 본성本性뿐이었다. 그렇게 간단한 것이었다.

예전에 암컷 길고양이에게 먹이를 준 적이 있었다. 미미라고 이름 지어준 그 고양이는 나중에 어디로 갔는지 알 수 없게 되었다.

미미가 차에 치여 죽었을까 봐 걱정스러웠다. 이 동네에는 주정뱅이가 너무 많았다. 밤이 되면 주정뱅이들이 마치 죽음을 향해 달리듯 마구잡이로 차를 몰았다. 사람들은 헌신이 얼마나 견디기 힘든 일인지 잘 모른다. 고등학교 일학년 때의 담임은 수학 담당이었는데 입버릇처럼 이런 말을 했다. *착하게 살아라, 손바닥을 아래로 향하게 하고 살아라,** 주는 것이 받는 것보다 행복하다. 그 선생님은 퇴직을 일 년 앞둔 분이었다. 그 후로 한 번도 그 선생님을 만나지 못했다. 나는 수없이 상상했다. 언젠가 거리에서 수학 선생님과 우연히 마주친다면 그 말씀은 틀렸다고 교정해드려야겠다고. 베풀던 사람도 조용히 남모르게 손바닥 방향을 위로 바꿀 때가 있다. 헌신하기만 하던 사람도 누군가 보답해주기를 기다린다. 그 사람은 다른 누구보다도 목이 마르다.

나는 만나는 사람마다 미미에 대해 물어보았다. *암컷 고양이를 본 적이 있나요? 몸에 여러 색깔로 여기저기 얼룩이 있어요.* 어떤 사람이 토지신 사당에 가서 찾아보라고 했다. 거기서 과일을 씻고 있는데 내가 말한 것과 닮은 고양이를 봤다는 것이었다. 나는 고양이 간식을 들고서 토지신 사당에 갔다. 처음 두 번은 소득 없이 돌아왔다. 세 번째에도 풀이 죽은 채 집으로 돌아오니 문 앞에 미미가 서 있었다. 미미는 새끼 고양이 두 마리를 데리고 돌아

● 손바닥을 아래로 향하게 내미는 것은 뭔가를 건네주는 동작이고, 손바닥을 위로 향하게 내미는 것은 뭔가를 달라고 요구하는 동작이다.

왔다. 나는 기뻐서 말도 제대로 못할 정도였다. 얼른 편의점에 가서 고양이 사료 캔을 여러 개 사 왔다. 새끼 고양이들이 나날이 포동포동해지는 것을 보며 즐거워했다. 그러던 어느 날 새끼 한 마리가 사라졌고, 어미 고양이가 남은 새끼를 공격했다. 나는 너무 놀라서 예전에 고양이를 길러봤다는 마트 직원에게 달려갔다. 마트 직원은 냉정하게 상황을 분석해주었다. 미미는 자기 먹이를 지키려고 새끼를 공격한 것이고, 새끼가 다 자라서 이제는 자기 새끼라는 걸 알아보지 못하는 거라고 말이다. 나는 충격과 좌절감으로 그 직원을 멍하니 바라보았다. 그가 순간적으로 아주 똑똑해 보였다. 마트에서 무기력하게 시계만 쳐다보며 곧잘 실수를 하던 사람이라곤 믿을 수 없었다. *어떻게 그래요? 자기가 낳은 아기도 못 알아보는 엄마가 어디 있어요?* 내가 따져 물었다. *고양이는 냄새로 상대방을 알아봐요. 새끼가 자라서 냄새가 변하면 엄마라도 새끼를 알아보지 못하는 거예요.*

나는 큰 깨달음을 얻었다. 그리고 깊이 상심했다. 세상의 이치가 원래 그렇다면 사람 마음이란 왜 그렇게 복잡하고 힘든 것일까?

그해 여름방학에 일어난 일은 단순했다. 아빠가 천야 숙모와 잤다.

엄마는 나와 오빠를 거실로 불러다 놓고 이 일을 말해주었다. 엄마가 느끼는 감정은 마음이 아프다는 쪽보다는 분노에 가까웠다.

엄마는 아빠를 저주하며 언젠가 고통스럽게 죽을 거라고 했다. 그 목소리는 목구멍 안쪽 깊은 곳에서 끄집어내는 듯했다. 나는 엄마가 다음 순간 텔레비전에서 본 병약한 남편이 그랬듯 시뻘건 피를 토하게 될 거라고 거의 확신했다.

나는 엄마를 동정하는 한편 아빠도 동정했다. 천야 숙모는 그만큼 좋은 사람이었다. 천야 숙모를 처음 만나던 날, 내가 숙모의

우리에게는 비밀이 없다

딸이었으면 얼마나 좋을까 하고 생각했었다. 숙모의 분홍색 손끝은 부드러웠고, 몸에서는 은은한 향기가 났다. 숙모는 급하지도 느리지도 않게 냉장고에서 과일과 케이크를 꺼내 왔다. 포크를 탁자에 내려놓는 손의 움직임마저 우아했다. 이렇게 온유한 분이 엄마라면 친구들이 다 부러워할 거라고 생각했다. 나의 그런 무서운 소원을 아빠가 실현해준 것이었다.

오빠와 나는 온도를 잃어버린 매미 허물처럼 가만히 서 있었다. 엄마의 판결을 기다리고 있었다. 마음에는 근심이 가득했다. 앞으로 우리 남매는 선생님이 학기 초에 가족관계 현황표를 써 오라고 할 때 '한부모 가정'에 동그라미를 쳐서 제출해야 할지 몰랐다. 그러면 선생님이 며칠 후에 조용히 우리를 불러서 격려의 말씀을 하시겠지. 열심히 공부하면 너희들도 일반적인 가정의 아이들과 똑같이 훌륭한 사람이 될 수 있단다.

생각을 거듭할수록 그런 상황을 겪게 될 나를 견디기가 힘들었다. 감정이 격해지자 내 몸속으로 들어오는 공기가 점점 줄어들었다. 눈물이 눈꼬리를 타고 흘렀다. 오빠가 급하게 외쳤다. *엄마, 엄마! 얘가 지금 숨을……*. 엄마의 시선이 나를 똑바로 찔러왔다. 엄마 얼굴에 떠오른 것은 나로서는 이해할 수 없는 적의였다. 내 몸은 금세 내 마음과 보조를 맞췄다. 마음이 흐트러지면 호흡이 제대로 이어지지 못했다. 나는 영혼이 몸에서 빠져나가는 것을 느꼈다. 영혼이 높은 곳에서 나의 '연기'를 방관하듯 지켜보는 느낌이었다.

나는 또 야오전을 떠올렸다. 그 애가 이 자리에서 이 순간을 지켜봤으면 좋겠다고 생각했다. 이 일이 지나가고 나면 내 귓가에 대고 엄마와 내 표정, 동작을 묘사해줬으면 좋겠다고. 그 애의 목소리가 체취와 뒤섞여 내 얼굴에 닿는 것을 상상했다. 마음이 어지러워지는 냄새가 나를 감싸겠지. 그리고 야오전은 이렇게 말하겠지. 너 정말 대단했어. 그거 아니? 너희 엄마는 너한테 완전히 속았어. 정말 대단해. 넌 내가 만난 사람 중에 가장 똑똑해.

잠깐 사이에 나는 발열과 오한이 번갈아 왔고, 생각은 8배속으로 돌린 비디오테이프처럼 장면에서 장면으로 건너뛰듯 진행되었다. 어떤 생각은 연속적이었지만 가끔 생각의 연결고리가 끊기기도 했다. 엄마가 성큼성큼 다가와 오빠와 나 사이에 섰다. 엄마가 내 어깨를 세게 쥐었다. 손톱이 살을 파고들어 눈앞에 별이 번쩍거릴 만큼 아팠다. 나는 빽 소리를 질렀다. 엄마는 나를 붙잡고 오빠와 마주보게 했다. 그 순간 오빠의 눈빛에서 다정한 관심과 당혹스러움이 같이 느껴졌다. 미소를 지으려는 순간, 엄마가 쏟아낸 말이 벼락처럼 떨어져 내 몸을 두 동강 내는 듯했다. *넌 동생이 아니라 이 엄마를 좀 더 챙겨야지. 얘는 네 동생도 아니란다. 네 아빠가 남이랑 낳아서 데려온 애야. 아니, 사실은 남도 아니지.*

엄마는 아이처럼 얼굴을 가리고 흐느꼈다. 손을 뗐을 때는 얼굴이 눈물로 젖어 있었다. 날카로운 고함소리 사이로 엄마가 쏟아내는 말이 희미하게 들렸다. *너희들 아빠는 참 위대해! 옆에 있는 여자를 건드리지 않으면 죽어버리는 병이 있어!* 귀가 웅웅 울렸다. 내가 어떻게 엄마의 자식이 아닐 수 있을까? 우리가 그렇게나 닮았는데 말이다. 엄마가 나와 오빠를 데리고 시장에 가면 노점상들이 엄마와 아이가 꼭 닮았다고 감탄했다. 나도 나이를 먹을수록 좀 더 젊은 시절의 엄마와 비슷해졌다. 입을 다물고 있을 때의 옆얼굴은 웃지 않아 살짝 내려간 눈썹, 계란형 얼굴, 얼굴 전체에 비해 너무 작은 입술 등이 매우 비슷했다. 나와 엄마가 혈연이라는 것을 보여주는 흔적이 이토록 많은데 왜 엄마는 그런 말로 내 마음을 할퀴었을까? 엄마가 나를 난도질하던 말을 멈추고 나를 가리켰다. 엄마의 가늘어진 눈이 나를 향할 때 내 심장은 더욱 빠르게 뛰었고 가슴이 한없이 쪼그라들었다. 야오전이 이곳에 없어서 다행이었다. 나는 그 애가 베푸는 동정을 견디지 못했을 것이다. 또한 야오전이 바보처럼 억지로 생각을 짜내 듣기 좋은 말을 두어 마디 건넸다면 그건 그것대로 더 괴로웠을 것이다. 나는 엄마를 주시했다. 엄마가 나에게 '미안하다'고 말해주기를 기도했다. 엄마는 무릎을 꿇고 앉았다. 오빠는 나를 부축했다. 이번 무대에서 나는 감정적으로 무너져서 얼굴을 감싸쥐고 가늘게 울었다. 나와 엄마는 감정을 표현하는 방식조차 신기할 정도로 닮았다.

오빠가 엄마를 달랬다. 낮은 목소리에 힘이 있었다. *엄마, 이러지 마세요. 쟤가 얼마나 놀랐겠어요. 엄마, 쟤한테 그건 사실이 아니고 그냥 한 말이라고 말씀해주세요.* 엄마가 고개를 들었다. 입술에서 얼음장 같은 명령이 흘러나왔다. *앞으로는 나를 엄마라고 부르지 마라. 네 엄마는 네가 그렇게 좋아하는 이모다. 행복하지? 이제 만족했겠지? 넌 늘 이모를 좋아했잖아?*

나는 급히 오빠의 시선을 찾아 눈을 굴렸다. 오빠의 얼굴에서도 미소가 사라졌다. 오빠는 미소를 지으려 했지만 이상하게 일그러졌다. *엄마, 무슨 말씀이에요. 이모는 엄마 동생이잖아요? 지금 너무 피곤해서 그러신 건가 봐요. 엄마와 아빠 사이 일인데 이모가 무슨 상관이에요!* 엄마는 무릎을 짚고 몸을 일으켰다. 엄마가 이대로 사라질 거라는 생각이 문득 들었다. 일어서는 엄마의 몸짓이 그만큼 힘들어 보였다. 엄마는 우리 말에 대답하지 않았다. 아빠한테 가서 물어보라는 말만 했다. *이건 다 그 사람이 저지른 일이*

니까 아빠한테 확인해. 말을 마친 엄마는 계단 난간을 꽉 잡고 한 걸음 한 걸음 느리게 위층으로 올라갔다. 엄마는 끝까지 나와 오빠 쪽을 돌아보지 않았다.

나는 오빠를 쳐다보았다. 오빠가 나를 안아주고 따뜻하면서도 단단한 목소리로 얼러주기를 얼마나 바랐는지 모른다. 우리가 오늘 들은 말은 엄마가 너무 화가 나서 지어낸 망상이야. 오빠가 그렇게 말해주기를 바랐다. 그러나 오빠는 담담한 태도로 전화기 앞으로 이동했다. 나는 슬픔을 느꼈다. 오빠가 규칙적으로 숫자를 누르는 모습을 보고 있자니 돌연 '숭배'라는 감정이 무단으로 내 몸안에서 차올랐다. 이토록 혼란스러운 상황에서 오빠는 어떻게 지금 가장 중요한 건 아빠에게 연락하는 일이라는 걸 바로 생각해 냈을까?

오빠는 냉정하게 방관하고 있는 것일까? 결국 이렇게 되리라는 걸 예상했던 것일까? 오빠는 우리 가족을 지키려 하는 것일까? 전화가 연결되었다. *아빠!* 오빠가 입을 열었다. 목소리가 너무 담담해 오빠의 표정을 흘낏 확인하지 않을 수 없었다. 올려다본 오빠의 모습은 마치 조각상 같았다. 차가운 모습으로 영원히 존재할 것 같은 느낌이었다. 오빠는 아빠에게 지금 바로 집에 와달라고 말했다. 아빠는 지금 바깥에서 고객과 미팅 중이라고 대답했다. 오빠는 뜸들이지 않고 단도직입적으로 말했다. *엄마가 동생은 아빠하고 이모 사이에서 낳은 애라고 말했어요.* 긴 침묵이 이어졌다. 나는 깨달았다. 엄마는 거짓말을 하지 않았다. 나는 미움으로 가득 차 눈물을 흘렸다. 아빠가 수화기 너머에서 말했다. *지금 바로 가마.*

소파에 앉아 아빠를 기다리는 것은 병원에서 의사 선생님을 기

우리에게는 비밀이 없다

다리는 것과 비슷했다. 그들은 내 몸안의 비밀을 밝히러 오는 것이었다. 아빠는 오늘 같은 날이 올 것을 예감한 듯했다. 아빠가 내보인 사소한 정보가 너무 많았다. 그래서 더 이상은 이것이 한때의 장난이나 꿈이라고 나 자신을 설득할 수 없었다. 엄마는 오빠를 낳은 후 몸이 약해졌다. 밤마다 등과 다리가 이유 없이 아팠다. 엄마는 자신이 오래 살지 못할 거라고 생각했고, 끝도 없이 슬퍼하고 억울해했다. 자신이 이 지역 동년배들 중에서 제일 먼저 휠체어를 타게 될 거라며 자조하기도 했다. 아빠는 엄마를 병원에 장기입원 시켰다. 엄마는 오래도록 약을 먹고 영양제 주사를 맞았지만 나아지는 기미가 없었다. 원장 선생님은 엄마가 육아의 고단함을 견디지 못하는 게 아닐지 의심했다. 말하자면 엄마는 마음의 병이므로 마음을 치료하는 약이나 의사가 필요하다는 것이었다. 원장 선생님은 아빠에게 도움이 될 만한 사람을 집으로 부르라고 조언했다. 그렇게 해서 이모가 우리 집에 왔다.

외할머니는 아빠의 결정에 만족했다. 그즈음 어떤 남자가 외할머니 댁 근처를 맴돌며 이모를 기다리곤 했기 때문이었다. 외할머니는 그 남자를 싫어했다. 수입이 보잘것없는 학교 선생이라 이모에게 어울리지 않는다고 여겼다. 외할머니는 이모가 우리 엄마처럼 사업가나 의사에게 시집가기를 바랐다. 아빠는 반쯤 설명하다가 피곤한 듯 얼굴을 문질렀다. 아빠의 눈꺼풀이 열리고 눈이 깊게 가라앉은 것이 보였다. 나는 속으로 자문했다. 왜 아빠가 잘생겼다는 것을 알아차리지 못했을까? 아빠가 가끔 우리를 데리러 학교에 오면 친구들 사이에서 난리가 났다. 우리 아빠가 미남이라며 호들갑이었다. 그렇지만 나에게 그 얼굴은 그냥 아빠 얼굴이어서 잘생겼는지 못생겼는지 구분할 수 없었다. 그런데 이제 와서 새삼 바라보니 아빠 얼굴에 홀린 여자가 적잖겠다는 생각이 들었다. 엄마, 이모. 천야 숙모. 아빠의 얼굴은 '아빠' 얼굴이 아니라 '연인'의 얼굴에 잘 어울리는 생김새였다. 나는 그 사실을 아주 늦게야 깨달았다. 그러고 보면 나는 혈연관계인 사람에 대해 늘 잘못된 판단을 해왔던 것 같다.

내가 이모 자식이에요? 내 물음에 아빠의 눈빛에 어두운 그림자가 스쳐갔다. 내 마음속에서 거인처럼 커다랬던 아빠가 그 순간에는 작고 왜소한, 한 차례의 공격도 버티지 못할 미미한 존재로 보였다. 아빠는 천천히 고개를 끄덕였다. 나는 그 순간 고개를 들고 계단 쪽을 바라보았다. 엄마가 난간을 꽉 붙잡고 서서 이 이야기를 듣고 있지 않을까 싶었다. 나는 또 물었다. *왜 그랬어요?* 아빠는 우울한 표정으로 나를 보며 어떻게든 설명하려 애썼다. *네 엄마가 하루 종일 2층 방에서 나오지 않았어. 원장 선생님 말로는 엄마의 마음 병은 하루이틀 사이에 나아질 게 아니라고 하더구나. 나하고 이모한테 인내심을 가지라고 했지. 그때 아빠는 아이 둘을 동시에 돌보는 기분이었어. 네 오빠를 챙기고 나면 바로 엄마를 챙겨야 했지. 그해 일 년 동안은 퇴근해서 왔을 때 딱 한 사람만 내 말을 들어주었어. 이모가 아니었다면 난 이 가정을 유지할 수 없었을 거야.* 아빠가 얼굴을 다시 문질렀다. 표정은 메말랐지만 무구한 해맑음이 느껴지기도 했다. 아빠는 어쩌면 좋을지 모르겠다는 듯 헛웃음을 두어 번 터뜨렸다. *얘들아, 걱정 마라. 우리 가족은 괜찮을 거다. 이혼은 하지 않아. 내가 올라가서 엄마하고 이야기를 좀 해보마.*

오빠는 몸을 일으키는 아빠를 붙잡고 빤히 쳐다보았다. 그 과감하고 집중하는 표정은 지금까지도 잊히지 않는다. *아빠, 앞으로*

　　　　　　　　우리에게는 비밀이 없다

또 이런 일이 일어날까요? 또 이런 일이 생기면 저희는 엄마를 잃게 될 거예요. 오빠의 말에 아빠는 자리에 못 박힌 듯 꼼짝하지 않았다. 아빠가 그토록 겁먹은 모습을 보인 것은 처음이었다. 아빠가 다급히 대답했다. *그렇지 않아. 걱정하지 마라.* 아빠는 무거운 발걸음으로 2층에 올라갔다. 아빠가 침실에 들어간 뒤 나와 오빠는 숨도 크게 쉬지 못하고 결과를 기다렸다. 두 분 사이에서 어떤 결론이 날지 두려웠다. 오빠는 목소리를 낮추고 속삭였다. *우리들의 아빠는 너무 나약하고 바람둥이야.* 나는 고개를 끄덕였다.

아빠는 왕 삼촌을 무척 숭배하고 존중했었다. 그런데 왜 그의 아내인 천야 숙모와 그랬을까? 천야 숙모와 잘 때 오랜 친구가 생각나지 않았을까?

나는 아빠가 이모 혹은 천야 숙모를 만지는 장면을 상상했다. 그건 남자와 여자가 서로 원해서 일어난 일일까? 그 여자들은 스스로 속옷을 벗었을까? 아니면 여자들은 얌전히 누워만 있고 주도권은 전부 아빠에게 있었을까? 그랬다면 여자들은 그 상황에서 쉽게 빠져나갈 수 있을까? 아무렇지 않게 '제가 원해서 그런 게 아니에요'라고 말할 수 있을까?

나는 그 여자들의 속옷을 추측해보았다. 늘어나고 누렇게 변색된 엄마의 속옷과는 다를 것이다. 섬세하게 짠 레이스로 만든 속옷이 아닐까? 유방이 레이스에 감싸여 있는 모습은 얇은 유산지에 싸인 떡처럼 보이지 않을까? 나는 감히 그 여자들의 나체를 망상했고, 그들과 아빠의 섹스를 망상했다. 내가 그랬다는 사실에 스스로 고민하면서도 동시에 흥분했다. 나는 미친 게 아닐까? 이어서 엄마가 '압수'했던 이모의 선물이 떠올랐다. 어쩐지 이모는 나를 볼 때마다 제일 좋은 것만 주려고 했다. 이모의 이름 중에 '허荷'

라는 글자가 들어간다는 것도 생각났다. 그날 밤 아빠가 샤오허 小河라고 부른 줄 알았는데 사실은 샤오허小荷였던 것이다. 아빠는 이모의 이름을 불렀던 것이다. 아빠가 그날 밤 내 얼굴을 쓰다듬으며 달콤하게 미소 지은 이유를 비로소 깨달았다. 아빠는 이모를 사랑했다. 나는 조금 위축된 기분으로, 그러나 조금 마음을 놓으면서 눈물을 떨어뜨렸다. 눈물 몇 방울이 오빠의 팔뚝에 떨어졌다.

나는 오빠를 밀어냈다. 야오전을 만나고 싶었다. 야오전에게 아빠 이야기를 조금 가공해서 들려주고 싶었다. 그 이야기 속에서 아빠는 왕 삼촌의 부인과 잔다. 이모는 이야기에 등장하지 않는다. 나는 땀을 뻘뻘 흘리며 야오전의 집을 향해 걸었다. 걷는 동안 야오전 앞에서 나를 어느 만큼 보여야 할지 생각해봤다. 조금 충동적으로 우는 것은 괜찮다. 하지만 너무 오래 울면 안 된다. 야오전이 특유의 소박하고 느릿한 말투로 위로하려 들겠지. 그러면 그 애가 나를 껴안고 어깨를 두드리는 것까지는 허용하기로 하자. 물론 이것 역시 너무 오래 하면 안 된다. 나를 한번 위로해줬다고 해서 야오전이 자기 자신을 나보다 잘났다고 여기게 놔두면 안 된다. 그런데 막상 갔더니 야오전이 선수를 쳤다. 내가 왜 왔는지 말하기도 전에 야오전이 이사를 가야 한다고 선언했다. 그 순간 내 눈물은 그대로 봉인되어 흘러내리지 못했다. 그 순간에 눈물을 흘리지 못하자 나중에는 울 수 있는 다른 장소를 찾을 수 없었다. 결국 비밀이 폭발하던 순간의 충격을 나 혼자 누려야만 했다.

한동안 나는 음식을 삼키지 못했다. 하루 종일 사과를 반 개만 먹은 날도 있었다. 그것도 오빠가 사정사정해서 겨우 먹은 것이었다. 아빠와 엄마가 내 거취를 어떻게 결정할지 짐작조차 할 수 없었다. 게다가 야오전이 사실을 숨겼던 일은 내게 배신과도 같았다. 사흘째 되던 날 오빠는 더 이상 참지 못하고 내 방으로 왔다. 나는 베개에 고개를 파묻고 나무토막처럼 꿈쩍하지 않았다. 입을 꾹 다물고 곁눈질로 오빠의 행동을 지켜보았다. 오빠가 무릎을 꿇더니 나와 눈높이로 맞췄다. *힘을 내야지.* 숙연하고도 사랑이 넘치는 목소리로 오빠가 말했다.

말라 있던 내 눈이 갑자기 촉촉해졌다. 오빠는 울려는 나를 자신의 품 안에 집어넣었다. 사춘기가 된 오빠에게서는 야오전과 비슷한 냄새가 났다. 오래 묵은 과일 냄새랄까? 좋은 냄새라고 하긴 어려웠지만 나는 맡고 또 맡았다. 오빠의 몸은 호르몬의 영향으로 나에게 익숙하면서도 낯선 골격으로 변하고 있었다. 오빠의 뼈와 근육이 거의 매일 자라는 것 같았다. 오빠의 숨결이 내 귓등에 닿았다. 따뜻하고 습했다. 그 숨결이 귓바퀴를 따라 내 몸안에 들어왔다. 오빠가 말했다. *걱정하지 마. 넌 여전히 내 동생이야. 어른들 사정이 어떻든 우리는 달라지는 거 없어. 넌 그것만 기억하면 돼. 우리 둘이 아무 일도 없으면 정말 아무 일도 없는 거야. 우리에게 이 일은 아무 영향도 못 줘.*

나는 오빠의 말을 가만히 듣기만 했다. 부서져서 조각조각 흩어져 있던 나 자신을 주워 모아 다시 하나로 맞췄다. 엄마가 나를 이모하고 살라며 쫓아낼까 봐 두려웠다. 이모와 함께 사는 것은 나쁘지 않을 것이다. 이모는 엄마의 업그레이드 버전이니까. 엄마의 추측이 맞았다. 나는 이모가 내 엄마였으면 이렇게 슬프지 않을 거라고 상상한 적이 있었다. 내가 두려워한 것은 오랫동안 살며 익숙해진 집을 떠나게 될지도 모른다는 것이었다.

마치 내가 두 사람으로 나뉘어 결투를 벌이는 듯했다. 나를 낳아준 친엄마와 같이 살아야 할까, 아니면 내가 사랑하고 나를 사랑하는 사람과 함께 살아야 할까? 두 가지 선택지 중 어느 쪽도 나의 삶을 헛되게 하지는 않을 것 같았다. 한편 나를 오랫동안 고민스럽게 한 것은 이것이 나만의 문제인가 하는 점이었다. 다른 사람들은 정말로 다들 하나의 얼굴, 하나의 생각, 하나의 논리로 평생을 살아가는 것일까?

아빠가 어떻게 엄마를 설득했는지 몰라도 두 사람은 화해했다.

우리는 그 후 왕 삼촌과 천야 숙모를 절대 언급하지 않았다. 그들과 관련된 주요 단어인 타이베이, 지하철, 개통, 변화 같은 말도 절대 입에 올리지 않았다. 아빠는 살이 몇 킬로그램이나 빠졌고 기력이 부쩍 약해졌다. 그래도 접대 자리는 예전처럼 많이 다녔다. 엄마는 며칠 후 다시 1층으로 내려왔고, 표정도 자연스러워 보였다. 가슴을 찢어놓았던 그날 밤의 일은 아예 없었던 일이라는 듯 행동했다. 모르긴 해도 아빠와 엄마 사이에서 어떤 약속이 오갔던 것 같다. 나를 대하는 엄마의 태도도 예전으로 돌아왔다. 뜨겁지도 차갑지도 않은 태도였다. 달라진 점이 있다면 내가 엄마의 그런 태도를 원망하지 않게 된 것이었다. 나는 엄마에게 마땅히 받아야 할 대우를 받을 뿐이었다.

여름방학이 끝났다. 정신을 차려보니 어느새 겨울 초입이었다. 마음이 추워서 그랬는지 아니면 한파가 특별히 강했는지, 그해 겨울은 내가 겪은 겨울 중에서 가장 추웠다. 아침 일찍 일어나면 잠옷을 교복으로 갈아입었다. 차가운 바람이 갈비뼈 사이를 찌르고 들어오는 듯했다. 한기는 전류처럼 가슴을 관통해 머리까지 달려

우리에게는 비밀이 없다

올라갔다. 나는 찌르르한 통증에 입을 벌리고 빠르게 숨을 들이쉬고 내쉬기를 반복했다. 그러면 몸이 좀 따뜻해질까 싶었다. 엄마가 주신 조끼를 껴입었지만 그래도 추웠다. 오빠는 춥지 않다고 했다. 오빠의 몸은 정말 따끈따끈했다. 오빠의 교복 안으로 손을 넣어보았다. 교복과 속옷 사이에 보온용 내의가 한 겹 더 있었다. 두툼한 천으로 된 것이었다. 내의를 쓰다듬는 내 손에도 금세 열기가 올랐다.

오빠는 내 교복과 속옷을 같이 젖히고 허리에 손을 갖다 댔다. 세상 전부가 내 심장 소리를 들을 것만 같았다. 오빠의 손이 위로 올라와 내 가슴 바로 아래 옆구리까지 닿았다. 나는 숨을 멈췄다. 오빠의 손바닥이 다시 아래로 훑어 내려갔다. 손바닥이 닿는 곳마다 불길이 피어오르는 것 같았다. 불길이 혓바닥을 날름거리며 내 심장을 핥았다. 오빠가 물었다. *너 왜 이렇게 차가워? 내가 엄마한테 말씀드릴게.* 나는 오빠 손을 잡고 말렸다. *그러지 마. 나 춥지 않아. 괜히 엄마를 귀찮게 하면 안 돼.* 오빠는 나를 한참 보았다. 오빠가 한숨을 쉬는 소리를 어렴풋이 들은 듯했다. *그래, 네가 그렇게 생각한다면 그렇게 하자.* 나는 더 말하지 않았다. 오빠가 몸을 굽혀서 나를 꽉 안아주었다. 그해 여름방학 동안 나는 1센티미터도 자라지 않았다. 생리도 오지 않았다. 그 두 가지 일로 나는 큰 충격을 받았다. 모든 것은 부모님과 야오전 탓이었다. 내가 겪은 일들에 놀랐던 만큼 몸이 정신의 고통을 나눠 가진 것 같았다. 그래서 감옥에 갇힌 것처럼 몸안에서 응고된 혈액이 빠져나오지 못한 것이리라.

금기가 되자 유혹이 더 커졌다. 나는 전보다 더 자주 왕 삼촌과 천야 숙모를 생각했다. 왕 삼촌이 얼마나 아내를 사랑했던가. 천야 숙모는 성격이 불같았다. 왕 삼촌이 하는 말을 끊고 끼어들 때가 많았다. 처음에는 천야 숙모를 걱정했다. 원장 사모님이 속옷만 입고 벌을 섰다던 이야기 때문이었다. 하지만 왕 삼촌은 아내에게 화를 낸 적이 없었다. 자연스럽게 시선을 아내 쪽으로 돌리고 발언권을 양보하곤 했다. 왕 삼촌은 그런 행동을 두고 남자의 권위가 손상된다거나 여자가 불경하게 남자에게 도전한다고 여기지도 않았다. 말하자면 왕 삼촌은 남자가 여자를 존중하려고 하면 얼마든지 그럴 수 있다는 것을 일깨워주었다. 아빠는 이모와 가까워진 과정은 설명했지만 천야 숙모와의 관계에 대해서는 함구했다. 나는 혼자서 추측만 해볼 뿐이었다. 추측은 인간을 대담하게 만든다. 나는 기억 속에서 찾아낼 수 있는 모든 장면을 조각조각 잘라내어 새로 이어 붙였다. 이러한 편집을 거쳐 내 눈에 의미심장해 보이는 단서들을 이끌어냈다.

결과를 받아들이고 난 뒤에는 기억을 거슬러 올라갈 때도 결과에 의한 필터가 씌워지게 마련이었다. 기억을 더듬던 나는 타이베이로 가기 위해 얼른 차에 타라고 재촉하던 아빠의 목소리에까지 흥분과 격정의 감정을 첨가해 떠올리게 되었다. 아빠는 그러지 않으려고 노력한 적이 있었을까? 아빠는 어떻게 천야 숙모를 구슬려 자신과 불륜을 저지르게 만들었을까? 반대로, 이모는 아빠 앞에서 머뭇거린 적이 있었을까? 자기 몸 위에 올라탄 남자가 절망에 빠진 친언니의 남편이라는 것, 자신이 돌봐주러 온 조카의 아빠라는 사실에 대해 어떻게 생각했을까? 엄마 말이 맞았다. 아빠는 병을 앓았던 것이다. 옆에 있는 여자가 아내의 자매거나 친구의 아내거나 할 것 없이 은근히 손짓하고 유혹하면 아빠는 마음이 흔들려 버린다.

우리에게는 비밀이 없다

오빠 몰래 아빠를 찾아간 적이 있었다. 나는 아빠 옆자리에 앉았고, 아빠는 나를 빤히 쳐다보았다. 만감이 교차한다는 게 이런 것일까? 아빠는 많은 사람을 상처 입혔다. 특히 엄마를 힘들게 했다. 그 바람에 나까지 힘들어졌다. 하지만 나는 아빠를 동정했다. 그리고 아빠보다는 엄마의 사랑을 더 갈망했다.

12년간 엄마는 나를 사랑하려고 시도하긴 했다. 엄마는 나에게 매정하게 굴고 오빠를 편애하기도 했다. 하지만 사정을 알고 난 뒤로 나는 엄마가 나에게 잘해줬던 기억을 더 자주 떠올리게 됐다. 엄마는 쓰디쓴 비밀을 감추며 살았다. 비밀의 결과물이 매일 눈앞에서 왔다갔다하는 것을 보면서 말이다. 그 결과물은 엄마가 보는 앞에서 걸음마를 하고, 학교에 입학하고, 친구를 사귀고, 또 친구와 다투고, 가끔은 엄마를 속이기도 했다. 내가 야오전과 다투고 집에 와서 울며불며 저녁밥도 먹지 않겠다고 떼쓴 적이 있었다. 그날 밤 배가 너무 고파서 몰래 부엌으로 내려왔다. 조리대 위에 엄마가 나를 위해 준비해둔 삶은 계란과 탕 한 그릇, 초콜릿 등이 있었다. 나는 조리대 옆에 서서 음식을 먹었다. 머릿속에 주황빛 따뜻한 기운이 넘실거렸다. 나는 여전히 아빠가 궁금했다. 아빠는 초범이 아니었다. 목욕할 때도 결혼반지를 빼놓지 않는 사람인데 왜 그랬을까? 무엇을 위해서? 무엇이 필요해서? 이모나 천야 숙모는 아빠에게 그것을 주었을까? 아빠는 혹시 나처럼 자주 꿈을 꾸고 있는 것은 아닐까? 혼자서 어딘지 모를 낯선 곳에 떨어지는 꿈을 꾸고 있는 것은 아닐까?

다른 사람도 알아요? 내 물음에 아빠가 한 사람을 언급했다. 병원 원장 선생님. 내가 태어나던 날 다른 병원에서 간호사를 따로 불러들였기 때문에 원장 선생님 말고는 아무도 모른다고 했다. 출

생증명서나 입원 기록 등도 하자가 없다고 했다. *이웃들은요? 아는 사람이 정말로 더 없어요? 엄마 배가 부르지 않았을 텐데 누군가 알지 않았을까요?* 내가 따져 물었지만 아빠 목소리는 이상할 정도로 평온했다. 아빠는 마치 여러 차례 연습해본 사람처럼 이렇게 말했다. *무서워할 거 없다. 우리는 모든 사람을 아주 성공적으로 속였단다. 네 오빠를 낳고 나서 엄마는 완전히 기운을 잃어버렸어. 거의 집 밖으로 나가지 않았지. 이모는 옷을 헐렁하게 입고 다녀서 몸매를 가리고 다녔어. 아무도 물어보는 사람이 없었지. 마지막 두 달 동안은 이모도 집 밖을 나가지 않았어. 한밤중에 양수가 터져서 병원에 갈 때도 아무도 마주친 사람이 없었지. 그때 엄마와 이모는 같이 입원해서 네가 만 한 달이 될 때까지 병원에 머물렀어. 병원에서도 가장 안쪽에 있는 병실에 배정해줬지. 나하고 외할머니, 원장 선생님이 돌아가면서 보살폈기 때문에 아무도 본 사람이 없단다. 이 동네에선 사람들 사이에 비밀이라는 게 없어. 네가 이만큼 자라도록 누가 뭐라도 물어본 적이 있니? 없지?*

나는 마음이 오그라들었다. 엄마가 나를 병원에 자주 입원시킨 것은 원장 선생님에게 오기를 부린 것이었을까? 원장 선생님은 공범이었다. 아빠 편에 서서 함께 이 모든 일을 꾸몄다. 나는 마지막으로 물었다. *아빠, 이모를 사랑했어요? 오빠가 없으니까 제발 솔직하게 대답해주세요.* 아빠의 표정이 굳었다. 아빠는 거의 애원하듯 나직이 말했다. *아빠를 용서해줄래?* 나는 고개를 끄덕였다. *아빠를 용서한다면 더는 묻지 말아다오.*

시간은 어김없이 흘러서 외할머니 댁에 가야 하는 날이 왔다. 아빠가 여러 번 사정했지만 엄마는 끝까지 거절했다. *당신 혼자 애들 데리고 가요. 난 이 상황을 수습하고 싶지 않아요.* 아빠는 어두

우리에게는 비밀이 없다

운 표정으로 운전석에 올랐다. 오빠가 내 손을 잡고 뒷자리에 탔다. 가는 길 내내 내 머릿속은 회색빛이었다. 머릿속이 온통 그 일로 어지러웠다. 외할머니와 이모가 문 앞에 서서 딱딱한 미소를 짓고 있었다. 나는 그들을 보면서 입이 떨어지지 않았다. 외할머니는 당신이 낳은 두 딸이 모두 한 남자의 아이를 낳은 사실을 어떻게 생각하고 있을까? 이모가 임신했을 때 몇 사람이나 둘러앉아서 내 출생을 놓고 상의했을까? 그들은 내가 태어난 후 어떻게 서로를 대할지 미리 정해놓았을까? 나는 외할머니가 아빠를 볼 때 원망하는 것 같은 느낌을 받은 적이 없었다. 이모도 그랬다. 그들이 아빠를 대하는 태도는 친절했고 자연스러웠다. 이상한 점은 조금도 없었다.

나를 보는 이모의 눈에 눈물이 차올랐다. 이모가 손을 내밀며 친밀한 척 다가왔지만 나는 양손을 모아 쥐고 차갑게 말했다. *엄마가 오늘 못 왔어요. 몸이 안 좋대요.* 이모의 뺨이 바들바들 떨렸다. 그 위로 눈물이 방울방울 떨어졌다. 나는 이모를 지나쳐 안으로 들어갔다. 나는 결정했다. 그러지 않을 수 없었다. 나 자신의 엄마를 누구로 할 것인지 선택해야만 했다. 대부분의 사람들은 세상에 태어나면 눈앞에 엄마가 있다. 나는 그렇지 않았다. 나는 나에게 가장 좋은 쪽으로 선택해야 했다. 소파에 앉아 있는데 오빠가 떨리는 내 어깨를 붙들며 말했다. *힘들지?* 외할머니, 아빠, 이모 세 사람이 나누는 대화 소리가 어렴풋이 들렸다. 이모가 울기 시작했다. 나는 훔쳐 듣기를 그만두고 오빠의 소매를 잡아당겼다. *오빠, 나 좀 도와줄 수 있어?* 오빠가 눈썹을 치켜올리며 뭐든 말하라는 듯한 표정을 지었다. *오늘 집에 돌아가면 밤에 내 방에 와줘. 나랑 같이 자.* 오빠가 고개를 비스듬히 기울였다. 오빠의 시선이 내 얼굴을 맴돌면서 내 말의 의미를 판독하려고 했다. 오빠가 입을 벌리고 씩 웃으며 고개를 끄덕였다. 나는 갑자기 걱정이 되었다.

그때 내가 왜 그랬을까? 벌써 여러 해 동안 나는 이 질문을 던지며 그날 오후로 되돌아가 보곤 했다. 열두 살이었던 내가 도대체 무슨 생각으로 그랬는지 조금이나마 해석해보려고 했다. 외로움. 나는 외로움에 사로잡혀 있었다. 그래서 오빠와의 씁쓸한 유희에 동참했다. 아마도 내 입장을 바꾸고 싶었던 것 같다. 더 이상 수동적으로 받아들이는 입장에 서고 싶지 않았다. 비밀은 변질되었다. 한 사람에게만 말할 수 있었던 비밀이 이제 아무에게도 말할 수 없는 비밀이 되었다. 그때는 내 결정이 옳았는지 찬찬히 생각해볼 용기도 없었다. 나는 너무 지쳐 있었다. 나는 힘든 결정을 내렸고, 오래오래 안아줄 사람을 원했다. 이모의 흰 손이 뻗어와 내 머리에 구멍을 냈으니 무엇이 됐든 그 구멍을 막을 것이 필요했다. 그러지 않으면 피가 콸콸 쏟아질 테니까.

31번이 이사를 갔다. 아버지가 오래 기다린 끝에 드디어 이민증을 손에 넣었단다. 31번은 의기양양하게 자기는 앞으로 미국인이라며 뻐겼다. 나는 한편으로는 기뻤고, 한편으로는 우울했다. 앞으로는 그 애의 괴롭힘을 걱정하지 않아도 되니 기뻤고, 그 애보다 모자란 것 없는 나는 왜 그런 기회를 얻지 못할까 하는 생각으로 우울했다. 31번은 나쁜 아이였다. 그런데 어째서 달콤한 운명을 손에 넣었는지 모르겠다. 미국, 그곳에 사는 사람들은 다 금발에 파란 눈에 목소리는 달콤할까? 경쾌하게 춤추듯 걸으면서 콧잔등

우리에게는 비밀이 없다

에 멋들어진 안경을 얹었을까?

31번이 떠난 후 나는 새롭게 시작하겠다고 맹세했다. 나는 출생부터 완벽하지 못한 사람이었다. 더 이상 잘못을 저지르면 안 되었다. 집에서든 학교에서든 뭐든 정정당당해야 했다. 하지만 야오전처럼 글을 쓰고 싶다는 욕망을 불러일으키는 사람이 없었다. 나는 친구들 중 누군가 나를 선택해서 '베스트 프렌드'가 되어주기를 바랐다. 친구들의 마음을 얻으려고 최대한 노력했다. 베스트 프렌드가 없는 여자애는 없으니까. 하지만 내가 문제였다. 일단 여자애들에게 가까이 다가가고 나면 참을 수 없는 반감이 치밀었다. 결국 어느 순간 냉담하게 굴거나 못 견디겠다는 표정을 짓고 말았다.

여학생들 사이에서는 나에게 불리한 소문을 퍼뜨리는 아이도 있었다. 반박하려고 했지만 그들이 하는 말을 들어보니 틀린 말은 아니었다. 그들은 나를 이중인격자라고 불렀다.

내 안에 두 명의 내가 있다는 것을 알아차리다니 놀라운 일이었다. 사실 두 명의 내가 있다고 생각하면 내가 바꿀 수 없는 문제를 좀 더 쉽게 받아들일 수 있었다. 나는 갈수록 거울을 두려워하게 되었다. 거울 속에 비친 얼굴이 시간이 지날수록 내가 알지 못하는 이목구비로 변하는 것이 두려웠다.

나는 한 학기 만에 살이 5킬로그램이나 빠졌다. 욕실 배수구 거름망에 내 머리카락이 가득했다. 엄마에게 사흘만 결석할 수 있게 해달라고 애원했다. 결석하려면 원장 선생님의 진단서가 필요했다. 그 사흘간 나는 엄마의 낮 시간에 동참했다. 친구들은 우리 엄마가 팔자 좋은 아줌마라고 생각했다. 원장 사모님보다 더 편히 산다고 생각했다. 원장 사모님은 병원 잡무를 처리해야 하는 임무가 있었고, 정기적으로 집에서 파티를 열어야 했다. 나는 아이들에게 이렇게 말해주곤 했다. *우리 엄마도 집안일 많이 해. 우리 집이 엄청 크잖아.*

맞아, 너희 집 엄청 크지. 하지만 원장 선생님 집보다는 작잖아. 그래서 학교에 가지 않는 사흘간 귀를 쫑긋 세우고 엄마가 집 안을 돌아다니는 소리나 물통을 쿵 내려놓는 소리에 집중했다. 사실은 그러지 않아도 괜찮았다. 엄마는 주로 침실에 있다가 11시가 좀 넘으면 부엌에 내려왔다. 그러니 그 시간쯤 2층으로 내려가 엄마를 만나면 되었다. 엄마는 담백한 채소 요리를 만들었다. 몸에 좋다고 하는 요리였다. 나는 엄마 앞에 앉아서 느리게 밥을 먹었다. 가능하면 씹는 소리가 나지 않도록 조심했다. 오후가 되면 우리는 각자의 방에 틀어박혔다. 엄마 방에서 노랫소리가 새어 나왔다. 엄마가 제일 좋아하는 가수의 노래였다. 엄마는 그 여가수의 음반을 여러 장 샀다. 엄마가 그 노래를 따라 흥얼거리는 소리를 듣고 나는 조금 놀랐다. 엄마는 오빠나 내 앞에서는 그렇게 긴장을 푼 모습을 보이지 않았기 때문이었다. 무언가를 좋아한다는 표현을 한 적도 거의 없었다.

엄마는 내가 집에 같이 있다는 사실을 잊어버린 게 아닐까?

나는 계단참에 앉아 엄마가 노래하는 소리를 들었다. 엄마는 한 곡이 끝나면 또 다른 곡을 이어 불렀다. 머릿속에 한 가지 생각이 떠올랐다. 그 생각은 아주 이상하고 불가사의했다. 어쩌면 엄마에게 이야기해도 되지 않을까? 한 번에 전부 다 얘기할 수는 없겠지. 우선 도입부를 잘 시작해서 엄마에게 궁금점이 생기게 만들면 어떨까? 엄마가 질문하면 내가 좀 더 자세히 설명하는 거야. 그러려면 내가 몹시 힘든 것처럼 보여야 한다. 이야기를 꾸며서 말하는

우리에게는 비밀이 없다

것처럼 보이면 안 된다. 엄마가 어서 말하라고 재촉하면 그때 비밀을 전부 말하자. 나는 머릿속으로 상상했다. 말할 내용과 순서, 적당한 표정까지 다 준비했다.

그 여학생들이 하는 말은 대체로 틀리지 않았다. 나는 확실히 이중인격, 두 가지 모습을 갖고 있었다. 하나는 활발하지만, 다른 하나는 음침했다. 하나는 천진난만하지만, 다른 하나는 세파에 찌든 어른 같았다. 하나는 이것저것 따지지 않지만, 다른 하나는 망설이고 걱정하는 성격이다. 두 가지 성격을 내 몸안에 가둬두고 밖으로 드러나지 않게 하는 데만도 온 힘을 써야 했다. 그날도 그랬다. 막 아래층으로 내려가기로 마음먹었을 때 엄마가 깨끗이 빤 옷을 들고 올라왔다. 계단참에 앉아 있는 나를 보자 엄마는 곤란한 표정을 떠올렸다. 그러더니 눈썹을 찌푸리며 물었다. *너 또 몸이 안 좋은 거니?* 나는 당황했다. 순서가 틀렸다. 대사를 다시 준비해야 했다. 나는 말을 못 하고 뻣뻣하게 웃기만 했다. 엄마 눈에 그런 내 모습은 뭔가 잘못하고 제 발 저려 하는 것으로 보였던 걸까? 엄마의 말투에 감정이 실렸다. 목소리도 낮아졌다. *너 도대체 뭘 하는 거야? 사흘 결석하게 해준 걸로 끝이다. 다 낫지 않더라도 내일은 학교에 가야 해.*

엄마는 나를 지나쳐서 오빠 방으로 들어갔다. 몇 초 후 엄마가 나왔다. 손에 무언가를 들고 있었다. 엄마는 걱정 어린 표정으로 오빠 방 앞에서 서성거리더니 다시 방 안에 들어갔다가 이번에는 빈손으로 나왔다. *더러워, 정말 더러워.* 엄마가 조그맣게 중얼거렸다. 그리고 아직 거기 서 있는 나를 보더니 눈을 부릅뜨며 명령했다. *네 방으로 가. 엄마가 오기 전에는 나오지 마.*

엄마는 침실로 급히 돌아갔다. 가수의 목소리가 끊겼다. 열쇠

꾸러미가 부딪히는 소리, 문을 쾅 닫는 소리가 들렸다. 나는 한참 숫자를 센 후에 오빠의 방문을 열었다. 살금살금 들어가 보니 역시나 엄마는 아까 그 물건을 원 위치에 돌려놓지 않았다. 그것은 보란듯이 책상 위에, 아주 반듯하게, 책상 가장자리와 정확히 평행을 이루도록 놓여 있었다. 그것은 트럼프 카드였다. 상자에는 반쯤 벌거벗은 여자가 인쇄되어 있었다. 여자는 딱 붙는 청바지를 입고 긴 다리를 뽐내고 있었다. 머리카락은 젖어 있고, 크고 불그스름한 유방이 좌우로 비스듬히 드러나 있었다.

엄마의 경고가 떠올랐다. 주변을 두리번거리며 상자를 열고 카드를 꺼냈다. 카드에는 남녀가 섹스하는 장면이 나와 있었다. 성기 부위를 중점적으로 보여주는 사진이었다. 배를 내민 남자의 신체 일부가 여성의 몸안에 들어가 있지 않은 사진도 있었다. 나는 처음으로 여성의 몸 속 주름을 봤다. 그 주름이 어떻게 펴지는지도 봤다. 손이 덜덜 떨려서 카드를 놓쳤다. 카드가 와르르 쏟아졌다. 화들짝 놀라 재빨리 카드를 쓸어 담았다. 책상 아래 깊이 들어간 카드는 손으로 꺼낼 수 없었다. 도구를 찾으려고 주변을 둘러봤지만 적당한 것이 없었다. 내 방으로 달려가서 자를 꺼내 왔다. 등에 땀이 찼다. 책상 아래로 자를 뻗어서 조심조심 카드를 끄집어냈다. 카드에 먼지가 잔뜩 달라붙어 있었다. 2층 화장실로 가서 먼지를 물로 씻어내고 휴지로 카드를 닦았다. 그러다 또 벼락이라도 맞은 듯 놀라서 3층으로 뛰어 올라갔다. 카드를 상자에 도로 집어넣고 책상 가장자리와 평행하게 올려놓았다. 그런 다음 내 방으로 돌아와 두꺼운 이불 속으로 파고들었다.

그날 밤 악몽을 꾸었다. 꿈에서 나는 눈 코 입이 없었고, 숨어서 목소리로만 사람들과 연락해야 했다. 어떤 사람이 내 얼굴을 사

갔기 때문이었다. 아무리 애원해도 그 사람은 내 얼굴을 돌려주지 않았다. 깨어났을 때 내 몸은 땀으로 흠뻑 젖어 있었다. 오빠와 엄마가 대화하는 소리가 들렸다. 1층에서 들리는 소리였다. 아래로 내려가 엿듣고 싶었지만 머리가 몽롱해서 움직이기 힘들었다. 계단을 올라오는 소리가 들렸다. 엄마에게 야단맞은 오빠가 울적한 모습으로 나타나리라 생각했다. 내가 틀렸다. 내 방에 들어온 오빠는 태연자약하게 침대맡에 앉았다. 나를 내려다보며 나직이 웃었다. *자는 줄 알고 놀래켜주려고 했는데 깨어 있었구나.* 나는 몸을 일으켰다. 오빠가 내 눈앞에 상자를 내밀었다. 내 눈이 점점 커다래졌다. 내가 몹시 좋아하는 향기 나는 볼펜 세트였다. 우리 반 여학생들 사이에서 그 볼펜을 손톱에 칠하는 것이 유행이었다. 복숭아색 볼펜을 칠하면 색도 향도 예뻤다. 선생님도 제지하지 않으셨다. 선생님이 보기에 그건 매니큐어를 칠하는 것과는 다른 일이었다. 그래서 문구점에 이 볼펜이 들어오면 금방 다 팔리곤 했다.

어떻게 구했느냐고 묻자 오빠가 대답했다. *문구점 사장님께 한 세트만 따로 남겨놓으라고 부탁했지.* 내가 꼼짝도 않고 있자 오빠가 내 어깨를 밀며 물었다. *좋아?* 나는 고개를 끄덕였다. 그러나 한기가 겹겹이 스며 들어와 의식을 마비시키는 듯했다. 나는 무언가 잊은 것 같다는 느낌을 받았다. 할 말을 하지 못했다. 할 일도 하지 못했다. 그런 상태로 볼펜 세트를 손에 들고 있었다. 볼펜 상자는 생각보다 무거웠다. 나는 더 이상 깊이 생각하지 않기로 했다. 내가 당장 해야 할 일은 선물을 열어보는 것이었다. 오빠가 지켜보고 있었다. 오빠를 실망시킬 수 없었다.

다음 날 아침 알람이 울렸다. 오빠가 내 방에 와서 문을 두드렸다. 어서 학교에 가자는 것이었다. 나는 침대에 우두커니 앉아 있었다. 일어나고 싶지 않았다. 엄마가 다가오더니 목소리도 표정도 싸늘하게 말했다. *거짓말이란 걸 알고 있었지. 넌 아픈 적이 없었던 거야. 말해, 왜 학교에 안 가겠다는 거니?* 나는 오빠를 봤다가 벽시계를 봤다가 했다. 오빠가 지각할 것 같았다. 엄마와 오빠가 동시에 나를 기다리고 있었다. 모종의 절망감이 차올라 홍수처럼 범람했다. 내 목소리가 들렸다. 아첨하듯 알랑거렸다. 약간의 애원도 섞여 있었다. *친구들이 괴롭혀요. 학교에 가고 싶지 않아요.*

엄마의 얼굴이 너그러워졌다. 엄마가 부드럽게 내 어깨를 쓰다듬었다. 그 눈빛과 손짓에서 내가 용서받았다는 것을 알 수 있었다. 엄마가 나를 혼내지 않았다. 얼마나 놀라운 일인가. 평소 내게 그리 인자하지는 않았지만, 내가 남에게 괴롭힘당하는 것은 참지 않았다. 엄마는 당장 학교에 가서 선생님께 말씀드리자고 했다. *너도 오늘은 학교에 가야 해. 학교에 가지 않으면 계속 친구를 사귈 수 없단다.* 엄마는 정장을 꺼내 입었다. 학교 경비원 아저씨는 두말없이 엄마를 들여보냈다. 경비원 아저씨는 재미있는 일이 벌어지겠다는 기대 어린 표정을 지었다.

나와 오빠가 학교를 다니는 동안 아빠 이름은 수없이 언급되었지만 엄마는 유령과 같았다. 그런 엄마가 나타났으니 경비원이 호기심을 느낄 만했다. 엄마는 나를 교실로 먼저 들여보내고 선생님과 이야기를 나눴다. 나는 교실에서 딱딱한 의자에 앉아 안절부절못했다. 엄마가 선생님께 뭐라고 할까? 상상도 할 수 없었다. 엄마는 내가 잘못했다고 하거나 그보다 더 높은 가능성으로 선생님이 잘못했다고 할 것 같았다.

수업이 시작되고도 십 분이 지나서야 선생님이 들어오셨다. 엄마는 창밖에서 나를 향해 손을 흔들었다. 이만 가보겠다는 의미

우리에게는 비밀이 없다

였다. 엄마가 가볍게 미소를 지었다. 미소의 의미가 격려인지 조롱인지 잘 구분되지 않았다. 나는 심장이 쪼그라드는 기분이었다. 엄마는 아무 말도 해주지 않았다. 그렇다면 난 선생님의 말에 뭐라고 대응해야 할까?

엄마가 학교에 다녀간 후 효과는 금방 나타났다. 며칠 후 선생님이 한 여학생을 내 옆자리로 배정했다. 그 아이에게 내가 '물고기'라는 별명을 지어주었다. 그 애 별자리가 물고기자리였기 때문이었다. 물고기는 신기한 여자애였다. 조를 나눌 때도 나에게 먼저 제안을 해주어서 내가 민망해지지 않게 해주었다. 화장실에 갈 때도 매번 나에게 같이 가주겠다고 나섰다. 그 애의 가장 완벽한 점은 자기 손바닥이 위로 향하는지 아래로 향하는지 내가 알지 못하게 한다는 것이었다. 그 애는 대범하고 느긋한 성격이었다. 우리는 처음부터 그랬던 것처럼 뜻이 잘 맞는 친구가 되었다.

물고기가 내 곁에 머물면서 나에 대한 소문도 점점 힘을 잃었다. 물고기는 교우관계가 정말 좋았다. 반 친구들 중에는 그 애와 친해지고 싶어 안달하는 아이도 있었다. 그런 아이들은 물고기와 친한 나에게도 잘해주었다. 덕분에 나는 오랜 고민을 떨쳐버릴 수 있었다. 그때까지 나는 친구들과 자연스럽게 우정을 쌓지 못하는 성격 때문에 괴로워했다. 나에게 무슨 특별한 결함이 있는 것처럼 느껴지기까지 했다. 그런데 물고기와 친해진 뒤로 그런 고민이 자연스럽게 사라진 것이었다.

물고기는 내 세계에 허브 향기 같은 신선한 기운을 불어넣었다. 나는 초콜릿 쿠키를 사서 물고기에게 선물했다. 물고기는 정말 맛있다고 했다. 나는 편지지와 볼펜을 새로 사서 물고기에게 편지를 쓰기 시작했다. 내가 나쁜 친구가 아니라는 걸 알려주기 위해서였다. 물고기는 내 말을 믿는다고 해주었다. 나를 알게 될수록 단지 수줍음을 많이 탈 뿐이라는 것을 알게 되었다고 했다. 아울러 내가 감정을 어떻게 드러내야 하는지 잘 모르는 것 같다고 했다. 그러니 다른 여자애들이 나를 두고 이러쿵저러쿵 평가하는 것은 불공평하다고 했다. 나는 편지지를 움켜쥐었다. 심장까지 아파올 정도로 힘껏 움켜쥐었다.

편지지를 봉투에 도로 집어넣었다. 가슴에 부드럽고 경건한 평화가 가득 차올랐다. 문득 떠나간 야오전이 생각났다. 물고기에게 물어보았다. 넌 여기에 얼마나 있을 거야? 멀리 사는 친척이 있니? 앞으로 네가 갑자기 나타나거나 사라지거나 그럴 일이 있을까? 물고기가 웃으면서 대답했다. 내가 어디를 가겠어? 우리 엄마 말로는 내가 엄청 좋은 대학에 합격하지 않는 한 여길 떠날 일은 없을 거래. 외지에서 생활하려면 돈이 많이 들잖아. 우리 집 형편상 학비를 많이 대주지 못할 거야. 힘이 닿는 데까지 해보고 안 되면 직장을 구해야지. 물고기의 대답에 나는 조금 안심했다. 그 애는 이곳을 떠나고 싶긴 하지만 현실적인 한계가 있었다. 금전적인 도움이 없으면 떠나지 못하는 형편이었다. 나는 물고기가 안전한 친구라고 느꼈다. 내 삶 안으로 천천히 물고기를 들여놓자고 마음먹었다. 오빠를 포함한 내 삶 안으로. 나는 늘 누군가 나 대신 오빠를 좀 봐줬으면 하고 바랐다. 그 바람은 몹시 강렬했다. 내가 아닌 또 다른 여자애가 반드시 오빠의 전부를 알아주어야 한다고 생각했다.

오빠는 아빠의 유전자를 물려받아서 잘생기고 키도 컸다. 오빠는 생일이 되면 여기저기서 선물을 받아왔다. 향수를 뿌린 생일 카드를 동봉한 그런 선물들이었다. 오빠는 받은 선물을 전부 나에게 주었다. 내가 열어보고 마음에 들면 가지고 마음에 들지 않으면 버렸다. 나는 복잡한 감정을 꿀꺽 삼켰다. 정말 행복해. 오빠가 이렇게나 많은 사람의 짝사랑을 내 마음대로 처분하라고 하다니. 내가 갈망하는 '그 여자애'를 이런 행복 속에 포함시키고 싶었다. 그 여자애가 오빠를 좋아해줬으면 좋겠다. 우리 오빠를 본 사람들은 다들 오빠의 아름다운 면에 끌리곤 했다. 오빠도 그 여자애를 좋아하게 되면 금상첨화일 텐데!

나는 이 계획이 마음에 들었다. 그렇게만 되면 우리 세 사람은 완벽한 삼각형을 이루는 것이었다. 당시의 나는 너무도 순진했고, 세상만사를 너무 쉽게 생각하는 버릇이 있었다. 내가 이렇게 하면 세상일이 다 그렇게 흘러갈 거라고 생각했다. 예상치 못하게도 물고기는 야오전조차도 들어오지 못했던 곳까지 어느 틈에 들어와 있었다. 그리고 가장 중요한 순간에, 내밀었던 손을 거둬들였다. 그래서 우리는 강물에 뜬 조각배처럼 뒤집어지고 말았다. 오랫동안 수없이 생각했다. 우리가 다시 만난다면 너는 뭐라고 말할까? 나는 또 뭐라고 대답할까?

열일곱 살 그해, 우리 두 사람은 각자 삶의 한 자락을 매장했다. 우리는 서로가 서로에게 재앙이었다. 우리는 핵심을 피해 달아났고, 절반쯤 풀다 만 시험지만 남았다. 오랜 시간이 흐른 후 나는 그 애를 보았다. 그 애도 나를 보았다. 이것은 우리가 같이 선택한 예언이었다. 자기가 한 일에 대한 대가는 스스로 짊어져야 한다. 간단한 논리다. 우리는 남아 있는 절반의 시험지를 마저 풀어야 한다. 지금부터, 영원히.

그녀에게 묻고 싶었다. 시간이 많이 흘렀는데 그동안 나를 생각한 적이 있니?

나도 그녀를 생각했다거나 생각하지 않았다고 말할 정도는 아니었다. 조금쯤은 생각할 수밖에 없었으리라. 어떻게 하면 누군가 당신을 영원히 기억하고 살아가게 될까? 정답은 그가 당신을 애증하게 만드는 것이다. 그러면 그는 매 순간 한 가지 문제만 생각할 것이다. 당신을 사랑하는 마음이 좀 더 큰지, 증오하는 마음이 좀 더 큰지, 그 문제만……. 그가 당신을 생각하는 시간은 그가 사랑하기만 하는 사람, 증오하기만 하는 사람을 생각하는 시간보다 길 것이다. 그러면 당신은 그를 소유하지만 아무것도 내줄 필요는 없게 된다.

오빠, 이렇게 시간이 많이 지났지만 한 번도 제대로 설명할 용기가 없었어. 일부러 그런 게 아니었어. 정말로 일부러는 아니었어.

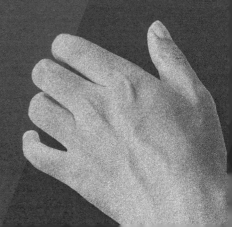

8장

판옌중은 마트로 들어갔다. 차가운 커피와 초콜릿 바를 골랐다. 커피 맛은 타이베이의 편의점에서 파는 것과 별다르지 않았다. 저렴한 원두에서 하수구 같은 냄새가 났고, 다 마시고 나면 입안에 그 냄새가 남았다.

냄새 따위는 신경 쓰지 않았다. 지금 필요한 것은 몸안에 카페인을 주입한 후 일어나는 화학반응이다. 정신의 단기적인 각성.

심호흡을 하며 판례 검색 시스템에 접속했다. 그는 지금 두 개의 이름을 가지고 있다. 쑹화이구, 우신핑. 우신핑의 이름에는 큰 기대가 없었다. 이런 사건에서 피해자는 대개 길고 복잡한 번호로 대칭된다. 신변보호의 일환이다. 다만 가해자의 경우에는 운이 좋으면 사건 내용은 숨겨져 있더라도 피고란에는 이름이 명확히 언급될 수 있다.

쑹화이구의 이름을 입력했다. 검색 결과, 판결문이 없다. 우신핑의 이름을 입력했다. 역시 검색 결과가 없다. 어쩌면 당시의 판결문은 아직 전산화 작업이 끝나지 않았는지 모른다. 게다가 화제가 되었던 사건도 아니니 전산화하여 시스템에 등록하는 과정에서

우리에게는 비밀이 없다

누락되었을 가능성도 컸다.

그때 우신펑은 정확히 몇 살이었을까? 쑹화이구는? 기소된 죄명은 무엇이었을까?

좀 더 정보를 모아야 한 걸음 나아갈 수 있을 듯했다.

절망감이 다시 엄습했다. 더 파고들어야 할까? 그렇게 해서 결국 모든 것이 우신펑의 계획이었다는 것을 증명하면? 파파라치가 따라붙으면 어떻게 하지? 쑹뤼에게는 또 뭐라고 하지? 판옌중은 눈을 빠르게 깜빡였다. 옌아이써의 웃는 얼굴이 또 떠올랐다. 묘하게 욕정을 자극하던 그녀의 속삭임도 생각났다. *당신이 행복해지지 못하게 할 거야.* 생각할수록 심장박동이 제 길을 잃고 흐트러졌다. 판옌중은 남은 커피를 전부 입안에 털어 넣었다. 상대적으로 간단한 문제부터 처리하자! 신펑이 고향과 관련한 모든 정보를 숨긴 것은 무슨 의도였을까? 가족을 포함해서 이런 사건까지 다 알려지면 내 마음이 떠날까 봐 두려웠을까?

순간 그는 자신이 무의식적으로 '의도'라는 단어를 썼다는 데 경악했다. 저도 모르게 이곳 사람들에게 물든 것일까? 신펑이 다른 목적을 품고 나에게 접근했다는 쪽으로 생각이 기울고 있는 걸까? 판옌중은 진열대에서 되는대로 집어 온 간식을 먹으면서 여러 가지 가능성을 검토했다. 초콜릿 바를 씹자 안에 들어 있던 땅콩 향기가 퍼졌다. 그는 포장을 다시 살펴보았다. 그건 신펑이 제일 좋아하는 간식이자 두 사람이 사귀게 된 시발점이었다.

몇 년 전의 어느 저녁, 쑹뤼가 울상을 지으며 도시락과 잡동사니가 든 보조가방을 보여주었다. 과자 봉지를 고무줄로 제대로 묶지 않고 넣었더니 가방 안이 온통 과자 부스러기로 더러워졌다는 것이었다. 판옌중은 가방에서 수첩, 머리끈, 포스트잇, 동전 등을 꺼낸 다음 키친타월로 안쪽을 깨끗이 닦아주었다. 그러면서 딸에게 물었다. *과자는 어디서 났니?* 그는 딸이 일주일간 섭취해야할 당분의 양을 정해놓고 있었다. 쑹뤼가 우 선생님이 주신 거라고 더듬더듬 대답했다. 너무 배고플까 봐 간식을 주신 거라고 말이다. 대답을 들은 그는 당황한 표정을 숨기려고 고개를 숙였다. 그가 쑹뤼를 데리러 가는 시간은 학원에서 정해둔 시간을 한참 넘길 때가 많았다. 그러면 학원에 우 선생님과 쑹뤼만 남아 있는데, 둘이서 안내 데스크 안쪽에 앉아서 그를 기다리고 있었다. 우 선생님은 컴퓨터로 무언가 업무 처리를 하고, 쑹뤼는 턱을 괸 채 무어라고 조잘거리면서.

그 모습을 볼 때면 왠지 두 사람을 방해하고 싶지 않다는 생각이 들었다. 쑹뤼가 꾹 참고 말은 하지 않지만 여전히 엄마의 그림자를 그리워한다는 것을 알고 있었다. 그는 가방을 닦다 말고 물었다. *우 선생님께 고맙다는 인사는 했니?* 쑹뤼가 뾰로통하게 대답했다. *했지! 아빠는 우 선생님한테 미안하다고 했어? 맨날 늦으면서. 인턴 언니도 우 선생님보다 먼저 퇴근한단 말이야.* 다음 날 판옌중은 제시간에 맞춰 학원 앞에 나타났다. 비서가 추천해준 수제 쿠키도 준비했다. 쑹뤼는 아빠를 끌고 우 선생님 앞으로 갔다. 우신핑은 의아한 표정으로 판옌중을 쳐다봤다. 판옌중이 해명했다. 평소 쑹뤼를 늦게 데리러 오는 것은 고의가 아니며, 우 선생님이 늦게까지 아이와 함께 남아 기다려주셔서 감사하다, 게다가 딸아이에게 과자도 주셨다고 들었다 운운. 우신핑이 아무 대답도 없어서 판옌중은 좀 민망해졌다. 그때 우 선생님의 부드러운 목소리가 들렸다.

"쑹뤼 아버님, 쑹뤼가 집이 어디쯤인지 대충 말해줬어요. 저도 지

우리에게는 비밀이 없다

하철 빨간색 노선을 타는데, 괜찮으시다면 제가 쑹뤼를 집 앞까지 데려다드릴 테니 다른 가족분이 내려와서 아이를 데려가면 어떨까요?"

"선생님께서 귀찮지 않으실까요?"

"아닙니다. 조금도 귀찮지 않아요. 작은 도움을 드리는 것뿐인데요."

판옌중은 우신핑의 얼굴을 가만히 바라보았다. 청순한 생김새에 눈빛이 맑았다.

믿을 수 있겠지.

쑹뤼가 의지하는 사람은 많지 않았다. 예전에 평판이 아주 좋았던 선생님도 이유는 알 수 없지만 쑹뤼의 선 안으로 들어가지 못했다. 아이에게 그 이유에 대해 물었더니 '싫은 데는 이유가 없다'는 대답만 돌아왔다. 그는 딸의 손을 잡고 학원을 나섰다. 차에 시동을 걸면서 백미러로 뒷좌석의 딸을 쳐다보았다. 쑹뤼는 섬세하고 생각이 많은 아이다. 할머니 사랑을 듬뿍 받고 있지만 엄마의 빈자리는 채우지 못하는 것 같았다. 옌아이써와 나이가 비슷한 여성이 쑹뤼를 집까지 데려다준다면, 잠깐이지만 아이의 불안감을 풀어주는 계기가 될지 몰랐다. 그 우 선생님이라는 분에게 도움을 청하기로 하자. 그의 친구들 중에는 근처에 사는 대학생을 아르바이트생으로 고용해서 아이의 등하교를 맡기기도 했다. 마음을 정하자 더 길게 고민하지 않았다. 그는 주차선 바깥으로 차를 천천히 빼내면서 운을 뗐다.

"쑹뤼, 우 선생님이 한 이야기 어떻게 생각해? 선생님이랑 같이 지하철 타고 할머니 집까지 가서 할머니더러 내려오시라고 할까?"

"할머니가 내려오시지 않아도 돼. 나 혼자 올라갈 수 있어. 경비원 아저씨도 계시니까."

"그럼 그렇게 정한다? 나중에 널 데리러 오지도 않는다면서 아빠한테 화내지 않을 거지?"

몇 초간 답이 없던 딸이 입을 열었다.

"안 그래. 나 우 선생님 좋아해."

판옌중은 가끔 딸에게 미안한 마음이 들었다.

옌아이써와 가장 심하게 싸웠던 날, 그는 자제력을 잃고 아내의 팔을 거세게 움켜쥐며 화를 냈다. 어느 순간 그는 타인의 시선을 느꼈고, 돌아보자 쑹뤼가 방문 앞에 서 있었다. 이불을 손에 쥐고 눈을 휘둥그렇게 뜬 채로.

판옌중은 무슨 대가를 치러도 좋으니 그날 밤의 기억을 쑹뤼의 머릿속에서 지우고 싶었다.

쑹뤼도 그때쯤에는 엄마가 자기를 돌보는 일을 즐거워하지 않는다거나 정신적으로 상태가 나쁘다는 것을 눈치채고 있었다. 쑹뤼는 대부분의 아이가 그렇듯 무조건 엄마를 사랑했고, 엄마가 언젠가는 '자애로운 모성'을 되찾을 거라고 믿었다. 아빠가 엄마를 그렇게 대하는 것을 보았으니 아이 마음에 분명 어두운 그림자가 드리워졌을 것이다. 이혼을 협의하던 몇 달간 그는 딸에게 엄마는 캐나다로 공부하러 가고 싶은데 어린아이를 데려갈 수 없다고 설명했다. 정말 어쩔 수 없이 쑹뤼와 함께 사는 것을 포기해야 했다고 말이다. 쑹뤼는 캐묻지 않았다. 앞으로 아빠, 할머니와 함께 살아야 한다는 현실을 덤덤히 받아들였다. 판옌중은 그날

우리에게는 비밀이 없다

밤의 일이 쏭뤼에게 어떤 트라우마를 남겼는지 알고 싶었다. 쏭뤼와 단둘이 있으면 그 문제가 늘 마음에 걸렸다. 심리 검사라도 해보고 싶었지만 차마 용기가 나지 않았다. 딸아이의 마음을 더 이해하고 싶으면서도 아픈 기억을 건드릴까 봐 두려웠다. 딸의 귀가를 우신핑에게 부탁한 데는 한 가지 다른 목적도 포함돼 있었다. 바로 딸의 상처를 우신핑이 치유해줄 수 있기를 바라는 마음이었다. 우 선생님은 옌아이쪄와는 정반대되는 사람으로 보였다. 아이들을 잘 다루는 사람이니 마음도 보통 사람보다 훨씬 넓을 거라 여겼다.

우신핑은 쏭뤼의 귀가를 도와주는 대가로 돈도 비싼 선물도 받지 않았다. 판옌중은 마냥 신세를 질 수 없어 최대한 시간을 내어 학원으로 딸을 데리러 가려고 노력했다. 그런 날이면 우신핑에게 태워다주겠다고 권유하곤 했는데 그녀는 완곡히 몇 번이나 거절했다. 결국 판옌중이 우겨서야 마지못해 차에 탔다.

그의 차에 타던 그녀의 작은 행동 몇 가지가 판옌중에게 깊은 인상을 남겼다. 그녀는 매번 신발 바닥에 흙이 묻지 않았는지 살핀 다음 치마를 살짝 들고 올라탔다. 옷깃을 여미고 단정히 앉아 있던 그녀가 차에서 내리고 나면 차 안에 누군가 있었다는 흔적이라곤 찾아볼 수 없었다.

우신핑이 사는 곳은 지하철 스비 石牌 역 근처의 작은 골목 가장 안쪽이었다. 그녀는 골목 앞도 아니고 그보다 한참 전인 큰길에서 내려달라고 고집을 피웠다. "골목이 너무 좁아서 차가 들어가기 어려워요." 그 말을 판옌중은 믿었다. 사실 예전이었다면 이런 타입의 여자를 좋아하지 않았을 것이다. 타인의 생활방식을 흐트러뜨릴까 전전긍긍하는 사람은 자신감이 부족한 인간의 전형으로 보였다. 그러나 우신핑은 신기하게도 그런 특징을 '배려'의 표현으로 느껴지게 했다. 어쩌면 옌아이써를 겪은 뒤라서 우신핑처럼 온화하고 은은한 빛을 머금은 여성이 그의 마음을 끌었던 것이리라.

어느덧 그는 쑹뤼를 데리러 가는 날을 은근히 기다리게 되었다. 가랑비 같은 그 여자에게 소리 소문 없이 젖어든 자신을 느꼈다. 그는 아무도 없는 사무실에 앉아 아무 이유도 없이 그녀를 생각했다. 쑹뤼에게 오늘은 무슨 일이 있었느냐고 묻다가 저도 모르게 우 선생님은 요즘 어떻게 지내냐고 묻기도 했다. *선생님은 몇 살이야? 남자친구는 없어?*

몇 번의 질문 끝에 쑹뤼는 아빠의 의도를 눈치챘다.

"아빠, 우 선생님이 좋으면 직접 물어보지 그래?"

"그게 아니고 그냥 호기심이 생겨서 그래."

"아빠, 계속 그러면 거짓말로 둘러대는 사람이 되는 거야. 거짓말로 둘러대는 사람은 나빠. 아빠 입으로 그렇게 말했잖아."

연애, 결혼 전부 판옌중이 먼저 청했다.

기억을 더듬어봐도 우신핑이 재촉하거나 암시했던 적은 없었다.

아니, 조그만 낌새조차 눈치채지 못하게 할 정도로 우신핑이 그렇게 용의주도했던 것일까? 판옌중을 원하는 방향으로 유도하면서도 그것이 오로지 그의 의지였다고 믿게 만들 정도로?

결혼 후 그녀에게 매달 일정 금액을 주고 자유롭게 사용하도록 했다. 어떻게 쓰든 전혀 간섭하지 않을 것이며, 그녀가 일을 그만두더라도 반대하지 않을 거라고도 강조했다. 3학년이 된 쑹뤼가 친구를 따라 사립중학교 입시반이 있는 학원으로 옮기게 되면서 판옌중도 마음이 훨씬 놓였다. 아이가 우신핑의 학원을 다니지 않게 되었으니 말이다. 그는 학원 사람들 사이에서 뒷말이 도는 것을 원치 않았다. 부부 두 사람이 이 일을 두고 별도로 상의한 적은 없었지만 놀라울 정도로 서로 의견이 일치했다. 우신핑은 학부모와 연애 감정을 키웠다는 사실을 누구에게도 밝히지 않았다. 그녀 자신도 이런 사실이 알려지면 둘 사이의 미묘한 공기가 순식간에 사라져버릴 것을 이해하는 듯했다. 계속 생각해도 이해할 수 없는 부분은 그녀가 학원을 그만두지 않은 것과 그의 재산 상황을 묻지 않은 것, 사치품을 요구한 적이 없다는 것 등이었다. 오드리의 말대로 그가 별생각 없이 사준 일반적인 가격의 액세서리, 새 휴대폰 등을 우신핑은 만족스럽게 받아들였다. 그가 기억하는 그녀는 황칭롄, 우치위안, 장전팡이 묘사하는 사람과 조금도 비슷한 데가 없었다. 솔직히 말해서 그가 아는 우신핑은 오드리가 말한 것에 더 가까웠다. 그러나 우신핑이 고향을 떠난 지 오래됐으니 그 사이에 무슨 일을 겪어서 성격이 바뀌었는지도 모른다.

생각을 거듭하다 보니 머리가 아팠다. 이번에는 마트 직원에게 주의를 기울였다. 저 사람은 분명히 이 지역 토박이겠지. 볼살이 통통한 게 스무 살이 넘지 않았을 것 같다. 우신핑과 쑹화이구 사건이 일어났을 때 저 직원은 초등학생쯤 되었을까? 뭔가 정보를 얻을 수 있을까? 그냥 연습 삼아 정보를 캐볼까? 그가 이 지역에서 만난 사람들은 하나같이 이상했다. 그래서 그와 이 지역 자체가 맞지 않는 건지, 아니면 그가 특별히 이상한 사람들만 만나게 된 것인지 탐색해볼 필요가 있었다.

커피 컵을 내려놓고 왼손을 주머니에 넣었다. 편안한 분위기를
만들어보려는 것이었다.

"뭐 좀 물어봅시다."

직원은 휴대폰을 내려놓고 고개를 끄덕였다.

"이 지역 토박이죠?"

"네."

직원이 약간 경계하는 표정으로 조심스럽게 대답했다.

"혹시 쑹화이구라는 분을 아세요?"

"쑹칭훙宋清弘 아저씨 아드님 말씀이세요?"

판옌중은 이렇게 빨리 고비를 맞을 줄 몰랐다. 쑹화이구의 아버
지 이름까지 어떻게 알겠는가? 그는 장씨 아주머니의 딸 장전팡이
했던 말을 떠올려 얼버무렸다.

"아버지 성함까지는 기억이 안 나지만 아버지가 사업을 하셨고
대단한 부자였다고 들었습니다."

"맞아요. 이 지역에서 학교를 다닌 사람이면 다들 그분이 기부
하신 사전으로 공부했죠."

직원의 얼굴에 쓴웃음이 떠올랐다. 표정도 아까보다 누그러졌다.

"쑹화이구와 잘 아는 사이인가요?"

판옌중의 물음에 직원이 살짝 주춤했다.

"그런데 누구신지……."

눈앞에 있는 남자의 정체를 가늠해보는 눈빛이었다.

판옌중은 적당히 꾸며내려고 했지만 쑹화이구에 대해 아는 것이
없다 보니 대답할 말이 떠오르지 않았다. 동창생이라고 둘러댈까?
아니, 위험하다. 이 지역 사람들은 서로 모르는 게 없다. 이 직원이
지나가듯 묻는 말에도 제대로 대답하지 못할 것이다. 그가 시간을

우리에게는 비밀이 없다

끌자 직원은 더 의심의 눈빛으로 바라보았다. 판엔중은 얼른 입을 열었다.

"그 사람 친구의 친구인데, 실은 제가 쑹화이구에게 돈을 빌렸거든요. 이번에 돈을 갚으려는데 이 근처에 산다는 것만 기억이 나서요."

친구의 친구. 판엔중은 자신의 임기응변에 감탄했다. 직원이 깊게 파고들면 빠져나갈 구멍이 된다. 게다가 '갚을 돈이 있다'는 말은 책임감이 있는 좋은 사람이라는 인상을 줄 것이다.

과연 직원의 태도가 훨씬 부드러워졌다.

"그러시군요. 제가 그분 집을 알려드리죠. 하지만 지금 가셔도 못 만나실 거예요."

"왜요?"

"고향에 돌아오지 않은 지 오래됐거든요. 제 기억이 맞다면 저번에 그분을 본 게 벌써 몇 년 전이에요. 돈을 빌리셨다면 왜 직접 연락해보시지 않고요?"

"실은 최근 몇 년 빚쟁이들 피하느라 휴대폰을 바꿨거든요. 그러다 보니 연락처도 없어졌고 연락이 안 되는 사람이 많습니다. 다행히 그 사람 고향이 이곳이라고 했던 게 생각이 나더군요. 그 집 주소를 좀 알려주시겠어요? 쑹화이구가 없다면 가족분한테라도 돈을 맡기고 가면 되죠 뭐."

직원이 집주소를 불러주었다. 판엔중이 길을 헤맬까 봐 전단지 뒷면에 약도까지 그려주었다.

"그러면…… 한 가지 더 물어봐도 되겠습니까?"

"벌써 여러 가지 물어보셨는데요. 하나 더해져도 상관없죠 뭐."

"옛날에 쑹화이구가 무슨 일에 휘말린 적이 있습니까?"

"무슨 말씀인지?"

"아까 다른 사람 붙잡고 쑹화이구를 아느냐고 물어봤는데, 그때 들은 겁니다."

그때 키 크고 마른 남자가 계산대로 다가오자 둘은 입을 다물었다. 남자가 손가락으로 1을 표시하자 직원이 재빨리 담배 한 갑을 꺼내 바코드를 찍었다.

남자가 나간 후 직원이 고개를 저으며 대답했다.

"저는 잘 몰라요. 그분하고 잘 아는 사이도 아니고요. 제가 그분을 마지막으로 본 건 쑹칭훙 아저씨 장례식에서였어요."

"아버지가 돌아가셨군요?"

"네, 오래됐죠."

직원은 고개를 약간 기울이며 생각에 잠겼다.

"아, 제가 고입 시험 치를 때였나, 그때 무슨 일이 있었다고 들었어요. 그러니까…… 대충 8, 9년 전 일이죠."

판옌중은 속으로 계산해보았다. 그렇다면 이 직원은 스물서너 살은 됐을 것이다. 스무 살도 안 되어 보였는데 아까는 그의 눈이 삐었던 걸까?

"기억력이 좋군요. 8, 9년 전 일이면 다 잊어버릴 것 같은데."

판옌중이 상냥하게 웃어 보였다. 직원은 마치 격려라도 받은 듯 이것저것 떠들어대기 시작했다.

"저희 아버지가 쑹칭훙 아저씨랑 종종 술 한잔 기울이는 사이였거든요. 근데 아저씨가 갑자기 돌아가신 뒤로 아버지가 술만 마셨다 하면 난리를 치셨어요. 좋은 사람이 일찍 갔다면서요. 시끄러워서 공부하기 힘들었죠."

"아아…… 그랬군요."

우리에게는 비밀이 없다

장전팡에게서 얻은 정보에 따르면 사건이 벌어졌을 때 이 직원은 열 살이었을 것이다.

게다가 그런 종류의 사건이라면 어른들이 어린아이들에게 쉬쉬했을 것이다.

"그럼, 쑹화이구의 여동생은 여전히 이곳에 살고 있습니까?"

"원래는 이곳을 떠나 살았죠. 근데 아저씨가 돌아가신 뒤에 그 집 사모님이 병에 걸려서 딸이 친정에 머물며 간병한다고 들었어요."

"그럼 그 따님은 자주 보입니까?"

"가끔요. 제가 여기서 일한 지 일 년쯤 됐는데 한 달에 두세 번 정도 봤어요. 외출을 별로 좋아하지 않나 봐요. 처음엔 남편분도 자주 처가에 다녀가는 것 같더라고요. 남편분이 종종 여기 와서 담배나 콜라를 사고 저쪽에 앉아 한참 동안 휴대폰을 들여다보다가곤 했죠."

직원이 선물용 상자 더미 옆에 놓인 탁자와 의자를 가리켰다.

"한번은 제가 간판을 정리하고 있는데 그 남편분이 전화로 말하는 소리가 들렸어요. 누구랑 싸움이라도 하는 것 같았죠. 뭐라더라? 금방 돌아갈 거야, 이제 충분해, 그런 말이었어요. 어쨌든 그날 이후로는 그분을 본 적이 없어요."

"그러면 최근에도 쑹화이구의 여동생을 본 적이 있습니까?"

"이젠 여기서 눌러사는 것 같더라고요. 지난주에도 물건 사러 왔었고요."

마트를 나온 판옌중은 얻어낸 정보를 수첩에 정리했다. 이건 무슨 관계람? 그는 사건 현장으로 가서 세 사람 관계에 얽힌 감정선을 직접 확인하고 싶었다.

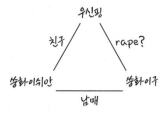

우신핑의 실종은 쑹화이구와 관련이 있을까? 판옌중은 성범죄 피해자가 몇 년 후 출옥한 가해자에게 감금 혹은 학대 당한 사건을 다룬 적이 있었다. 우신핑이 그런 경우에 처해졌을지 모른다는 추측도 아주 불가능한 것은 아니었다. 알아낸 정보에 따르면 우신핑은 오랜 기간 동안 온갖 방법으로 이 지역과의 연결고리를 끊으려 애썼다. 친정 엄마 황칭롄과 다시 연락하게 된 것도 학원 인턴의 말에 따르면 반년 이내라고 했다. 혹시 쑹화이구가 고향에 방문한 우신핑을 납치한 것은 아닐까?

우신핑에게 다시 전화를 걸어봤다. 이렇게 미친듯이 누군가에게 연락해본 적도 없었다. 너무 많은 수수께끼가 있었고, 당사자가 아니면 누구도 제대로 설명할 수 없을 것 같았다. 우신핑의 실종, 쑹화이구의 행적에 대해 현재로서는 더 알아낼 방법이 없었다. 그는 수첩에 그린 삼각형의 왼쪽 아래로 시선을 모았다. 쑹화이쉬안, 그 이름에 동그라미를 그렸다. 집으로 그녀를 찾아가 볼까? 쑹화이쉬안은 사건의 당사자는 아니지만 사건과 아주 가까이에 있었던 인물이다. 문제는 어떻게 그녀에게 접근해 정보를 캐내는가 하는 것이다. 그의 신분을 밝힌다면 문제가 생길 것이다. 장전팡을 찾아갔을 때보다 더한 악의적인 대접을 받을지 모른다. 그들이 다녔던 고등학교를 찾아가 알아보는 것도 하나의 방법일 것이다. 장전핑의 말대로라면 사건은 고등학생 시절에 일어났다. 십수 년이 흘러서 퇴직을 한 선생님들도 있겠지만 그래도 당시의 일을 기억하고 있는 분이 있지 않을까?

문득 추귀성의 말이 떠올랐다. *왜 그 여학생네 가족은 딸을 제대로 관리하지 않는 거야? 우리를 현금인출기로 보는 건가?* 추귀성의 모습이 점차 얼굴도 모르는, 쑹화이구의 아버지 쑹칭훙의 모습과 겹쳐졌다.

쑹화이구는 또 한 명의 추전상일까?

판옌중은 머리를 힘껏 저었다. 우신핑과 나나는 다른 종류의 인간이다.

그때 가혹한 질문이 가슴을 파고들었다. 어떻게 그렇게 확신할 수 있지? 내가 아내를 그만큼 잘 알고 있다고 생각하는 건가?

오드리가 차창을 올리며 속삭였다.

"조심해, 그 사람이 나왔어."

방금 막 마트를 나온 판옌중이 문 앞에 잠시 서 있었다. 오드리는 몸을 약간 수그리며 판옌중이 이쪽의 차를 유심히 살피지 않는지 확인했다. 안전하다는 생각이 들자 몸을 살짝 일으키고 판옌중의 일거수일투족을 눈에 담았다.

장중쩌張仲澤가 한숨을 내쉬었다.

"우리가 왜 저 남자를 미행해야 하는지 설명 좀 해봐."

몇 시간 전 장중쩌는 오드리의 전화에 잠이 깼다. 오드리는 장중쩌에게 당장 차를 가지고 나오라고 했다. 그가 뭘 물어보기도 전에 전화가 끊겼다. 장중쩌는 오드리가 이렇게 막무가내로 행동하는 것을 처음 보았다. 그는 어쩔 수 없이 일어나 옷을 챙겨 입었다. 앉은뱅이 밥상에 올려놓은 빈 도시락 통 위를 날벌레가 비행하고 있었다. 그는 신문을 집어 들고 벌레를 향해 휘두르다가 자신이 신문 구인란에 동그라미를 쳐둔 부분에 눈길이 닿았다.

오늘은 면접관을 만나기로 한 날이었다.

난처했다. 휴대폰을 보니 매달 1천 타이완달러나 내야 하는 통신비가 생각났다. 하지만 오드리의 전화는 지난 몇 년간 그에게 걸려온 전화 중 드물게 대출 권유, 납부 독촉, 찻잎 판매가 아닌 다른 목적의 전화였다. 아무래도 오드리를 만나러 가는 게 좋겠다.

아버지의 방을 지나갈 때 저도 모르게 걸음을 멈췄다. 아버지는 얼마나 더 사실까? 그 질문이 머릿속에 떠오르자 주변의 공기가 끈적한 테이프라도 된 것처럼 몸을 휘감았다. 장중쩌는 눈을 깜빡거렸다. 얼른 이곳을 벗어나야만 한다. 조금 지나면 움직일 수 없게 될지도 모른다. 그는 열쇠를 집어 들고 조용히 집을 나섰다.

5년 전 장중쩌는 전자제품을 파는 판매원이었다. 업무 실적이 좋은 편은 아니었지만 그렇다고 해서 상사의 불만을 살 정도로 못하지도 않았다. 연애를 하지 않는다면 월급도 그럭저럭 쓸 만큼 벌었다. 가장 행복한 순간은 휴일에 고등학교 시절 친구들을 만나 맥주를 마시며 놀 때였다. 차가운 기포가 일상의 매연을 사라지게 하는 느낌이었다. 가끔 자신이 마흔 살이 되었을 때의 모습을 그려보기도 했다. 아마도 같은 대리점에서 전자제품을 팔고 있겠지. 지금과 별반 다르지 않은 월급을 받으면서, 아마도 여전히 혼자서. 노후는 크게 걱정되지 않았다. 그는 아버지의 단 하나뿐인 아들이었다. 몇 달 전 이웃집이 팔렸는데 집값이 1100만이라고

　　　　　　　　　우리에게는 비밀이 없다

했다. 기억하기로 그 집에는 주차 공간이 없었고 평수도 그의 집보다 5, 6평은 작았다. 아버지가 돌아가신 뒤 지금 사는 집을 팔고 작은 집으로 이사를 가면 남은 돈으로 편안한 노후를 보낼 수 있으리라 생각했다.

하지만 장중쩌의 계획에 예상치 못한 현실이 펼쳐졌다. 아버지가 치매와 중풍을 앓아 간병인을 구해야 했다. 반년이 안 되어 모아둔 돈이 다 사라졌다. 집을 담보로 대출을 받으려 했지만 그의 명의로 된 집이 아니어서 불가능했다. 대출을 받으려면 법원에 가서 금치산자 신청을 하고 아버지를 금치산자로 등록해야 했다. 돈을 들여서 신청서를 작성하고 병원에 가서 진단서를 떼고 호적사본을 준비하고……. 그때쯤 상사가 그에게 완곡하게 권유했다. 상황이 나아지면 그때 다시 출근하라고. 그때까지만 해도 그리 낙담하지 않았다. 직장을 그만두면 간병인 비용이라도 굳힐 수 있었다. 하지만 다시 반년이 흐르기 전에 확실히 깨달았다. 앞으로 삶의 질은 아버지가 돌아가시는 날까지 끝없이 나빠지기만 하리라는 것을.

일 년이 흘렀다. 장중쩌는 오랫동안 활동하지 않던 인터넷 게시판에 글을 올렸다. '함께해줄 사람'을 찾는다는 글이었다. 두 사람이 댓글을 썼다. 한 사람은 '곡종인산曲終人散', 연주가 끝나면 모여 있던 사람들이 흩어진다는 뜻의 닉네임을 가진 남자였다. 다른 한 사람은 '금슬무단오십현錦瑟無端五十弦', 비파 줄이 까닭 없이 50줄이겠느냐, 라는 뜻의 닉네임을 가진 여자였다. 계획은 이러했다. 장중쩌가 차를 몰고 가서 두 사람을 태운다. 같이 재료를 산다. 같이 모텔에 투숙한다. 서로 도와 함께 저승길로 향한다. 약속한 맥도날드 지점에 도착할 때쯤 곡종인산 님에게서 연락이 왔다. 죽고 싶지 않다고 했다. 친척분이 금전 지원을 해주기로 했단다.

장중쩌는 콧잔등을 긁적이며 금슬무단오십현 님에게 메시지를 보냈다. 곡종인산 님이 가지 않기로 했다는 소식을 전하며 둘이서라도 계획대로 진행할 것인지 물었다. 답장은 빠르게 왔다. 그래요. 장중쩌는 다시 차를 몰았다. 내 평생에 처음으로 여자를 차에 태우게 됐구나, 라는 생각이 문득 들었다. 약속 장소에 도착하자 모자가 달린 외투를 입은 여자가 보였다. 그녀는 차 번호를 확인하더니 고개를 떨군 채 뒷좌석 문을 열었다. 장중쩌는 몸을 돌려 여자를 쳐다봤다. 고개를 든 여자와 눈이 마주쳤다. 그녀는 혈색 없는 얼굴에 입술도 푸르뎅뎅했다. 눈빛에 공포가 서려 있었고, 큰 병을 앓는 사람처럼 비쩍 마른 몸이었다. 장중쩌는 코끝이 시큰했다. 이 여자에 비하면 자신의 팍팍한 인생도 그럭저럭 사람 사는 꼴로 보일 것 같았다.

그는 일단 분위기를 좀 풀어야겠다고 생각했다. *이야기를 먼저 할까요? 서로 아무것도 모르고 같이 죽는 건 좀 슬프잖아요. 저는 장중쩌라고 하고요, 가전제품 판매원으로 일하다가 아버지가 편찮으셔서 회사를 그만뒀어요. 직업도 없고, 돈도 없고, 아버지를 베개로 눌러 죽일 용기는 더 없고, 그래서 여기 나왔죠.* 여자는 아무 반응도 없었다. 장중쩌는 머쓱하게 웃었고, 머쓱하게 사과했다. *죄송하지만 제가 이런 게 처음이어서요. 규칙을 잘 모르는데, 그냥 운전이나 할게요.* 장중쩌가 운전대 위에 손을 올렸다. 그때 여자가 조그맣게 말했다. *전 오드리라고 해요. 어떻게 자기소개를 해야 할지 모르겠어요. 저는 누구하고도 인간관계를 잘 맺지 못해요. 최근에는 유일한 친구한테도 잘못을 저질렀어요. 그 친구가 저를 만나주지 않아서 너무 힘들어요.* 장중쩌는 당황했다. 자살을

우리에게는 비밀이 없다

결심한 이유가 겨우 그거라고? 그는 오드리를 위아래로 훑어보고 한숨을 내쉬었다. 이 여자와 함께 죽지는 못하겠구나, 라는 생각이 들었다. 그는 차를 도로 맥도날드 주차장에 대고 오드리에게 갈지 말지 결정하라고 했다.

그런데 오드리는 멍한 표정으로 장중쩌를 쳐다보기만 했다. 뭔가 그의 지시를 기다리는 것 같았다. 장중쩌는 뭐 하는 거냐며 짜증을 내고 싶었지만 짐짓 상냥하게 뭘 좀 먹을 테냐고 물었다. 오드리는 선데이 아이스크림을 골랐다. 아이스크림을 먹는 그녀의 모습은 아주 느리고 아주 어색했다.

장중쩌는 그런 그녀가 귀찮고 짜증이 나면서도 마음이 아팠다. *친구가 만나주지 않으면 다른 친구를 사귀면 되잖아요. 꼭 그 친구에게 집착할 필요가 있습니까?* 그의 말에 오드리는 돌연 격렬한 반응을 보였다. 코를 찡긋찡긋하더니 맥도날드 식판 위로 눈물을 툭툭 떨어뜨렸다. 잠시 후 아이스크림이 반쯤 들어 있는 입을 뻐끔거리며 뭐라고 말을 이었다. 한참을 듣고서야 그 말을 알아들을 수 있었다. 그 친구는 여느 친구와 다르며, 자신에게는 그 친구가 전부라는 것이었다. 장중쩌는 천천히 말하라고 거듭 그녀를 달래야 했다. 어느 순간 정신을 차려보니 그는 오드리와 꽉 채운 세 시간을 함께 있었다.

그녀가 조각조각 털어놓은, 시간 순서가 분명치 않은 서술을 통해 대충 하나의 맥락을 찾을 수 있었다. 그런데 이야기를 정리하고 보니 당황스러울 수밖에 없었다. 이건 그가 이해하고 싶은 이야기가 아니었다. 다시금 오드리를 쳐다보았을 때는 처음과 달리 동정의 시선으로 보게 되었다. 그는 묻고 싶었다. 그 선생님이 당신한테 '삽입'했어요? 하지만 그의 머리는 아직 잘 작동 중이었다.

너무 저급한 질문이라 입에 올리면 안 된다는 생각이 들었다. 오드리는 우울한 얼굴을 하고 있었다. 처음 만난 아저씨에게 너무 많은 걸 털어놓았다고 후회하는지도 몰랐다. 장중쩌는 그녀가 들려준 이야기에 대해 왠지 소감을 발표해야 한다는 의무감이 들었다. 그는 우선 물었다. *왜 이런 이야기를 저에게 하기로 마음먹었어요?* 오드리가 대답했다. *오늘 죽을 거니까 아무래도 괜찮다는 생각이 들었나 봐요.* 장중쩌는 마음이 무거웠다. 뭐라고 응수해야 할지 알 수 없었다. 어쨌든 이렇게 된 이상 원래 계획대로 모텔에 갈 수는 없을 것 같았다. 그래서 다시 입을 열었다. *만약 내가 당신 입장이었다면요. 인터넷에서 나하고 똑같은 일을 겪었다는 사람을 보더라도 만나자는 제안을 하지 않았을 겁니다. 이상하다고 생각하지 않아요?* 오드리는 눈썹을 축 늘어뜨리며 야단맞은 아이처럼 입을 다물었다. 장중쩌는 자신의 말이 좀 심했나 생각하며 말투를 누그러뜨렸다. *근데 당신은 왜 그런 사람을 찾고 싶었어요?*

오드리가 눈을 깜빡거렸다. 또 울려는 줄 알고 장중쩌는 '울지 마세요'라고 말하려 했다. 다행히 그녀는 이내 눈물을 삼켰고, 눈빛에 희미한 빛 같은 것이 어룽거렸다. *너무 외로웠으니까요.* 그녀의 대답에 장중쩌는 콜라를 마시다 말고 멍하니 그녀의 얼굴만 쳐다보았다. 순간 아래로 쑥 꺼지는 느낌이 들었다. 놀라서 아래를 내려다봤지만 두 발은 바닥에 단단히 붙어 있었다. 그는 한참 후에야 자신에게 무슨 일이 일어났는지 이해했다. 그는 마음이 움직였던 것이다. 그 말을 내뱉은 순간 오드리의 목소리가 장중쩌의 마음을 관통했다. *너무 외로웠으니까요.* 그녀는 장중쩌가 오랫동안 이 세상에 대해 품고 있던 이해하기 힘든 당혹감을 한마디로 정리해버렸다.

우리에게는 비밀이 없다

오드리는 자신의 외로움을 설명했다. 아무도 제 이야기를 듣지 않았어요. 부모님은 그 이야기를 꺼내지 말라고 하셨죠. 이미 일어난 일은 바꿀 수 없으니 잊어버리라고만 했어요. 일어나지 않은 것처럼 생각하라고 하셨죠. 거기까지 들은 장중쩌는 괜히 이런저런 말을 주워섬겼다. 부모님은 다 당신을 위해서 그러신 거겠죠. 이야기한다고 뭐가 달라집니까. 그 선생님을 찾아가서 죗값을 물을 것도 아니잖아요. 벌써 시간이 많이 지났는데. 증거는 있어요? 오드리는 고개를 저었다. 없어요.

장중쩌는 약간 의기양양해졌다. 그것 봐요. 이야기하지 않아도 잘 지내왔잖아요? 오드리가 눈을 동그랗게 뜨며 반박했다. 잘 지내지 못했어요. 잘 지냈으면 제가 대학을 왜 그만뒀겠어요? 시간이 지날수록 상황이 나빠졌어요. 기말고사 날 기숙사 침대에 누워 천장만 바라보기도 했어요. 부모님이 휴학 처리를 해주셔서 집에 와 있었는데 시시때때로 어떤 목소리가 들렸어요. 저한테 말을 걸었죠. 제 곁에 있어주겠다고 말했어요. 사람은 한번 실패했다고 아무것도 아닌 존재가 되는 게 아니라는 말도 했어요.

아빠는 제가 정신과 진료를 받는 걸 반대하셨어요. 정신과에 한번 발을 들이면 그때부터 인생은 끝장이라고 하셨죠. 그쪽 계열 약물은 결국 사람을 망쳐놓는다면서요. 저는 집에서 인터넷만 했어요. 인터넷으로 게임을 하거나 게시판에 글을 쓰거나 했죠. 신핑이 제 글을 읽고 메일을 보내줬어요. 수백 자나 되는 긴 메일이었어요. 저는 천천히 읽고 천천히 답장을 썼죠. 어느 날 신핑이 그랬어요. 너를 이해한다, 나도 고등학교 때 비슷한 일을 겪었다, 너처럼 겨우 열 살 때 겪은 건 아니었다, 그런 일이 얼마나 견디기 힘든지 안다, 라고요. 저는 제발 만나달라고 부탁했어요. 직접 만나서 신핑에게 매달렸어요. 그때 신핑은 방 하나를 빌려서 자취하고 있었는데, 제가 신핑이 사는 집의 다른 방 세입자를 내보내 달라고 부모님께 부탁했어요. 이번 부탁만 들어주시면 대학으로 돌아가 겠다면서요. 부모님이 부탁을 들어주셔서 신핑과 같은 집에서 살 수 있었어요. 그때가 제 인생에서 가장 행복한 시절이었죠. 계속 악몽은 꿨지만요. 꿈에서 나쁜 사람에게 쫓기고 있으면 누군가 나타나서 저를 구해주곤 했어요. 고마워서 그가 누군지 확인하려고 하면, 그 순간 선생님 얼굴이 보였어요. 그러면 저는 또 울어요. 악몽을 꾸고 나면 신핑의 방에 갔어요. 그 애가 이불을 들춰주면 저는 그 안에 들어갔죠. 신핑이 재워주면 잠이 잘 왔어요.

그쯤에서 장중쩌가 물었다. 그럼 그 친구와는 왜 사이가 나빠졌는데요? 오드리의 눈빛이 어두워졌다. 목소리도 축 처졌다. 그녀의 이야기에 '즈싱'이 등장했다. 즈싱은 일곱 살 때부터 열 몇 살이 되도록 체조를 배웠다. 코치는 훈련 시간에 즈싱의 허리나 허벅지를 슬쩍슬쩍 만졌고, 합숙 훈련을 가서는 그녀를 성폭행했다. 즈싱은 중요한 경기에서 착지를 실수해 부상당했다. 다들 그녀의 골절된 허벅지를 목격했다. 인터넷에도 그 영상이 올라왔다. 즈싱의 체조 인생은 그렇게 끝이 났고, 그녀는 두 차례 자살 시도를 했다. 우울증을 앓아서 제대로 된 직업도 구하지 못했다. 오드리와의 차이점은 즈싱의 집안 형편이 좋지 못하다는 것이었다. 즈싱은 가족들에게 눈엣가시였다.

장중쩌는 머리가 빙글빙글 도는 기분이었다. 예전에는 뉴스에서 성추행, 성폭행 기사를 볼 때 '기업 회장이 내부자 거래를 했다'라는 기사처럼 자신과는 관계없는 일로 치부했다. 그런데 그런 일을 겪은 당사자가 바로 눈앞에 있었고, 그 일로 그녀는 평생 절망

우리에게는 비밀이 없다

의 그림자를 벗어나지 못하고 있었다. 장중쩌는 몸을 떨며 생각했다. 그 자신의 상황과 다를 것이 없었다. 그도 인터넷을 통해 똑같이 절망한 사람을 찾으려 하지 않았던가? 다른 점이라면 그는 그들에게서 위안을 얻으려는 것이 아니었다. 그는 그런 식으로 위안을 얻을 수 있다고 생각하지 않는다.

장중쩌는 군대에 갔을 때 해상 훈련을 한 적이 있었다. 그 몇 달간 바다에 빠져 죽은 시체를 쉴 새 없이 건져 올렸다. 일가족의 시체를 건졌던 기억이 여전히 생생했다. 한 남자가 아들과 조카딸을 데리고 버려진 해수욕장에서 물놀이를 하다가 사고가 났고 조카만 살아남았다. 그 아이의 증언에 따르면 사촌동생이 먼저 바닷물에 휩쓸렸고, 삼촌이 아들을 붙잡으려고 하다가 같이 물에 빠졌다. 남자아이 시체를 먼저 건지고 다음 날 바위 틈에서 아빠의 시체를 찾았다. 장중쩌는 아빠와 아이 몸집을 비교하다가 의아한 점이 있어 해상구조원 자격증이 있는 선임에게 물어보았다. *아빠가 그렇게 몸집이 크고 건장한데 왜 조그만 일곱 살 아이를 구하지 못했을까요?* 선임이 물고 있던 담배를 손에 쥐면서 나른하게 대답했다. *본능이지. 죽어가는 인간의 본능을 얕보면 안 돼. 위로 올라가려고 끝끝내 상대를 붙잡고 놓지 않아. 그러다 목을 조르게 되기도 하고, 얼굴을 움켜쥐다가 손가락이 눈 안에 들어가고 그래. 외국에서 나온 익사 보고서를 봤는데, 물에 빠진 사람보다 그 사람을 구조하러 들어간 사람이 죽은 경우가 더 많더라고. 그래서 우리에게 구조 원칙이 있는 거야. 육상에서 구조한다. 바다에 들어가지 않는다.* 장중쩌의 시선이 다시 오드리에게 향했다. 눈앞이 흐릿했다. 저들 세 사람 중에서 누가 해안에 있었을까? 누가 물속에서 오르락내리락하고 있었을까? 숨 쉴 수 없게 목을 붙잡힌 사람은 또 누구였을까?

장중쩌가 물었다. *그럼 당신들 세 사람은 나중에 어떻게 되었어요?* 오드리가 몸을 움츠리며 대답했다. *신핑은 남자친구를 사귀었어요. 나중에는 남자친구와 같이 살기 위해 다른 도시로 이사를 가겠다고 했죠. 즈싱은 그걸 참지 못했어요. 난리를 치고 발작을 하고 울부짖었죠. 모든 수단을 동원해서 신핑이 짐을 싸는 걸 방해했어요.* 장중쩌가 물었다. *당신은 즈싱을 말리지 않았습니까? 우신핑이 잘못한 건 하나도 없었잖아요.* 오드리가 몇 초 망설이다가 눈빛을 번쩍이며 대답했다. *말리긴 했지만 즈싱이 너무 막무가내였어요. 제가 한 마디 하면 즈싱은 세 마디 하면서 무슨 말을 못하게 했어요. 그래서 전 신핑이 알아서 잘 처신할 거라고 생각했죠. 신핑의 남자친구가 차로 짐을 가지러 온 날, 즈싱이 신핑을 배웅하겠다며 나왔어요. 저는 걔가 결국 상황을 받아들였다고 생각했어요. 그런데 칼로 자기 손목을 그어버릴 줄이야……. 피가 뚝뚝 떨어져서 바닥에 고일 정도로 깊이 그었어요. 신핑의 남자친구가 그 모습을 다 봤어요. 너무 놀라서 멍청하게 서 있더군요. 신핑의 남자친구를 그날 처음 만난 것이었는데, 우리가 그렇게 그 애의 행복을 망가뜨려…….* 오드리가 또 눈물을 흘렸다. 입술이 움직이는데도 소리는 나지 않았다. 장중쩌가 그만 말하라며 달랬다. 오드리는 손으로 눈과 코를 가리고 울었다. 잠시 후 그녀가 손으로 목을 힘껏 움켜쥐며 억지로 목소리를 짜냈다. *아직, 아직이에요. 그게 끝이 아니었어요. 제일 무서운 일은…….* 순간 그녀의 숨소리가 이상해졌다. 목소리가 심하게 갈라져 흘러나왔다. 그녀의 거친 목소리에서 장중쩌는 '그 문장'을 힘들게 알아들었다.

"즈싱이 그 남자한테 물었어요. 이봐요, 당신 여자친구가 고등학교 때 친구의 오빠한테 강간당한 건 알아요?"

장중쩌는 한참 동안 아무 말도 하지 못했다. 그는 이 이야기의 힘에 완전히 빨려들었다. 이성은 더 이상 오드리에게 신경 쓰지 말라고 말하고 있었다. 오드리가 감정을 주체할 수 있게 달랜 다음 얼른 헤어져라, 원래의 삶으로 돌아가라, 라고 이성이 말했다. 그러나 감성이 제멋대로 그의 입을 움직였다. *그다음엔 어떻게 되었죠?*

남자친구가 도망쳤어요. 신핑은 웅크린 채 울었죠. 달걀처럼 동그랗게 몸을 말고 덜덜 떨면서요. 오드리는 그런 신핑을 어떻게 해야 할지 몰라 쩔쩔맸다. 우선 경찰에 신고한 다음 즈싱을 데리고 구급차에 올랐다. 즈싱의 상처에 붕대를 감은 뒤 다시 집으로 돌아왔을 때 신핑은 사라진 뒤였다. 즈싱은 미친듯이 신핑을 찾으려 했다. 몇 차례는 성공하기도 했다. 그러다 결국 오드리가 즈싱 앞에 무릎까지 꿇고 신핑을 가만히 내버려두라고 빌었다. 즈싱이 울면서 물었다. *그럼 우리는 뭐야?* 얼마 후 즈싱도 사라졌다. 오드리는 혼자서 왜 이렇게 되었는지 곱씹었다. 자신이 나서서 즈싱을 도와주려 한 것이 잘못이었다는 생각이 들었다. 즈싱이 이렇게까지 과한 걸 원하리라고는 생각지 못했다. 우물쭈물하던 장중쩌는 두루뭉술하게 물었다. *당신이 죽으면 우신핑이 더 괴로워하지 않겠습니까? 함께 의지하며 지내던 친구들인데 한 사람은 자기를 괴롭히려 하고, 또 한 사람은 죽을 생각만 한다면 우신핑이 얼마나 괴롭겠어요? 아마 자기가 저주받았다고 생각할지도 모르죠.*

장중쩌가 무심히 뱉은 이 말이 기이하게도 오드리에게 깊은 깨우침을 주었다. 그녀는 죽으면 안 되었다. 장중쩌의 말이 맞았다. 착한 우신핑이 그녀가 죽었다는 소식을 들으면 앞으로의 삶을 어떻게 견디겠는가? 장중쩌는 친구에게도 자신에게도 시간을 좀 주라며 오드리를 격려했다. 오드리는 살기로 했다. 그리고 신펑이 먼저 연락을 해올 때까지 기다렸다. 신펑은 작은 학원에서 강사로 일한 지 만 2년이 되었다고 했다. 예전 남자친구는 오랫동안 그를 기다렸던 학교 후배와 결혼했다고 했다. *학생들 다루는 거 힘들지 않아? 요즘 애들은 못된 장난도 많이 친다던데, 괜찮니?* 오드리의 물음에 신펑은 곧바로 대답하지 않았다. 나중에 헤어질 때쯤 되어서 오드리의 팔을 가볍게 잡고는 지나가듯 말했다. *어린애들 장난은 한계가 있어. 내 말이 무슨 뜻인지 알겠니? 아이들은 아무리 심한 짓을 해도 할 수 있는 일이 정해져 있다고. 그 녀석들은 조그만 문제만 생겨도 헐레벌떡 달려와서 선생님한테 일러바친단다. 아주 귀여워. 오드리, 아이들은 몇 살이 넘으면 그러지 않게 될까? 나쁜 일을 알아차려도 모른 척 넘어가는 법을 언제쯤 배우게 될까?*

오드리는 말문이 막혔다. 그 말 뒤에 어떤 숨은 뜻이 있는 것 같았다. 즈싱이 신펑을 감정적으로 착취하는 것을 보고도 오드리 역시 방관한 적이 있었다. 왠지 앞으로 신펑과 다시 만나기 어려울 것 같았다. 하지만 신펑은 헤어지면서 또 연락하겠다고 말했다. 그때부터 반년에 한 번씩 신펑은 발신자 표시 제한으로 전화를 걸어왔다. 그녀가 들려주는 사생활 이야기는 한정적이었다. 오드리는 실망스러웠지만 왜 마음을 터놓지 못하는 거냐고 물을 용기는 없었다. 신펑을 만나고 오면 오드리는 우울했다. 그럴 때는 장중쩌에게 전화를 걸었다. 장중쩌는 차를 몰고 와서 오드리를 태우고 여기저기 달리다 돌아오곤 했다. 그런 일이 한 달에 두 번쯤 있었다. 장중쩌는 늘 이렇게 말했다. *친구에게 시간을 좀 줘요……*

장중쩌는 손가락을 꼽아보았다. 오드리와 알고 지낸 지도 꽤 시

우리에게는 비밀이 없다

간이 흘렀다. 말하자면 그가 몇 년이나 더 삶을 연장했다는 뜻이다. 그 수천 일의 시간 동안 그는 마음을 바꿔 먹었다. 더는 희망을 품지 않기로 했다. 희망이 절망의 친구라서 둘은 언제나 같이 움직인다. 희망이 마음에 깃들면 절망이 부르지 않아도 다가온다. 그가 희망을 버리자 절망도 흔적 없이 사라졌다. 그는 기나긴 평온의 길로 들어섰고, 더는 원망의 마음 없이 아버지를 간병할 수 있었다. 이런 변화에는 오드리의 영향이 컸다. 그는 오드리와의 우정이 어디까지 이어질지 궁금했다.

오늘은 전과 달랐다. 오드리가 명확하게 지시를 내렸고, 장중쩌는 그녀를 태우고 어느 아파트 단지의 출차 입구를 감시하게 됐다.

은백색 SUV가 나타나자 오드리는 차 번호를 확인한 다음 장중쩌의 팔뚝을 두드렸다. 차 뒤를 바짝 따라붙으라는 것이었다. 장중쩌는 미행을 해본 적이 없었다. 결국 신호 때문에 차를 놓치고 말았다. 길가에 정차하고 이제 어떻게 할지 고민하는데, 아까 그 SUV가 마트 문 앞에 서 있는 것을 발견했다. 운전자가 음료수 캔을 들고 다시 차에 올라타는 중이었다. 장중쩌는 그 차를 놓치지 않으려고 기를 쓰고 뒤쫓았다. 운전대를 쥔 손이 땀으로 축축했다.

SUV가 입체교차로°로 들어섰다. 오드리가 코웃음치며 "그럴 줄 알았어"라고 중얼거렸다. 장중쩌가 저 사람이 누구냐고 물었지만 오드리는 대답하지 않았다. 그저 차를 따라가는 데만 집중하라고 했다. 다행히 평일이라 차량이 많지 않았다. 100킬로미터 가까

° 교차로를 지나가는 차량이 정차할 필요가 없도록 교량 등을 활용해 교차점을 위아래로 엇갈리게 만든 시설.

이 달리는 동안 계속 그 차를 시야 범위에 두고 따라갈 수 있었다.

SUV가 깜빡이를 켰다.

"차에서 내릴 건가 봐!"

오드리가 깜짝 놀라 외쳤다. 장중쩌는 미처 깜빡이를 켜지 못하고 급하게 차선을 변경했다. 뒤에서 귀를 찌르는 경적 소리가 길게 이어졌다. 입체교차로에서 벗어난 SUV는 경쾌하게 우회전을 해서 달려갔고, 마침 노란불이 빨간불로 바뀌면서 그들의 바로 앞 차량이 멈춰 섰다. 오드리가 비명을 질렀다.

"또 놓쳤어!"

"일단 기다려봐. 조금 더 가다 보면 아까처럼 중간에서 마주칠 수도 있어."

"또 그렇게 운이 좋을 리가 있어?"

그때 전화벨 소리가 울렸다. 장중쩌의 전화가 울리는 줄 알았던 오드리는 잠시 후 자신의 전화가 울린다는 것을 알고 시무룩하게 전화를 받았다.

"그 차 놓쳤죠?"

전화를 건 사람은 우자칭이었다.

"그걸 어떻게 아세요?"

"내가 지금까지 당신들 뒤를 따라왔으니까요. 이제부턴 내가 앞서갈 테니 따라와요. 그 남자가 어디로 가는지 압니다."

그 순간 우자칭의 차가 장중쩌의 차 옆을 지나갔다. 우자칭이 덧붙였다.

"내가 그 남자 차에 위치 추적기를 붙였습니다."

"그 남자를 만났어요? 언제요?"

"그건 중요하지 않습니다. 일단 따라갑시다."

"이 사람은 또 누구야? 아까 그 차는 왜 따라가는 건데? 미행하는 건 불법이잖아?"

장중쩌는 불안했다.

"우리가 상대해야 하는 남자는 보통 사람이 아니야."

오드리가 덤덤하게 대답했다.

우자칭을 따라 몇 킬로미터 달리자 다시 은백색 SUV가 나타났다. 그들은 판옌중이 어느 초등학교 옆에 차를 세울 때까지 미행했다. 판옌중은 차에서 내려 사이드미러를 보며 머리카락을 정돈했다. 그런 다음 근처의 어느 집 앞에 서서 초인종을 눌렀다.

장중쩌는 오드리를 쳐다보았다. 오드리는 생각에 잠겨 있었다.

"내가 알기로 여긴 우신핑이 전에 살던 곳이야. 그러니까 그 사람들이……."

그들이 미행한 남자는 그 집 문 앞에 오래 서 있지 않았다. 그는 우울한 표정으로 맞은편 마트로 걸어 들어갔다.

오드리는 눈을 가늘게 뜨고 남자를 주시했다. 그녀를 방해하면 안 될 것 같은 분위기였다. 남자를 미행하는 과정에서 화가 난 것 같았다. 장중쩌는 차에서 내려도 될지 생각했다. 그가 보기에 저 남자가 알아보지 못할 사람은 자기뿐이었다.

"오드리, 저기 가서 먹을 거 좀 사 올게."

"그래."

"배고프지 않아? 뭐 먹고 싶어?"

"난 괜찮아."

그 사이에 판옌중이 마트에서 나왔다. 장중쩌는 어떻게 해야 할지 몰라 허둥거렸다. 오드리가 먼저 정신을 차렸다.

"일단 마트에 다녀와. 우 형사님이 보고 있으니까 괜찮아. 지나가는 사람처럼 갔다 오면 돼."

장중쩌는 잔뜩 긴장한 채 걸어갔다. 판옌중 옆을 지나칠 때는 저도 모르게 마른기침이 터졌다. 판옌중이 그를 흘낏 보더니 손에 쥔 담배로 이내 시선을 돌렸다. 마트 진열대에는 고를 만한 것이 거의 없었다. 망설이다 파인애플 잼이 들어간 빵을 들고 계산대로 갔다. 계산을 하는 동안 마트 입구 쪽을 돌아보니 판옌중이 자기 차 쪽으로 움직이고 있었다. 장중쩌는 거의 뛰다시피 차로 돌아왔다.

"그 남자가 차에 탔어. 부탁 좀 할게. 난 어디 좀 다녀오려고 하니까 당신이 저 남자를 쫓아가."

"저 남자가 누군데? 말해주지 않으면 나도 이렇게 마냥 시간을 내줄 수 없어."

장중쩌가 위협하듯 말했다.

"꼭 알아야 되겠어?"

"아침부터 불러내서는 아무 설명도 없이 저 남자를 따라 여기까지 왔잖아. 이유라도 알자."

"당신한테 피해를 주고 싶지 않아서 그래."

오드리가 시무룩하게 대답했다.

"말해주지 않으면 난 이대로 돌아가겠어. 당신은 혼자 알아서 타이베이에 돌아오든 말든 하라고."

"알았어. 말해주면 되잖아."

오드리가 곁눈질로 판옌중을 계속 감시하면서 말을 이었다. 그는 담배를 바닥에 던지고 발로 비벼 끄는 중이었다. 그런 다음 차 문을 열었다가 도로 몸을 돌리더니 또다시 담배를 꺼냈다.

"저 남자가 우신핑 남편이야."

"우신핑이 결혼을 했어?"

우리에게는 비밀이 없다

"그래."

"우신핑이 결혼을 했을 줄이야. 그런 많은 일을 겪고도……."

오드리는 눈을 감았다. 악의 없이 한 말이라는 걸 알지만, 그래도 가시에 찔린 듯 아팠다.

"그런데 왜 우신핑의 남편을 미행하는 거지?"

"며칠째 신핑과 연락이 안 된다고 했지? 그 애 직장으로 찾아가 봤는데 신핑이 이틀이나 무단결근을 했대. 게다가……."

오드리가 젠만팅 선생님과 나눈 대화를 간단히 들려주자 장중쩌가 입을 다물지 못했다.

"저 남자가 아내를 때린다고? 저렇게 좋은 차에 비싼 집에 살면서!"

"신핑을 때렸는지는 모르지만, 전처를 때린 건 확실해. 뉴스에도 나왔거든."

오드리가 휴대폰을 켜서 인터넷 기사를 보여주었다.

"걔가 무단결근까지 했다는 소리 듣고 걱정돼서 경찰서를 찾아 갔어. 저 형사님이 자기 방식대로 우리를 도와주겠대. 그러니까 지금 판옌중이 무슨 짓을 하고 다니는 건지 알아내려는 거야."

오드리가 우자칭 형사의 차를 가리켜 보였다.

"음, 그런 거였군. 저 남자 예전 장인은 보통 사람이 아닌데, 그런 거물의 딸도 때렸다니……."

"그래서 신핑이 더 걱정되는 거야. 저 남자는 어쩌면 일부러 아무 배경도 없는 여자를 골라 결혼한 건지도 몰라."

"저 남자는 대체 무슨 꿍꿍이로 여기에 왔을까?"

"신핑이 나랑 만나기로 한 날보다 며칠 앞서서 친정집에 다녀갔다는 것 같아. 텔레비전에도 그런 드라마 많이 나오잖아. 범인이 무고한 사람한테 죄를 뒤집어씌우려고 연막 치는 거."

"저 남자가 누군가에게 죄를 뒤집어씌우려고 하는 거라고? 누구한테?"

"모르지. 신핑은 가족들과 사이가 좋지 않았으니까 친정 가족이 저 남자의 선택지가 되지 않을까?"

"그럼 저 남자가 방금 우신핑의 가족을 만난 걸까? 근데 문 앞에서 초인종만 눌러보고 돌아섰잖아……."

오드리는 고개를 저었다.

"나도 신핑의 가족들 얼굴은 몰라. 가서 물어보는 수밖에."

"방금 갈 데가 있다고 그랬지? 어디 가려고?"

"나는…… 근데 왜 계속 묻기만 하는 거야?"

"당신한테 무슨 일이라도 생길까 봐 그렇지. 우린 이 지역에 아는 사람도 없는데 어딜 가겠다는 건데?"

잠시 침묵이 흘렀다. 장중쩌는 오드리를 빤히 쳐다보았고, 오드리는 시선을 피했다.

"설마 그곳에……."

"맞아. 말리려고 하지 마. 그냥 잠깐 갔다 오는 것뿐이야."

"당신이 그곳에 가도 소용없어."

"신핑이 내가 다녔던 초등학교에 가게 되었다면 그 애 역시 뭐라도 하고 싶어 할 거야. 나는 그저 보고만 올 거고."

"뭘 보고 싶은 거야?"

"간섭하지 마. 내가 하려는 일이 뭔지 잘 알고 있으니까."

"어떻게 간섭하지 않을 수가 있어? 이래봬도 나는……."

"이래봬도 뭐? 우리 부모님께 돈을 받았다는 거 알고 있어. 그러면 내가 하자는 대로 해."

우리에게는 비밀이 없다

장중쩌는 말문이 막혔다.

2년 전쯤 장중쩌가 아버지를 모시고 정기검진을 다녀오는데 오드리의 부모님이 집 앞에서 기다리고 있었다. 그들은 자신들이 얼마나 오래 기다렸다느니 하는 말은 꺼내지 않았다. 오히려 미리 약속을 잡지 않고 찾아와서 미안하다며, 괜찮다면 장소를 옮겨서 대화를 나누고 싶다고 했다. 장중쩌는 '싫다'고 말할 권리가 없다는 느낌을 받았다. 그래서 아버지를 집 안으로 모신 다음 두 사람과 함께 카페로 향했다. 오드리의 아버지는 앉자마자 연거푸 질문을 던졌다. 장중쩌는 이유도 없이 호구조사를 당하는 기분에 조금 화가 났다. 그는 이런 식으로 점수가 매겨질 이유가 없었다. 오드리의 어머니는 그의 불쾌함을 알아차린 듯 남편에게 '얼른 용건을 꺼내라'고 눈치를 주었다. 오드리의 아버지가 고개를 끄덕이더니 목소리를 누그러뜨리고 말했다. *우리 원징이 당신에게 폐를 끼치고 있어서 정말 죄송합니다. 우리가 차 기름 값이라도 보태고 싶은데, 한 달에 5만 타이완달러는 어떠십니까?*

몇 초쯤 망설이던 장중쩌가 물었다. *두 분이 절 찾아오신 건 오드리가 알고 있습니까?* 오드리의 어머니가 고개를 젓더니 슬픈 표정으로 장중쩌를 바라보며 물었다. *오드리가 우리 이야기를 한 적이 있나요?* 장중쩌도 고개를 저었다. 건너편에 앉은 두 사람의 얼굴에 상처받은 기색이 떠올랐다. 오드리의 부모는 서로 시선을 마주쳤고 표정은 더욱 어두워졌다. 오드리의 어머니가 짐짓 우호적인 미소를 띠며 말했다. *우리가 자식 교육에 실패했다고 생각하실 겁니다. 원징이 당신한테 부모 이야기도 하지 않았다고 하니 말이죠. 하지만 원징은 우리에게는 유일한 자식입니다. 할 수 있는 모든 방법을 동원해 그 아이를 돌보고 챙겼지만, 어디서 문제가 생겼*

는지 오드리는 지금과 같은 모습이 되고 말았지요. 그 아이가 원하는 것이 뭔지 저희도 잘 모르겠어요. 그 애는…… 우리가 생각할 수도 없는 것, 애초에 존재하지도 않는 것을 원하는 것 같아요. 미안합니다, 내가 너무 흥분했군요…….

오드리의 어머니가 의자 등받이에 등을 기댔다. 오드리의 아버지가 바통을 넘겨받았다. 심각하게 생각하지 마십시오. 솔직히 말씀드리자면, 우리는 한동안 당신을 지켜봤습니다. 원징의 안목을 믿지 못한다는 뜻이 아닙니다. 다만 원징이 전에 같이 지내던 친구들과도 문제가 생겼으니까요. 한 명은 자살을 시도했고 다른 한 명은 파혼을 했지요. 그 집은 저희가 사준 것이었어요. 그곳에서 있었던 일과 비슷한 사건이 또 생길까 두렵습니다. 어쨌든 저희가 드리는 돈에 부담 갖지 말아주십시오. 원징 곁에 오래 머물러준 것에 감사의 의미로 드리는 것이니까요. 원징 그 아이는 아직도 어린애 같은 면이 많아요. 감정적인 부분에서 당신이 많이 받아줘야 할 거예요. 음…… 당신이 가끔 우리에게 전화해서 안부를 전해주면 더 좋지요. 장중쩌는 거래에 동의했다. 사실 다른 선택지가 없었다. 그는 돈이 필요했다. 어차피 그는 오드리를 지켜봐야 했다. 앞으로 정기적으로 그녀의 부모에게 전화로 보고하는 일만 더해지는 것뿐이었다. 그렇게만 하면 매달 1일에 돈이 따박따박 입금되었다.

오드리가 원할 때 그는 달려간다. 연락이 없으면 전과 다름없이 아버지의 숨 쉬는 소리를 세면서 시간을 보낸다.

오드리가 이런 상황을 들먹였으니 장중쩌는 민망할 수밖에 없었다. 그는 차의 잠금장치를 풀었다.

그때 판옌중은 담배를 끄고 차 문을 열고 있었다. 잠시 후 헤드라이트에 빛이 들어왔고 차가 움직였다.

우리에게는 비밀이 없다

오드리는 장중쩌의 차에서 내린 뒤 몸을 웅크렸다. 판옌중이 자신을 보지 못하도록 숨으려는 것이었다.

"저 남자를 따라가. 어디를 가는지 꼭 알아내야 해."

"타이베이로 돌아가는 거면 어떡해?"

"그러면 나를 데리러 와. 내가 전화할게. 일을 마치면 연락할게."

장중쩌의 차가 떠난 후 오드리는 마트로 들어갔다. 부자연스럽게 음료수 한 병을 들고 계산대로 향했다. 펄떡펄떡 뛰는 심장을 부여잡은 채 계산대 직원을 쳐다봤다.

"아까 그 남자 손님이 무슨 이야기 했어요?"

대화를 시작하기에 좋은 말이 아니었다. 오드리도 그 사실을 알았지만 다른 말이 생각나지 않았다.

"오늘 무슨 날이에요? 다들 심심해서 미치겠나 보죠?"

직원이 오드리를 힐끗 보더니 웃어버렸다.

"좀 전에 당신과 얘기한 그 남자, 문제가 있어서 그래요."

직원은 오늘 출근한 사람이 자신이라는 것을 원망하는 듯한 표정으로 짜증스럽게 대꾸했다.

"전 그냥 출근하고 월급 받는 사람이에요."

오드리는 당황했다. 왜 사람들은 내가 하는 말에 관심을 기울이지 않는 걸까?

"그 남자가 무슨 말을 했는지만 알려주시면 돼요. 간단하잖아요."

"저한테 길을 물어봤어요."

"어디로 가는 길을요?"

"모르겠어요. 그 남자가 주소지를 댔는데 제가 모르는 곳이었거든요."

"그것뿐이에요? 한참 이야기하는 걸 봤는데요?"

"정말로 별 이야기 없었어요. 그 사람은 길을 물어봤고, 저는 거기가 어딘지 몰랐어요. 그것뿐이라고요. 이것 보세요, 더 필요한 거 없으면 비켜주시겠어요? 손님들 계산하는 데 방해되잖아요."

오드리는 이유 없이 가슴에 통증을 느꼈다. 무력감과 낭패감이 덮쳤다. 그녀는 무엇도 해내지 못했다. 마트 직원에게서 정보를 알아내는 것조차 실패했다.

오드리가 직원을 노려보았다. 오드리의 가슴이 위아래로 크게 움직였다. 그녀의 손이 가방 안으로 들어갔다.

"이건 다 당신 탓이에요."

오드리는 직원의 표정이 경악에서 난처함으로, 다시 분노로 바뀌는 것을 지켜보았다.

"내가 원하는 건 그 남자가 당신에게 뭘 물어봤는지, 그것뿐이에요. 그 남자는 목적을 가지고 여기에 왔어요. 거짓말이 아니에요. 당신이 사실대로 말해주지 않으면 누군가 다칠지도 모른다고요."

오드리의 목소리는 불쌍할 정도로 억눌려 있었다.

직원은 당황했다.

"도대체 왜 이러세요? 말씀드릴게요, 다 말할게요."

오드리는 십 분 넘게 걸어서 쑹화이구의 집 앞에 도착했다. 창문

　　　　　　　　　우리에게는 비밀이 없다

앞에서 까치발을 들고 안을 살피려는데 기척도 없이 출입문이 열렸다. 손에 박스 포장용 테이프를 든 여자가 문 밖으로 몸을 내밀었다. 두 사람의 시선이 딱 마주쳤다. 오드리는 자신을 쑹화이구의 고등학교 동창이라고 둘러댔다. 오랜만에 고향에 왔다가 친구가 생각나 찾아왔으며, 그가 집에 있으면 잠깐 회포나 좀 풀고 싶다고 말했다. 집에서 나온 여자는 쑹화이구의 여동생이라고 했다. 오빠는 오랫동안 외지에서 사업을 하고 있어서 고향에는 가끔만 들른다고 했다. *잠깐 들어오시겠어요?* 동생이 물었다. 그녀의 표정이나 행동거지에는 요즘 젊은이들 같지 않은 온화함이 느껴졌다. 오드리는 눈 앞의 '동생'을 보며 생각했다. 당신이구나.

당신이 바로 신핑의 친구이자 마지막에는 자기 오빠가 신핑을 성폭행하는 것을 목격한 그 여자구나.

신핑은 자신의 이야기를 거의 하지 않는 편이었다. 세 사람 중에서 신핑이 가장 이상적으로 과거의 일을 망각했다. 그녀는 뒤를 돌아보지 않았고, 조각난 기억을 다시 맞춰보지 않았으며, 옛 사건의 전체적인 모습을 복기하지 않았다. 그녀의 서술은 절제되어 있었다. 열여덟 살, 친구의 오빠, 그날 그의 생일 파티가 있었다. 신핑은 점심을 거르고 파티에 갔고, 거기서 사람들이 권하는 대로 콜라나 스프라이트를 섞은 도수 높은 술을 받아 마셨다. 일이 벌어졌을 때는 저항할 힘도 없었고 기억나지 않는 부분도 많았다. 정신을 차린 후에는 친구에게 집까지 같이 가달라고 부탁했다. 그렇게 부탁한 것이 나중에 수많은 불리한 억측을 낳았다. 학교 바깥까지 소문이 퍼지자 누군가 이렇게 지적하고 나섰다. 우신핑이 사건 다음 날 그 남자 여동생과 함께 웃으며 이야기하는 모습을 똑똑히 봤다. 정말로 그런 일이 있었다면 신핑이 웃을 수 있었을까?

거기까지 말한 신평은 더 이상 이야기를 이어가지 않았다.

오드리는 입 밖으로 말하지 않았지만 속으로 신평의 처지에 공감했다. 그런 상황에서도 웃을 수 있다. 오드리도 똑같은 질문을 받았었다. 열일곱 살 때 부모님에게 솔직히 말했다. 평범한 겨울날 오후였다. 엄마 젠웨이룽이 머그컵을 들고 온수기 버튼을 눌렀다. 성적표를 막 받아서 살펴본 뒤였는지 지나가는 듯한 말투로 물었다. *공부는 잘되니? 걱정할 거 없어. 네가 다니는 학교는 명문이라 다들 어렵게 입학했잖니. 네 석차가 낮은 것도 이해가 돼. 괜찮아. 공부도 차차 흐름을 찾을 수 있을 거야.*

그 순간 오드리는 환상인지 착각인지 모르지만 영혼이 육체를 벗어나 엄마와 자신의 대화를 옆에서 지켜보는 듯한 느낌에 빠져들었다. 그녀의 입에서 이런 말이 흘러나왔다. *린 선생님이 내 아래를 만지고, 사진도 여러 장 찍었어요.* 엄마가 머그컵을 젓던 동작을 멈추고 물었다. *어떤 린 선생님?*

나 데리고 대회에 참가했던 선생님이요. 중학교에 올라와서도 린 선생님과 몇 번 만났어요. 엄마가 쾅 소리가 나도록 컵을 내려놓았다. 그녀의 눈빛은 오드리를 꿰뚫을 기세였다. 드디어 엄마의 말투에 당황한 기색이 드러났다. *지금 네가 무슨 말을 하는 건지 알고 있어? 린 선생님이 널 위해서 얼마나 애쓰셨는지 생각해봤니? 대회에 참가할 때마다 네 모습을 영상 촬영 해서 CD로 만들어주셨어. 공부가 싫으면 싫다고 말하면 되지, 왜 그런 말을 하는 거니?* 오드리는 눈을 꽉 감고 잇새로 뱉어내듯 말했다. *정말이에요, 린 선생님이 나를 책상에 앉히고 속옷을 내려서…….*

엄마가 목소리를 높여 추궁했다. *그게 정말이면 왜 린 선생님을 만나고 싶다고 했어?*

우리에게는 비밀이 없다

열일곱 살의 오드리는 그 말에 대항하지 못했다. 엄마의 추궁이 합당해 보여 아무 대꾸도 못 했다. 열 살 때의 나는 왜 린 선생님을 만나고 싶어 했을까? 내가 그를 미워했다면, 그가 나에게 한 짓이 싫었다면, 나는 왜 그를 만나기로 약속하고 또 그 약속을 지켰을까? 나는 왜 린 선생님이 간식과 홍차를 사주는 것을 그냥 받아들였을까? 그가 내 중학교 생활에 관심을 보이도록 내버려둔 이유는 무엇일까? 초등학교를 졸업한 뒤로 린 선생님은 다시는 그런 행위를 하자고 요구하지 않았고, 사진들에 관해서도 아무 말이 없었다. 오드리 역시 아무것도 묻지 않았다. 그런데 린 선생님과 만났다가 헤어질 때마다 왠지 허전한 기분이었다. 린 선생님이 아무런 행동도 하지 않았지만 오드리는 계속해서 무언가를 잃는 느낌이었다. 스물일곱 살이 되어서야 당시 자신의 감정이 무엇이었는지 어떻게든 정리해서 설명할 수 있었다. 그녀는 린 선생님에게 집착했고, 린 선생님이 자신을 버리지 않기를 바랐다. 열 살이었던 오드리는 갑자기 너무 높은 의자 위에 올려졌다. 그리고 자신을 거기에 올려놓은 사람만이 도로 내려줄 수 있다고 믿었던 것이다.

신핑에게 고소가 어떻게 진행되었는지 물은 적이 있었다. 그 질문은 신핑의 마음속에 불쾌한 기억을 불러일으키는 듯했다. 신핑은 대충 얼버무리면서 힘들고 외로웠다고 강조했다. 여러 사람 앞에서 무슨 일이 일어났는지 설명하면서 반복적으로 기억을 되짚어야 했던 것이다. 그 과정에서 고소를 한다는 것이 정의를 추구하는 일인 동시에, 상처 없이 완벽했던 마음속 한켠까지 어쩔 수 없이 붕괴되어가는 일이 아닌가 하는 의문이 들었다고 했다. 오드리가 또 물었다. *그때 누군가 널 응원해주는 사람이 있었어?*

신펑은 고개를 끄덕였다. 그분은 '렌連 선생님'이었다. *신펑, 네가 마지막에 어떤 선택을 하든지, 그 과정에서 무슨 말을 듣든지 이것만큼은 기억하렴. 너는 잘못한 게 없단다. 너는 정말로, 정말로 잘못한 게 없단다.* 렌 선생님은 이렇게 말하며 처음부터 끝까지 한 가지 입장을 고수했다. 오드리는 신펑이 좋은 사람을 만난 것을 부러워했다. 신펑은 과거 이야기를 할 때면 몸이 미세하게 뻣뻣해졌다. 그녀는 그런 자신을 의식하지 못하는 것 같았다. 다만 자신이 입 밖에 내는 말이 호시탐탐 자신을 집어삼키려 한다고 느끼는 것 같았다. 오로지 렌 선생님에 대해 이야기할 때만 뻣뻣했던 몸이 편안해지곤 했다. 가해자와 가해자의 여동생에 대해서는 자세히 말하기를 꺼렸다. 신펑은 항상 이렇게 말했다. *다 잊어버렸어.*

신펑은 잊어버린 것이 아니라 어떤 이유에선지 말하고 싶지 않은 것이었다.

컵에 담긴 액체가 오드리의 목안으로 흘러 들어갔다. 조금 전 '여동생'이 무슨 차를 마시겠느냐고 묻자 오드리는 아무거나 달라고 했다. 하지만 여동생이 맹물을 내올 줄은 몰랐다. 보통은 홍차라도 대접하기 마련인데 말이다.

여동생은 물이 담긴 컵을 들고 오드리의 맞은편에 앉았다. 오드리는 머릿속이 복잡했다. 여동생의 피부는 푸석하고 누리끼리했다. 얼굴에 주근깨가 가득했고 윤기와 탄력이라곤 찾아볼 수 없었다. 머리숱도 적었고 눈썹이나 속눈썹도 희미했다. 전체적으로 초췌하다는 인상이었다. 오드리는 물을 한 모금 삼키면서 피어오르는 동정심도 같이 삼켰다.

문득 이런 생각이 들었다. 린 선생님이 비쩍 마르고 치아가 다 빠진 노인이 되었어도 증오할 수 있을까? 어떻게 그럴 수 있을까?

우리에게는 비밀이 없다

세월은 기억 속의 '강자'를 '약자'로 바꾸어놓았다. 그런 식의 복수가 달콤할까?

"저희 오빠하고는 언제 학교를 같이 다녔어요?"

여동생의 질문에 오드리는 상념에서 깨어났다.

"고등학교 1학년 때 친구예요."

상대적으로 안전해 보이는 학년을 골랐다. 그 사건은 신평이 고등학교 3학년 때 일어났으니 쑹화이구의 고등학교 1학년 시절 친구라고 하면 별다른 의심을 받지 않을 듯했다.

"오빠한테서 당신 이야기를 들은 기억이 없는데요."

여동생이 눈썹을 찌푸리면서 기억을 더듬었다.

"화이구는 친구가 많았으니까요. 전 그중 한 명일 뿐이라……. 어쩌면 친구라는 것도 저 혼자만의 생각일지 모르죠."

이것 역시 꽤나 안전한 변명이었다. 겸손 조로 나왔더니 오드리가 느끼기에도 여동생의 눈빛이 훨씬 부드러워졌다.

"제가 고등학교 1학년 때 이사를 갔거든요. 이곳도 많이 변했네요. 친구들도 많이 떠났고요."

"오빠는 가끔씩만 집에 다녀가요. 연락처 알려주시면 오빠한테 전해줄게요."

"고마워요."

여동생이 탁자에 놓인 전단지를 반쯤 찢어서 내밀었다. 오드리는 전단지 뒷면에 아무 번호나 적었다.

가짜 전화번호를 적은 다음 고개를 들자 여동생이 그녀의 다음 행동을 기다리는 듯 눈을 깜빡거리고 있었다. 오드리는 이곳을 찾기 전 여동생의 외모나 분위기 등을 상상해보았다. 실제로 만나보니 생각보다 꽤 평범했다. 사람들 틈에서 마주친다면 삼 초 안에 머릿속에서 지워질 인상이었다. 오드리는 저도 모르게 선입견을 품었던 자신을 깨달았다. 모종의 사건에 얽인 인물이라고 하면 왠지 남들과 다른 특징이 있을 거라고 상상하게 되기 마련이었다.

오드리는 허벅지를 꼬집었다. 이제 어떡하지? 이대로 일어서야 하나?

아니, 그랬다가는 나중에 후회할지도 모른다. 오드리는 포기하지 않기로 했다.

"참, 궁금한 것이 있는데요……."

오드리가 여동생을 흘낏하며 입을 열었다. 여동생은 미간을 찡그리고 있었다.

"혹시 우신펑이라는 여자, 기억해요?"

여동생이 입을 살짝 벌리며 허리를 세웠다. 자신의 귀를 의심하는 듯 오드리를 빤히 쳐다보며 되물었다.

"뭐라고 하셨죠?"

"우연히 이곳에 사는 친구하고 연락이 닿았는데, 친구들 말이 당신 오빠하고 그 여자 사이에 어, 일이 좀 있었다고 그러던데요?"

"음……. 그건 왜 물어보시는 건데요?"

여동생이 오드리를 노려보았다. 갑자기 팽팽한 분위기가 조성되었다.

"다른 뜻이 있는 건 아니고 그냥……."

오드리는 다시 물을 한 모금 마셨다. 거짓말에 능숙하지 못한 그녀는 이 상황이 버거웠다. 다음 순간 환청인지 뭔지 모를 이상한 소리가 들렸다. 이 집에 들어서던 순간 충만했던 자신감은 이미 흔적 없이 사라졌다. 남의 집에 뛰어들어서 과거 일을 후회하지 않느냐고 따져 물을 생각을 어떻게 할 수 있었을까? 오드리는 그

우리에게는 비밀이 없다

런 자신감에 찼던 자신이 믿기지 않았다. 우신펑에게 미안한 마음을 갖고 있느냐고 물을 자격이 자신에게 있을까?

오드리는 머리를 흔들었다. 귓가에서 윙윙거리는 잡음을 떨쳐내야 했다.

기회는 이번뿐이었다. 다시는 이런 기회가 오지 않을 거야! 이렇게 말하면 신펑에게 미안한 일일지 모른다. 그러나 오드리는 자신이 린 선생님과 얼굴을 맞대고 대화할 날이 올 거라고 생각하지 않았다. 그녀는 속으로 자신을 나무랐다. 쉬원징許文靜, 염치 없는 인간! 넌 지금 남의 상처를 후벼파면서 친구를 위해 정의를 실현한다고 포장하고 있어. 사실은 너 자신의 상처를 치유하고 싶을 뿐이면서 말이야. 사실 이런 행동은 흔해빠진 사례다. 자기 일일 때는 맞서 싸울 용기를 내지 못하고, 타인의 일에 대해서는 분기탱천해서 날뛴다. 나중에는 자기 행동이 옳은지 그른지도 분별하지 못하고 감정적으로 맞서다 아수라장이 된다.

"그냥 걱정이 돼서요. 오빠는 지금 잘 지내고 있나요?"

"당신, 저희 오빠 친구가 아니군요."

여동생이 한동안 침묵하다가 말을 이었다.

"처음부터 아무리 봐도 오빠 친구 같지가 않았어요. 당신이 저희 오빠 동창이라면 고등학교 1학년 때 담임선생님 성함은 뭐죠? 무슨 과목 담당이었죠?"

"오래전 일이라 잘 기억나지 않네요. 수학 아니면 영어 담당이었을 텐데……."

"하나 더 물어볼게요. 저희 오빠가 어떻게 생겼어요?"

오드리는 바닷물에 내던져진 기분이었다. 몸안의 에너지가 차츰차츰 빠져나가는 느낌이었다. 그녀는 자신을 과대평가했다. 더 철저히 준비하고 이 일에 뛰어들었어야 했다.

"대체 당신 누구예요? 여기 왜 왔죠?"

쑹화이쉬안이 나직한 목소리로 물었다.

"전 우신핑의 친구예요. 여기 온 건…… 신핑이 당신들 이야기를 해줬기 때문이고요."

오드리가 가진 패를 전부 보여주었다.

"신핑 대신 속죄하러 온 건가요? 아니면 그 애의 억울함을 따지러 온 건가요?"

"대신 속죄하다니요? 신핑은 잘못한 게 없어요."

쑹화이쉬안이 차갑게 미소 지었다.

"그 말을 하려고 온 건가요? 신핑이 당신더러 여기 와달라고 부탁하던가요?"

"신핑이 부탁해서 온 게 아니라 제가 원해서 온 겁니다."

"신핑과 친해요? 얼마나 친하죠?"

오드리는 어찌할 바를 몰랐다. 나는 신핑의 친한 친구가 맞을까? 신핑이 먼저 연락을 했으니 이제는 화가 풀린 게 맞겠지? 오드리의 얼굴 위로 스쳐가는 막막함, 곧이어 그 자리를 차지한 침착함의 빛을 쑹화이쉬안이 전부 지켜보고 있었다.

"신핑과 친구로 지내기 힘들지 않아요? 당신은 신핑이 무슨 생각을 하는지 영원히 모를 거예요. 당신과 가까워지고 싶은 것처럼 보이다가도 당신이 간이며 쓸개며 다 내줄 때가 되면 언제 그랬냐는 듯 당신을 별것 아닌 사람으로 치부하죠. 당신과의 사이에 넘을 수 없는 선을 그어놓고 말이에요."

쑹화이쉬안은 오드리의 눈이 커지는 것을 가만히 지켜보았다.

"신핑은 저희 오빠를 좋아한다고 했어요. 오빠를 좀 더 알고 싶

　　　　　우리에게는 비밀이 없다

다고 했고, 그래서 오빠한테 신핑도 생일 파티에 초대하자고 했
죠. 아무나 다 초대할 수 있는 건 아니었거든요. 저희 오빠 사진
본 적 있어요? 없겠죠. 지금 찾아올 테니 조금만 기다리세요."

쑹화이쉬안은 위층으로 올라갔다.

그 사이에 오드리는 장중쩌에게 전화를 걸었다.

"지금 어디 있어?"

"학교 밖이야."

장중쩌는 학교 이름을 말했다.

"우신핑 남편이 학교 안에 들어갔어."

"왜 따라 들어가지 않았지?"

"그러면 미행하는 걸 바로 들켜. 게다가 무슨 핑계를 대고 들어
가란 말이야? 방명록을 써야 하는데."

"그럼 판옌중은 어떻게 들어갔어?"

"그걸 내가 어떻게 알아? 얼굴만 봐도 건드리면 안 될 사람처럼
보여서 경비원이 그냥 들여보냈나 보지."

"그가 누굴 만나러 갔는지 알아야 해. 방법을 찾아봐."

"꼭 그렇게까지 해야겠어?"

"나를 위해서 하는 일이라고 생각해. 지금은 남편의 행적이 제일
의심스럽잖아. 신핑이 아직 살아 있었으면 좋겠어. 너무 늦지 않았
으면 좋겠다고. 혹시라도 너무 늦은 거라면 적어도 그 남자가 뻔
뻔하게……."

"이봐, 오드리. 신핑에게도 친구들이 있을 거 아냐? 그 친구들도
그렇게 생각할까? 내가 보기에는 저 남자가 아내에게 무슨 짓을
할 사람 같지는 않아."

"남자들은 왜 같은 남자를 감싸지 못해서 안달이야? 지금 내 판

단력에 문제가 있다고 말하고 싶은 거야?"

오드리는 기가 죽은 투로 말을 이었다.

"남편이 수상하다고 신핑의 직장 동료가 알려줬어. 내가 아무 이유도 없이 이러겠어? 내 판단력에 문제가 있었다면 형사님은 왜 끼어들었겠어? 일단 끊고 나중에 이야기해."

오드리는 코를 훌쩍거리며 휴지를 찾으려고 몸을 돌렸다. 그 순간 깜짝 놀라 휴대폰을 떨어뜨리고 말았다. 쑹화이쉬안이 앨범을 들고 바로 옆에 서 있었다.

"신핑에게 무슨 일이 있나요? 방금 그런 얘기 하신 것 같은데."

"아무것도 아니에요."

"아무것도 아니긴요. 내가 맞혀볼까요? 신핑이 또 누군가에게 마수를 뻗쳤겠죠? 이번에는 누구예요?"

"마수를 뻗치다니요!"

"그런 게 아니라면 무슨 일이에요? 그냥 솔직하게 말씀하세요. 더 숨길 것도 없잖아요."

오드리가 입술을 깨물며 쑹화이쉬안의 의도를 파악하려 애썼다.

"신핑은 아무 짓도 하지 않았어요."

"그렇다면 그 애가 예전보다 나아졌다는 뜻이군요. 사실 지금쯤 이면 죽을 등 살 등 매달릴 거라고 생각했는데. 자, 여기 보세요."

쑹화이쉬안이 앨범 속 사진 한 장을 가리켰다. 확실히 잘생긴 소년이다.

입술은 붉고 치아는 희다. 부드럽고 깨끗한 인상이다. 특히 쌍 꺼풀이 짙고 콧대가 높아서 동양인에게서는 보기 드물게 이목구비 가 뚜렷했다. 오드리의 시선이 쑹화이쉬안에게로 옮겨갔다. 타인 의 외모를 두고 이러쿵저러쿵하는 것을 좋아하지 않지만 이번만

우리에게는 비밀이 없다

은 어쩔 수 없었다. 소년의 얼굴에서 특히 인상적인 큰 눈과 입체적인 코는 여동생에게서는 찾아볼 수 없었다. 쑹화이구는 운 좋게 부모의 유전자 중 좋은 부분을 물려받은 모양이었다.

"저희 오빠 얼굴을 보고 나니 생각이 좀 바뀌었나요? 오빠를 좋아한 여자들이 정말 많았어요."

쑹화이쉬안의 말이 귓속을 파고들었다. 그러나 오드리가 들은 말은 다른 내용이었다. *어떻게 린 선생님에 대해서 그렇게 말할 수 있니? 그분이 대회에 데리고 다닌 학생들은 전부 선생님께 고마워하던데. 린 선생님께 카드를 보내는 학생이 정말 많아.*

"전 신핑을 믿어요."

오드리가 고개를 숙이고 두 손을 내려다보며 대꾸했다.

"걔하고는 어떻게 알게 됐어요? 신핑이 먼저 당신에게 접근했죠?"

쑹화이쉬안이 화제를 돌렸다.

"이만 가봐야겠어요. 너무 오래 폐를 끼쳤군요."

"뭘 그리 긴장하세요? 당신 질문에 대답해드릴게요. 저희가 신핑에게 확실히 잘못한 부분이 있었죠."

갑자기 원하던 대답을 들은 오드리는 기대감을 드러내며 도로 자리에 앉았다.

"정말 그렇게 생각하세요?"

"사람과 사람 사이에는 종종 어쩔 수 없는 일이 생겨나죠."

쑹화이쉬안이 안타까운 표정을 지으며 말을 이었다.

"잘못된 일이 벌어지고 어떤 사람은 상처를 입어요. 일부러 그러려고 한 게 아닌데도 그 일은 그냥 일어나는 거예요. 그럴 땐 깊게 생각하지 못한 자신을 원망해야죠. 전 신핑이 저희 오빠를 좋아하는 게 딱히 문제될 게 없다고 생각했지만, 제가 틀렸던 거예요. 그 일은 좋아한다, 좋아하지 않는다, 그런 것과는 별 관계가 없었어요."

오드리는 쑹화이쉬안의 말에 숨은 뜻을 소화하기라도 하듯 조용히 듣기만 했다.

쑹화이쉬안과 대화하면 할수록 그녀에게서 어떤 분위기를 감지할 수 있었다. 그 분위기의 밑바탕에 무엇이 있는지는 설명하기 어려웠다. 다만 그녀와 대화하는 이 순간이 좋다는 모호한 감각만 느껴졌다.

한편으로는 쑹화이쉬안도 조금은 억울하겠다는 생각이 들었다. 이 여자는 어쩌면 그 일을 안타깝게 여기고 있는지도 몰라. 순간 오드리는 자신도 분쟁을 기피하는 어른들과 다를 바 없다는 생각이 들었다. 난감한 사건을 두고도 아무 일도 일어나지 않았다는 양 덮어버리려는 어른들 말이다. 사람들은 대부분 눈을 감고 귀를 막는 것을 선택한다. 잘못을 인정한다는 것은 얼마나 어려운 일인가? 가해자들은 자기 잘못이라고 말하는 순간 자신의 인간됨이 말살되기라도 할 것처럼 군다. 피해자 입장에서는 그런 상대의 모습을 보는 것이 또 다른 종류의 짓밟힘을 당하는 것과 같다.

"그동안 신핑은 어떻게 지냈어요?"

쑹화이쉬안이 물었다.

"그냥……. 잘 지낸다는 것이 무엇인지 나도 잘 모르지만, 보통 사람과 비슷하게 지냈다고 생각해요."

"두 사람은 어떻게 알게 된 사이예요? 회사 동료?"

"아니요. 저희는 인터넷에서 알게 됐어요. 어쩌다 보니 친구가 됐죠."

우리에게는 비밀이 없다

"당신 생각에…… 신핑은 우정을 나눌 만한 친구인가요?"

"물론이죠. 걔가 절 많이 돌봐주었는걸요."

"그럴 것 같았어요. 당신이 신핑을 좋아하는 게 느껴져요. 가끔 저도 신핑을 떠올리곤 해요. 신핑과 저도 원래는 좋은 친구 사이였으니까요."

쑹화이쉬안이 고개를 숙인 채 손가락을 꼼지락거렸다. 그 모습을 지켜보는 오드리의 가슴에 쥐어뜯는 듯한 모호한 감정이 느껴졌다. 그녀의 모습은 꼭 즈싱을 보는 듯했다. 혹은 오드리 자신 같기도 했다. 그들 전부 한때는 신핑과 마음속 이야기를 터놓고 지내던 사이였다.

"그…… 당신한테 해도 되는 이야기인지 잘 모르겠지만……. 나중에 신핑 남편이 이곳에 찾아온다면……."

"아, 신핑이 결혼을 했어요?"

"네, 남편이 변호사예요. 이름은 판옌중이고요. 가능하면 그 사람과는 마주치지 않는 게 좋아요."

"왜 그런 말을 하는 거죠? 남편도 신핑의 억울함을 풀고 싶어 하는 건가요?"

쑹화이쉬안이 조롱하는 투로 따졌다.

"그건 아니에요. 설명하기 어렵군요. 혹시…… 당신 오빠가 신핑에게 원한을 품고 있을까요?"

"그렇지는 않을 거예요. 오빠는 그 사건에서 완전히 벗어난 것 같아요."

"그렇군요. 그러면 음…… 신핑이 실종된 건 당신 오빠와는 관련이 없겠군요. 솔직히 말할게요. 신핑과 갑자기 연락이 끊겼어요. 직장에도 나오지 않는다고 하고요. 저는 남편을 의심하고 있어요. 가정폭력을 저지른 적이 있는 남자거든요. 대기업 회장 딸인 전처를 때린 전적이 있어요. 그 일 때문에 이혼했고요."

"그런데 남편이 왜 저를 찾아온다는 거죠?"

"저도 잘 모르겠어요. 사실 그 남자를 하루 종일 미행하고 있는데, 아직 알아낸 정보는 없어요. 그 남자가 초등학교 건너편 마트에 들어가서 계산대 직원한테 뭘 물어보더라고요. 그래서 제가 그 직원 찾아가서 무슨 얘기를 주고받았는지 슬쩍 물어봤는데, 그 남자가 당신 오빠 이야기를 알고 싶어 했대요. 제 생각에 가장 비관적인 상황은 그 남자가 벌써 신평에게 무슨 짓을 저질렀고, 지금은 그 죄를 뒤집어씌울 대상을 물색하러 다니는 거라고 봐요. 똑똑한 인간이니까 어떻게 범죄를 저질러야 하는지 잘 알겠죠."

"당신 혼자서 그렇게 미행하다가 들키면 어떡하려고 그래요? 너무 위험한 거 아닌가요?"

"괜찮아요. 친구를 데려왔어요. 믿을 만한 사람으로……."

"그래요? 친구분은 지금 어디 있는데요?"

"신평 남편을 지켜보고 있을 거예요."

오드리가 휴대폰을 꺼냈다.

"메시지가 왔는지 볼게요. 아, 그 남자가 당신이 다녔던 고등학교에 가서 선생님들께 뭔가를 물어보고 다녔다는군요."

오드리가 고개를 들었다. 쑹화이쉬안의 판단을 들어보고 싶었다. 판옌중이 왜 그 학교에 갔을까? 그러나 오드리의 목소리는 목구멍에 걸려서 나오지 못했다. 순간 그녀의 눈에 지하실로 내려가는 계단이 보였다. 흰 손이 얹혀 있었다. 손 다음으로 손목이, 이어서 팔이 보였다. 손바닥이 바닥을 짚고 자기 몸을 끌어올렸다. 상반신이 계단 위로 쑥 올라왔다. 드러난 이마와 콧날. 그건 오드리가 잘 아는 얼굴이었다. 오드리의 몸이 덜덜 떨렸다. 우신 핑이었다.

오드리는 눈을 크게 떴다. 이가 딱딱 소리를 내며 맞부딪혔다. 그녀는 벌떡 일어서서 뒷걸음질쳤다.

쏭화이쉬안이 등 뒤를 돌아보았다. 오드리가 마지막으로 본 것은 도로 고개를 돌린 쏭화이쉬안이 탁자 위에 놓인 무언가를 재빨리 집어 드는 모습이었다. 뭘 집어 들었는지는 정확히 보지 못했다. 이어서 머리에 강한 타격을 받고 쓰러지면서 오드리의 의식은 산산조각 났다. 의식의 파편이 기묘한 신호로 재조합되어 마음속을 휘돌았다. 부드러운 목소리가 들렸다. 린 선생님의 목소리와 똑같았다. *윈징, 한번 실패했다고 해서 아무것도 아닌 존재가 되지는 않아.*

9장

판옌중의 옷차림과 기세는 막강한 힘을 발휘했다. 학교 경비원은 방문 목적을 묻지도 않고 바로 들어가라고 손짓했다.

판옌중은 자신을 다른 누군가로 착각한 것이 분명하다고 생각하며 재빨리 교문 안으로 들어갔다. 그는 학교 건물을 두리번거리면서 20년 전의 아내를 떠올렸다. 가느다란 침이 가슴께를 찌르는 것 같았다. 그때 신핑은 어떤 학생이었을까? 친구들에게 인기가 있었을까? 선생님은 신핑을 어떻게 평가했을까? 그는 이제 아내의 그 시절 그 페이지를 펼쳐볼 수 있을 것인가?

다행히 우신핑을 기억하는 교직원을 곧 만날 수 있었다.

은발에 금테 안경을 쓴, 교무과의 행정직 여직원이었다. 등이 살짝 굽은 그녀는 책상 모서리를 잡고 천천히 움직였다. 판옌중을 빤히 보더니 한참 지나서야 낮은 목소리로 말했다.

"세월이 많이 흘렀는데 당시 정확히 무슨 일이 있었는지 궁금해하는 사람을 만날 줄은 몰랐군요. 당신은 기자입니까?"

판옌중은 고개를 저으며 미리 준비한 대로 둘러댔다.

"친구 사이라고 할 수 있습니다. 정확히는 오래 알고 지낸 고객

우리에게는 비밀이 없다

이지만 대화를 나누다 보니 친해졌죠. 친해진 뒤에야 우신핑의 정신 상태가 불안정하다는 것을 알게 되었습니다."

나이 든 직원이 자신의 이야기에 귀를 기울이자 판옌중도 자신감이 붙었다. 그가 지어내는 이야기도 덩달아 그럴듯해졌다.

"최근 우신핑의 정신 상태가 더 나빠졌습니다. 집 밖으로 나가지 않고 먹지도 마시지도 않습니다. 사람도 전혀 만나지 않고요. 신핑 말로는 고등학교 때 어떤 일을 겪은 후로 상태가 좋았다 나빴다 한다는군요. 무슨 사건인지 캐물어도 대답해주지 않는데, 제가 신핑을 좀 돕고 싶습니다."

거짓말의 신뢰도를 높이기 위해 자신이 우신핑을 짝사랑하고 있는 것처럼 연기했다.

"예전에 무슨 일이 있었는지 알게 되면 신핑을 도울 수 있는 방법도 찾을 수 있지 않을까 생각합니다. 저희는 그냥 친구 사이지만, 저는 꼭 신핑을 돕고 싶습니다."

직원의 시선이 판옌중의 얼굴에 한참 머물렀다. 이윽고 그녀는 뭔가 깨달았다는 듯 고개를 끄덕이며 입을 열었다.

"그 일이 일어났을 때 저는 막 셋째 아이를 낳고 출산휴가 중이었어요. 제가 아는 건 나중에 동료 직원에게 전해 들은 내용뿐이에요. 그 남학생은 착실했고 어른들에게 인사도 잘했어요. 여학생 역시 성실한 아이였고요. 그런데 둘 사이에 무슨 오해가 있었는지 모르겠어요. 참, 신핑을 담임했던 선생님이 아직 이 학교에 근무 중이에요. 그분이라면 뭔가 더 기억하실지도 모르겠네요."

직원이 말을 멈추고 고개를 갸웃거렸다. 망망대해 같은 머릿속에서 필요한 정보를 찾으려 애쓰는 것처럼 보였다.

"렌 선생님은 당시 젊은 교사였어요. 이 학교에 부임해서 아직 적응 단계였는데 그런 문제를 맞닥뜨린 거죠."

"그분을 만나뵐 수 있을까요?"

"근데 렌 선생님이 지난 학기에 종양이 발견돼서 여름방학 때 수술을 하셨어요. 수술을 미뤄서 그랬는지 경과가 좋지 않아서 한달 휴가를 내셨죠. 지금은 댁에서 쉬고 계십니다."

"댁은 학교에서 멉니까?"

"멀지는 않은데, 잠시 기다려볼래요? 제가 선생님께 전화해서 당신을 만날 수 있는지 여쭤볼게요. 성함 좀 알려주시겠어요?"

"여기 제 명함입니다."

직원이 안경을 내리고 명함을 들여다보았다.

"변호사군요……."

직원은 자리로 돌아가 서류철을 뒤적이기 시작했다.

판엔중은 교무과를 나와서 복도를 걸어다녔다. 렌 선생님이 만남을 거절하지 않기를 빌었다. 저 직원의 말투를 봐서는 이 방향으로만 가면 신핑에 대한 또 다른 평가를 얻을 수 있겠다는 확신이 들었다.

"학교에서는 금연입니다."

직원의 목소리가 들렸다. 판엔중은 소스라치게 놀라며 손에 쥔 담배를 내려다보았다. 언제 담배에 불을 붙이고 입에 물었는지 기억이 전혀 나지 않았다. 학교라는 공간의 분위기 때문인지 지난 며칠간 쌓였던 스트레스에서 잠시 벗어났던 모양이다. 긴장이 풀리자 습관적인 행동이 나온 것이다.

"렌 선생님이 만나보시겠답니다. 바깥에서 보자고 하시네요. 여기, 카페 주소예요."

멀리서 한 여성이 이쪽을 향해 손을 흔들었다. 판옌중은 이 모든 과정에서 자신이 만났던 사람들을 떠올려보았다. 신핑의 오빠 우치위안을 제외하고는 전부 여성이었다. 신핑의 눈으로 본 세상은 그가 보는 세상과는 완전히 다를 것이다.

렌원슈連文繡 선생님은 몹시 다정다감했다. 판옌중이 이 지역에 익숙지 않은 것을 배려해 카페 문 앞에서 기다리고 있었다. 자리에 앉은 뒤 판옌중은 그녀를 찬찬히 뜯어보았다. 깨끗하고 총명한 느낌이 잘 어우러진 인상이었다. 이목구비의 생김새는 어느 여배우를 떠올리게 했다. 투병 중이라 피부가 창백하고 윤기 없어 보였지만 주름은 거의 보이지 않았다. 높이 솟은 아이보리색 목깃 때문인지 입고 있는 정장이 그녀의 가느다란 몸매를 돋보이게 했고, 숱 많은 검은 머리카락도 눈에 띄었다. 판옌중이 지금까지 만났던 이 지역 사람들과는 확실히 달라 보였다. 인간의 기질을 스펙트럼으로 표시했을 때 그 스펙트럼의 다른 극단에 서 있는 사람 같았다. 몹시 섬세하고 교양이 높아 보였고, 이 지역 특유의 거칠고 제멋대로인 습성과는 거리가 멀어 보였다. 렌원슈라는 사람의 존재가 잘못된 장소에 위치해 있는 것 같았다.

"렌 선생님, 안녕하세요? 나와주셔서 감사합니다. 저는 판옌중이라고 합니다."

"괜찮아요. 집에서 쉬는 중이라 할 일도 없었는걸요. 제가 도움이 됐으면 좋겠군요."

렌원슈의 목소리는 건조했다. 판옌중은 문득 그녀의 병세가 궁금해졌다.

"신평은 잘 지내나요? 최근 왜 그런지 그 애가 생각나곤 했는데, 이렇게 당신이 나타났어요. 뭔가 운명이 이끌어준 것 같네요."

"왜 신평이 생각나셨습니까?"

"신평이 제 이야기를 한 적이 있나요?"

"없습니다."

"그렇군요. 신평이 당신 고객이었다고 들었는데, 변호사를 만나야 할 일이 있었습니까?"

교무과 직원이 판옌중이 지어낸 이야기를 그대로 렌원슈에게 전달한 모양이었다.

"큰일은 아니었고, 직장 동료와 약간 분쟁이 생긴 일로 찾아왔었습니다."

"그럼 다행이에요."

렌원슈가 낮게 한숨을 쉬고 밀크티를 휘저으며 말을 이었다.

"며칠 전에 제가 상을 받았어요. 그래서 기자와 인터뷰를 했는데, 제가 특히 싫어하는 질문을 던지더군요. 오랜 교직 생활 중에 어떤 학생을 변화시킨 적이 있느냐는 질문이었죠. 그런 질문은 학생에게 하는 것이 훨씬 의미 있다고 생각해요. 그걸 교사한테 물어서 어떤 답을 들으려고 하는 걸까요? 하지만 변화시킨 적이 없다고 대답하는 것도 거짓말이죠. 아무튼 그 질문을 받고서 몇 명의 이름이 떠올랐는데, 그중 하나가 우신평이었어요."

그러더니 렌원슈는 자연스러운 관심과 애정을 드러내며 물었다.

"신평은 지금 무슨 일을 해요?"

"학원 강사입니다. 초등학교 3, 4학년 아이들을 가르칩니다."

"선생님이 되었군요. 그 아이 성격이라면 어린애들이 다 좋아할 거예요. 그러고 보니 신평이 정신적으로 좋지 않다면서요? 요즘 어

우리에게는 비밀이 없다

린 학생이나 학부모는 다루기가 어려운데 괜찮은지 모르겠군요."

"직장에선 좋은 평가를 받고 있습니다. 다만 몇 달 전에 친정 가족들이 신핑을 찾아왔었고, 뭔가 자극을 받은 일이 있었던 모양입니다. 그때부터 우울해하더니 점점 상태가 심각해져서 출근도 못 할 지경이 되었죠. 지금은 친구들과 만나는 것도 전부 거절하고 있어요. 제가 렌 선생님을 뵙고 싶었던 이유가 이것입니다. 이곳에서 도움이 될 만한 단서를 찾을 수 있을지 확신이 서지 않지만 가능하면 많은 정보를 얻고 싶습니다."

판옌중은 렌원슈의 표정을 계속 살피면서 자신이 급하게 짜낸 거짓말에 감탄했다.

성공적인 거짓말이 되려면 거짓 사이에 진실을 섞어야 한다. 그러면 말하는 사람의 주의력이 진실인 부분에 집중되고, 허위로 지어낸 부분이 들통날까 봐 조마조마하는 모습을 감출 수 있다.

"신핑은 제가 처음으로 담임을 맡았던 학생이에요. 그때 저는 스물일고여덟 살이었죠. 미국에서 유학하다가 중도 포기하고 부모님 말씀을 따라 타이완에 돌아와서 교사가 되었어요. 근데 얼마 안 지나서 난관을 맞닥뜨렸죠. 신핑의 원래 담임이 유산을 하고 장기 휴가를 내셨어요. 뒤늦게 남의 반을 맡으려는 선생님이 없어서 저처럼 어리고 경험 없는 풋내기 교사가 담임이 되었죠."

렌원슈는 안경테 안으로 흘러내린 머리카락을 걷어냈다. 호흡이 빨라져 있었다.

"제가 이런 이야기를 꺼내는 건 당시 상황을 좀 더 제대로 이해시켜드리고 싶어서예요. 다들 제가 반을 어떻게 이끄는지 지켜보고 있었죠. 그 사건이 벌어지고, 저희 반에는 가해자의 여동생과 피해자가 같이 있었어요. 그럴 때 제가 어떻게 해야 하는지 알려주는 사람이 없었어요. 이 지역 사람들은 생각도 낡은 편이고요."

"렌 선생님, 좀 더 자세히 말씀해주시겠습니까?"

렌원슈가 난처한 듯 눈을 깜빡이자 판옌중이 덧붙여 말했다.

"신핑이 그 사건에 대해 정확히 말해준 적이 없습니다. 저는 신핑이 고등학교 시절 괴롭힘을 당한 적이 있다는 정도로만 알고 있어요. 누가 괴롭혔는지, 괴롭힌 이유가 뭔지 등은 전혀 몰라요. 당시의 렌 선생님처럼 저도 어떻게 대응해야 할지 알려주는 사람이 아무도 없는 상황이죠. 지금까지 문제가 점점 심각해지기만 하고 있고요."

"신핑이 쑹화이쉬안 이야기를 한 적이 없었나요?"

렌원슈가 물었다. 그러더니 눈썹을 찌푸리며 혼잣말처럼 중얼거렸다.

"신핑이 무슨 생각을 하고 있는지 대충 알 것 같아요. 이곳에서 있었던 일을 철저히 잊기로 했나 보군요."

판옌중이 고개를 끄덕였다. 렌원슈의 결론은 그가 지금까지 알아본 바와 일치했다. 신핑은 자신의 과거 중 어느 시기를 지워버리려는 것이었다. 전부, 완전히.

렌원슈는 심호흡을 한 후 다시 입을 열었다.

"어쨌든 십 몇 년이 지난 일이라 어떤 부분은 제 기억이 확실하지 않을지도 몰라요. 그리고 제가 말씀드리는 건 개인적인 생각일 뿐, 제 의견이 꼭 옳다고 할 순 없어요. 그때 당시 많은 사람들이 제 선택은 틀렸다고 했죠. 악당의 앞잡이로 이용되었다는 식으로 말하면서요."

판옌중은 숨을 깊게 들이쉬고 내쉬며 긴장을 풀려고 애썼다. 이 순간 가슴속에서 기대감과 흥분이 차오르는 이유를 그 자신도 알 수 없었다.

어쩌면 그는 렌원슈 버전의 이야기가 사실이기를 기대하고 있는지도 모른다. 자신이 선택한 여자가 좋은 사람이기를 바라는 것이었다.

"그 사건에는 세 사람이 관련되어 있어요."

렌원슈가 손가락 세 개를 폈다.

"우신핑, 쑹화이구, 쑹화이쉬안. 그중 두 사람은 이름에서도 알 수 있듯 남매입니다. 신핑과 화이쉬안은 친한 친구 사이였어요. 일반적인 친구가 아니라 화장실에도 같이 갈 정도로 절친했죠."

판옌중은 고개만 끄덕였다. 하지만 마음속에서는 설명하기 힘든 감동이 밀려왔다. 드디어 이곳에서 '정상인'을 만났다. 지금까지 만난 사람들은 죄다 이상하게 비틀려 있었다.

"신핑과 화이쉬안은 저희 반 학생이었어요. 두 사람이 대입시험을 치르고 얼마 후가 화이구의 생일이었죠. 친구들을 집으로 불러서 파티를 연다길래 화이쉬안이 신핑도 초대했어요. 그날 어른들은 집에 안 계셨고요. 화이구와 친구들은 대학생이었으니 자연히 술을 사 왔고, 신핑도 같이 마시게 됐어요. 그 애는 금방 취했대요. 화이쉬안이 신핑을 자기 방에 데려가서 재웠고, 다른 손님들은 계속 파티를 즐겼어요. 그날은 토요일이었는데, 화이구 아버지가 이 지역 유지 중의 유지였던 만큼 다른 집 부모님들은 전혀 걱정하지 않았어요. 파티는 새벽 2, 3시쯤 끝났어요. 신핑 어머니한테서 전화가 왔었는데 화이쉬안이 받아서 신핑은 자고 있다고 대답했어요. 화이쉬안이 신핑네 집에서 종종 자고 갔기 때문에 신핑 어머니도 화이쉬안을 믿으셨죠. 신핑을 그 집에서 재우고 다음 날 보내라고 했다더군요. 여기까지가 모두가 공통으로 기억하는 부분이에요.

파티에 갔던 화이구 친구들은 파티의 처음부터 끝까지, 그러니까 자기들이 전부 귀가할 때까지 화이구는 줄곧 1층에 있었다고 말했어요. 화이쉬안은 가끔 3층에 올라가서 신핑을 돌봐주었고, 그 외에는 1층에서 파티 손님들과 이야기를 나눴다고 하고요."

렌원슈가 말을 멈췄다. 가쁜 숨을 가라앉히려는 듯 손을 가슴에 얹었다. 갑자기 말을 많이 해서 그런지, 아니면 이야기 내용 때문인지 몰라도 그녀는 부쩍 기력이 없어 보였다.

"파티가 토요일에 있었다고 했죠. 그다음 주 수요일, 신핑이 저를 찾아왔더라고요. 할 말이 있다면서, 저 말고는 누구에게 말해야 할지 모르겠다면서요. 저는 그때 막 퇴근하려던 참이었는데, 신핑이 대학 진학 문제로 상담하려는 줄 알았어요. 그래서 그 애를 교사 휴게실로 데리고 갔죠. 그때 휴게실엔 저와 신핑 둘뿐이었어요. 신핑이 그러더군요. 자기가 화이쉬안의 오빠한테 무슨 일을 당한 것 같다고요."

"그때가 학년이 다 끝난 뒤의 여름방학이었습니까?"

"네. 방학이지만 진학률을 높이려고 학교에서 선생님들에게 2학년 보충수업을 지시해 출근하고 있었어요."

"사건은 토요일 밤, 아니 정확히 말하면 일요일 새벽에 벌어졌겠군요?"

"맞아요. 그러니까 신핑은 사흘이 지난 다음에야 저에게 그 일을 얘기한 거지요. 어떻게 말해야 할지 몰라서 망설였던 거래요."

"대부분 그렇습니다. 이런 사건의 피해자들은 대개 피해 사실을 공개하기 전에 한참 망설이죠."

판옌중은 변호사로서 성폭행 사건도 여러 건 맡아보았다.

"이런 일에 대해 알아봤나요?"

렌윈슈의 목소리에 놀라움과 반가움의 빛이 스쳤다.

"신핑을 진심으로 걱정하는군요. 저도 신핑의 사건을 아는 대학 교수에게 상담을 해본 적이 있어요. 성폭행이 일어난 시각과 피해자가 경찰에 신고한 시각 사이에 몇 달씩 차이가 나기도 한다는군요. 외국의 사례 중에는 20년 넘게 숨기다가 밝힌 경우도 있고요."

렌윈슈는 옆에 놓아둔 가방에서 사용감이 많은 수첩을 꺼냈다.

"전 그때 첫 담임이었기 때문에 일기를 자주 썼어요. 나중에 참고 자료가 될지도 모르니까요. 당시 몇 달 동안 내내 그 사건에 대해 썼어요. 방금 연락받고 이 수첩을 어렵게 찾아냈는데, 기억을 되살리는 데 도움이 될 거예요."

렌윈슈가 수첩 중간을 펼쳤다. 수첩에는 이렇게 쓰여 있었다.

술(스프라이트를 섞음). 쑹화이쉬안의 방. 누군가 더듬는 느낌이 들었다.
첫 번째(몸), 두 번째(허벅지, 얼굴). 7시에 깼을 때 아래가 아팠다.
쑹화이쉬안이 한 말 : 이 방에 들어왔던 사람은 아무도 없었다. → 확인 요망

"제가 읽어봐도 될까요?"

"죄송합니다. 개인적인 이야기도 섞여 있고, 악필이라 저만 알아볼 수 있을 거예요."

"알겠습니다. 그럼 선생님께서 계속 말씀해주십시오."

"어디까지 이야기했죠? 깜빡 잊어버렸어요."

"신핑이 무슨 일을 당한 것 같다고 선생님께 털어놨다는 내용까지 말씀하셨어요."

"아…… 그렇죠. 신핑에게 그날 있었던 일을 천천히 이야기해보라고 했어요. 신핑은 그날 밤 화이구 친구들과 얘기하며 술을 약

간 마셨는데 금방 취해서 머리가 아팠다고 하더군요. 화이쉬안이 신핑에게 좀 누워 있겠느냐고 해서 신핑이 좋다고 대답했어요. 두 사람은 같이 3층에 올라갔어요. 신핑이 화이쉬안의 방에서 잠들어 있었는데 시간이 얼마나 지났는지 모르지만, 어느 순간 누군가 자기 몸을 만지는 걸 느꼈대요. 처음에는 화이쉬안이 장난치는 줄 알고 아무 반응 하지 않았어요. 그런데 얼마 후에 또 그런 느낌이 들자 신핑은 짜증이 나서 눈을 떴어요. 화이쉬안이 옆에 있을 줄 알았는데 아니었어요. 다른 사람이었죠. 그가 신핑의 손을 끌어다가 자기 하체를 만지게 했대요. 순간 신핑은 화이쉬안을 소리쳐 부르려고 했지만 목소리는 나오지 않고 두통이 심하게 밀려왔어요. 그다음 깨어났을 때는 날이 밝은 뒤였고, 옆에는 화이쉬안이 잠들어 있었어요. 화이쉬안을 깨워서 어젯밤 이 방에 들어온 사람이 있었느냐고 물었지만, 화이쉬안은 고개를 저었어요. 신핑은 나쁜 꿈을 꾼 거라고 생각했어요. 그런데 밑에 통증이 느껴졌어요. 신핑은 화이쉬안에게 집까지 데려다달라고 부탁했어요. 집으로 가는 길에 신핑이 또다시 물어봤어요. 그때 화이쉬안은 다른 이야기를 하더래요. 화이구 친구들이 전부 돌아간 다음 화이쉬안 자신은 2층에서 목욕을 했다고요. 목욕 시간은 대략 삼십 분 정도였고요."

"그러면 그 삼십 분 동안 신핑은 혼자 화이쉬안의 방에 있었던 거군요?"

"네."

"사건이 화이쉬안이 목욕 중이던 삼십 분 사이에 벌어졌다면 현장에는 두 사람뿐이었겠네요."

"그것이 가장 쟁점이 됐던 부분입니다. 우리는 신핑의 진술 외에 다른 증거가 없는데, 당시 그 애는 술에 취해서 정신이 멀쩡하지 않았으니까요. 하지만 신펑이 아주 중요한 사실을 언급했어요. 범인의 아랫도리에 특징이 있었다고요."

렌원슈가 눈을 가늘게 뜨고 수첩의 글을 읽었다.

"'생식기의 몸 쪽 가까운 부분에 큰 점이 있다.' 신펑은 그 점이 자주색과 검은색을 섞은 것 같은 색깔이고 손바닥 절반 정도 크기에다 나비 모양이었다고 했어요. 신펑은 처음에 꿈을 꾸었다고 생각했는데, 꿈에서 나비가 눈앞을 날아다니는 줄 알았다고 그랬죠. 신펑은 그날 집에 돌아와서 치마에 피가 두세 방울 묻은 것도 발견했어요. 월경을 해서 피가 묻은 게 아니냐고 제가 물었더니 신펑은 모르겠대요. 다만 아래가 칼에 찔린 것처럼 많이 아프다고 했어요."

차가운 기운이 등골을 타올라 뒤통수까지 내달렸다.

칼로 찌르는 기분이다. 판옌중은 성폭행 피해자의 변호를 맡은 적이 있었다. 열다섯 살 먹은 그 소녀도 똑같이 말했다.

"렌 선생님도 그 이야기를 듣고는 많이 놀라셨겠군요."

"신펑이 없는 자리니까 솔직하게 말씀드릴게요. 놀라기도 했지만 무척 심란했어요. 이성적으로는 그 일이 얼마나 심각한 문제인지 잘 알았지만, 솔직한 심정으론 이 일이 커지면 안 된다는 생각이 앞섰어요. 그때 저는 새내기 교사로서 학생들을 무사히 졸업시키는 것이 최우선 목표였거든요. 신펑이 애써 이야기를 털어놓았지만, 아무 말도 못 하고 있던 제 모습이 생각나네요. 무슨 말을 해줘야 할지 모르겠더라고요. 신펑을 위로하고 싶으면서도, 섣불리 무슨 말을 했다가 혹시라도 오해를 사면 어떡하나 겁이 났어요. 제가 나서서 도와줄 거라고 믿어버리면 어떡하나, 그런 걱정이 들었죠."

렌원슈의 눈빛에서 슬픔이 느껴졌다. 기억이 그녀를 덮쳐 어둠 속으로 끌어당기는 것처럼 보였다.

"그 애가 울던 모습을 영원히 잊지 못할 거예요. 불가사의한 장면이었죠. 소리도 없이, 조용히, 눈물만 계속 떨어지는 거예요. 그 애의 몸, 어깨, 입술 전부 떨리고 있었어요. 너무도 아파 보였고, 온 힘을 다해서 아픔을 참고 있다는 것이 느껴졌죠. 신펑이 저를 보면서 말했어요. *선생님, 제 이야기를 믿으셔야 해요.* 그 순간 저는 결심했어요. 뭐가 어떻게 되든 한 사람 정도는 그 애 편에 서야 한다고요."

판옌중은 목이 메였다. 렌원슈의 고백이 그를 뒤흔들고 있었다.

변호사가 된 후 처음 몇 년 동안 피해자가 특별히 무력하다고 생각되는 사건을 만나면 꼭 이런 기분이었다.

어쨌든 한 사람 정도는 이 사람 편에 서야 한다.

"화이쉬안은 그 일을 언제 알게 되었습니까?"

"신펑이 제일 먼저 그 일에 대해 얘기한 사람이 화이쉬안이에요. 그날 밤의 일을 두 번이나 화이쉬안에게 물어봤으니까요. 저한테는 수요일에야 말한 거고요."

렌원슈가 다시 고개를 숙이고 수첩의 기록을 살폈다.

"신펑은 월요일이나 화요일에 화이쉬안과 만났을 거예요. 그날 밤 방에 들어왔던 사람이 없는지 세 번째로 물었다고 하더군요. 화이쉬안이 어떻게 자기 오빠를 의심할 수 있느냐고 화내서 둘이 크게 싸웠대요. 저는 마음이 더 무거워졌죠."

판옌중이 미간을 찡그렸다. 그 모습을 본 렌원슈가 작은 목소리로 덧붙였다.

우리에게는 비밀이 없다

"당신은 이곳 사람이 아니죠. 제가 좀 더 설명해드릴게요. 화이구와 화이쉬안의 아버지인 쑹칭훙은 지역 유지예요. 그분 이름을 모르는 사람이 없죠. 쑹칭훙은 친구들과 동업해서 신발 공장을 운영했는데, 외국 유명 브랜드의 생산 수주를 받아서 돈을 많이 벌었어요. 공익 사업에도 관심이 많아서 너무 큰 금액만 아니면 지역 내 무슨 일이든 도와줬고요. 제가 담임을 맡게 되었을 때 전임자인 선생님이 몇 번이나 당부하더군요. 이 반에 쑹칭훙의 딸이 있으니 그 학생을 잘 챙기라고요. 화이쉬안이 집에 가서 학교에 대한 험담을 하게 하면 절대 안 된다는 거였죠."

"여기 오기 전에 마트에서 직원과 잠깐 대화를 나눴는데, 그 직원도 어릴 때 쑹칭훙이 기증한 사전으로 공부했다고 하더군요."

"마트 직원이요? 몇 살인데요?"

"아마 스물네다섯 살쯤 됐을 거 같은데요."

"그럼 제 말이 맞다는 걸 확실히 아시겠군요. 쑹칭훙은 좋은 일을 많이 했어요. 자식들이 다 졸업한 뒤에도 여러 방법으로 자식들 모교에 기부했죠. 제가 난처했던 부분도 가해자가 쑹칭훙의 아들이라는 점이었죠. 쑹씨 집안이 곤란해지는 상황을 만들고 싶지도 않았고, 그것 때문에 제가 두려워한다거나 수수방관하고 있다는 인상을 신펑에게 심어줄 순 없었으니까요. 저는 신펑의 가족이 전면에 나서야 한다고 생각했어요. 가족이라면 저보다는 입장이 확실할 테니까요. 가족이 나서면 저는 중립적이고 객관적인 위치로 돌아갈 수 있을 줄 알았어요."

판옌중은 신펑의 어머니 황칭롄을 떠올렸다. 롄원슈가 당시 신펑의 가족을 만났을 때 벽에 가로막힌 기분이었을 것이 분명했다. 신펑의 가족이 그 사건에 이성적으로 대처한다는 상상은 불가능했다.

렌원슈의 말투가 무거워졌다.

"제가 가족에게 알리자고 했을 때 신핑이 하염없이 고개를 젓던 모습이 기억나네요. 가족에게 먼저 알리지 않고 절 찾아온 건 자기 가족을 너무 잘 알기 때문이라고 했어요. 가족에게 말하면 절대 좋은 결과가 나오지 않을 거라고 했죠. 저는 아무것도 모르고 낙관적으로 생각했어요. 신핑한테 *선생님이 같이 가줄게, 그럼 부모님이 네 얘기를 잘 들어주실 거야,* 그렇게 말했죠."

렌원슈는 차를 한 모금 마셨다. 눈빛이 쓸쓸했다.

"신핑이 맞았습니다. 그날 신핑의 부모님과 오빠까지 온 가족이 다 있었죠. 제가 신핑에게 아까 했던 이야기를 차근차근 다시 해보라고 시켰어요. 처음에는 괜찮았어요. 가족들의 태도도 정상적이었고 별말이 없었어요. 신핑이 이야기를 마쳤을 때는 저도 한시름 놓이더군요. 앞으로의 일은 부모님께 맡기면 되니 내 역할은 여기서 일단락되겠구나 싶었죠. 그런데 아버지가 갑자기 신핑의 뺨을 때렸어요. 말도 안 되는 소리 하지 말라면서요. 신핑은 방바닥에 쓰러졌고, 저는 일으켜주려고 했죠. 그런데 어머니가 달려와서 저를 밀어내더군요. 문 밖으로 끌어내면서 '아무 일도 없었던 걸로 하자'고 그러더군요. 어떻게 그럴 수 있는지 도무지 이해할 수 없었죠. 그때 어머니가 이런 이야기를 하셨어요. 신핑이 화이쉬안에게 쓴 편지를 어머니가 몰래 훔쳐봤는데, 신핑이 화이구를 짝사랑하고 있다는 거였죠."

"뭐, 뭐라고요?"

"어이가 없어서 말이 나오지 않더군요. 게다가 저한테 선생이라는 사람이 학생의 쓸데없는 소리에 휘둘려서야 쓰냐며 막말을 하

　　　　　　　　우리에게는 비밀이 없다

더군요. 그래서 제가 물었죠. 신핑이 한 이야기가 사실이면 어쩌실 거냐고요. 어머니가 뭐라고 했는지 짐작되세요?"

"뭐라고 했는데요?"

판엔중의 머릿속에 떠오르는 생각이 있었다. 하지만 그는 대답 하지 않았다. 렌원슈의 입으로 듣고 싶었다.

"짐작할 수 없겠죠. 좋아하는 남자랑 같이 잔 건데 어떻게 그게 성폭행이 되느냐고 하더군요. 어머니라는 사람이요. 그건 둘이 좋 아서 한 일이고, 설령 화이구가 강제로 했더라도 신핑의 잘못이 없 는 건 아니라고요. 짧은 치마를 입고 남의 집에 가서 취하도록 술 을 마셨으니까요. 그런 이야기가 밖으로 새면 다들 신핑을, 그리 고 자기네 가족을 어떤 식으로 생각하겠느냐고 하더군요."

렌원슈는 잠시 눈을 감았다. 감정을 다스리기가 쉽지 않은 모양 이었다.

"그러면서 이렇게 당부하셨죠. 우리 딸을 망치지 말아주세요. 신 핑이 멍청하게도 선생님께 그런 이야기를 했지만, 조금만 생각해 보면 이런 일이 주변에 알려지는 게 얼마나 무서운 일인지 자기도 알게 될 겁니다. 그래도 저는 어떻게든 부모님을 설득해보려고 했 는데 몇 마디 하기도 전에 또 제 손을 잡고 말하더군요. *렌 선생님, 지금 선생님이 하시는 행동이 신핑을 해치는 일이에요. 여자애한 테 가장 중요한 것이 순결인데, 순결을 잃었으면 전부 다 잃은 거 잖아요. 개 때문에 우리 가족 전부 웃음거리가 될 거예요.* 그러면 서 이 일을 모른 척해달라고 하더군요. 신핑은 곧 졸업할 테니 더 이상 렌 선생님 학생이 아니다, 그러니 렌 선생님은 이 일에 개입할 권리가 없다, 그런 말을 하면서요."

"가족들이 바라는 대로 하셨습니까?"

렌원슈가 한숨을 쉬며 등받이에 몸을 기댔다.

"아니요. 그 순간에는 너무 놀라서 그대로 쫓겨나왔어요. 집에 돌아와서야 정신이 들더군요. 신핑이 제 앞에서 울던 모습도 떠올랐어요. 신핑 부모님이 저더러 끼어들지 말라고 하는 건 사실 제가 바라던 일이었어요. 하지만 가족들이 신핑을 어떻게 대하는지 보고 나니 이대로 두면 반드시 후회하겠다는 생각이 들었어요. 괜찮으시다면…… 이 부분을 읽어보세요."

렌원슈가 수첩을 내밀었다. 이번에는 완전한 한 챕터였다.

저녁에 아무것도 먹지 않았다. 엄마가 성화를 부려서 탕을 약간 먹었을 뿐이다. 나이가 드셔서 그런지 탕이 조금 짰다.

신핑 부모의 반응은 몹시 당황스럽다. 지금 생각하니 좀 알 것 같다. 이상적인 선생님이 되는 길은 ~~뼈~~ 생각처럼 쉽지 않다. 충동적으로 앞뒤 생각 없이 움직이면 안 된다. 앞으로는 부모 입장에서 생각하도록 하자. (노력할 것!)

그들은 나에게 더 이상 관여하지 말라고 한다. 그러면 나한테는 아무 문제도 없을까? 이것도 위선이 아닐까? 나 자신의 망설임이 실망스럽다. 그런데 신핑이 화이구를 좋아하는 것이 사실일까? 신핑 어머니가 딱 잘라 말씀하셨으니…… (혹시 내가 이용당한 ~~것이라~~ 아니, 이런 식으로 학생을 의심하면 안 된다.) 이건 나중에 상황을 봐서 신핑에게 다시 물어보자.

'좋아한다'와 '강간'의 차이는 또 어떻게 보아야 할까? 만약 좋아하는 마음이 있다면 강간이라고 할 수 없고, 유감스러운 일이나 오해라는 정도로 말해야 하고…… 서로 좋게 말해서 없던 일로 하고 넘어가는 거겠지. 이 일이 가장 상처가 적은 방향으로 해결되기만을 바란다.

판옌중은 예의 바르게 수첩을 돌려주었다. 일기를 읽는 몇 분

우리에게는 비밀이 없다

동안 또 한 번 렌원슈에게 감동받았다. 겨우 스물일고여덟 살이었던 그녀는 '좋은 선생님'이 되려고 애썼다. 그런데 신평은 판옌중에게 렌 선생님에 대한 이야기를 한 번도 해주지 않았다. 그 말을 들은 렌원슈는 실망의 표정을 감추지 못했다. 렌 선생님은 신평을 위해 말로만 노력한 것이 아니었다.

"저는 이제 쉰 살이 됩니다. 예전 일기를 읽으면 제가 이런 생각을 했다는 것이 놀라워요. 당신이 조금 더 일찍 찾아왔다면 일기는 보여드리지 못했을 거예요. 근데 지금은 상관없어졌어요. 누가 보겠다고 하면 보라지 뭐, 그렇게 생각해요. 제가 봐도 제가 아니라 다른 누군가가 쓴 것 같으니까요. 강산은 쉽게 바뀌어도 사람은 바뀌지 않는다는 말도 있지만, 정말 그럴까요? 저도 잘 모르겠네요."

"나중에는 어떻게 되었습니까?"

렌원슈는 수첩을 들고 빠르게 훑다가 어느 페이지를 펼쳤다.

"여기 적힌 대화가 백 퍼센트는 아니지만 팔구십 퍼센트는 실제 그대로라고 생각합니다. 그때 신평이 하는 말을 들으면서 동시에 기록했으니까요. 사건 발생 시각에서 가까운 시간대에 한 말일수록 신빙성이 있다고 하죠. 그래서 신중하게 기록을 남기려고 노력했어요. 어쨌든 그다음 날 신평이 다시 찾아왔죠. 제가 개 집에서 쫓겨난 뒤 더 심하게 맞은 것 같더군요. 뺨 한쪽이 통통 부어 있었죠. *제가 직접 경찰에 신고하는 게 도움이 될까요?* 하고 그 애가 묻더군요. 저는 당황했어요. 경찰이 나서면 일이 평화롭게 마무리되기가 더 어려워지잖아요. 그래서 제가 양쪽 부모님이 만나서 잘 이야기할 수는 없을까 하고 물었어요. 그건 불가능할 거라고 대답하더군요. 제가 또 물었죠. '성폭행'이 정말로 있었다면 너는 화이

구가 어떤 처벌을 받았으면 좋겠니? 그러자 신핑은 화이구가 감옥에 갔으면 좋겠다고 대답했어요."

렌원슈와 판옌중의 시선이 마주쳤다. 침묵이 두 사람 사이에 내려앉았다.

판옌중은 장씨 아주머니의 딸 장전팡이, 심지어 신핑의 어머니인 황칭롄까지 신핑을 멸시하는 이유를 짐작할 수 있었다.

신핑은 여러 가지 면에서 동정심을 불러일으키지 않는 피해자였다. 그날 신핑의 옷차림이 그랬고 술에 취해 의식이 없었던 것도 그랬다. 성폭행 사건에서 피해자에게 문제가 있었다고 몰아가기 쉬운 요소다. 사건이 일어난 이후의 정황도 그랬다. 신핑은 처음에 힘들어하면서 눈물을 보였다. 하지만 문제는 다른 데 있었다. 판옌중은 불안한 심정으로 생각했다. 신핑이 '정상적인 모습'을 되찾는 데까지 걸린 시간이 너무 짧았다…….

"이렇게 말하면 옳지 않을지도 모르겠습니만…… 그런 상황에 처한 여자애가 신핑처럼 생각할 수 있을까요?"

렌원슈의 말이 판옌중을 다시 현실로 데려왔다.

"가해자가 친한 친구의 오빠죠. 신핑의 반응은 조금…… 냉정하게 보이는군요."

"맞습니다."

렌원슈는 판옌중이 자신의 관점과 비슷한 반응을 보이자 힘껏 고개를 끄덕였다.

"제가 신핑에게 좀 더 생각해보자고 권했지만, 그 애는 듣지 않았어요. 더 시간을 끌면 안 된다고, 제가 같이 가주지 않는다면 자기 혼자라도 가겠다고 하더군요. 저도 난처했어요. 그 애가 저를 위협한다는 느낌도 들었어요. 어쨌든 신핑 혼자 경찰서에 가게 놔

우리에게는 비밀이 없다

둘 순 없었어요. 너무 잔인한 일이잖아요. 제가 다시 물었죠. *경찰에 신고한 뒤에 벌어질 일을 감당할 수 있겠니? 신펑이 뭐라고 대답했는지 아세요? 선생님, 제가 낯선 사람에게 얻어맞았다면 지금처럼 몇 번씩이나 신고하지 말라고 하셨을까요?* 정말 공감되는 말이었어요. 계속해서 사건을 축소하려고 하는 건 올바른 방법이 아닌지도 모른다는 생각이 들었죠. 결국 신펑과 함께 경찰서로 갔어요. 경찰이 그러더군요. 신펑이 취해서 정신을 잃은 상태였다면 자신에게 일어난 일을 인지하지 못했을 테니, 신펑이 저항하지 않았다고 해도 화이구가 강간을 저지른 것으로 볼 수 있다고요."

신펑이 의식이 없는 상태에서 쏭화이구와 성관계를 한 것이라면 쏭화이구는 최고 10년형을 받을 수도 있었다.

"신펑이 경찰에 신고한 지 얼마 후 쏭청훙이 나섰어요. 50만 타이완달러로 합의하자고 했죠. 물론 화이구가 무슨 짓을 했다고 인정하지는 않았어요. 적어도 제가 아는 한은 그랬죠. 그날 밤 화이구는 신펑이 동의한 줄 알았다면서, 신펑에게 상처를 줬다면 유감스럽다, 쌍방이 잘 합의했으면 좋겠다는 식으로 나왔어요. 그때쯤 저와 신펑 사이에 문제가 생겼어요. 신펑은 더 이상 저를 신뢰할 수 없으니 앞으로는 혼자서 해결하겠다고 하더군요."

"무슨 문제가 있었던 겁니까?"

"제가 합의금을 받으라고 권했어요. 신펑의 집안 형편이 좋지 않았거든요. 화물차 운전을 하던 신펑 아버지가 큰 사고를 내서 피해자에게 치료비를 물어줘야 했고, 신펑 아버지도 그 사고로 왼다리 신경에 문제가 생겨서 다시는 운전할 수 없게 됐어요. 신펑 어머니는 평소에 옷 수선 같은 일을 했지만 생계를 꾸리기엔 부족했죠. 전 쏭청훙이 성의 있게 대처한다고 생각했어요. 또 신펑에 대해 나쁘게 말하는 소문도 슬슬 돌기 시작해서, 이런 상황이니 합의하는 게 좋겠다 싶었던 거예요. 두 사람 다 젊으니까, 탄탄한 미래가 펼쳐질 테니까, 이런 일로 오래 영향을 받지 않는 게 좋다는 생각도 들었어요. 신핑은 제 말을 이해하지 못하더군요. 그 애는 화이구가 큰 잘못을 저질렀는데 사람들이 전부 그를 감싼다고 생각했어요. 저더러 쑹씨 집안에서 뭘 받았느냐고 물어보기까지 하더군요. 그런 의심을 받으니 저도 화가 나서 그만 못된 소리를 좀 하고 말았죠. 무슨 말을 어떻게 했는지는 기억나지 않지만, 신핑의 반응은 생생합니다. 왈칵 울음을 터뜨리면서, 저더러 수업할 때는 정의로운 척하더니 저도 결국 위선자라고 항의하더군요.”

렌원슈가 한숨을 내쉬며 잠시 눈을 감았다가 떴다.

“어떤 선배한테 이런 이야길 들었어요. 좋은 선생님이라면 학생 때문에 바뀌는 순간이 학생을 바꾸는 순간보다 많다고요. 학생들을 가르친 세월이 길어질수록 점차 선배의 말을 이해하게 되더군요. 당시 저는 신핑의 말에 마음을 크게 다쳤어요. 10여 년이 지난 지금 다시 생각하니 신핑이 한 말 중 한 가지는 확실히 옳았다 싶군요. 그 애에게 일어난 일은 절대 작은 일이 아니었어요. 신핑은 자기 권리를 지키려고 했고, 그건 잘못된 일이 아니었죠. 저는 쑹씨 집안에서 한 푼도 받지 않았지만, 그 집안의 사회적 지위를 신경 쓰지 않았다고 말할 수는 없어요.”

“한 가지만 더 말씀해주십시오. 제가 선생님께 연락드리기 전에 장전팡이라는 여자를 먼저 만났습니다. 그 여자는 이 사건을 선생님과는 완전히 다른 시각으로 바라보더군요. 신핑이 거짓말을 했고 화이구가 억울하게 당했다는 식으로요.”

“장전팡이라고요? 기억나지 않는 이름이네요. 하지만 그렇게 생

우리에게는 비밀이 없다

각하는 사람도 많아요. 그 이후로는 신핑이 저와 상의하지 않았지만, 사건이 어떻게 진행되었는지는 저도 알고 있습니다. 최종 합의금은 50만 타이완달러가 아니었다고 들었어요. 신핑의 가족이 나서서 처벌을 바라지 않는다, 딸도 화이구를 용서한다고 말했지만 검사는 기소하겠다는 의지를 굽히지 않았어요. 여자 검사였는데 삼십 대였고 고집스러운 사람이었대요. 그 검사가 왜 신핑 가족의 의견을 따르지 않았는지는 모르겠어요. 일이 커지면 누구에게도 좋은 상황이 아니었는데 말이죠."

판옌중은 계속해서 이렇게 아무것도 모르는 척 이야기를 들어야 하는지 고민스러웠다.

왜 신핑 가족이 기소 여부를 결정하지 못하는가? 개인과 개인 간의 폭행 사건이라도 특수한 상황이라면 국가가 개입해야 하는 범위에 속한다. 피해 당사자가 용서한다고 해도 더 많은 사회 구성원의 복지와 안녕을 위해 법률이 나설 때가 있는 것이다.

성폭력이 바로 그런 경우다. 두 개인 간의 성폭력은 절대 개인 간의 문제만이 아니다. 판옌중도 성폭력 가해자들을 여럿 만나보았다. 그들을 만날수록 깨닫게 되는 것은 한 사람이 가해자가 되느냐 피해자가 되느냐는 그들 자신이 결정할 수 없다는 사실이었다. 그는 '전혀 뉘우치지 않는' 강간범들을 많이 보았다. 그런 자들은 그 시간 그 장소에서 눈앞의 어떤 사람을 강간한 것이 그들 자신의 내재적 질서와 논리에 따르면 조금도 문제가 아니라고 생각한다. 그들에게 후회하느냐고 물으면 오히려 이해할 수 없다는 표정을 짓는다. 이런 태도를 법정에서도 보여주면 안 되는 것은 당연하다. 판옌중은 그들에게 '당신은 후회하는 것처럼 보여야 한다'는 말을 주입시켜야만 했다. 그런 사람들의 머리를 열고 그 안을 들여다보고 싶다는 생각도 들었다. 그들의 머릿속이 자신과 동일한 구조로 생겼는지 궁금했다.

판옌중이 가장 들여다보고 싶었던 머리는 실제로 만난 적 없는 사람의 것이었다. 어떻게 생겼는지도 모른다. 어느 비 오는 저녁, 약속 시간보다 늦게 도착한 중년 여성이 있었다. 우산도 없었는지 사무실에 왔을 때 그녀의 머리카락에서 물이 뚝뚝 떨어지고 있었다. 중년 여성은 법률 상담을 받고 싶다고 했다. 며칠 전 그녀의 조카가 학교 선생님에게 한 말 때문이었다. 이혼 후 몇 년째 혼자서 딸을 키우는 그녀의 남동생이 매주 한 차례 이상 자기 딸을 강간했다. 벌써 3년째였다. 학교 측에서는 절차대로 이 사건을 가족에게 고지했다. 중년 여성은 더듬거리며 사건을 설명했다. 처음에는 조카가 엄한 아빠가 싫어서 거짓말을 하는 거라 믿었다고 했다. 하지만 조카가 꾸깃꾸깃 접힌 종이를 내밀자 믿지 않을 수가 없었다. 절망적이었다. 그 종이에 적힌 글씨는 동생의 필체가 확실했다. 중년 여성이 망설이다가 가방에서 그 종이를 꺼냈다. 판옌중은 내용을 읽자마자 온몸이 서늘해졌다. 그 종이는 일종의 계약서였다. 소녀는 일주일에 적어도 한 번 아빠와 성관계를 해야 하며, 이를 지키지 않으면 아빠가 소녀의 친구에게 그들의 성관계 사실을 밝힌다는 내용이었다. 계약서에는 소녀가 직접 한 서명도 있었다. 비뚤비뚤하게, 그 글씨를 쓰던 손이 얼마나 떨리고 있었는지 누가 봐도 알 수 있을 정도였다. 중년 여성은 남동생이 저지른 일에 수치심을 느끼면서도 부모님의 눈물을 거역하지 못했다. 판옌중을 찾아온 것은 남동생을 구할 방법을 찾기 위해서였다. 중년 여성은 사무실을 나가기 전 3천 타이완달러를 탁자에 내려놓았고, 비를 맞으면서 어두운 밤거리로 사라졌다. 그녀가 가고 나서

우리에게는 비밀이 없다

야 판옌중은 누구의 소개로 여기에 왔는지 물어봤어야 했다고 생각했다.

중년 여성은 다시 나타나지 않았다. 판옌중은 인터넷을 뒤져 정황이 유사한 사건을 서너 건 찾아냈고, 곧 포기했다.

의미 없는 일이었다. 그 사건들은 각기 단일한 사건이 아니라 '현상'에 가까웠다. 과거이고 현재이며 미래였다.

그때까지 판옌중은 자신이 '성폭행'이라는 개념을 잘 알고 있다고 믿었다. 한 사람의 의사에 반해 성교를 하는 것이라고만 생각했는데 떨리는 손으로 서명한 글씨를 보고 그렇게 단순한 게 아니라는 생각이 들었다. 한 번도 만난 적 없는 그 소녀는 그로서는 형용할 수 없는 감정 혹은 또 다른 무언가를 잃어버렸을 것임을 알게 되었다. 그 소녀가 앞으로 보게 될 세상은 어떤 색깔일까?

또한 그 사건을 통해 '문 안에서' 행해지는 폭력은 대체로 비슷하다는 것도 배웠다. 그렇다면 사회의 다른 구성원들에게는 가정 내 폭력을 성토해야 할 책임이 있지 않을까? 적어도 이런 사건들의 유사성을 해결하기 위해 뭐라도 해야 하지 않을까?

판옌중은 렌원슈를 바라보았다. 목울대가 위아래로 움직였지만 그는 아무 말도 하지 못했다. 그는 제도의 뒤에 숨은 관념에서 시작할 수도 있었고, 그날 자신이 보았던 구겨진 종이 이야기부터 시작할 수도 있었다. 이 순간 누군가의 목소리가 그의 머릿속을 파고들었다. *정말 어떤 방법으로도 그 여학생을 제재할 수 없는 건가?* 친구 추궈성의 목소리였다. 나나의 사례는 어떻게 생각해야 할까? 그 여자애의 마음속에는 어떤 것이 남아 있을까? 남자들이 그 애의 몸 위를 지나가듯 그 애의 마음도 연기처럼 사라지는 걸까? 이런 의문들도 판옌중 자신이 고려해야 할 문제일까?

9장

303

대체 신핑은 어디에 있을까? 그녀는 왜 그를 이토록 복잡한 상황에 빠뜨리는 걸까? 판옌중은 아내를 원망했다. 아내 때문에 이렇게 골치 아픈 대화를 계속해야 하는 상황을 원망했다. 한참 침묵하던 그가 겨우 입을 열었다.

"그 사건이 법정까지 갔습니까?"

"네. 그 일로 지역이 발칵 뒤집혔어요. 쑹씨 집안 아들이 기소를 당해 법정에 섰으니까요. 뭐랄까요, 다들 둘러서서 구경하고 싶어 했지요. 당신도 느끼셨겠지만 이 지역 생활은 단조로워요. 누가 재판을 받는다고 하면 다들 관심을 가지죠. 게다가 그가 지역 유지 아들이라면 다시 보기 힘든 좋은 구경거리죠. 신핑 본인은 오히려 담담했어요. 제가 마지막으로 신핑한테 전화해 지금 상황을 물어 봤어요. 두 가지를 말해주더군요. 첫째는 포기하기로 했다는 것. 판사한테 자신의 진술은 전부 거짓이었다고 증언할 거라고 했죠. 둘째는 대학에 가서 새로운 삶을 시작하겠다는 것이었어요. 다 내려놓고 잊어버릴 거라고요."

"왜 말을 바꾼 겁니까?"

렌원슈는 고개를 저었다.

"저도 모릅니다. 물어볼 수도 없었어요. 쑹씨 집안에서 끝도 없이 귀찮게 해서 진술을 번복하게 만들었다는 소문도 있었고, 신핑이 화이구와 성관계를 하면 연인 사이가 될 거라고 기대했는데 뜻대로 되지 않자 화가 나서 거짓말을 했던 거라는 소문도 있었어요."

"쑹씨 집안 사람들은 여전히 이곳에 삽니까?"

이 질문은 렌원슈를 난처하게 했다. 고개를 갸웃거리며 몇 초간 고민하던 그녀가 대답했다.

"화이쉬안은 다시 이곳으로 돌아왔다고 들었어요. 쑹화이구

우리에게는 비밀이 없다

는…… 그 사건 이후로 부모님이 그를 미국으로 보냈어요. 제가 그를 마지막으로 본 건 2, 3년 전이었어요. 어떤 여자 손을 잡고 짐 가방을 들고 건널목을 건너고 있더군요. 전 그때 자전거를 타고 가는 중이었는데, 쑹화이구를 알아보자 얼른 고개를 숙였어요. 오래전 그 일로 아직도 원한을 품고 있을까 봐 불안했거든요."

렌원슈가 잠시 말을 멈췄다가 다시 입을 열었다.

"쑹화이구가 미국에 간 지 3, 4년 지났을 때 그 아버지가 돌아가셨어요. 교통사고로요. 전봇대를 들이받았다고 들었어요. 사고가 났을 때 저희 아버지가 쑹칭훙을 발견했는데 아버지 말씀이 차 안에서 술 냄새가 났다고 하더라고요. 뭐 그게 특별히 비밀은 아니었어요. 쑹칭훙은 갈수록 점점 외부 활동이 줄어들었어요. 저희 아버지 말씀으로는 아들 일 때문에 충격이 커서 그럴 거라고 하셨죠. 평생 명망을 쌓았는데 나이 들어서 그걸 지키지 못했으니 고통스러웠을 거라고요. 근데 아버지 추측은 좀 과해 보였어요. 어쨌든 많은 사람들이 쑹씨 집안 편을 들었잖아요. 쑹칭훙도 결국 자신의 영향력을 써서 사태를 억누른 셈이고요. 물론 그의 속마음이 어땠는지는 아무도 모르지만요."

판옌중은 고개를 떨구고 자신이 휘갈긴 메모를 멍하니 바라보았다. 렌 선생님과 오래 이야기를 나눴다. 하지만 가장 중요한 문제가 아직 남아 있었다.

"렌 선생님, 하나만 더 여쭐게요. 선생님이 보시기에 이 일로 신핑과 쑹씨 집안 사이에 원한이 생겼을까요?"

"그게 무슨 소리예요!"

렌원슈가 이가 보일 정도로 웃음을 터뜨렸다.

"당연히 생겼죠. 쑹칭훙은 부자였고 공익 활동에 열심이었어요.

그건 다 명예를 얻기 위해서인데 하나뿐인 아들이 겨우 스무 살에 강간범이라는 죄명을 얻게 되었어요. 당신이라면 원한이 생기지 않겠습니까? 그리고 당시 저도 정말 곤란한 상황에 놓였더랬죠. 오랫동안 많은 선생님들이 학교에서 저를 멀리했어요. 쑹칭훙이 학교 보수 공사를 약속했는데 중단되었거든요. 그걸 두고 신핑이 경찰에 신고한 것에 대해 쑹씨 집안이 보복한 거라면서 저더러 직접 찾아가서 사죄하라고 하는 사람도 있었죠."

"그럼 신핑은 가족들과 어떤 관계가 되었습니까?"

"그 부분은 저도 잘 몰라요. 신핑과 문제가 생긴 뒤로 그 애 일에 저는 최대한 적게 관여하려고 했어요. 전 모든 일이 잘 끝나면 우리가 같이 살면 어떨까 생각하기도 했어요. 제 말은, 이상한 생각이기는 했어요. 가끔 그 일이 아주 긴 꿈처럼 느껴지기도 해요."

"렌 선생님, 감사합니다. 마지막으로 한 가지, 우신핑과 쑹화이쉬안의 관계는 그 후 어떻게 됐습니까?"

이 질문은 신핑을 찾는 일에도 도움이 되겠지만 판옌중이 개인적으로 궁금한 점이기도 했다.

"모르겠어요. 두 학생에 대한 제 인상은 뭘 하더라도 함께했고 화장실도 손 잡고 같이 다녀올 만큼 친했다는 거예요. 중학교 때부터 친구였고, 고등학교 때는 같은 반이 됐죠. 성격도 서로 보완이 잘 되는 편이었어요. 신핑은 누가 봐도 착실한 학생이었어요. 성적은 보통이었지만 다른 문제는 전혀 없었고, 활발하고 반 친구들과도 잘 지냈어요. 화이쉬안은 성적은 좋았지만 내성적이어서 신핑에게 많이 의존했어요. 아, 화이쉬안은 글쓰기에 재능이 있었어요. 그 애는 남들이 생각하지 못하는 주제를 잡고 글을 썼죠."

렌원슈는 수첩을 펼쳐서 몇 페이지를 왔다갔다하며 뒤적거렸다.

우리에게는 비밀이 없다

"아, 여기 있네요. 화이쉬안이 쓴 글 중에서 마음에 드는 문장이 있으면 제 일기에 옮겨 적어두기도 했거든요. 성장에는 반드시 고통이 수반된다. 그 고통에 마비되어 밝은 미래가 남아 있다는 사실을 망각하게 되는 일이 두렵다. 멋진 문장이죠?"

렌원슈는 옅은 미소를 지었다.

"화이쉬안은 조용한 아이였어요. 쑹화이구 담임이었던 선생님 이야기를 들어보면 남매인데도 성격은 많이 달랐던 것 같아요. 화이구는 아버지 영향력을 확실히 알고 있었어요. 평소에는 말썽도 안 부리고 친구들과도 잘 지냈대요. 선생님을 보면 깍듯하게 인사도 잘했고요. 하지만 잘못을 저질러서 선생님께 야단맞을 때면 자기 아버지의 존재를 은근슬쩍 내비쳤다고 하더군요. 화이쉬안은 전혀 그렇지 않았어요. 그 애는 어릴 때 몸이 약했다고 하던데, 그게 성격 형성에 영향을 미친 것 같아요. 전 화이쉬안이 성질을 부리는 걸 한 번도 본 적이 없어요. 대체로 위축되어 있는 편이었죠."

렌원슈는 위축되는 느낌의 손짓을 해 보였다.

"자기 생각을 먼저 말하는 편도 아니었고요. 그나마 신핑에게만 자기 생각을 털어놓곤 했어요. 제가 그 애 작문 실력을 칭찬하면서 격려해주곤 했는데, 여러 번 칭찬해줘야 겨우 용기를 내서 조금씩 글을 쓰더군요."

"화이쉬안은 나중에 어디로 갔습니까? 대학에 진학했나요?"

"아마도 그런 것 같아요. 대입시험을 잘 보지 못했어요. 신핑보다 점수가 낮았죠. 제가 처음 화이쉬안을 가르쳤을 때는 꽤 높은 석차였는데, 무슨 일이 있었는지 대입시험 몇 달 전부터 계속 성적이 떨어지더니 나중엔 반에서도 평균 이하로 내려갔어요. 그때쯤 매주 제출하는 일기에도 부정적인 내용이 많았는데, 특히 '기억한다'라는 말을 자주 썼어요."

렌원슈가 고개를 숙여 다시 수첩을 살펴보았다.

"내가 어른이 된다는 데 자신이 없다. 언젠가는 이 문장을 열 번도 넘게 반복해서 썼더군요. 그 애를 불러서 무슨 일인지 물어봤지만 대답은 듣지 못했어요. 공부에 다른 도움이 필요한지 물으며 제가 어떻게든 시간을 내주겠다고 했지만 그것도 싫다고 하더군요."

판옌중이 뭐라고 응수하기 전에 렌원슈가 다시 말을 이었다.

"그 집 부모님은 성적에 관심이 많은 편이 아니었어요. 그러니까 제 말은, 학부모가 적극적이지 않으면 저도 굳이 학생 성적에 신경 쓰지 않았어요. 편애한다는 말을 듣지 않으려면 그럴 수밖에요. 학생들은 예민하거든요."

판옌중은 두 사람이 마신 차 값을 계산했다.

헤어질 때 렌원슈는 몇 걸음 앞서 걷다가 고개를 돌려 말했다.

"판 변호사님, 감사합니다."

"제가 감사한 일이죠. 건강 때문에 쉬시는 중인데 이렇게 나오시게 해서 죄송했습니다."

"아니에요, 정말로 고마워요. 판 변호사님은 진심으로 그때 무슨 일이 있었는지 알고 싶어 하신다는 걸 느꼈어요…… 당시 전 학생들에게 지식에 대한 호기심을 강조하던 열정 가득한 교사였죠. 근데 그 일이 있고 난 뒤로는 그런 말을 거의 하지 않게 됐어요. 무지가 훌륭한 방어기제가 될 수 있다는 걸 그 일로 깨달았거든요. 세상의 많은 일들은 진실을 알고 나면 그 반대편에 있는 것

우리에게는 비밀이 없다

들을 잃게 되기도 한답니다. 그때 무엇을 잃었는지는 저도 여전히 생각하는 중이에요."

렌원슈는 고개를 숙여 인사한 뒤 바로 떠났다.

판옌중은 차로 돌아와 생각에 잠겼다. 신핑은 고향에 왔다가 실종되었다. 타이베이로 돌아갔을까? 아무도 모른다. 유일하게 확인한 사실은 신핑이 황칭롄과 만났다는 것이다.

황칭롄은 하나의 단서다. 하지만 렌원슈를 만나고 난 뒤로는 쑹씨 집안 사람들이 좀 더 중요하다는 생각이 들었다.

지금이라도 경찰에 신고할까? 실종신고를 하지 않고서는 CCTV를 확인할 수 없다. 빨리 결정을 내려야 했다. CCTV 영상에는 정해진 보존 기간이 있으니 말이다. 주변을 둘러보니 CCTV가 꽤 많이 설치되어 있었다. 확인하면 뭐라도 찍혀 있을 것이다. 그런데 왜 이제야 실종신고를 했느냐며 괜한 오해를 사지 않을까? 왜 골든타임인 48시간을 넘겨서 신고했습니까? 숨기고 싶은 게 있는 거 아닙니까? 판옌중과 옌아이써의 일이 다시금 무대 위로 끌려나올 것이다. 판옌중은 눈을 감았다. 아이를 잃어버린 엄마는 아이가 아직 살아 있는지 여부를 감지할 수 있다고 한다. 그는 미간을 찡그렸다. 뭐라도 쓸모 있는 정보를 떠올려야 하는데 머릿속이 새하얬다. 가슴속에 또 한 번 후회와 원망이 차올랐다. 신핑도 잘못이 있다! 그녀는 과거를 숨기지 말았어야 했다. 그랬더라면 그가 이런 고민에 빠지는 일도 없었을 것이다.

운전석 등받이를 뒤로 눕혔다. 연일 바짝 긴장한 상태로 지낸 탓에 머릿속이 꽉 막힌 듯했다. 그는 삼십 분 후로 알람을 설정했다. 다음에는 쑹씨네를 방문할 생각이었다. 마지막 일격이랄까? 이 조그만 동네에서는 소식이 빠르다. 쑹씨 집안 사람들이라면 신핑이 어디로 갔는지 알지도 모른다. 만약 그들에게서도 단서를 얻지 못한다면 내키지 않아도 신고를 하는 수밖에 없다.

어둠 속으로 빠져들기 전 생각했다. 아내가 벌써 이 세상 사람이 아니라면? 안 돼, 그런 생각은 너무 무섭다.

장중쩌는 카페에서 판옌중을 지켜보았다. 두 시간씩이나.

판옌중의 사진을 몇 장 찍어서 오드리에게 보냈지만 답이 없었다. 기분이 나빴다. 오드리가 그의 메시지를 이렇게까지 무시한다는 것은 무슨 의미일까? 엄청나게 흥미로운 일이라도 생겼나? 정말 중요한 정보를 알아냈나? 유리 진열장에 놓인 비프 샌드위치가 눈에 띄었다. 그는 방금 시킨 밀크티가 꽤 마음에 들었다. 이 카페의 다른 메뉴도 나쁘지 않을 것 같았다.

주문을 하려는 순간, 판옌중과 렌원슈가 자리에서 일어났다.

장중쩌는 직원에게 미안함의 눈빛을 보낸 뒤 메뉴판을 내려놓았다. 판옌중이 계산을 마치고 렌원슈와 같이 카페를 나갔다.

그때 휴대폰이 진동했다. 오드리의 메시지였다.

장중쩌는 미소를 지었다. 슬슬 화가 나려던 참이었다.

—어디야?

—카페에 있어. 그쪽은 잘되고 있어?

—좋아. 진전이 있었어.

—지금 데리러 갈까?

—주소 보낼게. 걸어서 와줘. 차는 카페 쪽에 놔두고.

—왜?

우리에게는 비밀이 없다

—와보면 알 거야.

잠시 후 장중쩌는 주소를 받았다. 인터넷으로 주소를 검색해보니 1, 2킬로미터 떨어진 곳이었다.

—걸어가면 이십 분은 걸리겠는데.

—어쨌든 걸어서 와. 내가 뭘 알아냈는지 이따 말해줄게.

—전화로 얘기해주면 되잖아.

—지금은 안 돼. 여기서 할 일이 더 있어. 일단 오면 알게 될 거야.

장중쩌는 받은 메시지를 빤히 쳐다보면서 오드리의 말투를 분석해봤다. 할 수만 있다면 타이베이에 돌아가고 싶지 않았다. 오드리와 함께 이 말도 안 되는 '탐색'을 계속하고 싶었다. 지난 몇 시간 동안, 그 수백 분의 시간 동안 그는 단 한 번도 아버지를 떠올리지 않았다. 그런데 지금 이 순간 신음소리가 메아리치는 아버지의 어두침침한 방이 떠오른다. 자신이 대야와 수건을 들고 들어가 아버지의 바지를 벗기고 아랫도리를 닦아주는 장면도 떠오른다. 음모에 달라붙은 비듬이며 분비물을 닦아내려고 애쓰지만 잘 되지 않는다. 그는 짜증을 내며 아버지를 한 대 때리고 만다. 다음 순간 정신이 번쩍 든 그는 무릎을 꿇고 용서를 빈다.

오드리와 함께 계속 이렇게 시간을 보낼 수 있다면 얼마나 좋을까?

그때 판옌중이 차에 올라탔고, 렌원슈는 건널목을 건너 골목길로 들어갔다. 판옌중이 모습을 감추자 우자칭 형사가 장중쩌 앞에 나타났다.

"난 저 여자분을 따라가겠습니다. 당신은 판옌중을 따라가세요."

"저 지금 오드리 데리러 가야 하는데요?"

"오드리가 지금 어디 있는데요?"

"만날 사람이 있다면서 갔는데 지금 이 주소에 있다고 합니다."

"혼자서 마음대로 움직이다니, 지금 무슨 상황인지 이해가 안 되나 보죠?"

우자칭이 화를 냈다.

"아마 신핑과 관련 있는 사람을 만나러 갔을 겁니다."

우자칭 형사는 장중쩌가 보여준 주소를 베껴 적었다.

"나도 잠시 후에 그쪽으로 가도록 하죠."

"좋습니다."

장중쩌는 내비게이션 앱의 지시대로 걸음을 옮겼다.

걷는 속도가 생각보다 빨랐는지 앱에서 예상한 것보다 오 분 정도 일찍 도착했다.

장중쩌는 도착한 주소지의 집 외관을 대충 살펴보았다. 집주인이 누구인지 알았다면 외벽을 보수하라고 권유하고 싶었다. 당장 벽돌이 떨어져 지나가던 사람이 맞아도 이상하지 않을 상태였다. 장중쩌는 두 걸음 정도 물러났다. 자신의 상상을 스스로 증명하고 싶은 마음은 없었다.

오드리에게 전화를 걸었지만 받지 않았다. 그는 다시 주소와 문패를 확인했다.

그때 오드리의 메시지가 도착했다.

―주변에 다른 사람이 없는지 확인해. 아무도 몰래 이 집에 들어와야 해.

장중쩌는 주변을 둘러본 후 답장을 보냈다.

―강아지 한 마리도 없어. 지금 무슨 탐정 놀이라도 하는 거야? 얼른 문 열어. 지금 안 열면 그 사이에 누가 지나갈지도 몰라.

문이 열리고 낯선 여자가 고개를 내밀었다.

"장 선생님이세요?"

여자가 가느다란 목소리로 물었다.

"네, 오드리는 안에 있나요? 저한테 이리로 오라고 하더라고요."

장중쩌가 성큼성큼 다가가며 말했다.

"네, 들어오세요."

여자가 주변을 살피면서 문을 좀 더 열었다.

"신발은 여기에 놔두면 될까요?"

장중쩌가 현관 바깥에 있는 신발장을 가리켰다.

"아뇨. 그냥 들어오세요."

장중쩌가 망설이는 모습을 보이자 여자가 웃으며 덧붙였다.

"이웃집 개가 장난이 심하거든요. 낯선 사람 신발을 물어가곤 해요. 전에 제 친구가 왔을 때도 샌들 한짝을 잃어버렸어요."

"아, 그렇군요."

장중쩌가 집 안으로 발을 들였다.

"그럼 신발은 어디에……."

말을 마치기도 전에 뒤통수를 얻어맞았다. 분명히 눈을 뜨고 있었는데 눈앞이 새하얘졌다. 그 새하얀 빛은 순결함의 흰색이 아니라 허무함의 흰색이었다. 장중쩌는 몸을 돌리려 했다. 설명을 해야 했다. 뭔가 오해가 있는 것 같다. 자신이 이런 대접을 받을 이유는 없었다. 지난 몇 년간 그는 아버지를 간병하느라 다른 일을 할 틈이 없었다. 누군가에게 원한을 사려야 살 시간도 없었다. 그의 어깨가 원을 그리며 움직였다. 자유형 수영을 할 때 숨을 쉬기 위해 물 밖으로 고개를 내미는 동작과 비슷했다. 그때 그의 옆얼굴로 두 번째 타격이 가해졌다. 바위 벽을 두드리는 파도처럼 세 번째, 네 번째 공격이 이어졌다. 장중쩌는 바닥에 쓰러졌다. 그는 몸을 웅크리고 두 손으로 머리를 감쌌다. 떨리는 목소리로 애원했다. *제*

발, 제발, 그만 때려요, 사람을 잘못 봤어요. 여자가 공격을 멈췄다. 장중쩌는 잠시 숨 돌렸다. 문득 이 여자의 충동적인 행동에 고마운 마음이 들었다. 그는 이제 알았다. 확실히 알았다. 그는 죽고 싶지 않았다. 조금도 죽고 싶지 않았다. 숨을 쉬고 싶고, 살고 싶고, 새로운 것을 보고 듣고 말하고 싶었다. 장중쩌의 머리는 차가웠고 아랫도리는 뜨끈뜨끈했다. 한쪽은 피, 다른 한쪽은 오줌일 것이다. 뭐가 됐든 상관없었다. 아직 살아 있었다. 그는 감히 움직이지 못했다. 저쪽에서 먼저 말하기를 기다렸다. 뭐든지 좋았다. 적어도 왜 자신을 때렸는지 설명해줬으면 좋겠다. 뭐라도 좋으니 이 무시무시한 침묵을 깨뜨려주기를 바랐다.

"오드리, 오드리……"

장중쩌의 귀에 오드리를 부르는 소리가 들렸다. 몇 초쯤 흐른 뒤에야 그게 자기 목소리라는 것을 알아차렸다.

그는 오드리를 부르고 있었다. 심한 통증으로 몸이 오그라드는 중에도 그의 몸에서 어느 한 부분이 먼저 깨어났다. 오드리가 불러서 이곳에 왔는데 오드리는 어디 있지? 아무 일도 없는 걸까? 장중쩌는 애써 눈을 떴다. 눈앞이 안개가 낀 듯 흐렸다. 바로 앞에서 왔다갔다하는 사람이 있었다. 시야가 흐려서 잘 보이지 않았다. 나를 공격한 여자일까? 오드리일까? 장중쩌는 눈을 깜빡거렸다. 눈을 가린 안개가 빨리 걷혔으면 좋겠다. 이윽고 여자의 목소리가 들렸다. 낮고 느린 목소리다.

"물고기야, 너는 참 대단하구나. 언제나 널 위해 뭐라도 해주려는 사람들이 있지. 이것 봐, 또 한 사람이 왔네."

장중쩌는 소리를 내려고 갖은 힘을 썼다. 역시 저 여자가 사람을 잘못 본 것이 맞다. 그는 오드리를 찾아 이곳에 온 것이다. '물고기'는 누구를 말하는 것이란 말인가.

목이 뻣뻣하게 굳어서 목소리를 쥐어짜내야 했다.

"당신, 사람을 잘못 봤어요!"

그때 테이프를 뜯는 소리가 들렸다. 장중쩌의 입에 테이프가 붙여졌다. 입을 벌리려고 하자 그럴수록 입술만 더 아팠다.

의식이 점점 흐려졌다.

장중쩌는 두려웠다. 이제 누가 아버지와 오드리를 돌봐주지?

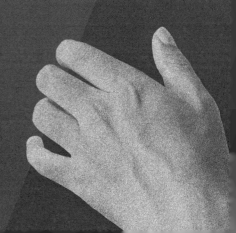

10장

여러 사람과 만난 것이 오랜만이라 그런지 숨이 차고 근육이 아팠다.

급하게 청소를 마치고 바닥에 주저앉았다. 벽에서 몇 센티미터 떨어진 곳에 무릎을 안고 웅크려 앉았다. 몸을 앞뒤로 흔들면서 긴장을 풀려고 애썼다. 오랫동안 느끼지 못했던 감정이 가슴을 채웠다. 그 감정의 이름은 기쁨이다. 내가 기쁨을 느껴본 것이 얼마나 오래되었는지 기억도 나지 않는다. 아, 나는 곧 종말을 맞이할 것이다. 정말 피곤하다. 해야 할 일이 계속 생겨서 그렇다. 조금 놀랍고 기뻤다. 내가 이렇게 많은 일을 하다니, 할 수 있다니! 복수를 완성할 수 있도록 오빠가 내게 힘을 준 것이 아닐까? 오빠를 생각하니 가슴이 또 조여들고 공기가 몸 밖으로 빠져나가는 느낌이 든다. 어렵사리 손에 넣은 기쁨이 눈꽃처럼 녹아 사라져간다.

오늘의 이 상황은 전부 나 혼자서 만들었어.

그때 내가 철없이 굴지 않았더라면 이렇게 가족 중 나 혼자 남아서 외롭게 살지는 않았을 텐데. 우리 가족도 다른 수많은 가족들처럼 평범하게 서로 의지하면서 살았을 텐데.

우리에게는 비밀이 없다

눈앞의 여자를 바라보았다. 얼굴에 핏자국이 가득하다. 나를 똑바로 쳐다보는 저 눈이 다른 쪽으로 움직이지 않은 지 오래되었다. 상처는 크지 않았다. 계속 피가 흘러서 천으로 닦아냈지만 내 손이 야무지지 못한 탓에 오히려 피가 더 번져서 얼굴이 더러워졌다. 그녀는 눈을 깜빡이며 몸을 떨었다. 옛 기억이 방울방울 솟아올랐다. 나는 물고기의 진심을 믿었다. 그래서 그 애를 내 마음속 가장 깊은 곳까지 초대했다. 몇 년 동안 둘이 꼭 붙어 다니면서 꽃이 만발한 청춘의 시절을 보냈다. 인간은 꼭 어른이 되어야 할까? 자신이 가장 좋아하는 나이와 그 시절에 머물 수는 없는 걸까? 선택할 수 있다면 나는 미래의 자유로움보다 행복했던 과거에 갇히는 쪽을 택할 것이다. 나는 내가 어른이 된다는 데 자신이 없다.

나는 진심으로 물고기와 오빠와 나, 우리 셋이 잘 맞을 거라고 생각했다. 정말 완벽한 조합이었다.

물고기는 나와 성격이 달랐다. 느긋하고 솔직했다. 평범하다 못해 무능한 가족을 소개하면서도 전혀 부끄러워하지 않았다. 나는 물고기와 대화하고 싶어서 점점 더 안달이 났다. 학교에서 만나는 것만으로는 부족했다. 휴일에도 너희 집에 가서 놀고 싶다고 물고기를 졸랐다. 야오전과 함께 지내던 방식이 반복되었다. 하지만 야오전보다 물고기가 더 잘할 거라는 기대가 있었다. 나 자신 역시 예전보다 이번에 더 잘할 수 있을 것 같았다. 물고기의 엄마는 말이 좋아 '재봉사'지 학기 초 교복에 이름표를 붙이는 간단한 일거리나 받아서 하는 처지였다. 평소에 집에 놀러 가보면 물고기 엄마가 재봉틀 앞에 앉아 있는 모습을 거의 볼 수 없었다. 물고기의 아빠는 화물차 운전사여서 자주 집을 비웠다. 물고기 말로는 아빠가 한밤중에 화물을 배송하는 것을 좋아한다고 했다. 그 시간대에는 도로가 한산해서 속도를 낼 수 있기 때문이었다. 물고기의 오빠는 자기 방에서 라디오를 듣거나 만화를 볼 때가 많았다. 물고기는 오빠가 잘생기진 않았지만 착하고 온순하다고 말했다. 드라마를 보다가도 잘 운다고 했다. 물고기의 부모님은 그런 오빠가 마음이 너무 여리다며 걱정한다고 했다.

물고기는 야오전과 달리 예쁜 이름을 갖지 못했다. 어떤 점쟁이는 물고기의 이름을 듣더니 남에게 헌신해도 그 덕이 쌓이지 못하는 운이라고 했단다. 하지만 돌아가신 할아버지가 지은 이름이라 부모님도 그냥 받아들였다고 한다. 나는 '물고기'라는 그 애의 별명을 들먹이며 위로해주었다. *내가 너에게 어울리는 별명을 지어줬잖니. 물고기 어魚 자는 '남다'라는 뜻의 여餘 자와 발음이 같아. 그러니까 네가 노력하고 헌신한 공로도 이제는 사라지지 않고 남아 있을 거야. 네 노력이 달콤한 과실을 맺길 기도할게.*

오빠는 이곳에 사는 사람들은 떠날 수 없어서 남아 있는 것이라고 말했다. 번화한 도시로 이주하는 데는 큰 대가를 치러야 하기 때문이란다. 그러나 우리 가족은 다르다고 했다. 우리가 이곳에 남아 있는 것은 아빠를 위한 일이란다. 이곳 사람들은 다 아빠를 알고 있고, 아빠 이름을 외친다. 명성名聲이란 한자를 그대로 풀면 '다른 이들이 내 이름을 부를 때 나는 소리'라는 뜻이다. 다들 아빠 이름을 부르며 매달린다. 한 사람이 외치고, 두 사람이 외치고, 세 사람이 외친다. 이름을 외치는 소리 안에는 애정과 숭배, 갈망이 담겨 있다. 그들은 셀 수 없이 많은 소원을 갖고 있는데 그 모든 게 아빠의 협조가 필요한 일이었다. 나는 그들이 이름을 외치는 방식을 보면서 가족이라는 울타리 밖에서의 아빠 모습을 대충 짐작하곤 했다. 아빠는 정서적으로 유약한 편이지만 사생활을 접어두고

우리에게는 비밀이 없다

본다면 거의 신성하다고 해도 좋을 만큼 훌륭한 대외 이미지를 갖췄다. 오빠는 아빠가 이곳을 떠나면 연못 밖으로 나간 물고기처럼 말라비틀어져 뼈만 남을 거라 했다. 아빠는 여러 도시를 돌아다니지만 오로지 이 조그만 시골 동네에 들어서야만 길을 걸을 때도 콧노래가 나온다고도 했다. 오빠가 이런 이야기를 할 때 나는 잠자코 듣기는 해도 이해하지는 못했다. 내 눈에는 끊임없이 찾아와 엄마를 귀찮게 하고 아빠에게서 양분을 빼앗아가는 사람들이 피를 빠는 모기처럼 보일 뿐이었다. 아빠도 모기를 쫓아버리고 싶을 것이 뻔한데, 어째서 저 모기들에게 의지한다고 말하는 걸까?

물고기네 집에 갔을 때에야 오빠 말이 맞다는 것을 알아차렸다. 물고기네 엄마는 나를 거실에 앉히고 이런저런 걸 물어보셨다. 얼핏 평범해 보이는 질문이었지만 그 안에는 묘한 자조가 섞여 있었고, 항상 조금 더 자세히 말해보라고 성화였다. *너희 가족은 방학 때 어디 가니? 타이베이? 자주 가니? 얼마나 자주? 가서 자고 와? 친척 집에서 자니, 아니면 호텔에서 자니? 호텔방은 어떻게 생겼어? 아줌마가 궁금해서 그래, 좀 더 자세히 설명해보렴. 얘기가 나와서 말인데, 우리도 전에 타이베이에 간 적이 있단다. 아줌마 사촌여동생이 지룽基隆*에 살거든. 여동생이 아기를 낳아서 우리 식구 다 같이 가서 보고 왔단다. 오는 길에는 야시장도 구경하고, 타이베이에서 하룻밤 자는 것도 좋겠다 싶어 숙소를 찾았지. 아저씨가 운전을 오래 해서 피곤하기도 했고 말이야. 물고기랑 개 오빠가 타이베이에서 자고 간다니까 얼마나 좋아하던지. 손뼉도 치고 흥분해서 난리도 아니었어. 그런데 타이베이는 숙박비가 어쩜 그렇게*

● 타이완의 수도인 타이베이의 위성도시.

비싸니? 가는 곳마다 점점 비싸지더구나. 겨우 싼 숙소를 구했는데, 들어갔더니 카펫에 곰팡이가 피어 있고 벽지도 얼룩덜룩했어. 아저씨는 또 아줌마 체면도 무시하고 이럴 바에는 당장 집에 가자고 그러는 거야. 물고기 오빠는 집에 간다니까 울고. 아저씨는 남자가 운다고 애를 때리고. 얼마나 창피하던지. 애, 너희 집은 얼마나 좋으니? 타이베이에 가서 하룻밤 자고 싶으면 그냥 자고 오면 되잖아. 돈 걱정도 안 하고. 맞다, 우리 집 물고기랑 친하게 지내줘서 고마워. 아줌마가 얼마나 기쁜지 몰라. 나중에 너한테 뭐가 생기면 꼭 우리 물고기한테도 좀 나눠주고 그러렴. 걔도 세상이 어떻게 돌아가는지 배워야지.

물고기 가족은 오빠 말처럼 가난해서 이곳을 떠나지 못하는 사람들의 전형이었다. 물고기는 야오전과 달리 이곳을 떠날 수 없었다. 그런 생각을 하자 마음이 무거워져서 물고기의 얼굴을 가만히 들여다보았다. 얼마나 슬픈 이야기인가. 한 여인이 가족을 즐겁게 해주고 싶었지만 형편상 그럴 수 없었다. 여인의 남편은 아이를 때리기까지 했다. 나는 비관적인 결론을 내렸다. 그 여인은 애초에 타이베이에서 자고 가자는 말을 꺼내면 안 되었다. 물고기는 이 이야기를 어떻게 받아들일까? 부끄럽다고 생각할까? 물고기 엄마가 이토록 적나라하게 '나는 위에 있고 물고기는 아래에 있다'고 하는데! 나는 물고기를 위로 올려주고 싶었다. 그런데 물고기는 아무렇지 않아 보였다. 표정도 행동도 여느 때와 다름없었다. 물고기는 엄마가 이야기를 마치자 나에게 손을 뻗었다. 위층에 가서 놀자.

나는 물고기를 달래준답시고 야오전에게는 하지 않았던 말을 했다. 우리 아빠는 너희 엄마가 생각하는 것처럼 그렇게 훌륭하지 않아. 밖에선 많은 사람들에게 관대하게 행동하지만 집에선 그렇

우리에게는 비밀이 없다

지 않거든. 아빠는 우리를 오냐오냐 키우면 안 된다고 그러셔. 어릴 때부터 돈을 우습게 여기는 버릇이 들면 안 된다고 말이야. 엄마는 아빠가 가족에겐 소홀하고 바깥에서 아빠한테 들러붙는 사람들에게 더 잘한다고 불만이야. 그러면 물고기는 "그렇구나" 한마디 내뱉고는 오히려 나를 위로하려 들었다. 그런 건 신경 쓰지마. 지금은 우리가 앞으로 어떻게 살아갈 것인지 준비하는 게 중요해. 앞날의 일은 다 자기 하기 나름이야. 우리 미래에 자신감을 갖자!

그날의 대화를 생각하면 10여 년이 지난 지금도 가슴이 아플 정도로 감동적이다. 물고기는 태생적으로 특별한 힘을 갖고 있었다. 사람들에게 온기를 나눠주고 힘이 되는 말을 해준다. 나는 그때 하루라도 물고기를 만나지 않으면 감기에 걸린 사람처럼 기운이 없었다. 물고기의 침대에 누워 있으면 물고기가 내 옆에 와서 눕곤 했다. 그 시간이 참 좋았다. 우리는 서로가 아니라 천장을 바라보고 누웠다. 그렇게 누워 대화하면 상대방의 표정을 살필 필요가 없어 더 자유롭게 대화할 수 있었다. 나는 물고기에게 많은 것을 물었다. 끝이 없었다. 집에서도 학교에서도 말수가 적은 나였지만 물고기의 방에서는 다른 사람이 된 듯 끝없이 떠들었다. 훗날에도 종종 물고기의 작은 방을 떠올렸다. 침대, 책상, 옷장만으로도 거의 꽉 차는 복도 같은 방이었다. 그곳이 나에게는 비밀기지였다. 그곳에서는 안전했다.

너와 친한 친구를 일등부터 오등까지 말해줘. 나는 이렇게 순위를 말해보라고 요구하곤 했다. 물고기가 대답하면 내가 정한 순위도 말해준다. 물고기의 일등은 나, 나의 일등은 물고기였다. 그 사실을 확인하면 희미한 전류 같은 것이 팔다리를 지나가는 듯했다. 그 기묘한 감각을 다시 느끼기 위해 이런 식의 질문으로 자주 물고기를 귀찮게 굴었다. 물고기가 두 손을 들고 이렇게 말할 때까지 말이다. *알았어, 이제 그만해. 나하고 제일 친한 친구는 바로 너야.* 그 말을 들을 때면 나는 누군가에게 안겨서 높이 들어올려지는 기분을 맛보았다.

고등학교에 올라가 반이 결정되던 날 물고기는 우리 집에 달려와 활짝 웃으며 말했다. 우리가 같은 반으로 배정됐다면서 참 신기한 운명이라고 했다. 그건 내가 아빠에게 애걸복걸해서 얻어낸 결과였지만 굳이 알려주지 않았다. 아빠는 함부로 영향력을 행사하거나 인맥을 활용하지 않는 것에 자부심을 느꼈다. 내가 물고기와 같은 반이 되게 해달라고 부탁했을 때도 그 이유를 캐물었다. 나는 조금도 경계하지 않고 사실대로 대답했다. *그 애가 제 유일한 친구거든요.* 아빠는 가느다란 눈으로 나를 바라보았다. 내 말에 마음이 움직인 것이 분명했다. 아빠는 나를 사랑하셨다. 그렇지만 엄마 앞에서는 나에게 너무 잘해줄 수 없는 입장이었다.

물고기와 같은 반이 되었다는 기쁨은 곧 사그라들었다. 엄마의 복부에 종양이 발견되었다. 누구나 듣기만 해도 얼굴빛부터 변하는 '암'이었다. 엄마는 타이중시에 있는 큰 병원에서 수술을 받았다. 엄마를 돌보느라 아빠는 외부에서 진행하던 접대 등의 업무를 크게 줄였다. 엄마의 치료 과정은 원장 선생님이 예상한 것보다 낙관적이었다. 우리 가족의 걱정도 많이 줄어들었다. 하지만 엄마는 또 다른 병에 걸린 사람처럼 보였다. 나는 그때 엄마의 뇌에 종양이 생겼는데 의사들이 발견하지 못한 게 아닐까 의심했다. 엄마는 조금도 주저하지 않고 희귀한 저주의 말들을 쏟아냈다. 엄마가 저주하는 대상은 물론 아빠였다. 온 가족이 모여 저녁 먹는 자리에서 여러 번 그랬다. 엄마는 갑자기 젓가락을 팽개치고 손으로 얼굴을 가리며 울음을 터뜨렸다. 손가락 사이로 엄마의 목소리가 빠져나왔다. *왜 암에 걸린 사람이 당신이 아니고 나야! 나는 잘못한 게 없는데. 당신이야말로 다른 사람들을 괴롭혔지. 왜 나야?* 그러고는 몸을 가누지 못할 정도로 울었다. 아빠는 이렇게 울면 치료 효과가 사라진다며 엄마를 달랬다. 원장 선생님은 환자가 비관적인 감정 상태에 놓이는 것은 당연한 일이니 가족들이 이해하라고 하셨다. 그러나 이런 일이 자꾸 반복되자 우리도 지쳐갔다. 아빠는 속죄의 심정 때문인지 끝까지 힘든 내색을 하지 않았다. 아빠가 정말로 어떤 심정이었는지는 알 수 없었다.

나는 물고기에게 온통 마음을 쏟았다. 주말에는 교과서와 공책을 들고 물고기의 집에 갔다. 물고기 엄마가 나를 1층에서 붙잡으면 몇 분 정도 대화를 나눴다. 물고기 엄마가 내준 주스나 홍차를 다 마시고 나면 우아하고 느긋하게 2층으로 올라가 물고기의 침대에 누웠다. 물고기의 베개를 껴안고 뒹구는 게 좋았다. 물고기가 침대 위에 늘어놓은 인형들을 다시 배치하는 것도 좋았다. 시간은 참 빨리 흘렀다. 아니, 느리게 흘렀다. 우리는 같이 숙제를 하면서 반 친구들의 특징과 성격 등을 비교하며 수다를 떨곤 했다. 누가 누구를 좋아한다느니, 누구는 말만 해도 역겹다느니, 누구네 집은 너무 가난해서 수업료를 못 냈지만 렌 선생님이 눈감아줬다느니, 그런 이야기도 했다. 우리는 모든 것을 함께했다. 이보다 더 같이 붙어 다닐 수 없다고 할 정도였다. 만날 수 없는 날에는 내가 편지를 써서 보냈다. 가끔 오빠가 내 방에 들어와 말을 걸 때도 나는 오빠에게 편지를 다 쓸 때까지 기다리라고 했다. 오빠는 의자에 앉아서 내가 쓰는 편지를 들여다보았다. 다음 단어를 뭐라고 써야 할지 망설이고 있으면 오빠가 격려해주었다. *얼른 써. 그 여자애를 정말 좋아하나 보다.* 오빠가 그렇게 말할 때 내 몸은 뻣뻣하게 긴장되었다. 뭐라고 응수해야 할지 알 수 없었다. 오빠는 그런 나를 보며 웃었다. *필요한 거 없어?* 나는 고개를 저었다. 그래도 오빠는 제일 갖고 싶은 선물이 뭐냐며 추궁했다. *지금 내게 필요한 건 혼자서 이 편지를 잘 마무리하는 거야.* 내 말에 오빠가 성질을 부렸다. *그런 건 네가 진짜 원하는 선물이 아니야. '물건'을 말해줘야지!*

나는 점점 불안해졌다. 정말 아무것도 필요하지 않은데 그런 대답은 오빠를 화나게 만든다. 뭐라도 방법을 생각해내야 했다. 오빠가 더 이상 선물에 대한 질문을 하지 않게 할 방법. *오빠, 학교생활은 어때?* 이 질문은 효과가 있었다. 오빠는 화내다 말고 미소를 지으며 되물었다. *웬일로 그런 것에 관심이 다 생겼어?* 내 눈앞에 강철로 된 밧줄이 보이는 듯했다. 나는 저 밧줄을 잡고 건너편으로 가야 한다. 조심스럽게 움직이지 않으면 떨어져 죽는다고 직감이 내게 말해주었다. 나는 또 다른 질문을 던졌다. *우리 아빠 참 대단하지? 학교에 기부금을 많이 내서 선생님들이 우리한테 잘해주잖아.* 오빠는 "응" 하고 대답하더니, 어떤 선생님이 나한테 제일 잘해주느냐고 물었다.

젊은 여자 선생님인데, 원래 담임이었던 선생님이 편찮으셔서 새로 우리 반을 맡으셨어.

어떤 점에서 그 선생님이 너한테 잘해주는데?

내가 글을 잘 쓴다면서 열심히 써보라고 하셨거든.

오빠는 고개를 끄덕이며 잠깐 말이 없었다. 그러더니 무거운 말투로 경고했다. *오빠가 아닌 다른 사람에게 네 감정을 다 털어놓지 마. 특히 선생님한테는 안 돼. 선생님들이 아무리 우리에게 잘해*

우리에게는 비밀이 없다

주고 네 글을 칭찬하더라도 그게 완전히 진심은 아니야. 선생님들은 아빠가 내는 기부금을 원할 뿐이지.

반박할 말이 없었다. 하지만 정말로 그럴까? 렌 선생님이 내 일기에 빨간색 펜으로 잘 쓴 부분을 여기저기 표시해주고 선생님의 소감도 길게 써주는 게 오로지 아빠의 돈 때문일까? 내가 시무룩해지자 오빠가 다시 미소를 지으며 말했다. 장난이었어, 그런 표정 짓지 마. 다른 사람을 너무 믿지 말라는 뜻에서 한 말이야. 나는 오빠를 쳐다보았다. 몹시 물어보고 싶었다. 그럼 난 누구를 믿어야 해? 나 자신 외에 다른 사람은 아무도 믿으면 안 돼? 오빠가 손을 뻗어 내 어깨를 쥐었다. 오늘따라 피곤해 보이네. 편지는 그만 쓰고 일찍 자. 건강을 생각해. 오빠가 방문으로 가더니 전등 스위치에 손가락을 올리고 나를 쳐다보았다. 그 순간 오빠의 표정은 내가 침대에 눕지 않으면 곧 화를 낼 것 같았다.

나는 편지지를 책가방에 넣고 조심스럽게 침대 위로 올라갔다. 열 손가락으로 이불을 꽉 쥐었다. 잘 자. 몰래 일어나서 편지 쓸 생각은 하지 말고. 오빠랑 약속해. 방이 어두워졌다. 가슴이 점점 더 빠르게 뛰었다. 눈을 감고 숨소리를 세었다. 한 번, 두 번……. 오빠는 인내심 있게 한참 그 자리에서 기다리는 듯했다. 옆방으로 들어가는 소리가 들리지 않았다. 가끔은 내가 아직 잠들지 않았을 때 오빠가 또 내 방에 들어오기도 했다. 왜? 내가 조용히 물으면 오빠 목소리가 어두운 방 안을 울렸다. 아무것도 아니야. 네가 자는지 보려고. 그날은 오빠가 다시 내 방에 오지 않았다. 가끔 오빠는 내 옆에 누워서 손을 밀어넣었다. 그러면 나는 눈을 떴고, 오빠가 왔다는 것을 알았다.

아빠가 1층 창고를 정리하고 침실로 꾸몄다. 엄마가 1층에서 생활해야 했기 때문이다. 아빠는 거실에서 잠을 잤다. 가까이서 엄마를 보살피기 위해서였다. 아빠가 맡았던 집안일 중에서 청소와 빨래가 내 몫이 되었다. 우선 1층에서 아빠와 엄마가 벗어놓은 옷을 챙긴다. 그런 다음 3층에 가서 오빠와 내 옷도 챙긴다. 그것을 4층 세탁실로 가져간다. 그런 과정이었다. 그 후로 이 집에서 2층보다 높은 층에는 나와 오빠만 남았다. 부모님은 위층에 거의 올라오지 않았다. 아빠는 가끔 인감이나 장부 같은 것을 찾으러 침실에 들어갔지만, 대부분 1층에서만 생활했다.

나는 점점 지쳐갔다. 인내심이 깊은 오빠는 기다릴 줄 아는 사람이었다. 또 어떻게 하면 나와 잘 협상할 수 있는지 알았다. 내가 졸리다고 하면 오빠는 "제발"이라고 했다. 오빠를 동정하지 않을 수 없었다. 오빠가 애원하는 모습은 함정에 빠진 작은 동물처럼 가련해 보였다. 오빠를 도와줘야 해. 나는 이렇게 다짐하곤 했다. 오빠는 나를 위로하고 보살폈다. 그러니까 오빠가 그중 한 가지를 도로 받아가겠다고 한다면 그건 전혀 잘못이 아니었다. 내가 정신을 바짝 차리고 나 자신과 그 순간의 상황을 분리하기만 하면 생각만큼 무서운 일은 아니었다. 나는 꽃 모양으로 만들어진 전등 덮개를 주로 쳐다보았다. 꽃잎 여섯 장을 1부터 6까지 번호를 붙여서 세면 된다. 전부 세고 나면 다시 처음부터 센다. 우리는 조용했다. 어둠 속에서 할 때 대화는 한마디도 주고받지 않았다. 다만 땀이 많이 났다. 오빠는 자기 방으로 돌아가기 전 작은 목소리로 말하곤 했다. *잘 자.* 그 목소리는 조금 쉬어 있었다. 무언가 정신적인 고통을 겪고 난 사람 같았다. 오빠가 가고 나면 다시 전등 덮개의 꽃잎을 세었다. 아무 일도 일어나지 않았어. 나는 아까부터 꽃잎을 세고 있었을 뿐이야. 잠들 준비를 하면서 말이야.

우리에게는 비밀이 없다

나는 오빠가 좋은 사람이라고 굳게 믿었다. 오빠는 잠시 방황하고 있을 뿐이다. 오빠는 이 집에서 누군가 자기 곁에 있다는 것을 확인하기 위해 무언가 방법을 찾아낸 것뿐이다. 오빠와 나는 똑같은 불안을 견디고 있었다. 어린 나이에 집안이 비밀로 가득하다는 것을 알게 되었으니 말이다. 우리 가족 네 명의 운명은 지리멸렬했다. 하지만 누구도 그 사실을 입에 올리지 않았다. 우리는 아빠의 이름을 지켜야 했다. 오빠와 내가 불안감을 토로할 수 있는 대상은 오직 서로밖에 없었다. 우리 가족에게 무슨 일이 있었는지 학교 선생님이나 친구들이 알게 된다면 모두가 우리를 등질 것이다. 우리를 패륜 가족이라고 손가락질할 것이다. '어쩔 수 없었다'고 이해해주는 사람이 있다손 해도 그 역시 자신이 우리보다 고상하고 운이 좋다고 여기는 것만은 피할 수 없을 것이다. 생각만 해도 견딜 수 없는 현실이었다. 그러니 나는 이 무거운 비밀을 끝끝내 짊어지고 살아야 하리라는 걸 예감했다.

옆자리 친구들이 미래의 삶에 대해 주거니 받거니 수다를 떨었다. 연애를 하고 싶다, 스무 살에 결혼해서 스물세 살에 아이를 낳고 싶다 운운. 반면 나는 오로지 몇 살까지 살아야 할까를 고민했다. 나이를 먹으면 기억을 잃는다고 하던데, 그 순간이 오면 비밀도 사라지겠지. 나는 비밀을 지키는 사람이다. 내가 잊어버리면 그 일은 아예 없었던 일과 다를 게 없다. 나는 새 사람이 되어 처음부터 다시 이야기를 시작할 수 있을 것이다. 동화 속 여주인공처럼 결함 없이 완벽하게, 이야기의 마지막에서 '영원히 행복하게 살았습니다'를 맞이할 수 있을 것이다. 한때 나는 나 자신을 잘 지켜왔다. 누구도 나를 흔들지 못했다. 야오전이 내 앞에 나타나 습기 어린 목소리로 "내가 술래 할게"라고 말할 때까지는. 솔직해지고 싶다는 욕망이 처음으로 내 마음속 깊은 곳에서 끓어올랐다. 목욕할 때마다 벽에 걸린 거울을 바라보며 그 욕망의 소리를 들었다. 그 소리는 어떤 여자아이의 목소리로 다가왔다.

편의점에서 한 봉지에 30타이완달러나 하는 초콜릿을 사서 매일 야오전에게 주었다. 편지도 썼다. 야오전의 침대에 누웠다. 야오전과 가까워질수록 그 목소리는 점점 더 크게 들렸다. 하루 또 하루 더 선명해진 목소리가 말했다. *넌 그런 걸 좋아하지 않아.* 나는 반박했다. *누가 그래? 아니야!* 그 목소리가 또 말했다. *야오전에게 다 이야기할 용기가 있어? 그 애더러 네가 그걸 좋아하는지 안 좋아하는지 결정하라고 할까?* 나는 한참 망설이다 간신히 목소리가 제안하는 시험을 받아들였다. 야오전에게 이야기하기는 하겠지만 계획이 필요했다. 일단 내가 아니라 사촌여동생의 경험이라고 하자. 이야기하면서 야오전의 반응을 자세히 살펴야 한다. 그 애가 여주인공을 동정해도 좋지만, 너무 심하게 동정해서는 안 된다. 나의 불행 덕분에 야오전이 자기 처지는 그나마 다행이라고 여기며 위로하는 표정을 짓는 것은 참을 수 없다. 야오전에게서 그런 낌새가 보이지 않으면 얼음 위를 걷듯 조심스럽게, 실은 사촌여동생이 아니라 내가 그 이야기의 주인공이라고 밝혀도 좋을 것이다. 야오전이 울지도 모른다. 그 애는 착하니까. 만약 야오전이 울면 나도 울 수 있다. 이렇게만 된다면 내가 무너지는 것처럼 느껴지지 않을 것이다. 나는 몇 번씩 연습하고 대사를 수정하면서 최고의 버전을 준비했다. 절대 문제가 생겨서는 안 됐다. 혹시라도

우리에게는 비밀이 없다

야오전이 다른 사람에게 떠들고 다닌다면? 그러면 나 때문에 모든 사람이 철저히 망가지게 된다.

여러 번 야오전의 침대에 누운 채 생각했다. 어쩌면 지금이 기회일지 몰라. 야오전의 가족에게는 큰 장점이 있었는데, 그들은 우리가 방에 처박혀서 무슨 나쁜 짓을 하는지 조금도 관심이 없었다. 나는 마침내 굳은 결심을 하고 야오전의 이름을 불렀다. 야오전이 나를 돌아보더니 얼굴을 붉히면서 물었다. *중창위가 어떤 애인 것 같아?* 나는 다시 안으로 움츠러들었다. 왜 이렇게 된 걸까? 중창위는 아무 노력도 없이 야오전의 시선을 빼앗았다. 나는 온몸의 피를 누군가에게 빨린 것 같았다. 피가 한 방울도 남지 않은 것 같았다. 아주 오래 걸려서야 몸에 감각이 돌아왔다. 목소리가 귓가에 속삭였다. *야오전이 중창위와 사귀면 넌 아무것도 아닌 존재가 되겠네.*

갖은 농간을 부려서 중창위를 모함하고 야오전의 시선을 되찾아오자마자 그 애가 떠나버릴 줄이야! 나는 애타게 목소리를 불렀다. 앞으로 어떻게 하면 좋을지 명령을 내려달라고 빌었다. *야오전이 떠나버렸어. 나는 어떻게 해야 해?* 그러나 목소리는 대답해주지 않았다. 내가 외치는 소리가 메아리처럼 텅 빈 내 몸안을 휘돌 뿐이었다. 물고기가 나타나 내 마음속 깊이 들어올 때까지 그랬다. 물고기가 나타난 순간 그 목소리도 돌아왔다. *네 이야기를 물고기에게 들려줘. 네가 즐거운지 안 즐거운지 물고기와 얘기하며 확인해보라고 해.* 동화 속 이발사는 끝끝내 참지 못하고 결국 갈대밭에 가서 비밀을 다 쏟아냈다. 나중에는 갈대밭이 저절로 그 비밀을 떠들어대는 바람에 세상 사람들이 다 알게 되었다. 나도 그와 비슷한 문제에 맞닥뜨리게 될까?

10장

오빠는 이 지역을 떠나 타지에서 대학을 다녔다. 오빠가 타지에서 즐거운 대학생활을 하리라 여겼는데 내 바람은 또 한 번 무너졌다. 오빠는 교수가 강의도 열심히 하지 않고 제멋대로 군다면서 불평했고, 기숙사 룸메이트는 위생 관념이 이상하다며 흉을 봤다. 오빠는 혼자 방을 빌려서 살고 싶어 했는데 아빠가 허락하지 않았다. 경제적인 문제 때문이 아니라 이런 기회에 공동생활을 경험해봐야 한다는 것이었다. 오빠와 아빠 사이에 다툼이 벌어졌다. 어깨를 늘어뜨리고 3층으로 올라오던 오빠가 계단참에 서 있는 나를 보았다. *다 들었어?* 오빠가 비죽 웃으며 물었다.

나는 부인하지 않았다. 오빠가 또 물었다. *내가 잘 지내지 못할까 봐 걱정돼?* 그 순간 눈앞에 또 강철 밧줄이 나타났다. 나는 밧줄 위를 아무렇지 않게 걸어가야 했다. 오빠의 물음에 고개를 끄덕였다. 거짓말은 아니었다. 나는 오빠를 걱정했고, 오빠가 잘 지내기를 바랐다. 나는 너무 어렸다. 오빠와 내가 오랫동안 서로 의지하며 살 수는 없었다. 나는 학교를 다녀야 했고 친구도 사귀어야 했다. 오빠를 돌봐주기에 적당한 사람이 아니었다. 나는 오빠가 새로운 세계에서 생활하며 새 사람을 찾기를 바랐다.

옆 반 여학생이 '첫날밤' 경험을 자랑스레 떠들었다. 남자친구가 대학에 진학하면서 2, 3주에 한 번씩 만나게 됐다고 했다. 남자친구가 같은 대학생 여자를 좋아하게 될까 봐 걱정돼서 '몸을 줬다'고 했다. 그 여학생 이야기로 한동안 시끌시끌했다.

여학생들은 그 애의 가정환경을 언급했다. 부모님이 두 분 다 외지에서 일하기 때문에 조부모와 같이 사는데, 조부모는 엇나가

우리에게는 비밀이 없다

는 손녀의 행실을 바로잡을 힘이 없다는 것이었다. 남학생들은 이렇게 수군대는 여학생들을 비웃었다. 그 애를 싫어하는 여학생들은 다들 못생겼으며 벌써 섹스를 경험한 여자애를 질투하는 거라고 말했다. 하지만 대부분은 이 일에 대해 이렇다 저렇다 말이 없었다. 물고기도 그랬다. 나는 자리에 가만히 앉아 있었지만 불안하고 마음이 어지러웠다. 몸안에 거대한 자물쇠가 있는데 열쇠는 내가 갖고 있지 않은 듯한 기분이었다. 금방이라도 비명이 터져나올 것 같았다. 나는 자리에서 일어나 급히 화장실로 갔다. 화장실 바닥에 무릎을 대고 숨을 한껏 들이마셨다. 수업 시작 종이 울리자 휴지를 여러 장 뜯어 얼굴을 닦았다. 교실로 돌아오자 물고기가 쪽지를 건넸다. *어디 갔었니?* 나는 답장을 써서 돌려주었다. *아무것도 아니야. 몸이 좀 안 좋았어.* 쪽지에 웃는 얼굴도 그려 넣었다.

나는 거울과 대화하다가 눈물을 흘리는 일이 잦아졌다. 목소리가 말했다. *거짓말하면 지옥에 떨어져.* 내가 반박했다. *아니야, 난 거짓말하지 않았어.*

목소리가 또 말했다. *넌 끝났어. 아무도 널 믿지 않아.* 그때 문 두드리는 소리가 났다. 다급하고 거칠었다. 오빠가 혼자서 대화하는 내 목소리를 들었나? 그런데 주말이 아닌데 오빠가 왜 집에 왔을까? 나는 급히 얼굴을 닦고 옷을 입었다. 문을 열었지만 아무도 없었다. 몸을 돌렸다. 바닥에 거울 조각이 잔뜩 흩어져 있었다. 내가, 거울을 깨뜨린 것이었다. 이 일을 부모님께 어떻게 말씀드리지……. 그런데 눈을 한 번 깜빡였더니 깨진 조각들이 싹 사라졌다. 벽에 걸린 거울은 멀쩡했다. 나는 겁을 먹고 아래층으로 뛰어내려갔다. 나는 종종 나 자신과 세상을 분리하는 연습을 했다. 그 연습을 너무 자주 한 것일까? 그래서 내 육체가 영혼을 제대로 붙잡아두지 못하게 된 걸까?

코트를 이불 삼아 덮고 소파에 누웠다. 미친듯이 떨리는 손을 진정시키려 애썼다. 까무룩 잠이 들려는데 누군가 내 어깨를 건드렸다. 눈을 뜬 순간 나도 모르게 비명을 지르고 말았다. *싫어!* 엄마의 우울한 얼굴이 시야에 들어왔다. 엄마가 짜증스럽게 물었다. *싫다니, 뭐가? 왜 여기서 자니? 감기 걸린다. 빨리 방에 올라가라.* 엄마 얼굴을 보자 차차 이성이 돌아왔다. 엄마가 내 팔을 잡고 재촉했다. *얼른 올라가라니까!* 나는 조그만 목소리로 애원했다. *대입시험 전까지만 소파에서 자게 해줘요. 밤까지 공부하느라 계단을 올라갈 힘이 없어요.* 엄마의 목소리가 차가워졌다. *아빠가 소파에서 주무시는 거 알잖니.* 나는 얼른 말을 바꿨다. *그럼 제가 바닥에서 잘게요. 바닥에 매트만 좀 깔아주세요. 제가 일어나면 바로 정리할게요. 엄마 아빠가 쓰시는 공간에 방해되지 않게 할게요.*

엄마가 눈을 가늘게 뜨고 의심스럽다는 듯 물었다. *나쁜 버릇이 또 시작됐구나. 아픈 척해서 학교에 가지 않을 생각이니?* 나는 고개를 저었다. 단지 계단을 오르내리는 게 귀찮아서 그렇다고 설명했다. 거실 바닥에서 자는 게 안 된다면 2층의 안방 침대를 쓰겠다고 했다. 그 말을 뱉은 순간 엄마의 표정이 무섭게 변했다. 내가 말실수를 한 것이었다. 엄마가 리모컨을 움켜쥐었다. 부릅뜬 눈에 이상한 기운이 맴돌았다. 곧 나를 내리칠 기세였다. 나는 억눌린 목소리를 쥐어짜내 해명했다. *다른 뜻이 있는 게 아니라 지금 2층 방이 비어 있잖아요. 2층에서 자면 3층까지 올라가는 것보다 편해서요.* 엄마는 내 말을 믿지 않았다. 엄마의 병이 절대 낫지 않을 것을 전제한 말이었다며 화를 냈다. 나는 쫓겨나듯 3층으로 돌아왔다. 울면서 침대에 누웠다. 천장을 멍하니 바라보았다. 조금쯤 희

우리에게는 비밀이 없다

망을 품었던 미래가 더더욱 암담해진 기분이었다.

렌 선생님과 일기를 통해 주고받던 대화를 포기했다. 오빠의 말이 내 마음에 그림자를 드리웠다. 렌 선생님이 내 글을 칭찬한 건 진심이 아닐 거라는 생각이 들었다. 내 글에 감동받았다는 말도 거짓말일 터였다. 나에 대한 칭찬으로 우리 아빠를 기쁘게 해서 결국은 새내기 교사인 자신의 입장을 유리하게 만들려는 것이었다. 나는 점점 더 자주 물고기네 집에 갔다. 물고기 엄마는 주말에 와서 아예 자고 가라고 했다. 나와 물고기가 더 친해지기를 바라는 것이었다.

물고기네 집에서 자고 오는 일은 생각만큼 어렵지 않았다. 아빠는 내가 친구 집에서 자는 것을 반기는 듯했다. 아빠가 조심스럽게 물었다. *집안 분위기가 좋지 않아서 공부하는 데 방해되지? 네 성적이 많이 떨어졌더구나.* 나는 고개만 저었다. 아빠는 한숨을 쉬며 억지로 버티려고 하지 않아도 된다고 했다. 아빠가 양복 바지 주머니에서 반으로 접은 지폐 다발을 꺼냈다. 그중에서 몇 장을 건네면서, 친구 집에 빈손으로 가지 말고 물고기 부모님이 좋아하실 만한 것을 사 들고 가라고 했다. 나는 다음에 물고기네 집에 갔을 때 그 돈을 고스란히 물고기 엄마에게 드렸다. *저희 아빠가 드리는 거예요.* 그 말에 물고기 엄마가 웃었다.

물고기네 집에서 자며 함께한 시간은 생각보다 훨씬 즐거웠다. 물고기의 오빠는 만화 대여점 사장님과 친했다. 대여점 사장님은 가게 문을 닫을 때 만화를 빌려가서 다음 날 영업 시작 전에만 돌려주면 돈을 받지 않았다. 우리가 할 일은 제한된 시간에 만화책을 다 읽는 것뿐이었다. 물고기 엄마는 우리가 방에서 뭘 하는지 관심이 없었다. 밤늦게 깨어 있어도 나무라지 않았다. 우리는 만화

책을 베개 삼아 전등도 끄지 못한 채 잠들곤 했다. 다음 날 눈을 뜨면 편안했다. 두려운 마음도 사라졌다. 물고기네 집에서 아예 눌러살고 싶을 정도였다. 하지만 부모님이 좋아하실 리 없으니 어쩔 수 없이 주말이 오기만 손꼽아 기다렸다. 주말 중 하루를 물고기네 집에서 보낼 수만 있으면 남은 일주일을 버틸 힘이 생기는 것 같았다.

고등학생이 되면서 몸에 많은 변화가 일어났다. 가슴이 부풀고 신체 중 어딘가에 뻣뻣하고 거친 털이 자랐다. 벗은 속옷에 분비물이 묻어 있을 때가 많았다. 냄새도 약간 났다. 한참 기억을 더듬어보고 나서 그 냄새가 야오전의 체취와 비슷하다는 것을 알았다. 물고기의 몸은 성장이 느렸다. 그 애의 앞가슴은 판판하기가 물고기 같았다. 겨드랑이에도 털이 거의 없었다. 야오전은 열두세 살에 벌써 여성의 몸을 가졌는데, 물고기의 몸은 아직 어린아이였다. 물고기는 월경도 두세 달에 한 번 왔고, 그것도 셋째 날이면 더 이상 피가 비치지 않았다. 피가 그 애의 몸안에서 말라버리기라도 한 것 같았다. 물고기가 침대에서 일어나면 나는 옆에 누워 있다가 그 애가 누웠던 곳으로 굴러갔다. 그 자리의 냄새를 힘껏 들이마셨지만 거기 남아 있는 것은 목욕할 때 쓰는 비누 향이지 사람의 체취가 아니었다. 물고기의 이런 점 때문에 나는 심란했다. 아직 아이에 불과한 물고기에게 내 비밀을 얘기해도 될까? 물고기는 나의 그런 고민을 감지하기라도 한 듯 신기한 반응을 보여주었다.

어느 날 저녁 물고기의 부모님과 오빠가 다른 지역에서 열리는 결혼식에 참석하러 갔다. 그날 나는 물고기에게 소갈비 요리를 사주었다. 그런 다음 둘이서 만화 대여점으로 갔다. 물고기는 그날따라 이상했다. 두 손으로 얼굴을 감싸고 한참 있더니 그다음에

　　　　　　　　　　　우리에게는 비밀이 없다

는 고개를 들고 머리카락을 쓸어넘기는 등 가만있지를 못했다. 내가 고른 만화도 전부 거절했다. 답답해서 물고기에게 대놓고 물었다. *내가 주말마다 너희 집에서 자는 게 귀찮아?* 물고기는 당황하면서 절대 아니라고 했다. 그런 말을 들으니 오히려 더 신경이 쓰였다. 오늘따라 왜 그러냐고 캐물었다. 침묵하는 야오전의 옆얼굴 때문에 가슴이 꽉 막히는 듯했다. 나도 모르게 눈가가 붉게 달아올랐다. 깜짝 놀란 물고기가 내 어깨를 쓰다듬으며 입을 뻐끔거렸다. 하지만 "아이 참" 같은 소리만 내뱉으면서 난감해했다.

물고기가 대여점 뒤쪽의 지하실 계단으로 나를 데려가더니, 집에 가서 오늘 일은 절대 부모님께 말하지 말라고 다짐을 주었다. 물고기의 표정은 꽤나 진지했다. 나는 고개를 끄덕였다. 물고기가 꼭 맹세하라고 다시 한 번 강조하고는 중얼거리듯 말했다. *네 아빠가 이 사실을 알면 너한테 나쁜 물을 들였다고 당장 나를 다른 반으로 보내버릴 거야. 아니, 퇴학당할지도 몰라.* 나는 손바닥을 물고기 쪽으로 향한 채 손가락 네 개를 펴 들고 엄숙하게 맹세했다. *나는 절대로 아버지한테 이르지 않을 것을 맹세합니다!* 내 비장한 맹세에 물고기가 배를 잡고 웃었다. 물고기는 곧 나를 데리고 지하실 계단을 내려갔다.

지하에도 책장이 잔뜩 있었다. 물고기가 빠른 손놀림으로 1권부터 9권까지 만화책 한 질을 뽑은 다음 내가 갖고 있던 비닐봉지에 집어넣었다. 나는 책등에 쓰여 있는 제목을 읽었다. 물고기의 행동은 꼭 비밀 임무를 맡은 스파이처럼 민첩했다. 물고기가 집게손가락을 입술 앞에 세웠다. 우리는 지하실을 빠져나왔다. 대여점 사장님 앞을 지나갈 때 물고기는 평소처럼 예의 바르게 고개를 숙였다. *사장님, 고맙습니다.* 사장님은 우리가 들고 있는 묵직한 비닐

봉지를 흘낏하는가 싶더니 곧바로 텔레비전으로 시선을 돌렸다.

우리는 반쯤 뛰다시피 걸었다. 만화책 무게가 어깨를 짓눌렀다. 물고기는 숨이 차서 헐떡였다. 내가 천천히 걸어가자고 했지만 물고기는 끝까지 뛰는 것을 고집했다. 집에 도착하자마자 얼른 만화책을 꺼내 펼쳤다. 도대체 무슨 책인데 이렇게 난리인지 궁금했다. 몇 장 넘기던 나는 잽싸게 책을 덮고 믿을 수 없다는 눈빛으로 물고기를 쳐다보았다. 물고기는 전에 없이 장난스러운 손짓을 하며 말했다. *너희 가족에게는 비밀이야.* 집에 다른 사람이 없는 것을 알면서도 물고기는 다급하게 방문을 잠갔다. 그러고는 만화책을 꺼내 침대 위에 늘어놓고 만족스럽게 긴 숨을 내쉬었다. 물고기가 만화책 1권을 집어 들고 읽기 시작했다. 그 애는 만화를 빨리 읽는 편이었다. 우리 사이에서는 물고기가 먼저 읽고 나에게 건네주는 것이 불문율이었다. 나는 아까 잠깐 보았던 만화 속 장면을 떠올렸다. 남녀 한 쌍이 침대에 누워 있었고, 남자가 여자의 목덜미에 입을 맞추며 한 손으로는 여자의 가슴을 쥐고 있었다.

십여 분 후 물고기가 1권을 건넸다. 나는 머뭇거리며 그것을 받아 들었다. 이런 일로 당황한 것처럼 보이고 싶지 않아 곧바로 책을 펼쳤고, 덤덤한 척 책장을 넘겼다. 공기 속에 종이가 바스락거리는 소리만 들렸다. 분위기가 묘했다. 우리는 평온함을 가장했지만 실제로는 가슴이 쿵쾅거려서 계속 침을 삼켰다. 배 속에 풍선이 들어 있는 기분이었다. 무언지 모를 액체가 방울방울 떨어져 풍선 안으로 빨려드는 것 같았다. 풍선은 점점 커져서 내 몸안을 데굴데굴 굴러다녔고, 그럴 때마다 물이 찰랑거리는 소리가 들리는 듯했다. 나는 계속 자세를 바꾸며 다리를 꽉 오므렸다.

물고기가 벌떡 일어났다. *부모님이 오셨어!* 물고기는 아버지가

우리에게는 비밀이 없다

모는 자동차 엔진 소리를 구분할 수 있었다. 그 애는 순식간에 만화책을 전부 비닐봉지에 담아 옷장 속에 처박았다. 이어서 방의 불을 끄고, 나에게도 얼른 침대에 누우라고 재촉했다. 나 역시 침대를 더듬더듬 만져보고 물고기 옆에 몸을 뉘었다. 눈이 어둠에 익숙해지자 물고기가 나를 향해 돌아누웠다. 물고기의 숨결이 내 얼굴에 쏟아졌다. 그 애가 물었다. *이런 책 읽어본 적 있어?*

아니.

물고기는 조그맣게 웃음소리를 냈다. *나는 초등학교 6학년 때 우연히 알게 되었어. 대여점 지하에 있는 책이 아주 재미있다는 걸. 그래서 몇 번인가 사장님이 다른 일로 바쁠 때 그 책들을 몰래 가져와서 읽었지. 대여점 사장님이 아무리 눈치가 없어도 물고기가 지하실 책을 빌려간다는 걸 모를 리 없었다. 다 알면서도 물고기가 야한 만화를 가져가는 것을 눈감아준 것이었다. 물고기는 사장님이 알고 있다는 것을 깨닫자 괜히 제 발 저린 기분에 그 뒤로는 지하실에 내려가지 않았단다. 물고기가 한숨을 쉬며 원망스럽게 말을 이었다. 오늘 저녁처럼 집에 아무도 없는 날은 정말 드문데. 이럴 때 마음껏 만화 보려고 했더니 다 망했어. 아빠랑 엄마가 또 결혼식에 가셨으면 좋겠지만, 다른 지역 친구분이 별로 없어서 쉽지 않겠지.*

나는 물고기의 말에 대답하지 못했다. 한꺼번에 너무 많은 정보가 들어와서 정신이 없었다. 몸은 어린아이 같지만 물고기의 어떤 부분은 이미 성숙했던 것이다. 나는 숨을 쉬기가 어려웠다. 물고기가 또 물었다. *너 말이야, 아래를 만져본 적 있어?* 나는 화들짝 놀라며 대답했다. *아니.* 그리고 곧바로 되물었다. *너는?* 물고기가 대답했다. *만져봤어.* 그런 다음 혼잣말하듯 중얼거렸다. *일곱 살인*

가 여덟 살 때? 자고 싶은데 잠이 잘 오지 않는 날이었어. 침대에
누워서 베개를 껴안고 굴러다녔어. 이렇게 하면 잠이 올까 생각하
면서. 그러다가 어디를 꾹 눌렀는데 이상한 기분이 들더라. 편안한
기분이랄까? 더 누르지 않으니까 이상한 기분도 금방 사라졌지.
아래를 베개로 꽉 눌렀어. 산을 오르는 것과 비슷해. 누를수록 올
라가는 거야. 롤러코스터처럼 천천히 올라가다가 갑자기 훅 떨어
져. 떨어지는 느낌이 들다가 또 하늘 위로 날아올라가. 기분이 좋
았어. 나중에는 속옷을 벗어버렸지. 그러면 더 빨라지거든. 몇 분도
안 돼서 올라갔다가 떨어지고 그래.

나는 잠깐 생각하다가 물었다. 너희 오빠도 그런 걸 할까? 물고
기가 대답했다. 몰라. 하지만 오빠 방에서 야한 영상이 들어 있는
CD를 봤으니까 아마도 하겠지. 오빠가 집에 없을 때 몰래 CD를
컴퓨터에 넣어봤어. 내가 물었다. 뭘 봤어? 물고기가 기억을 더듬
으며 대답했다. 수영복 입은 여자가 텔레비전 보다가 잠들었어. 그
때 웬 아저씨가 들어와 그 여자가 자고 있는 걸 본 거야. 아저씨는
가위로 그 여자 수영복에 구멍을 두 개 낸 다음 구멍 밖으로 나온
유두를 만졌어. 거기까지 봤는데 아빠 차 소리가 들리는 거 있지.
얼른 CD를 꺼내서 제자리에 놔뒀어. 아빠한테 들키면 맞아 죽을
테니까.

어둠 속에서 우리 대화는 점점 대담해졌다. 그런 만화 보면 진
짜 사람하고 해보고 싶지 않아? 내 물음에 물고기는 한참 망설이
다 대답했다. 해보고 싶어. 만화를 볼 땐 내가 여자 주인공이 되어
서 남자 주인공과 연애하는 상상을 하는걸. 물고기는 전부 다 대
답한 것이 아니었다. 그 만화에서 여주인공은 남주인공과 연애만
하지는 않으니까. 나는 만화 속 어떤 장면 때문에 온몸이 파들거

우리에게는 비밀이 없다

릴 정도로 충격을 받았었다. 여자가 무릎을 대고 엎드려 있고, 남자가 큰 손으로 여자의 허리를 잡고 뒤에서 하는 장면이었다. 나는 그렇게 많은 자세가 있는 줄도 몰랐다. 여자는 항상 누워서 하는 거라고 생각했다. 물고기의 대답을 듣자 머릿속에 다른 장면이 떠올랐다. 물고기가 엎드려 있는 모습. 나는 오싹한 느낌에 눈을 꽉 감았다. 빨리 그 장면을 머릿속에서 떨치고 싶었다. 나의 마음은 몇 번이나 폭발했다. 종잇조각이 흩날리고 먼지가 어지럽게 피어올랐다. 물고기가 내 옆에 바싹 붙어서 속삭였다. 그 애의 목소리에 숨이 잔뜩 섞여 있었다. *나, 사실은 옆 반 여자애가 조금 부러워. 나도 해보고 싶어.*

고민이 몽땅 사라졌다. 물고기는 내가 생각했던 것처럼 무지하지 않았다. 물고기는 나와 같았다. 아니, 나보다 더 깊이 들어간 부분도 있었다. 희열이 여름날의 파도처럼 밀려왔다. 따듯한 물결이 발가락을 적셨고, 이어서 발목까지 차올랐다. 곧 나는 완전히 파도에 잠겼다. 물고기가 원한다. 물고기에게 섹스가 필요하다.

물고기는 최종 시험을 통과했다. 그 애는 편지를 길게 썼고, 빠르게 답장했다. 또 편지에 감추는 것 없이 다 썼다. 나는 그 애의 일상을 전부 알고 있었다.

물고기는 마음의 문을 활짝 열고 나를 그 안으로 초대했다. 나는 그 애의 마음 안에서 곧장 가장 깊은 곳까지 갈 수 있었다. 물고기는 자기 몫을 끝냈다. 이제 내 차례다. 물고기는 내 친구다. 나도 물고기에게 마음의 문을 활짝 열어야 했다. 말할 수 없는 비밀을 짊어지고 있다는 것이 얼마나 큰 징벌인지 아는가. 나의 징벌에 끝이 보였다. 이보다 더 감격스러울 수가 없었다.

오빠는 나의 이런 마음을 꿰뚫어보았다.

한번은 내가 머리를 말리고 있는데 오빠가 방에 들어왔다. 오빠는 내 침대에 반쯤 드러눕듯이 앉아서 팔로 몸을 지탱했다. 오빠는 입술을 핥으면서 이런저런 이야기를 했다. 오빠 목소리가 드라이어의 바람 소리에 덮여서 들렸다 안 들렸다 했다. 드라이어를 끄자 오빠가 다시 입을 열었다. *또 친구 집에 가서 자고 올 거야?* 나는 그 말에 깔린 불만을 알아차렸다. 심장이 빠르게 뛰었다. 나는 몸에 힘을 꽉 주고 서서 오빠가 한숨을 쉴 때까지 가만히 버텼다. 오빠가 곧 울어버릴 것 같은 표정이 되어서야 용기를 내어 고개를 끄덕였다.

편지 써서 보내는 그 친구지? 너희들은 무슨 할 말이 그렇게 많아? 학교에서도 맨날 붙어 다니면서 주말에 또 만나야 해?

내가 주말마다 물고기네 집에 가서 자고 오면 오빠가 걱정하고, 긴장하고, 내가 자기한테서 멀리 떠날 거라고 생각하게 될 것은 이미 예감하고 있었다. 나는 다정한 말투로 오빠를 위로했다. *곧 시험이잖아. 만나서 수다 떠는 게 아니라 공부하는 거야. 좀 더 좋은 대학에 가고 싶거든. 시험이 끝나면 그 애 집에서 자고 올 일은 없을 거야.* 말을 마친 뒤 가방을 집어 들었다. 할 수 있는 한 가벼운 발걸음으로 방을 나가려 했다. 오빠가 내 뒤에 바짝 따라붙더니 목소리를 낮춰 속삭였다. *오늘은 가지 않으면 안 돼? 밤에 나랑 같이 있자. 그동안 못 한 이야기도 하고. 예전처럼 말이야. 이야기만 한다고 약속할게. 너도 알잖아. 대학생활이라는 게 아버지 말씀처럼 쉽지 않아. 전과를 하고 싶은데 부모님이 전과에 대해서 뭘*

아시니? 이런 이야기를 할 수 있는 사람은 너뿐이야. 너하고 이야기하고 싶어. 주말마다 집에 오면 항상 네가 없어. 이럴 거면 아버지께 말씀드려서 아예 집에 오지 않는 게 더 낫겠다.

나는 계속 침을 삼켰다. 목구멍이 좁아진 듯 소리가 잘 나오지 않았다. 오빠가 집에 오지 않게 된다. 마음이 조그맣게 쪼그라들었다.

오빠는 엄마의 즐거움이다. 아빠는 엄마가 병에 걸린 뒤로 온갖 방법을 동원해 엄마 기분을 풀어주고 뭐라도 보상해주려고 애를 썼다. 이 모든 것을 내가 망칠 수는 없었다.

나는 오빠의 우울하지만 약간 분노가 섞인 얼굴을 쳐다보았다. 이야기만 한다고 약속하면 집에 있을게. 하지만 가끔 친구 집에 가서 공부도 해야 해. 번갈아가면서 하는 거야. 괜찮아? 오빠가 약속했다. 좋아, 이야기만 하는 거야. 그러면서 내 머리를 쓰다듬었다. 네가 필요하다고 하면 오빠가 항상 곁에 있었잖아. 너한테 이렇게 잘해주는 오빠한테 성질 좀 부리지 마. 친구가 중요해, 오빠가 중요해? 다음 달에 내 생일인데 집에서 파티를 열 거야. 아버지한테 허락받았어. 아버지 어머니는 그날 타이중 병원에 계신다니까 친구들 불러서 놀 거야. 그때는 너도 대입시험이 끝날 테니 편하게 같이 놀면 되겠다.

나는 오빠의 약속을 거듭 확인했다. 이야기만 하기로 맹세한 거지? 오빠가 한숨을 쉬며 억울한 표정으로 나를 쳐다보았다. 너, 나한테 그런 식으로 말하지 마. 우리는 뭐든 함께야. 그런데 요즘 너는 혼자인 것처럼 굴어. 오빠의 말이 채찍처럼 내 얼굴을 후려쳤다. 나는 다급히 변명했다. 그렇게 생각한 적 없어. 그냥, 우리도 다 컸으니까 전처럼 그렇게는……. 우리가 그렇게는……. 나는 더 말을 이을 수 없었다. 오빠도 내 머리를 쓰다듬던 손을 멈췄다. 오빠는 눈물을 참는 듯 눈을 계속 깜빡거렸다. 우울한 표정이 분명한 슬픔으로 변했다. *너, 내가 미워졌어?*

나는 숨을 깊이 들이마셨다. 누군가 악의적으로 주변 공기를 다 없애버린 듯 아무리 힘껏 호흡해도 소용이 없었다. 내 목소리가 형편없이 떨렸다. *내가 왜 오빠를 싫어해? 그런 생각 한 적 없어. 맹세해. 그렇지만 오빠, 내가 얼마나…….* 나는 더 말을 잇지 못했다. 눈물 콧물 할 것 없이 줄줄 흘렀다. 오빠도 울었다. *알았어. 다 알았으니까 이제 그만 말해.* 오빠는 자기도 힘들다면서 지금의 이런 우리 모습이 싫다고 했다. 자기가 그런 마음이라는 것을 알아달라고도 했다.

오빠의 눈빛에서 늘 보이던 자신감이 사라졌고, 남은 것은 이글이글 타오르는 고통뿐이었다. 그 고통이 내 죄책감을 자극했다. 나는 눈물을 훔치며 조심스럽게 오빠를 안았다. 오빠도 힘주어 나를 껴안았다. 오빠의 눈물이 내 몸에 떨어졌다. 얼음처럼 차갑고, 타는 듯이 뜨거웠다. 내가 물었다. *우리 마음은 달라진 거 없어. 그렇지?* 오빠가 고개를 힘껏 끄덕였다. 내가 또 물었다. *그럼 이제 물고기한테 가도 돼? 약속시간에 늦었어. 걱정 마. 오빠가 힘들어지는 일은 절대 안 해.* 오빠가 몸을 바로 세운 뒤 약속해달라고 말했다. 나는 한 번 더 말했다. *나는 오빠에게 상처 주지 않아.* 오빠가 대답했다. *그럼 됐어. 이제 물고기에게 가도 돼.*

물고기네 집에 도착하자마자 2층에 있는 그 애 방으로 달려갔다. 마음이 급해서 물고기 엄마의 살가운 인사에도 제대로 답하지 못했다. 나는 물고기의 침대에 뛰어들었고, 아직 다 가시지 않은 두려움에 그저 눈물만 흘렸다. 후회하는 오빠의 표정이 머릿속을

우리에게는 비밀이 없다

맴돌았다. 물고기가 눈물로 얼룩진 내 얼굴을 보고 놀라서 물었다. *왜 그래? 무슨 일인지 말을 좀 해봐. 나 무서워.* 십오 분쯤, 아니면 그보다 더 오래 나는 꼼짝도 않고 울기만 했다. 물고기는 내 옆에 딱 붙어 앉아서 눈물을 닦아주거나 이마를 쓸어주었다.

내 몸의 감각이 차츰 돌아왔다. 흐릿했던 시야도 선명해졌다. 물고기의 속삭임과 숨소리가 들렸다. *도대체 무슨 일이야? 너무 무서워.* 나는 겨우 몸을 일으켰다. 물고기에게 초대장을 건네주며 말했다. *대입시험이 끝나면 우리 오빠가 집에서 생일 파티를 한대. 너도 놀러 와. 우리 집에 오고 싶어 했잖아.* 물고기가 당황한 표정을 지었다. 내가 이런 이야기를 꺼낼 줄은 몰랐을 것이다. 그 애의 눈빛이 내 얼굴 위에 한참 머물렀다.

잠시 후 물고기가 소곤거리며 물었다. *오빠랑 싸웠어? 생일 파티 일 때문에?* 나는 코를 훌쩍거리며 고개를 저었다가 잠시 후 고개를 끄덕였다. *왜 싸웠는지 이야기해볼래?* 나는 눈물을 닦아내며 대답했다. *아니야. 싸운 이유는 정말 별것 아니었어. 너한테 말하기도 부끄러워.* 물고기가 "응" 하고 말했다가 다시 물었다. *그럼 너희 오빠 파티는 어떻게 해?* 파티에 대해 이야기하고 싶어 하는 물고기의 마음이 다 보였다. 그럴 수밖에 없었다. 오빠는 이 지역에서 유명한 인기남이었고, 많은 친구들이 우리 집이 어떻게 생겼는지 궁금해하니까.

아빠가 천야 숙모와 잔 이후 엄마는 완전히 무너졌다. 바깥출입을 거의 하지 않았고, 사람들과 시답잖은 이야기를 나누는 것을 귀찮아했으며, 치장하는 데도 관심을 잃었다. 그때부터 아빠는 친구를 집에 데려오지 않았다. 핑계는 엄마가 몸이 약해서 푹 쉬어야 한다는 것이었지만, 그보다는 사람들 앞에 아내의 초라한 모습을 보여주고 싶지 않은 마음이 컸을 것이다. 엄마가 암에 걸린 후에는 아빠가 사람들을 초대하지 않는 것이 더 당연해졌다. 나와 오빠도 친구를 데려올 수 없게 되었다. 친구들에게 엄마의 상태가 알려지면 안 되기 때문이었다. 이런 상황이 지속되자 사람들은 우리 집에 대해 멋대로 상상의 나래를 펼쳤다. 억측의 종류도 각양각색이어서 카펫부터 벽시계까지, 거실부터 안방까지 소문이 돌지 않는 곳이 없었다. 어떤 사람은 우리 집에 작은 분수대가 있다고 했고, 또 어떤 사람은 거실 천장에 외국 영화에서나 나오는 거대한 크리스털 샹들리에가 있다고 했다.

이번 생일 파티는 오빠가 한참 졸라서 겨우 허락을 받았다. 오빠는 청소와 쓰레기 정리까지 책임지겠다고 약속했다. 파티가 끝나면 엄마의 침대와 일상용품, 약 등을 제자리로 다 돌려놓겠다고 했다. 아빠와 엄마가 병원에서 돌아왔을 때 집이 출발하기 전과 똑같은 모습으로 돌아와 있을 거라고 말이다. 오빠가 이어서 휴학하고 싶다는 말을 꺼내자 아빠의 표정이 안 좋아졌다. 새로운 환경에 적응하기 힘들다는 오빠 말에 엄마는 어쩔 수 없다는 듯 고개를 끄덕였다. 하지만 아빠는 스무 살이 되었다는 것은 성인이라는 뜻이니 성숙한 어른이라면 자신의 책임을 저버려선 안 된다고 강조했다.

나는 물고기에게 보충 설명했다. 그날 부모님이 집에 계시지 않기 때문에 오빠와 친구들 외에 우리만 참석하게 된다고 말이다. *오빠가 피자와 치킨을 시키기로 했어.* 물고기가 눈을 반짝이며 물었다. *감자튀김과 수프도 시키면 안 돼?* 나는 일부러 더 경쾌하게 대답했다. *그게 뭐가 어려워? 그것도 시키자! 참, 학교에서 우리 오빠를 본 적 있지? 어땠어?* 이렇게 물어놓고 내 마음은 갈팡질팡했다. 물고기가 오빠를 좋게 평가했으면 하고 바라면서도 그 애가 오빠한테 너무 깊이 빠질까 봐 겁이 났다.

물고기는 뺨이 불그레해지더니 우물거리며 대답했다. *너희 오빠하고는 말 한마디 나눠보지 못했는데 내가 어떻게 대답할 수 있겠니? 하지만…… 너희 오빠는 잘생겼고 말도 재치 있게 잘한다고 다들 좋아하더라. 솔직히 나도 그런 말을 많이 들어서 영향을 받은 것 같아. 너희 오빠는 괜찮은 사람이라고 생각해. 그런데 왜 그런 걸 물어?* 나는 눈을 감고 고개를 저었다. *아무것도 아니야, 그냥 궁금했어.* 나는 그 뒤로는 입을 다물었다. 물고기는 오빠의 외모와 분위기에 반해 있었다. 나는 딜레마에 빠졌다. 기억을 천천히 내리눌러야 할까? 다시는 끄집어낼 엄두도 내지 못할 정도로 깊이 넣어두어야 할까? 나무의 수액에 조금씩 잠식되는 곤충처럼 그 비밀을 내 마음속에 처박아 완전히 질식시켜야 할까? 물고기는 좋은 친구다. 오빠도 나쁜 사람은 아니다. 내가 입을 다물면 벌을 받지 않을 것이다.

금세 생일날이 되었다. 물고기는 오빠를 보자 목부터 몸 전체가 새빨개졌다. 생일 선물을 줄 때는 심지어 두 손으로 종이가방을 오빠에게 내밀었는데, 그 안에 버터 쿠키가 들어 있었다. 물고기는 기어들어 가는 목소리로 "생일 축하해요"라고 말했다. 수줍어하는 물고기를 오빠는 재미있어했고, 많이 먹으라고 친절하게 말해주었다. 파티에 온 오빠의 친구들은 예상보다 많았다. 우리 집 복도가 사람으로 꽉 차서 지나다니기 어려울 정도였다. 오빠의 친구들은 맥주와 탄산음료를 여러 봉지 사 와서 제멋대로 섞어 마셨다. 주변을 두리번거리는 물고기는 상당히 흥분한 것 같았다. 눈에 보이는 장면 장면을 다 기억하려 애쓰는 듯했고, 묻고 싶은 것도 많아

보였다. 하지만 물고기는 궁금한 것을 부단히 참아냈다. 깔끔한 인상이지만 얼굴에 여드름이 많이 난 남자가 머그컵을 건네주며 마시겠느냐고 물었다. 내가 마실지 말지 고민하는 사이 물고기가 컵을 받아 크게 한 모금 마셔버렸다. 물고기를 말려야겠다는 생각이 들었다. 우리보다 나이가 두 살 많은 남자들 사이에 끼여 있으면서 물고기는 조금 들뜬 상태였다. 그 애는 내 손등에 자기 손을 얹고 속닥거렸다. *파티에 초대해줘서 고마워.* 다른 여자애들이 다 나를 부러워할 거야. 그 말을 듣자 마음이 한결 놓여서 물고기가 오빠 친구들과 어울려 노는 것에 더 간섭하지 않았다.

　텔레비전에서는 누군가 빌려온 코미디 영화가 흘러나왔다. 그다지 재미있지는 않았다. 오빠와 친구들이 떠드는 이야기가 들렸다. 어른들이 간섭하지 않는 대학생활 이야기에 나는 얼이 빠졌다. 물고기는 그런 이야기를 꽤 재미있게 들었고, 머그컵에 담긴 음료를 한 방울도 남기지 않고 다 마셨다. 시간이 얼마나 빨리 흘렀는지는 기억나지 않는다. 어느 순간 보니 물고기의 얼굴이 새빨개져서 열이 났던 것만 기억난다. 물고기가 내 손목을 잡고서 "네 방에 가서 좀 누워도 될까?" 하고 물었던 것도 기억난다. 물고기 입에서 알코올 냄새가 났다. 나는 그러라고 대답했다. 이런 상태의 물고기를 집으로 돌려보냈다가는 다시는 물고기네 집에서 환영받기 어려울 것 같았다.

　여드름이 난 남자가 나와 함께 물고기를 3층까지 부축해주었다. 물고기를 내 방 침대에 눕히고 나자 남자가 물을 좀 먹이는 게 좋겠다고 했다. 물고기는 몇 번이나 화장실을 들락거렸고, 술기운이 많이 가셨는지 얼굴도 아까처럼 빨갛지 않았다. 나는 1층에 내려가서 물을 따랐다. 오빠가 물고기는 괜찮으냐고 물었다. 많이 취했다고 대답했더니 오빠는 물고기네 부모님께 데리러 오시라고 연락하는 게 좋겠다고 했다. 나는 오빠의 의견을 완곡하게 거절했다. 물고기를 내 방에서 좀 쉬게 한 다음 혼자서 걸을 수 있을 정도가 되면 내가 집에 데려가겠다고 했다. 오빠가 나를 차갑게 노려보았다. *그래, 네 마음대로 해.* 그렇게 말한 오빠는 다른 친구에게 말을 걸었다. 나는 물이 담긴 컵 손잡이를 꽉 쥐었다. 아무렇지 않은 걸음으로 3층에 올라갔다. 그 순간 내 머릿속에는 물고기의 부모님이 나를 어떻게 볼까 하는 걱정뿐이었다. 그 순간의 결정 때문에 물고기가 나와 오빠 사이의 비밀을 알게 될 줄은 예상하지 못했다. 징벌이 가까이 다가온 것도 몰랐다. 그 징벌은 나와 오빠를 전혀 알아볼 수 없는 모습으로 불태웠다.

　나는 어느 누구도 해치지 않았는데.

　나는 단지 상상과 추측에 따라 움직였다. 그런데 여자 한 명, 남자 한 명이 도끼에 찍힌 나무처럼 내 눈앞에 쓰러져 있었다.

　그들을 방으로 옮긴 다음 그 과정에서 남은 흔적을 죽을힘을 다해 지웠다. 걸레를 몇 번이나 비틀어 짰고, 물통의 물을 계속 갈아야 했다. 여자가 눈을 떴다. 나에 대한 공포와 당혹감이 가득 담긴 눈빛이었다. 물고기는 친구들에게 나에 대해 제대로 이야기한 적이 없다고 했다. 그렇다면 물고기는 역시 나를 철저히 과거로 밀어넣어버릴 생각이었나 보다. 물고기의 뜻대로 해주지 않을 테다. 그건 불공평하다. 수천 번의 하루가 지나갔지만 나는 단 한 순간도 물고기를 잊은 적이 없다. '우신평'이라는 이름이 좋지 않아서 노력하고 헌신해도 다 헛수고가 될 거라던 점쟁이의 말은 틀리지 않았다. 하지만 우신핑 곁에서 그 애를 위해 희생하는 사람들 역시 똑같은 결말을 맞는다는 것은 맞히지 못했다. 전부 내 잘못이다. 나는 왜 그날 밤 오빠의 말을 듣지 않았을까? 우신핑을 집으로 돌려보냈더라면……. 오빠를 생각하니 또 가슴이 아프다. 오빠를 다시 만날 기회가 있다면 오빠가 나를 안아줄까? 아니면 고개를 돌려버릴까? 나는 오빠에게 가장 친밀한 원수일까?

내 눈동자가 세 사람 사이를 오갔다. 남자는 아무래도 죽은 것 같다. 남자의 입에서 뭐라고 하는지 알아듣기 힘든 신음이 계속 흘러나왔다. 남자가 발작이라도 일으킬까 봐 두려웠다. 그래서 테이프를 가져와서 남자를 억지로 조용하게 만들었다. 테이프를 너무 두껍게 붙여서일까? 숨 쉴 구멍이 없어서 그랬을까? 남자의 두 눈이 부릅뜨진 채 공포로 얼룩져 있다. 오빠가 그런 말을 한 적이 있다. 사람은 자신의 출신을 스스로 결정하지 못한다. 이 나이까지 살아보니 나는 이렇게 말하고 싶다. 사람은 자신이 무엇을 할지 말지조차 결정하지 못한다.

오빠, 이것 좀 봐. 나는 내가 죽을지 말지 결정하지 못해. 물론 다른 사람을 살릴지 말지도 결정하지 못해. 모든 상황이 정해진 궤도를 벗어났다. 가면 갈수록 비뚤어진 방향으로 나아갈 뿐이다. 멈출 수도 없다. 나는 눈을 감았다. 수없이 많은 영혼의 눈동자가 나를 향한다. 우리 가족은 이제 곧 어둠 속에서 다시 모일 것이다. 그러니 마지막으로 한 가지 일을 더 고해할 수 있다면 그것으로 만족한다.

우리에게는 비밀이 없다

11장

오드리는 힘겹게 눈을 떴다. 손가락을 움찔거리다 손과 발이 모두 묶여 있다는 것을 깨달았다. 일어나 앉고 싶어도 기력이 없었다. 그녀는 무의식적으로 눈을 깜빡거렸다. 바로 앞에 누군가 쓰러져 있었다. 가만 보니 우신펑이었다. 오드리는 비명을 질렀다. 우신펑의 입술이 희미하게 움직였다. 오드리는 간신히 세 글자를 알아들었다. *미안해.* 왜 미안하다고 하는 걸까? 신펑이 살아 있다는 사실에 오드리는 눈물이 날 것 같았다. 신펑 뒤쪽으로 흔들의자가 보였다. 의자에는 마네킹이 담요를 덮고 앉아 있었다. 아니, 마네킹이 아니다. 뻣뻣하게 굳은 모양새가 꼭 마네킹 같지만, 저건 분명 사람이다. 죽은 사람, 시체. 사망한 지 상당한 시간이 지났는지 발의 피부가 뼈 위에 밀랍처럼 말라붙어 있었다.

그제야 후각이 정상으로 돌아왔다. 맨 처음 코를 찌른 것은 피비린내였고, 이어서 눅눅하게 달라붙는 썩은 내가 느껴졌다. 그러나 이 냄새가 저기 있는 '것'에서 나는 것인지는 확신할 수 없었다. 머리가 심하게 아프기 시작했다. 발을 움직이자 뭔가 툭 걸리면서 둔탁한 소리가 났다. 몸을 돌렸더니 또 다른 사람이 한 명 쓰

우리에게는 비밀이 없다

러져 있었다. 몸집과 머리 모양으로 보아 장중쩌였다. 그의 이름을
몇 번 불러봤지만 꼼짝도 하지 않았다. 오드리는 꿈틀꿈틀 기어서
간신히 장중쩌에게 닿았다. 그는 이미 죽어 있었다. 오드리는 다시
몸을 돌려 우신핑을 바라보았다. 순간 가격당해 쓰러지기 직전에
봤던 장면이 떠올랐다.

그 여자, 쑹화이구의 동생, 어디 갔지?

바로 그때 쑹화이쉬안이 나타났다. 그녀는 들고 온 물통을 내려
놓고 숨을 골랐다.

오드리는 쑹화이쉬안을 빤히 바라보았다. 그런 오드리를 발견
한 쑹화이쉬안이 미소를 지었다. 아까 거실에서 물이 담긴 컵을 건
네주며 짓던 미소와 비슷했다. 옷차림은 달라져 있었다. 다른 옷
으로 갈아입은 모양이었다.

심장이 터질 듯 뛰기 시작했다. 오드리는 잘못된 사람을 의심했
다. 판옌중이 아니었다. 쑹화이구도 아니었다. 저 여자, 쑹화이쉬안
이었다. 저 여자는 납치범인 것도 모자라 이제는 살인범이 되었다.
오드리가 메마른 목구멍 사이로 한마디 뱉어냈다.

"왜 이러는 거죠?"

쑹화이쉬안의 눈빛은 평온했다.

"어쩔 수가 없었어요."

"당신 오빠의 복수를 하려는 건가요?"

"오빠? 신핑이 말해주지 않았어요? 자기가 무슨 짓을 했는지?"

쑹화이쉬안이 웃으며 되물었다.

"당신 오빠가 신핑을 강간했죠."

오드리는 이를 악물었다. 무슨 대가를 치르더라도 상관없다는
마음이었다. 오드리는 기필코 신핑을 지켜야 한다고 생각했다. 그

녀가 지킬 수 있는 사람은 이제 우신펑뿐이었다.

"항상 이런 식으로 바깥에서 만난 사람에게 말하고 다녔니?"

쑹화이쉬안이 우신펑 옆에 무릎을 대고 앉아 물었다. 신펑의 이마 위로 머리카락이 흐트러져 있었다. 쑹화이쉬안이 그 머리카락을 쓸어넘기며 짐짓 부드러운 목소리로 말했다.

"네가 바깥에서 그렇게나 용감했을 줄이야, 상상도 못 했어."

쑹화이쉬안이 몸을 일으키더니 발을 우신펑의 손 위에 올렸다. 그러고는 미소와 함께 체중을 실어 힘껏 밟았다.

"왜 마지막 순간까지 나를 위해 용감하지 못했을까? 거짓말을 할 요량이었으면 끝까지 했어야지. 너도 알잖아."

쑹화이쉬안이 우신펑의 입을 막아놓았던 끈을 풀었다. 우신펑이 기다렸다는 듯 숨을 깊게 들이쉬었다. 얼굴에 경악과 당황의 빛이 가득했다.

우신펑은 며칠째 갇혀 있었지만 처음으로 말해도 좋다는 허락을 받았다. 목안에 모래가 잔뜩 들어찬 듯 꺼칠꺼칠했다. 그녀는 목소리를 몇 번 가다듬고 나서야 겨우 말할 수 있었다.

"저 애는 보내줘. 이건 우리 사이의 일이야. 상관없는 사람을 끌어들이지 마."

쑹화이쉬안이 오드리 쪽으로 재빨리 다가왔다. 그녀는 위에서 오드리를 내려다본 채 차갑게 웃으며 말했다.

"혼란스러워 보이네요. 당신 친구가 무슨 짓을 했는지 알고 싶지 않아요?"

쑹화이쉬안이 몸을 돌려 우신펑을 바라보았다.

"우신펑, 네가 직접 진실을 말해주는 게 어때? 우리 오빠가 정말로 너를 강간했니?"

우리에게는 비밀이 없다

우신핑의 얼굴이 푸들푸들 경련했다.

"오드리, 이해해줘. 나는 그저 너와 즈싱을 돕고 싶었을 뿐이야. 악의는 없었어."

"신핑, 무슨 말을 하는 거야? 이해가 안 돼……."

오드리는 몇 초 정도 기다렸다. 일 년처럼 긴 몇 초였다.

"사정이 복잡해. 내가 다 설명할게……."

"저 여자 말이 사실이야? 네가 말한 그 일들이 전부 거짓이었어?"

오드리는 격분했다.

"당연히 거짓말이지."

쑹화이쉬안이 대신 대답했다.

"당신 말은 안 믿어!"

오드리가 쑹화이쉬안을 향해 소리 질렀다. 쑹화이쉬안은 피식 웃으며 우신핑을 향해 말했다.

"신핑, 네가 말해. 진실을 알려줘."

"오드리, 내 말 좀 들어봐. 정말 복잡한 사정이 있었어……."

"왜 나를 속였어?"

오드리는 큰 충격을 받았다. 저도 모르게 고함을 질렀다. 몸을 돌려 장중쩌를 바라보았다. 눈을 뜬 채 죽은 장중쩌. 만약 신핑이 정말 나를 속인 거라면? 난 멍청하게도 신핑에게 마음속 이야기를 몽땅 털어놓았는데…….

"일부러 속인 게 아니야. 나는 단지……."

우신핑이 다급히 변명했다. 통증이 심한지 표정이 점점 일그러졌다.

"내가 저지른 실수를 다른 사람에게라도 보상하고 싶었어……."

"무슨 실수를 했는데 그런 거짓말까지 해?"

오드리가 또 소리쳤다.

"이봐요들, 제대로 좀 이야기해!"

쏭화이쉬안이 끼어들었다. 우신펑은 눈을 감아버렸다. 입술이 창백하다 못해 투명해 보였다.

"화이쉬안, 오드리를 해치지 말아줘. 너와 같은 일을 겪은 친구야……. 다 내 잘못이야. 내가 너무 쉽게 생각했던 거야. 화이쉬안, 나한테만 해. 내 친구들은 끌어들이지 마."

쏭화이쉬안은 어이가 없어서 말문이 막혔다. 잠시 후에는 웃음이 터졌다. 그녀는 어깨를 떨면서 미친듯이 웃어댔다.

"우신펑, 네가 뭐라도 되는 줄 알아? 네가 성모 마리아야? 다른 사람을 구원하겠답시고 나서기 전에 너 자신이나 구원해. 똑같은 짓을 몇 번이나 할 생각이야? 나처럼 순진한 사람은 이 세상에 다시없을 줄 알았는데, 널 믿는 사람이 또 있었다는 게 우스워! 이쯤 되니까 감탄스러울 정도야. 너처럼 자기가 좋은 사람이라는 걸 증명하려고 그토록 애쓰는 사람은 본 적이 없어. 지금까지 수백 번도 더 생각했지. 신펑은 어디로 갔을까? 우리 아빠가 준 100만 타이완달러 중에서 신펑은 얼마를 가졌을까? 이곳에 돌아와서 네가 저지른 짓이 어떤 결과를 낳았는지 살펴볼 생각은 하지 않았니? 네가 타이베이에서 잘 먹고 잘살 때 난 어떻게 살았을지 생각해봤냐고!"

"널 만나러 올 생각도 했었지. 하지만……."

"하지만?"

우신펑이 발악하듯 고개를 내저었다.

"나도 이유가 있었어!"

"무슨 이유? 솔직히 말해서 돈을 받으니까 마음이 바뀐 거잖아?

우리에게는 비밀이 없다

계획을 세운 사람이 누구였지? 너였어! 네가 약속했잖아. 나 대신 모든 문제를 해결해주겠다고! 그 약속을 지켰어? 아니지! 네가 포기하는 바람에 난 혼자서 그 상황을 헤쳐나가야 했어. 너는 타이베이에서 행복하게 살면서 단 일 초도 내 생각 따위 하지 않았겠지! 나는 여기 갇혀서 네가 도망친 뒷감당을 하고 있었는데!"

우신핑이 고개를 들고 쑹화이쉬안을 쳐다보았다. 입술이 열렸다가 닫혔다. 무어라고 말하고 싶으면서도 어떻게 말해야 할지 망설이는 듯 보였다.

쑹화이쉬안이 차갑게 웃었다.

"오늘 여기서 모든 악연을 끊자. 경고하는데, 벗어날 생각은 하지 마. 지금도 봐, 네가 도망치려고 한 탓에 네 친구까지 이런 꼴을 당하는 거야. 나도 이렇게 끔찍한 일을 저지르고 싶지는 않았거든. 여기 이 남자도 이런 일에 엮이지 않았을 테고."

쑹화이쉬안이 장중쩌 쪽을 힐끗 쳐다보았다.

"네가 저지른 짓을 좀 봐. 이제는 얌전히 여기서 기다려. 지난 며칠간 우리 둘이 잘 지냈잖아? 괜찮지 않았어? 그런데도 네가 나가려고 하니까 이런 일이 벌어진 거야."

"화이쉬안, 제발 부탁이야. 오드리를 놔줘. 무고한 사람은 건드리지 마."

"저 여자가 경찰에 신고하면?"

쑹화이쉬안이 자신의 열 손가락을 가만히 바라보더니 고개를 저었다.

"이 사람들은 무고하지 않아. 네가 한 말을 믿었으니까 잘못을 저지른 거야. 나처럼 말이지. 사람을 잘못 봤으면 그 대가를 치러야 하지 않겠어? 내가 대가를 치렀으니까 다른 사람도 마찬가지야."

쑹화이쉬안이 문 쪽으로 향했다. 흔들의자 옆을 지나며 낮은 목소리로 속삭였다.

"걱정 마세요. 곧 끝나요."

쑹화이쉬안이 나가기 전에 걸음을 멈추고 말했다.

"우신핑, 시간 있을 때 친구에게 유언이라도 남겨."

'친구'라고 발음할 때 쑹화이쉬안은 일부러 음을 길게 끌었다.

이어서 우신핑과 오드리는 열쇠를 꽂는 소리를 들었다. 쑹화이쉬안은 밖에서 문을 잠갔다.

"오드리, 여길 어떻게 찾은 거야?"

너무 오래 입을 다물고 있어서인지, 아니면 기력이 없어서인지 억양 없는 우신핑의 목소리가 마치 기계로 만들어낸 소리 같았다.

"네 남편."

"남편? 그 사람하고 같이 왔어?"

우신핑의 눈이 휘둥그레졌다.

"아니야. 네 남편을 미행했어. 그가 이 집까지 온 것은 아니지만. 여긴 내가 오고 싶어서 왔어."

우신핑은 더 묻고 싶었지만 그러지 않았다. 시기가 좋지 않았다.

"여기 오지 말았어야지."

우신핑의 얼굴에 불안과 후회의 빛이 첩첩이 쌓였다.

"네 남편이 널 해쳤을지도 모른다는 말을 듣고 어떻게 안 와?"

"누가 그래?"

"너희 학원의 젠 선생님."

　　　　　　　　우리에게는 비밀이 없다

"왜 그렇게 말했지?"

"너, 처음에 나한테 접근한 이유가 뭐였어?"

오드리는 진실을 확인하고 싶었다.

"다른 뜻은 없었어. 그저 네가 힘든 과거에서 벗어나기를 바랐던 거야."

"단지 그것뿐이라면 그런 거짓말까지 하지 않아도 됐을 거야. 그냥 내 친구가 될 수도 있었어. 처음 네 편지를 받았을 때 내가 얼마나 울었는지 알아? 너보다 나를 더 잘 이해하는 사람은 세상에 없다고 생각했다고. 그게 전부 거짓이었다니. 너 때문에 내 친구도 죽었어!"

오드리는 화가 나다 못해 몸이 부들부들 떨렸다. 후회의 눈물이 뺨을 따라 흘러내렸다.

이렇게 화가 났던 적이 몇 년 전이었는지도 기억나지 않았다.

"너에게 보낸 편지는 한 글자도 빠짐없이 진심이었어. 오드리, 나에게 그런 식으로 말하지 마."

우신평이 눈물에 젖은 목소리로 말을 이었다.

"내가 너와 즈싱에게 마음을 쏟았다는 걸 알고 있잖아. 그건 가짜가 아니야."

"난 너에게 간이고 쓸개고 다 빼줬는데, 뭐든지 다 말해줬는데, 아무것도 감추지 않았는데! 넌 그런 나를 몰래 비웃었겠지? 어쩜 이렇게 우습고 잘 속는 애가 있나 하면서! 내가 바보였어. 널 구하겠다고 이런 꼴이 되었어. 넌 그럴 만한 가치가 없는 사람인데! 그 여자는 정말 끔찍한 인간이야. 너도 똑같이 끔찍한 인간이야. 아니, 너는 그보다 더 역겨워."

"오드리, 제발 그렇게 말하지 마. 지금 너무 힘들어."

우신펑은 차근차근 설명하려 애썼다.

"여기 갇힌 후로 계속 묶여 있었어. 그동안 주스랑 우유만 조금 마셨을 뿐이야. 악취가 느껴지지? 쑹화이쉬안이 나를 계속 묶어놔서 용변도 이대로 봐야 했어. 당연히 몸도 못 씻었지. 그 애가 날 어떻게 할지 모르겠어. 무서워. 너까지 해칠까 봐……."

절망이 굶주린 맹수처럼 오드리를 물어뜯었다. 몇 분 전까지만 해도 오드리는 우신펑을 위해 목숨을 버릴 각오도 되어 있었다. 우신펑의 위로와 응원, 우정이 아니었다면 그녀의 상황은 계속 나빠졌을 테고, 심연 깊숙이 누워서 그저 흘러가는 시간이나 멍하니 바라보며 살았을 것이다. 침대에서 나와 이를 닦거나 얼굴을 씻을 기력도 찾지 못했을 것이다. 부모님이 돌아가신 후 막대한 유산을 물려받더라도 그 무엇도 달라지지 않았을 것이다. 돈을 깔고 앉아서 정신은 붕괴된 채로 자신의 인생을 더욱 저주하면서 살았겠지. 우신펑이 그런 오드리를 구원해주었다. 그런데 지금 그 구원이 부정되었다. 앞으로 어떻게 살아야 한단 말인가?

문득 린 선생님이 생각났다. 미소를 지으며 그녀의 뺨을 만지던 린 선생님의 손길. 사소한 것에 너무 집착하지 말라고, 집착할수록 감정 조절이 되지 않아 힘들다고 린 선생님이 말했었다.

오드리는 눈을 감고 낮은 목소리로 말했다.

"부탁할게. 진실을 말해줘."

"어디서부터 말해야 할지 모르겠다. 오드리, 이건 정말 길고 복잡한 이야기야. 내막을 속속들이 알아야만 원인과 결과를 제대로 이해할 수 있어."

"그 파티는 진짜 있었어?"

"무슨 파티?"

우리에게는 비밀이 없다

"네가 그랬잖아, 파티에서……."

"아, 파티는 진짜 열렸어. 내 친구 오빠의 생일 파티였지."

"너도 그 파티에 참석했니?"

"그래."

"그 파티에서 쑹화이구가 너에게 무슨 짓을 했어? 이건 네가 말해준 것과 다르지?"

"그래, 달라. 하지만……."

우신핑은 다시 입을 다물었다. 이야기해도 될까? 내가 이야기할 자격이 있을까?

그때 무슨 자신감으로 쑹화이쉬안을 어둠 속에서 꺼내주겠다고 약속했을까? 결국 우신핑은 마지막 한 걸음을 남겨두고 서로 걸었던 손가락을 풀어버렸다. 이제 와서 무슨 자격으로 그 애를 집어삼킨 어둠에 대해 이야기한단 말인가?

쑹화이쉬안이 지하실에 머문 시간은 길지 않았다. 이 집에 갇힌 이튿날, 눈을 떴을 때 쑹화이쉬안이 과일 주스 한 잔을 가져왔다. 우신핑의 입을 막았던 천을 빼내고 빨대를 물려 마시게 했다. 우신핑은 목이 너무 말라서 한 잔을 순식간에 다 마셨다. 말라붙었던 목구멍이 조금 풀리자 대화를 시도했다. 쑹화이쉬안은 딱딱한 표정으로 대꾸했다. *아무 말도 하지 마. 네가 입을 열면 다시는 이 지하실에 내려오지 않겠어.* 우신핑은 포기하지 않고 쑹화이쉬안의 이름을 불렀다. 쑹화이쉬안은 우신핑의 입을 다시 천으로 틀어막은 뒤 뒤도 돌아보지 않고 지하실을 나갔다. 다음 날 우신핑은 자다 깨다 반복했다. 이상할 정도로 졸음이 밀려왔다. 주스 때문인 것 같았다. 의식이 조금 맑아지자 흔들의자에 놓인 시체를 눈여겨보았다. 시체는 쑹화이쉬안과 쑹화이구의 어머니로 보였다. 자신이 생각한 사람이 맞는지 확인하고 싶었지만 차마 시체 가까이 다가갈 엄두는 내지 못했다.

시간이 얼마나 흘렀는지 알 수 없었다. 우신핑은 자다 깨기를 반복하면서 악몽을 계속 꾸었다. 꿈속에서 흔들의자의 시체가 그녀 바로 옆에 누워 있었다. 상상력이 불러온 정신적 고통은 육체의 굶주림보다 더 고통스러웠다. 인간의 정신이 벼랑 끝에 내몰리면 바로 이런 느낌일까? 쏭화이쉬안이 다시 지하실에 내려왔을 때 그녀가 반갑게 느껴질 정도였다. 우신핑은 조용히 있을 테니 제발 지하실을 나가게 해달라고 애원했다. 쏭화이쉬안은 그녀에게 빵과 우유를 주며 다 먹을 때까지 지켜보았다. 얼마 후 또 강렬한 졸음이 덮쳐왔다. 이번에는 쏭화이쉬안이 바로 지하실을 나가지 않았다. 우신핑은 비몽사몽 중에, 그녀가 의자에 앉아 한참이나 자신을 지켜보고 있다는 걸 느꼈다.

완전히 정신을 차렸을 때는 쏭화이쉬안이 보이지 않았다. 이대로 죽음을 맞을 수는 없다는 생각이 들었다. 우신핑은 결박에서 벗어나기 위해 몇 가지 방법을 시도해봤다. 그러다 주먹을 쥐고 손목을 비틀며 밧줄을 헐겁게 만들었다. 한참 후 마침내 밧줄에서 손목을 빼낼 수 있었다. 발목을 묶은 밧줄까지 풀어낸 다음 몸을 일으켰다. 제대로 서 있기조차 힘들었다. 이상하게도 지하실 문은 잠겨 있지 않았다. 우신핑은 계단을 기다시피 올라갔다. 어렴풋이 말소리가 들렸다. 도로 내려가야 하나 고민하는데 대화하는 두 사람 중 한쪽이 오드리라는 것을 알아차렸다. 당장 위로 올라가고 싶었다. 참을 수가 없었다. 정말 오드리가 왔는지 확인하고 싶었다. 미약하기 짝이 없는 희망이라도 품고 싶었다. 어쩌면 오드리가 자신을 구해줄지도 모른다는 희망.

우리에게는 비밀이 없다

우신펑이 틀렸다. 하나의 잘못된 판단은 도미노처럼 오드리와 장중쩌까지 위험에 빠뜨렸다. 나는 왜 똑같은 실수를 거듭하는 걸까? 나와 가까워진 사람들은 왜 이렇게 하나같이 불행에 빠지는 걸까?

그날 우신펑은 친정집에서 나와 기차역으로 향했다. 걸음을 옮기며 어머니의 요구를 생각했다. 지난 몇 달간 고향에 올 때마다 기묘한 감정에 휩싸였다. 좁은 시골 동네의 변화는 생각보다 컸다. 어느 순간 뒤쪽에서 누군가 자신과 같은 방향으로 걷고 있다는 것을 느꼈다. 우신펑은 한쪽으로 비켜 걸으며 뒷사람이 지나가길 기다렸다. 그러나 뒷사람은 먼저 갈 생각이 없는지 우신펑 쪽으로 다가왔다. 길을 물으려는 걸까? 이곳 사람이 아니라서 모른다고 대답해야지. 그 순간 몸을 돌린 우신펑은 깜짝 놀라고 말았다. 전류에 감전된 듯 팔다리가 제멋대로 퍼덕였다. 쑹화이쉬안이 눈앞에 있었다. 놀라긴 했지만 도망갈 생각은 들지 않았다. 처음의 충격이 사라지자 오히려 평온해졌다. 마치 이 순간을 오래 기다려온 것 같았다.

지난 수년간 우신펑도 쑹화이쉬안을 만나서 그때의 일을 이야기해볼까 생각한 적이 많았다. 그러나 몇 번이나 고민한 끝에 결국 회피하는 쪽을 선택했다. 우신펑은 '그 장면'을 머릿속에서 지울 수 없었다. 쑹화이쉬안을 만나 왜 그랬느냐고 따지고 싶은 마음도 있었다. 하지만 오랫동안 마음에 담아두었던 의문이 풀린 뒤에는 더 크고 끔찍한 무언가를 맞닥뜨리지 않을까 두려웠다. 인지상정이라고들 하는 그런 것을. "어떤 경우는 진실이 더 불편할 수도 있단다." 롄원슈 선생님의 이 말이 자주 떠올랐다. 처음 그 말을 들었을 때는 분노했다. 어떤 경우든 진실을 외면해선 안 된다고 생각했다. 고작 '불편함' 때문에 진실을 향한 행동을 포기할 수 있다는 것을 이해하지 못했다. 그러나 그 불편함을 자신과 쑹화이쉬안 사이에 내려놓는다고 생각하면 렌 선생님의 말이 금방 이해되었다. 어떤 진실은 불편한 정도가 아니라 위험하기까지 하다. 진실은 삶을 갈기갈기 찢어서 원래의 모습을 알아볼 수 없게 만들기도 한다.

우신핑은 자연스럽게 쑹화이쉬안을 따라갔다. 학창시절 자주 걷던 익숙한 길이 아니라는 것이 좀 의아했다. 이곳 사람들이 다들 부러워했던, 큰 정원이 딸린 별장식 건물은 어디로 갔을까? 하지만 왜 이사했느냐고 묻지 못했다. 물을 용기가 없었다. 쑹화이쉬안의 아버지가 세상을 뜨자 친척과 임원들이 회사를 조각내 뺏어 갔다는 소문을 들었다. 쑹화이쉬안을 따라 들어간 곳은 낡은 주택이었다. 거실에 앉아 있으려니 하고 싶은 말이 수없이 떠올랐다가 사라졌다. 늦었지만 쑹화이쉬안에게 사과를 해야 했다. 또 오랫동안 미뤄뒀던 질문도 해야 했다. 뭐라도 말하려고 입을 열었지만 결국 핑곗거리만 뱉고 말았다. 당시 두 사람은 열일고여덟 살짜리 소녀들이었다. 자신이 뭘 하고 싶은지, 뭘 하고 있는지 잘 알지 못했던 때였다.

쑹화이쉬안이 뭘 좀 마시겠느냐고 물었다. 우신핑은 고개를 끄덕였다. 화이쉬안이 자신을 아주 미워하는 것만은 아닌지 모르겠다는 생각이 들었다. 어쨌든 두 사람은 한때 서로 의지하며 힘든 상황을 헤쳐나가려고 했던 친구 사이다. 쑹화이쉬안이 냉장고에서 우유팩을 꺼내 들고 부엌으로 향했다. 두 사람의 거리가 멀어졌다. 우신핑은 거실을 둘러보았다. 커튼을 빈틈없이 쳐놓아서 실내가 어두컴컴했고, 곳곳에 먼지가 쌓여 있었다. 탁자 위에는 리모컨, 컵

받침 두 개, 볼펜 한 자루만 놓여 있었다. 텔레비전 받침대 위에는 술 항아리와 크리스털 장식품 몇 개가 놓여 있었다. 전체적으로 이사하기 직전인 집처럼 보였다. 이삿짐을 싸다가 무슨 일이 생겨서 잠시 손을 놓은 듯했다. 우신펑은 시간을 확인했다. 늦어도 5시에는 일어서야 했다. 고속철을 타고 타이베이로 간다면 판옌중이 쑹뤼를 데리고 집에 오기 전에 도착할 수 있을 터였다. 최근 학원 수업이 힘든 것인지 쑹뤼가 몇 차례 배가 아프다고 했다. 판옌중은 딸아이에게 2주간 학원을 쉬어도 좋다고 했고, 학교를 마친 후에는 버스를 타고 할머니 댁에 가 있으라고 했다.

리펑팅을 생각하자 우신펑의 얼굴이 어두워졌다. 시모가 자신을 좋아하지 않는다는 것을 잘 알고 있었다. 판옌중은 우신펑과 결혼한 후, 리펑팅에게 맡겨뒀던 쑹뤼를 도로 데려가겠다고 했다. 그때 리펑팅은 나를 독거노인으로 만들 셈이냐, 이 모든 게 우신펑의 계획이다, 라며 난리를 쳤다. 우신펑은 리펑팅이 하고 싶은 말을 다 하도록 내버려뒀고 판옌중이 그녀를 설득하도록 했다. 과거의 일로 우신펑은 세상의 이치를 하나 깨달았다. 자신은 '미다스의 손'에 나오는 왕과 비슷하다는 것이었다. 다만 그녀가 만지는 사람은 황금으로 변하는 것이 아니라 쇠약해지고 썩어 들어갔다. 어쩌면 그녀의 엄마가 어떤 도사나 점쟁이에게서 들은 말처럼 사람과 사람 사이에는 지울 수 없는 전생의 인연이 얽혀 있는지 모른다. 그러니 생을 사는 동안 타인과 관계를 맺는 일은 신중하고 또 신중해야 할 것이다. 오빠 우치위안은 엄마가 미신에 빠진 것도 다 우신펑이 저지른 일 때문이라고 했다. *오빠, 그때 부모님이 나한테 심했다고 생각하지 않아?* 어느 날 우신펑이 묻자 우치위안은 화난 얼굴로 대답했다. *너는 네 생각만 하는구나! 부모님과 내가*

어땠을지는 조금도 생각해본 적 없어?

쑹화이쉬안이 탁자에 컵 두 개를 내려놓았다. 탁 하는 소리에 우신핑은 상념에서 깨어났다. 쑹화이쉬안이 맞은편에 앉아서 밀크티를 마셨다. 우신핑은 침묵을 깨뜨릴 용기가 나지 않아 그녀를 따라 밀크티를 한 모금 마셨다. 우유 향기가 진하고, 차 향기는 거의 나지 않았다. 눈앞에 과거의 일들이 흘러갔다. 두 사람이 교복을 입고 운동장 한구석에 앉아 있었다. 머리 위 나뭇가지 사이로 햇살이 새어 들어왔다. 바람이 불 때마다 빛의 무늬들이 땅바닥을 이리저리 움직였다. 가끔은 그들이 신은 운동화 위로 폴짝 뛰어오르기도 했다.

중학교 2학년. 담임이 우신핑을 따로 불러서 특별 임무를 맡기겠다고 했다. 열네댓 살짜리 여학생은 선생님이 특별히 자신을 선택해 부탁을 한다는 사실이 놀랍고 자랑스러웠다. 그래서 무조건 하겠다고 대답했다. 선생님이 비밀스러운 말투로 어떤 일을 해야 하는지 설명했다. 쑹화이쉬안과 친구가 되는 것. 우신핑은 당황했다. 선생님을 언짢게 하고 싶지는 않아서 조심스럽게 물었다. *꼭 해야 하나요?*

쑹화이쉬안은 반에서 괴이한 존재였다. 미움을 받거나 따돌림당하는 것은 아니지만, 언제나 우울한 표정이었고 말을 붙여도 기운 없이 대답했다. 다른 사람과 대화하는 것을 마치 벌처럼 여기는 것 같았다. 그래서 화이쉬안의 우정은 늘 짧게 끝났다. 그 애와 친해질 뻔하다가 결국 사이가 멀어진 아이들에게 이유를 물어보면 애

우리에게는 비밀이 없다

매한 대답이 돌아왔다. 화이쉬안은 좀 이상하다, 갑자기 잘해주다가 또 갑자기 휙 돌아선다, 자기가 뭐 그리 잘났다고 그러는지 모르겠다, 라고 했다. 어떤 친구는 화이쉬안을 보면 그 애 엄마가 생각난다고 했다. 화이쉬안 엄마가 예전에는 이웃들과 인사도 나누고 마실도 다니며 지냈는데, 어느 날부터 점점 어두운 표정이더니 거리에서 아는 사람을 만나도 인사조차 하지 않는다는 것이었다. 화이쉬안이 학교에서 사는 게 재미없다는 듯 멍하니 있는 것과 다를 게 없었다. 다른 집 엄마들은 화이쉬안 엄마가 이렇게 변한 것은 정신적 스트레스가 심한 탓이라고들 했다. 쑹칭훙의 안사람 역할이라는 게 쉬운 일이 아니라는 것이었다. 쑹칭훙은 새벽까지 술을 마시고도 아침 8시면 깔끔한 모습으로 공식석상에 참석해 맨 앞줄에 앉아 있는 사람이었다. 그런 사람의 아내로 살면서 한때는 남편의 사교활동에도 따라다니며 들러리 역할을 했지만, 결국 견디지 못하고 몸과 마음이 다 지쳐버렸다는 평가였다. 화이쉬안은 그런 엄마의 정신적 나약함을 물려받은 게 아닐까?

또 누군가는 화이쉬안이 어릴 때 몸이 약해서 부모가 남쪽 지방의 무슨 신단神壇에 데려가서 주술 치료를 받았다는 이야기를 마치 직접 본 것처럼 떠들기도 했다. 그런데 그 신단에서 화이쉬안에게 귀신이 붙었고, 그 애가 우울한 성격인 것은 그 탓이라는 것이었다. 그때는 아이들이 미신이니 주술이니 하는 것을 좋아했다. 쑹화이쉬안은 학교 친구들이 이러쿵저러쿵 말하기 좋은 대상이었다. 다들 너무 심하지는 않게, 화이쉬안이 집에 가서 고자질하지 않을 정도로만 수군댔다. 화이쉬안은 감정이 마비된 사람 같았다. 다들 자신에게 예의를 차리는 척하면서 사실은 거리를 두고 있다는 걸 모르지 않을 텐데, 그녀는 조금도 상처받은 기색이 없었다. 그래서 몇몇 겁없는 아이들은 화이쉬안을 은근슬쩍 조롱하는 것을 놀이처럼 여기기도 했다. 급기야 화이쉬안에게서 반응이 왔다. 학교에 나오지 않게 된 것이다.

화이쉬안이 자신을 괴롭힌 아이들 이름을 적어서 아빠한테 보여줬다더라 하는 소문이 돌았다. 화이쉬안이 캐나다로 유학을 가게 되었다는 소문도 있었다. 그 애가 결석을 한 지 나흘째 날, 그 집 엄마가 나타났다. 친구들은 무슨 일이 벌어질지 불안해하는 동시에 호기심에 몸이 달아 안달복달했다. 화이쉬안 엄마가 담임에게 무슨 말을 어떻게 했을지 다들 궁금해했다.

그 후 우신핑이 담임에게 불려갔다. 쑹화이쉬안 문제를 해결하기 위한 방편으로 담임은 우신핑을 선택한 것이었다. 우신핑은 반 친구들과 두루 사이가 좋은 편이었고, 자신에 대해 아이들이 뭐라고 입방아를 찧어도 그러려니 하는 성격이었다. 그런 우신핑도 화이쉬안에게는 쉽게 다가서지 못했다. 수수께끼 같은 이 친구와 어떻게 친구를 맺을지 난감했다. 담임은 은근한 어조로 신핑을 설득했다. *선생님은 너를 믿고 있단다. 그러니까 이렇게 어려운 임무를 맡기는 거야.* 담임의 걱정스러운 표정에 신핑은 마음이 움직였다. 선생님을 돕는 셈 치고 한번 해보지 뭐. 그렇게 생각했다. 어른이 '믿는다'고 말해주니 무척 신기한 기분이었다.

이것이 우신핑과 쑹화이쉬안이 친구가 된 계기였다. 어른들이 억지로 둘을 붙여놓았다. 하지만 우신핑은 차차 이 친구관계에서 독특한 즐거움을 찾게 되었다. 화이쉬안은 모순덩어리였다. 겉보기에는 차가운데 그 애의 작문에서는 완전히 다른 사람이 튀어나왔다. 수줍음 많고 내성적이었지만 가끔 놀라울 정도로 재치가 넘쳤다. 두 사람의 우정은 점점 깊어졌다. 화이쉬안은 갈수록 말수가

우리에게는 비밀이 없다

늘었다. 우신핑은 선생님 말씀이 틀리지 않았다고 생각했다. 화이쉬안은 좋은 아이지만 친해지는 데 시간이 많이 걸렸다. 가끔 어린 애처럼 굴기는 해도 깊게 사귈 가치가 있는 친구라고 여겼다.

화이쉬안과 친구를 맺는 것이 원래는 '임무'였다는 것도 어느덧 잊게 되었다. 가끔 우쭐한 생각이 들 때도 있었다. 화이쉬안과 함께 노는 것은 조금도 어려운 일이 아니야! 게다가 그 애한테는 친구가 나뿐인걸. 그때까지 우신핑에게는 '베스트 프렌드'라는 개념이 없었다. 누군가를 특별히 더 좋아하고 아낀 적이 없었고, 모든 친구와 다 잘 지냈다. 우신핑도 자신이 그런 성향이라는 것을 알았고, 그렇게 지내는 것이 좋다고 여겼다. 한 친구하고만 특별히 가까워지면 나중에 사이가 나빠졌을 때 얼마나 힘들겠어?

화이쉬안은 그런 신핑을 조금씩 바꿔놓았다. 매일 오후 화이쉬안은 신핑 옆에 누워서 끝없이 질문을 던졌다. 그럴 때 신핑은 뭐라 표현할 수 없는 편안함을 느꼈다. 화이쉬안의 이야기에 귀 기울이고 있어도 좋았고, 그러다가 스르르 잠들어도 좋았다. 자다 깨면 화이쉬안은 옆에서 책을 읽거나 자신을 내려다보고 있었다. 둘이 시선이 마주치면 화이쉬안은 아까 다 하지 못한 질문을 이어서 쏟아냈다. 어쩌면 그렇게 쉬지도 않고 말을 할 수 있을까? 직접 물어본 적은 없지만 화이쉬안이 그동안 몹시 외로웠다는 것을 느낄 수 있었다. 그리고 다른 사람이 자신의 외로움을 비웃을까 봐 겁낸다는 것도 알 수 있었다.

화이쉬안의 변화를 반 친구들이 전부 목격했다. 담임은 신핑에게 상으로 책을 두 권 선물했다. 신핑은 상을 받지 않았어도 괜찮았다. 그녀는 화이쉬안과의 우정에서 특별한 기쁨을 느꼈다. 이전까지 우신핑은 '특별한 우정'의 즐거움을 알지 못했다. 마치 최고급 음식을 먹어보지 않은 사람은 자신의 혀에 분포한 미뢰가 그토록 다층적인 감각을 지니고 있다는 걸 모르는 것과 같았다.

화이쉬안은 신핑의 마음속 깊은 곳에 존재하는 미약한 무언가를 건드렸다. 신핑은 심지어 지금까지 표면상으로만 좋은 교우관계를 유지하면서 진짜 마음을 나눌 만한 친구는 없었던 날들을 어떻게 견뎠는지 의아할 정도였다.

그런데 고등학교에 진학하면서 화이쉬안의 남다른 성격이 '재발'했다. 둘은 같은 반이 되었지만 화이쉬안은 시시때때로 신핑에게 편지를 보냈다. 편지 내용도 어떨 때는 다정했다가 어떨 때는 냉담했고, 걸핏하면 '우리 사이에는 감추는 것이 없다'는 걸 분명히 밝히라고 강요했다. 가끔은 '너와 절교하는 것을 고려하고 있다'고 쓰기도 했다. 신핑은 자신이 화이쉬안과 연애를 하는 것인지 헷갈릴 때가 있었다. 그녀는 화이쉬안의 변덕을 다 받아줘야 했고, 기분 풀라며 달래줘야 했다. 그런 화이쉬안이 귀찮고 피곤하게 여겨지기도 했지만, 그래도 그녀와의 우정을 저버리고 싶지는 않았다. 그런 자신의 마음을 신핑 자신도 이해할 수 없었다. 어쨌든 신핑은 한 가지 사실을 직감하고 있었다. 화이쉬안에게는 비밀이 있다. 둘 사이에 수많은 이야기가 쌓이면서 자연스럽게 떠오른 생각이었다. 화이쉬안은 신핑 가족의 사소한 일 하나까지 다 알고 싶어 했다. 마찬가지로 신핑도 종종 화이쉬안의 가족이 궁금했다. 게다가 그 '쑹씨 집안'이니만큼 호기심이 들지 않았다면 거짓말일 것이다.

그러나 화이쉬안에게 가족에 관한 질문을 하는 것은 금기였다. 어쩌다 가족 이야기가 나오면 화이쉬안은 이상한 태도를 보였다. 무더운 여름날 오후, 둘이서 신핑의 침대에 누워 있을 때였다. 너

우리에게는 비밀이 없다

무 더워서 기운 없이 늘어져 있던 신핑이 물었다. *나는 언제쯤 너희 집에 놀러 갈 수 있어?* 막 잠이 들락 말락 하던 참이었던 화이쉬안이 눈을 번쩍 뜨고 우신핑을 노려보았다. *왜 우리 집에 가고 싶은 데?* 신핑은 긴장한 화이쉬안의 표정이 왠지 재미있어서 별생각 없이 대답했다. *넌 우리 집에 여러 번 왔잖아. 그러니까 나도 너희 집에 가보고 싶은 거지. 왜 그런 표정이야? 너희 집에 '못된 개'가 살아서 그래? 네 표정, 진짜 웃기다.* 화이쉬안은 더욱 당황했다. 목소리까지 깔고 진지하게 물었다. *그런 말을 왜 하는 거야? '못된 개'라니?* 화이쉬안이 신핑의 손목을 움켜쥐었다. 너무 세게 쥐어서 비명이 살짝 나올 정도였다. 신핑은 손을 빼며 설명했다. *우리 반에 어떤 남자애가 친구를 집에 초대했는데, 평소에 순하던 그 집 개가 친구를 물었다는 거야. 다른 친구들이 집 밖에다 '못된 개를 키웁니다, 개 조심!' 같은 글을 써서 붙이라고 놀렸거든.* 그제야 화이쉬안의 얼굴이 조금 펴졌다.

신핑은 방금 전 친구에게 무슨 일인가 일어났다는 것을 알아차렸다. 하지만 그게 정확히 무엇인지는 알 수 없었다. 화이쉬안이 돌아누웠다. 신핑을 등진 채 축축한 목소리로 조그맣게 말했다. *미안해, 나도 왜 이러는지 모르겠어. 나한테 시간을 좀 줘. 조금 누워 있으면 괜찮을 거야.* 그 순간 신핑은 동그랗게 등을 말고 웅크린 친구를 보며 이유를 알 수 없는 슬픔을 느꼈다. 두 사람이 봄이면 봄 타고 가을이면 가을 타는 나이의 소녀들이기는 했다. 조그만 상처도 인생을 뒤흔드는 거대한 운명의 징조처럼 받아들일 때였다. 신핑은 한동안 어쩔 줄 몰라 하다가 친구의 떨리는 등에 가만히 손을 얹었다. *미안. 앞으로 다시는 너희 집에 가고 싶다고 하지 않을게.* 그렇게 말한 뒤 신핑도 친구 옆에 누웠다. 더 이상 아무 말도 하지 않았지만 둘은 함께였다. 화이쉬안이 고른 숨을 내쉬며 잠들 때까지 둘은 그렇게 같이 있었다.

막 눈을 감았던 신핑은 '쑹칭훙이 가족을 때릴지도 모른다'는 생각에 눈을 번쩍 떴다. 이런 생각이 든 것은 엄마에게 들은 말 때문이었다. 신핑의 엄마 황칭롄은 화이쉬안 엄마에 대해 안 좋은 이야기를 하곤 했다. 누군가 같이 장을 보러 가자, 쇼핑하러 가자, 차를 마시러 가자고 권하면 화이쉬안 엄마는 공손하지만 거리감이 확 느껴지는 태도로 "건강이 좋지 않아서 오래 걸을 수가 없습니다"라며 거절한다는 것이었다. 그런 일이 자주 생기자 화이쉬안 엄마가 남을 업신여기며 자기만 잘난 줄 안다는 볼멘소리가 나왔다. 남편인 쑹칭훙을 믿고 저러나 본데 정작 쑹칭훙은 그렇게 거만하지 않다고들 쑥덕였고, 병원의 원장 사모님을 좀 보고 배워야 한다고도 했다. 한편으로는 쑹칭훙의 집에서 여자가 우는 소리가 들렸다는 소문도 돌았다. 이런 소문을 바탕으로 황칭롄은 쑹칭훙이 마누라를 때린다고 추측했다. 신핑은 엄마의 그 말을 믿을 수 없어 했다. 지역 행사에서 인사말을 하는 쑹칭훙 아저씨의 모습은 그 누구보다 부드럽고 온화했다. 황칭롄은 마치 자기 눈으로 본 것처럼 자신만만했다. *마누라를 안 때리는 남자가 어딨어? 쑹칭훙은 사업을 크게 하니까 반드시 마누라를 때릴 거라고. 그렇지 않으면 그 스트레스를 다 어디에 풀겠니?*

우신핑은 반신반의했다. 엄마의 추측은 뚜렷한 근거도 없는 내용이었지만 말도 안 되는 소리도 아니었다. 신핑의 아빠만 해도 그랬다. 친구들과 술 몇 잔 마시고 취기가 얼큰하게 오르면 아빠는 말이 많아졌고 엄마에게 손을 올리기도 했다. 초등학교 때 친구들도 다들 그렇게 말했다. 집에서 아빠가 엄마를 때리는 모습을

우리에게는 비밀이 없다

가끔씩 본다고 했다. 아이들은 그런 장면을 보아도 크게 신경 쓰지 않았다. 자주 있는 일이기도 했고, 시간이 조금만 지나면 엄마가 아무 일 없었던 것처럼 만두를 만들어주시곤 했으니까.

우신핑은 이 두 가지 일을 퍼즐처럼 끼워맞춰 보았다. 한쪽은 볼록 튀어나왔고 다른 한쪽은 움푹 들어가 있어서 딱 맞았다. 생각할수록 이번에는 황청렌의 엉뚱한 추측이 제대로 짚은 것 같았다. 쑹칭훙은 '못된 개'인 것이 분명했다. 겉으로는 순해 보이지만 잠깐 긴장을 풀면 달려들어 물어뜯는다. 혹시 자식들도 때리는 것이 아닐까? 쑹화이구는 성격이 시원하고 활발했다. 아무리 봐도 학대받는 것 같지 않았다. 게다가 이 지역 사람들은 아들을 귀하게 여긴다. 신핑의 엄마도 오빠에게 잔소리는 좀 해도 도시락에 닭다리와 생선을 둘 다 넣어주고, 신핑에게는 둘 중 한 가지만 넣어준다.

신핑은 화이쉬안에게 받은 편지도 생각했다. 신핑은 집에서 자신이 맡은 역할에 대해 자주 불만을 털어놓는데, 화이쉬안은 절대 그러지 않았다. 화이쉬안이 좋아하는 주제는 지금 이 순간과 조금 거리가 있는 것들이었다. 미래의 내 모습이 어떨까? 나중에 어떤 사람과 연애하고 싶어? 고향을 떠난다면 어디에 가고 싶어? 어른이 되면 다른 나라에 가서 살고 싶지 않아? 가끔은 아주 가까운 일들도 이야기했다. 성적이 또 떨어졌어. 내 앞자리 애가 답안지를 고쳤어. 렌 선생님이 일기장에 이런 말을 써주셨어.

신핑은 하늘이 무너지는 기분이었다. 눈앞이 깜깜했다.

신핑이 손을 뻗어 화이쉬안의 등에 동그라미를 그렸다. 완전무결하고 무한하기까지 한 애정이 가슴속에서 솟아올랐다. 그 순간 다짐했다. 내가 화이쉬안을 지켜줘야 해. 이 아이에겐 나밖에 없어.

동시에 가족에 대해서도 생각했다. 나도 우리 집 식구들 때문에 피곤하잖아? 고등학교 2학년으로 올라가던 여름방학 때 아빠가 화물차를 몰다가 아이를 데리고 가던 여자를 쳤다. 급히 운전대를 꺾다가 중앙분리대를 들이받아서 차 앞부분이 완전히 망가졌다. 아빠도 몸 곳곳에 골절상을 입었고, 그때 이후로 걷는 것이 불편해졌다.

아빠는 그들이 오토바이를 타고 가다가 책가방을 떨어뜨려 갑자기 멈췄기 때문에 사고가 난 거라고 계속 주장했다. 상대 쪽은 자신들이 합리적이라고 생각하는 합의금을 제시했다. 이 소식을 들은 엄마는 아빠를 원망했다. 아빠는 오랜만에 엄마를 때렸다. 얻어맞고 넘어진 엄마를 발로 두어 차례 걷어찼다. 우신핑이 아빠를 말리려고 하자 오빠가 막았다. 오빠는 소리 내지 않고 입 모양으로 말했다. *부모님 일에 끼어들면 너만 힘들어져.* 순한 성격인 오빠가 이런 경고를 하는 것도 드물었기 때문에 신핑은 옆에서 지켜보기만 했다. 얼마 후 엄마는 몸을 일으켰고, 더러워진 바지를 털면서 아무렇지 않은 표정으로 말했다. *여기서 뭐 해?* 남매 둘이 서로 시선을 교환하고는 조용히 각자의 방으로 들어갔다.

가장 큰 문제는 사고 합의금이 아니라 가장인 아빠가 더 이상 화물차를 운전하지 못하게 된 것이었다. 아빠는 부상을 치료하며 일을 쉬는 동안 도박에 손을 댔다. 불행 중 다행으로 아빠의 도박 기술과 운이 아주 나쁘지는 않아서 자기 용돈을 할 만큼은 벌었다. 그러나 그 후 아빠는 더 이상 가계를 책임지는 역할을 하지 않았다.

오빠는 5년제 직업전문학교*를 졸업하자마자 패스트푸드점 영

---

* 중학교 졸업 후 진학할 수 있는 5년제 직업학교로 대학 학사에 준하는 학위가 인정된다.

우리에게는 비밀이 없다

업부에 취직했다. 엄마는 신핑에게 대학 학비는 스스로 책임지라고 암시했다. 신핑은 자신과 화이쉬안을 동화 속에서 여러 가지 시련을 겪는 공주처럼 여겼다. 각자 궁핍한 집안과 가정폭력이라는 어려움을 겪고 있으니 서로 의지해야 한다고 생각했다. 신핑은 멀리서 반짝반짝 빛나는 황금 사과를 상상하며 화이쉬안에게 둘이서 같이 사과를 따자고 제안했다. 둘이 같이 좋은 대학에 들어가서, 둘이 같이 집을 얻어 자취하고, 둘이 같이 연애생활을 공유하고, 둘이 같이 대학 캠퍼스를 누비고, 둘이 같이 실연도 하고…….

당시 신핑의 성적은 화이쉬안만큼 좋지 못했다. 신핑은 화이쉬안의 수준까지 성적을 올리기 위해 자신을 채찍질했다. 집을 떠나 살기 위해서는 좋은 대학에 들어가야만 했다. 하지만 대입시험을 몇 주 앞두고 신핑은 자신감을 잃고 말았다. 두 사람은 아마도 그 황금 사과를 따지 못할 것 같았다. 화이쉬안의 상태가 좋았다가 나빴다가 오락가락했다. 하루는 화이쉬안이 신핑의 침대에 누워서 말없이 눈물만 흘렸다. 신핑이 휴지를 건네주고 손등으로 친구의 뜨끈뜨끈한 얼굴을 쓸어주었다. 한참 지나서야 몸을 일으킨 화이쉬안은 어떻게든 눈물을 삼키려고 애썼다.

신핑은 옆에 앉아서 친구의 얼굴을 가슴 아프게 바라보았다. 화이쉬안의 집에 뭔가 문제가 생긴 것이 분명했다. 화이쉬안이 고개를 돌렸고, 신핑은 마음의 준비를 단단히 했다. 그런데도 화이쉬안의 눈에 담긴 끔찍한 고통과 절망을 보자 소스라치게 놀라고 말았다. 화이쉬안은 갑자기 아무렇지 않은 척 오빠 쑹화이구의 생일 파티 이야기를 꺼냈다. 신핑도 짐짓 해맑게 화이쉬안의 말에 호응했다. 신핑은 다시 한 번 굳게 다짐했다. 지금 나는 눈에 보이지 않는 괴물과 싸우고 있어. 화이쉬안이 괴물에게 완전히 잡아먹히기 전에 함께 이곳에서 벗어나야 해.

신펑은 이런 생각을 할 때마다 자신이 자랑스러웠다. 짝사랑 상대가 자신을 한 번 더 바라봐주기만을 바라는 또래 여자애들과 자신은 다르다고 생각했다. 신펑의 소원은 작고 단순했다. 화이쉬안이 행복했으면 좋겠다는 것. 신펑은 화이쉬안이 힘들어할 때 두 사람의 밝은 미래와 황금 사과를 생각하라고 격려했다. 마지막 모의고사에서 화이쉬안은 반에서 앞자리를 다투는 성적을 되찾았다. 신펑은 희망을 보았다. 두 사람이 무사히 이곳을 떠날 수 있을 거라고 생각했다. 화이쉬안은 새로운 환경에서 더 긍정적으로 변할 것이 분명했다. 사랑 때문에 고민하는 평범한 여대생이 될 수 있을 것이었다.

대입시험을 치르며 신펑은 들뜬 마음을 주체하지 못했다. 문제가 평소보다 잘 풀리는 듯했다. 시험이 끝나자 빨리 집에 가서 실컷 자고 싶었다. 화이쉬안에게 같이 가자고 했지만 그녀는 완곡하게 거절했다. 신펑은 불안해하는 아기를 달래듯 친구의 등을 쓸어주며 속삭였다. *괜찮아, 다 괜찮아. 시험이 끝났으니 우린 이제 떠날 수 있어.* 화이쉬안이 숨을 크게 들이쉬고는 오빠 쑹화이구의 생일 파티 이야기를 꺼냈다. 신펑은 짐짓 무심한 척하면서 속으로는 작전 계획을 세웠다. 생일 파티에 가면 기회를 봐서 쑹화이구에게 여동생의 상태가 이상하다고 말해줄 생각이었다. 그러면 쑹화이구가 어떻게든 여동생에게 도움을 주리라 생각했다. 신펑은 오랜만에 평온함을 느꼈다.

쑹화이구는 그들보다 두 학년 위였다. 그는 어디를 가든 사람들의 시선을 받았다. 여학생들은 그를 짝사랑했고, 남학생들에게 그는 질투와 선망의 대상이었다. 신펑은 초등학교 4학년 때 친구

우리에게는 비밀이 없다

손에 이끌려 쑹화이구를 훔쳐보러 간 적이 있었다. 신핑은 쑹화이구를 보고도 같이 간 친구가 그런 것처럼 심장박동이 빨라진다거나 이마에 땀이 송골송골 맺히는 등의 과장된 반응은 보이지 않았다. 다만 쑹화이구가 참 잘생겼다고 감탄했을 뿐이었다. 큰 눈, 짙은 눈썹, 길고 풍성한 속눈썹, 붉은 입술과 흰 치아를 가진 그는 꼭 혼혈아 같았다. 중학교에 올라가서도 '쑹화이구'라는 이름이 곳곳에서 들려왔다. 운동회에서 쑹화이구는 계주 첫 번째 주자로 나서서 일등으로 자기 순서를 마무리했다. 여학생들의 비명소리가 운동장을 꽉 채웠다.

쑹화이구의 늘씬한 체형에 눈길을 주지 않을 수 없었다. 초등학교 때 그는 키가 특별히 큰 편이 아니었는데, 중학생이 되면서 순식간에 20센티미터나 자랐다. 쑹화이구는 5반이었다. 5반은 계주 첫 주자인 그가 이등과 큰 격차로 일등을 한 후 후반 경기에 들어설 때까지도 일등을 유지했다. 그런데 뒤에서 두 번째 주자가 달릴 때 코너를 돌던 5반 선수가 이등인 다른 반 선수와 부딪혀 넘어지고 말았다. 결국 그때까지 삼등이었던 반이 어부지리로 일등을 차지하고 말았다. 5반 학생들은 다들 넘어진 선수에게 야유를 보냈지만 쑹화이구만은 넘어진 여학생에게 다가가 위로의 말을 건넸다. 우신핑은 옆에 있던 여학생이 거의 우는 목소리로 "선배, 너무 멋있다"라고 외치는 소리를 들었다. 백마 탄 왕자란 아마도 쑹화이구 같은 남자를 두고 하는 말이겠지? 신핑은 대충 그 정도로만 생각했다. 그녀가 쑹화이구를 좋아한다고 할 수 있을까? 아마도 그럴 것이다. 그를 좋아하지 않는 사람이 있기는 할까? 중학교 2학년 때 화이쉬안과 친구가 되라는 임무를 맡았을 때 신핑은 이 일로 쑹화이구와 가까워질 수 있다면 좋겠다고 생각했다.

나중에 화이쉬안과의 우정이 점점 깊어지면서부터는 그런 생각을 했다는 것도 잊어버리려고 애썼다. 쑹화이쉬안과 쑹화이구의 우애는 생각보다 좋았다. 화이쉬안은 오빠 이야기를 별로 꺼내지 않았다. 일부러 언급하지 않으려 하는 것 같기도 했다. 신핑은 오래 관찰한 끝에 한 가지 결론을 도출했다. 한 집의 두 자식 중에서 한쪽이 특별히 뛰어나면 다른 한쪽은 중압감을 느낄 것이다. 화이쉬안의 내성적인 성격과 우울함은 어쩌면 그런 상황에 대처하는 무언의 저항이 아닐까?

화이쉬안의 유일한 친구로서 신핑은 한때 자신이 화이쉬안을 쑹화이구와 가까워지기 위한 도움닫기 정도로 생각했다는 것을 들키면 안 된다고 생각했다. 하지만 이번은 특수 상황이다. 우신핑은 쑹화이구를 따로 만날 예정이었지만, 그건 화이쉬안을 아끼고 사랑하는 자기 마음을 증명하는 것이었다. 그래도 쑹화이구와 대화하게 될 거라고 생각하자 심장이 잠깐 멈췄다가 부쩍 빨리 뛰기 시작했다.

생일 파티에 가기 전, 쑹화이구와 그의 친구들이 자신을 업신여기진 않을까 걱정되었다. 그래서 엄마를 조르고 졸라 300타이완달러가 넘는 데님 미니스커트를 샀다. 엄마 화장대에서 립스틱도 몰래 꺼내 발랐다. 막상 화이쉬안의 집 앞에 도착해서는 손등으로 입술을 문질러 닦아버렸다. 립스틱을 바른 모습을 화이쉬안이 보면 좋아하지 않을 것 같았다. 쑹화이구는 직접 문 앞까지 나와서 그녀를 맞아주었다. 신핑은 고개를 숙이고 뻣뻣한 동작으로 쿠키가 들어 있는 종이가방을 내밀었다.

우신핑은 쑹화이구의 웃음소리를 들었다. 친절하고 우호적인 웃음소리였다. *예의 바른 친구구나.* 그 말에 우신핑의 얼굴이 금방

우리에게는 비밀이 없다

달아올랐다.

쑹화이쉬안은 쑹화이구 뒤에 서 있었다. 신핑이 다가가서 화이쉬안의 손을 잡았다. 화이쉬안의 반응이 어쩐지 평소보다 어색하고 무뚝뚝했다. 신핑은 고개를 갸웃거리며 친구의 상태를 유심히 살폈다. 화이쉬안은 뭔가 느꼈는지 고개를 돌리며 거실 쪽으로 신핑을 이끌었다. 그들은 남자 몇 사람을 지나 안으로 들어갔다. 신핑의 귓가에 휘파람 소리가 들렸다. 짧은 치마 아래 허벅지 안쪽으로 한 남자의 무릎이 스쳤다. 소름이 돋았다. 거실에서 빈자리를 찾아 앉은 신핑과 화이쉬안은 텔레비전에서 흘러나오는 영화를 잠시 바라보았다. 신핑은 허리를 곧게 세우고 영화 내용에 집중하려고 애썼다. 그래야 저 남자들이 빠르게 뛰고 있는 자신의 심장 박동 소리를 듣지 못할 것 같았다. 그때 마트 비닐봉지를 든 남자들이 몇 명 더 도착했다. 그들은 시끄럽게 떠들어댔다.

얼마 후 남자들이 음료수가 담긴 컵을 건넸다. 신핑은 알코올 냄새를 맡았다. 스프라이트에 술을 섞은 것이 분명했다. 거실 탁자 위에도 술병이 나뒹굴고 있었다. 신핑은 술도 마시지 못한다며 놀림당하는 게 싫어서 오기로 잔을 받아 들었다. 그 안에 담긴 액체를 꿀꺽 삼키자 목구멍이 타는 듯이 아팠다.

간신히 한 잔을 다 마셨는데 어느 틈에 또 술이 가득 채워져 있었다. 이번에는 조금씩 홀짝거리며 마시기 시작했다. 화이쉬안은 신핑에게 더 마시지 말고 텔레비전이나 보라고 했다. 신핑의 시선은 쑹화이구에게서 떨어지지 않았다. 그녀는 자기가 해야 할 일을 잊지 않았다. 하지만 사람이 너무 많아서 지금 당장 말을 걸기는 어려웠다. 쑹화이구가 혼자 있을 때를 기다리기로 했다. 그때 갑자기 눈앞이 흐려지더니 머리가 터질 듯이 아팠다. 신핑은 화이쉬안을 붙잡고 몸이 좋지 않다고 말했다.

그 뒤에 일어난 일은 단편적으로만 기억났다. 화이쉬안과 한 남자가 자신을 화이쉬안의 방으로 옮겼다. 그 후 두 사람은 곧 방을 나갔다. 신핑은 목안에 모래가 들어찬 것처럼 까끌까끌한 느낌을 받았다. 복부에 불덩이가 들어가서 온몸으로 불길이 번지는 것 같았다. 화이쉬안이 방으로 돌아와 그녀에게 물을 좀 마시라고 권하면서 베개로 상반신을 받쳐주었다. 신핑은 어디까지가 현실이고 어디까지가 꿈인지 헷갈렸다. 불에 타는 듯 뜨겁던 몸이 그때부터 차가워졌다.

신핑은 화이쉬안에게 화장실로 데려다달라고 부탁했다. 변기에 얼마나 오래 앉아 있었는지는 모르겠다. 다만 몸을 짓누르던 취기가 조금씩 사라졌다는 건 기억에 남아 있다. 그녀는 눈을 뜨려고 애쓰면서 자신의 집에 전화 좀 해달라고 부탁했다. 잠시 후 화이쉬안이 말하길, 신핑의 부모님이 무척 화가 나셨지만 자신이 신핑을 잘 돌보겠다고 약속하자 곧 그러라고 하셨단다. 그 말을 듣고 나자 졸음이 파도처럼 덮쳐왔다. 신핑은 미안하다는 말을 웅얼웅얼 하면서 몸을 웅크렸다. 술에 취해 이런 모습을 보이는 것은 정말 부끄럽고 민망한 일이었다. 하지만 화이쉬안은 이렇다 저렇다 말하지 않고 그녀의 이마와 뺨을 살살 쓰다듬어주었다.

얼마나 시간이 지났을까, 신핑은 누군가의 손이 자신의 다리 안쪽을 쓰다듬는 느낌에 깨어났다. 손가락이 굵고 거친 느낌이었다. 여전히 정신은 맑지 못했다. 내가 지금 화이쉬안의 방에 있는 건가? 손이 지나가는 자리가 간질거렸다. 그 손은 점점 더 범위를 넓혀 무릎부터 발목까지 오르락내리락했다. 희롱하는 것 같기도 했고, 어떤 크기를 가늠해보는 것 같기도 했다. 이어서 상의가 젖혀

우리에게는 비밀이 없다

쳤고 어깨끈이 내려갔다. 짜증이 난 신펑은 몸을 돌리며 중얼거렸다. *화이쉬안, 장난치지 마. 나 속이 안 좋아.* 그 순간 손이 휙 물러났다. 신펑도 정신이 번쩍 들었다. 날카로운 직감이 마음을 찔렀다. 눈을 뜨자 어떤 사람의 실루엣이 비쳤다. 바지가 거의 발목까지 내려가 있고, 빽빽한 털 한가운데에 무언가 우뚝 솟아 있었다. 신펑이 깨어난 것을 알아차린 그는 바지를 추켜올리며 재빨리 방을 빠져나갔다. 그 뒷모습이 눈에 익었다. 몇 년 동안 여러 번 본적이 있는 익숙한 자태였다. 쑹화이구가 틀림없었다. 머릿속을 어지럽게 떠도는 생각을 정리하는 데까지 한참이나 걸렸다. 그제야 신펑은 자신이 지금 무슨 생각을 하고 있는지 명확히 이해하게 되었다.

'이해'했다고 해서 나아진 것은 없었다. 뭐가 뭔지 오히려 더 모르겠다는 생각이 들었다. 나는 술에 취했어. 그래서 마음속 환상이 실재하는 꿈으로 나타난 거야. 그렇게 생각한 순간 바깥에서 말소리가 들렸다. 대화하는 두 사람 중 한쪽은 쑹화이쉬안이었다. 다른 쪽은 누구인지 알 수 없었다. 곧 둘의 목소리가 동시에 사라졌다. 신펑은 눈을 감고 길게 숨을 내쉬었다. 목소리도 환상인가? 알코올은 정말 사악한 것이구나. 보이는 것, 들리는 것 전부 진짜인지 가짜인지 분간할 수 없게 만드네. 소변이 마려웠다. 비틀비틀 일어나 어지러운 머리를 부여잡고 기억을 더듬으며 2층으로 내려갔다. 용변을 보고 나온 뒤 계단에 주저앉아 정신을 차리려고 애썼다. 시끌벅적했던 1층은 조용했다. 다들 집으로 돌아간 걸까? 화이쉬안은 어디 있지? 아수라장이 된 1층을 치우는 중일까? 피자 상자와 맥주 캔, 그 밖의 여러 가지 병들이 잔뜩 널려 있을 테니까. 지금 몇 시지? 신펑은 무릎을 짚으며 몸을 일으켰다. 3층 화이쉬안의 방으로 돌아갈 생각이었다. 온몸이 쑤시고 맥이 없었다. 좀 더 누워서 쉬어야 했다. 방문 손잡이를 돌리려던 순간 이상한 소리가 들렸다. 옆방에서 나는 소리였다. 말소리 같기도 했고, 입을 막고 우는 소리 같기도 했다. 어지러운 와중에도 호기심이 생겼다. 전에 없이 강렬한 호기심이었다. 누가 우는 거지? 멍한 정신으로 옆방 문으로 고개를 돌렸다. 반만 닫혀 있었다. 그 문을 살짝 밀어 보았다.

노란색 전등 불빛 아래 두 사람의 실루엣이 겹쳐져 있었다. 한 사람이 다른 사람 몸 위에 올라가 있었다. 아래 쪽에 누운 사람을 유심히 바라보던 우신핑은 벼락이라도 맞은 듯 소스라쳤다. 위에 올라탄 사람이 벌거벗은 엉덩이를 앞뒤로 움직이고 있었다. 한 번, 두 번. 우신핑은 뒷걸음질쳤다. 한 번, 두 번. 화이쉬안의 방으로 돌아와서도 심장이 무서울 정도로 빠르게 뛰었다. 얼른 이불 속으로 파고들었다. 눈을 감았다. 덜덜 떨리는 몸을 잔뜩 웅크렸다. 우신핑은 자신을 세뇌시키듯 속으로 외쳤다. 다리를 만진 손은 꿈이야. 목소리는 환청이야. 내가 본 것은 전부 가짜야. 알코올 때문이야. 시각과 청각에 문제가 생긴 거야. 왜 아침이 오지 않는 거지? 밤이 왜 이렇게 긴 거야?

얼마나 시간이 흘렀을까, 침대 한쪽이 무거워졌다. 눈을 떠보니 화이쉬안이 옆에 와서 눕고 있었다. 이불을 덮은 그녀는 이불깃 한 쪽을 꼭 움켜쥐고 놓지 않았다. 잠시 후 신핑 쪽으로 고개를 돌렸다. 부드러운 목소리가 들렸다. 안 잤어? 여느 때와 다름없는 화이쉬안의 목소리에 신핑은 자괴감을 느꼈다. 자신의 머릿속은 얼마나 더러운가! 어째서 그런 이상한 환상을 본 걸까. 다시는 정신을 잃을 정도로 술을 마시지 말자. 다시는 야한 만화도 보지 말자.

우리에게는 비밀이 없다

무수히 맹세하는 사이 몸의 긴장이 좀 풀리는 기분이었다. 신핑은 눈을 감으며 어서 잠들기를 기다렸다. 다음에 눈을 떴을 때는 날이 환히 밝아 있겠지. 햇살에 술기운이 전부 날아가면 흐트러졌던 감각도 다시 돌아와주겠지. 슬슬 잠이 들 때쯤 화이쉬안의 목소리가 들렸다.

다 봤지?

눈을 뜨고 친구를 쳐다보았다. 그 눈은 텅 빈 심연처럼 보였다. 조각나 있던 정보가 제자리를 찾아가 도열했다. 화이쉬안의 내성적인 성격, 반복적으로 나타나던 혼란스러운 정신 상태, 일기에서 드러나던 우울한 분위기, 살갑지 못한 가족 간의 관계⋯⋯. 쑹청홍은 못된 개가 아니었다. 못된 개는 따로 있었다. 겉으로는 마냥 순해 보이지만 사람을 무는 그 미친 개는⋯⋯.

몇 년이 지나도 그 기억은 흐려지지 않을 거라고 우신핑은 생각했다.

"쑹화이구가 강간한 사람은 내가 아니라 다른 친구였어."

"그럼 왜 네가 강간당했다고 한 거지?"

오드리는 그 부분만 따져 물었다.

"그때는 내가 너무 순진했어. 그 친구가 밝힐 용기가 없다고 해서 내가 도와주겠다고 한 거야. 이런 일을 세상에 알리려면 용감한 피해자가 필요한데, 내가 그 역할을 해낼 수 있다고 생각했지."

우신핑은 그날 밤을 돌이켜보았다.

둘은 날이 밝을 때까지 말이 없었다. 햇빛이 비쳐들자 우신핑은 온몸을 떨면서 화이쉬안에게 집까지 데려다달라고 부탁했다. 화이쉬안은 거절하지 않았다. 집 앞에 도착할 무렵 신핑이 침묵을 깨고 물었다. *이번이 처음이야?* 화이쉬안이 고개를 저었다. *그럼 언제부터?* 화이쉬안은 말하고 싶지 않은 듯했다.

신핑이 걸음을 멈추고 화이쉬안을 빤히 보며 또 물었다. *그럼 넌 어떻게 하고 싶어?* 화이쉬안은 땅바닥을 내려다보며 대답했다. *난 괜찮아.* 하지만 그녀의 표정은 공포로 일그러져 있었다. 신핑은 그 대답을 믿지 않았다. 친구의 두 손을 꽉 잡고 제안했다. *내가 같이 갈게. 부모님께 말씀드리자. 내가 증인이 될 수 있어.* 신핑은 짐짓 단호히 말했다. 그러지 않으면 겨우 끌어낸 용기가 순식간에 사라져버릴 것 같았다. 화이쉬안은 돌이라도 된 듯 꼼짝도 하지 않았다. *안 돼. 불가능해. 신핑, 너는 모르겠지만…… 그분들은 내 편이 아니야. 그걸 알리느니 난 차라리 죽는 게 나아. 무슨 말인지 알겠니?*

화이구 오빠가 나를 만졌지? 신핑이 묻자 화이쉬안이 고개를 끄덕이며 더듬더듬 설명했다. 오빠가 사람을 잘못 보고 그랬다고, 네 목소리를 듣자 달아났던 거라고. 그때 마침 화이쉬안은 자신의 방에서 나오는 오빠를 목격했고, 그래서 다퉜다고 했다. 그때 하나의 계획이 신핑의 머릿속에서 조금씩 형태를 갖춰갔다. *내가 렌원슈 선생님께 말씀드릴게. 내 이름으로.* 그 말에 화이쉬안은 당황한 표정으로 고개를 들었다. 눈에 눈물이 가득 고여 있었다. *하지만 네가 아닌데.* 신핑이 길게 몸서리쳤다. 그러나 화이쉬안에게는 자기뿐이었다. 이 세상에서 화이쉬안의 고통을 아는 사람도 자기뿐이었다. 신핑은 화이쉬안의 손을 더 힘껏 잡았다. *걱정 마. 내가*

우리에게는 비밀이 없다

아니니까 나는 말할 수 있어.

화이쉬안이 눈을 깜빡였다. 믿기 힘든 눈치였다. *너, 진심이니? 이 일이 얼마나 어려운지 알고 있는 거야?* 신핑도 사실은 몹시 두려웠지만, 화이쉬안이 그렇게 묻자 오히려 마음이 더 강해졌다. 할 수 있다. 해야 한다. 신핑은 친구의 차가운 어깨를 감싸안으며 말했다. *너희 오빠한테 그런 짓을 하면 안 된다는 걸 가르쳐줄 거야.* 화이쉬안이 다급하게 대꾸했다. *난 오빠를 해치고 싶지 않아. 오빠가 잡혀가게 될까?*

신핑의 마음도 흔들렸다. 잡혀간다는 말은 너무 무서웠다. 신핑은 몇 초 정도 생각하다가 마음을 굳게 먹었다. *너희 오빠가 잡혀가는 것도 받아들일 수 있겠어?* 한참을 망설이던 화이쉬안이 대답했다. *오빠가 잠깐 사라졌으면 좋겠어. 안 그러면 집으로 금방 돌아올 테니까.* 화이쉬안은 어두운 구름에 휩싸인 것처럼 눈을 감고 눈물을 뚝뚝 흘렸다. 신핑은 마음이 저미듯 아팠다. 친구에게 다짐하듯 말했다. *내가 도와줄게. 너희 부모님은 이 일이 너와 관련된 것을 절대 모르실 거야. 너희 오빠가 경찰에 잡혀간 뒤에 우리는 대학에 들어갈 거고, 모든 것은 다 지나간 일이 될 거야. 우리의 미래에 자신감을 가져!*

화이쉬안이 미소를 지었다. 신핑도 가슴속 우중충한 기분을 벗어던지고 웃음을 지었다.

우신핑은 이런 사정을 오드리에게 간략히 들려주었다. 다만 '다른 친구'가 쑹화이쉬안이라는 것은 밝히지 않았다.

"그때 무슨 생각으로 그랬던 거야? 그렇게 하면 어떤 대가를 치러야 할지 생각은 해본 거니?"

"그때 우린 열여덟 살도 채 안 됐어. 내가 너무 단순하게 생각했던 거지. 난 그 친구를 돕고 싶었을 뿐이야. 내가 아니면 그 애를 도와줄 사람이 없었으니까. 나만 할 수 있는 일이었어. 내가 위험해질 수도 있다는 걸 알았지만 무섭지 않았어. 내가 그 일을 겪은 게 아니니까 남들이 뭐라고 떠들든 상관없었거든.”

우신핑은 10여 년 전의 그날을 떠올렸다.

렌 선생님이 가고 나자 아버지는 곧장 탁자 위의 물건을 집어던졌다. 재떨이, 찻잔, 리모컨, 사탕 단지 같은 것들이 신핑의 몸에 부딪혀 나가떨어졌다. 아버지가 신핑에게 달려들어 마구 때렸고, 입으로는 엄마에게 소리를 질렀다. *애를 어떻게 가르쳤는데 이런 일이 생겨! 멀쩡한 딸자식을 이 꼴로 만들다니! 몸을 버린 것도 모자라서 경찰에 신고를 하겠다고?* 따귀를 맞은 신핑은 눈앞이 어지러워 비틀거렸다. 그런 중에도 친구를 생각했다. 나라서 다행이야. 화이쉬안이 이런 일을 겪는다면 두 번이나 고통받는 거잖아. 내가 그 애의 고통을 한 번 나눠 가졌으니 화이쉬안은 외롭지 않아.

경찰은 쑹화이구라는 이름을 듣자마자 집에 가서 다시 생각해보라고 권했다. 사회 전체가 가해자를 비호하려 들 거라는 말을 몇 번이고 주지시켰다. 렌원슈 선생님이 경찰이 하는 말을 녹음했다고 위협하고서야 겨우 절차대로 조서를 꾸밀 수 있었다. 경찰서에 다녀온 신핑은 소식을 듣고 달려온 아버지에게 또다시 한참을 두들겨 맞았다. 맞다가 머리를 벽에 박기도 했다. 아버지는 신고를 취하하지 않으면 부녀관계를 끊겠다고 했다. 신핑은 굽히지 않았다. 아버지의 주먹과 발길질이 폭우처럼 쏟아졌다. *계속 이러시면 렌 선생님한테 다 말할 거예요. 이거 가정폭력이라고요!* 신핑의 반격에 아버지가 동작을 멈췄다. 그러고는 엄마와 오빠에게 신핑과 말도 하지 말고 먹을 것도 주지 말라고 명령했다.

우리에게는 비밀이 없다

우신핑은 몸과 마음이 다 지쳤다. 사건은 절차대로 진행되었다. 우신핑은 검사를 만났다. 겁이 나서 검사를 똑바로 쳐다보기 어려웠다. 실수를 하면 거짓말을 다 들킬 것 같았다. 검사는 여성이었고, 렌 선생님보다 나이가 좀 더 있어 보였다. 검사가 낮은 목소리로 천천히, 자세히 질문했다. 우신핑의 부모님이 상처를 조사하는데 동의하지 않았기 때문에 증거 수집이 어려웠다. 검사는 우신핑에게 기억나는 것을 최대한 자세히 말해달라고 했다. 이야기를 전부 들은 후 검사가 말했다. *고생했다. 많이 무서웠지? 걱정하지 마라. 나는 쏭칭훙의 영향력 때문에 이 일을 흐지부지 넘어갈 생각이 없단다.*

순간 우신핑은 눈물이 터졌다. 아버지에게 엉망으로 얻어맞을 때도 울지 않았다. 오빠가 한밤중에 컵라면을 가져와서 그만 포기하라고 설득했을 때도 꿋꿋했다. 그런데 제일 무서운 사람인 검사 앞에서 울어버린 것이다. 검사가 한 말은 자신이 아니라 화이쉬안이 직접 들었어야 했다. 검사 앞에서 다 털어놓고 싶었다. 진짜 피해자는 제가 아니에요. 진짜 피해자는 저보다 백배 천배 더 절망하고 있어요.

하지만 그럴 수는 없었다. 딱 한 걸음만 더 가면 계획을 완수할 수 있었다. 중도 포기할 수는 없었다.

"그런데 왜 이렇게 된 거야?"

오드리가 정신없이 늘어놓는 우신핑의 서술을 끊어냈다. 그녀의 눈빛에 70퍼센트의 의아함과 30퍼센트의 의심이 담겨 있었다.

우신핑이 짙은 안개가 낀 듯한 눈으로 오드리를 쳐다보았다. 그녀의 질문에 감염되기라도 한 듯 저도 모르게 그 말을 반복했다.

"왜 이렇게 된 걸까?"

우신핑도 그 대답을 알고 싶었다.

"우리 아빠가 신핑 부모님에게 돈을 줬거든."

쑹화이쉬안의 목소리가 문 뒤에서 들려왔다. 오드리는 깜짝 놀랐다. 쑹화이쉬안이 돌아온 것도 몰랐다니. 쑹화이쉬안은 음료수 두 잔과 빵이 올려진 쟁반을 들고 있었다. 우신핑은 음료수에 또 수면제를 타지 않았나 의심했다.

"우리 아빠는 똑똑하게도 검사를 매수할 수 없다는 걸 금방 알았어. 그래서 직접 신핑 부모님을 찾아갔지. 50만 타이완달러를 제시했지만 먹히지 않았어. 그래서 차츰차츰 금액을 올렸지. 아빠가 사업할 때도 비슷했어. 어떤 물건이든 다 제값이 있어. 상대방이 팔지 않겠다고 나온다는 건 진심으로 팔 생각이 없는 경우가 아니라면 이쪽에서 가격을 제대로 제시하지 않은 거지. 우리 아빠는 인내심도 강해서 결국 신핑 부모님이 원하는 숫자에까지 도달했어. 그 후 신핑은 법정에서 이렇게 말했어. 내가 환상을 본 것이었다, 쑹화이구에게 그런 짓을 당한 적이 없다, 내가 왜 그렇게 말했는지 모르겠다, 라고 말이야."

우신핑이 시선을 내리깔았다. 반박하지 않았다.

"그 며칠간 우리 엄마가 날 얼마나 괴롭혔는지 몰라. 멍청한 게 어디서 수치도 모르는 여자애를 친구랍시고 집에 데려왔느냐고 난리였지. 난 다 괜찮았어. 난 널 기다렸어, 신핑. 기적을 기다렸단 말이야. 난 너를 믿었어. 넌 나에게 유일한 희망이었거든. 마지막 순간까지도 네가 해낼 거라고 믿었어. 하지만 넌 그러지 못했지. 결국 포기했지. 너와 네 가족은 큰돈을 받아 챙기고는 유유히 이곳을 떠났어. 너는 즐겁게 대학생활을 시작했겠지. 나는 적어도 네가 편지라도 보내올 줄 알았어. 뭐라도 변명할 거라고 생각했다고. 하지만 끝끝내 편지 한 장 없더라. 네가 떠나고 나는 몇 년 동안 매일 생각했어. 왜 그랬을까? 왜 그랬을까? 어느 날 불현듯 알아차렸어. 아, 처음부터 거짓말이었구나. 신핑은 날 도우려고 한 게 아니라 이용한 거였구나."

오드리의 시선이 쑹화이쉬안과 우신핑 사이를 오갔다. 오드리는 쑹화이쉬안의 말을 이해하려고 애썼다.

"난 너를 이용한 적이 없어."

"그럼 왜 진술을 번복했어?"

"그건……."

우신핑은 말을 잇지 못했다. 마음속에 밀어넣고 자물쇠를 채워 놓았던 그 장면과 그 질문을 꺼내도 되는 것일까?

그날 오후 우신핑은 배가 고파서 환각을 볼 지경이었다. 오빠가 간식과 용돈을 몰래 건네주곤 했지만 그것도 며칠 지나지 않아 엄마에게 들켰다. 엄마는 오빠를 잔뜩 혼냈다. 아버지가 알게 되면 어떡할 거냐고 난리였고, 신핑을 도와준 사람도 똑같은 꼴을 당할 거라고 겁을 줬다. 우신핑은 렌 선생님을 찾아갔다. 학교에서 선생님들을 마주칠 때마다 일이 어떻게 진행되고 있느냐는 질문을 받았다. 그들의 표정은 왠지 어색했다. 동정하고 격려하는 척 말했지만 왠지 진심이 느껴지지 않는 말투였다. 심지어 렌 선생님도 태도가 오락가락했다. 우신핑 편에서 이야기하다가도 갑자기 중립 입장을 표하곤 했다. 자신에게는 우신핑과 쑹화이쉬안 둘 다 제자이니 그럴 수밖에 없다는 것이었다. 렌 선생님은 우신핑이 부모님을 좀 더 설득하기를 바랐다. 우신핑은 며칠 사이에 세상 인심의 실체를 온몸으로 겪었다. 우신핑과 쑹화이쉬안은 확실히 준비가 부족했고, 너무 순진했다. 그들은 아직 부모의 보호를 받는 청소년이었다. 독립을 하지 않는 한 어른들은 손쉽게 그들의 목줄기를 움켜쥘 수 있었다.

쏭칭훙은 우신핑의 집을 찾아왔다가 그녀의 얼굴에 난 멍을 보고는 마음이 아프다는 듯이 말했다. 어린아이가 뭘 알겠느냐, 어른들이 잘 타일러야지 폭력을 써서 되겠느냐, 라는 말을 했다. 쏭칭훙의 방문으로 우신핑은 더 수세에 몰렸다. 쏭칭훙은 점잖고 부드러운 목소리로 설득했다. 화이구는 앞길이 창창한 청년이다, 그날 밤의 일은 작은 오해일 뿐이다, 우리가 성심성의껏 오해를 풀고 싶다, 그러니 신핑도 협조해주길 바란다, 라고 하면서. 우신핑이 받아들이지 않자 쏭씨 집안의 '성의'가 점점 더 커졌다. 검사가 쏭화이구를 기소하자 그 '성의'는 놀라운 숫자까지 치솟았다. 우신핑은 막무가내인 부모님보다 점잖고 다정하게 다가오는 쏭칭훙이 더 견디기 힘들었다. 이상하게도 그날 밤의 기억은 자유의지라도 지닌 것처럼 제멋대로 변형되었다. 쏭화이구가 정말로 그 짓을 했던가? 우신핑은 자신이 목격한 장면을 점점 더 믿을 수 없게 됐다. 그건 정말로 기나긴 꿈이 아니었을까? 며칠씩 이어지는 그런 꿈?

심란했던 우신핑은 또 렌원슈를 찾아갔다. 이번에는 분위기가 좋지 않았다. 렌 선생님이 도와주지 않으리란 걸 짐작할 수 있었다. 하지만 선생님이 대놓고 위증을 하라고 권할 줄은 몰랐다.

"선생님은 네가 어린 나이에 이렇게 큰 짐을 지고 살지 않기를 바란단다. 대학에 가서 새로운 생활을 시작해. 한 사람을 감옥에 보내는 일 같은 중압감을 평생 떠안으면 안 돼."

우신핑은 넋이 나간 채 학교를 뛰쳐나왔다. 세상에 혼자 남겨진 기분이었다. 쏭화이쉬안을 만나고 싶었다. 지금 화이쉬안을 찾아가는 것은 두 사람이 정한 규칙을 어기는 일이었다. 둘이 만나는 장면을 누군가 보게 된다면 상황이 더 불리해질 것이었다. 우신핑은 마스크를 쓰고 겉옷에 달린 모자까지 뒤집어쓰고 걸음을 옮겼다. 아는 사람을 몇 번 마주칠 뻔했지만 다행히 들키지 않고 화이쉬안네 집 옆문 쪽에 도착했다. 울타리 형태의 담장은 그리 높지 않았다. 하지만 담을 넘어서 들어가는 것은 너무 눈에 띈다. 신핑은 조그만 돌멩이를 주워 화이쉬안의 방으로 짐작되는 창문을 향해 던졌다. 제발 화이쉬안이 방에 있기를. 주어진 기회는 제한적이었다. 어쩌면 딱 한 번일지도 몰랐다. 담장 옆에서 기다리고 있는데 현관문이 열렸다. 쑹화이쉬안이 모습을 드러냈다. 그 뒤를 따라 쑹화이구도 나왔다. 우신핑은 몸을 숙이고 담장을 따라 옆문 쪽으로 이동했다. 울타리 난간 사이로 두 사람이 보였다.

순간 비명을 내지를 뻔했다. 우신핑은 재빨리 손으로 입을 틀어막았다.

그날의 일을 지금 물어봐도 될까? 그날 오후 내가 목격한 장면은 실제로 있었던 일일까?

마음 한켠에 오랫동안 숨겨두었던 그 의문을 지금 떨쳐낼 수 있을까?

그날 일로 화이쉬안을 추궁하면 오드리와 내 상황이 더 나빠지는 건 아닐까?

"이건 알아둬."

우신핑이 목소리를 높였다.

"너만 힘든 게 아니었어! 널 생각하면 숨을 쉬기 힘들 정도였다고. 내가 무슨 말을 해도 어느 정도는 너를 버린 것이나 다름없다는 것도 알아. 하지만 모든 잘못을 다 내가 짊어질 이유는 없다고 생각해……."

"지금 잘잘못을 따져보자는 거야?"

쑹화이쉬안이 오드리를 가리키며 말을 이었다.

"신핑, 좋은 사람의 가면을 쓰고 새롭게 시작하고 싶었겠지. 안 그래? 나도 네 마음 이해가 돼. 너는 성모 마리아 역할을 하는 걸 좋아하지. 그래서 선생님께 나와 친구하겠다고 약속했을 테고. 착한 사람으로 살아야 하는데 돈의 유혹에 넘어가고 말았으니 너도 고통스러웠겠지. 그래서 넌 다음 목표가 필요했을 거야. 너에게 의지하고 너를 숭배하는 사람. 예전의 나처럼 너를 우러러볼 사람. 내 말이 틀려?"

우신핑은 대답하지 않았다. 화이쉬안의 말을 인정하는 것처럼 보였다.

"역겨워."

쑹화이쉬안이 쟁반을 내려놓았다.

그때 초인종이 울렸다. 우신핑의 눈이 커졌다.

쑹화이쉬안이 눈동자를 이리저리 굴리며 중얼거렸다.

"또 누구지?"

쑹화이쉬안이 지하실 문 손잡이를 잡고 뒤를 돌아보았다.

"신핑, 넌 모르겠지만 타이베이에 가서 널 찾아본 적이 있어. 네가 다니는 학원 건너편에서 몇 시간이고 널 지켜보다가 퇴근 후에 네 뒤를 밟기도 했지. 그날 넌 어느 레스토랑으로 들어갔어. 그 안에는 네 남편과 아이가 기다리고 있었지. 참 행복해 보이더라. 그 순간 결심했어. 너를 용서하지 않겠다고. 네가 뭐라고 변명하든 난 너를 용서하지 않을 거야."

우리에게는 비밀이 없다

판옌중은 쑹화이쉬안에게서 물잔을 받아 들었다. 두 번째 잔이었다.

쑹화이쉬안은 주도면밀한 집주인이었다. 판옌중이 물을 다 마시자 묻지도 않고 어두운 부엌으로 향했으니 말이다. 그 틈에 판옌중은 방금 쑹화이쉬안에게서 얻은 정보를 정리했다. 쑹화이구는 오랫동안 고향에 돌아오지 않았다. 가족과도 반쯤 연락이 끊긴 상태다. 쑹화이쉬안도 쑹화이구의 소식을 남을 통해서 어쩌다 전해 듣는다.

판옌중은 저도 모르게 물잔을 들어올렸다 내려놓기를 반복했다. 물을 마신다는 일상적인 동작을 통해 무력한 상황을 덮어보려는 무의식적인 행동이었다. 그가 고개를 들고 쑹화이쉬안을 쳐다보았다. 쑹화이구가 우신핑을 해칠 동기가 있을까? 벌써 오래전의 일인데 그럴 이유가 있을까? 하지만 쑹화이구는 그 일로 학업을 중단하고 해외로 나가야 했으니 원한을 품었을 수도 있다. 심지어 렌 선생님의 아버지가 추측했던 것처럼 쑹칭훙의 죽음마저도 우신핑 탓으로 돌렸을지 모른다. 그런 원한이 세월이 많이 흘렀다고 해서 옅어질 수 있을까?

"여기 혼자 사십니까?"

"아뇨. 엄마하고 같이 살아요. 건강이 좋지 않아서 쉬고 계세요."

"저희가 대화하는 게 어머님께 방해가 되지 않을까요?"

"괜찮아요. 엄마는 신경 쓰지 않으실 거예요."

쑹화이쉬안은 예상보다 친절했다. 판옌중은 그런 그녀를 보며 생각했다. 이 여자는 아무것도 모르는 것 같군. 그렇게 생각하니 더 낙담할 수밖에 없었다.

"우신핑이라는 여자를 기억하십니까?"

쑹화이쉬안이 판옌중을 빤히 쳐다보며 대답했다.

"기억해요. 제 고등학교 동창이에요."

"그렇다면 한 가지 말씀드려야 할 것 같습니다. 너무 놀라지 않으시길 바랍니다."

판옌중은 이 상황에 가장 적절한 말투를 찾으며 말을 이었다.

"우신핑은 제 친구입니다. 며칠 전에 고향을 방문한 뒤로 타이베이에 돌아오지 않았습니다."

"그래서요?"

쑹화이쉬안의 눈이 가늘어졌다.

"지금 저희 오빠를 의심하시는 건가요?"

"제 말은, 혹시 그 가능성이 있지 않나 하는 겁니다. 신핑이 여기 왔다가 우연히 당신 오빠를 만났다면······. 두 사람은 전에······."

"두 사람 사이의 일을 알고 계세요? 신핑이 말해줬나요?"

"아니요. 신핑은 그런 얘기 해준 적 없습니다. 전 신핑 어머니께 들었습니다."

쑹화이쉬안은 덤덤하게 고개를 끄덕였다. 판옌중을 쳐다보는 표정은 진심으로 보였다.

"판 선생님, 저희 오빠를 의심하는 것도 이해가 되지만 그건 불가능한 일이에요. 저희 오빠는 지금 미국에 있어요. 아내와 행복한 삶을 꾸리고 있고, 타이완에는 아주 가끔 들어와요. 신핑의 실종과 저희 오빠는 아무 상관도 없다고 생각합니다. 방금 저희 오빠가 해외에 있다는 사실을 솔직히 말씀드리지 않은 것은 죄송해요. 무슨 일로 찾아오셨는지 모르니 오빠를 보호해야 한다고 생각했거든요."

"괜찮습니다. 이해합니다. 그럼 당신 오빠가 마지막으로 타이완에 온 것은 언제쯤인가요?"

쑹화이쉬안의 입꼬리가 비웃는 것처럼 치켜 올라갔다.

"여전히 저희 오빠를 의심하시나 보군요?"

"죄송합니다만 신중하게 생각하려는 것뿐입니다."

판옌중이 눈치 빠르게 사과했다.

두 사람 사이에 침묵이 내려앉았다. 판옌중은 이만 일어날 때가 되었다는 생각이 들었다. 쑹화이구가 쑹화이쉬안의 말처럼 미국에서 가정을 꾸렸다면 고향에 와서 우신핑을 납치할 가능성은 크지 않다. 무슨 말로 대화를 마무리할까 고민하는데 쑹화이쉬안이 조그맣게 물었다.

"판 선생님, 당신과 우신핑은 어떻게 사귀게 됐어요?"

판옌중은 쑹화이쉬안을 쳐다보며 입을 열었다.

"제가 방금 신핑과 저는 친구 사이라고 말씀드리지 않았나요?"

"그런 거짓말은 두 번 하지 마세요. 제 나이가 몇인데요. 신핑과 당신이 보통 관계가 아니라는 것쯤은 금방 알 수 있어요. 남자들은 그냥 친구를 위해서 이렇게까지 하지 않는답니다."

"그래요? 실은 그냥 친구보다는 좀 더 가까운 관계입니다."

판옌중은 여전히 빠져나갈 여지를 남겨놓고 대답했다.

"신핑과 저희 오빠의 일에 대해 알고 나서 실망하셨어요? 신핑이 강간 사건의 피해자가 아니라 거짓말쟁이였다는 걸 알게 되셨잖아요. 이렇게까지 말하고 싶지는 않지만, 사실 정말 궁금하거든요. 남자 입장에서 어느 쪽이 더 싫은가요?"

판옌중은 당황했다. 표정 하나 바꾸지 않고 이런 질문으로 상대방을 밀어붙이는 그녀가 놀랍기도 했다.

"무례한 질문이라는 걸 당신도 알고 있는 것 같으니 답변을 거
부해도 되겠지요."

"우신핑을 사랑해요?"

"그만하시죠."

"그래요."

쑹화이쉬안은 쉽게 포기했다.

"여기까지만 해요."

쑹화이쉬안은 판옌중을 문까지 배웅했다. 판옌중은 구두를 신
으며 생각했다. 사과를 해야 할까? 어쨌든 증거도 없이 들이닥쳐
서 쑹화이구에 대해 이것저것 캐물었으니 말이다. 하지만 이내 생
각을 바꿨다. 만일을 대비해서 쑹화이구의 출입국 기록을 살펴봐
야 할 것이다.

역시 경찰에 이 일을 넘겨야 할까? 판옌중은 고민스러웠다. 그러
면 내 커리어에는 어떤 영향이 있을까? 추궈성에게 먼저 도움을 청
하는 게 좋을까? 다른 사람들은 또 뭐라고들 할까? 옌아이쎠와의
일이 다시 도마 위에 오를지 모른다. 그럼 아무 일 없었던 것처럼
지내야 하나?

그런 생각을 하자마자 죄책감이 밀려왔다. 넌 어떻게 된 놈이
냐? 이런 상황에서도 명예나 생각하다니. 아내가 지금 무슨 일을
겪고 있는지도 모르는데, 이런 식으로 시간을 끌다가 정말 큰일이
라도 생기면? 너에겐 신핑보다 명예가 더 중요하단 말이냐? 네가
사람이냐?

고개를 돌려 쑹화이쉬안을 쳐다보았다. 저 여자에게서, 아니면
황칭롄이나 우치위안에게서, 혹은 뭐 하는 사람인지 의심스러운

　　　　　　　　우리에게는 비밀이 없다

오드리에게서라도 우신핑을 찾을 단서를 얻고 싶었다.

"한 가지만 더 물어봐도 될까요?"

"네, 성심성의껏 대답할게요."

"신핑이 당신을 찾아온 적이 있었습니까? 제 말은…… 두 사람이 예전에는 그래도……."

"절 찾아온 적은 없습니다."

쑹화이쉬안이 단호하게 대답했다.

"그렇다면……."

판옌중은 한 가지 더 질문할 수밖에 없었다.

"이번이 정말 마지막입니다. 대답하지 않아도 괜찮습니다. 당시 신핑과 당신 오빠 사이에 그런…… 일이 벌어졌는데, 당신은 지금 괜찮습니까?"

쑹화이쉬안이 가볍게 웃었다. 달콤하다는 느낌이 드는 웃음이 었다. 가슴 깊은 곳에서 솟아오른 웃음 덕분에 그녀의 두 눈이 초승달처럼 휘었다.

"판 선생님, 당신은 좋은 분이군요."

판옌중은 당황했다. 쑹화이쉬안의 그 말이 오히려 자신이 방금 생각했던 것들을 꿰뚫어본 것 같았다. 그는 아내보다 커리어를 더 중요하게 생각했던 사람이다. '좋은 분'이라는 평가를 받을 자격이 있을까?

"이십 대 초반의 저에게 물었다면 미워하지 않는다고 말하지 못했을 거예요. 하지만……. 뭐라고 해야 할까요? 시간이 최고의 치료제더군요."

쑹화이쉬안이 어깨를 으쓱했다.

"오빠가 저보다 먼저 그 사건에서 벗어났어요. 미국에서 자신이 원하던 삶을 찾았죠. 당사자가 더 이상 원망하지 않는다는데 저도 미움을 내려놓아야 하지 않겠어요? 지금 돌이켜보면 신펑이 대단히 사악했던 것도 아니었어요. 그때는 우리가 너무 어렸죠. 저희 행동이 어떤 결과를 불러올지 깊이 생각하지 못하고 저지른 것뿐이에요. 결국은 대가를 치르고 뼈아픈 교훈을 얻은 거고요."

"그렇다면 다행이군요."

쑹화이쉬안의 솔직한 태도에 판옌중은 조금 부끄러운 마음이 들었다.

문을 닫기 직전 쑹화이쉬안이 조심스럽게 판옌중을 불렀다.

"신펑이 지금 어디에 있는지는 몰라요. 하지만 충고를 해드리고 싶군요. 신펑에게 너무 의지하지 마세요. 그 애는 계산이 빨라서 손해 볼 짓은 하지 않는답니다. 그런 생각은 해보지 않으셨나요? 그 애가 일부러 사라졌을지도 모른다고요. 인간의 본질은 바뀌지 않아요. 신펑은 원래 그랬어요. 뭔가 아니다 싶으면 뒤도 돌아보지 않고 떠나버리죠. 남겨진 사람들의 심정은 나몰라라 하고요."

뜻밖의 말에 판옌중은 말문이 막혀 입만 벙긋거렸다. 한참 후에야 한마디 대답을 돌려줄 수 있었다. 목소리가 그렇게 형편없이 떨리는 것도 정말 오랜만이었다.

"고맙습니다."

쑹화이쉬안은 우신펑 앞으로 다가와 쪼그려 앉았다.

"방금 누굴 만나고 왔을 것 같니? 네 남편이야."

우신펑은 좌절감에 신음했다.

우리에게는 비밀이 없다

"그 사람한테 무슨 짓을 했어?"

"아무 짓도 안 했어. 그냥 네가 어떤 남자와 결혼했는지 보고 싶었을 뿐이야."

쑹화이쉬안이 웃기 시작했다. 이렇게 즐거웠던 적이 너무 오랜만이었다. 너무 오랫동안 외롭게 지냈는데 오늘은 하루 사이에 참 많은 말을 했다.

웃음을 거두고 고개를 기울여 우신핑을 쳐다보았다. 밤새 우신핑에게 편지를 쓰던 때의 기쁨이 떠올랐다.

오빠와 행복했던 때가 있었다. 신핑과 행복했던 때도 있었다. 하지만 누군가가 함께하는 행복은 운명적으로 비틀리고 기울어져 있는지 모른다. 이것이 바로 내 인생이다, 라고 쑹화이쉬안은 생각했다. 다행이라면 고난 역시 곧 끝난다는 점이었다.

"그 사람과 행복하니? 남과 잘 지낼 것 같은 성격은 아니던데, 너한테 잘해줘?"

"그건 너랑 상관없는 문제야."

"왜 나랑 상관이 없어? 신핑, 넌 예전에 뭐든지 다 나에게 얘기해줬어……. 자, 대답해봐. 그 사람을 사랑해?"

"이렇게까지 해야 해?"

판옌중이 언급되자 우신핑이 격분했다.

"내가 마지막까지 견디지 못했기 때문에? 나한테 너무 불공평한 일이라고 생각하지 않아? 나도 벌을 받았어! 돌아갈 집도 잃었고, 사람들에게 조롱당했다고!"

"네가 그랬지. 내가 어디에 가든 같이 가겠다고. 지금 나는 지옥에 있어. 너도 지옥으로 와."

"좋아. 내 친구만 풀어주면 나한테는 무슨 짓을 해도 좋아. 언젠가는 네가 나를 찾아올 거라고 예감하고 있었어. 나를 놓아줄 리가 없지. 너 역시…… 거짓말쟁이니까!"

쑹화이쉬안이 우신핑의 뺨을 후려쳤다. 두 눈이 분노로 벌겋게 달아올랐다.

"내가 거짓말쟁이라고? 네가 무슨 자격으로 그런 말을 해! 나한테 희망을 주입시키고는 혼자 도망친 주제에! 부끄러울 게 없다면 왜 도망쳤어? 왜 나를 피했어? 우신핑, 결국 너희 가족은 돈에 마음을 팔았어. 그걸 어떻게 더 설명할 거지? 그건 나의 인생이었어. 그렇게 생각하지 않아? 내 고통을 너는 돈을 받고 팔았단 말이야! 지금 이런 상황까지 온 건 전부 네 탓이야."

우신핑은 아무 대꾸도 없었다. 쑹화이쉬안은 오드리 쪽으로 시선을 던졌다.

"넌 대체품을 찾아서 마음을 쏟았어. 그런 식으로 미안한 마음을 해결했지. 부끄러운 줄 알아! 내가 예전에 물었던 적이 있었어. 진심으로 나와 친구가 될 거냐고 말이야. 네가 뭐라고 대답했는지 스스로 잘 알 거야. 그런데 네가 그 뒤에 저지른 일들을 좀 봐!"

"당신, 우리를 어떻게 할 셈이야?"

오드리가 쑹화이쉬안의 말을 끊었다.

"오래 기다리지는 않아도 돼."

"저기 저 사람도…… 당신이 그런 거지?"

오드리가 또 물었다.

쑹화이쉬안이 웃었다. 이번 웃음소리는 쓸쓸했다.

"무서워하지 마. 저 사람은 너희들을 해치지 못하니까."

쑹화이쉬안이 1층으로 올라갔다. 1층 바닥에 주저앉은 그녀는 강한 척 위장했던 가면을 벗어던졌다. 그녀는 손톱을 깨물기 시작

우리에게는 비밀이 없다

했다. 원하는 것을 손에 넣을 수 있을지 확신이 없었다. 환청이 다시 들려왔다. 급박하게 울리는 초인종 소리. 쑹화이쉬안은 자신의 뺨을 세게 내리쳤다. 이렇게 하면 환청이 줄어들었다. 뺨이 따끔거렸다. 초인종 소리는 여전히 울리고 있었다. 한 남자의 고함소리도 들렸다. 아, 환청이 아니구나.

한 시간 삼십 분 전. 우자칭은 렌원슈를 막아섰다. 처음에 렌원슈는 판옌중과 나눈 대화 내용을 밝히지 않으려 했다. 우자칭이 형사라는 신분을 밝히면서 범죄 수사 중인데 판옌중이 용의자라고 하자 렌원슈의 표정이 달라졌다. 렌원슈는 판옌중이 오래전의 강간 사건에 관해 캐물었다고 대답했다.

우자칭은 강간 피해자의 이름을 듣고는 가슴이 철렁 내려앉았다. 어쩌다 다른 사건이 끼어든 걸까? 그는 장중쩌가 알려준 주소를 찾아갔다. 오드리에게 몇 차례 전화를 걸었지만, 통화 연결음만 하도 들어서 환청이 들릴 지경이었다. 이 사건을 어떻게 풀어야 하나 고심하는 중에 판옌중의 차가 골목으로 들어왔다. 우자칭은 얼른 자기 차 안으로 숨었다. 차에서 내린 판옌중은 허리에 손을 올린 채 건물 외관을 한참 훑어보더니 곧 대문으로 다가갔다.

그 후의 한 시간 동안 우자칭은 계속 오드리에게 전화했지만 역시 받지 않았다. 장중쩌의 휴대폰은 아예 꺼져 있었다. 두 사람이 자신만 남겨두고 타이베이로 돌아간 게 아닐까 싶었지만, 그 가능성은 거의 없었다. 장중쩌의 차가 카페 옆에 아직 세워져 있던 것이다. 이것 역시 의문점이었다. 장중쩌는 왜 차를 놔두고 걸어서 여기에 왔을까? 그보다 가장 이해할 수 없는 점은 이 집에 누가 사느냐는 것이었다. 왜 사람들이 꼬리에 꼬리를 물고 저 집으로 들어가는가? 우자칭은 머리를 꾹꾹 누르며 생각을 정리하려 애썼다. 그때 판옌중이 나왔다. 우자칭은 당황했다. 오드리는? 장중쩌는?

판옌중은 피곤한 표정으로 느릿느릿 차에 올라타려 했다.

우자칭이 달려가 뒤에서 그를 제압했다.

"오드리는? 오드리한테 무슨 짓 했어!"

고개를 돌려 우자칭을 확인한 판옌중은 버럭 화를 냈다.

"여기서 뭐 하는 거요? 나를 미행한 겁니까?"

"그건 중요한 게 아니야! 내 말에 대답해. 오드리는 어딨지?"

"오드리? 그 여자가 어디 있는지 내가 어떻게……."

판옌중은 곧 눈치를 챘다.

"설마 둘이 같이 나를 미행했어?"

우자칭이 턱짓으로 쑹화이쉬안의 집을 가리켰다.

"저기서 오드리를 봤나?"

"아니, 그 여자가 왜 저기 있다는 거야?"

"오드리는 당신보다 먼저 저 집에 들어갔어. 말 돌리지 말고 대답해. 오드리는 어디 있어?"

우자칭이 판옌중의 표정을 훑었다. 그의 다음 동작을 예측할 수 있는 단서를 찾기 위해서였다. 우자칭은 무게중심을 조금씩 아래로 움직이면서 판옌중이 갑자기 저항할 것에 대비했다. 그런데 판옌중은 멍청하게 우자칭만 쳐다보고 있었다. 아니, 우자칭 너머로 그 집을 바라보았다. 그의 입술이 움찔거렸지만 뭐라고 하는지 들리지 않았다.

우리에게는 비밀이 없다

판옌중의 머릿속에 쑹화이쉬안의 차가운 미소가 떠올랐다.

우신핑을 사랑해요?

판옌중은 부리나케 쑹화이쉬안의 집으로 달려갔다. 초인종을 누르며 생각했다. 오드리 역시 이곳에 왔다면 쑹화이쉬안은 왜 그 이야기를 한마디도 언급하지 않았을까? 그리고 왜 나에게 그런 돌발적인 질문을 던졌을까?

쑹화이쉬안은 도어스코프로 밖을 내다보았다. 판옌중이 보였다. 그 옆에 또 다른 젊은 남자도 있었다. 왜 다시 왔을까? 그것도 다른 사람을 데리고. 딱딱한 표정으로, 고함까지 질러가면서, 그는 있는 힘을 다해 문을 두드리고 있었다. 문을 열어야 할까? 절대 안 돼.

쑹화이쉬안은 부엌에서 뭔가를 꺼내 들고 지하실로 내려가 문을 잠갔다. 그녀가 들고 온 것은 라이터와 휘발유였다.

지하실에는 오래된 종이 상자가 쌓여 있었다. 쑹화이쉬안이 우신핑을 쳐다보았다. 심판이 곧 시작될 것이다. 쑹화이쉬안의 마음에 슬픔이 차올랐다. 사실은 우신핑을 여기 가둬두고 싶었을 뿐이었다. 어디에도 못 가게, 내 옆에만 있게. 우신핑을 뒤쫓아온 사람이 이렇게 많을 줄은 몰랐다. 상황이 급박하게 전개되면서 실수로 한 남자를 죽이기까지 했다. 머릿속에서 목소리가 울렸다. 너도 이렇게 하고 싶지는 않았어, 그렇지? 또 다른 목소리가 들렸다. 지금 포기해도 만족해?

쑹화이쉬안은 자기 손목을 꽉 쥐었다. 손톱이 살을 파고들었고,

순간 정신이 맑아졌다. 여기서 멈추면 우신펑이 잘 웃지 않는 그 남편 곁으로 돌아간다. 그리고 귀여운 딸의 손을 잡고 화려한 도시를 거닐겠지. 그럼 나는? 어디에도 못 가. 감옥에서 날짜를 세면서 남은 인생을 허비하는 거지. 쑹화이쉬안은 두 손을 내려다보았다. 하나부터 열까지 손가락 숫자를 세었다. 다시 열부터 하나까지 거꾸로 세었다. 인간은 각자 자기 운명의 주재자다. 누가 한 말이더라? 이보다 더 잔인한 말은 없을 것이다.

우리에게는 비밀이 없다

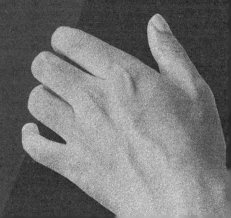

12장

집 안에서는 아무 반응이 없었다. 판옌중은 현관문 옆의 창문을 바라보았다. 깰 수 있을까? 주변을 둘러보며 창문을 깰 만한 도구가 있는지 찾아보았다. 그때 문이 열리고 오드리가 나타났다. 얼굴이 눈물범벅이었고 온몸을 덜덜 떨고 있었다. *어서 신핑을 구해 줘요.* 판옌중은 오드리가 가리키는 방향으로 달려갔다. 구르듯이 계단을 내려갔지만 지하실로 통하는 문은 잠겨 있었다.

지하실 안에서는 불꽃이 종이 상자를 집어삼키고 있었다. 우신핑은 팔다리를 결박한 밧줄에서 벗어나려고 발버둥쳤다. 아무리 해도 소용이 없었다. 그 옆에서 쐉화이쉬안은 아무 일 없다는 듯 누워 있었다. 천장을 바라보며 평온과 고요를 만끽했다. 구름 위에 누워 있는 듯 몸이 가벼웠다. 언제든 빗방울로 변해 떨어질 수 있을 것 같았다. 쐉화이쉬안이 다정하게 물었다. *우리가 예전에 이렇게 같이 누워 지냈던 거 기억나? 그때 난 네게 긴 편지를 쓰곤 했지. 그 편지를 너는 늘 세심히 읽어주었어. 네가 떠나버린 뒤로 늘 그리웠어. 너는 내 유일한 친구야. 나를 만나러 왔어야지. 나한 테 잘 설명하기만 했으면, 네가 돈을 사랑하는 사람이었더라도 널*

우리에게는 비밀이 없다

용서했을 텐데.

그해 쑹화이쉬안은 대입시험을 망쳐서 생각해본 적도 없는 대학의 기나긴 이름을 가진 학과를 다녔다. 대학생활은 엉망이었다. 거의 매일 기숙사의 딱딱한 침대에 누워서 하루를 보냈다. 일 년도 안 되어 쑹화이쉬안은 짐을 싸고 집으로 돌아왔다. 스스로를 3층에 가두다시피 하고 하루 종일 방에 처박혀 있다가 한밤중에만 몰래 내려가서 먹을 것을 찾아 먹었다. 어머니와는 눈도 마주치지 않았다. 어머니는 그녀를 증오했다. 어느 날 오후 아버지가 방문을 두드렸다. 쑹화이쉬안은 불안한 마음으로 문을 열었다. 대학을 자퇴한 일로 야단을 맞을 거라 생각했다. 그런데 아버지는 먼저 용돈이 충분한지부터 물었다. 쑹화이쉬안은 고개를 끄덕였다. *공부가 싫어진 건 오빠 때문이니?* 그 물음에 쑹화이쉬안은 몸이 굳어버렸다. 말이 나오지 않았다. 아버지는 나지막하게 중얼거렸다. *오빠 일은 그 녀석이 세상 경험이 부족해서 벌어진 일이다. 너와는 상관이 없어. 살다 보면 나쁜 친구를 만나기도 하는 거란다.*

쑹화이쉬안이 고개를 들었다. 그 일이 있은 후 아버지의 얼굴을 제대로 본 적이 없었다. 아버지는 순식간에 젊음을 빼앗긴 듯 머리카락이 하얗게 세어 있었다. 아버지의 말은 그녀가 오랫동안 숨겨왔던 절망의 끝자락을 들추었다. 쑹화이쉬안이 애원했다. *아빠, 저 외국에 보내주세요. 오빠처럼요. 아니, 미국은 안 돼요. 일본, 일본이 좋겠어요.* 사촌언니가 신주쿠에 살고 있다는 것이 생각났다. 쑹화이쉬안은 새로운 세계에서 새 사람으로 다시 시작하고 싶었다. 아버지의 얼굴이 어두워졌다. 아버지는 가슴 아파하면서도 적절한 유학 과정을 알아보겠다고 약속했다. 그 후로 며칠 동안 쑹화이쉬안은 잘 잤다. 거의 꾼 적 없었던 행복한 꿈도 꾸었다. 벗나무 아래 얼굴이 잘 보이지 않는 남자가 서 있었다. 그 남자가 말했다. *나도 데려가.* 남자가 손을 뻗었다. 그의 따스한 손바닥 위에 손을 얹으려는 순간 어머니가 거칠게 흔들며 잠을 깨웠다. 아버지가 교통사고를 당했다. 돌아가셨다. 경찰이 거실에 와 있다. 쑹화이쉬안은 멍하니 생각했다. 아아, 꿈이 깨졌구나. 마지막 구명줄이 끊어졌다.

아버지 쑹칭훙의 장례식 날 쑹화이구가 미국에서 돌아왔다. 어린 시절의 흰 피부가 까맣게 그을려 있었고, 머리는 포마드를 발라 가지런히 빗어넘긴 모습이었다. 달라진 식생활 때문인지 늘씬했던 팔다리는 근육과 살이 붙어 울퉁불퉁해져 있었다. 쑹화이쉬안은 자신의 심장 소리를 들었다. 빠르고 둔중했다. 오빠의 모습이 꼭 영화에서 튀어나온 것 같았다. 인파 속에서 오빠를 마주친다면 알아보지 못할 것 같았다. 오빠는 선물이라며 종이 상자를 내밀었다. 쑹화이쉬안은 나무토막처럼 뻣뻣한 동작으로 상자를 열었다. 여러 가지 화장품과 향수, 명품 가방이 들어 있었다. 어머니가 그걸 보더니 코웃음을 치고는 아들에게 '멍청하다'며 이렇게 말했다. *넌 쟤가 우리를 얼마나 비참하게 만들었는지 다 잊었니?* 쑹화이쉬안은 어머니를 쳐다보며 아무 말도 하지 못했다.

온갖 소문에 시달렸던 그해 여름, 아버지가 말리지 않았다면 쑹화이쉬안은 어머니에게 맞아서 정신을 잃었을 것이다. 어머니는 우신핑을 증오했다. 우신핑의 집념을 업신여겼고, 쉽게 합의해주지 않는다며 악담을 퍼부었다. 그 애가 쑹씨 집안을 돈이 열리는 나

우리에게는 비밀이 없다

무로 여긴다고 했다. 그러나 어머니의 그런 미움과 증오는 주변 사람들에게 인정받지 못했다. 아버지의 지인들은 우신핑이 사랑을 이루지 못한 원한으로 쑹화이구를 망가뜨리려 했다는 식으로 말했다. 하지만 쑹씨 부부를 위로하는 그들의 얼굴에는 뭔가 한 겹 덧씌워져 있는 듯 보였다. 자세히 보면 풀칠해서 붙인 부분이 어딘지도 보일 것 같았다. 그들이 돌아서면 다른 대사를 읊을 것임을 누구라도 알 수 있었다. 우신핑이 합의해주었다고 해도 쑹화이구는 어쩔 수 없는 강간범이라고 말이다. 어머니는 그들의 속마음을 알아차린 뒤로 누구에게도 고통을 하소연하지 않았다. 대신 어머니의 증오가 전부 쑹화이쉬안에게 쏠렸다. *네가 신핑하고 가까이 지내지 않았다면 이런 일이 생기지 않았을 거다.*

쑹칭훙은 바쁘게 움직이며 소원해진 인간관계를 풀고, 한편으로는 아내와 딸을 화해시키려 애썼다. 그는 이런 일로 가족 전체가 흔들려서는 안 된다고 믿었다. 쑹칭훙은 소문을 피해 아들을 미국으로 보냈고, 화이쉬안에게는 어머니 말은 마음에 담아두지 말고 대학에서 열심히 공부하라고 당부했다. 쑹화이쉬안이 학교를 자퇴하자 이번에는 딸을 일본으로 유학 보내려고 이리저리 뛰어다녔다. 그러다 갑자기 사고로 생을 달리한 것이었다. 쑹화이쉬안의 어머니는 남편의 죽음까지도 딸의 책임이라고 여겼다. *네가 오빠를 망친 걸로도 모자라서 아버지까지 죽였어!*

쑹화이쉬안은 그런 말에 저항하지 않고 무표정한 얼굴로 묵묵히 듣기만 했다. 가끔 고요한 밤이면 지난 일들을 생각했다. 이상하지, 경찰에 신고하자는 말을 누가 먼저 꺼냈더라? 내가 먼저 했던가? 우신핑이 먼저였나? 좀체 기억나지 않았다. 다시 그때로 돌아간다면 그 계획을 따르지 않을 것이다. 결과가 너무 무서웠다. 입을 다

물고 꾹 참는 것보다 무서웠다. 지옥으로 향하는 문을 연 것과 같은 결과였다. 쑹화이쉬안 자신이 지옥에서 벗어나지 못한 것은 물론이고, 주변의 아끼는 사람들까지 전부 지옥으로 밀어넣었다. 쑹화이쉬안은 참회하는 데 집중했다. 오빠를 감옥에 보내려고 하지 말았어야 했다. 자신의 사악한 생각이 결국은 온 가족을 불행하게 만들고 말았다.

집으로 돌아온 쑹화이구는 예전처럼 어머니를 위로하며 어쩔 수 없다는 투로 "그 이야기는 그만해요"라고 말했다. 그러면 어머니는 입을 다물고 아들에게 잘 보이기 위한 미소를 지었다. 쑹화이쉬안은 오빠가 자신을 예전처럼 돌봐준다는 것을 잘 알았다. 그러나 과거에 오빠의 온화함은 여동생을 모래폭풍에 가두었다. 쑹화이쉬안은 두 눈이 멀고 코와 입에 먼지가 가득한 채 모래에 파묻혔다. 오빠는 미국으로 떠나기 하루 전날 그녀의 방문을 두드렸다. 그녀의 마음속 목소리가 다시 시작되었다. *문 열지 마.* 다른 목소리가 말했다. *뭘 무서워하는 거야? 오빠는 나쁜 사람이 아니야.* 쑹화이쉬안이 문을 열자 오빠가 짐 가방을 들고 서 있었다. 늦잠 자서 비행기를 놓칠까 봐 일찌감치 공항으로 가려고 한다면서 잘 있으라고 인사했다. 쑹화이쉬안은 방문 앞에 서서 말했다. *그래, 잘 가.* 오빠가 물었다. *괜찮니? 아파 보이는데.* 쑹화이쉬안이 고개를 끄덕였다. *감기에 걸렸나 봐.* 오빠가 손을 뻗어 그녀의 머리카락을 헝클었다. 오빠의 얼굴에 떠오른 미소는 불꽃처럼 따스했다. 오빠가 그녀를 꼭 안아주자 그 불꽃이 튀어서 목과 쇄골에 떨어졌다. 뜨거웠다. 오빠가 귓가에 속삭였다. 꼭 둘이 어릴 때 같았다. *이제 갈게. 너도 얼른 네 남편에게 가봐. 너희들 사이가 별일 없었으면 좋겠다.* 그렇게 말한 뒤 오빠는 크게 한 걸음 물러섰다. 그건 어쩐지 불꽃에 덴 사람이 그녀가 아니라 오빠인 것 같은 동작이었다.

쑹화이쉬안은 꿈인지 환상인지 모를 기분을 느꼈다. 기억의 순서가 뒤죽박죽이었다. 아버지 장례식이 막 끝났는데 왜 내가 결혼했다는 걸까? 아버지가 세상을 떠난 후 쑹화이쉬안은 아버지의 재산에 누군가 손을 댔다는 것을 알아차렸다. 큰아버지는 쑹화이쉬안과 어머니를 낡은 주택으로 보냈다. 원래 살던 정원 딸린 집은 그들의 팔자와 맞지 않아서 나쁜 일이 잘 생긴다는 이유였다. 어머니는 아무것도 모른다는 듯이 듣기만 했다. 남편이 죽고 아들은 해외로 도피했다. 어머니의 지능은 어린아이 수준으로 퇴보해서 간단한 정보 외에는 이해하지 못했다. 어머니는 처음 몇 년간 쑹화이쉬안을 욕하고 저주하는 데 열중했다. 쑹화이쉬안은 1층의 작은 방에 틀어박혀 거의 소리를 내지 않고 생활했다. 그래야 어머니가 집 안에서 움직이는 발소리를 들을 수 있었다.

밤이 깊어지면 방을 나와 음식을 찾아 먹었다. 어머니와 마주칠 확률을 최대한 낮추려고 노력했다. 두 사람 사이에는 차차 눈에 보이지 않는 규칙이 생겼다. 그즈음 큰아버지가 쑹화이쉬안에게 결혼할 생각이 없느냐고 물었다. 좋은 남자가 있으니 소개해주겠다고 했다. 쑹화이쉬안은 여기만 아니라면 어디든 좋다고 생각했다. 어머니와 한 집에서 사는 것은 질식할 것처럼 힘들었다. 어머니가 칼을 들고 계단을 올라오는 꿈을 꾸기도 했다. 그러나 안타깝게도 그녀는 또 실패했다.

그 남자는 큰어머니의 조카였다. 이 동네와 맞붙은 도시에서 전자회사에 다녔으며, 곧 마흔이 되는데도 여자를 사귄 적이 한 번도 없다고 했다. 쑹화이쉬안은 그를 처음 만났을 때 조금 떨렸다. 순하고 성실한 남자 같았다. 그래서 깊이 생각하지 않고 고개를 끄덕여서 '좋다'는 표시를 했다. 그러나 안타깝게도 그녀는 또 실패했다. 나중에 생각하니 그 남자를 동정하는 마음, 그리고 자신을 포기하는 마음이 합쳐져서 결혼하기로 마음먹었던 게 아닐까 싶었다. 그때까지 그녀의 삶은 장기판으로 비유하자면 완전히 실패한 대국이었으니, 장기판의 흐름을 알아보지 못하는 남자를 만나 남은 삶을 함께하는 것이 좋다고 생각했다.

남편이 원하는 것은 많지 않았다. 아내와 아이. 그런데 남편이 그녀의 다리를 벌리면 그녀는 실 끊어진 꼭두각시처럼 축 늘어져버렸다. 남편은 그런 그녀에게 긴장을 풀라고 몇 번이나 말했다. 첫날밤에 피가 나오지 않자 한참 후에 남편이 물었다. *당신 처녀는 누구에게 준 거야?* 쑹화이쉬안은 고개를 저으며 일곱 살 때 자전거를 타다가 피가 난 적이 있다고 말했다. 남편은 어리둥절해하더니 왜 조심하지 않았느냐고 원망했다. 한번은 남편이 나무토막 같기만 한 쑹화이쉬안을 밀쳐내더니 침대 가에 앉아서 그녀의 조그만 가슴과 납작한 배를 보며 수음했다. 절정에 이르러서는 그녀의 음부 위로 사정했다.

낮의 남편은 살갑고 다정했다. 쑹화이쉬안이 휴지 한 곽이라도 들지 못하게 했다. 그러나 밤이 되면 달라졌다. 어느 날 밤 남편이 그녀의 손을 끌어당겨 자신의 발기한 음경을 잡게 했다. 그리고 애원하듯 말했다. *이대로 힘들게 놔둘 거야?* 쑹화이쉬안은 그것을 입안에 넣었다. 이렇게 하면 남자들이 기뻐한다고 했다. 남편은 쾌감 어린 탄식을 뱉으며 허리를 움직였다. 일이 끝나자 침대 위에 엎드려 행복해했다. 쑹화이쉬안은 욕실로 터벅터벅 걸어가 변기를 껴안고 저녁에 먹은 국수를 토해냈다. 몸속 깊은 곳에 뭔가 걸려있는 것 같았다. 아래로 내려가지도 않고 목구멍으로 토해낼 수

우리에게는 비밀이 없다

도 없는 무언가가. 한참 토하다가 바라보는 시선을 느끼고 고개를 들었다. 남편이 얼굴을 잔뜩 일그러뜨리고 울먹거리며 말했다. 이럴 줄 알았어. 얼굴도 반반하고 집에 돈도 많은 여자가 왜 나 같은 놈에게 시집오나 했더니. 날 속였던 거야. 넌 성 불감증이야. 제대로 된 여자가 아니라고.

쑹화이쉬안은 차가운 화장실 바닥에 주저앉아 꿈적하지 않았다. 목소리가 말했다. 넌 불감증이 아니야. 다른 목소리가 말했다. 성性이 문제인 거지. 남편은 수건으로 눈물을 닦고 나서 말했다. 더 이상 이렇게 살 순 없어. 당신 집으로 돌아가. 앞으로 어떻게 할지는 좀 더 생각해볼게. 하지만 당신과 아이를 낳을 순 없어. 그렇게까지 비참해지진 않을 거야.

쑹화이쉬안은 친정으로 돌아와 다시 어머니와 함께 살았다. 얼마 후 남편이 찾아와 마음을 터놓고 다시 시작하자고 했다. 그러나 며칠 지나지도 않아 버럭 화를 내며 돌아갔다. 몇 달 후 남편은 전화를 걸어와 이런 말을 전했다. 그의 부모님은 아들이 '정상적인 여자'와 다시 결혼해 아이를 낳아 살기를 바란다는 것이었다. 두 사람은 이혼 수속을 밟았다. 쑹씨 집안으로 완전히 돌아온 쑹화이쉬안은 생각했다. 나는 평생 이곳을 벗어나지 못할 거야. 그즈음 어머니는 누렇게 뜬 얼굴로 하루 종일 텔레비전만 봤다. 텔레비전이 24시간 내내 꺼지지 않았다. 쑹화이쉬안은 어머니의 생명력이 하루가 다르게 소진되고 있다는 것을 알아차렸다.

어머니가 아직 의식이 있다는 것을 확인하는 순간은 사나흘에 한 번씩 쑹화이구한테서 전화가 올 때였다. 그럴 때면 어머니의 웃음소리를 들을 수 있었다. 미국 생활은 어떤지, 타이완에는 언제 올 것인지 묻기도 했다. 어머니의 웃음소리는 보이지 않는 벽처럼 쑹화이쉬안을 거부했다. 쑹화이쉬안은 다시 책상에 엎드려 편지를 쓰는 시절로 돌아갔다. 가끔 침대에 누워서 오빠를 생각하거나 우신핑을 생각했다. 그럴 때면 몸이 조용히 물로 변해 흐르는 느낌이었다. 쑹화이쉬안은 눈을 깜빡이다 울어버렸다. 생각하면 안 되는 사람을 생각하고 있었다. 그러나 그들 외에 다른 누구를 생각해야 할지 알 수 없었다.

다음번에 쑹화이구가 돌아왔을 때는 그 뒤에 젊은 여자가 서 있었다. 그 여자는 눈앞에 보이는 풍경에 익숙해지려고 애쓰는 듯했다. 꽤 흥분되어 보였고 그만큼 피로해 보였다. 여자가 쑹화이구의 어깨에 머리를 기대며 어린아이처럼 눈을 감았다. 쑹화이구도 고개를 기울이며 여자의 머리를 쓰다듬었다. 그 모습이 꼭 서로 목을 얽고 있는 한 쌍의 원앙 같았다. 오빠는 여자가 피곤한 것 같다면서 시차 적응도 해야 하니 일찌감치 2층으로 올라가겠다고 했다. 쑹화이쉬안은 문 밖에서 몰래 귀를 기울였지만 코 고는 소리 말고는 들리지 않았다.

다음 날 저녁 쑹화이구는 가족들을 이끌고 어느 식당으로 향했다. 낙우송落羽松이 늘어선 작은 길을 지나자 수초가 자라는 연못이 보였다. 식당은 벽면이 모두 유리로 되어 있고 주황색 샹들리에가 밝혀져 있었다. 쑹화이구가 직원에게 테이블 번호를 말했다. 쑹화이쉬안은 배가 아프기 시작했다. 오빠가 원래 이렇게 계획적인 사람이 아닌데 뭔가 큰일이 생길 것만 같았다. 어머니는 식당의 육중한 나무 문과 샹들리에를 보고 눈을 빛내며 감탄했다. 어린아이

우리에게는 비밀이 없다

처럼 아들의 손을 만지며 이런 식당은 어떻게 알았느냐고 묻기도 했다. 아들이 멀리서 어머니를 보러 와주니 죽어가던 어머니가 갑자기 기운이 나는 모양이었다. 한편으로는 아들이 데려온 여자에게 경쟁 심리를 느끼는 것도 같았다.

직원이 꽃차를 가져왔다. 오빠가 미국에서 데려온 여자를 소개했다. 수정으로 만들어진 사람처럼 예쁜 여자였다. 대학에서 음악을 전공했고 피아노 강사로 일한다고 했다. 여자가 가르치는 학생이 최근 큰 대회에서 상을 받았다고도 했다. 어머니가 아이들을 가르치려면 인내심이 필요하지 않느냐고 묻자 여자는 머리카락을 귀 뒤로 넘기며 수줍게 웃었다. 목소리가 얼굴처럼 작으면서 또랑또랑했다.

쑹화이쉬안은 조마조마한 마음으로 게살볶음밥을 오래오래 씹었다. 오빠는 분명 어떤 순간을 기다리고 있었다. 그녀는 쑹화이구를 잘 알았다. 예전에 오빠가 어떻게 움직일지 추측하며 기다렸던 것처럼 그를 주시했다. 쑹화이구가 마침내 입을 열었다. *제가 이번에 타이완에 들어온 것은 결혼한다고 알려드리기 위해서예요. 이 사람 가족들이 전부 미국에 살고 있어서 결혼식은 미국에서 하려고 합니다. 타이완에서도 식을 올릴지는 아직 결정하지 않았는데, 어머니하고 화이쉬안이 미국에 와서 제 결혼식에 참석하면 어떨까요?*

쑹화이쉬안은 경악했다. 어머니는 숟가락을 떨어뜨렸고, 얼굴이 벌겋게 달아올랐다. *미국에는 몇 년만 머물 거라고 했잖니? 몇 년 지나면 타이완에 돌아와서 나랑 같이 산다고 하지 않았어?* 어머니의 말에 쑹화이구는 냉정한 목소리로 설명했다. 나는 미국의 삶과 문화에 익숙해졌다, 나에게도 고충이 있다, 어머니가 원한다면 미국에 와서 몇 달 지내셔도 된다, 미국에서 편안하게 생활하실 수 있을 것이다, 라고.

아버지가 널 미국으로 보낸 건 미국인이 되라는 뜻이 아니었어! 쑹화이구는 조금도 동요하지 않았다. 데려온 여자의 어깨를 안고는 앞으로 미국에 완전히 정착할 거라고 단호히 선언했다. 아버지가 살아 계셨다면 자신이 미국에서 삶을 개척하는 것을 지지하셨을 거라고도 했다.

어머니는 고개를 외로 꼬고 주먹을 꽉 쥐었다. 쑹화이쉬안은 어머니를 보며 슬픔과 동시에 기쁨을 느꼈다.

쑹화이쉬안이 여자 쪽을 쳐다보자 그쪽에서도 예의 바르게 웃어 보였다. 여자의 부모님이 집에서도 영어만 쓰도록 교육해서 중국어는 잘 모른다고 했다. 쑹화이구와 어머니의 대화를 제대로 알아듣지 못하는 것이었다. 아마도 나중에 쑹화이구가 식당에서 주고받은 대화를 영어로 바꿔 말해줄 것이다. 다정한 두 사람을 보며 쑹화이쉬안은 기묘한 쓸쓸함을 느꼈다. 오빠가 떠나려고 한다.

쑹화이쉬안은 오빠가 저 여자를 끌어안고 이층집 정원에 서 있는 모습을 상상했다. 정원에는 푸른 잔디가 카펫처럼 깔려 있고, 털이 금빛으로 빛나는 큰 개를 키울지도 모른다. 나중에는 어머니도 화가 풀려서 쓸쓸하지만 자랑스럽게 그들을 만나러 미국에 갈 것이다. 그리고 그들의 집 앞에서 손주를 안고 가족사진을 찍을 것이다. 쑹화이쉬안은 그런 상상 속에 자신을 집어넣으려 애썼지만, 그럴 때마다 아름답던 그림이 일그러지고 말았다. 그날 밤은 엎치락뒤치락하며 잠을 이루지 못했다. 몇 시간 후면 오빠가 예약한 차가 와서 그들을 공항으로 데려갈 것이다. 그럼 나는? 나는 누가 데리러 오지?

우리에게는 비밀이 없다

오빠가 떠난 후 어머니는 거식증이 생겼다. 다리가 장작처럼 말라비틀어져 금방이라도 넘어질 것처럼 비틀거렸다. 어느 날 방에 들어가자 어머니가 흔들의자에 앉아 있었다. 옹송그린 어머니의 몸은 마치 의자에 반쯤 먹힌 것 같았다. 어머니가 눈을 뒤룩뒤룩 굴리며 그녀를 쏘아보았다. 쑹화이쉬안은 주스를 섞은 우유를 건네며 말했다. *드세요. 이걸 드시면 살이 찌실 거예요. 사람이 너무 말라도 건강에 안 좋아요.* 어머니는 몇 모금 마시더니 그녀를 거칠게 밀어냈다. 컵에 남은 우유가 쑹화이쉬안의 얼굴로 흩뿌려졌다. 어머니가 가느다란 목소리로 말했다. *언젠가 이런 날이 올 줄 알았지. 네가 신핑을 집에 데려왔던 그때부터 알고 있었어.*

그 뒤로 다시는 어머니 방에 들어가지 않았다. 쑹화이쉬안은 3층에서 계속 편지를 썼다. 며칠 후 마트에서 어떤 여자를 마주쳤다. 그 여자가 자신이 누군지 자세히 설명해주고 나서야 간신히 그녀를 떠올릴 수 있었다. 장전팡, 그녀는 학창시절에 오빠를 몹시 짝사랑했다. 편지를 들고 집 앞에서 오빠를 기다린 적도 많았다. 장전팡이 편지와 사탕 등을 오빠에게 주고 가면 편지도 사탕도 모두 쑹화이쉬안의 차지가 되었다.

쑹화이쉬안의 귀에 들려온 소문이 있었다. 그 일이 벌어진 후 장전팡이 렌원슈 선생님을 찾아갔다고 했다. 무슨 이야기를 했는지는 아는 사람이 없지만, 그 며칠 후 렌 선생님의 오토바이가 알아볼 수 없을 정도로 망가져서 발견되었다.

쑹화이쉬안은 장전팡이 자신을 알아본 것이 놀라웠다. 두 사람은 특별히 대화를 나눈 적이 없었다. 장전팡의 시선에서 쑹화이쉬안은 짝사랑하는 상대의 뒤에 일렁이는 그림자였을 것이다. 장전팡은 쑹화이쉬안의 손목을 붙잡으며 말했다. *너, 우신핑이 돌아온*

거 아니? 걔 어머니가 타이베이까지 가서 붙잡아 왔대. 쑹화이쉬안은 벼락이라도 맞은 듯했다. 10여 년 동안 어머니 말고는 우신핑이라는 이름을 꺼내는 사람이 아무도 없었다.

쑹화이쉬안은 오랜만에 멀리 외출했다. 마스크를 써서 눈만 내놓았다. 너무 오랫동안 이 지역 밖을 나가보지 않아서 대중교통을 갈아탈 때마다 점점 위축되었다. 천신만고 끝에 장전팡이 말해준 곳에 도착했다. 그곳에서 두 시간을 기다려서야 우신핑을 볼 수 있었다. 교실 문을 열고 나온 신핑이 안내 데스크 직원에게 책을 건네준 뒤 손짓을 더해 뭐라고 말하고는 도로 교실에 들어갔다. 단지 그 모습만 봤을 뿐인데도 피가 혈관 벽을 긁으며 힘차게 흐르는 걸 느꼈다.

쑹화이쉬안의 가방에는 수만 타이완달러의 현금 외에 몇 년간 고쳐 쓴 편지 묶음이 들어 있었다. 그녀는 우신핑을 주시했다. 10여 년 전 옆에 누워 있던 우신핑이 자신의 등에 동그라미를 그리던 때가 떠올랐다. 행복했던 날들이었다. 쑹화이쉬안은 바보처럼 그 자리에 몇 시간이고 서 있었다. 책가방을 멘 아이들이 우르르 학원 밖으로 나왔다. 마지막으로 모습을 보인 사람은 우신핑이었다. 쑹화이쉬안은 모자와 마스크를 고쳐 쓰고 우신핑을 뒤쫓았다. 그녀의 모든 발자취를 놓치지 않고 따라갔다. 그녀에게는 직장이 있었고, 아이가 있었고, 남편이 있었다. 무엇보다도 돌아갈 집이 있었다.

쑹화이쉬안은 편지 묶음을 움켜쥐었다. 불공평하다는 생각이 들었다. 신핑은 저런 삶을 누릴 자격이 없어! 우신핑은 쑹화이쉬안을 완전히 잊은 듯했다. 쑹화이쉬안의 마음속에서 하나의 계획이 차근차근 구체화되었다. 신핑이 나를 떠올리게 하려면 어떻게 해

우리에게는 비밀이 없다

야 할까? 우선 집에 가서 어머니를 처리한 다음 복수를 시작하자.

피곤에 절어 돌아온 쑹화이쉬안은 어머니 방으로 향했다. 자신이 아무것도 이루지 못한 삶을 사는 것이 아니며, 곧 우신핑을 찾아가 오래전의 잘못을 바로잡을 것임을 어머니에게 알려주고 싶었다.

쑹화이쉬안이 본 것은 이상한 냄새를 풍기는 깡마른 육체였다. 파리가 주변을 날아다녔다. 어머니는 여전히 흔들의자에 앉아 있었다. 텔레비전 화면은 어두웠다. 어머니가 껐는지, 너무 오래 켜두어서 회로가 타버렸는지 알 수 없었다. 쑹화이쉬안은 웅크리고 앉아 바닥에 흘러내린 액체를 닦았다. 어머니가 욕을 했던 게 며칠 전이었더라? 시간마저 자신을 잊어버린 것 같았다. 왜 나의 하루는 다른 사람의 한 달과 같을까? 어떨 때는 한 달보다 더 길기도 했다. 쑹화이쉬안은 오랜 시간을 들여 어머니의 흔적을 깨끗이 지웠고, 그 육체는 흔들의자와 함께 지하실로 옮겼다. 그녀는 모순된 감정을 느꼈다. 이 집에 자기 혼자만 남는 것을 원하지 않으면서도 어머니가 너무 가까이에 있는 것도 싫었다. 이즈음 새로 온 마트 직원은 쑹화이쉬안에게 얼굴이 좋아졌다고 칭찬했다. *운동이라도 하세요?* 쑹화이쉬안은 난처한 얼굴로 고개만 끄덕였다. 자신이 현관문과 창문이 가깝게 붙어 있는 공간에서 분주히 무엇을 하고 있는지 직원이 알아서는 안 되었다.

우신핑이 눈앞을 지나간 순간 쑹화이쉬안은 자신의 집념이 환상을 보여준 거라고 착각할 뻔했다. 아니면 하늘이 그녀를 불쌍히 여긴 것일까? 작은 시골 동네는 계획을 실행하기에 훨씬 편리한 곳이었다. 타이베이에서 시도했다면 성공했을지 자신하기 어려웠다. 놀랍게도 우신핑은 제 발로 쑹화이쉬안을 따라왔다. 계획의 초반부는 순조로웠다. 나중에 이 사람들이 끼어들지 않았다면 우신핑을 집에 가둬두고 줄곧 보살펴줬을 텐데. 아쉬움에 한숨을 내쉬었다. 이제 쑹화이쉬안의 마음은 고요했다. 더는 목소리가 들리지 않았다. 그 사실이 전에 없던 평온함을 안겨주었다. 깊은 호수 안으로 서서히 빠져드는 듯했다. 목소리들이 물에 녹아 흩어졌다.

 판옌중은 아내를 그 집에서 데리고 나왔다. 우신핑은 연기를 너무 많이 마셔서 정신을 잃은 상태였다. 2, 3주가 지나고 나서야 그녀는 사건 경위를 진술할 수 있었다. 우자칭 형사는 우신핑과 오드리의 진술을 종합하고 난 뒤 판옌중에 대한 의심을 거둘 수 있었다. 판옌중이 아내를 발견한 것은 1층으로 올라오는 계단이었다. 아내가 계단을 힘겹게 기어오르고 있었다. 사람들은 우신핑이 쑹화이쉬안과 몸싸움을 벌이다가 운 좋게 지하실을 빠져나왔다고 여겼다. 우신핑은 부정하지 않고 그 버전의 이야기가 널리 퍼지도록 내버려두었다.
 젠만팅은 학원 근처에 출몰하는 기자들에게 우신핑이 쑹화이쉬안의 마수에서 벗어나는 데 자신이 핵심적인 역할을 했다고 떠벌렸다. 다른 사람을 범인으로 의심하기는 했지만, 자신의 적극적인 개입이 없었다면 사람들이 우연히 살인자의 집에 모여 사건을 해결하는 일은 없었을 것이라고 했다. 젠만팅은 감동적인 문자 메시지를 우신핑에게 보냈다. 우 선생님과 다시 만날 날을 손꼽아 기다리고 있으며, 다시 만나면 꼭 안아주겠다고 썼다. 또 우 선생님이 그 무시무시한 여자와 함께했던 시간에 대해 귀 기울여 들어주겠다고 했다. 우신핑은 답장하지 않았다.

경찰은 오드리에게 쑹화이쉬안이 그녀를 놓아준 과정을 재구성하는 현장에 출석해달라고 요청했다. 오드리는 다 잊어버렸다며 거절했고, 사람들은 오드리의 말을 믿었다. 충격이 워낙 커서 트라우마가 남았을 거라고 걱정했다. 그러나 오드리는 잊지 않았다. 코끼리는 영원히 잊지 않는다.

오드리는 쑹화이쉬안이 질문을 던지며 다가왔던 그 몇 분간의 기억이 머릿속에 선명히 새겨져 있었다. 쑹화이쉬안은 그녀를 바로 앉힌 뒤 얼음처럼 차가운 눈으로 들여다보았다. "계속 살고 싶어?" 오드리도 쑹화이쉬안의 눈을 들여다보았다. 뭐라고 대답해야 할까? 오드리는 그녀의 눈에서 메시지를 읽어내려 애썼다. '그렇다'고 대답하면 나를 죽일까? 그 순간 희미한 얼굴들이 머릿속을 스쳐 지나갔다. 사랑하는 부모님, 린 선생님, 학교에서 혹은 직장에서 자신의 차가운 성격 때문에 멀어졌던 사람들, 자신을 조롱했던 사람들. 그리고 마지막에는 즈싱과 장중쩌가 떠올랐다.

계속 살고 싶은가? 오드리는 자신이 계속 살고 싶은지 줄곧 의심해왔다. 아직 답을 찾지 못했다. 너무 어려운 문제였다. 그녀는 눈을 감고 힘겨운 목소리로 내뱉었다. 살고 싶어. 그 말을 뱉자마자 후회가 밀려왔다. 살인자 앞에서 살고 싶다고 말하다니! 쑹화이쉬안이 그녀를 일으켰다. 오드리는 차가운 뭔가가 등을 타고 흘러내리는 걸 느꼈다. 쑹화이쉬안이 그녀를 붙들고 지하실 밖으로 이끌었다. 우신핑은 애원하듯 신음소리를 뱉어냈다. 오드리는 장중쩌의 시체 옆을 지나 지하실 문으로 향했다. 그때 우스운 생각이 들었다. 장중쩌와 나는 어떻게든 같이 죽을 운명이었나 보다. 다만 두 사람이 좀 더 존엄하게 마지막 길을 걸어가지 못한 것이 안타까울 뿐이었다.

오드리는 심하게 몸을 떨었다. 지금 거울을 본다면 내 얼굴은 얼마나 보기 흉할까. 사자와 호랑이에게 위협받으며 앞서 걷는 가젤 같지 않을까? 초인종 소리가 들렸다. 점점 또렷하게 들렸다. 누가 누르는 걸까? 이제 그만 좀 눌렀으면. 살인자를 더 자극하지 말아줘.

오드리는 발을 질질 끌며 걸었다. 1층으로 올라가고 싶지 않았다. 쑹화이쉬안은 그녀의 마음을 꿰뚫어본 듯 그녀의 다리를 걷어차며 빨리 걸으라고 명령했다. 1층에 도착한 오드리는 희망을 버렸다. 이제 쑹화이쉬안의 손에 처치될 일만 남았다. 뜻밖에도 쑹화이쉬안은 몸을 굽혀 발목의 밧줄을 풀어주었고, 그녀를 앞으로 밀었다. 오드리는 쓰러졌고, 쑹화이쉬안은 뒤로 물러섰다. 오드리는 나중에 그 순간을 떠올리며 생각했다. 왜? 왜 나를 놔줬을까? 기자가 물었다. 쑹화이쉬안을 증오하나요? 장중쩌에 관한 부분은 그렇다. 증오한다. 그러나 오드리 자신에 관한 부분은, 뚜렷한 이유는 모르겠지만 증오한다고 말하기는 어렵다.

24시간이 채 안 됐던 감금의 경험 덕분에 오드리의 내면에서 비뚤어진 방향으로 자라던 생각들이 오히려 가라앉았다. 며칠 후 오드리의 부모님이 데리러 왔다. 아버지는 말하고 싶을 때까지 기다릴 테니 억지로 말할 필요 없다고 하셨다. 어머니는 끔찍한 일을 겪었다는 것을 알고 있다면서 그 여자는 미친 게 분명하다고 하셨다. 오드리는 어릴 때부터 사랑하면서도 두려워했던 완벽한 부모님이 작게 느껴졌다. 부모님은 그새 주름이 부쩍 늘어 있었다. 오드리는 혼자 살던 집이 아니라 부모님 집으로 갔다. 오드리의 방은 예전에 이 집을 떠날 때와 조금도 달라지지 않았다. 침대 시트

우리에게는 비밀이 없다

는 새로 빨아서 말린 듯 보송보송했다. 오드리는 긴긴 잠을 잤다. 열 시간 넘게 자고 깨어나니 저녁 무렵이었다. 석양이 크림처럼 부드러운 주황빛이었다. 오드리는 일어나 앉았다. 자신의 어떤 부분이 쑹화이쉬안과 함께 그 어두컴컴한 지하실에서 불타 사라졌다.

남아 있는 오드리는, 지금 본가의 침대에 앉아 있는 자신은 어떤 부분일까? 그녀는 생각하고 또 생각했다. 어쨌든 오드리는 참으로 오랜만에 메말랐던 내면에서 무언가가 분비되어 흘러나오는 것을 느꼈다. 비로소 살고 싶었다. 살아야 했다. 이때껏 그토록 여러 번 부서졌지만 죽지 않았다. 오드리는 계획을 세웠다. 이번에야말로 벗어나자. 부모님과 상의해서 장중쩌의 아버지를 간병할 사람을 구하자. 장중쩌는 나 때문에 죽었으니 내가 그의 아버지를 돌봐야 한다. 한편으로는 린 선생님에 대해서도 생각을 정리했다. 오드리는 자신이 린 선생님을 사랑했다는 걸 인정했다. 다만 한 사람을 사랑한다고 해서 이렇게 많은 책임을 짊어져야 한다는 뜻은 아니라고 생각했다. 우스운 일이지만, 쑹화이쉬안에게 감사한 마음이 들었다. 자신을 죽이지 않았기 때문이다. 마찬가지로 린 선생님에게도 고마움을 느꼈다. 린 선생님은 그녀의 음핵을 만졌을 뿐 삽입을 하지는 않았다.

추귀성이 판옌중을 찾아왔다. 좋은 소식이 있다고 했다. 나나가 사라졌다. 추전샹은 상처를 받았는지 방에 처박혀 며칠을 울었단다. 추귀성은 아들의 사건이 이렇게 결론이 난 것에 기뻐했다. 자신과 아내가 너무 많이 간섭하면 아들의 반항이 더 심해질 것 같아 걱정했다는 것이었다. 추궈성은 나나와 그 애 엄마를 욕했다. 여성의 육체는 그 나이일 때만 가치가 있으며, 몇 년만 지나도 그들이 더 이상 의기양양하게 굴지 못할 거라는 말도 했다. 판옌중은 눈을 내리깔고 생각했다. 커피에 원두 찌꺼기가 너무 많다. 새로 온 사무보조원은 핸드드립을 할 때 뜨거운 물을 한꺼번에 많이 붓는다.

추궈성은 근심을 덜어서 그런지 말이 많아졌다.

"문제가 해결돼서 다행이야. 부모 노릇 하기 정말 어렵군. 전에는 딸 가진 부모만 걱정이 많았는데 요즘은 아들 가진 부모도 마찬가지야. 참, 제수씨는 좀 괜찮아? 우리 부부도 뉴스를 봤어. 무서운 일이야. 제수씨가 무사히 빠져나와서 참 다행이지. 뉴스에서 그러던데, 그 여자는 원래부터 정신병자였다면서? 대학 자퇴하고 집에서 캥거루족으로 살았다고 하더군. 그런 사람이 왜 제수씨를 납치했나 몰라."

추궈성이 말을 멈추고 판옌중을 쳐다보았다. 판옌중은 친구의 호기심에 무슨 말로 응수해야 할지 난감했다. 지하실에서 발견된 시체 세 구. 사건 현장이 참혹해서 대중의 관심이 쏠렸다. 누가 언론에 흘렸는지 몰라도 연기가 하늘 높이 치솟을 때 구급차 두 대가 여성 피해자 두 명을 싣고 갔다는 보도가 나갔다. 기자들은 병원까지 쫓아왔고 판옌중을 알아보았다. 판옌중은 다시 언론에 등장했다. "지하실 살인사건, 옌아이쩌의 전남편이 관련돼"와 같은 제목이 달렸다. 판옌중은 이 사건과 자신의 연관성은 아내가 범인의 또 다른 목표 대상이었다는 것뿐이라고 거듭 밝혔다. 하지만 자극적인 문구의 보도가 끊이지 않았다. 며칠 후 타이베이에서 더 끔찍한 치정 살인사건이 벌어졌다. 그제야 언론은 그들을 놓아주

우리에게는 비밀이 없다

었고, 더 큰 고깃덩이에 달려드는 상어 떼처럼 그쪽으로 몰려갔다.

하지만 판옌중은 여전히 긴장을 늦추지 않았다. 지난 몇 년간 언론을 상대한 경험으로 미뤄볼 때, 기자들이 우신핑과 쑹씨 집안의 10여 년 전 과거지사를 알아낸다면 다시금 언론의 도마에 오를 게 뻔했다. 그렇게 된다면 지금과는 기사의 논조가 달라질 수도 있었다. 판옌중은 맞은편에 앉은 추궈성을 쳐다보았다. 이 친구의 태도는 어떻게 달라질까? 이심전심이라는 말처럼 쑹씨 집안 사람이 우신핑에게 복수하는 것도 이해할 만하다고 하려나?

"10여 년 전에 알던 동창생이야. 졸업하고는 연락도 한 적이 없다는데, 동기가 뭔지 모르겠어."

"제수씨는 뭐라고 해?"

"아내도 모르겠다는군."

"그래……."

추궈성은 예의 바른 사회인의 미소를 지어 보였다.

"어쨌든 우리 아들 문제를 도와줘서 고맙다는 말을 하고 싶었어. 이번 경험을 통해서 그 녀석도 자신을 보호하는 일이 중요하다는 걸 깨달았겠지. 세상이 많이 달라졌다는 걸 느껴. 예전에는 이런 일로 협박하는 건 꿈도 못 꿨는데 말이야. 딸자식 다리를 부러뜨리지 않으면 다행이었지. 지금은 과학기술은 더 발전했는데 인정과 도리는 오히려 박해진 것 같아."

친구가 떠난 후 판옌중은 의자 등받이에 몸을 기댔다. 5시 30분. 집에 가야 할 시간이지만 그럴 마음이 들지 않았다. 사람은 돌아왔어도 문제는 여전히 남아 있었다. 죽음의 위기에서 살아 돌아온 아내를 어떻게 대해야 할지 알 수 없었다. 우신핑과 쑹화이쉬안 남매의 관계는 또 어떻게 이해해야 할지 난감했다.

아내는 혹시 그가 먼저 말을 꺼내기를 기다리는 것일까? 판옌중은 그 일을 파헤치고 싶은 마음도 있었지만, 자신의 당혹스러운 감정을 괜히 아내에게 뒤집어씌우게 되는 것은 아닌지 걱정스러웠다. 아내는 퇴원한 뒤 학원을 그만두었다. 쑹뤼도 당분간 학원을 쉬기로 했다. 대신 아내가 직접 쑹뤼의 공부를 봐주었고, 알림장에 적힌 준비물이나 숙제를 하나하나 챙겨주었다. 매일 9시가 좀 넘으면 아내가 쑹뤼를 재운다. 그러고는 목욕을 하고 11시에 침실로 들어온다. 매일의 일상은 전과 달라진 것이 없었다.

판옌중은 저녁식사를 마치면 서재에 처박혔다. 거실 불이 꺼진 것을 확인한 후에야 서재에서 나왔다. 우신핑을 탐탁지 않아 했던 어머니는 사건이 있고 나서 더 며느리를 미워하게 되었다. 어머니는 우신핑이 과거의 일을 숨긴 것에 분노했고, 귀한 아들이 다시 언론에 오르내리게 만들었다고 원망했다. 판옌중을 따로 불러서 이렇게 말하기도 했다. *넌 왜 두 번씩이나 문제 있는 여자를 만난 거니? 사람들 관심이 식으면 이혼해라. 그간 이혼 소송도 많이 맡았으니 네 이혼도 잘 처리하겠지. 쑹뤼는 내가 키우마.* 판옌중은 어머니의 말에 대충 반응해드렸다. 한편으로는 이런 생각이 들었다. 난 겉보기엔 멀쩡하지만 내면이 거대한 황무지 같은 여자에게 끌리는 걸까?

옌아이쎠는 그가 말하고 싶지 않을 때도 말하라고 강요했다. 두 사람이 파경에 이르렀을 때 판옌중은 몹시 지쳐 있었다. 그는 아내와 좀 거리를 두고 싶어서 서재에 들어갔지만, 옌아이쎠는 포기하지 않고 따라와서 그의 소매를 잡고 소리 질렀다. *왜 당신 마음대로 대화를 멈춰? 난 할 말이 남았어!* 판옌중이 몸을 돌렸다. 그 순간 누군가가 그의 몸을 지배했던 것 같다. 그 누군가가 판옌중을 대신해서 눈앞의 물건을 움켜쥐었다. 그의 내면은 평온했다. 후회도 없었다. 그는 고요했다. 이 고요함은 그가 마땅히 누려야 할 것이었다. 전쟁이 없다면 어떻게 평화가 있을까? 그 이후에 벌어진 분쟁과 그가 치러야 했던 대가는 차치하고, 그 순간만큼은 영원불멸할 고요가 그에게 주어졌다.

반면 우신핑은 한 번도 그를 몰아세우지 않았다. 그녀는 눈치가 빨랐다. 그가 원할 때 나타났고, 그가 바쁠 때는 사라졌다. 우신핑은 정말 기능적인 배우자였다. 판옌중의 일상은 그녀 덕분에 완벽할 수 있었다. 그러나 매일 밤 그의 옆에 누워 있는 여자가 무슨 생각을 하는지는 알지 못했다. 이 여자도 꿈을 꿀까? 무슨 꿈을 꿀까? 그 꿈에 내가 나올까?

결혼한 지 2년째. 그는 우신핑의 침묵을 몹시 사랑했고 신뢰했다. 조금쯤 우쭐한 마음도 들었다. 결혼생활이란 반드시 서로의 고민과 상처를 모두 드러내 보여줘야 하는 것은 아니라고 여겼다. 오히려 그런 과정을 거치면서 더 상처받고 힘들어질 수 있다. 그러나 지금은 우신핑의 침묵을 깨뜨리고 싶었다. 묻고 싶었다. 당신의 가족, 오드리, 쑹화이쉬안, 쑹화이구, 심지어 롄원슈까지 그들과 당신 사이에는 도대체 무슨 일이 있었어?

우신핑은 침대에 누웠다. 옆에서 판옌중이 코를 골았다. 그 소리를 참 오랜만에 듣는다. 그립다고 할 정도는 아니지만, 다른 세상에서 떠도는 기분이었다. 날이 밝자 판옌중이 아이를 어머니한테 데려갔다. 우신핑은 때가 왔다고 생각했다. 판옌중이 언젠가는 자신에게 설명을 요구하리라 예상했다. 우신핑은 빠짐없이 이야기했다. 쑹화이쉬안, 쑹화이구, 생일 파티, 부모님이 쑹씨 집안에서 합의금을 받은 일. 쑹칭훙은 점점 조급하게 굴었고 금액도 천정부지로 올렸다. 우신핑은 돈을 받았고 진술을 번복했다. 판옌중은 제일 궁금했지만 줄곧 망설이던 질문을 결국 꾹 눌러 삼켰다. 그러니까 쑹화이구가 당신을 건드린 건 사실이야? 판옌중은 어떤 대답을 들어도 만족하지 못할 것을 알았다. 그래서 그는 아주 온화한 목소리로 아내를 살짝 원망했다. *그런 일이 있었다니, 숨기지 말았어야 했어. 나를 믿으라고!*

그 말을 들은 우신핑은 거의 울려고 했다. 누구를 믿을 수 있을까? 그녀는 여러 번 새로운 삶을 만들어가려고 애썼다. 대학교 3학년 때 사람들과 교류하기 위해 SNS 계정을 만들었다. 자주 사진을 올렸고, 새로운 교류를 통해 그해 여름방학의 기억을 지우려고 했다. 대학을 졸업하기 며칠 전 친구의 전화를 받았다. 누군가가 우신핑이 SNS에 올린 모든 사진에 댓글을 달았다고 했다. "우신핑은 열여덟 살 때 어떤 부자의 거시기를 빨아서 학비를 벌었다." 댓글을 쓴 사람의 프로필 사진은 벽을 찍은 것이었다. 그 계정에 들어가보니 아무 정보 없이 출신 지역만 적혀 있었다. 우신핑의 고향 사람이었다.

우신핑은 댓글을 전부 지우고 그 계정으로 메시지를 보냈다. "당신 누구야?" 답장이 왔다. "너의 양심." 다시 메시지를 보냈다. "뭘 어쩌려는 거야?" 답장이 왔다. "널 지옥에 보낼 거야." 상대는 똑같은 메시지를 수십 번 반복해서 보냈다. 우신핑은 너무 두려워 노트북을 덮어버렸다. 가슴에 극심한 통증이 느껴졌다. 대학 친구들이 그녀에게 그 댓글에 관해서 물어보았다. 그들은 우신핑의 눈

우리에게는 비밀이 없다

빛을 집요하게 쳐다보았다. 걱정하는 마음과 함께 흥분된 감정이 엿보였다. 무엇 때문에 흥분하는 거지? 우신핑은 다시 숨었다. 이번에는 아주 깊이 숨었다. 누구와도 연락하지 않았고, 누구도 믿지 않았다. 카페에서 아르바이트를 한 적도 있었는데 벌이가 적고 재미도 없었다. 가끔 고향에 가서 가족들을 만나기도 했다. 집에 머무는 기간은 아주 짧았다. 쑹씨 집안 사람들의 근황은 차마 묻지 못했다. 그 시절 일은 다 묻어버리고 싶었다.

그즈음 오드리가 인터넷에 올린 글이 우신핑의 마음 깊은 곳을 흔들어 깨웠다. 닫혔던 마음이 오드리로 인해 열렸다. 그다음이 즈싱이었다. 그 후 우신핑은 다정한 남자와 사랑에 빠지기도 했다. 자신도 누군가를 사랑하고 또 누군가에게 사랑받을 수 있다는 걸 알게 되었다. 그러나 또 한 번의 풍파를 겪어야 했다. 다른 사람을 어떻게 믿을까? 그녀는 자신이 무고한 피해자라는 것도 믿지 못하는데.

판옌중이 마지막으로 던진 질문에 우신핑은 어찌할 바를 몰랐다. 우리가 같이 지낸 몇 년 동안 당신은 무슨 생각을 했어? 우신핑은 마음 깊은 곳에 얼음 바다가 생기는 기분이었다. 무슨 생각을 했어? 그녀는 대답했다. 아무것도 생각하지 않았어. 당신은 아무것도 묻지 않았고, 나도 그랬지. 사람들은 과거의 일에 집착하는데 당신은 그러지 않았어. 당신은 과거를 두려워하고, 나도 그래. 우리는 어떻게든 과거의 자신을 없애고 싶은 사람들이야. 그래서 나는 당신과 같이 살기로 결심했어. 다른 사람이었다면 계속 질문했을 텐데 당신은 아무것도 묻지 않고 나에게 돌아올 집을 줬어. 당신과 같이 지내는 동안 내가 운이 좋다고 생각했던 것 같아. 당신은 아마도 나를 사랑하지는 않았겠지? 그냥 외로운 게 무서웠고, 쑹뤼를 돌봐줄 사람이 필요했겠지. 난 그런 게 좋았어. 오해 하지 마, 비꼬는 게 아니야. 진심으로 그게 맘에 들었어. 언젠가 과거의 일이 나를 찾아올 거라는 예감이 있었거든. 그때 가서 당신이 너무 힘들지 않기를 바란 거야. 사실 내 생각이 맞았지. 그렇지?

판옌중은 당황했다. 부정하고 싶었다. 하지만 사실이었다.

이번에는 우신펑이 물었다.

"이혼하고 싶어? 이제 다 알게 됐잖아."

판옌중은 생각에 잠겼다가 반문했다.

"기억나? 결혼 전에 나한테 물었지. 옌아이쎠와 나 사이에 정확히 무슨 일이 있었냐고. 그때 내가 말한 건 완전한 버전의 이야기가 아니야. 사실대로 말해서 이혼하기 몇 달 전에 내가 옌아이쎠를 때렸어. 한 번만 때린 것도 아니야."

판옌중이 심호흡을 하고 말을 이었다.

"옌아이쎠가 이혼해달라고 하는데, 난 그러고 싶지 않았거든. 이혼 서류에 서명하라고 난리를 치길래 내가 옌아이쎠를 때렸어. 그 장면을 쑹뤼가 봤지. 아닌 척하지만 쑹뤼가 본 건 확실해. 옌아이쎠가 '다른 남자를 좋아하게 됐다'고 말하더군. 난 그 사람 머리에 물건을 던졌어. 경찰에는 실수였다고 진술했지. 옌아이쎠에게 겁만 줄 생각이었는데 실수로 다치게 했다고 말이야. 사실은 실수가 아니었어."

판옌중이 자신의 손을 내려다보며 말했다.

"지금도 그때의 감각이 기억나. 옌아이쎠가 가끔 책상이나 책꽂이 같은 걸로 보일 때가 있었어. 이유는 모르겠지만, 몇 초 정도 짧게 그렇게 보이는 거야. 옌아이쎠가 물건으로 보일 때면 걸어차도 된다는 생각이 들었어. 사람들이 화가 나면 책상을 차는 것처럼

우리에게는 비밀이 없다

말이야. 옌아이써는 기자에게 내가 한 번 때렸다고 말했어. 경찰에 신고했던 그날 한 번이라고. 그것도 거짓말이지. 그 여자는 내가 기자들에게 자기 외도를 알릴까 봐 겁을 냈거든. 당신하고 같이 지낸 몇 년 동안 나는 계속 두려웠어. 당신도 물건으로 보일까 봐. 방금 당신이 말한 것처럼 과거의 일이 언젠가는 나를 찾아올 거라고 예감하고 있었어……. 당신이 실종되기 전날 우리가 크게 싸웠잖아? 그날 나는 아주 긴장하고 있었어. 혹시라도 내가 또……. 솔직히 거의 그럴 뻔했어. 당신이 비명을 지르거나 나를 저주하면 얼른 막아야겠다고 생각했는데, 당신은 나한테 사과를 했지. 미안하다고, 그렇게 말하면 안 됐던 거라고. 당신이 그렇게 말해줘서 정신을 차렸어. 어, 그러니까 내가 당신한테 고맙게 생각한다는 거야. 일이 더 커지지 않게 막아줬으니까. 고마워. 당신 덕분에 나란 사람이 완전히 쓰레기는 아니라고 생각할 수 있었어. 내가 좋은 사람이 될 수도 있겠구나 하고."

"더 말하지 않아도 돼. 다 이해했어."

우신핑의 얼음 바다가 순식간에 녹아 따뜻해졌다.

두 사람 모두 마주하기 두려운 비밀을 짊어지고 있었다.

렌원슈 선생님이 우신핑에게 편지를 보냈다. 우신핑이 건강을 회복하기를 매일 기도하고 있으며, 다 나으면 만나고 싶다는 내용이었다. 하고 싶은 말이 많다고 했다. 우신핑은 그 편지를 문서 분쇄기에 넣었다. 렌 선생님과 만날 일은 없을 것이다. 그녀는 피곤했다.

쑹씨 집안 친척들이 쑹화이쉬안의 방에서 찾았다면서 철로 된 상자를 보내왔다. 상자 위에 '우신핑에게'라고 적힌 라벨이 붙어 있었다. 친척들은 우신핑에게 알아서 처분하라고 했다. 상자를 열어보니 안에는 글자가 빽빽이 적힌 원고지 수십 장이 들어 있었다. 우신핑은 몇 장 읽어보고는 몇 년 뒤에 다시 읽기로 마음먹었다. 어쩌면 평생 다시 열어보지 않을 수도 있었다. 결말은 그녀도 알지 못한다.

우신핑은 눈을 감고 두 사람의 마지막 대화를 생각했다.

휘발유가 점점 가까이 흘러왔다. 그녀는 반사적으로 몸을 움츠렸다. 어린 시절 가장 친했던 친구의 손에 죽는구나. 쑹화이쉬안이 옆에 누워서 속삭였다. *물고기야, 거기 있니? 내 이야기 좀 들어줄래?* 우신핑은 눈을 깜빡였다. 공기 중의 온도가 너무 뜨겁지만 않았더라도 시간을 되돌려 과거로 왔다고 착각했을지도 모른다. 둘이서 우신핑의 침대에 나란히 누워 아무 이야기나 떠들던 그때.

우신핑의 귀에 자기 목소리가 들렸다. *화이쉬안, 바보 같은 짓은 하지 말자. 무슨 말이든 밖에 나가서 하자고.*

우신핑의 귀에 쑹화이쉬안의 울음소리도 들렸다. 목이 메여 발음이 정확하지 않았다. *너하고 무슨 말을 해? 네가 날 배신했잖아.*

우신핑이 이를 악물고 대답했다. 자신이 그토록 침착하게 말할 수 있다는 게 의아할 정도였다. *너 때문이야. 나는 끝까지 버틸 수 있었어.*

우신핑이 다시 눈을 깜빡였다. 기억이 그날 오후로 돌아갔다.

우신핑은 위험을 무릅쓰고 쑹화이쉬안을 만나러 갔다. 쑹칭훙이 무서웠다, 렌 선생님도 도와주지 않으려 했다, 친구를 붙잡고 다 털어놓고 싶었다. 두려웠다. 계획은 너무 컸고, 그들은 너무 작

우리에게는 비밀이 없다

왔다. 어른 옷을 훔쳐 입은 아이처럼 결국에는 옷자락을 밟고 넘어지지 않을까? 넘어져서 코가 깨지지 않을까? 쑹화이쉬안이 자기보다 더 고통스러울 것은 알고 있었다. 그래도 그 애를 만나서 용기를 얻고 위로받고 싶었다. 계속할 수 있는 힘이 필요했다. 쑹화이쉬안의 집에 도착한 우신핑은 속으로 기도하며 돌멩이를 던졌다. 제발 쑹화이쉬안이 그녀의 신호를 알아차리길! 그때 쑹화이쉬안이 정원으로 나왔다. 뒤이어 쑹화이구가 보였다.

우신핑은 눈을 감은 채로, 오랫동안 그녀를 괴롭혀온 그 장면을 입에 담았다. *네가 화이구 오빠를 안아주는 걸 봤어. 둘이서 꼭 끌어안고 있었지. 아주 오래, 다정한 연인처럼.* 우신핑은 더 이상 뒷일을 걱정할 필요가 없었다. 그래서일까, 그녀의 목소리에 쓸쓸함과 슬픔이 가득했다. *네가 왜 그랬는지 모르겠어. 넌 당연히 오빠를 미워해야 하지 않아? 나 혼자 멍청한 짓을 벌인 느낌이었어……. 그래, 내가 진술을 번복했어. 그렇지만 우리 집에서 돈을 받았기 때문이 아니야. 너, 너 때문이었어. 몇 년 동안 너를 계속 피한 것도 널 보면 그 장면이 생각날 것 같아서였어. 화이구 오빠가 너에게 한 짓이 내가 본 것 중에서 가장 끔찍한 장면인 줄 알았는데, 내가 틀렸어. 넌 도대체 무슨 생각으로 그런 거야?*

우신핑이 오드리를 만난 것은 단지 그녀의 아픔을 위로해주고 싶어서가 아니었다. 오드리가 쓴 글을 읽었을 때 우신핑은 자신의 고민을 해소해줄 수 있는 사람을 만났다고 느꼈다. 오드리와 점점 가까워지면서 진심으로 친구가 된 것은 사실이었다. 우신핑은 오드리의 과거 모순된 행동과 고통에 마음이 흔들렸다. 린 선생님이 속상해한다면 오드리가 그를 안아줄 수도 있었겠다는 생각이 들었다. 우신핑은 그날 그 오후의 장면에서 받은 충격을 조금씩 소화시켰다. 그리고 점차 깨달았다. 자신을 배신한 것은 쑹화이쉬 안이 아닐지도 모른다. 그렇다면 대체 무엇이 나를 배신했을까? 그 것은 알 수 없었다.

과거의 자신을 변호할 마음은 없었다. 다만 그들 두 사람을 배 신한 것이 결국 무엇이었는지 궁금할 뿐이었다.

말을 마친 우신펑이 호흡을 골랐다. 쑹화이쉬안이 라이터를 켰 고, 불길이 치솟았다.

다음 순간, 쑹화이쉬안이 우신펑의 밧줄을 끊었다.

"물고기야, 이제 떠나. 나하고 같이 죽지 않아도 돼."

우신펑은 간신히 몸을 일으켰다. 불길이 점점 가까워졌다. 그녀 가 손을 내밀었다.

"같이 가."

"나는 더 살고 싶지 않아. 처음부터 이럴 작정이었어."

"나가서 얘기하자, 응? 뭐든 나가서 다시 얘기해."

"내가 무슨 일을 저질렀는지 몰라서 그래. 물고기야, 사람은 그 런 것 같아. 우리는 인생의 절반을 나머지 절반을 위한 이야기를 쓰면서 보내. 이야기가 완성되면 죽는 거지. 내가 왜 오빠를 안아 줬는지는 나도 모르겠어. 오빠를 위로해주고 싶었어. 참 어렵다. 가끔 내가 뭘 하고 있는지 나도 모를 때가 있더라. 어떨 때는 사랑 하고 어떨 때는 증오해."

쑹화이쉬안도 그날 오후를 기억하고 있었다. 아버지는 좋은 소 식을 가져오지 못했다. 어머니의 눈물로 집이 온통 잠길 것 같았 다. 어머니가 울면서 말했다. 다음에 그 집에 가서 담판을 지을 때 는 화이쉬안을 데려가라는 것이었다. 아버지는 그러지 않을 거라 고 했다. 화이쉬안이 무엇을 잘못했냐면서 그 집에 가야 할 사람

우리에게는 비밀이 없다

은 화이구라고 했다. 어머니가 거의 발작을 일으켰다. 화이구가 그 집에 가면 잘못을 인정하는 것이나 마찬가지라고 소리 질렀다.

쏭화이구는 부모님의 비호를 받으며 걱정 없이 지내는 듯 보였 지만 사실은 고민이 많았다. 그는 화이쉬안에게 어머니 말대로 신 핑을 만나서 설득해달라고 부탁했다. 화이쉬안은 아버지가 화를 낼 거라는 핑계로 오빠의 부탁을 거절했다. 쏭화이구는 강요하지 않았다. 대신 여동생의 손목을 잡고 질문을 쏟아냈다. *난 그 애를 잠깐 만지기만 했는데 왜 이렇게 된 거지? 걔네 집에 돈이 필요해 서 그런가? 내가 감옥에 가면 너도 면회하러 올 거니?* 그 말이 가 시처럼 쏭화이쉬안의 마음을 찔렀다. 그녀의 영혼과 내장은 이미 텅 비었다. 하지만 그렇다고 해도 뭔가를 더 내주어야 한다는 생 각이 들었다. 그래서 손을 뻗었다. 오빠를 안아주고 부드럽게 달 랬다. *걱정 마. 꼭 면회하러 갈게.* 오빠는 그녀의 귀에 대고 우느라 뭉개진 발음으로 말했다. *난 정말 아무 짓도 안 했는데.* 쏭화이쉬 안의 손바닥이 오빠의 등을 위아래로 쓸었다. *알아, 난 오빠 믿어.*

"나가서 얘기해. 내가 들을 테니까 전부 다, 전부 다 말해줘."

우신핑이 소리를 질렀다.

"같이 나가자!"

며칠째 묶여 있었던 우신핑은 아무리 애를 써도 쏭화이쉬안을 끌어당기지 못했다. 갑자기 쏭화이쉬안이 일어나 우신핑을 부축 해 문으로 향했다. 우신핑은 마음을 놓았다. 그때 누군가 문을 두 드리며 소리쳤다. 판옌중이었다. 문을 부숴버릴 듯 세게 두드렸다. 우신핑은 좀 더 앞으로 나아갔다. 쏭화이쉬안은 움직이지 않았다. 우신핑이 뒤를 돌아보았을 때 쏭화이쉬안의 눈에 눈물이 고여 있 었다.

"너무 늦었어. 물고기야, 난 사람을 죽였어. 내 인생은 앞으로 나아갈 수 없어."

우신핑은 불안했다.

"내가, 내가 설명할게. 고의로 죽인 게 아니라고."

"저 남자 얘기가 아니야. 누군지 모르는 사람의 죽음에 연연할 리가 있니?"

"무슨 말이야?"

"우리 오빠는 죽었어. 미국에서 자살했어. 차를 몰고 집 근처 호수에 뛰어들었대. 그건 내가 저지른 짓이야."

"네가 어떻게?"

그때 쑹화이쉬안이 뒷걸음쳤다. 그리고 흔들의자 옆에 앉았다.

"엄마, 저를 용서해줘요."

천장에서 불꽃이 떨어져 쑹화이쉬안의 머리에 붙었다. 그녀는 움직이지 않았다. 흔들의자를 꽉 움켜쥐고 꼼짝하지 않았다. 우신핑은 몸을 돌렸다. 마지막 힘을 쥐어짜내 계단을 올라갔다. 정신을 잃으며 그녀는 판엔중의 팔 안으로 떨어졌다.

상자 속 원고지 중 맨 윗장에는 다음과 같은 내용이 쓰여 있었다.

쑹화이구와 여자가 집을 나서던 그날 새벽, 쑹화이구는 아쉬워하는 어머니를 달랬다. 여자와 쑹화이쉬안은 문 앞에서 그 모습을 지켜보았다. 두 사람의 시선이 마주쳤다. 여자가 미소를 지으며 지난 며칠간 즐겁고 고마웠다고 말했다. 타이완이 이렇게 좋은 곳인

우리에게는 비밀이 없다

줄 알았다면 일정을 길게 잡을 걸 그랬다고도 했다. 쑹화이쉬안이 여자에게 작은 나무 상자를 건네며 신신당부했다. 도착한 후에 열어보세요. 오빠에게는 보여주지 말고요. '서프라이즈'예요. 중국어 읽을 줄 알아요? 여자가 얼굴을 붉히며 대답했다. 글자는 잘 몰라요. 부모님한테 가서 읽어달라고 해야겠어요. 쑹화이쉬안이 고개를 끄덕이며 행복하라고 말했다. 상자에 넣은 것은 마스크팩이었다. 화장품 가게에서 외국인이 좋아하는 선물이 뭔지 물어보고 산 것이었다. 직원 말로는 홍콩 사람들이 마스크팩을 잔뜩 사 간다고 했다.

마스크팩 아래에는 편지가 한 통 놓여 있었다. 글자 수가 많지는 않았다. 세어보니 80자 정도였다. 편지에는 이런 내용을 썼다. 당신의 앞날을 축복한다. 자신을 사랑해주는 사람을 만나다니 우리 오빠가 참 운이 좋은 것 같다. 마지막으로 서명을 하고 추신을 덧붙였다.

한 가지 말씀드릴 것이 있어요.
나는 아무것도 모르던 어린 시절에 오빠와 성관계를 했습니다.

　원래는 작가가 작품 뒤에 숨어 있어야 한다고 생각했다. 작품 내용에 대해 이러쿵저러쿵 설명하면 안 된다고 말이다. 그런데 책이 나오면 어쩔 수 없는 의지에 이끌려 미처 다 하지 못한 말을 하고 싶어진다.

　그러니 이 후기를 빌려서 작품의 전신前身에 대해 설명하는 것을 양해해주기 바란다. 초고를 보고 많은 사람들이 왜 이런 이야기를 쓰기로 마음먹었느냐고 물었다. 대충 두 가지로 정리할 수 있다. 첫 번째는 미국에서 영화를 공부하는 친구가 소개해준 〈패밀리 어페어Family Affair〉라는 다큐멘터리에서 시작되었다. 친구가 간략한 스토리를 들려주었고, 우리는 둘 다 다큐멘터리 속 등장인물의 얽히고설킨 관계에 어질어질했다. 아무리 생각해도 알 수 없었다. 작품 속 몇몇 상황은 보편적인 인간의 도리나 상식에 위배되는 것이었다. 그런데, 위배되면 또 어떻단 말인가?

　두 번째는 어릴 적 또래 여자애들과 나눈 경험담이 오래도록 기억에 남아 있었다. 어쩌다 인간관계나 성에 대한 이야기들이 나왔다. 어떤 여자애가 말했다. *선생님이 나를 안아서 책상 위에 앉혔*

어. 다른 여자애도 말했다. *사촌 오빠가 나를 욕실로 끌고 갔어.* 그들은 그 과정에서 자신이 무슨 역할을 담당했는지 정확히 알지 못했다. 가끔 자신이 어떤 반응을 해야 한다고 느끼기도 했지만 (내가 그것을 '욕망'이라고 단순화하는 걸 용서하시길) 그런 행동은 자신들이 공범이 된 것 같은 느낌을 주었기 때문에 그 뒤로 쭉 침묵했다고 했다.

그때 이야기를 하던 여자애들이 숨을 헐떡이며 말을 잇지 못하던 모습을 잊을 수 없다. 정확한 수치나 연구 결과로는 '여자애'와 '성' 사이의 문제를 설명하지 못한다. 나는 이런 여자애들이 표현하려고 시도해야 한다고 본다. 혹은 표현하려는 자신을 억제하는 과정에서 내면에 남은 우울함과 불쾌함을 받아들여야 한다고 본다. 신체로, 혹은 '인간된 몸'이라는 마음으로 이 이야기 속의 모순과 가능성과 상식을 배반하는 모든 부분을 배워야 한다고 본다.

나는 서른 살이 넘은 후에야 여성이 사회에서 '서술자의 자격'이라는 면에서 심각한 불평등 상태에 놓여 있다는 걸 깨달았다. 그렇지만 이 책에는 나의 실제 경험과 지식, 상상력을 모두 쏟아부었다. 책을 쓰는 동안 많은 분량을 쳐냈다가 다시 살리기를 반복했다. 그러면서 편견이 우리 곁에 얼마나 가까이 존재하는지 깨달았다. 조금만 부주의해도 나 역시 그 편견의 편에 설 수 있다는 것도 알았다. 어떤 여자의 성격이 순진하고 선량하다고 해서 그녀가 반드시 무고하지는 않다. 내가 만들어낸 작품 속 인물들과 충분히 거리를 두고 있는지 끝까지 걱정하면서 집필을 마쳤다. 그런 한 순간 한 순간마다 독자를 생각하기보다는 내가 만들어낸 그들을 기억하려 했다.

원고를 마지막으로 교정하면서 별것 아닌 장면에서 눈물이 흘렀다. 그건 내가 처음으로 작중 인물의 감정에 휘둘렸던 순간이었다. 낙원이 붕괴하기 전, 소녀는 오물로 가득한 자신의 방공호를 수호하려 한다. '여자애들은 멍청할 정도로 순진하다'는 말을 자주 들었다. 여자애들이 생각이 깊지 못하고 충동적으로 굴어야 그들을 지켜주는 공간을 유지할 수 있다. 정말 그렇다면 소녀들은 순진하지만 무고하게 결백할 필요가 없다. 결국 물거품이 되어 바다로 돌아가야 할 운명이라면 물고기 꼬리를 달고 동화 속의 인어로 변해도 좋지 않을까?

동화는 잔인하다. 소녀들에게는 특히 그렇다. 그러나 나는 소녀들이 동화의 마지막 장면을 향유하기를 바란다. 소녀들이 가진, 너무 작아서 슬플 정도인 패 중에서 어떻게든 감동적이고 좋은 이야기를 키워내길 바란다. 우리는 각자 자기 인생의 '첫 번째 독자'다. 우리는 멋진 이야기를 만들어 나 자신에게 들려주어야 한다. 마지막으로 내가 말하고 싶은 것이 있는데, 그것을 무용수이자 안무가인 피나 바우슈Pina Bausch가 나보다 훨씬 잘 설명하고 있다. "우리가 어떤 사람들과 같이 고통을 겪는다면, 그 사람의 감정을 이해하는 것으로 자신이 마땅히 가져야 할 감정을 정의하려 한다. 그래서 어떤 폭력이 있은 후에는 그에 대한 감정이 폭력이 아니라 상반된 것으로 나타나기도 한다."

이 책은 수많은 작품에서 받은 영감으로 이루어졌다. 『고양이 파이貓派』, 『막을 수 없는 검은 밤無以阻擋黑夜』, 『팡쓰치의 첫사랑 낙원』(비채, 2018), 『어두운 나라: 장애인의 사랑과 성幽黯國度：障礙者的愛與性』, 『상처받으며 자란 아이가 스스로 치유할 수 있을까?遍體鱗傷長大的孩子, 會自己恢復正常嗎』 같은 책들이다. 그 밖에도 중앙연구원 민족연구소 펑런위(彭仁郁) 연구원의 논문 〈트라우마를 겪는 사람의 성적

정체성과 능동성〉, 〈가정폭력을 밝히지 못하는 원인〉에도 많은 도움을 받았다.

마지막으로 작품을 완성하기까지 나의 변덕과 하소연을 들어준 가족과 친구들(자신이 여기에 포함되는지 고민스러운 당신은 반드시 포함된다는 점을 알려드립니다)에게 감사드린다. 또한 이 책이 나오기까지 많은 노력을 기울여준 경문학鏡文學 출판사의 친구들에게도 감사드린다. 창작은 작가가 자신만의 동굴에서 홀로 고행을 하는 것과 같다. 그럴 때 당신들이 동굴 밖에서 나를 위해 등불을 켜두었던 것을 항상 기억하고 있다.

벼랑 위의 낙원

우샤오러는 얼굴에 신경을 쓴다. 자신의 얼굴이 아니라, 그녀의 펜 끝에서 탄생한 인물들의 얼굴과 언론에서 천편인률적으로 보도하는 피해자의 얼굴에 관심이 많다. 인터뷰를 할 때, 우샤오러는 몇 번이나 "그들에게 자기 얼굴을 되찾아주고 싶다"고 언급했다. 우샤오러는 사회에는 피해자의 얼굴은 이러하다고 규정된 것이 있다고 말한다. 상처를 받은 사람은 멀쩡히 살아 있는 사람에게 피해자의 가면을 씌우고, 그 사람은 유순하고 어리석고 천진난만한 역할로 변한다.

"우리는 한 사람을 보호하고 싶을 때 그 사람을 어리석고 아무 것도 모르는 것처럼 꾸밉니다. 그들이 동정을 얻기 쉽도록 말이지요. 동시에 그 사람의 개성을 빼앗습니다. 저는 성性에 대한 이야기를 쓰고 싶었습니다. 가련한 여자, 나쁜 남자, 여성을 존중하지 않는 사회에서 많은 사람들이 습관적으로 사용하는 방식에서 벗어난 이야기를요."

이것이 바로 우샤오러가 최신 장편소설『우리에게는 비밀이 없

다』에서 저항하고자 했던 것이었다. 위험한 저항이었다.『우리에게
는 비밀이 없다』는 우샤오러의 두 번째 장편이자 구상하는 데 가
장 오랜 시간을 들인 작품이다. 오랫동안 쓰고 싶었지만 올바른
방식으로 서술할 방법을 계속 찾지 못하고 있었다. 이 이야기를
완성한 후에도 우샤오러는 여전히 스스로를 의심했다.

피해자에게 자신의 얼굴을 돌려주는 일

이 소설을 구성하기 시작한 것은 우샤오러가 23살이 되던 해였
다. 우샤오러는 패륜적인 성관계를 맺은 아버지와 딸들에 관한 다
큐멘터리 영화 〈패밀리 어페어〉(치코 콜버드 감독)를 보았다. 가해
자와 피해자의 꼬리표가 붙고 마을 사람들이 짐승 같은 아비를
성토할 때, 여러 딸 중 한 명이 이렇게 말했다. "밤에 아버지가 저
를 찾아오지 않으면 저는 슬퍼했을 거예요." 그 말 때문에 우샤오
러는 피해자의 얼굴이란 어떤 모양인가를 고민하게 되었다.

『우리에게는 비밀이 없다』는 우샤오러가 지금까지 쓴 소설 중
에서 가장 위험한 작품이다. 포스트 미투 시대에는 대중에게 좋
은 반응을 얻기 어려운 이야기이기 때문이다. 소녀가 애정 혹은 첫
사랑이라고 이름 붙인 낙원 안에 있다. 그러나 그 낙원은 울퉁불
퉁 삐쭉삐쭉한 벼랑 끝을 걷는 길이다. "제 소설 속의 피해자가 나
쁜 사람이어도 될까요? 사랑스럽지 않아도 될까요? 우리가 이처
럼 전형적이지 않은 피해자를 용서할 수 있을까요?" 조금만 실수
해도 소녀는 벼랑 아래로 떨어진다. 우샤오러 역시 그랬다. 탈고한
후에도 여전히 스스로에게 질문했다. "정말 이렇게 써도 되는 걸
까?"

우샤오러가 회의한 것은 '피해자가 기쁨을 느꼈다면, 그 사실이

그의 고통을 상쇄하느냐'였다. 이 문제는 우샤오러가 『우리에게는 비밀이 없다』를 통해 탐구하고자 한 수수께끼였다. 수수께끼는 심연 속에 가라앉아 있었고, 그것을 끄집어 올리는 과정은 어둠 속을 오가는 것과 흡사했다. 우샤오러는 몇 번이나 포기하려 했다고 고백했다. 그렇게 해서 1년 반이나 걸려 소설을 완성했다. "이 소설을 쓰는 것은 망자의 혼을 불러낸다는 도술을 지켜보는 심정과 비슷했습니다. 글을 쓸 때마다 심리적 저항감이 있었어요. 그래서 저는 점점 지쳤고, 탈고한 뒤에는 한참 우울감에 시달렸습니다." 우샤오러를 지탱해준 힘은 무엇이었을까? "나중에는 제 펜 끝에서 태어난 여자 주인공들이 제 앞에 튀어나왔습니다. 저는 그들의 얼굴을 지켜주고 싶었어요."

그들의 얼굴, 심연에 가라앉은 채 모호하게 흐려져 잘 보이지 않는 얼굴.

좁은 지역사회는 나쁜 여자에게 위험하다

우샤오러처럼 똑똑한 사람은 독자들이 그 자신과 더불어 심연 아래로 가는 것이 쉽지 않다는 것도 잘 알았다. 그래서 한국 드라마 같은 느낌의 '미끼'를 도입부에 배치했다. 아내의 실종, 아내의 비밀. 변호사 판옌중의 아내 우신핑이 사라진다. 가정폭력의 혐의가 짙은 변호사가 범인으로 의심을 받는다. 변호사는 아내를 찾으러 그녀의 고향으로 향하는데, 그곳에서 아내의 '비밀'이 그 지역 전체를 아우르는 크기임을 알게 된다. 사람 하나쯤은 잡아먹을 만큼 큰 비밀이라는 것을.

그 과정에서 판옌중은 아내의 가족과 옛 친구 오드리, 쑹화이쉬안을 만난다. 그러나 그들 각자의 입에서 나온 우신핑은 다 다른 얼굴이다. 판옌중은 그중 어느 얼굴도 알지 못했다. 아내의 얼굴이 점점 모호해졌다. 아내는 성폭행 피해자였으며 거짓말쟁이였고 겨우 18살에 뱀처럼 사악했던 고등학생이었다. 그리고 판옌중이 매일 베개를 나란히 하고 잠들었던 사람이었다. 결국 우샤오러는 도망치지 않았다. 교묘한 수법으로 독자의 눈을 현혹하지도 않았다. 비밀로 또 다른 비밀을 교환하고, 거짓말로 또 다른 거짓말에 도달하는 결말을 내놓았다.

어쩌면 지난 작품들의 영상화를 겪으면서 『우리에게는 비밀이 없다』에서는 『당신의 아이는 당신의 아이가 아니다』나 『상류 아이』에서 다뤘던 것처럼 우샤오러에게 익숙한 소재인 부모 자식 관계에서 벗어나 스릴러의 느낌이 가득한 장르 소설의 틀을 사용하게 되었는지도 모르겠다. 특히 결말부에서는 몇 차례의 반전이 층층이 기다리고 있다. 그러나 소설 중반에 이르면 독자들은 『우리에게는 비밀이 없다』가 여전히 가족 구성원 내의 문제를 다루고 있음을 깨닫게 될 것이다. 황폐한 가정은 소설 속 비극의 근원지다. 두 주인공의 가족들이 사는 지방의 작은 도시는 더욱 더 비극적인 저주가 된다.

우샤오러는 '좁은 지역사회'가 나쁜 여자에 대해서 얼마나 적대적인지, 그곳에서 여성이 얼마나 쉽게 나쁜 여자로 전락하는지에 대해 이야기했다. "저희 어머니가 자란 평후澎湖가 바로 그런 작은 지방도시였죠. 어머니는 시골의 따뜻한 인정을 그리워하는 사람들을 이해하지 못하겠다는 말씀을 자주 하셨어요. 외할머니께는 딸이 다섯 있었는데, 어떤 남자가 집 앞에서 딸을 기다리면 당장 온갖 소문이 났대요. 부끄러운 줄을 모른다느니 하는 말들이 들려오는 거죠." 우샤오러는 『팡쓰치의 첫사랑 낙원』에 대한 평론을 인용하여 설명했다. 폐쇄적인 공간은 여성에게 있어서 이웃끼리 서로 돕고 사는 이점보다 악인을 도와 나쁜 일을 같이 하는 단점이 더 크다는 것이었다.

아내가 자란 고향은 폐쇄적인 지역이었다. 외지에서 온 판옌 중에게는 미궁과 같은 곳이었다. 『우리에게는 비밀이 없다』은 미궁 형식의 플롯을 사용하면서도 용감하게 직구를 던지는 대결법을 펼친다. 우샤오러는 나에게 이런 질문을 했다. "어때요? 이번에는 확실히 발전했죠?" 내 대답은 '그렇다'였다. 우샤오러가 말하는 '발전'의 의미가 글쓰기의 외줄 위를 과감하게 오가면서 다른 이가 묻지 않는 것을 묻고, 다들 호기심에 차서 알고 싶어 하지만 '생각하면 할수록 뭔가 잘못됐다'는 느낌에 대한 이야기를 써낸 것이라면 분명히 그랬다. 성폭행을 당했다. 그런데 생각하면 생각할수록 뭔가 잘못됐다? 생각이 길어지면 길어질수록 정의가 당신에게서 점점 멀어지는 기분이다?

"성폭행 기사가 나면 트위터 같은 SNS에서 누리꾼들이 '합의가 잘 안 됐나 봐'라는 이야기를 합니다. 그리고 '생각하면 할수록 뭔가 이상해'라고도 하죠. 제가 쓰고 싶었던 것은 바로 그런 '생각하면 할수록 이상한' 이야기였습니다. 제가 하고 싶은 말은 그거예요. 당신의 인생이 생각하면 할수록 이상하지 않다면, 그건 당신이 신이거나 바보이기 때문일 겁니다."

사람들은 성폭행 관련 기사를 보면 무릎반사처럼 꼬리표를 꺼내들고 당사자들에게 붙이려 한다. 우샤오러는 이럴 때 문학이 대중에게 더 넓게 생각할 수 있는 공간을 마련해주어야 한다고 했다. "제 소설이 현실에서 일어난 실제 사건이라고 상상해봅시다. 그러면 가해자와 피해자가 있을 뿐입니다. 하지만 당신은 그 사람들이 어떤 얼굴인지 모르죠. 법률로 처리할 수 없는 부분은 문학에 맡기는 겁니다."

2018년 우샤오러는 『상류 아이』를 쓰면서 꽤 오랜 시간을 사례조사에 쏟았다. "피해자가 하는 말을 정확하게 이해하는 법을 배우고 단기간에 그들이 제공한 자료를 기록할 수 있었습니다." 『우리에게는 비밀이 없다』를 쓸 때도 우샤오러는 대부분의 시간을 사례조사에 할애했다. 23살 때 본 다큐멘터리에서 갖게 된 의문을 풀기 위해서였다. "딸이 아버지가 자기 방에 오기를 기대했다면, 그 순간 그 여자애는 무슨 생각을 했을까?" 우샤오러는 성폭행을 다룬 연구보고서를 읽고 성폭력 사건을 담당한 위원회 등을 여러 차례 인터뷰했다. "사례조사를 하면서 많은 여성이 친형제와 성적인 접촉이 있었음을 알게 되었습니다. 순간적인 성적 접촉이었더라도 여성에게 있어서는 지울 수 없는 낙인처럼 상처가 됩니다."

우샤오러는 사례조사의 중요성을 강조했다. "사례조사 과정에서 많은 상담사의 기록을 읽었습니다. 그 기록들이 제가 이 소설을 끝까지 집필하는 데 큰 도움이 되었어요. 이토록 힘든 일을 해낸 사람이 이미 존재하는데 저는 겨우 소설을 쓰는 거잖아요." 『우리에게는 비밀이 없다』가 전형적이지 않은 성폭행 피해자를 그린다면, 피해자의 경험이 반전을 일으키거나 극복되는가? 이것은 위험한 동시에 선을 넘는 문제다.

하지만 우샤오러는 함정에 빠지지 않았다. "정답은 없습니다. 하지만 저는 이 모든 것이 일어날 수 있는 상황이라고 생각해요. 우리는 미성년자의 성에 대해 토론할 수 없기 때문은 아닐까요? 남성들은 성을 연습한다는 식으로 성적 접촉을 강조합니다. 남자애들은 자기 성기를 가지고 노는 것을 좋아해요. 부모님들은 초등학교 때는 성교육을 할 수 없다는 데 당황하곤 합니다. 자기 성기를 가지고 노는 꼬마애들이 성에 대해 알아야 하지 않을까요? 하지만 이처럼 성을 탐색하는 일에서 올바른 기준이 어디까지일까요? 제가 두루뭉술하게나마 느끼고 있는 점은 적어도 우리가 성에 대해 말하기 시작해야 한다는 것입니다. 제 주변의 어떤 여자가 이런 이야기를 했어요. 어머니가 '네가 처녀가 아니면 남편 될 사람에게 줄 수 있는 게 없잖니?'라고 물으셔서 '능숙함을 줄 거야'라고 대답했다고요."

자기 신체에 대한 통제권을 가지는 것은 글쓰기 기교와도 비슷하다. "결국 문제의 핵심은 어쩌면 여성들이 자기만의 성에 대한 이야기를 가져야 한다는 것일지도 모릅니다. 타인이 그들을 위해 써준 것이 아닌 이야기요." 이야기는 정해져 있다. 낙원은 붕괴하고 여성은 영원히 피해자로만 기능한다. 그래서 『우리에게는 비밀이 없다』에서는 벼랑 끝에 낙원을 건설하고, 뭔가 좀 다른 성에 대한 이야기를 완성했다.

사냥감이 자원하여 앉은 의자

공교롭게도 이 소설을 쓸 때 우샤오러의 변호사 친구가 성폭력위원회의 일원이 되었다. 어느 날 그 친구가 우샤오러에게 한 가지 질문을 던졌다. "만약 네가 12살짜리 소녀라고 하자. 누군가 네 가슴을 만졌어. 그런데 그 소녀가 원해서 그랬다는 것을 이해할 수 있겠니?" 12살 소녀에게는 자기 얼굴이 있을까?

우샤오러는 솔직하게 말했다. "저는 쉽게 답할 수 없었어요. 친구에게 겨우 이렇게 말했죠. '적어도 네가 그 애에게 성은 더러운 게 아니라는 것을 알려줬으면 좋겠다.'" 이때 우샤오러는 성에 대한 여러 가지 비유를 제시했다. "디저트 같은 거예요. 맛있지만, 당신은 아직 먹으면 안 되는 거죠. 운전은 어떨까요? 자동차를 운전하는 것은 즐거운 일인데, 지금 당신은 직접 운전하며 드라이브하는 게 금지되어 있어요." 성에 대해 묘사하면서 '더럽다'는 오명을 뒤집어쓰지 않는다는 것은 쉽지 않은 일이다.

우샤오루는 소설에서 사냥하는 것과 사냥당하는 것의 복잡한 관계를 이렇게 묘사했다. "10살인 아이가 누군가에 의해 높은 의자에 올라갔어요. 그리고 자기를 의자에 올려놓은 사람만이 내려줄 수도 있다고 믿는 거죠."

『우리에게는 비밀이 없다』는 위험하다. 우샤오루는 성폭력 피해자의 얼굴을 그리고자 했지만 성을 더럽고 나쁜 일이라고 표현하지 않으려 했다. 그런데 우리는 습관적으로 비난할 대상을 찾는다.

"하지만 피해자와 가해자의 관계는 왜곡되어 있습니다. 저는 독자들이 이 모든 것을 인간성이라는 면에서 생각해주기를 바랍니다. 피해자는 어리석지 않으며, 달콤한 사탕을 먹었기 때문에 계속 그 길을 걸어갔을 수도 있어요." 그림 형제의 과자 집 동화처럼 말이다. 우샤오루는 여성 인물들에게 각자 자기의 얼굴을 부여하려고 노력했다. "그들에게 얼굴을 주는 것은 정말 어려운 일이었습니다. 그들의 목소리가 계속 저에게 말을 걸었어요. 저는 생각했죠. 그들이 사랑받고 싶어서 그랬을까? 그렇지만 어떻게 그런 식으로 사랑받고 싶다고 생각했을까? 마지막에는 제 자신에게 질문했습니다. 내가 지금 쓰고 있는 것이 어떤 꼬리표인가, 아니면 어떤 사람인가?"

『우리에게는 비밀이 없다』는 마지막까지도 비밀이 남아 있는 소설이다. 우샤오루는 습관적으로 비밀을 받아들인다. 예를 들어 우샤오러는 결혼이 사랑 때문에 유지되는 것이 아니라고 말한다. 오히려 서로 수요와 공급이 명확할수록 오래 유지된다고 본다. "같은 어둠을 공유할 때, 당신은 탁자 아래에 숨겨둔 '나'를 볼 수 있는 거죠." 소설 속 판옌중이 결혼생활을 거짓말이라고 여겼다가 나중에서야 아내의 거짓말이 자신보다 더 단단했음을 발견하는 것도 비슷한 맥락일 것이다.

우샤오러는 자신이 창작한 이야기는 대부분 주변에서 들은 이야기에 기반한다고 말하며 사람들이 자신에게 속 이야기를 잘 한다고 했다. 나는 그 말에 뭔가 숨은 것이 있다고 느꼈다. 우샤오러가 덧붙였다. "그 사람들에게 의자를 주기만 하면 돼요. 그러면 그들이 스스로 의자에 앉아서 자기 이야기를 하기 시작할 겁니다. 누구나 자기 버전의 이야기를 먼저 말할 수 있는 기회를 선점하려고 하거든요."

리비도Libido는 어디에나 있고, 당신은 누군가 경청해주기를 바라기 때문에 쉽게 높은 의자에 올라가 앉는다. 다만 어떻게 내려와야 할지 모를 뿐이다.

글 | 디아오翟翀(2020. 8. 25)

우리에게는 비밀이 없다

1판 1쇄 인쇄 2022년 9월 20일
1판 1쇄 발행 2022년 10월 11일

지은이 우샤오러
옮긴이 강초아
펴낸이 김기옥

문학팀 김세화 | 마케팅 김주현
경영지원 고광현, 김형식, 임민진

표지디자인 김형균 | 본문디자인 고은주
인쇄·제본 (주)민언프린텍

펴낸곳 한스미디어(한즈미디어(주))
주소 (04037) 서울시 마포구 양화로 11길 13(서교동, 강원빌딩 5층)
전화 02-707-0337 | 팩스 02-707-0198 | 홈페이지 www.hansmedia.com
출판신고번호 제313-2003-227호 | 신고일자 2003년 6월 25일

ISBN 979-11-6007-627-1

한스미디어 소설 카페 http://cafe.naver.com/ragno | 트위터 @hans_media
페이스북 www.facebook.com/hansmediabooks | 인스타그램 @hansmystery